16	3	2	13
5	10	11	8
9	6	7	12
4	15	14	1

Coleção LESTE

ANTOLOGIA DO HUMOR RUSSO

(1832-2014)

Organização e apresentação
Arlete Cavaliere

Tradução
Arlete Cavaliere, Aurora Fornoni Bernardini, Cecília Rosas, Daniela Mountian, Danilo Hora, Denise Sales, Ekaterina Vólkova Américo, Eloah Pina, Francisco de Araújo, Graziela Schneider, Irineu Franco Perpetuo, Letícia Mei, Lucas Simone, Márcia Chagas Kondratiuk, Maria Petrova, Mário Ramos, Moissei Mountian, Natália Quintero, Nivaldo dos Santos, Noé Oliveira Policarpo Polli, Priscila Marques, Raquel Toledo e Yulia Mikaelyan

editora 34

EDITORA 34

Editora 34 Ltda.
Rua Hungria, 592 Jardim Europa CEP 01455-000
São Paulo - SP Brasil Tel/Fax (11) 3811-6777 www.editora34.com.br

Imagem da capa:
"O barbeiro e o cismático", xilogravura lubók do século XVIII (referência ao decreto de 1705 do tsar Pedro, o Grande, proibindo o uso de longas barbas na Rússia em seu esforço para modernizar o país)
© Granger Historical Picture Archive/Alamy Stock Photo

Capa, projeto gráfico e editoração eletrônica:
Bracher & Malta Produção Gráfica

Revisão:
Danilo Hora
Alberto Martins
Beatriz de Freitas Moreira

1ª Edição - 2018, 2ª Edição - 2019 (1ª Reimpressão - 2023)

CIP - Brasil. Catalogação-na-Fonte
(Sindicato Nacional dos Editores de Livros, RJ, Brasil)

Cavaliere, Arlete
C724a Antologia do humor russo (1832-2014) / organização e apresentação de Arlete Cavaliere; tradução de Aurora Fornoni Bernardini e outros — São Paulo: Editora 34, 2019 (2ª Edição).
568 p. (Coleção LESTE)

ISBN 978-85-7326-723-5

1. Literatura russa. 2. História da literatura russa, sécs. XIX-XXI. I. Título. II. Série.

CDD - 891.7

ANTOLOGIA DO HUMOR RUSSO
(1832-2014)

O "mundo do riso" russo: comicidade e riso na literatura russa

Arlete Cavaliere

"De que estão rindo? Estão rindo de si mesmos!"

Nikolai Gógol, *O inspetor geral*

Esta antologia é um convite ao riso. Uma aventura sedutora pelo "mundo do riso" russo — um mundo com seus fatos de cultura, matizado por sua tradição literária, seus hábitos de linguagem, seu *gestus* cultural e todo o seu cotidiano. Um riso irreverente e crítico, cuja natureza popular, insubmissa e contestadora — não raro expressão satírica da realidade russa — pode abolir as hierarquias éticas e sociais, e revelar, afinal, a vibração interior de um universo cultural e ideológico.

A epígrafe acima de Nikolai Gógol esconde talvez uma das chaves essenciais para a captação não apenas de toda a sua criação literária, considerada a gênese matricial do humor e da comicidade na literatura russa, mas também de certa dubiedade subjacente a uma determinada visão de mundo cômica, a abranger muitos dos escritores russos que o sucederam: o desejo, ainda que subliminar, por uma literatura séria, trágica e moral, perseguido, porém, por uma cosmovisão desagregadora e cômica do mundo expressa por um riso desestabilizador, rico em suas motivações, cuja multiplicidade de aspectos desafia o leitor contemporâneo. Gógol tentou encontrar por entre as camadas profundas da cultura russa essa chave para a compreensão do caráter anárquico do riso russo:

> "Todos nós, russos, possuímos muita ironia. Ela explode em nossos provérbios e canções. E o mais surpreendente é que ela explode lá, onde aparentemente a alma mais padece e está menos disposta à alegria. A profundidade desta ironia que nos é própria não foi ainda bem compreendida porque, educados à maneira europeia, não honramos nossas próprias raízes, nem

neste particular nem em outros. E, no entanto, essa propensão do homem russo para a ironia se mantém, mesmo que sob diferentes formas. Dificilmente encontraremos um homem russo no qual não se conjugam a aptidão para a veneração e o gosto inato pela zombaria. Todos os nossos poetas contêm em si esta propriedade."[1]

E em seu texto dramático *À saída do teatro depois da representação de um nova comédia*, o personagem-autor afirma:

> "O riso é muito mais profundo e significativo do que eles pensam. Não aquele riso que nasce da irritabilidade passageira ou de um caráter colérico e doentio. Nem o riso leve, que serve para a vã distração e para o divertimento das pessoas. O riso de que falo é o que nasce da profunda natureza humana."[2]

A pluralidade temática e formal dos textos que conformam esta antologia e a diversidade dos autores russos selecionados certamente conduzem o leitor à fruição prazerosa dessa pluralidade de visões e variações do cômico russo. Os textos a seguir perseguem, portanto, uma apreensão alargada do conceito de humor, sem excluir, assim, as manifestações diferenciadas que o riso comporta, como a ironia, a paródia, o sarcasmo, o *nonsense*, o ridículo, o absurdo, o grotesco, a zombaria, a sátira, etc.

Nesse sentido, o recorte literário aqui proposto expõe aspectos do "mundo do riso" russo e nuanças de uma determinada "cultura do humor" que transparecem, em alguns casos, apenas nos desvãos destas narrativas. É o caso, por exemplo, da pequena parábola "Custa caro" de Lev Tolstói, ou, então, dos dois breves textos de Viktor Goliávkin, "A janela" e "Discurso de jubileu", ou ainda, numa outra vertente narrativa, do experimentalismo radical da literatura de Daniil Kharms, expresso nas "Cartas", "Anedotas" e em outros textos surpreendentes do autor tra-

---

[1] Nikolai Gógol, "V tchem je nakoniéts suschestvó rússkoi poézii i v tchem ieió ossóbienost'" ("Qual é afinal a essência da poesia russa e sua singularidade?"), *Víbranie mestá iz perepíski s druziámi* (*Trechos escolhidos de correspondências com amigos*), São Petersburgo, Azbuka-Klassika, 2005, pp. 245, 255.

[2] Nikolai Gógol, *À saída do teatro depois da representação de uma nova comédia*, em *Teatro completo*, São Paulo, Editora 34, 2009, p. 376, tradução de Arlete Cavaliere.

duzidos para esta coletânea. Essas e outras formulações textuais do humor russo parecem estar sempre marcadas por uma espécie de desmedida do efeito do riso. Há, é bem verdade, uma verve de humor particular e única em cada um dos textos, a produzir colorações peculiares do cômico, por vezes inusitadas, mas todas elas matizadas por um sistema de pensamento e um imaginário, determinantes para a manifestação do riso e para a arquitetura do cômico nos diferentes escritores russos aqui reunidos.

A noção de desmedida do riso russo, embora se interponha para a avaliação da potência do cômico desta literatura do humor, nem sempre equivale, como se verá, à dimensão ou extensão das diferentes escritas. Esta amostragem literária de base cômica apresenta tal variedade de formas e estilos do narrar que seria impossível, e mesmo imprudente, filiar alguns destes textos a um gênero literário específico: conto, novela, monólogo, escrita autobiográfica, epistolografia, depoimento, impressões, escritas de si, prosa poética... Como classificar os trechos de "Paris (notas do homem-ganso)" de Maiakóvski? Ou, então, o "Manual para senhores recém-chegados a Moscou" de Sacha Tchiórni? E as estranhíssimas ponderações "históricas" de Nadiéjda Téffi no texto "A Grécia"? Ou, ainda, o paródico diário de Lev Lunts, "Ordem de despacho nº 37"? Textos, aliás, publicados pela primeira vez em língua portuguesa.

À paleta multicolorida de temas, estilos e formas do cômico corresponde, isto sim, uma subversão irreverente diante da menor tentativa de enquadramento em um ou outro gênero literário consagrado. Escapar, portanto, de paradigmas "clássicos" ou convencionais do gênero conto ou novela pode orientar uma estratégia contemporânea de leitura muito eficaz para a plena fruição estética de Daniil Kharms, Dmitri Prígov ou Viktor Goliávkin, para citar apenas alguns dos integrantes do presente volume cujos textos possuem dimensões diminutas.

Configura-se aqui, portanto, uma ampla sondagem das possibilidades do riso literário russo, com alguma prevalência da captura de suas variegadas moldagens estilísticas e formais. Daí a insurgência neste *corpus* literário de algumas micronarrativas, ou microtextos (os "Sete novos contos sobre Stálin" e as "Histórias inacreditáveis" de Dmitri Prígov são exemplares), de ensaios textuais díspares ou dissonantes entre si, ou de certas tentativas fabulares tateantes e ardilosas, como ocorre em certos fragmentos narrativos, mais assemelhados a faíscas discursivas (veja-se o extraordinário texto de Dmitri Býkov, um dos escritores mais instigantes da atualidade russa), cujo viés do risível e do paródico surge subliminar na contraface do texto. É o que se observa também nas anedotas literárias da dupla de escritores e artistas plásticos, Natália Dobrokhotova-Maikova e Vladímir Piatnitski (inéditos entre nós), ilustradas com caricaturas bem humoradas, a revisitar em tom de paródia a tradição literária russa por meio de historietas absurdas e hilariantes, formatadas em microtextos e protagonizadas por alguns dos ícones da literatura clássica russa.

A essa insubordinação a um determinado sistema artístico codificado pela tradição literária vêm se somar outros tantos experimentos da poética do cômico que, embora mais próximos das fronteiras canônicas de alguns gêneros narrativos, não deixam igualmente de surpreender o leitor pelo inesperado dos temas e pelo vigor da escritura no trato com a comicidade. É o caso das narrativas selecionadas de Mikhail Zóschenko, Fazil Iskander, Ilf e Petrov, Saltikov-Schedrin, Ievguêni Zamiátin, Isaac Bábel, Mikhail Bulgákov, Iuri Oliécha, Vladímir Voinóvitch, Liudmila Ulítskaia e outros nomes que integram esta coletânea.

A recolha dos textos, em sua grande maioria inéditos em língua portuguesa e traduzidos diretamente do original, se pautou, portanto, mais pela captação de percepções originais e variadas do humor russo do que pelo enquadramento dos escritores a grupos ou tendências literárias unificadas por uma filiação historiográfica, estética ou ideológica. Constata-se aqui, afinal, muito mais a busca de "prodígios de linguagem" do que propriamente de ideias, como bem se expressou Vladímir Nabókov a propósito da obra de Gógol.

Por isso mesmo, em alguns dos textos o humor parece saltar do ritmo da frase, da cadência do texto, da sonoridade das palavras, isto é, da elaboração peculiar do material verbal. Como declarou o poeta Joseph Brodsky (1940-1996) a respeito da prosa de seu amigo Serguei Dovlátov, um dos grandes expoentes da literatura russa contemporânea: "antes de tudo, Seriója é um ótimo estilista. Seus contos são escritos como poemas: o enredo tem neles um significado secundário, é apenas um pretexto para falar. É mais um canto do que uma narrativa".[3]

---

[3] Joseph Brodsky, "O Serioje Dovlatove" ("Sobre Seriója Dovlátov"), *apud* Yulia Mikaelyan, "Serguei Dovlátov: texto de cultura na literatura russa contemporânea", Tese de Doutoramento, FFLCH-USP, 2016, p. 75.

Como em Dovlátov, surge também em outros escritores aqui reunidos a incidência de um narrador cujo falar coloquial confere o tom da conversação oral à narrativa, a simular a improvisação verbal livre e despretensiosa, própria ao contar anedótico e à irrupção da piada, de cuja expressividade discursiva provém o efeito cômico. Há, sem dúvida, em escritores como Gógol, Tchekhov, Zóschenko, Zamiátin, Bábel, dentre outros, uma espécie de reatualização do *skaz* russo (termo derivado do verbo russo *skazat*: contar, falar), gênero narrativo de tradição oral e popular, marcado por efeitos de improvisação discursiva, que matizam a fala dos diferentes caracteres com uma vibração particular em suas peculiaridades linguísticas regionais e sociais. Não sem razão, teóricos literários da escola formalista russa como Boris Eikhenbaum e Iuri Tiniánov consideram a tradição do *skaz* russo e o aspecto de oralidade próprio ao gênero um dos elementos centrais na gênese e no desenvolvimento da literatura e da cultura russas.

É preciso considerar também que esses escritores, publicados em diferentes períodos da história literária russa, constituem, em certa medida, células essenciais, nuanças de um organismo literário articulado segundo as leis do riso e da comicidade, a configurar uma espécie de elemento-chave para a compreensão de boa parte da literatura desse país. Pois é certo que o riso e a comicidade prefiguram, na evolução literária russa, uma de suas mais significativas formas de expressão. Assim, parece se destacar do conjunto destes escritos um eixo integrador para a estruturação de uma poética do cômico e, até mesmo, de uma "ética" do riso russo. Trata-se, por isso mesmo, de focalizar, na leitura integrada destes textos, um processo de continuidade estética e cultural, por meio de um olhar crítico que possa se situar no equilíbrio tênue entre o ato pessoal e singular do artista e a inscrição de continuidade histórico-literária: T. S. Eliot, em um consagrado ensaio de 1920, salientou o sentido histórico da tradição para a plena compreensão do verdadeiro artista, em quem deve estar inscrita a consciência do passado e incorporado um conjunto vívido de todos os textos já escritos.[4]

Além disso, mais do que qualquer outro fenômeno artístico, a linhagem cômica da literatura russa conforma um procedimento estético integrado a um universo cultural, sendo, assim, um fato de cultura e uma de

[4] Cf. T. S. Eliot, "Tradição e talento individual", em *Ensaios*, São Paulo, Art Editora, 1989, tradução de Ivan Junqueira.

suas expressões mais vivas e dinâmicas. Como bem apontou o semioticista russo Iuri Lótman, é possível ver na obra de arte criada pelo homem, de um lado, um dispositivo pensante e, de outro, um fato de cultura, definida como um mecanismo natural historicamente formado de inteligência coletiva, possuidora de uma memória coletiva e capaz de realizar operações intelectuais.[5] Dessa forma, também a cultura do riso consiste em um sistema da memória coletiva e da consciência coletiva e, ao mesmo tempo e inevitavelmente, em certa estrutura de valores únicos para uma dada cultura.

É nessa perspectiva que se deve auscultar a tessitura cômica e a manifestação do riso neste conjunto de autores russos tão distantes entre si, do ponto de vista histórico, quanto diferentes no plano da expressão artística. Daí surgirem neste volume mestres da prosa de ficção do século XIX, como Gógol, Dostoiévski, Tchekhov, Tolstói e Saltikov-Schedrin, satiristas vigorosos como Aviértchenko, Zamiátin, Zóschenko, Sacha Tchiórni, Ilf e Petrov e Nadiéjda Téffi; representantes das vanguardas russas da década de 1920, como Maiakóvski e Kharms, ao lado de outros tantos e variados matizes do humor, manifestos ou latentes, em escritores modernos e contemporâneos da grandeza de um Nabókov ou de um Bulgákov, de conceitualistas como Sorókin, Prígov, Peliévin e Petruchévskaia,[6] além de outros representantes da contemporaneidade, como Viktor Goliávkin, Vladímir Voinóvitch, Mikhail Véller, Dmitri Býkov, Fazil Iskander, Liudmila Ulítskaia e Tatiana Tolstáia, nomes ainda pouco conhecidos do leitor brasileiro.

Um duplo objetivo norteia, portanto, a seleção dessas escritas: por um lado, revelar em alguns dos expoentes da literatura russa, já por de-

---

[5] Cf. a propósito, especialmente, "Sobre o mecanismo semiótico da cultura", e também "Sobre a semiótica da arte", em Iuri Lótman, Boris Uspiênski e Viatcheslav Ivánov, *Ensaios de semiótica soviética*, Lisboa, Livros Horizonte, 1981. Cf. também Lótman e Uspiênski, *Tipologia della cultura*, Milão, Bompiani, 1975.

[6] Escritores que podem ser considerados integrantes do movimento "pós-modernista russo" do final do século XX e início deste século, ou, como melhor considerou a estudiosa e especialista Irina Iatsenko, ao levar em conta a singularidade desse movimento na Rússia, trata-se de escritores representantes da "prosa russa não tradicional" ou "da literatura russa alternativa". Cf. *Rússkaia netraditsiónnaia proza* (*A prosa russa não tradicional*), São Petersburgo, Zlatoust, 2006. Cf. também Irina Skoropánova, *Rússkaia postmodernístskaia literatúra* (*A literatura pós-modernista russa*), São Petersburgo, Niévski Prostor, 2001.

mais assimilados pelo nosso público (como Dostoiévski ou Tolstói, por exemplo, e mesmo Tchekhov e Andrêiev, em certo sentido), uma verve cômica insuspeitada, surgida apenas em certa parcela menos divulgada de sua produção literária, e, por isso mesmo, posta aqui em relevo; e, de outro lado, difundir outros tantos escritores de comicidade, consagrados pelo público russo, mas raros, e alguns deles inéditos em nosso meio editorial, como, por exemplo, Lev Lunts, Sacha Tchiórni, Iuri Trífonov, Mikhail Véller, Valentin Katáiev, Gueorgui Adamóvitch e a dupla Natália Dobrokhotova-Maikova e Vladímir Piatnitski.

A presença da poeta Marina Tsvetáieva vem acrescentar ao conjunto, além de mais uma voz feminina neste coro do riso russo, certo caráter de surpresa e de imprevisto no interior desta vasta galeria literária: humor em Tsvetáieva? Vale conferir. Quanto à inserção de quatro contos de Aviértchenko, o intuito foi o de justamente ressaltar a produção literária dessa figura extraordinária, pouco conhecida entre nós, inclusive pouco lembrada hoje em dia pela crítica e pelo público internacionais. Autor humorístico prolífero e um dos mais expressivos representantes da sátira política na Rússia pré e pós-revolucionária, Aviértchenko foi o criador e editor de uma revista célebre de humor em São Petersburgo, intitulada *Satirikon* (1908 a 1918), cujo nome, a partir de 1913, passaria a ser *Nova Satirikon* e para a qual confluíram nomes importantes da literatura russa, como Vladímir Maiakóvski, Sacha Tchiórni, Nadiéjda Téffi, Óssip Mandelstam, Leonid Andrêiev, Aleksandr Kuprin, entre outros. Conhecido como o "rei do riso" e um dos escritores mais populares de seu tempo, Aviértchenko publicou centenas de contos, além de peças de teatro e textos jornalísticos. Eis aqui a oportunidade ao leitor brasileiro de melhor conhecer este instigante humorista russo.

Assim como Aviértchenko, outros escritores russos fizeram do humor e do riso procedimentos essenciais de sua criação e, de alguma maneira, um modo de resistência perante governantes autocratas e opressores, travando luta ferrenha contra a censura oficial, da qual não escapariam incólumes: muitos foram enviados ao exílio, outros obrigados a emigrar, alguns, tidos como loucos, viveram a clausura de clínicas psiquiátricas, e quantos não desapareceriam nas prisões soviéticas...

É certo que o princípio cômico, a que convergem, afinal, todos os escritores desta antologia, pode ser entendido no contexto de uma oposição entre a ordem e o desvio, com a consequente valorização do não oficial e do não sério. Afinal, o riso parece abarcar uma realidade mais essencial do que aquela limitada pelo sério e, nesta ótica, os autores aqui reunidos promovem, por meio do humor, um meio de explicação do mundo. Eles facultam a apreensão de uma realidade que a razão séria não pode atingir, pois, banida pela *ratio*, a realidade do cômico se afigura como marginal e ridícula. Essas manifestações literárias encerram, portanto, uma verdade infinita e profunda em oposição ao mundo racional e finito da ordem estabelecida, liberando o pensamento dos limites da razão. Matizados pelo humor (irônico, debochado, absurdo ou aterrador), estes textos parecem possuir o poder de abalar as superfícies e "deformar" as certezas do pensamento filosófico, político e social, tão caras à tradição da literatura e da cultura da Rússia.

Nesse sentido, se a bipolaridade complementar que conforma o pensamento da ortodoxia russa, isto é, a profunda separação entre o princípio divino e o princípio diabólico, determinante no imaginário da tradição religiosa e cultural russa, não pode admitir a fantasia, a máscara e as mais variadas formas de metamorfose carnavalesca a não ser como expressão do irreal, do fantástico, do não verdadeiro e, portanto, do diabólico, cabe apenas ao divino aquilo que é verdadeiro, sendo o riso um atributo do pecado. Nessa apreensão, o âmbito da religião e o do riso russos se excluem reciprocamente, e se é impossível imaginar Cristo rindo ("Cristo nunca ri", segundo a máxima atribuída a São João Crisóstomo, arcebispo de Constantinopla no século IV), não será difícil, ao contrário, imaginar o diabo a fazê-lo. O mundo virado do avesso e a natureza ambivalente das máscaras do risível são ao mesmo tempo cômicos e terrificantes, já que nesse sistema cultural ao riso se acopla a imagem de uma ação diabólica e pecaminosa. A propósito, o diálogo filosófico em tom de paródia "Sonho com Deus e o diabo", de Fazil Iskander, não deixa de ser uma contundente alusão satírica a embates profundos do pensamento russo. Parece lícito pressupor, então, que tal linhagem cômica da literatura russa propõe uma outra racionalidade para a captação do mundo, pautada pela transgressão do percurso "normal" do pensamento russo na busca daquele "antimundo", de que nos falam os teóricos russos Likhatchóv e Pántchenko.[7]

---

[7] Foi Boris Schnaiderman quem apontou, pela primeira vez entre nós, a importância dos teóricos russos em um artigo de sua autoria, "Paródia e mundo do riso", publicado na *Revista Tempo Brasileiro*, nº 62, jul.-set. 1980, inteiramente dedicada ao estudo da paródia. Também faz referência a eles no prefácio à edição brasileira do livro de Vla-

Não é sem razão que se verifica em várias destas narrativas (Gógol, Tchekhov, Zamiátin, Kharms, Maiakóvski, Býkov, Sorókin são alguns dos exemplos flagrantes) um largo uso dos jogos de palavras, do chiste, da pilhéria e de toda a forma de instrumentos linguísticos, cuja comicidade advém, principalmente, do fato de que a razão e o julgamento crítico declaram, de forma paródica e autorreferente, a ausência de sentido. Ou, mais precisamente, porque o jogo de palavras e toda espécie de brincadeira linguística suscitam, *a priori*, a ligação entre duas séries de ideias separadas, fazendo transgredir a forma usual de exercício da atividade intelectual. A sonoridade da palavra é por vezes realçada em detrimento de sua significação, o que resulta no caráter "não sério" da racionalidade inerente aos chistes, aos trocadilhos e aos calembures. Freud foi certamente um dos primeiros estudiosos a estabelecer a relação entre o chiste e o inconsciente, identificando o processo de formação do chiste como análogo ao do sonho.[8] Assim, a irrupção do *nonsense*, do aparente não sentido, do fantástico, do inconsciente e do absurdo constitui, não raras vezes, um meio indispensável para a apreensão da totalidade da existência.

O riso e o humor na literatura e na cultura russas se configuram, certamente, não apenas como espaço de transgressão da ordem social, mas também como subversão da linguagem filosófica e normativa russa, abrindo perspectivas amplas para a desordem diante das restrições impostas e da existência de uma ordem preestabelecida. Não há dúvida de que é possível atribuir à experiência do riso e do risível na cultura russa um valor de liberdade e de purgação em relação às coerções sociais que marcam o poder do Estado russo ao longo de toda a sua história.

É nesse movimento, orientado para uma concepção do "mundo do riso" e do cômico russo como oposição à ideologia da seriedade e como destruição da hierarquia e da ordem, que se insere esta coletânea, a eri-

---

dímir Propp, *Comicidade e riso* (São Paulo, Ática, 1992). Conforme ele nos informa, Likhatchóv e Pántchenko publicaram *"O mundo do riso" na Rússia antiga* (*"Smiekhovói mir" driévnei Russi*) em 1976, e, em 1984, os autores, em colaboração com Natália Ponirko, apresentaram uma versão ampliada desse mesmo livro, com novo título, *O riso na Rússia antiga* (*Smiékh v Drévnei Russi*), acrescido de uma coletânea de textos cômicos, edição esta que me foi cedida por Boris Schnaiderman, de cara memória.

[8] "O chiste e sua relação com o inconsciente" (1905), texto que integra o volume VIII da edição brasileira das *Obras completas* de Freud (Rio de Janeiro, Imago, 1977).

gir uma forma específica de conhecimento social, de leitura crítica da opressão e de desmistificação da ideologia dominante. Ao flagrarem, por via do humor, um instrumento de acesso à realidade do não sério, esses escritores abrem no interior do fluxo literário e cultural russo a possibilidade de uma outra verdade, sancionada por uma outra lógica e uma outra razão, fundamento essencial, aliás, da literatura e da arte no mundo moderno e contemporâneo.

Sobre a tradução

> "Cada anedota é uma pequena revolução."
>
> George Orwell

Transmitir o humor de uma cultura a outra não é tarefa fácil. As dificuldades impostas ao tradutor brasileiro de textos literários russos não são poucas, mas os obstáculos parecem ser ainda mais intransponíveis quando a empreitada recai sobre textos russos de humor ou comicidade.

O labor tradutório diante de situações narrativas peculiares, diálogos, subtextos, intertextos, anedotas, piadas ou referências culturais que miram o efeito cômico é um exercício de persistência e obstinação. Porque para lograr a plena apreensão do humor e a eventual fruição do riso é preciso pressupor no texto a ser traduzido a captação do risível muitas vezes nas entrelinhas do não dito ou na imersão em um campo semântico e cultural muito específico, não raras vezes de difícil acesso ao leitor desprevenido ou estranho a essa cultura.

Por outro lado, as engrenagens e os mecanismos do cômico entranhados na tessitura mesma da escrita e da língua exigem do tradutor, muito mais, talvez, do que no trabalho com qualquer outro estilo literário, soluções de transposição criativa ou de "transcriação", essenciais para projetar no texto de chegada o contexto estilístico, semântico e cultural em que ocorre o humor, seja por meio de jogos linguísticos, efeitos sonoros, ou pela desestabilização das diferentes camadas do léxico, terreno fértil para a irrupção do cômico e do riso. Transpor a gênese essencial de um texto cômico russo para a nossa língua não é, pois, uma operação isenta de dificuldades, dúvidas e hesitações.

Os tradutores que participaram desta antologia não temeram enfrentar tais desafios. Com audácia, competência e maestria se lançaram às estratégias tradutórias com um único e meritório fim: compartilhar com o leitor brasileiro a aventura do riso russo. A todos esses artistas da palavra, o meu agradecimento.

Desse trabalho coletivo, que contou ainda com a valiosa contribuição dos editores deste volume, resta ainda a clara demonstração de que, se a tradução é, afinal, uma vivência interior do mundo e da técnica do traduzido, uma desmontagem e uma remontagem da máquina da criação, "aquela fragílima beleza aparentemente intangível que nos oferece o produto acabado numa língua estranha", como bem expressou Haroldo de Campos, então a tradução também é uma operação de crítica literária.

Ao caro leitor cabe a constatação...

ANTOLOGIA DO HUMOR RUSSO

(1832-2014)

As notas dos tradutores fecham com (N. da T.). As notas das edições russas, com (N. da E.), e as notas dos autores, com (N. do A.). Ao final do volume encontram-se os títulos originais dos textos e as fontes utilizadas para as traduções, assim como os respectivos copyrights.

Nikolai Gógol

Nikolai Gógol (1809-1852) é o pai de uma das vertentes mais poderosas e complexas da prosa russa. Foi autor não só de contos fundamentais, como "O nariz" e "O capote", e do romance *Almas mortas*, mas também de um corpo consistente de dramaturgia, em que a comédia *O inspetor geral* se destaca como uma das maiores peças da literatura russa. Em Gógol, a sátira e a paródia, elementos presentes em todas essas obras, são marcadas por um viés "subjetivo" que deforma os temas e as personagens, conferindo-lhes o teor de irrealidade e fantasmagoria que se revelou extremamente atual para a geração dos modernistas russos, e continua a surpreender ainda hoje. "Ivan Fiódorovitch Chponka e sua titia" foi publicado no segundo volume do seu livro de estreia, *Serões numa fazenda perto de Dikanka* (1832), um ciclo de narrativas baseado na paisagem e no folclore da Ucrânia. Esses contos, que pertencem a uma fase solar da obra do autor, são contados sempre pelo mesmo narrador de alma simples e humor benevolente. Neste "Ivan Chponka", no entanto, Gógol já nos oferece um vislumbre de sua maestria como caricaturista e, sobretudo na cena final, cronista ímpar do absurdo cotidiano.

Ivan Fiódorovitch Chponka e sua titia

Com esta história aconteceu uma história: quem a contou foi Stepan Ivánovitch Kúrotchka,[1] que volta e meia vinha de Gádiatch[2] nos ver. Os senhores devem saber que minha memória é indescritível de tão ruim: se me dizem algo, é como se não dissessem, tanto faz. É o mesmo que verter água na peneira. Sabendo de meu pecado, foi de caso pensado que pedi para ele tomar nota da história num caderno. Pois bem, que Deus lhe dê saúde, um homem sempre tão bom para mim; pegou e anotou. Eu o ajeitei na mesinha; os senhores, estou certo, sabem bem como ela é: fica no canto, de cara com porta... Ah, ia esquecendo que ainda não nos fizeram uma visita. Minha velhinha, com quem vivo há cerca de trinta anos, nunca na vida aprendeu a ler e a escrever; um pecado que não tem como disfarçar. Eis que um dia a pego assando pastéis sobre um papel qualquer. E pastéis, meus caros leitores, ela os assa magnificamente bem; melhores do que esses os senhores não terão em lugar algum a chance de provar. Olhei de relance para uma tigelinha de pastel e o que vi: palavras anotadas. Como se meu coração soubesse de algo, aproximei-me da mesinha — do caderno só metade havia sobrado! As outras folhas foram usadas nos pastéis. O que podia fazer? Não se vai brigar na velhice!

No ano passado, calhou-me passar por Gádiatch. De caso pensado, antes mesmo de chegar à cidade, fiz um nó no lenço para não me esquecer de pedir o resto da história a Stepan Ivánovitch. E, por via das dúvidas, prometi a mim mesmo que, assim que eu desse um espirro, na hora me lembraria dele. Tudo em vão. Atravessei a cidade inteira, dei um espirro, assoei o nariz no lenço, e nada de lembrar-me dele, ou melhor, eu

[1] Em russo, o nome da cidade significa "franguinho". (N. da T.)

[2] Cidade ucraniana da região de Poltava. (N. da T.)

me lembrei, mas já me encontrava a seis *verstas*[3] da barreira. Que saída? Foi preciso publicar a história sem o fim. Em todo caso, se alguém desejar sem falta saber o que acontece adiante no conto, restará apenas dar uma chegada em Gádiatch e perguntar por Stepan Ivánovitch. Ele contará com grande prazer, mas irá, na certa, narrar outra vez do começo ao fim. Mora pertinho da igreja de pedra. Agora ali se acha uma pequena travessa: basta pegar a travessa, e é o segundo ou o terceiro portão. Aliás, melhor assim: quando avistar, num quintal, uma grande pértiga com uma codorniz em cima e uma mulher gorda de saia verde for recebê-lo (não é demais mencionar que ele leva uma vida de solteirão), será esse o seu quintal. Pensando bem, os senhores podem encontrá-lo no mercado, aonde ele se dirige toda manhã e fica até as nove horas, escolhendo o peixe e as hortaliças de sua mesa e papeando com o pope Antip ou com o *jid*[4] arrendatário. Os senhores reconhecerão Stepan Ivánovitch no mesmo instante, porque, além dele, ninguém usa pantalonas coloridas de linho e uma sobrecasaca de algodão chinês amarelo. E mais um detalhe: ele sempre balança os braços ao andar. Denis Petróvitch, o falecido líder local, toda vez que o avistava de longe, dizia: "Olhem, olhem, vem vindo o moinho de vento!".

I. Ivan Fiódorovitch Chponka

Faz quatro anos que Ivan Fiódorovitch Chponka reformou-se e foi viver em seu sítio de Vitrebiénki.[5] Quando não passava de um Vaniúcha,[6] ele frequentava a escola técnica da província de Gádiatch e, deve-se dizer, era um rapazinho bem-comportado e muito dedicado. O professor de gramática russa, Nikífor Timoféievitch Deepritchástie[7] dizia que, se todos os alunos fossem tão esforçados como Chponka, não seria obrigado a levar para a sala de aula uma régua de madeira de bordo, com a qual, como ele mesmo confessava, cansou de bater nas mãos dos pregui-

[3] Antiga medida russa equivalente a 1,067 km. (N. da T.)

[4] Termo pejorativo para se referir a judeu. (N. da T.)

[5] Em russo, significa "esquisitices", "extravagâncias". (N. da T.)

[6] Diminutivo carinhoso de Ivan. (N. da T.)

[7] Em russo, significa "gerúndio". (N. da T.)

çosos e dos travessos. O caderno de Chponka estava sempre esmerado, todo pautado, nem sequer uma mancha. Ele se sentava em silêncio, as mãos paradinhas, e não tirava os olhos do professor, e nunca pregava papéis nas costas do camarada da frente, não raspava os bancos e não brincava, antes de o professor chegar, de "mulherzinha espremida".[8] Quando um colega precisava de um canivete para aparar a pena, logo se dirigia a Ivan Fiódorovitch, sabendo que este tinha o hábito de levar um consigo, e Ivan Fiódorovitch, ainda um mero Vaniúcha, sacava o canivete de uma pequena bainha de couro atada à botoeira de sua sobrecasaca cinza e apenas pedia para não raspar a pena com o gume, explicando que para isso existia o lado cego da lâmina. Sua conduta exemplar sem demora atraiu atenção, mesmo a do professor de latim — de quem bastava uma tossidela no vestíbulo, antes mesmo de seu capote de baeta e seu rosto marcado pela varíola apareceram à porta, para aterrorizar a classe inteira. Aquele temível professor, em cuja aula invariavelmente se achavam dois molhos de varetas para açoitar pousados na cadeira e metade dos ouvintes de joelhos, elegeu Ivan Fiódorovitch seu monitor, embora na classe houvesse vários rapazes com habilidades superiores.

Nesse ponto, não podemos deixar de mencionar um episódio que exerceu influência em toda a sua vida. Um dos alunos inspecionados por ele que não sabia patavina da lição, para persuadir seu monitor a escrever *scit*[9] na lista, trouxe para a classe um embrulho de papel com uma panqueca regada à manteiga. Embora Ivan Fiódorovitch prezasse a justiça, nesse momento estava morto de fome e não foi capaz de resistir à tentação: pegou a panqueca, botou o livro em pé diante de si e pôs-se a comer. E estava tão entretido que nem notou que na classe, de repente, fez-se um silêncio de morte. Só voltou a si, horrorizado, quando uma mão terrível, saindo do sobretudo de baeta, agarrou-o pela orelha e o puxou para o meio da classe. "Dê aqui a panqueca! Dê, miserável, estou mandando!", disse o temível professor, apanhou a panqueca oleosa com os dedos e a atirou pela janela, proibindo severamente os alunos que corriam pelo pátio de pegá-la. Sem tardar, fustigou violentamente as mãos

---

[8] Brincadeira típica da Ucrânia: as crianças se sentam na beirada de um banco e se empurram, dos dois lados, em direção ao meio, até uma delas ser jogada para fora. (N. da T.)

[9] *Scit*, do latim, "sabe". (N. da T.)

de Ivan Fiódorovitch. E bem feito: as mãos é que eram culpadas de pegar, e não as outras partes do corpo. Seja como for, a timidez que lhe era inseparável, após esse dia, cresceu ainda mais. Pode ser que o incidente seja o motivo de ele jamais ter desejado entrar no serviço civil, tendo verificado, na prática, que nem sempre é possível apagar vestígios.

Ele estava para fazer quinze anos quando passou para a segunda série, e, em lugar do catecismo abreviado e das quatro regras aritméticas, começou a ocupar-se com o catecismo integral, o livro dos deveres do homem e as frações. Mas, percebendo que, quanto mais se reza, mais assombração aparece e recebendo a notícia de que seu pai havia batido as botas, permaneceu ali mais dois anos e, com consentimento de sua mãe, ingressou no regimento de infantaria de P***.

O regimento de infantaria de P*** era um tipo diferente dos muitos outros regimentos de infantaria; embora, a maior parte do tempo, ficasse aquartelado nas aldeias, nada devia aos outros regimentos, nem mesmo aos de cavalaria. Em grande parte, os oficiais bebiam vinho congelado[10] e sabiam arrastar os *jides* por suas *peiot*[11] tão bem quanto qualquer hussardo; e não poucos dançavam a mazurca, fato que o coronel do regimento de P*** não perdia oportunidade de mencionar numa roda de conversa em sociedade. "Entre meus rapazes", dizia ele, dando, como de costume, um tapinha no estômago de palavra em palavra, "muitos dançam a mazurca; muitíssimos; um número espantoso." Para que os leitores possam ter uma visão mais abrangente da educação do regimento de infantaria de P***, acrescentaremos que dois dos oficiais eram jogadores terríveis de banco[12] e perdiam no jogo a túnica, o quepe, o capote, a alça do punho da espada e até a roupa de baixo, conduta que não é vista em todo lugar, mesmo entre soldados da cavalaria.

A convivência com os camaradas, no entanto, em nada diminuiu a timidez de Ivan Fiódorovitch. Como ele não bebia vinho congelado, preferindo um cálice de vodca antes do almoço e do jantar, não dançava a mazurca e não ia à mesa de banco, naturalmente se via sempre sozinho.

---

[10] O costume de congelar vinhos antes de consumi-los, procedente da França, era muito antigo entre os russos. Acreditava-se que o vinho se tornava mais encorpado e forte. (N. da T.)

[11] Cachos de cabelos laterais usados pelos judeus ortodoxos. (N. da T.)

[12] Jogo de cartas disseminado na Rússia no século XIX que constava de um banqueiro e de apostadores. (N. da T.)

Enquanto os outros visitavam, em cavalos contratados, os pequenos proprietários dos arredores, ele, recolhido em seu apartamento, dedicava-se a ocupações apropriadas a uma alma dócil e bondosa: ora limpava os botões, ora se entretinha com um livro de adivinhas, ora armava ratoeiras nas beiradas do quarto, ora, livrando-se enfim da túnica, caía na cama. Em compensação, no regimento não havia ninguém mais esforçado que Ivan Fiódorovitch. Conduzia seu pelotão tão bem que o comandante da companhia sempre o destacava como exemplo a ser seguido. Antes do prazo, onze anos após ter recebido a patente de alferes, foi promovido a segundo-tenente.

Foi nesse ínterim que chegou a notícia de que sua mãe havia morrido; sua tia materna — de quem ele só sabia da existência pelos pães de mel deliciosos, preparados por ela mesma, e pelas peras secas que ela lhe trazia na infância e, depois, enviava para Gádiatch (com a irmã ela havia tido uma rixa e, após isso, Ivan Fiódorovitch nunca mais a vira) —, essa tia, pelo coração de ouro, incumbiu-se de administrar a pequena propriedade do sobrinho, fato que ela informou por carta no tempo devido. Ivan Fiódorovitch, confiando plenamente no juízo da tia, voltou às funções habituais do serviço. Outro, no lugar dele, com tal patente, teria se enchido de orgulho, mas o orgulho era absolutamente estranho à sua índole: ao se tornar segundo-tenente, ele continuou o mesmo Ivan Fiódorovitch do tempo de alferes. Quatro anos após esse acontecimento em si digno de nota, ele estava prestes a marchar com seu regimento da província de Moguilióv[13] para a Grande Rússia quando recebeu uma carta com o seguinte teor:

> Amado sobrinho Ivan Fiódorovitch!
>
> Mando-lhe roupas de baixo: cinco pares de meias curtas de linha e quatro camisas de linho fino; e ainda tenho um assunto a tratar: como você já possui uma patente de valor, coisa que tenho certeza que é de seu conhecimento, e já chegou à idade de ocupar-se de sua propriedade, não há qualquer sentido em continuar no serviço militar. Estou velha e não posso cuidar de tudo em seu negócio, e também tenho muitas coisas pa-

[13] Cidade do leste da Bielorrússia. (N. da. T.)

ra contar pessoalmente. Venha, Vaniúcha. Ansiosa pelo prazer sincero de vê-lo, sua tia que nunca deixou de amá-lo,

Vassilissa Tsúptchevska[14]

Um nabo esquisito cresceu em nossa horta: mais parece uma batata do que um nabo.

Uma semana após ter recebido a carta, Ivan Fiódorovitch assim respondeu:

Mui prezada senhora,
minha tia Vassilissa Kachpórovna!

Agradeço grandemente pela remessa de roupas. Minhas meias estavam particularmente puídas, tanto que o ordenança chegou a remendá-las quatro vezes e ficaram apertadas. A respeito de sua opinião sobre meu serviço, estou inteiramente de acordo e anteontem apresentei meu pedido de reforma. Assim que receber a dispensa, contratarei um cocheiro. A incumbência que havia feito, das sementes de trigo *arnautka*[15] siberiano, não pude cumprir: em toda a província de Moguilióv não se acha nada do tipo. Os porcos daqui, na maioria dos casos, alimentam-se de *braga*[16] misturada a um pouco de cerveja mais fermentada.

Com meus respeitos, mui prezada senhora, minha tia, seu eterno sobrinho,

Ivan Chponka

Por fim, Ivan Fiódorovitch foi reformado com a patente de primeiro-tenente. Contratou por quarenta rublos um *jid* para conduzi-lo de Moguilióv a Gádiatch e pôs-se a caminho, em uma charrete coberta, no momento em que as árvores se revestiam de folhas novas e ainda raras; toda a terra esverdeava com o frescor das plantas; e nos campos, por todo lado, soprava a primavera.

---

[14] Nome formado a partir do termo ucraniano *tsupkati*, do verbo *topat* ("bater pé"), ou da palavra *tsúpki* ("sólido", "resistente"). (N. da T.)

[15] Tipo de trigo de grão duro e branco. (N. da T.)

[16] Antiga cerveja russa feita de malte, de baixo teor alcoólico. (N. da T.)

II. A estrada

Na estrada, nada de muito extraordinário aconteceu. Viajaram pouco mais de duas semanas. Ivan Fiódorovitch talvez pudesse ter chegado mais rápido, mas o *jid*, muito devoto, observava o *shabat* aos sábados e, cobrindo-se com o xairel, rezava o dia todo. Fosse como fosse, Ivan Fiódorovitch, como já tive ocasião de observar, não era homem que se deixasse entregar ao tédio. Nesse meio-tempo, ele desamarrava a mala, tirava a roupa de baixo, observando-a nos mínimos detalhes — se bem lavada, bem dobrada —, eliminava cuidadosamente um pontinho de penugem da túnica nova, costurada agora sem dragonas, e de novo empacotava tudo da melhor maneira. Livros, em geral, ele não gostava de ler, e, se volta e meia espiava o livro de adivinhas, era porque lhe agradava encontrar algo conhecido, que já tinha cansado de ver. Da mesma forma, um vivente da cidade não se dirige todo dia ao clube para ouvir algo novo, mas para encontrar as companhias com quem, desde tempos imemoráveis, ele se habituou a conversar. Assim como um funcionário público lê com grande prazer o anuário[17] algumas vezes por dia não por razões diplomáticas, mas para se divertir imensamente com a impressão da lista dos nomes. "Ah! Ivan Gavrílovitch de Tal", repete consigo. "Ah! Aqui estou eu! Hmm!" E, na vez seguinte, relê tudo com as mesmas exclamações.

Após duas semanas de viagem, Ivan Fiódorovitch parou numa aldeola a cem *verstas* de Gádiatch. Era uma sexta-feira. O sol tinha se posto havia tempo quando ele entrou, com a carruagem e com o *jid*, numa estalagem.

A estalagem não se diferenciava das outras estalagens construídas em aldeolas. Nelas geralmente oferecem, com grande insistência, feno e aveia ao viajante, como se este fosse um cavalo dos correios. Mas, se ele quiser tomar café da manhã, como toda a gente decente costuma fazer, seu apetite se conservará inalterado até uma próxima ocasião. Sabendo disso, Ivan Fiódorovitch se muniu com antecedência de duas pencas de

[17] Catálogo impresso no Império Russo com os nomes dos funcionários de todas as instituições públicas. (N. da T.)

búblik[18] e de linguiça e, ao pedir um cálice de vodca, que não faltará a uma estalagem sequer, pôs-se a jantar acomodado num banco diante de uma mesa de carvalho, bem fincada no chão de barro.

Nesse ínterim, ouviu-se o ruído de uma sege. Os portões rangeram, mas a sege demorou a entrar no pátio. Uma voz ruidosa imprecava com a velha que tomava conta da taberna. "Eu vou entrar", ouviu Ivan Fiódorovitch, "mas se um só percevejo me picar neste seu casebre, levará uma sova, por Deus se levará, bruxa velha! E pelo feno não darei nada!"

Um minuto depois, a porta se abriu e por ela entrou, ou melhor, se enfiou um homem gordo de sobrecasaca verde. Sua cabeça pousava, inerte, no pescoço curto, que parecia ainda mais grosso por causa da papada de dois pavimentos. Seu aspecto dava a impressão de pertencer à categoria dos homens que não se incomodam com ninharias e cuja vida corre de vento em popa.

— Salve, salve, caro senhor! — disse ele notando Ivan Fiódorovitch.

Ivan Fiódorovitch fez uma reverência em silêncio.

— Permita-me perguntar: com quem tenho a honra de falar? — continuou o gordo recém-chegado.

Diante de tal interrogatório, Ivan Fiódorovitch involuntariamente se levantou e colocou-se em posição de sentido, como costumava fazer quando o coronel lhe perguntava alguma coisa.

— Tenente reformado, Ivan Fiódorovitch Chponka — respondeu ele.

— Para que paragens pretende ir, atrevo-me a perguntar?

— Para meu próprio sítio, Vitrebiénki.

— Vitrebiénki! — exclamou o severo interrogador. — Permita-me, caro senhor, permita-me! — disse avançando na direção dele e meneando os braços, como se alguém o impedisse de passar ou como se ele abrisse caminho numa multidão, e, ao se aproximar, envolveu Ivan Fiódorovitch num abraço e o beijou: primeiro a bochecha direita, depois a esquerda, então a direita outra vez.

Ivan Fiódorovitch gostou muito da troca de beijos, pois seus lábios tomaram as bochechas imensas do desconhecido por travesseiros macios.

— Permita-me que eu me apresente, caríssimo senhor! — prosseguiu o gordalhão. — Sou proprietário na mesma província de Gádiatch e seu

---

[18] Rosca de origem ucraniana, muitas vezes coberta de sementes de papoula. (N. da T.)

vizinho. Moro a menos de cinco *verstas* do sítio de Vitrebiénki, na aldeia de Khortische; eu me chamo Grigori Grigórievitch Stortchenko.[19] Virá sem falta, sem falta, meu caro, ai do senhor se não for me ver na aldeia de Khortische, não o conheço mais. Neste momento, me vejo obrigado a correr... O que é isso? — disse com voz dócil ao seu lacaio, um mocinho vestido numa *svitka*[20] cossaca remendada nos cotovelos que havia entrado e, com expressão perplexa, colocava caixas e trouxas em cima da mesa. — O que é isso? Hein? — e a voz de Grigori Grigórievitch tornava-se mais ameaçadora. — Será que eu lhe mandei colocar aqui, meu querido?! Será que eu disse para colocar isso aqui, miserável?! Será que eu não disse para requentar o frango antes, farsante?! Fora daqui! — ele gritou, batendo o pé. — Alto lá, cara de tacho! Onde está a frasqueira com as garrafas? Ivan Fiódorovitch — disse ele enquanto enchia um cálice de licor caseiro —, faz-me o obséquio de provar este medicinal!

— Por Deus, não posso... Eu já tive oportunidade de provar uma vez... — disse Ivan Fiódorovitch com embaraço.

— Não quero nem ouvir, meu caro! — o proprietário ergueu a voz. — Não quero nem ouvir! Não arredo pé enquanto não der uma bicadinha...

Percebendo que não seria possível recusar, Ivan Fiódorovitch, não sem prazer, bebeu o cálice.

— É frango, meu caro — continuou o balofo Grigori Grigórievitch, cortando o frango com uma faca dentro de uma caixa de madeira. — Devo dizer que minha cozinheira, Iavdokha, às vezes dá de beber e, como resultado, deixa o frango seco demais. Ei, rapaz! — virou-se para o garoto de *svitka* cossaca, o qual havia lhe trazido um colchão de penas e travesseiros — monte a cama no chão, no meio da casa! E trate de botar mais feno debaixo desse travesseiro! E também arranque um tufo de cânhamo da estriga da dona para eu tapar os ouvidos de noite! O senhor, meu caro, deve saber que ganhei o hábito de tapar os ouvidos de noite após um odioso incidente numa taberna russa, quando uma barata se enfiou no meu tímpano esquerdo. Esses malditos *katsapes*,[21] como fiquei

---

[19] Nome formado a partir da palavra ucraniana *stortchati*, do verbo *torchat*: "sobressair", "mostrar-se". (N. da T.)

[20] Espécie de cafetã, típico da Bielorrússia e também usado na Ucrânia. (N. da T.)

[21] Em ucraniano, forma pejorativa para se referir a um russo. (N. da T.)

sabendo depois, até *schi*[22] comem com baratas. Não tenho palavras para descrever o que se passou: sentia cócegas no ouvido, cócegas horríveis... Queria subir pelas paredes! Fui acudido por uma velha simplória de nossas paragens. E como, o senhor adivinha? Deu simplesmente um sussurro. O que me diz dos médicos, meu caro? Penso que eles só sabem mistificar e ludibriar. Uma velhota qualquer sabe vinte vezes mais do que esses médicos.

— Sem dúvida, o que o senhor diz é absolutamente verdadeiro. Algumas certamente... — nesse ponto, Ivan Fiódorovitch hesitou, como que não conseguindo encontrar a palavra apropriada.

Não seria demais mencionar que ele, em geral, não era pródigo em palavras. Pode ser que isso resultasse de sua timidez, ou do desejo de expressar-se de forma mais bonita.

— Sacode, sacode bem o feno! — dizia Grigori Grigórievitch ao seu lacaio. — O feno daqui é tão sujo que não é raro se achar um galhinho no meio. Permita desejar-lhe uma boa noite, meu caro! Amanhã já não nos veremos: partirei antes do amanhecer. Seu *jid* vai celebrar o *shabat*, porque amanhã é sábado, e não há motivo para o senhor levantar-se cedo. Não se esqueça de meu pedido: enquanto não for me ver na aldeia de Khortische, não o conheço mais.

Então o camareiro lhe tirou as botas e a sobrecasaca, enfiando o roupão no lugar, e Grigori Grigórievitch se jogou na cama, dando a impressão de que um colchão enorme havia desabado em outro.

— Ei, rapaz, aonde você pensa que vai? Venha cá, patife, ajeite o cobertor! E coloque mais feno debaixo da cabeça! Diga lá, deram de beber aos cavalos? Mais feno! Aqui, deste lado! Ajeite direito o cobertor, mentecapto! Assim, mais! Afe!

Grigori Grigórievitch suspirou uma ou duas vezes antes de deixar escapar um assobio nasal aterrorizante que se espalhou pelo aposento inteiro, e por vezes roncava tão alto que a velha, cochilando no leito de tijolos da estufa, despertava e dirigia os olhos para todo lado, mas, não vendo nada, sossegava e pegava no sono outra vez.

No dia seguinte, quando Ivan Fiódorovitch acordou, o gordo proprietário não estava mais lá. Foi esse o único episódio digno de nota que

[22] Sopa à base de repolho com legumes e carne. (N. da T.)

lhe aconteceu no caminho. Dois dias depois, ele já se avizinhava de seu sitiozinho.

Ivan Fiódorovitch sentiu o coração bater com força quando avistou o moinho de vento girando as asas e quando, à medida que o *jid* fazia seus rocinantes subirem o morro, viu surgir uma fileira de salgueiros. Por entre eles, uma lagoa reluziu, viva e radiante, cheirando a frescor. Era ali que ele antigamente se banhava. Era ali, nessa mesma lagoa, que ele, com água até o pescoço, procurava pitus com a meninada. A charrete alcançou o aterro da represa e Ivan Fiódorovitch divisou a velha casinha coberta de junco, com as mesmas macieiras e cerejeiras nas quais ele costumava trepar escondido. Mal entrou no quintal, chegaram correndo de todos os lados cachorros de diferentes tipos: pardos, pretos, cinzentos, malhados. Uns se lançavam latindo sob as patas dos cavalos, outros corriam atrás da charrete ao farejar o eixo das rodas besuntado de banha de porco; um, ao pé da cozinha, cobrindo um osso com a pata, ladrava a plenos pulmões; outro latia ao longe correndo para a frente e para trás, abanando o rabo, como quem diz: "Olhe, boa gente, que jovem magnífico sou eu!". Garotos metidos em camisas sujas apressavam o passo para espiar. Uma porca, que zanzava pelo quintal com seus dezesseis porquinhos, ergueu o focinho com ar perscrutador e deu um grunhido mais alto do que o habitual. Ali havia muitas lonas estendidas onde espalhavam trigo, painço e cevada para secar ao sol. Sobre o telhado também secavam toda sorte de ervas: chicória, pilosela e outras.

Absorvido na contemplação, Ivan Fiódorovitch só voltou a si quando o cachorro malhado avançou na panturrilha do *jid*, que descia da boleia. A criadagem — limitada a uma cozinheira, uma camponesa e duas raparigas usando saias de baixo de lã — aproximou-se correndo e, depois das primeiras exclamações: "Mas é o nosso jovem *pan*!",[23] anunciou que sua tia estava na horta plantando trigo com a moça Palachka[24] e o cocheiro Omelko,[25] que não raro cumpria as funções de jardineiro e de vigia. Mas a tia, que havia visto de longe a carruagem coberta de lona, já se encontrava ali. Ivan Fiódorovitch ficou perplexo quando ela qua-

[23] Em polonês, significa "senhor". No texto original, a frase aparece em ucraniano: "*Ta se j panitch nach!*". (N. da T.)

[24] Diminutivo de Pelagueia. (N. da T.)

[25] Diminutivo de Emelian. (N. da T.)

se o ergueu nos braços, não podendo acreditar que essa era a mesma titia que lhe escrevia sobre senilidade e indisposições.

III. A titia

A titia Vassilissa Kachpórovna, nessa época, beirava os cinquenta anos. Nunca havia se casado e tinha o costume de dizer que nada era mais precioso do que sua castidade. De qualquer maneira, tanto quanto me lembro, ninguém jamais a pedira em casamento. O motivo era que todos os homens sentiam uma espécie de timidez em sua presença e não encontravam coragem para se declararem. "Que caráter forte tem Vassilissa Kachpórovna!", diziam os pretendentes e estavam cobertos de razão, porque Vassilissa Kachpórovna era capaz de amansar qualquer fera. Do moleiro beberrão, que não prestava absolutamente para nada, ela conseguira fazer um homem de ouro, apenas o puxando, com suas mãos viris, todo dia pelo topete, sem qualquer ajuda alheia. Sua estatura era de proporções quase gigantescas, e a corpulência e a força se adequavam perfeitamente. Parecia que a natureza havia cometido um erro imperdoável ao fadá-la a usar um penhoar marrom-escuro com pregas delicadas nos dias de trabalho e um bonito xale vermelho de caxemira no Domingo de Ressurreição[26] e no dia de seu santo,[27] quando bigodes de dragão e botas de montaria lhe cairiam melhor. Em compensação, seus afazeres não podiam ser mais condizentes com seu talhe: ela guiava o barco sozinha, manejando o remo com mais habilidade do que qualquer pescador; atirava em pássaros selvagens; não desgrudava dos ceifadores; sabia a quantidade exata de melões e de melancias da horta; cobrava uma taxa de cinco copeques de cada carroça que atravessasse sua represa; trepava nas pereiras e sacudia as frutas; castigava os vassalos indolentes com mão terrível e aos merecedores oferecia, com essa mesma mão, um cálice de vodca. Praticamente ao mesmo tempo, ela espinafrava todo mundo, tingia o fio de fiar, corria para a cozinha, preparava *kvas*,[28] cozia doce de

---

[26] Refere-se à Páscoa ortodoxa, em que é costume usar vermelho. (N. da T.)

[27] É comum na Rússia, assim como em outros países, celebrar o dia do santo de quem a pessoa leva o nome. (N. da T.)

[28] Bebida de baixo teor alcoólico obtida da fermentação de pão de centeio. (N. da T.)

mel, enfim, passava o dia atarefada e arranjava tempo para tudo. Como resultado, a pequena propriedade de Ivan Fiódorovitch, que consistia de dezoito almas[29] conforme a última inspeção, florescia no sentido pleno da palavra. Além disso, ela tinha paixão por seu sobrinho e juntava copeque por copeque para ele.

Na volta para casa, a vida de Ivan Fiódorovitch mudou drasticamente, tomou outro rumo. Parecia que a natureza o havia feito para administrar uma propriedade de dezoito almas. Sua própria tia reparou que ele seria um bom patrão, embora ainda não lhe desse permissão para se intrometer em todos os assuntos domésticos. "Mas não passa de uma criança",[30] costumava dizer ela, apesar de Ivan Fiódorovitch ser quase um quarentão. "Ninguém nasce sabendo de tudo!"

De resto, ele não saía de perto dos ceifadores e segadores no campo, e isso propiciava um prazer indescritível a sua alma dócil. O frêmito uníssono de mais de uma dezena de gadanhas lustrosas; o ruído da relva caindo em carreiras regulares; o canto das ceifeiras que se ouvia de quando em vez — ora alegre, como no encontro de convivas, ora triste, como na separação —, uma noite calma, pura, e que noite! O ar fresco e livre! Tudo se enche de ânimo: a estepe se tinge de vermelho e de azul e irradia flores; codornizes, abetardas, gaivotas, grilos, milhares de insetos, e com eles silvos, zunidos, estalidos, bramidos formando um coro unissonante; e nada silencia sequer por um segundo. O sol se põe e se esconde. Ah! Como é fresco e bom! No campo, aqui e ali, fogueiras são acesas e caldeirões instalados, e em volta deles se acomodam os ceifadores de bigodes. Pairam os vapores das *galuchkas*.[31] O crepúsculo descolore... É difícil descrever o que se passava com Ivan Fiódorovitch nesses instantes. Ao se reunir com os ceifadores, ele se esquecia de provar as *galuchkas* que tanto adorava, e apenas se postava num canto, imóvel, seguindo com os olhos uma gaivota que desaparecia no céu ou contando os montes de trigo ceifado que revestiam o campo.

Sem demora, os bochichos sobre Ivan Fiódorovitch ser um proprietário habilidoso se alastraram por toda parte. Sua tia não podia deixar

---

[29] Uma maneira de os russos se referirem ao servo da gleba. (N. da T.)

[30] No texto original, a frase aparece em ucraniano: "*Vono sche moloda ditina!*". (N. da T.)

[31] Espécie de nhoque ucraniano, feito à base de farinha, ovos e creme azedo, cozido em leite ou caldo. (N. da T.)

de alegrar-se com isso e não perdia uma oportunidade de gabar-se do sobrinho. Um dia, já depois da colheita, mais precisamente no fim de julho, Vassilissa Kachpórovna, com ar misterioso, pegou Ivan Fiódorovitch pela mão e disse que agora queria tratar de um assunto que a preocupava havia tempos.

— Querido Ivan Fiódorovitch — assim ela começou —, é de seu conhecimento que seu sítio tem dezoito almas, quer dizer, conforme a inspeção, pois o número deve ser maior, talvez chegue a vinte e quatro. Mas isso não vem ao caso. Você conhece a pequena floresta que fica atrás de nosso terreno, às margens do rio, e decerto sabe que, atrás dessa floresta, existe uma grande campina: ela tem no mínimo vinte *dessiatinas*[32] e dá tanta grama que a cada ano se pode tirar dali cem rublos ou mais, principalmente se o regimento de cavalaria instalar-se em Gádiatch, como ouvi dizer.

— E como conheço, titia: ali o capim é muito bom.

— Que é muito bom estou careca de saber; mas será que você sabe que toda essa terra na verdade é sua? Por que esses olhos esbugalhados? Preste atenção, Ivan Fiódorovitch! Lembra-se de Stepan Kuzmitch? O que estou dizendo?! Naquela época, você era tão pequeno que mal podia pronunciar o nome dele. Como recordaria? Lembro que, quando vim para cá na véspera de São Felipe,[33] tentei pegá-lo nos braços e você quase estragou meu vestido inteiro; por sorte larguei você a tempo nas mãos de Matriona, sua ama de leite. Você era impossível nessa idade! Mas isso não vem ao caso. Toda a terra detrás de nosso sítio, incluindo a aldeia de Khortische, pertencia a Stepan Kuzmitch. Tenho obrigação de lhe informar que, antes de você nascer, ele deu de fazer visitinhas a sua mãe; lógico que ia quando seu pai não estava em casa. Mas não pense que falo para recriminá-la. Que sua alma descanse em paz, embora a defunta sempre tenha feito mau juízo de mim. Mas isso não vem ao caso. De qualquer maneira, Stepan Kuzmitch fez uma escritura de doação, em seu favor, da mesma propriedade de que falei. Só que sua falecida mãe, cá para nós, tinha um temperamento um tanto esquisito. Nem o diabo — Deus

---

[32] Medida equivalente a 1,09 hectare usada antes de a Rússia adotar o sistema métrico. (N. da T.)

[33] Trata-se do Jejum de São Felipe ou da Natividade, o período de Advento que precede o Natal. (N. da T.)

perdoe a palavra feia — era capaz de compreendê-la. Onde ela enfiou esse documento — só Deus sabe. Eu penso que caiu simplesmente nas mãos de Grigori Grigórievitch Stortchenko, aquele velho solteirão. O pançudo se apoderou de toda a propriedade. Posso apostar, e Deus é testemunha, que foi esse tratante quem escondeu o documento.

— Permita-me, titia: não seria o mesmo Stortchenko que conheci na estação?

Nessa altura, Ivan Fiódorovitch relatou seu encontro.

— Sabe-se lá! — respondeu a tia após refletir um pouco. — Pode ser que não seja um canalha. É verdade que faz apenas meio ano que ele mudou para cá, e não se pode conhecer um homem nesse espaço de tempo. Sua velha mãe, como me ocorreu ouvir, é uma mulher muito ajuizada e dizem ainda que exímia em salgar pepinos. Suas criadas fabricam tapetes excelentes. Se você está dizendo que foi bem acolhido por ele, faça uma visita! Pode ser que o velho pecador escute a voz da consciência e lhe devolva o que a ele não pertence. Você até poderia ir de sege, mas os malditos moleques arrancaram todos os pregos da parte de trás. É preciso pedir ao cocheiro Omelko para fazer um bom remendo de couro.

— Para que, titia? Eu pegarei a carroça que a senhora usa às vezes para caçar.

E assim a conversa foi concluída.

IV. O almoço

À hora do almoço, Ivan Fiódorovitch entrou na aldeia de Khortische e sentiu-se um pouco intimidado com a proximidade da casa dos patrões. A casa era comprida e não tinha teto de junco, como as moradas de muitos proprietários das redondezas, mas telhado de madeira. Os dois celeiros no quintal também tinham telhado de madeira; o portão era de carvalho. Ivan Fiódorovitch parecia um janota que, chegando a um baile, olha em volta e vê apenas trajes mais graciosos do que o dele. Por respeito, ele estacionou a carroça ao lado de um celeiro e seguiu a pé até o patamar da escadaria da entrada.

— Ah! Ivan Fiódorovitch! — pôs-se a gritar o gordo Grigori Grigórievitch, que andava pelo quintal vestindo uma sobrecasaca, mas sem gravata, colete ou suspensórios. E mesmo esse traje parecia sobrecarregar suas proporções avantajadas, porque o suor jorrava a cântaros. — Por que o senhor disse que, assim que encontrasse sua titia, viria direto para cá e não veio? — após essas palavras os lábios de Ivan Fiódorovitch encontraram os travesseiros que já conhecia.

— Os negócios me mantêm ocupado a maior parte do tempo... Eu vim apenas por um minutinho, para tratar de uma questão particular...

— Por um minutinho? Não, nada disso. Ei, rapaz! — gritou o gordo senhorio, e o mesmo garoto de *svitka* cossaca surgiu correndo da cozinha. — Diga a Kassián para trancar imediatamente o portão, está ouvindo? Bem trancado! E para desatrelar os cavalos do *pan* agora mesmo! Faça o favor de entrar; aqui está tão quente que minha camisa está ensopada.

Ao entrar no aposento, Ivan Fiódorovitch decidiu não perder tempo com futilidades e, apesar da timidez, avançou com firmeza.

— Minha tia teve a dignidade de... Ela contou que a escritura de doação do falecido Stepan Kuzmitch...

É difícil retratar o ar de desgosto que se imprimiu na cara farta de Grigori Grigórievitch diante dessas palavras.

— Santo Deus, não escuto nada! — respondeu ele. — Devo dizer que uma barata se meteu no meu tímpano esquerdo. Os malditos *katsapes* impregnaram as isbás russas de baratas. Não há pena capaz de descrever o tormento que passei. Sentia cócegas, cócegas horríveis. Fui acudido por uma velha do modo mais simples...

— Eu queria dizer... — Ivan Fiódorovitch atreveu-se a interromper, notando que Grigori Grigórievitch tentava deliberadamente mudar de conversa — que no testamento do falecido Stepan Kuzmitch é mencionada, por assim dizer, certa escritura de doação... que, segundo consta, se refere a mim...

— Eu entendi, sua tia teve tempo de me difamar. É mentira, por Deus, é mentira! Meu tio não fez escritura alguma. Embora, verdade seja dita, mencionem no testamento alguma escritura de doação, mas onde está ela? Ninguém a apresentou. Eu estou lhe dizendo isso unicamente por seu bem. Que calúnia, meu Deus!

Ivan Fiódorovitch calou-se, ponderando que sua tia poderia ter imaginado toda essa história.

— Olhe, mamãe vem vindo com minhas irmãs! — disse Grigori Grigórievitch. — Quer dizer que o almoço está pronto. Andemos! — e ele arrastou Ivan Fiódorovitch, pegando-o pela mão, até um salão onde havia uma mesa guarnecida de vodca e de petiscos.

Nesse meio-tempo, entrou uma velhota nanica, um verdadeiro bule de touquinha, acompanhada por duas senhoritas — uma loira e uma morena. Ivan Fiódorovitch, como um cavalheiro bem-educado, primeiro aproximou os lábios da mãozinha da velhota e então das mãos das duas mocinhas.

— Mamãe, esse é o nosso vizinho, Ivan Fiódorovitch Chponka! — disse Grigori Grigórievitch.

A velhinha fixou os olhos atentos em Ivan Fiódorovitch, ou talvez tenha sido apenas impressão dele. Fosse como fosse, ela era a bondade encarnada. Parecia querer tão somente perguntar a Ivan Fiódorovitch: quantos pepinos salgam para o inverno?

— O senhor bebeu vodca? — perguntou a velhinha.

— Mamãe, a senhora certamente não dormiu bem — disse Grigori Grigórievitch. — Onde já se viu perguntar a um convidado se ele bebeu? A senhora deve apenas nos servir; se bebemos ou não bebemos, é assunto nosso. Ivan Fiódorovitch! Faça o favor, aguardente de centáurea ou a Trokhímovskaia, qual prefere? Ivan Ivánovitch, por que está de pé? — disse Grigori Grigórievitch, virando-se para trás; e de repente Iván Fiódorovitch viu acercar-se da vodca Ivan Ivánovitch, que vestia uma sobrecasaca comprida, com uma enorme gola perpendicular que lhe cobria a nuca inteira, tanto que sua cabeça assentava na gola como que numa sege.

Ivan Ivánovitch aproximou-se da garrafa, esfregou as mãos, examinou cuidadosamente seu cálice, encheu-o, contemplou-o na contraluz e despejou na boca a vodca inteira, mas só a engoliu depois de bochechá-la bem. E, após beliscar pão e cogumelos salgados, dirigiu a palavra a Ivan Fiódorovitch.

— Não é com o senhor Ivan Fiódorovitch Chponka que tenho a honra de falar?

— Precisamente — respondeu Ivan Fiódorovitch.

— O senhor está muito mudado da época em que o conheci. Ora, ora! — prosseguiu Ivan Ivánovitch. — Ainda o lembro desse tamanhozinho! — e afastou a palma da mão em um *archin*[34] do chão. — Seu falecido pai, que Deus lhe dê o reino dos céus, era um homem extraordinário. Melancias e melões como os que cresciam na terra dele agora não se

---

[34] Antiga medida de comprimento equivalente a 0,71 m. (N. da T.)

acham em parte alguma. Aqui — continuou ele, puxando-o para o lado — também nos servem melões à mesa. Mas que espécie de melões? Não quero nem olhar! Acredite, excelentíssimo senhor, as melancias de seu pai — disse-o com ar misterioso, abrindo os braços como se quisesse abraçar uma árvore grossa —, juro por Deus, eram assim!

— Vamos passar à mesa! — falou Grigori Grigórievitch tomando Ivan Fiódorovitch pela mão.

Todos se dirigiram para a sala de jantar. Grigori Grigórievitch sentou no lugar de costume, à cabeceira da mesa, e cobriu-se com um enorme guardanapo, ganhando o aspecto dos heróis desenhados por barbeiros nos letreiros de suas fachadas. Corado, Ivan Fiódorovitch acomodou-se no local que lhe foi indicado, em frente às duas senhoritas; e Ivan Ivánovitch não falhou em colocar-se ao lado dele, com o coração alegre por ter a quem passar seus conhecimentos.

— O rabo que pegou não dá para o gasto, Ivan Fiódorovitch! É peru! — a velhinha dirigiu-se a Ivan Fiódorovitch, enquanto um garçom de aldeia de fraque cinza com remendos pretos estendia-lhe a travessa. — Tire do dorso!

— Mamãe, não meta o bedelho! — disse Grigori Grigórievitch. — Tenha certeza que o convidado sabe o que é melhor pegar! Ivan Fiódorovitch, tire a asinha, a outra, com a moela! Mas por que tão pouco? Apanhe a coxa! Ei, você com a travessa, para que essa cara de palerma? Suplique! Fique de joelhos, patife, e diga agora mesmo: "Ivan Fiódorovitch, pegue a coxa!".

— Ivan Fiódorovitch, pegue a coxa! — mugiu o garçom com a travessa, caído de joelhos.

— Hum, que raio de peru é esse? — disse a meia-voz Ivan Ivánovitch com ar de desdém, virando-se para seu vizinho. — É peru que se preze? Se o senhor visse os meus perus! Asseguro que um só dos meus tem mais banha do que uma dezena desses. Acredite, excelentíssimo senhor, os meus são tão gordurentos que se sente nojo só de vê-los zanzando pelo quintal...

— Ivan Ivánovitch, você mente! — disse Grigori Grigórievitch, atento à conversa.

— Eu vou lhe dizer — continuou Ivan Ivánovitch ao seu vizinho, sem dar ouvidos às palavras de Grigori Grigórievitch —, no ano passado, quando eu os mandei para Gádiatch, quiseram dar cinquenta copeques por peça. Nem assim eu aceitei.

— Ivan Ivánovitch, eu digo que você está mentindo! — Grigori Grigórievitch escandiu e elevou o tom para se fazer mais claro.

Ivan Ivánovitch prosseguiu como se isso não lhe dissesse respeito, e apenas passou a falar mais baixo.

— Assim mesmo, excelentíssimo, eu não quis vender. Nenhum proprietário de Gádiatch...

— Ivan Ivánovitch, você não passa de um tolo! — ergueu a voz Grigori Grigórievitch. — Ivan Fiódorovitch é muito mais entendido nisso do que você e, na certa, não acreditará em nada.

Ivan Ivánovitch, agora completamente ofendido, calou-se e pôs-se a traçar o peru, embora este não fosse tão gordo como os que davam nojo de olhar.

O bater das facas, das colheres e dos pratos substituiu a conversa por um tempo; mas o som mais ruidoso vinha de Grigori Grigórievitch, que chupava o tutano de um osso de carneiro.

— O senhor por acaso leu o livro — após um momento de silêncio, destacando a cabeça de sua sege, perguntou Ivan Ivánovitch a Ivan Fiódorovitch — *Viagem de Korobiéinikov aos lugares santos*?[35] Um verdadeiro deleite para a alma e o coração! Agora não imprimem livros como esse. Uma lástima que eu não tenha visto de que ano é.

Ao perceber que se tratava de um livro, Ivan Fiódorovitch começou a servir-se aplicadamente de molho.

— É verdadeiramente espantoso imaginar que um simples mercador tenha percorrido todos esses lugares. Mais de três mil *verstas*, excelentíssimo senhor! Mais de três mil *verstas*! De verdade, foi o próprio Senhor quem lhe concedeu a graça de visitar a Palestina e Jerusalém.

— Então o senhor está dizendo que ele conheceu Jerusalém? — disse Ivan Fiódorovitch, pois seu ordenança lhe falara muito a respeito de Jerusalém.

— Sobre o que está falando, Ivan Fiódorovitch? — articulou Grigori Grigórievitch da cabeceira da mesa.

---

[35] Com biografia obscura, Trífon Korobiéinikov — chamado ora mercador, ora sacristão — empreendeu, no século XVI, uma série de peregrinações para o Oriente em nome da embaixada de Moscou. Os relatos de viagem atribuídos a Korobiéinikov foram muito difundidos e diversas vezes reeditados. (N. da T.)

— Eu, por assim dizer, tive a oportunidade de notar como no mundo existem países distantes! — respondeu Ivan Fiódorovitch, satisfeito por ter conseguido pronunciar uma frase tão longa e tão difícil.

— Não acredite nele, Ivan Fiódorovitch — disse Grigori Grigórievitch, sem ter ouvido direito —, tudo o que diz é mentira!

Nessa altura, o almoço terminou. Grigori Grigórievitch, como de costume, recolheu-se a seus aposentos para tirar uma pestana; os convidados seguiram a velha anfitriã e as duas senhoritas até o salão, e a mesa em que deixaram a vodca, ao ir almoçar, estava como que transformada: havia sido coberta por pratinhos com uma variedade de geleias e por travessas com melancias, ginjas e melões.

A ausência de Grigori Grigórievitch era perceptível em todos. A anfitriã tornou-se mais falante e, sem que ninguém tivesse pedido, revelou uma infinidade de segredos do preparo de *pastilá*[36] e de peras secas. Mesmo as senhoritas conversaram; mas a loira, que mostrava seis anos a menos que a irmã e aparentava uns vinte e cinco, era mais taciturna.

No entanto, quem mais tagarelava e agia era Ivan Ivánovitch. Seguro de que agora ninguém iria confundi-lo ou importuná-lo, ele desembestou a falar sobre pepinos, sobre a semeadura de batatas, sobre como nos velhos tempos as pessoas eram mais sensatas — sem comparação com as de hoje —, sobre como todos, conforme o tempo avança, ficam mais inteligentes e inventam coisas engenhosas. Em duas palavras, ele era uma daquelas pessoas que têm muito gosto por conversas que provocam deleite à alma, e que falam de tudo de que é possível falar. Se a conversa girasse em torno de assuntos sérios e piedosos, Ivan Ivánovitch suspirava após cada palavra, assentindo com um aceno leve de cabeça; se em torno de temas domésticos, ele destacava a cabeça de sua sege e fazia tais trejeitos que, olhando-se para eles, quase se podia ler sobre a preparação do *kvas* de peras, sobre como eram grandes os melões de que falava e gordos os gansos que andavam por seu quintal.

Por fim, com grande esforço, perto de anoitecer, Ivan Fiódorovitch conseguiu despedir-se; apesar de sua natureza complacente e de praticamente o forçarem a pernoitar, ele manteve-se firme em seu propósito e partiu.

---

[36] Doce russo à base de purê de maçã, mel ou açúcar, e ágar (gelatina). (N. da T.)

V. O novo plano da titia

— Então, conseguiu arrancar a escritura do velhaco? — com essa pergunta Ivan Fiódorovitch foi recebido por sua tia, que, impaciente, havia esperado horas a fio na escadaria da porta de entrada e, finalmente, sem conseguir se conter, correra para fora do portão.

— Não, titia! — disse Ivan Fiódorovitch, descendo da carroça. — Grigori Grigórievitch não tem escritura nenhuma.

— E você acreditou nele! O miserável está mentindo! Algum dia nos encontraremos e, palavra, eu o estraçalho com minhas próprias mãos. Ah, farei essas banhas desaparecerem. De resto, antes precisamos falar com nosso secretário do tribunal, para ver se é possível exigir em juízo... Mas agora isso não vem ao caso. Pois bem, serviram um bom almoço?

— Muito bom... Sim, excelente, titia.

— Então, diga, que pratos ofereceram? Eu sei que a velha sabe cuidar da cozinha como ninguém.

— Bolinhos de ricota com creme azedo. Pombos recheados ao molho...

— E peru com ameixas, serviram? — perguntou a tia, porque ela mesma era grande mestra no preparo dessa receita.

— E peru também! E as duas moças são muito bonitas, as irmãs de Grigori Grigórievitch, principalmente a loira!

— Ah! — exclamou a tia e olhou fixamente para Ivan Fiódorovitch, que, corado, baixou os olhos. Uma ideia nova passou como um relâmpago por sua mente. — Então — perguntou ela, viva e curiosa —, como são as sobrancelhas?

Não é demais mencionar que para a tia as sobrancelhas eram o primeiro atributo da beleza feminina.

— As sobrancelhas, titia, são exatamente como as suas na juventude, segundo a senhora me contou. E sardas miudinhas espalhadas por todo o rosto.

— Ah! — exclamou a tia, satisfeita com o comentário de Ivan Fiódorovitch, que, contudo, nem em pensamento havia tentado elogiá-la. — Como era o vestido? Se bem que hoje em dia é difícil encontrar fazendas grossas como esta aqui, por exemplo, do meu penhoar. Mas isso não vem ao caso. Então, você trocou uma palavrinha com ela?

— O que quer dizer? Eu, titia? A senhora talvez esteja pensando...

— Qual é o problema? O que há de estranho? É a vontade de Deus! Talvez você e ela tenham nascido um para o outro.

— Eu não sei como pode falar uma coisa dessas, titia. É prova de que a senhora absolutamente não me conhece...

— Ora, ficou ofendido! — disse a tia. "*Não passa de uma criança*[37] — pensou consigo mesma —, não compreende nada da vida! Preciso dar um jeito de reunir esses dois para que possam conhecer um ao outro."

Nesse ponto, a tia foi dar uma espiada na cozinha e deixou Ivan Fiódorovitch sozinho. Mas, desde então, ela só pensava em ver rapidamente o sobrinho casado e em tomar conta dos netinhos. Em sua mente, empilhavam-se pensamentos sobre preparativos de casamento, e ela visivelmente passou a agitar-se mais em suas tarefas, que, a despeito disso, não iam melhor do que antes. Volta e meia, ao preparar algum doce — coisa que em geral proibia a cozinheira de fazer —, ela se distraía e imaginava que seu pequeno neto estava ao lado pedindo a guloseima e, aérea, estendia às mãos dele a porção mais saborosa, que o cachorro do quintal aproveitava para abocanhar, e ele mastigava com tanto estardalhaço que a tirava do devaneio, levando por isso uma bela sova com o atiçador. A tia deixou de lado suas ocupações preferidas, mesmo a caça, principalmente após ter acertado num corvo no lugar de uma perdiz, o que nunca havia lhe acontecido.

Quatro dias depois, a sege, tirada da estrebaria, era vista por todos no quintal. Desde manhãzinha, o cocheiro Omelko, também jardineiro e também vigia, pregava o couro com o martelo, afugentando sem parar os cachorros que lambiam as rodas. Tenho o dever de advertir os leitores de que essa era a mesmíssima sege em que viajara Adão; e, se alguém disser que outra sege é que é a mesma de Adão, isso não passará de uma mentira descarada e o carro será necessariamente uma falsificação. Não se tem notícia de como a sege conseguira se salvar do dilúvio. Devemos concluir que na Arca de Noé havia uma estrebaria especial para ela. É uma lástima que não seja possível descrever sua figura em detalhes vivos. Basta dizer que Vassilissa Kachpórovna estava muito satisfeita com sua arquitetura e sempre lamentava o fato de carruagens antigas terem saído

---

[37] No texto original, a frase aparece em ucraniano: "*Sche moloda ditina*". (N. da T.)

de moda. A própria construção da sege, que era um tanto torta — o lado direito marcadamente mais alto do que o esquerdo —, agradava-lhe muito, porque, como ela mesma dizia, de um lado subia uma pessoa baixa e de outro uma pessoa alta. De resto, na sege cabiam perfeitamente cinco de pequena estatura e três da estatura da tia.

Perto do meio-dia, Omelko, que havia terminado de preparar a sege, retirou do estábulo três cavalos, apenas um pouco mais novos do que ela, e começou a atrelá-los à majestosa carruagem. Ivan Fiódorovitch e sua tia montaram, ele pelo lado esquerdo e ela pelo direito, e a sege se pôs em movimento. Os mujiques com quem topavam no caminho, vendo carruagem tão rica (a tia a usava muito raramente), paravam em sinal de respeito, tiravam os chapéus e faziam reverências profundas. Após cerca de duas horas, a sege parou em frente da escadaria da porta de entrada — creio que seja desnecessário dizer que da entrada dos Stortchenko. Grigori Grigórievitch não estava em casa. Seguida pelas filhas, a velhota saiu da sala de jantar para receber as visitas. A tia aproximou-se em passo majestoso, pondo pé ante pé com grande habilidade, e disse sonoramente:

— Muito satisfeita, minha cara, pela honra de transmitir meus respeitos pessoalmente. Permita-me, além disso, agradecer a boa acolhida que deu ao meu sobrinho Ivan Fiódorovitch, que muito a elogiou. Que trigo-sarraceno magnífico tem a senhora! Eu o vi no caminho da aldeia. Permita-me saber quantos alqueires de trigo tiram por *dessiatina*?

Seguiu-se a isso uma troca de beijos generalizada. Quando todos se acomodaram no salão, a velha anfitriã começou:

— Quanto ao trigo-sarraceno, não lhe posso informar: é assunto de Grigori Grigórievitch. Faz muito tempo que deixei de ocupar-me disso; nem poderia, estou velha! Lembro que, em priscas épocas, nosso trigo chegava até a cintura, agora só Deus sabe... Mas insistem em dizer que hoje é tudo melhor — e a velhinha deu um suspiro que a um observador teria parecido vir do século XVIII.

— Ouvi dizer, minha cara, que suas criadas fabricam tapetes excelentes — disse Vassilissa Kachpórovna, tocando no ponto sensível da dona da casa.

Com essas palavras, a velhinha como que despertou e desmanchou-se numa falação sobre o tingimento de fios e o preparo da linha. Dos tapetes a conversa mudou rapidamente para a salga dos pepinos e a secagem das peras. Em resumo, não passou nem uma hora para que as duas senhoras entabulassem um falatório de quem se conhece faz séculos. Sobre muitas coisas Vassilissa Kachpórovna passou a falar em voz baixa, tão baixa que Ivan Fiódorovitch mal conseguia ouvir.

— Não gostaria de ver? — disse a velha anfitriã, levantando-se.

Em seguida, levantaram-se as duas senhoritas e Vassilissa Kachpórovna, e todas puseram-se a caminho do quarto das criadas. A tia, no entanto, deu um sinal a Ivan Fiódorovitch para que ficasse e sussurrou algo à velha.

— Máchenka[38] — disse a velhinha, dirigindo-se à mocinha loira —, faça companhia ao convidado, converse com ele para que não fique entediado!

A senhorita se deteve e acomodou-se no sofá. Ivan Fiódorovitch ficou sentado como que sobre brasas, corando e baixando os olhos; já a moça parecia não reparar em absolutamente nada e permaneceu em seu lugar com ar indiferente, os olhos atentos às janelas e às paredes ou a seguir a gata, que corria covardemente por entre os pés das cadeiras.

Ivan Fiódorovitch animou-se um pouco e quis puxar assunto, mas havia desperdiçado todas as palavras na estrada. Nenhum pensamento lhe passava pela mente.

O silêncio durou quase um quarto de hora. A senhorita ficou ali sentada da mesma maneira.

Finalmente, Ivan Fiódorovitch tomou coragem:

— No verão há muitas moscas, senhorita! — disse com voz meio trêmula.

— Demasiadamente! — respondeu ela. — Meu irmão fez um mata-moscas de um sapato velho de mamãe; mas mesmo assim há muitas.

A conversa, então, cessou novamente. E Ivan Fiódorovitch não achou jeito de entabular outra.

Nessa altura, a anfitriã, a tia e a senhorita morena retornaram ao salão. Conversaram mais um bocado e Vassilissa Kachpórovna se despediu, apesar dos inúmeros convites para pernoitarem. A velhota e as meninas acompanharam os convidados até a escadaria da entrada e por muito tempo acenaram à tia e ao sobrinho, que se destacavam cada um de um lado da sege.

---

[38] Diminutivo de Maria. (N. da T.)

— Então, Ivan Fiódorovitch, sobre o que você e a senhorita conversaram quando ficaram a sós? — perguntou a tia no caminho.

— Uma moça muito modesta e educada, a Maria Grigórievna! — disse Ivan Fiódorovitch.

— Escute, Ivan Fiódorovitch! Quero falar-lhe seriamente. Você já passou dos trinta e sete, graças a Deus. Tem uma bela patente. Chegou a hora de pensar em filhos! Precisa sem falta de uma esposa...

— Como, titia?! — exclamou Ivan Fiódorovitch, assustado. — Que esposa?! Não, titia, faça-me o favor... A senhora está me colocando em situação embaraçosa... Nunca fui casado antes... Eu não sei o que fazer com ela!

— Você saberá, Ivan Fiódorovitch, você saberá — disse a tia, sorrindo, e pensou consigo: "*Pois é! Não passa mesmo de uma criança*,[39] não compreende nada!" — Sim, Ivan Fiódorovitch — continuou ela em voz alta —, não é possível encontrar para você esposa melhor do que Maria Grigórievna. Além do mais, você gostou muito dela. Eu e a velha falamos muito a respeito: ela ficará por demais contente em tê-lo como genro; ainda não se sabe, de fato, o que dirá o pecador do Grigórievitch. Mas não daremos a mínima para ele, e, se ele pensar em recusar o dote, nossa conversa será no tribunal...

Nesse ínterim, a sege se avizinhou do quintal e os velhos rocinantes se animaram ao sentir a proximidade do estábulo.

— Escute, Omelko, antes de qualquer coisa, ponha os cavalos para descansar bem o suficiente, não os conduza ao bebedouro assim que desatrelá-los! Estão pelando. Então, Ivan Fiódorovitch — prosseguiu a tia, desembarcando da carruagem —, eu o aconselho a refletir a respeito. Ainda preciso dar um pulo na cozinha, pois me esqueci de dizer à Solokha o que fazer para o jantar e a imprestável não deve ter pensado em nada sozinha.

Mas Ivan Fiódorovitch ficou ali parado, como que aturdido por um trovão. Claro que Maria Grigórievna era uma mocinha muito bem-apessoada, mas casar! Essa ideia lhe soava tão estranha, tão esdrúxula, que não havia maneira de pensar nela sem medo. Viver ao lado de uma espo-

---

[39] No texto original, a frase aparece em ucraniano: "*Kudi j! Sche zovsim moloda ditina*". (N. da T.)

sa! Algo incompreensível! Ele não ficaria sozinho em seu quarto; teriam de ser, sempre e em toda parte, um par! Suor transparecia em seu rosto à medida que se afundava em pensamentos.

Ele recolheu-se mais cedo do que o habitual, mas, apesar de todos os esforços, não conseguia dormir. Enfim, o sono desejado, esse tranquilizante universal, visitou-o; mas com o que foi sonhar! Nunca tivera sonho tão incoerente. Ora tudo ao redor começa a zunir e a girar, e ele a correr, e a correr, mal sentindo as pernas... E as forças o abandonam... De repente alguém o pega pela orelha. "Ui! Quem é?" "Sou eu, sua esposa!", soa uma voz ruidosa. E ele subitamente desperta. Ora se vê casado, em uma casinha muito estranha e esquisita: em seu quarto, em vez de uma cama de solteiro, há uma cama de casal. A esposa está sentada em uma cadeira. Tudo lhe é estranho; ele não consegue se aproximar, puxar conversa, e ainda nota que ela tem cara de ganso. Por acaso ele se vira para o lado e vê outra esposa, também com cara de ganso. Vira-se para o outro lado — posta-se uma terceira esposa. Atrás dele — uma quarta. Então é invadido pela tristeza. Desembesta ao jardim, mas no jardim faz muito calor. Tira o chapéu e repara que dentro do chapéu também está sentada uma esposa. O rosto dele está banhado em suor. Mete a mão no bolso atrás do lenço, e no bolso também está uma esposa; tira do ouvido um chumaço de algodão, e também lá está uma esposa... Ora ele se põe a saltar num pé só, e sua tia, com os olhos fixos nele, diz com ar sério: "Sim, deve saltar, porque agora é um homem casado". Ele chega perto dela, mas a tia já não é a tia, mas um campanário. Ele sente alguém o puxar por uma corda até o alto do campanário. "Quem está me puxando?", diz queixosamente Ivan Fiódorovitch. "Sou eu, sua esposa, quem o puxa, porque você é um sino." "Não, eu não sou um sino, eu sou Ivan Fiódorovitch!", grita ele. "Sim, você é um sino", diz, passando em frente, o coronel do regimento de infantaria de P***. Ora ainda dá de sonhar que a esposa não era um ser humano, mas uma espécie de tecido de lã. Ele se encontra em Moguilióv e passa por uma loja. "Que tecido deseja?", diz o comerciante. "Pegue a esposa, está na moda agora! Um tecido de primeira! Todos fazem sobrecasacas dele." O comerciante mede e retalha a esposa. Ivan Fiódorovitch coloca o tecido debaixo do braço e vai ver o *jid*, o alfaiate. "Não", diz o *jid*, "o tecido é ruim! Ninguém fará uma sobrecasaca dele..."

Ivan Fiódorovitch despertou com medo e atordoado. Coberto por um suor frio, que jorrava como chuva.

Assim que se levantou, de manhãzinha, abriu o livro de adivinhas, no fim do qual o livreiro virtuoso, com rara bondade e desprendimento, havia inserido uma interpretação resumida para cada sonho. Mas lá não havia nada nem remotamente parecido com seu sonho incoerente.

Todavia, na cabeça da titia amadurecia um plano completamente novo, do qual os senhores saberão no próximo capítulo.

(1832)

Tradução de Moissei Mountian e Daniela Mountian

Fiódor Dostoiévski

Embora muito mais conhecido como romancista, Fiódor Mikháilovitch Dostoiévski (1821-1881) escreveu e publicou contos ao longo de toda a sua carreira literária. Esta antologia inclui dois textos dos extremos de sua produção. "A mulher de outro" foi publicado em 1848, apenas dois anos após sua estreia oficial, e traz uma faceta mais burlesca do autor, condizente com o tom folhetinesco de muitos dos periódicos da época — originalmente concebido como parte de um ciclo chamado "Notas de um desconhecido", em 1860 esse texto foi reformulado pelo autor, tornando-se a primeira parte do conto "A mulher de outro e o marido debaixo da cama". "Meia carta de 'uma certa pessoa'" foi publicado em 1873 na coluna "Diário de um escritor", que Dostoiévski mantinha no semanário *O Cidadão*. Por meio dessa coluna, que depois veio a se tornar uma publicação avulsa, o autor não só formava opinião e se envolvia em polêmicas, como também lançava mão de alguns procedimentos mais experimentais de escrita. Nesse caso, o jogo com a voz do editor que emoldura o conteúdo da carta e o fato de essa mesma carta ser apresentada apenas pela metade parecem revelar alguma influência do procedimento radical utilizado por Gógol em seu "Ivan Chponka", que o precede nesta coletânea.

A mulher de outro

(Uma cena na rua)

— Por gentileza, prezado senhor, permita-me perguntar...

O transeunte estremeceu e olhou assustado para o senhor que vestia pele de guaxinim e o interpelara sem rodeios após as sete da noite em plena rua. Sabe-se que, caso um senhor petersburguês comece de repente a falar alguma coisa na rua com alguém que lhe seja completamente desconhecido, o outro necessariamente se assustará.

Assim, o transeunte estremeceu e se assustou um pouco.

— Desculpe incomodá-lo — disse o senhor de guaxinim —, mas eu... eu, palavra, não sei... o senhor, certamente, vai me desculpar. Veja, meu espírito está um tanto perturbado...

Só então o jovem rapaz de sobretudo notou que o senhor de guaxinim estava perturbado. Sua face contraída estava bastante pálida, a voz trêmula, os pensamentos claramente atrapalhados, as palavras saíam com dificuldade e era evidente que tivera enorme dificuldade em aceitar dirigir-se humildemente a alguém que, talvez, pertencesse a um grau ou classe social inferior à sua, devido à necessidade imperiosa de fazer um pedido. Além disso, o pedido era, de todo modo, indecente, indigno e estranho para um homem que vestia um casaco de pele tão vistoso e um fraque verde-escuro tão excelente e respeitável, coberto por condecorações tão memoráveis. Era óbvio que tudo aquilo constrangia ao extremo o próprio senhor de guaxinim, de modo que, por fim, com o espírito perturbado, o senhor não se conteve e decidiu controlar sua agitação e dar um termo àquela situação desagradável que ele mesmo causara.

— Desculpe-me, estou fora de mim. O fato é que o senhor não me conhece... Sinto muito por tê-lo incomodado; mudei de ideia.

Levantou o chapéu em um gesto de cortesia e saiu correndo.

— Mas, faça o favor, tenha a bondade.

O pequeno homem, contudo, desapareceu na escuridão, deixando estupefato o jovem de sobretudo.

"Que pessoa esquisita!", pensou o jovem de sobretudo. Depois de ficar um tanto atônito, como era de se esperar, saiu do estado de estupefação, voltou a si e pôs-se a andar para lá e para cá, olhando fixamente o portão de um prédio de incontáveis andares. Começou a cair uma névoa e o jovem se alegrou um pouco, pois assim seu passeio chamaria menos atenção, ainda que, por outro lado, algum cocheiro que tivesse passado o dia sem ganhar nada pudesse notá-lo.

— Com licença!

O transeunte estremeceu outra vez: o mesmo senhor de guaxinim apareceu diante dele.

— Desculpe, novamente... — começou — ... mas o senhor, o senhor, decerto é uma pessoa nobre! Não me olhe como se eu fosse alguma figura importante no sentido social; eu, aliás, estou atrapalhado. Examine de forma humana... diante do senhor está um homem que precisa do mais humilde favor.

— Se eu puder ajudar... de que precisa?

— Pode ser que esteja pensando que vou lhe pedir dinheiro! — disse o homem misterioso, entortando a boca, rindo histericamente e empalidecendo.

— De modo algum...

— Não, vejo que estou estorvando o senhor! Desculpe, não consigo suportar a mim mesmo; considere que está diante de um homem espiritualmente perturbado, quase louco, mas não tire nenhuma conclusão...

— Vá direto ao ponto, ao ponto! — respondeu o jovem rapaz, acenando com a cabeça de forma positiva e impaciente.

— Ah! Veja só! O senhor, um rapaz tão jovem, me pedindo para ir direto ao ponto, como se eu fosse um rapazote descuidado! Eu devo ter perdido o juízo mesmo!... Como o senhor me vê agora em minha humilhação, diga francamente?

O jovem ficou confuso e calou.

— Permita-me perguntar francamente: o senhor não viu uma dama? É só isso que quero saber! — disse por fim, decididamente, o senhor com casaco de pele de guaxinim.

— Uma dama?

— Sim, uma dama.

— Vi... mas devo dizer que passaram muitas por aqui...

— Certo — respondeu o homem misterioso com um sorriso amargo. — Eu me confundi, não era isso que queria perguntar, me desculpe.

Gostaria de saber se o senhor não teria visto uma senhora com casaco de pele de raposa, capuz de veludo escuro e véu preto.

— Não, essa eu não vi... não que eu tenha percebido.

— Ah! Nesse caso, desculpe-me!

O jovem quis perguntar algo, mas o senhor de guaxinim novamente desapareceu, deixando outra vez seu paciente interlocutor estupefato. "Que o diabo o carregue!", pensou o jovem de sobretudo, evidentemente perturbado.

Com irritação, fechou seu colarinho de pele de castor e voltou a caminhar com cautela diante do portão do prédio de infinitos andares. Estava furioso.

"Por que ela ainda não saiu?", pensou, "Já vai dar oito horas!"

O relógio da torre bateu oito horas.

— Ah! Que o diabo o carregue!

— Com licença!

— Desculpe por falar assim... Mas o senhor chegou tão de repente, que me assustou — disse o transeunte com a cara fechada, desculpando-se.

— Sou eu de novo. É claro que eu devo estar parecendo inquieto e estranho.

— Faça o favor, diga logo o que quer sem rodeios; ainda não consegui descobrir o que deseja.

— Está com pressa? Veja só. Direi tudo abertamente, sem palavras desnecessárias. Não há saída! As circunstâncias, às vezes, reúnem pessoas de caráter totalmente diverso... Mas vejo que o senhor é impaciente, meu jovem... Pois então... aliás, nem sei como dizer: estou procurando uma dama (agora decidi dizer tudo). Preciso saber para onde ela foi. Quem ela é — penso que não há necessidade de que saiba o nome dela, meu jovem.

— Sim, prossiga...

— Prossiga! Veja o seu tom! Desculpe, pode ser que eu o tenha ofendido ao chamar-lhe de meu jovem, mas eu não tinha nada... em uma palavra, se puder prestar-me um enorme serviço, pois então: trata-se de uma dama, ou seja, quero dizer uma mulher correta, de excelente família de conhecidos meus... foi-me confiada... veja, eu mesmo não tenho família...

— Sei.

— Coloque-se no meu lugar, meu jovem (ah, outra vez!, desculpe, eu continuo chamando-o de meu jovem). Cada minuto custa caro... Imagine só, essa dama... mas, será que não pode me dizer quem mora nesse prédio?

— Sim... muitas pessoas moram aí.

— Sim, quer dizer, o senhor está correto — respondeu o senhor de guaxinim, rindo de forma sutil em nome dos bons modos. — Sinto que estou um pouco atrapalhado... mas por que esse tom? O senhor me vê admitir de coração aberto que estou atrapalhado e, se é um homem arrogante, já viu humilhação suficiente... Uma dama, de comportamento respeitável, ou seja, de conteúdo leve — desculpe, estou tão atrapalhado, que é como se estivesse falando de literatura: inventaram que Paul de Kock tem conteúdo leve, e toda desgraça vem dele... veja só!...

O jovem rapaz olhou com piedade para o senhor de guaxinim, que, ao que parece, atrapalhou-se de vez, calou, olhou para ele, e, com um sorriso sem sentido, as mãos trêmulas e sem nenhum motivo aparente, agarrou-o pela lapela do sobretudo.

— O senhor está perguntando quem mora aqui? — disse o jovem rapaz, recuando.

— Sim, muita gente, o senhor disse.

— Aqui... sei que aqui também mora Sofia Ostafiévna — disse o jovem rapaz sussurrando e até com ar de comiseração.

— Veja só, veja só! O senhor sabe de algo, meu jovem?

— Garanto que não sei de nada... Apenas julguei pelo aspecto perturbado do senhor.

— Fiquei sabendo por uma cozinheira que ela costuma vir aqui; mas o senhor está equivocado em relação a Sofia Ostafiévna... Elas não se conhecem...

— Não? Então, me desculpe...

— Não sei; está claro que nada disso interessa absolutamente ao senhor, meu jovem — disse o estranho senhor com amarga ironia.

— Ouça — disse o jovem rapaz com hesitação —, eu não sei em essência a causa da sua situação, mas, seja direto, o senhor está sendo traído?

O jovem deu um sorriso de satisfação.

— Pelo menos vamos nos entender — acrescentou, e todo o seu corpo manifestou generosamente o desejo de fazer uma discreta meia reverência.

— O senhor acabou comigo! Mas reconheço honestamente que é isso... Acontece com todo mundo!... Estou profundamente tocado por seu interesse. Convenhamos, aqui entre nós, jovens... Não que eu seja jovem, mas, o senhor sabe, o hábito, a vida de solteiro, entre solteiros, sabemos que...

— Sim, sabemos, sabemos! Mas em que posso ajudá-lo?

— Pois então, o senhor há de convir que visitar... Aliás, ainda não sei ao certo para onde ela foi; sei apenas que está nesse prédio; mas, ao ver que o senhor passeava e eu mesmo também passeava daquele lado, pensei: veja só, estou aqui esperando essa dama... sei que ela está lá; gostaria de encontrá-la e explicar como é indecente e sórdido... em uma palavra, o senhor me entende...

— Hum! E então?

— Não faço isso por mim, nem pense nisso: trata-se da mulher de outro! O marido está lá, na ponte Voznessiênski; ele quer surpreendê-la, mas não tem coragem. Ele ainda não acredita, como todo marido... (nesse momento o senhor de guaxinim quis sorrir). Eu sou amigo dele; convenhamos, sou um homem que merece algum respeito, não posso ser o que o senhor pensa que sou.

— Claro, e então?

— O caso é que eu vou surpreendê-la; fui encarregado disso (que marido infeliz!); mas eu sei que essa jovem e esperta dama (tem Paul de Kock para sempre debaixo do travesseiro); estou certo de que ela se esgueira furtivamente... Confesso que a cozinheira me contou que ela costuma vir aqui e eu, feito um louco, corri para cá assim que soube; quero surpreendê-la; faz tempo que desconfio e por isso queria pedir-lhe, o senhor costuma vir aqui... o senhor... o senhor... não sei...

— Está bem, mas o que quer, afinal?

— Sim... Não tive a honra de conhecer o senhor; não me atrevi a indagar quem seja... Em todo caso, permita que me apresente... Muito prazer!

O senhor, trêmulo, apertou calorosamente a mão do jovem rapaz.

— É o que deveria ter feito no começo — acrescentou —, mas me esqueci de toda a decência!

O senhor de guaxinim não conseguia ficar parado enquanto falava, olhava inquieto para os lados, andava a passo miúdo e constantemente agarrava o braço do jovem rapaz como se estivesse morrendo.

— Veja, quis dirigir-me ao senhor amigavelmente... desculpe-me por tomar tal liberdade... gostaria de pedir que andasse pelo outro lado da rua saindo da esquina onde há um portão preto, descrevendo assim *com calma* um retângulo. Eu também, por meu turno, caminharei a partir da entrada principal, de modo que não a deixaremos escapar; meu temor era que sozinho a deixasse escapar; não quero que isso aconteça. O senhor, assim que a vir, pare e grite... Mas estou louco! Só agora vejo a tolice e a indecência de minha proposta!

— Não, imagine! Por favor!

— Não, me desculpe; meu espírito está perturbado, estou perdido como nunca antes! É como se estivesse diante de um juiz! Até admito, meu jovem, serei nobre e franco: cheguei a pensar que o senhor fosse o amante!

— Ou seja, trocando em miúdos, o senhor quer saber o que estou fazendo aqui?

— É um homem nobre, prezado senhor, não me passa pela cabeça que o senhor seja *ele*; não o difamarei com esse pensamento, mas... poderia me dar sua palavra de honra de que o senhor não é o amante?

— Está bem, que seja, tem minha palavra de honra de que eu sou o amante, mas não da sua esposa; do contrário, não estaria aqui na rua, mas com ela!

— Esposa? Quem falou em esposa, meu jovem? Sou solteiro, eu mesmo sou um amante...

— O senhor disse que há um marido... na ponte Voznessiênski...

— Claro, claro, estou tergiversando; mas há outros laços! E convenhamos, meu jovem, há certa leviandade de caráter, ou seja...

— Sim, sim, está bem!

— Ou seja, eu não sou absolutamente o marido...

— Acredito plenamente. Mas serei franco, ao fazê-lo mudar de ideia, eu mesmo quero me tranquilizar e, por isso, serei honesto: o senhor me perturbou e está me atrapalhando. Prometo que o chamarei. Mas peço mui gentilmente que se retire e me deixe só. Eu também estou esperando alguém.

— Claro, claro, vou me retirar. Respeito a impaciência passional de seu coração. Compreendo, meu jovem. Oh, como eu o compreendo agora!

— Está bem, está bem...

— Até logo!... Com licença, meu jovem, queria novamente... Não sei como dizer... Dê-me novamente sua nobre e honrada palavra de que não é o amante!

— Ah, Deus do céu!

— Mais uma pergunta, a última: o senhor sabe o nome do marido?

— Claro que sei, não é o seu nome e caso encerrado!

— Mas como sabe meu nome?

— Ouça, é melhor ir embora. Está perdendo tempo: ela vai fugir milhares de vezes... O que pretende? A sua usa casaco de raposa e capuz, a minha veste capa xadrez e chapéu de veludo azul... O que mais quer? O quê?

— Chapéu de veludo azul! Tem uma capa xadrez e um chapéu azul — gritou o homem impertinente, olhando para trás num relance.

— Ah, que o diabo o carregue! Isso pode bem acontecer... Sim, aliás, o que estou fazendo? A minha não costuma vir aqui!

— E onde ela está, a sua?

— Para que quer saber?

— Admito que eu apenas...

— Ah, por Deus! O senhor não tem vergonha nem nada? A minha tem conhecidos aqui, no terceiro andar, no apartamento que dá para a rua. O que mais quer, que eu diga os nomes?

— Meu Deus! Eu tenho conhecidos no terceiro andar, no apartamento que dá para a rua. Um general...

— Um general?!

— Um general. Posso até dizer qual general: o general Polovítsin.

— Veja o senhor! Não! Não é esse! (Ah, que o diabo carregue! Que o diabo carregue!)

— Não é esse?

— Não é esse.

Ambos se calaram e se entreolharam perplexos.

— Mas por que está me olhando assim? — gritou o jovem rapaz, irritado, sacudindo o estupor e a hesitação.

O senhor alvoroçou-se.

— Eu, eu admito...

— Não, por favor, permita-me, agora vamos falar a sério. É um assunto comum a nós dois. Explique-me... Quem o senhor tem lá?

— Quer dizer, meus conhecidos?

— Sim, seus conhecidos.

— Ora, veja bem! Pelos seus olhos vejo que adivinhei!

— Que o diabo o carregue! Não, não, que o diabo o carregue! O senhor é cego ou o quê? Não está vendo que estou aqui diante do senhor, que não estou com ela? Ora! Para mim tanto faz o senhor falar ou não!

O jovem rapaz, furioso, girou sobre os calcanhares e deu de ombros.

— Não é nada, tenha misericórdia, como homem honrado, direi tudo: no começo, minha esposa vinha para cá sozinha; ela é parente deles, e eu não desconfiava de nada, ontem encontrei Sua Excelência: dizem que já faz três semanas que ele se mudou daqui para outro apartamento, então minha espo... ou melhor, não minha, mas a esposa do outro (o da ponte Voznessiênski), essa dama disse que há três dias visitou esse apartamento... Mas a cozinheira me contou que o apartamento fora alugado por um tal Bobinítsin...

— Ah, que o diabo o carregue, que o diabo o carregue!...

— Prezado senhor, estou apavorado, aterrorizado!

— Eh, que o diabo o carregue! E o que tenho a ver com o fato de o senhor estar apavorado e aterrorizado? Ah! Ali, apareceu alguém lá...

— Onde? Onde? Basta gritar "Ivan Andriêitch" e eu saio correndo...

— Está bem, está bem. Ah, que o diabo o carregue, que o diabo o carregue! Ivan Andriêitch!!

— Aqui — gritou Ivan Andrêievitch, retornando totalmente sem fôlego. — E então? O quê? Onde?

— Não, eu apenas... queria saber como se chama essa dama.

— Glaf...

— Glafira?

— Não, não é Glafira... desculpe, não posso dizer o nome dela.

— Sim, claro, não é Glafira, eu mesmo sei que não é Glafira, a minha também não é Glafira; aliás, com quem ela está?

— Onde?

— Lá! Ah, para o diabo, para o diabo! (O jovem rapaz não conseguia ficar parado tamanha sua fúria.)

— Mas veja! Como sabia que o nome dela é Glafira?

— Que o diabo o carregue! Que confusão! A sua não se chama Glafira!

— Prezado senhor, que tom é esse?

— Diabos, o que tem o tom? Ela é o que do senhor, esposa?

— Não, eu não sou casado... Mas eu não ficaria amaldiçoando um homem honrado, alguém que é, não diria digno de respeito, mas pelo menos educado. O senhor toda hora diz "Que o diabo carregue! Que o diabo carregue!".

— É isso mesmo, que o diabo carregue! É isso mesmo, entendeu?

— O senhor está cego pela raiva e eu não vou dizer nada. Meu Deus, quem é esse?

— Onde?

Ouviu-se um barulho e gargalhadas; duas belas garotas saíram da entrada principal, os dois correram na direção delas.

— O que é isso? Quem são os senhores?

— Para onde estão correndo?

— Não são elas!

— Quer dizer que não são essas? Cocheiro!

— Para onde as raparigas estão indo?

— Para Pokróv; sente-se Annúchka, eu levo você.

— Vou sentar do outro lado, vamos! Rápido...

O cocheiro partiu.

— De onde veio isso?

— Meu Deus, meu Deus! Não seria melhor ir para lá?

— Para onde?

— Para a casa de Bobinítsin.

— Não, de jeito nenhum...

— Por quê?

— Eu até iria, mas então ela dirá outra coisa; ela... vai dar um jeito; eu a conheço! Dirá que foi de propósito para me surpreender com alguém, e aí eu é que estarei encrencado!

— E só de pensar que ela pode estar lá! Digamos que o senhor, por algum motivo, vai visitar o general...

— Mas ele se mudou!

— Tanto faz, entende? Ela foi, então o senhor também vai, entendeu? O senhor não sabe que ele se mudou, apareça como se estivesse indo fazer-lhe uma visita e assim por diante.

— E depois?

— Bem, depois vai desmascarar quem tiver que desmascarar na casa de Bobinítsin. Que diabos, como é estúpido...

— E que diferença faz para o senhor quem eu vou desmascarar? Está vendo, está vendo!

— Como é que é, paizinho? O quê? De novo essa história? Oh, senhor, senhor! Está passando vergonha, homem ridículo, estúpido!

— Mas por que está tão interessado? Quer descobrir...

— Descobrir o quê? O quê? Ah, que o diabo o carregue, não aguento mais o senhor! Vou sozinho; saia da frente, chispe, suma, desapareça já!

— Prezado senhor, está a ponto de perder a cabeça! — gritou o senhor de guaxinim, desesperado.

— E daí? E daí que estou perdendo a cabeça? — disse o jovem rapaz, cerrando os dentes e avançando furioso sobre o senhor de guaxinim. — E daí? Estou perdendo a cabeça com quem?! — ressoou num estrondo, apertando os punhos.

— Mas, prezado senhor, me permita...

— E então, quem é o senhor, que está me fazendo perder a cabeça, qual é o seu nome?

— Eu não sei de nada, meu jovem, para que quer saber meu nome? Não posso dizer... Melhor ir com o senhor. Vamos, não vou ficar para trás, estou pronto para tudo... Mas, acredite, eu mereço ser tratado com mais respeito! Não é preciso perder a presença de espírito e, se está perturbado... até imagino o porquê... pelo menos, não precisa perder a cabeça... O senhor ainda é muito, muito jovem!...

— E o que eu tenho a ver com o fato de o senhor ser velho? Grande coisa! Vá embora; por que está zanzando por aqui?

— Velho? Como assim eu sou velho? Estou em melhor posição, é claro, mas não estou zanzando...

— Isso é óbvio. Mas desapareça logo daqui...

— Não, eu vou com o senhor. Não pode me impedir, também estou envolvido, vou com o senhor...

— Mas então fique quieto, quieto, calado!

Ambos entraram pela porta principal e subiram pelas escadas até o terceiro andar. Estava um tanto escuro.

— Espere! Tem fósforo?

— Fósforo? Que fósforo?

— O senhor fuma charuto?

— Ah, sim! Tenho, tenho; aqui está um, aqui. Espere um pouco... — O senhor de guaxinim ficou alvoroçado.

— Arre, que estupidez... diabos! Parece que esta porta...

— Esta-esta-esta-esta-esta...

— Esta-esta-esta... por que está berrando? Quieto!

— Prezado senhor, estou relutando... o senhor é um homem insolente, é isso!...

Acendeu o fósforo.

— Aqui está, eis a plaquinha de cobre! Aqui está, Bobinítsin, está vendo: Bobinítsin...

— Estou vendo, estou vendo!

— Quie-to! O que foi? Apagou?

— Apagou.

— Será que devemos bater?

— Sim, devemos — respondeu o senhor de guaxinim.

— Então bata!

— Não, por que eu? O senhor começou, o senhor que bata...

— Covarde!

— Covarde é o senhor!

— S-suma daqui!

— Estou quase arrependido de ter-lhe confessado meu segredo; o senhor...

— Eu? Eu o quê?

— O senhor se aproveitou da minha perturbação! Viu que eu estava com o espírito transtornado...

— Não dou a mínima! Acho ridículo, é isso!

— Por que está aqui?

— E o senhor, por que está aqui?

— Que beleza de moral! — observou indignado o senhor com o guaxinim...

— Quem é o senhor para falar em moral? Quem?

— Mas é imoral!

— O quê?!

— Sim, para o senhor todo marido ofendido é um imbecil!

— E por acaso o senhor é marido de alguém? O que tem o senhor com isso? Para que está se intrometendo?

— Estou achando que o senhor é que é o amante!...

— Ouça, se for continuar assim, então terei de admitir que o senhor é que é um imbecil! Ou seja, o senhor sabe quem.

— Ou seja, está querendo dizer que eu sou o marido! — disse o senhor de guaxinim, recuando como se lhe tivessem lançado um balde de água quente.

— *Psss!* Silêncio! Ouça...

— É ela.

— Não!

— Arre, que escuro!

Fez-se silêncio; no apartamento de Bobinítsin, ouvia-se um barulho.

— Por que estamos brigando, prezado senhor? — sussurrou o senhor de guaxinim.

— Que o diabo o carregue, foi o senhor quem se ofendeu!

— Mas o senhor me fez perder as estribeiras!

— Calado!

— Convenhamos que o senhor ainda é um homem muito jovem...

— Ca-la-do!

— Claro, concordo com a sua ideia de que o marido nessa situação é um imbecil.

— Vai se calar ou não? Oh!

— Para que essa perseguição exasperada ao marido infeliz?

— É ela!

Mas, naquele momento, o barulho cessou.

— Ela?

— Ela! Ela! Ela! Mas por que toda essa agitação? Não é problema seu!

— Prezado senhor, prezado senhor! — murmurou o senhor de guaxinim, pálido e soluçando. — Eu, é claro, estou perturbado... o senhor viu o suficiente de minha humilhação; agora já é noite, é claro, mas amanhã... aliás, nós certamente não nos encontraremos amanhã, ainda que eu não tenha medo de encontrá-lo. Além disso, não sou eu, mas meu amigo que está na ponte Voznessiênski, palavra! É a mulher dele, é a mulher de outro! Que homem infeliz! Eu garanto. Conheço-o bem, permita-me contar-lhe tudo. Sou seu amigo, como pode ver, do contrário não estaria assim agora, o senhor mesmo está vendo. Disse-lhe algumas vezes: por que vai se casar, querido amigo? Você tem uma boa posição, tem recursos, é respeitado, para que trocar tudo isso por um capricho de coquetismo? Convenhamos! Não; vou me casar, disse: felicidade conjugal... Eis sua felicidade conjugal! Antes ele mesmo enganava os maridos, agora está provando do veneno... o senhor me desculpe, mas essa explicação era de fundamental importância: ele agora está provando do veneno! É um homem infeliz e está provando do veneno, é isso! — Nesse momento, o senhor de guaxinim deu um soluço como se começasse a chorar de verdade.

— Que o diabo carregue todos! Quantos idiotas! E quem é o senhor, afinal?

O jovem rapaz rangeu os dentes de raiva.

— Bem, depois disso o senhor há de convir que... eu fui nobre e franco com o senhor... mesmo assim continua com esse tom!

— Não, permita-me, com licença... qual o seu nome?

— Não, para que nome?

— Ah!!

— Não posso dizer meu nome...

— Conhece Chabrin? — disse rapidamente o jovem rapaz.

— Chabrin???

— Sim, Chabrin! Ah!!! (Nesse momento, o jovem de sobretudo provocou o senhor de guaxinim). Está entendendo?

— Não, qual Chabrin? — respondeu estupefato o senhor de guaxinim. — Não se trata de Chabrin, ele é um homem respeitável! Perdoarei sua falta de respeito pelas torturas do ciúme.

— É um canalha, uma alma mercenária, um corrupto, trapaceiro, ladrão do tesouro nacional! Logo vai parar na Justiça!

— Desculpe — disse o senhor de guaxinim, pálido —, o senhor não o conhece; pelo visto, o senhor não o conhece absolutamente.

— Sim, não o conheço pessoalmente, mas conheço fontes muito próximas a ele.

— Prezado senhor, que fontes são essas? Veja, estou confuso...

— Idiota! Ciumento! Não cuida da esposa! Eis o que ele é, se quer mesmo saber!

— Desculpe, o senhor está terrivelmente enganado, meu jovem...

— Ah!

— Ah!

No apartamento de Bobinítsin ouviu-se um barulho. Começaram a abrir a porta. Ouviram-se vozes.

— Ah, não é ela, não é ela! Conheço sua voz; agora entendi tudo, não é ela! — disse o senhor de guaxinim, pálido como um lençol.

— Calado!

O jovem rapaz recostou-se na parede.

— Prezado senhor, vou-me embora: não é ela, estou muito feliz.

— Certo, certo! Então vá!

— E o senhor, por que vai ficar?

— Por que quer saber?

A porta se abriu e o senhor de guaxinim não se conteve e precipitou-se escada abaixo.

Uma mulher e um homem passaram pelo jovem rapaz e seu coração congelou... Ouviu uma conhecida voz feminina e depois uma voz masculina rouca, mas totalmente desconhecida.

— Tudo bem, vou chamar uma carruagem — disse a voz rouca.

— Ah! Sim, sim, de acordo; faça isso...

— Um instante.

A dama ficou só.

— Glafira! Onde estão as suas juras? — gritou o jovem rapaz de sobretudo, agarrando a dama pelo braço.

— Ai, quem é? É o senhor, Tvórogov? Meu Deus! O que está fazendo?

— Com quem estava?

— Aquele é meu marido, vá embora, vá embora, ele já vai voltar de lá... da casa de Polovítsin; vá embora, pelo amor de Deus, vá embora.

— Polovítsin se mudou há três semanas! Eu sei de tudo!

— Ai! — a dama saiu correndo pela escada. O jovem rapaz a alcançou.

— Quem disse isso para o senhor? — perguntou a dama.

— O seu marido, senhora, Ivan Andriêitch; ele está aqui, está diante da senhora.

De fato, Ivan Andriêitch estava diante da entrada principal.

— Ah, é a senhora! — gritou o senhor de casaco de guaxinim.

— Ah! *C'est vous?*[1] — gritou Glafira Petróvna atirando-se em seus braços com genuína alegria. — Deus! Não sabe o que se passou comigo? Estava na casa de Polovítsin, imagine só... sabe que agora eles moram perto da ponte Izmáilovski; eu disse, não se lembra? Saindo de lá peguei uma carruagem. Os cavalos se enfureceram, arrancaram e quebraram a carruagem, fui lançada uns cem passos de distância, levaram o cocheiro. Fiquei desesperada. Felizmente, o *monsieur* Tvórogov...

— Como?

M. Tvórogov mais parecia um fóssil do que M. Tvórogov.

— *Monsieur* Tvórogov me viu aqui, resolveu me acompanhar; mas agora você está aqui e eu posso apenas expressar meu profundo agradecimento ao senhor, Ivan Ilitch...

A dama ofereceu a mão ao estupefato Ivan Ilitch e que quase deu-lhe um beliscão em vez de apertá-la.

— *Monsieur* Tvórogov é um conhecido meu; tive o prazer de ser apresentada a ele no baile dos Skorlupov: acho que disse, não? Será que não se lembra, Koko?

[1] Em francês, no original: "É o senhor?". (N. da T.)

— Ah, claro, claro! Sim, me lembro! — disse o senhor de casaco de guaxinim. — Muito prazer, muito prazer.

Apertou calorosamente a mão do senhor Tvórogov.

— Quem é? O que significa isso? Estou esperando — soou a voz rouca.

Diante do grupo apareceu um senhor infinitamente alto; ele pegou o lornhão e olhou atentamente para o senhor com casaco de guaxinim.

— Ah, *monsieur* Bobinítsin! — chilreou a dama. — De onde está vindo? Que encontro! Imagine que acabei de ser derrubada por cavalos... Mas esse é meu marido! Jean! Conheci *Monsieur* Bobinítsin no baile dos Kárpov...

— Ah, muito, muito, muito prazer! Mas agora vou chamar minha carruagem, amigo.

— Chame, Jean, chame: estou tão assustada, tremendo e até com tontura... Hoje, no baile de máscaras — sussurrou para Tvórogov... — Adeus, adeus, senhor Bobinítsin! Amanhã decerto nos encontraremos no baile dos Kárpov.

— Não, sinto muito, amanhã não irei. Não sei como será amanhã... — O senhor Bobinítsin resmungou ainda alguma coisa entre os dentes, fez seu rapapé, entrou na carruagem e partiu.

Outra carruagem se aproximou, a dama sentou-se nela. O senhor de casaco de guaxinim se deteve; ele parecia não estar em condições de fazer nenhum movimento e olhou de maneira inexpressiva para o jovem de sobretudo. O jovem de sobretudo sorriu de forma muito pouco inteligente.

— Não sei...

— Com licença, foi um prazer conhecê-lo — respondeu o jovem rapaz, inclinando-se com curiosidade e um pouco acuado.

— Um prazer, um prazer...

— Parece que o senhor perdeu suas galochas...

— Eu? Ah, sim! Agradeço, agradeço; quero comprar umas de borracha...

— Nas de borracha os pés suam — disse o jovem rapaz, aparentemente com enorme interesse.

— Jean! Está vindo?

— De fato, suam. Já vou, querida, a conversa está tão interessante! Exato, como o senhor observou, os pés suam... Aliás, com licença, eu...

— Por favor.

— Muito, muito prazer em conhecê-lo...

O senhor de guaxinim sentou-se na carruagem e a carruagem arrancou. O jovem rapaz permaneceu parado, acompanhando atônito com o olhar.

(1848)

Tradução de Priscila Marques

Meia carta de "uma certa pessoa"

Apresento abaixo uma carta ou, melhor dizendo, meia carta de "uma certa pessoa" endereçada ao editor do *Cidadão*; seria impossível publicá-la na íntegra. Em todo caso, essa "certa pessoa" é a mesma que já apareceu no *Cidadão* tratando de "sepulturas".[1] Reconheço que publico apenas para me livrar dela. A redação está literalmente atolada com seus artigos. Em primeiro lugar, essa "certa pessoa" sai de forma decidida em minha defesa contra meus "inimigos" literários. Ele já escreveu a meu favor três "Anticríticas", duas "Notas", três "Notas marginais", um "Acerca de" e, enfim, uma "Instrução sobre como se comportar". Nesta última obra polêmica ele, fingindo instruir meus "inimigos", ataca a mim, e emprega um tom cuja energia e fúria eu jamais havia encontrado nem mesmo entre estes meus "inimigos". E ele quer que eu a publique na íntegra! Já lhe esclareci de uma vez por todas que, em primeiro lugar, não tenho nenhum "inimigo", que isso são apenas fantasmas; em segundo lugar, ele está atrasado, pois todo o alvoroço dos jornalistas desde a publicação do primeiro número do *Cidadão* em 1873, a ingenuidade, a intolerância e a inaudita fúria literária dos métodos de ataque, que começaram duas, até três semanas atrás, cessou de repente por motivos tão desconhecidos como os do seu surgimento. Disse-lhe, por fim, que se eu resolvesse responder a alguém, seria capaz de fazê-lo eu mesmo, sem sua ajuda.

Ele ficou bravo, discutiu e foi embora. Fiquei até feliz. É um homem enfermo... No texto anterior publicado por nós, já dera a conhecer em certa medida alguns traços de sua biografia: é um homem aflito, que diariamente "se aflige". Porém o que mais me assusta é a incomensurável

---

[1] Trata-se do conto "Bobók", que Dostoiévski publicou em *O Cidadão* em 5 de fevereiro de 1873. (N. da T.)

força de "energia cívica" deste colaborador. Imaginem que ele, desde as primeiras palavras, anunciou que não exigia nenhum pagamento de honorários — escreve unicamente por "dever cívico". Chegou a admitir com orgulhosa franqueza, prejudicial a si mesmo, que de modo algum escrevia para me defender, mas apenas aproveitava a ocasião para expressar suas ideias, já que seus textos não eram aceitos em nenhuma redação. Ele única e simplesmente alimentou a doce esperança de, mesmo sem receber nada em troca, encontrar um cantinho fixo em nossa revista que lhe desse a possibilidade de expor suas ideias regularmente. Mas que ideias são essas? Ele escreve sobre tudo; trata de todas as coisas com ardor, fúria, fel e uma "lágrima de comoção". "Noventa por cento de fel e um por cento lágrima de comoção!" — diz ele em um de seus manuscritos. Logo que um jornal ou revista começa a ser publicado, lá está ele: oferece seus ensinamentos e instruções. É absolutamente verdade que chegou a enviar para certa revista quarenta cartas com instruções, isto é, sobre como editar, como se comportar, sobre o que escrever e a quais assuntos voltar a atenção. Nossa redação está abarrotada com suas 28 cartas recebidas ao longo desses dois meses e meio. Ele sempre assina o nome completo, de modo que já é conhecido em toda parte; e não apenas gasta seus últimos copeques com a postagem, mas ainda envia selos novos junto com a carta, supondo que alcançará seu objetivo e iniciará uma correspondência "digna de um cidadão" com os editores. O que me surpreende ainda mais, o que eu não consegui descobrir de modo algum, nem com suas 28 cartas, é sua direção, ou seja, aonde ele pretende chegar. É tamanha confusão... Junto à rispidez dos métodos, ao cinismo dos bêbados e ao "odor aflito" do estilo frenético e das botas gastas, surge certo desejo oculto por ternura, por um ideal, a fé na beleza, a *Sehnsucht*[2] por algo perdido, e tudo isso sai como algo repulsivo ao extremo. A questão é que estou farto dele. É verdade que sua grosseria é franca e ele não pede dinheiro por isso, nesse sentido é uma pessoa nobre; mas Deus me livre dele e de sua nobreza! Não menos do que três dias depois de nossa discussão, ele apareceu novamente com "uma última tentativa" e trouxe esta "Carta de 'uma certa pessoa'". Não há o que fazer, eu recebi e agora devo publicá-la.

---

[2] Em alemão no original: "anseio". (N. da T.)

A primeira metade da carta realmente não pode ser publicada. Ela cita pessoas e contém xingamentos a quase toda a imprensa de Petersburgo e Moscou. Nenhum dos veículos repreendidos por ele jamais chegou a tal nível de cinismo nas injúrias. E, mais importante, ele os xinga justamente pelo cinismo e tom perverso de suas polêmicas. Esta primeira parte da carta eu simplesmente cortei com uma tesoura e devolvi a ele. Publicarei a parte final apenas porque nesta, por assim dizer, o tema é geral: trata-se de uma exortação a um folhetinista imaginário, uma exortação, aliás, tão genérica que serve para folhetinistas de todas as origens e épocas. O estilo é elevado e de uma força equiparável apenas à ingenuidade dos pensamentos expostos. Ao dirigir sua exortação ao folhetinista, ele usa "tu" como nas odes de tempos antigos. Ele não queria de modo algum que eu começasse no início de uma frase, mas na metade, uma vez que seu texto fora cortado com uma tesoura: "deixe que vejam como fui mutilado!". Ele mesmo escolheu o título: eu queria ter mantido "Carta de 'uma certa pessoa'", mas ele exigiu imediatamente que fosse "Meia carta de 'uma certa pessoa'".

Pois então, eis a meia carta:

Meia carta de "uma certa pessoa"

... e será que a palavra "porco" encerra um sentido tão mágico e sedutor que tu imediata e indubitavelmente o tomas por pessoal? Há muito observo que na literatura russa essa palavrinha carrega sempre certo sentido particular e até mesmo místico. Até o velho Krilov,[3] tendo compreendido isso, empregou "porco" com amor especial em seus apólogos. O literato que se depara com isso, mesmo que esteja sozinho, sente logo um arrepio e imediatamente começa a pensar: "Será que sou eu? Será que está falando de mim?". Concordo que se trata de uma palavrinha enérgica, mas por que pensar que se refere a ti e apenas a ti? Há outros além de ti. Ou será que tens motivos ocultos para tal? Do contrário como explicar tua suspeita?[4]

---

[3] Ivan Andrêievitch Krilov (1769-1844), famoso fabulista russo. (N. da T.)

[4] Isso, sem dúvida, é um exagero, mas tem algo de verdade. Há uma insinuação disso no fato de que, no primeiro número do *Cidadão*, eu tive a infelicidade de incluir uma

A segunda coisa que eu gostaria de observar, meu amigo folhetinista, é tua falta de contenção no planejamento dos folhetins. Tu amontoas tantos generais, acionistas, príncipes que precisam de tua ajuda e de tuas afiadas palavras, que, ao ler, chego a pensar que, pela enorme quantidade, não conheces nenhum deles. Em determinado momento, estás presente numa reunião do conselho e proferes uma tirada com arrogância e desembaraço, mas lanças luz e o conselho imediata e apressadamente dá um salto qualitativo. Doutra feita, ris na cara de um príncipe abastado que o convida para um almoço, mas tu passas por ele e recusas com orgulho, ainda que de forma liberal. Em outra ocasião, numa conversa íntima de salão com um milorde estrangeiro, revelas em tom de brincadeira a base secreta da Rússia: aterrorizado e impressionado, ele telegrafa para Londres e no dia seguinte o ministério da rainha Vitória cai. Então, na Niévski, em um passeio das duas às quatro resolves questões do governo para três ministros reformados, mas que correm à tua ajuda; encontras um capitão da guarda que perdeu tudo no jogo para quem emprestas duzentos rublos; acompanhas esse senhor até Fifina para expressar tua (supostamente) nobre indignação... Em uma palavra, estás aqui, estás acolá, estás em toda parte; estás esparramado na sociedade, as pessoas não largam do teu pé; devoras trufas, comes doces, andas com cocheiros para cima e para baixo, tens amizade com os criados de Palkin:[5] em resumo, sem ti nada acontece. Tua posição tão elevada, enfim, parece ser suspeita. Um leitor discreto da província pode de fato tomar-te por alguém que foi preterido para uma condecoração ou, pelo menos, um ministro reformado que deseja retomar seu posto por meio de uma imprensa livre, mas de oposição. Mas o morador experiente de ambas as capitais sabe a verdade: sabe que tu não passas de um escrevinhador

---

antiga fábula indiana sobre o duelo entre um leão e um porco; ao fazê-lo, eliminei habilmente qualquer possibilidade de supor que por "leão" eu me referia imodestamente a mim mesmo. Mas e daí? De fato, muitos expressaram suspeitas agudas e apressadas. Houve até algo como um fenômeno: recebemos na redação uma carta de um assinante de uma distante região russa; o assinante acusava de forma violenta e desrespeitosa a redação de sugerir que "porcos" eram os assinantes, uma sugestão tão absurda que até certos folhetinistas de Petersburgo se eximiram de fazer uso dela em suas acusações... e isso dá a medida de tudo. (N. do A.)

[5] Konstantin Palkin, proprietário de uma taverna em São Petersburgo, localizada na esquina das avenidas Niévski e Litéini. (N. da T.)

contratado por um editor-empresário; foste contratado e és obrigado a defendê-lo. Ele mesmo (e ninguém mais) te incita contra quem lhe der na telha.

Assim, toda tua fúria e veemência, todo teu latido é de aluguel, incitados pela mão de outrem. Bom seria se pudesses te defender! Ao contrário, o que mais me admira em ti é que, por fim, quando estás realmente enervado e levas a sério como se fosse algo contigo, xingas o folhetinista rival como se defendesses uma ideia mui estimada, uma convicção que te fosse cara. Entretanto, sabes que há muito não tens ideias e convicções próprias. Ou será que depois de tantos anos de agitação e êxtase neste fétido sucesso, imaginas que tens uma ideia, que és capaz de ter convicções? Se assim for, como esperas ter meu respeito?

Houve um tempo em que foste um jovem honrado e bem-apessoado... Oh, lembras do poema de Púchkin, uma tradução do persa, se não me engano: um respeitável idoso fala a um jovem ávido por participar de uma batalha:

Temo que em meio às guerras
Tu para sempre abandones
O doce recato dos gestos,
O dom do prazer e da vergonha.[6]

Oh, há quanto tempo já abandonaste tudo isso! Veja como discutes com teu inimigo folhetinista e compreenderás a que ponto os senhores chegaram! Pois não são tão baixos quanto descrevem um ao outro. Lembrem-se de que na infância as crianças brigam principalmente porque ainda não aprenderam a expressar seus pensamentos de forma racional. Mas tu, criança grisalha, por não teres pensamentos, usas todas as palavras que conheces para maldizer: um péssimo procedimento! Justamente pela falta de convicções e de erudição genuína, sondas a vida pessoal de teu rival; és ávido para descobrir suas faltas, distorces e as tornas públicas. Não poupas nem a esposa nem os filhos. Fingindo que o outro está morto, escreves obituários em forma de pasquim. Diz, quem vai acreditar em ti? Ao ler teus folhetins, salpicados de saliva e tinta, sinto-me automaticamente inclinado a pensar que não tens razão, que em teus folhetins há

---

[6] Versos do poema "A partir de Hafiz" (1829), de Aleksandr Púchkin. (N. da T.)

um sentido especial e secreto, que os senhores decerto brigaram em alguma *datcha* e não conseguiram superar isso. Sinto-me forçado a decidir-me em favor de teu rival; o efeito que pretendes se perde. Afinal, qual o teu objetivo?

E que inépcia infantil tens! Depois de discutir com teu rival, concluis teu folhetim com as palavras: "Posso ver, senhor N. N., como o senhor, ao terminar de ler essas linhas, sairá correndo pelo quarto fora de si, arrancará os cabelos, gritará com a sua esposa que entra correndo assustada, expulsará as crianças e, rangendo os dentes, baterá na parede com o punho cerrado, tomado por uma fúria impotente...".

Amigo, és um mártir simplório, mas delirante de fúria fictícia e afetada em benefício de um empresário. Oh, meu amigo folhetinista! Diz: ao ler tais linhas em teus folhetins, que são supostamente sobre teu rival, imagino que sejas tu e não teu rival quem corre pelo quarto, arranca os cabelos, acossa o criado que aparece correndo, assustado, isso se tiveres algum que ainda não perdeu a inocência primordial depois do 19 de fevereiro;[7] és tu quem aos gritos e urros se joga contra a parede e a esmurra até sair sangue! Pois quem vai acreditar que seja possível escrever tais linhas a um rival sem ter feito sangrar os próprios punhos contra a parede? Dessa maneira, tu mesmo te entregas.

Volte a si e tenha vergonha. Quando tiveres vergonha, terás inteligência para escrever folhetins: eis a vantagem.

Apresento uma alegoria. De repente, resolves publicar um anúncio declarando que na próxima semana, na quarta ou na quinta (ou seja, no dia em que sai a sua coluna), no teatro Berg ou em algum outro lugar especialmente arranjado para esse fim, tu te apresentarás nu até o último detalhe. Acredito que haverá quem se interesse: tais espetáculos atraem particularmente a sociedade contemporânea. Acredito, inclusive, que aparecerão muitos. Mas será que para prestar-te respeito? Se for o caso, em que consistirá, afinal, teu triunfo?

Agora reflita, se puderes: não é exatamente isso que teus folhetins representam? Tu não sais toda semana, num dia determinado, nu até o último detalhe diante do público? Por que e para quem te esforças tanto?

---

[7] Em 19 de fevereiro de 1861 foi decretada a emancipação dos servos no Império Russo. (N. da T.)

O mais engraçado é que o público sabe o segredo da guerra entre os senhores — sabe, mas não quer saber, passa pelos senhores com indiferença. Os senhores perdem a cabeça e pensam que todos estão acompanhando a querela. Que pessoa ingênua! O público está cansado de saber que os empresários dos periódicos da capital, quando veem ser fundada outra revista do mesmo tipo, dizem assustados para si mesmos, com as mãos nos bolsos: "Essa porcaria recém-fundada pode me privar de dois mil ou dois mil e quinhentos assinantes. Contratarei um vira-lata para avançar sobre o rival". Um vira-lata: eis o que és!

Teu empresário fica satisfeito; ele acaricia as suíças e depois do café da manhã, com um sorriso, pensa: "E não é que o aticei?".

Lembras-te do Antropka[8] de Turguêniev? Aquilo é algo verdadeiramente genial feito pelo escritor preferido do público. Antropka é um garotinho de província, ou melhor, irmão de outro garotinho de província (cujo nome é, digamos, Nefiód), que numa noite escura de verão fugiu de sua isbá por causa de uma travessura. O pai severo enviou o garoto mais velho para buscar o irmãozinho travesso e trazê-lo para casa. Na beira de um barranco, ressoam brados lancinantes:

— Antropka! Antropka!

Por muito tempo, o menino traquinas e culpado não responde, mas por fim ouve-se a voz trêmula e tímida do outro lado do barranco "como que do além-mundo":

— Quê-ê?

— O pai quer lhe dar uma sova! — e uma alegria afobada e maliciosa toma conta do irmãozinho mais velho.

A voz "do além-mundo" se cala, evidentemente. Mas impotentes e em agonia, gritos lancinantes e exasperados ainda são ouvidos na noite escura, gritos incontáveis, mas impotentes.

— Antropka-a! Antropka-a!

Esse engenhoso clamor a Antropka e — o principal — seu esforço impotente, porém rancoroso, pode se repetir não apenas entre os garotos provincianos, mas entre os adultos, com seus honoráveis cabelos grisalhos, membros da sociedade contemporânea agitada pelas reformas. E não há coisas que te fazem lembrar desses Antropkas na capital? Será que

---

[8] Personagem do conto "Os cantores", que integra o livro *Memórias de um caçador* (1852), de Ivan Turguêniev. (N. da T.)

não vês algo de Antropka nos dois empresários, donos das publicações da capital? Será que tu e teu rival não foram enviados pelos donos para buscar Antropkas? Será que os Antropkas não são os supostos novos assinantes que poderiam acreditar na inocência dos senhores? Os senhores sabem que toda a sua fúria, esforço e sofrimento continuam sendo em vão, que Antropka não vai responder, que não arrancarão do outro um assinante sequer e que mesmo sem isso ainda teriam ambos o suficiente; mas já se afundaram tanto nesse jogo e tanto lhes agrada ter o coração dilacerado até sangrar por esse impotente esforço folhetinesco, que já não são capazes de se conter! Então, a cada semana, em dias determinados, no meio da noite escura que sufoca nossa literatura, ressoa com fúria e agonia: "Antropka-a! Antropka-a!". E nós ouvimos.

Ofereço uma nova alegoria.

Imagina que foste convidado para uma reunião de pessoas respeitáveis, pois suponho que o senhor frequente os círculos respeitáveis da sociedade. Foste convidado para a festa do dia do santo,[9] digamos, de um conselheiro de Estado. O anfitrião já havia prevenido os convidados sobre teu estilo sagaz. Compareces com decência, bem-vestido, fazes rapapés à anfitriã e a elogias. Com satisfação, sentes olhares vindo em tua direção e te preparas para te distinguir dos demais. De repente, o horror! Percebes do outro lado do salão teu rival literário, que chegara antes de ti e o qual, até aquele minuto, jamais suspeitaras que tivesse conhecidos naquele local. Teu rosto se transforma; mas o anfitrião, atribuindo isso a um mal-estar momentâneo, se apressa, ingênuo, a apresentar-te a teu inimigo literário. Os senhores resmungam algo e imediatamente viram-se de costas um para o outro. O anfitrião fica confuso, mas se alegra ao supor que se trata apenas de uma nova saudação literária, que ele não conhece por estar sempre atarefado com o trabalho. Enquanto isso, todos se apressam para jogar cartas, e a anfitriã, com sua particular gentileza, convida-te para o *eralach*.[10] Para te veres livre do rival, aceitas a jogatina com alegria; novamente, o horror: ambos estão na mesma mesa. E já não podiam recusar, o motivo de tal eram duas desembaraçadas e amá-

[9] Na Rússia, há o costume de se comemorar o dia do santo em homenagem ao qual a pessoa foi batizada. (N. da T.)

[10] Jogo de cartas que envolve quatro jogadores e 52 cartas, distribuídas entre todos os participantes. (N. da T.)

veis senhoras da sociedade, suas parceiras. Ambos se sentam rapidamente, cercados por alguns parentes e conhecidos, ávidos para ouvir os dois literatos, olham, sem se desviar, para as suas bocas a fim de pescar a primeira palavra. Teu rival se dirige à senhora com tranquilidade e diz: "Parece que é sua vez de dar as cartas, minha senhora". Todos sorriem, se entreolham, as sagazes palavras têm sucesso, teu coração fica apertado de inveja. As cartas são distribuídas. Recebes as tuas: três, dois, seis, a mais alta, um valete. Tu ranges os dentes, já teu rival sorri. As cartas dele sim foram boas, e ele, orgulhoso, anuncia a dama. Teu olhar se turva. Agarras um pesado castiçal de bronze da família, do qual se orgulha o anfitrião, e que é mantido o ano inteiro num armário e exposto unicamente em dias de santo; tu o agarras e te precipitas a arremessá-lo contra a testa de teu rival. Estupor e gritaria! Todos erguem-se de um salto, mas os senhores já haviam se atracado, espumando de fúria e se agarrando pelos cabelos.[11] Pois, a julgar por tua impaciência na literatura e tua incapacidade de controlar a ti mesmo, tenho o direito de tirar conclusões acerca de tua impaciência em sociedade. Tua parceira, uma jovem dama que esperava de ti tanta sagacidade, esconde-se com um grito debaixo das asas do marido, um eminente engenheiro tenente-coronel. Este, apontando para os senhores que puxavam os cabelos um do outro, diz a ela: "Eu avisei, querida, o que se pode esperar dos beletristas de hoje em dia?". Mas os senhores já haviam sido arrastados escada abaixo e enxotados porta afora. O anfitrião que celebrava o dia de seu santo, sentindo-se culpado diante da sociedade ali convocada, se desculpa, pede que todos esqueçam a literatura russa e continuem o *eralach*. Desperdiçaste a festa da alta sociedade, momentos inocentes e agradáveis com uma dama de Petersburgo, e o jantar. Mas os senhores não dão a mínima para isso: param algum cocheiro e cada qual segue pelas fétidas ruas de Petersburgo rumo ao seu apartamento para imediatamente escrever um folhetim. Apressas o cocheiro, invejando, de passagem, sua inocência, mas já elaborando teu artigo. Ao chegar, tomas a pena e relatas ponto por ponto, nos mínimos detalhes, tudo o que aconteceu contigo na casa do conselheiro!

Condenas aquele que celebrava o dia do seu santo, a esposa dele, a comida, te insurges contra o costume de celebrar o dia do santo, contra

[11] A redação considera essa cena um tanto exagerada. (N. do A.)

o engenheiro tenente-coronel, contra as damas, parceiras de cartas, e, por fim, chegas a teu rival. Oh, aqui sim, relatas tudo até o último detalhe, seguindo a moda atual e generalizada de contar os podres. Relatas como ele te bateu, como tu bateste nele, como ambos juraram bater um no outro. Queres anexar ao artigo uma mecha dos cabelos que arrancaste do teu rival. Mas já é de manhã... Corres pelo quarto e esperas a hora de ir para a redação. Apareces por lá e, de repente, o editor anuncia com a maior tranquilidade do mundo que, na véspera, fizera as pazes com o empresário rival, que fechara seu periódico e passara a ele seus assinantes; os dois até beberam uma garrafa de champanhe no Dussot[12] para comemorar a reconciliação. Em seguida, te agradece pelos serviços e anuncia que não precisa mais deles. Diga, que situação é a tua?

A coisa que mais detesto são os últimos dias da *máslenitsa*,[13] quando o populacho bebe até o último estágio da degradação. As caretas imbecis dos bêbados, com seus casacos e sobrecasacas em farrapos, pululam nas tavernas. Dois deles param na rua: um afirma ser general, o outro responde: "Mentira!". O primeiro se enfurece e xinga. O segundo: "Men-tira!". O primeiro fica ainda mais injuriado. O segundo: "Men-tira!" — e assim por diante mais duzentas vezes! Ambos encontram beleza na repetição inócua e infinita de uma mesma palavra, emporcalhando-se, por assim dizer, na impotência prazerosa de sua própria humilhação.

Ao ler teus folhetins, imagino-me automaticamente numa *máslenitsa* infindável, bêbada e absurda que se prolonga excessivamente em nossa literatura. Afinal, não ages como aqueles dois bêbados absurdos parados na esquina com suas sobrecasacas esfarrapadas? Não é verdade que teu rival afirma em cada folhetim que é um general, e tu respondes como aquele coitado de sobrecasaca esfarrapada na esquina: "Men-tira!"? E isso tudo um sem-número de vezes, sem que suspeitem que, afinal, ninguém mais aguenta isso. Imagino os senhores exatamente como na *máslenitsa*, loucos e intoxicados no último dia (o Domingo do Perdão!). Imagino os senhores diante das janelas de suas redações, chafurdando na ne-

---

[12] Restaurante francês localizado em São Petersburgo. (N. da T.)

[13] Comemoração pagã da chegada da primavera; antecede a Quaresma, assim como o Carnaval, terminando no Domingo do Perdão. (N. da T.)

ve escura e suja da capital, gritando a plenos pulmões com uma voz rouca um para o outro:

— Socorro! So-corro! So-cooorro!

Mas eu me calo e desvio apressadamente...

Observador Calado

N.B. "Observador Calado" é o pseudônimo de "uma certa pessoa"; esqueci de mencionar isso antes.

(1873)

Tradução de Priscila Marques

Mikhail Saltikov-Schedrin

Mikhail Ievgráfovitch Saltikov-Schedrin (1826-1889) foi o grande satirista do século XIX russo. Polemista de mão-cheia, aliou sua atividade literária ao trabalho como editor dos periódicos progressistas *O Contemporâneo*, de 1861 a 1866, e *Anais da Pátria*, de 1868 a 1884 — ambos fechados pela censura. A sátira de Saltikov-Schedrin trata predominantemente das discussões políticas de sua época, e é direcionada tanto aos abusos da autocracia quanto ao otimismo dos reformistas liberais. O teor muitas vezes negativo de tal visão de mundo exerceu grande influência na geração dos pensadores sociais russos das décadas de 1860 e 1870, e Saltikov-Schedrin foi o autor de cabeceira de muitos dos fundadores do partido Socialista Revolucionário, o maior partido progressista russo. O texto aqui incluído foi publicado pela primeira vez no jornal *Anais da Pátria*, em 1869, como um capítulo do romance *História de uma cidade*, uma sátira a toda a instituição do Império Russo e um comentário surpreendente sobre a década das reformas que se encerrava. Escrito de forma a emular a crônica de uma cidade chamada Tolóvia, o romance é comentado por uma espécie de editor-censor que, num interessante jogo paródico, aponta anacronismos e questiona o "autor cronista".

O órgãozinho

Em agosto de 1762, houve na cidade de Tolóvia uma movimentação incomum, motivada pela chegada de um novo governante: Demiénti Varlámovitch Brudásti. Os habitantes rejubilaram-se. Nem tinham visto ainda o governante recém-indicado, mas já contavam anedotas sobre ele e chamavam-no de "bonitão" e "sabichão". Parabenizavam-se com alegria, beijavam-se, vertiam lágrimas, entravam em tabernas, saíam delas e entravam de novo. Nesse arroubo entusiasmado, lembraram-se até das antigas ousadias tolenses. Os melhores cidadãos reuniram-se em frente ao campanário da catedral e, numa assembleia popular, abalaram o ar com as exclamações: "Nosso paizinho! Nosso bonitão! Nosso sabichão!".

Surgiram até sonhadores perigosos. Guiados nem tanto pela razão quanto pelos impulsos de seus corações nobres, garantiam que com o novo governante floresceria o comércio, e que sob a vigilância da polícia de quarteirão despontariam as ciências e as artes. E não se furtaram a comparações. Lembraram o governante antigo, que acabara de deixar a cidade, e concluíram que, embora fosse ele também bonitão e sabichão, ainda assim ao novo dirigente devia ser dada a preferência, pelo simples fato de que ele era o novo. Em resumo, nesse caso, assim como em outros semelhantes, manifestaram-se em todo o seu vigor tanto a habitual inclinação tolense para o êxtase quanto a sua habitual frivolidade.

Enquanto isso, o novo governante revelava-se calado e carrancudo. Chegara a Tolóvia numa carreira só, num pulo, como se costuma dizer (a época era tal, que não se podia perder nem um minuto), e, mal irrompera nos limites da pastagem municipal, ali mesmo, na fronteira, já mandara açoitar um montão de cocheiros. No entanto, nem mesmo essa circunstância esfriou o entusiasmo dos habitantes, pois as mentes ainda estavam repletas de lembranças das recentes vitórias sobre os turcos, e todos esperavam que o novo governante, pela segunda vez, tomasse de assalto a fortaleza de Khotín.[1]

Em breve, no entanto, os habitantes se convenceram de que os júbilos e esperanças tinham sido, no mínimo, precipitados e exagerados. Realizou-se a recepção habitual e, então, pela primeira vez na vida, aconteceu aos tolenses experimentar na prática as amargas provações que pode suportar o mais obstinado amor ao governante. Tudo nessa recepção aconteceu de modo um tanto enigmático. O governante, completamente mudo, percorreu as fileiras de funcionários arquistrategos, lançou-lhes um olhar faiscante, disse: "Não suportarei!", e escondeu-se no gabinete. Os funcionários públicos pasmaram; a exemplo deles, pasmaram também os habitantes.

Apesar de sua invencível firmeza, os tolenses são um povo delicado e extremamente mimado. Gostam quando brinca um sorriso acolhedor no rosto do governante, gostam quando saem gracejos amáveis de seus lábios, e por isso ficam perplexos quando esses lábios apenas bufam ou produzem sons enigmáticos. O governante pode realizar todo tipo de empreendimento, e pode até não realizar empreendimento algum, mas, nesse caso, se ele nem prosear um pouco, então o seu nome nunca terá popularidade. Houve governantes verdadeiramente sábios, desses aos quais não eram estranhos nem sequer pensamentos sobre a instalação de uma academia em Tolóvia (foi desse tipo, por exemplo, o conselheiro estatal Galántov). Entretanto, como não chamavam os tolenses nem de "amiguinhos" nem de "queridinhos", os seus nomes caíram no esquecimento. Ao contrário disso, houve outros que, embora não fossem muito tolos — desses não havia —, faziam coisas medianas, ou seja, açoitavam e cobravam impostos, porém, como sempre diziam alguma coisa amável ao fazê-las, os seus nomes não apenas foram inscritos nas tábuas como até serviram de tema para as mais variadas lendas orais.

Assim aconteceu também no presente caso. Por mais que o coração dos habitantes estivesse inflamado pela chegada do novo governante, a recepção, entretanto, esfriou-os de modo significativo.

— Mas o que é isso! Só bufou e mostrou a nuca! Será que nunca vimos uma nuca? Deve falar conosco do fundo da alma! Com carinho, com carinho! Uma ameaça aqui, outra ameaça ali, depois o perdão!

---

[1] Fortaleza localizada na margem direita do rio Dniéstr, no território atual da Ucrânia. (N. da T.)

Assim diziam os tolenses e, com lágrimas nos olhos, lembravam como tinham sido os governantes anteriores, todos acolhedores, e também bondosos, e também belíssimos, e o tempo todo de uniforme! Lembraram-se até de Lanvrokákis, o grego foragido; lembraram como, em 1756, chegou o brigadeiro Buckland e como este fora perfeito já na primeira recepção à vista dos habitantes.

— Investida — dissera ele — e, além disso, rapidez, indulgência, e ademais severidade. E, ademais, sensata firmeza. Eis, prezados senhores, o objetivo, ou mais exatamente, os cinco objetivos que eu, com a ajuda de Deus, espero alcançar por meio de alguns empreendimentos administrativos que consistem na essência ou, melhor dizendo, no núcleo do plano de campanha por mim idealizado!

E depois, girando agilmente sobre um salto só, dirigiu-se à autoridade municipal e ajuntou:

— E nos feriados comeremos bolinhos em sua casa!

— É assim, meu senhor, que devem se apresentar os verdadeiros governantes! — suspiravam os tolenses. — Mas este! Bufou uma besteira qualquer e pronto!

Infelizmente, os acontecimentos seguintes não apenas justificaram a opinião geral dos moradores, mas, inclusive, superaram os mais ousados receios. O novo governante trancava-se no gabinete, não comia, não bebia, e o tempo todo raspava a pena no papel. De tempos em tempos, entrava correndo na sala do secretário, atirava-lhe um montão de folhas rabiscadas, pronunciava: "Não suportarei!", e de novo se trancava no gabinete. De repente, uma inaudita atividade começou a fervilhar em todos os cantos da cidade; comissários de polícia puseram-se a galopar; inspetores de bairro puseram-se a galopar; assessores puseram-se a galopar; guarda-cancelas esqueceram o que significava comer direito e, a partir de então, adquiriram o hábito nefasto de engolir tudo às pressas. Capturavam e prendiam, açoitavam e surravam, registravam e vendiam... Enquanto isso, o governante ficava o tempo todo sentado, raspando novas e novas coerções... Ouviam-se zum-zuns e estalidos de um extremo a outro da cidade, e sobre todo esse vozerio, sobre toda essa balbúrdia, como o grasnar de uma ave de rapina, reinava o sinistro: "Não suportarei!".

Os tolenses apavoraram-se. Lembraram o açoite geral aos cocheiros e, de repente, todos tiveram um estalo: mas e se ele inventasse de vergastar daquela maneira a cidade inteira? Depois começaram a especular que sentido devia ser dado à expressão: "Não suportarei!". No final, recorreram à história de Tolóvia, puseram-se a buscar nela exemplos de uma redentora severidade governamental, encontraram uma variedade estupenda de exemplos, mas nada que fosse apropriado ao caso em questão.

— Ele podia era explicar esse negócio direito, quanto cada um deve dar — discutiam entre si os moradores desconcertados. — Em vez disso, só rabisca!

Tolóvia, a despreocupada, bondosa e alegre Tolóvia, esmorecia. Não havia mais animadas assembleias populares fora dos portões das casas; emudeceram-se os estalos de sementes de girassol; acabaram-se as brincadeiras. As ruas esvaziaram-se, nas praças começaram a aparecer aves de rapina. Toda a gente deixava a própria casa apenas por necessidade e, depois de mostrar por um instante o rosto assustado e exausto, escondia-se de imediato. Algo semelhante tinha ocorrido, segundo os moradores antigos, na época do reizinho de Túchino e também nos tempos de Biron,[2] quando a mulher pública Tanka, a Bexiguenta, por pouco, muito pouco, não submeteu a cidade inteira à execução. Mas até aquela época tinha sido melhor: pelo menos os habitantes entendiam alguma coisa. Agora, no entanto, eles apenas sentiam muito medo, um medo vago e sinistro.

Era particularmente penoso ver a cidade tarde da noite. Nessa hora, Tolóvia, que sem isso já era pouco animada, expirava de todo. Na rua reinavam cães famintos, mas esses nem latiam; em majestosa ordem, entregavam-se à mimalhice e ao desmazelo dos caracteres; densas trevas envolviam as ruas e as casas, e apenas em um dos cômodos da residência do governante tremulava, bem depois da meia-noite, uma luz sinistra. O habitante que despertasse podia ver o governante arqueado, sentado à escrivaninha, todo o tempo rabiscando alguma coisa com a pena... E de repente ele se aproximava da janela, gritava "Não suportarei!" e de novo se sentava à mesa, de novo rabiscava...

---

[2] Referências ao segundo Falso Dmitri, conhecido como "o rebelde de Túchino", um dos três pretendentes ao trono russo que tentaram se passar pelo filho mais novo do tsar Ivan, o Terrível, após a morte deste, e a Ernst Johann von Biron (1690-1772), duque da Curlândia e Semigália, que exerceu grande influência sobre a imperadora Ana, na década de 1730. (N. da T.)

Começaram a correr boatos hediondos. Diziam que o novo governante não era governante de verdade, mas sim um lobisomem, enviado a Tolóvia para punir a leviandade; que, à noite, na forma de vampiro insaciável, pairava sobre a cidade e sugava o sangue dos habitantes adormecidos. É lógico que tudo isso era contado e passado em frente aos sussurros, embora pudessem ser encontrados também alguns valentões que propunham que todos, sem exceção, caíssem de joelhos e pedissem perdão, mas também esses eram tomados por reflexões. E se fosse preciso exatamente isso? E se fosse preciso que Tolóvia, por conta de seus pecados, tivesse justamente esse e não outro governante? Essas considerações mostravam-se tão razoáveis que aqueles valentões não só renunciavam às suas propostas, como também começavam a acusar um ao outro de perturbação da ordem e incitação à desordem.

De repente, todos ficaram sabendo que o governante recebia visitas secretas do artífice Marmótov, especialista em relógios e órgãos. Testemunhas confiáveis diziam que, certa vez, às três da madrugada, tinham visto Marmótov sair da casa do governante, muito pálido e assustado, levando com muito cuidado algo enrolado em um guardanapo. E o mais impressionante de tudo era que, naquela noite memorável, não apenas nenhum dos habitantes fora acordado pelo grito de "Não suportarei!", como o próprio governante, pelo visto, interrompera temporariamente a análise crítica dos registros[3] dos impostos atrasados e caíra no sono.

Surgiu a pergunta: por que motivo o governante chamara Marmótov, que, além de beber feito uma esponja, era também um flagrante adúltero?

Tiveram início ardis e missões secretas com o objetivo de desvendar o segredo, mas Marmótov permaneceu mudo como um peixe e, diante de todas as exortações, limitava-se a tremer o corpo inteiro. Tentaram embebedá-lo. Ele, entretanto, sem ter recusado a vodca, só transpirava,

---

[3] Evidente anacronismo. Em 1762, não havia registros de impostos atrasados; simplesmente tomavam dinheiro de quem o tivesse. Portanto, não havia análise crítica de devedores. Aliás, isso deve ser não um anacronismo, mas argúcia do cronista revelada em tal alto grau que, em alguns momentos, se torna difícil ao leitor percebê-la. Desse modo ele previu (veremos mais adiante), por exemplo, a invenção do telégrafo e, inclusive, a organização de órgãos de controle nas províncias. — *O editor*.

mas não entregava o segredo. Os meninos que aprendiam o ofício com ele puderam informar uma única coisa: realmente, certa vez, durante a noite, aparecera um soldado que levara o dono da casa, e este, tendo voltado uma hora depois com uma trouxinha, trancara-se na oficina e, a partir daí, mergulhara em tristeza.

Não conseguiram saber mais nada. Enquanto isso, os encontros secretos do governante com Marmótov fizeram-se mais frequentes. Com o passar do tempo, Marmótov não apenas deixou de ficar triste como se tornou tão ousado que começou a ameaçar a autoridade municipal de alistá-lo no serviço militar como soldado raso, caso ele não lhe desse todos os dias dinheiro para um quartilho de vodca. Marmótov mandou fazer roupas novas e vangloriava-se de que, dentro de alguns dias, abriria uma loja em Tolóvia que deixaria até Winterhalter[4] de queixo caído.

De repente, depois de todos esses boatos e mexericos, como que caiu do céu uma notificação, convidando os mais notáveis representantes da *intelligentsia* de Tolóvia a se apresentarem ao governante para repreensão no dia tal e na hora tal. Os notáveis perturbaram-se, mas começaram a se preparar para o encontro.

Era um maravilhoso dia de primavera. A natureza rejubilava-se; pardais chilreavam; cães ganiam alegremente e balançavam os rabos. Os habitantes, segurando pacotes debaixo dos braços, apertavam-se no pátio da casa do governante e, trêmulos, esperavam o terrível julgamento. Finalmente, o momento esperado chegou.

O governante saiu, e no rosto dele os tolenses viram, pela primeira vez, aquele sorriso receptivo de que sentiam saudades. Parecia que os benfazejos raios do sol tinham agido também sobre ele (pelo menos, depois, muitos habitantes afirmaram ter visto com os próprios olhos como tremulavam as abinhas do seu casaco). Ele passou em revista todos os habitantes e, apesar de calado, aceitou com benevolência tudo o que eles haviam levado. Depois de terminar essa tarefa, afastou-se um pouco na direção do terraço e abriu a boca... E, de repente, alguma coisa no seu interior pôs-se a chiar e a zumbir, e, quanto mais se prolongava esse chiado misterioso, mais e mais forte reviravam-se e cintilavam os seus olhos. "S...s..arei!" — desprendeu-se finalmente de seus lábios... Com esse som

---

[4] Mais um exemplo de argúcia. Em 1762 não existia ainda a relojoaria e oficina de órgãos de Winterhalter. — *O editor*.

seus olhos cintilaram pela última vez, e ele se enfiou porta adentro na maior pressa.

Ao lermos nos *Anais de Tolóvia* a descrição de uma ocorrência tão inaudita, nós, testemunhas e participantes de outros tempos e de outros acontecimentos, obviamente, podemos muito bem tratá-la a sangue-frio. Transportemos, porém, o nosso pensamento para cem anos atrás, coloquemo-nos no lugar de nossos arquigloriosos antepassados e facilmente compreenderemos o horror que devem ter sentido diante da visão daqueles olhos girantes e daquela boca escancarada, da qual nada saía além de um chiado e um som disparatado, que não parecia nem sequer com a badalada de um relógio. Mas a benignidade de nossos antepassados resumia-se exatamente ao fato de que, por mais que o espetáculo recém-descrito os tivesse abalado, eles não se deixaram arrebatar por ideias revolucionárias tão em moda naquela época, mas permaneceram fiéis em seu amor ao governante, e permitiram-se apenas sentir pena daquele governante mais do que estranho e censurá-lo um pouquinho.

— Mas de onde é que saiu um velhaco desses! — diziam os habitantes, assombrados, interrogando-se uns aos outros, sem dar à palavra "velhaco" nenhum significado especial.

— Vejam só, irmãos! E agora ainda é o caso... de responder a esse, a esse velhaco! — acrescentavam outros.

E, apesar de tudo isso, foram todos para as suas casas e entregaram-se a suas tarefas habituais.

E teria o nosso Brudásti permanecido por muitos anos como pastor nessa campina, e teria alegrado os corações das autoridades com a sua habilidade administrativa, e os habitantes não teriam percebido em sua existência nada de incomum, se uma circunstância inteiramente casual (uma simples falha) não tivesse obrigado o governante a interromper suas atividades em seu auge.

Pouco depois da recepção descrita anteriormente, o secretário de governo, uniformizado, ao entrar pela manhã no gabinete oficial, viu o seguinte espetáculo: o corpo governamental, também de uniforme, sentado à escrivaninha, e diante dele, sobre o monte de registros de impostos atrasados, na qualidade de um faceiro peso de papéis, estava a cabeça governamental, completamente vazia... O secretário saiu correndo e ficou tão apavorado que lhe batiam os dentes.

Correram em busca do assessor de governo e do chefe da polícia de quarteirão. O primeiro, antes de mais nada, partiu para cima do segundo, acusando-o de negligência e violência descarada, mas o inspetor justificou-se. Não sem fundamento, garantiu que a cabeça não podia ter sido esvaziada senão com a concordância do próprio governante e que, nesse negócio, teria tomado parte, sem dúvida, um dos membros da corporação de artífices, uma vez que sobre a mesa, entre as provas materiais, encontravam-se: um formão, uma broquinha e uma lima inglesa. Convocaram então o médico-chefe da cidade para que deliberasse sobre o caso e apresentaram-lhe três perguntas: 1) Poderia a cabeça governamental desprender-se do tronco governamental sem derramamento de sangue? 2) Poderiam admitir a possibilidade de o governante ter retirado e esvaziado a própria cabeça? e 3) Seria possível supor que a cabeça governamental, uma vez suprimida, poderia depois crescer de novo, com ajuda de algum processo desconhecido? O esculápio pôs-se a pensar, murmurou algo sobre certa "substância governamental", que, pretensamente, se desprendia do corpo governamental, mas depois, percebendo que estava se enrolando, absteve-se de uma resposta direta às perguntas, manifestando a opinião de que o mistério da estrutura do organismo dos governantes ainda não havia sido suficientemente investigado pela ciência.[5]

Depois dessa resposta reticente, o assessor de governo viu-se num beco sem saída. Restava-lhe uma de duas possibilidades: reportar imediatamente o acontecido aos superiores e, enquanto isso, iniciar uma investigação própria, ou calar-se por algum tempo e esperar o que havia de vir. Em vista das dificuldades, escolheu o caminho do meio, ou seja, iniciou o inquérito e ao mesmo tempo ordenou a todos e a cada um manter o mais profundo segredo sobre a questão, para não inquietar o povo e não provocar nele sonhos irrealizáveis.

Entretanto, por mais rigorosamente que os guardas de fronteira protegessem o segredo a eles confiado, a notícia inaudita da supressão da cabeça do governante correu toda a cidade em poucos minutos. Entre os habitantes, muitos choraram por se sentirem órfãos e, além disso, por temerem acusações de terem obedecido às ordens de um governante sobre cujos ombros, em lugar da cabeça, havia um recipiente vazio. Diferente-

---

[5] Hoje está comprovado que, em geral, os corpos de todos os governantes estão submetidos às mesmas leis fisiológicas de qualquer outro corpo humano, mas não convém esquecer que, em 1762, a ciência encontrava-se ainda na sua primeira infância. — *O editor*.

mente, embora também chorassem, outros afirmavam que, pela obediência, aguardava-lhes não um castigo, mas um elogio.

No clube, à noite, todos os membros se reuniram. Alarmaram-se, discutiram, lembraram diversas circunstâncias e descobriram fatos de caráter bastante suspeito. O assessor Komentariónov, por exemplo, contou que, certa vez, entrara de surpresa no gabinete do governante por conta de um assunto de suma importância e pegara-o brincando com a própria cabeça, que, a propósito, o próprio governante logo se apressou a ajeitar no devido lugar. Naquela época, o assessor não deu a devida atenção ao fato e até o considerou uma brincadeira da imaginação, mas agora estava claro que o governante, com o objetivo de se aliviar, de tempos em tempos retirava a própria cabeça e no lugar dela colocava um solidéu, exatamente como o arcipreste da catedral que no círculo doméstico retira o barrete e coloca um gorro. Outro assessor, Meniniétsev, lembrou que, certa vez, passando em frente à oficina do relojoeiro Marmótov, vira por uma das janelas a cabeça do governante cercada de instrumentos de serralheria e marcenaria. Mas não deixaram Meniniétsev terminar, porque a menção a Marmótov fez com que todos se lembrassem do seu estranho comportamento e das misteriosas visitas noturnas à casa do governante...

Apesar de tudo, dessas histórias não saiu nenhum resultado claro. O público começou, inclusive, a se inclinar a favor da ideia de que toda essa história não era nada mais do que invenção de gente à toa, mas, depois, lembrando-se dos agitadores londrinos[6] e passando de um silogismo a outro, concluiu que a traição tinha construído o seu ninho no seio de Tolóvia. Então todos os membros alarmaram-se, fizeram barulho e, depois de convocarem o zelador da escola pública, apresentaram-lhe uma pergunta: houvera na história algum exemplo de homem que desse ordens, travasse guerras e assinasse tratados, tendo sobre os ombros um recipiente esvaziado? O zelador pensou um minuto e respondeu que, na história, muita coisa estava envolta em trevas; entretanto, tinha havido

---

[6] Até isso o "Cronista" previu. — *O editor*.

[O autor faz menção aos revolucionários Aleksandr Ivánovitch Herzen (1812-1870) e Nikolai Platónovitch Ogariov (1813-1877), que de Londres publicavam os periódicos *O Campanário* e *Estrela Polar*. (N. da T.)]

um Carlos, o Simples,[7] que possuíra sobre os ombros um recipiente que, embora não esvaziado, era como se estivesse vazio, e ainda assim ele travara guerras e assinara tratados. Enquanto corriam esses boatos, o assessor de governo não dormiu no ponto. Lembrou-se também de Marmótov e, sem demora, arrastou-o para um interrogatório. Por algum tempo, Marmótov fechou-se, não respondeu nada além de "saber não sei nada e ver não vi nada", mas, quando lhe apresentaram as provas materiais encontradas sobre a mesa e, principalmente, quando lhe prometeram uma moeda de cinquenta copeques para a vodca, ele se fez entender e, sendo alfabetizado, deu o seguinte testemunho:

"Meu nome é Vassíli, filho de Ivan, sobrenome Marmótov. Sou membro da corporação tolense de artífices; não frequento a confissão nem a santa comunhão, pois pertenço à seita dos livres-pensadores e sou sacerdote dessa mencionada seita. Fui processado por concubinato fora do casamento com a moça suburbana Matrionka e declarado pelo tribunal um flagrante adúltero, título que carrego comigo até hoje. No ano passado, no inverno, não me lembro o dia nem o mês, tendo sido acordado de madrugada, dirigi-me, escoltado por um funcionário da polícia, à residência de nosso governante, Demiénti Varlámovitch, e ao chegar encontrei-o sentado, oscilando a cabeça cadenciadamente, ora para um lado, ora para o outro. Desfalecido de pavor e, além disso, sobrecarregado de bebidas alcoólicas, fiquei mudo, parado à soleira da porta. Mas eis que, de repente, o senhor governante acenou com a mão, chamando-me, e me deu um papelzinho. No papelzinho, eu li: 'Não se espante e conserte o estragado'. Depois disso, o senhor governante tirou a própria cabeça e entregou-a a mim. Examinando de perto a caixa colocada à minha frente, descobri que ela encerrava, em um canto, um pequeno órgãozinho, capaz de executar algumas peças musicais simples. Eram duas essas peças: 'Arrasarei' e 'Não suportarei'. No entanto, uma vez que a cabeça tinha tomado sereno pelo caminho, alguns cravelhos do cilindro estavam desconjuntados, e outros tinham se soltado completamente. Por conta disso, o senhor governante não podia falar com clareza ou então falava com omissão de letras e sílabas. Tendo notado em mim o desejo de consertar esse defeito, e tendo eu recebido a esse respeito a concordância do

[7] Carlos III (879-929), rei francês que recebeu esse epíteto por causa de sucessivas derrotas militares. (N. da T.)

senhor governante, embrulhei, com o devido desvelo, a cabeça em um guardanapo e fui para casa. Porém, nesse caso, vi que em vão tinha depositado esperanças em meu próprio esforço, pois, por mais que tentasse fixar os cravelhos soltos, tão pouco êxito conseguia em meu empreendimento que, com qualquer descuido ou resfriamento, os cravelhos de novo rolavam fora e, nos últimos tempos, o senhor governante podia pronunciar apenas: '...a-arei!'. Nessa situação difícil, senti que podia me desgraçar pelo resto da vida, mas desviei-me desse golpe, propondo ao senhor governante procurar em São Petersburgo a ajuda de Winterhalter, mestre no negócio de relógios e órgãos, e foi isso precisamente o que fizeram. Desde então passou bastante tempo, no decorrer do qual, semanalmente, eu examinava a cabeça do governante e espanava dela os ciscos, atividade em que me encontrava naquela manhã em que sua excelência, por uma falha minha, confiscou o instrumento que a mim pertencia. Mas, não sei dizer por quê, a nova cabeça encomendada ao senhor Winterhalter até agora não chegou. Suponho, aliás, que por causa das cheias dos rios, nessa época atual da primavera, a cabeça até hoje se encontre por aí, em inatividade. À indagação sobre, em primeiro lugar, se eu posso, no caso da remessa de uma nova cabeça, consertar aquela, e, em segundo lugar, se a cabeça consertada funcionaria corretamente, eu tenho a honra de responder que consertar eu posso e funcionar ela vai, porém não terá pensamentos próprios. Ao que foi declarado, o flagrante adúltero Vassíli Ivanov Marmótov apõe a sua firma."

Depois de ouvir o testemunho de Marmótov, o assessor de governo refletiu que, se fora permitido em Tolóvia um prefeito que, no lugar da cabeça, tinha um simples recipiente, então pelo visto assim devia ser. Por isso, resolveu esperar, mas ao mesmo tempo enviou um telegrama incisivo a Winterhalter[8] e, trancando o corpo do governante à chave, dirigiu toda a sua atividade à opinião pública.

Todas as artimanhas, porém, mostraram-se inúteis. Depois disso, passaram-se ainda dois dias; finalmente, chegou o tão esperado correio de Petersburgo; mas não trouxe cabeça alguma.

Teve início uma anarquia, ou seja, falta de comando. As repartições públicas esvaziaram-se; os impostos atrasados acumularam-se em tal quantidade que o tesoureiro local, depois de dar uma olhada no caixa do

---

[8] Impressionante! — *O editor*.

tesouro público, escancarou tanto a boca que ficou de boca escancarada para o resto da vida; os guardas de quarteirão entregaram-se à insubordinação e cruzaram os braços descaradamente; os feriados acabaram. E, como se não bastasse, tiveram início assassinatos, e na própria pastagem da cidade foi encontrado o tronco de um homem desconhecido que, pelas abas do casaco, julgaram ser um militar imperial em campanha, mas nem o comissário de polícia, nem os outros membros da corporação da província, por mais que se esforçassem, conseguiram encontrar a cabeça que fora separada do tronco.

Às oito horas da noite, o assessor de governo recebeu pelo telégrafo a notícia de que a cabeça fora enviada havia muito, muito tempo. O assessor de governo ficou definitivamente perplexo.

Passou ainda mais um dia, e o corpo do governante continuava sentado no gabinete e até começava a estragar. O amor ao governante, temporariamente estremecido pelo estranho comportamento de Brudásti, seguia em frente com passos tímidos, porém firmes. A nata da sociedade dirigiu-se em procissão ao assessor de governo e exigiu, insistentemente, que ele tomasse alguma providência. O assessor de governo, vendo que os impostos atrasados acumulavam-se, que a bebedeira prosperava, que a justiça era banida dos tribunais e que as resoluções não eram ratificadas, pediu a colaboração do oficial superior. Este último, como homem de compromisso, telegrafou sobre o acontecido ao comando e, também por telégrafo, acabou recebendo a notícia de que ele próprio, pelo relato absurdo, fora destituído do cargo.[9]

Depois de ouvir isso, o assessor de governo encaminhou-se à repartição e pôs-se a chorar. Chegaram os assessores e puseram-se a chorar também; apareceu o advogado, e nem esse conseguia falar por causa das lágrimas.

Enquanto isso, Winterhalter tinha dito a verdade: a cabeça realmente ficara pronta e fora enviada no prazo. Porém, ele agira de modo irrefletido ao entregar a encomenda a um garoto do correio inteiramente incompetente em assuntos de órgãos. Em vez de manter o embrulho cuidadosamente suspenso, o inexperiente mensageiro jogou-o no fundo da sege e pôs-se a cochilar. Nessa posição ele galopou por algumas estações e,

---

[9] Esse respeitável funcionário foi inocentado e, como veremos a seguir, teve participação ativa nos acontecimentos subsequentes em Tolóvia. — *O editor*.

de repente, sentiu que alguém mordia a barriga da sua perna; desembrulhou às pressas o pacote em que estava enrolada a carga misteriosa, e um estranho espetáculo apresentou-se a seus olhos. A cabeça escancarou a boca e circulou os olhos ao redor. Mas isso não foi tudo, ela também pronunciou em voz alta e clara: "Arrasarei!".

O garoto simplesmente enlouqueceu de pavor. Seu primeiro movimento foi largar a carga falante ali mesmo, na estrada; o segundo, descer da sege sem ser notado e esconder-se numas moitas.

Talvez essa estranha ocorrência tivesse terminado com a cabeça largada algum tempo na estrada, e depois estraçalhada por seges em trânsito, e, finalmente, levada para o campo como adubo; isso se o negócio não se complicasse pela interferência de um elemento a tal ponto fantástico que os próprios tolenses, até eles, viram-se num beco sem saída. Mas não vamos antecipar os fatos; vejamos o que estava acontecendo em Tolóvia.

Tolóvia tinha entrado em ebulição. Como o governante deixou de aparecer por vários dias seguidos, os cidadãos inquietaram-se e, sem nenhum constrangimento, acusavam o assessor de governo e o chefe dos guardas de quarteirão de dilapidar os bens do tesouro público. Pela cidade vagavam *iuródivi*[10] e beatos que previam todos os tipos de desgraça para o povo. Um tal de Michka Vozgriavi afirmava ter sonhado, à noite, com um homem terrível envolto em nuvens de intenso brilho.

No final, os tolenses não aguentaram mais: comandados pelo cidadão Pança-Nova, fizeram uma formação em quadrado na frente das repartições públicas e exigiram que o assessor de governo fosse levado ao tribunal popular; caso contrário, ameaçavam despedaçar tanto o próprio quanto a residência do mesmo.

Elementos antissociais vieram à tona com pavorosa rapidez. Voltaram a falar de impostores, de um tal Stepka, que, comandando os excluídos, ainda no dia anterior, à vista de todos, dera cabo de duas esposas de comerciantes.

— Onde meteu o nosso paizinho? — começou a berrar a penca de gente encolerizada até o frenesi, quando o assessor de governo apresentou-se diante dela.

[10] Na Rússia, misto de bobo, mendigo alienado e profeta. (N. da T.)

— Valente horda! Como é que vou trazê-lo para vocês se ele está trancado à chave!

Era assim que aquele funcionário, arrancado do torpor administrativo pelos acontecimentos e tomado de pavor, tentava convencer a multidão. Ao mesmo tempo, piscava às escondidas para Marmótov, que, vendo esse sinal, desapareceu sem demora.

Mas a agitação não cessou.

— Está mentindo, vira-casaca! — respondeu a multidão. — Você tramou tudo de propósito junto com o guarda de quarteirão. Querem se livrar do nosso paizinho!

E só Deus sabe como teria terminado essa confusão geral se, nesse minuto, não tivesse soado o toque de um sino, e, logo depois dele, não tivesse se aproximado dos revoltosos uma sege, onde estava sentado o comissário de polícia e, ao lado dele... o governante desaparecido!

Ele usava um uniforme de tenente-capitão e tinha a cabeça inteiramente emporcalhada de lama, além de amassada em vários lugares. Apesar disso, saltou agilmente da sege e coriscou a multidão com os olhos.

— Arrasarei! — trovejou ele com uma voz tão estrondosa que todos se aquietaram no mesmo instante.

A agitação foi logo abafada; entre a multidão, havia pouco tão terrivelmente uivante, instaurou-se tal silêncio que era possível ouvir o zunir de um pernilongo que voara do pântano vizinho para admirar "a confusão tolense disparatada e digna de riso".

— Provocadores à frente! — comandou o governante, erguendo ainda mais a voz.

Começaram a selecionar provocadores entre os devedores de impostos, e já tinham reunido mais de uma dezena quando uma circunstância nova e absolutamente singular provocou outra reviravolta no caso.

Enquanto os tolenses, abatidos, cochichavam entre si, tentando lembrar quem é que tinha acumulado mais impostos atrasados, aproximou-se da multidão, imperceptivelmente, a carruagem governamental tão bem conhecida dos habitantes. Mal os habitantes se viraram e dela saltou Marmótov e, em seguida, à vista de toda a multidão, surgiu um governante igualzinho àquele que, um minuto atrás, tinha sido trazido na telega pelo comissário de polícia! Os tolenses petrificaram-se.

A cabeça desse outro governante era completamente nova e, além disso, estava coberta de verniz. A alguns cidadãos perspicazes pareceu estranho que a grande mancha de nascença, alguns dias atrás localizada na face direita do governante, tivesse ido parar agora na esquerda.

Os impostores encontraram-se e mediram-se de alto a baixo. A multidão dispersou-se lenta e silenciosamente.[11]

(1870)

Tradução de Denise Sales

---

[11] O editor achou melhor terminar aqui a história verdadeira, embora o cronista tenha adicionado diversos esclarecimentos. Ele escreveu, por exemplo, que o primeiro governante estava usando aquela mesma cabeça que fora jogada da sege pelo mensageiro de Winterhalter e colocada pelo capitão no tronco do tenente desconhecido; já o segundo governante usava a cabeça antiga, consertada às pressas por Marmótov por ordem do assistente do delegado, e preenchida, por engano, com uma ordem fora de uso em vez de música. Todos esses esclarecimentos, positivamente pueris, comprovam apenas, sem sombra de dúvida, que ambos os governantes eram impostores. — O *editor*.

Lev Tolstói

Lev Nikoláievitch Tolstói (1828-1910) foi não apenas um grande romancista mas também um excelente escritor de narrativas curtas, e estas tiveram um importante papel na última fase de sua produção literária. Como é sabido, já a partir da década de 1870 o pensamento de Tolstói começa a ganhar contornos mais sistemáticos no que se refere ao papel da literatura e da educação como forma de emancipação e combate às injustiças sociais. Em 1872, Tolstói retoma seu projeto de educar os servos de sua propriedade rural, e passa ele mesmo a escrever cartilhas de alfabetização e de leitura. Ao mesmo tempo, suas opiniões sobre a função da arte e sobre o que é a "boa arte" foram adquirindo um caráter cada vez mais dogmático, o que culminaria no polêmico panfleto *O que é arte?* (1897). Essa experiência e essa visão de mundo certamente tiveram impacto sobre sua obra artística. Em boa parte dos contos desta sua última fase, Tolstói visa chegar a uma moral, por vezes recorrendo ao formato da parábola, como é o caso deste "Custa caro". Esta pequena narrativa foi publicada pela primeira vez em 1890, na Inglaterra, depois de proibida na Rússia. Nela, Tolstói reconta um trecho do diário de viagem *Sur l'eau* (1888), de Guy de Maupassant.

Custa caro

(História real)

Conto a partir de Maupassant

Existe, entre a França e a Itália, às margens do mar Mediterrâneo, um reino pequeno, minúsculo. Esse reino se chama Mônaco. O reino tem menos habitantes do que uma aldeia grande, ao todo, sete mil, e não há uma *dessiatina*[1] de terra por alma. Mas o reino tem um reizinho de verdade. Esse reizinho tem palácio, cortesãos, ministros, bispos, generais e tropas.

Poucas tropas, ao todo, sessenta homens, mas mesmo assim são tropas. Os rendimentos do reizinho são poucos. Há imposto, como em toda parte, sobre tabaco, vinho, vodca, e por cabeça; e, embora bebam e fumem, é pouca gente, e o reizinho não teria como dar de comer a seus cortesãos e funcionários, nem a si mesmo, caso não tivesse uma fonte de renda especial. A fonte de renda especial desse reino é um estabelecimento de jogo: a roleta. As pessoas jogam, perdem, ganham, mas sempre cabe uma parte ao proprietário. E o proprietário paga uma boa soma de sua renda ao reizinho. E paga uma boa soma porque este é o único estabelecimento de jogo que sobrou em toda a Europa. Antes, havia estabelecimentos de jogo assim nos pequenos principados alemães, mas há dez anos foram proibidos. E foram proibidos porque os estabelecimentos de jogo causam muito mal. Alguém chega, começa a jogar, passa dos limites, deixa tudo o que tem, deixa até o dinheiro dos outros, e depois, de pesar, ou se afoga, ou se dá um tiro. Os alemães proibiram seus principezinhos, mas não há ninguém para proibir o reizinho: o seu foi o único que sobrou.

Desde então, todos os aficionados do jogo vão até lá, perdem lá, e ele fica com o lucro. "Não construirás palácios de pedra com os traba-

[1] Antiga medida agrária russa, equivalente a 1,09 hectare. (N. da T.)

lhos dos justos." O reizinho de Mônaco até sabe que é um negócio sujo, mas o que fazer? É preciso viver. Afinal, sustentar-se com vodca e tabaco não é melhor. Assim o reizinho vive, reina, agarra seu dinheirinho e mantém seu palácio em plena ordem, como os verdadeiros grandes monarcas. Assim também ele é coroado, faz aparições, distribui recompensas, castiga, absolve, e assim também há desfiles, conselhos, leis e tribunais. Tudo como um monarca de verdade. Só que tudo é pequeno.

E eis que certa vez, há cinco anos, houve um assassinato no reino desse pequeno monarca. O povo do reino é pacífico, e antes nunca ocorrera nada assim. Reuniu-se um tribunal, tudo na mais elevada ordem, e puseram-se a julgar, tudo como se deve. Juízes, procuradores, jurados e advogados. Julgaram, julgaram e decidiram, de acordo com a lei, cortar a cabeça do criminoso. Pois bem. Propuseram ao monarca. O monarca leu a sentença, aprovou. Se é para punir, vamos punir. O único problema: naquele reino, não havia nem guilhotina para cortar a cabeça, nem carrasco. Os ministros pensaram e repensaram, e decidiram redigir um requerimento ao governo francês: os franceses não poderiam, temporariamente, mandar uma máquina e um especialista para cortar a cabeça do criminoso, e, se possível, notificar qual o custo disso? Enviaram a carta. Uma semana depois, receberam a resposta: era possível mandar uma máquina e um carrasco, o custo de tudo seria de dezesseis mil francos. Informaram ao reizinho. O reizinho pensou, repensou — dezesseis mil francos! "O desgraçado não vale esse dinheiro", diz. "Não seria possível fazer mais barato? Dezesseis mil francos quer dizer pouco mais de dois francos de imposto por habitante. Parece pesado. É capaz de se rebelarem." Reuniram o conselho — como resolver o assunto? Decidiram enviar o mesmo pedido ao rei da Itália. O governo francês é uma república, não respeita os monarcas, mas o rei da Itália é, de qualquer forma, um irmão, talvez faça mais barato. Escreveram; receberam uma resposta rápida. O governo italiano escreveu que mandaria a máquina e o especialista com satisfação. E que tudo, incluindo a viagem, custaria doze mil francos. Mais barato, mas mesmo assim caro. De novo, o canalha não valia tanto dinheiro. Novamente, teriam que cobrar pouco menos de dois francos por pessoa. O conselho voltou a se reunir. Pensaram, pensaram — não seria possível mais barato? Será que um soldado não poderia cortar a cabeça, sem formalidades? Convocaram o general. "E então, não dá para achar um soldado para cortar a cabeça? Dá na mesma, pois na guerra eles matam. O soldado é preparado para isso." O general falou com os soldados — alguém faria? Os soldados não quiseram. “Não, não sabemos fazer nem fomos treinados para isso”, disseram.

E agora? Novamente pensaram, pensaram, reuniram um comitê, uma comissão, uma subcomissão. Repensaram. Disseram: é preciso trocar a pena de morte por prisão perpétua. Assim o rei demonstra misericórdia e a despesa é menor. O reizinho concordou, e assim decidiram. O único problema é que não tinham um cárcere especial para a prisão perpétua. Tinham uma cadeia simplesinha, onde prendiam temporariamente, mas uma cela firme, para prender para sempre, não tinham. Mas, mesmo assim, acharam uma instalação. Prenderam o jovem. Colocaram um guarda.

O guarda tinha que vigiar e buscar a comida do criminoso no palácio. O jovem ficou preso assim por seis meses, por um ano. No final do ano, o reizinho pôs-se a conferir as despesas e receitas e viu que a manutenção do preso era uma nova despesa, nada pequena: o guarda especial mais a alimentação. Em um ano, tinham sido seiscentos francos. E o sujeito era jovem, saudável, talvez vivesse mais cinquenta anos. Calcule quanto isso custa. Uma despesa grande. Assim não é possível. O reizinho convocou os ministros: “Pensem em como nos livrar desse desgraçado de um jeito mais barato”, disse. “Ele nos custa muito caro.” Os ministros se reuniram, pensaram, pensaram. Um disse: “É o seguinte, senhores: na minha opinião, devemos dispensar o guarda”. E um outro disse: “Mas assim ele vai fugir”. “Que fuja, e vá para o diabo.” Informaram o reizinho. O rei concordou. Dispensaram o guarda. Ficaram vendo o que aconteceria. Viram o seguinte: chegou a hora do almoço, o criminoso saiu, procurou o guarda, não encontrou, foi sozinho à cozinha do monarca, atrás do almoço. Pegou o que lhe deram, voltou para a cadeia, e entrou fechando a porta atrás de si. No dia seguinte, a mesma coisa. Ia atrás de comida, mas fugir, não fugia. E agora? Pensaram. Disseram: é preciso lhe dizer diretamente que não precisamos dele. Que fuja. Está bem. O ministro da Justiça convocou-o e disse: “Por que o senhor não foge? Não tem guarda. Pode ir embora livremente, o rei não ficará ofendido”. “O rei pode não se ofender, mas eu não tenho para onde ir”, disse. “Para onde vou? A sentença dos senhores me cobriu de vergonha, ninguém vai me aceitar agora, estou afastado de todos os negócios. Os senhores foram injustos comigo. Isso não se faz. Ora, condenaram-me à pena de morte; pois bem. Deveriam ter me executado; não me executaram. Isso é uma coisa. Não discuti. Depois, condenaram-me à prisão perpétua e colocaram um guarda para me trazer comida, depois tiraram o guarda. Essa é a segunda. Novamente, não discuti. Fui sozinho atrás de comida. Agora vocês dizem: fuja. Não, façam o que quiserem, eu não vou a lugar nenhum."

E agora? Voltaram a reunir o conselho. O que fazer? Não vai fugir. Pensaram, repensaram. Era preciso criar uma pensão para ele. Sem isso, não se livrariam dele. Informaram o rei. "Não há o que fazer", disse, "de algum jeito temos que nos livrar dele." Concederam-lhe uma pensão de seiscentos francos e informaram-lhe. "Pois bem, pode ser", ele disse, "se pagarem direito, pode ser, eu vou."

E assim ficou decidido. Ele recebeu um terço adiantado, despediu-se de todos e saiu dos domínios do reizinho. Pela estrada de ferro, levou um quarto de hora. Saiu, instalou-se nas vizinhanças, comprou uma terrinha, cultivou uma horta, um jardinzinho, e vive com folga. Vai regularmente receber a pensão. Recebe, vai ao estabelecimento de jogo, aposta uns dois, três francos, às vezes ganha, às vezes perde, e volta para casa. Tem uma vida boa e tranquila.

Que bom que não cometeu seu pecado em um lugar em que não se medem despesas nem para cortar a cabeça de um homem, nem para a prisão perpétua...

(1890)

Tradução de Irineu Franco Perpetuo

Anton Tchekhov

Anton Pávlovitch Tchekhov (1860-1904) nasceu e foi criado em Taganrog, uma pequena cidade portuária no Sul da Rússia. A família de seu pai vinha da classe dos servos, a de sua mãe, de comerciantes de origem ucraniana. A partir de 1879, ano em que se muda para Moscou, onde vai cursar medicina, Tchekhov passa a sustentar a si mesmo e à família com a publicação de histórias curtas e bem-humoradas, frequentemente de estrutura anedótica, como é o caso de "Uma obra de arte", publicada em 1886 sob o pseudônimo "P. Tchekhonte". Em sua fase madura, de peças e narrativas mais densas e de um humor melancólico, vez por outra é possível captar de relance essa nota leve e jovial, presente nas vinhetas do início de sua carreira, mas já tornada absurda ou tragicômica. É o que acontece, por exemplo, entre a primeira e a última versão do monólogo "Os males do tabaco", escritas em fases distintas da carreira do autor.

Os males do tabaco

Cena-monólogo em um ato

(1ª versão)

Personagem: Márkel Ivánitch Niúkhin,[1] *homem casado, cuja esposa é dona de um pensionato para moças.*

O cenário consiste num estrado de um clube de província.

NIÚKHIN (*entra com ar de importância, faz uma mesura, endireita o colete e inicia em tom grandiloquente*) — Prezadas senhoras e senhores! Pediram a minha mulher que eu realizasse aqui uma conferência de interesse geral, para fins beneficentes, sobre um assunto qualquer. A verdadeira sabedoria é modesta e não gosta de se exibir, mas, diante da mencionada finalidade, minha senhora concordou — e aqui estou eu diante dos senhores... Eu não sou catedrático e não pertenço ao meio científico, contudo não deve constituir segredo para nenhum dos senhores o fato de que eu... de que eu... (*apalpa-se e dá uma rápida olhada num papelucho que tira do bolso do colete*) de que eu já há trinta anos, com o sacrifício da minha saúde e dos prazeres da vida, venho lidando ininterruptamente com problemas de caráter estritamente científico e mesmo público, às vezes, no órgão local, em artigos científicos... Há dias foi entregue por mim à redação um longo artigo, intitulado "Dos malefícios do teísmo e do cafeísmo para o organismo". Como tema de minha conferência de hoje escolhi o mal que acarreta ao ser humano o uso do tabaco. É difícil, naturalmente, esgotar toda a importância do assunto numa conferência, mas tentarei ser sucinto e tratar apenas do essencial... Como inimigo da popularização serei rigorosamente científico e proponho aos senhores ouvintes que percebam toda a importância do assunto e que encarem minha presente conferência com a devida seriedade... Mas se alguém for dado a futilidades, se a aridez do discurso estritamente científico assustar

[1] Sobrenome formado a partir da palavra *niukh*: "faro". (N. da T.)

alguém, então deve não escutar e retirar-se! (*Faz um gesto majestoso e endireita o colete.*) Dito isto, então, vou começar... Peço a atenção... Peço a particular atenção dos senhores médicos aqui presentes, que poderão extrair de minha conferência muitos testemunhos úteis, uma vez que o tabaco, apesar de seus efeitos nocivos, é empregado igualmente na medicina. Assim sendo, em 10 de fevereiro de 1871, ele foi prescrito à minha senhora sob a forma de clister. (*Consulta o papelucho.*) O tabaco é um corpo orgânico, obtido, na minha opinião, da planta *Nicotiana tabacum*, pertencente à família das solanáceas. Ele é natural da América. Sua principal componente consiste no terrível e letal veneno da nicotina. Quimicamente, em minha opinião, ele é composto de dez átomos de carbono, catorze átomos de hidrogênio e... dois... átomos de azoto... (*Ofega e aperta a roupa sobre o peito, deixando cair o papel.*) Ai! (*Para não cair, equilibra-se balançando braços e pernas.*) Ai! Agora! Deixem-me respirar... Agora... Já... Com força de vontade contenho a crise... (*Bate no peito com os punhos cerrados.*) Pronto! Arre! (*Pausa de um minuto, depois do que Niúkhin caminha pelo estrado, bufando repetidamente.*) Já faz muito tempo... venho sofrendo crises de sufocação... asmática... Esta doença começou a me atacar no dia 13 de setembro de 1869... no mesmo dia em que nasceu a sexta filha da minha senhora... a Veronika. Ao todo são exatamente nove as filhas da minha esposa... é que filho não há nenhum — do que, aliás, minha senhora muito se alegra, já que filhos homens num pensionato de moças seriam, sob muitos aspectos, um estorvo... No pensionato inteiro há um único homem e este homem sou eu... Porém, as mais honradas famílias, as mais notáveis famílias, que confiam à minha senhora o destino de suas filhas, podem, no que diz respeito à minha pessoa, ficar completamente sossegadas... A propósito... em vista da escassez do tempo que nos resta, tentaremos não nos afastar do tema desta conferência... Sim, daquilo onde eu tinha parado. Arre! A crise de asma pegou-me no ponto mais interessante. Mas há males que vêm para o bem. Para mim e para os senhores, e, em particular, para os senhores médicos aqui presentes, esta crise pode servir de magnífica lição. Na natureza não há efeito sem causa... Procuremos, pois, a causa desta minha crise de hoje... (*Encosta o dedo na testa e pensa.*) Lógico! O único meio de se evitar a asma é abster-se de comida pesada e excitante, e hoje, ao vir para cá, permiti exceder-me um pouco. Devo dizer aos senhores que no pensionato da minha senhora hoje é dia de panquecas. Cada pensionista, à guisa de prato quente, recebe no almoço uma panqueca. A mim, na qualidade de marido da minha senhora não caberia, parece-me, louvar tão nobre costume, mas estou disposto a jurar-lhes que em lugar algum come-se de modo tão sensato, tão higiênico e tão objetivo como no pensionato da minha esposa. E posso testemunhar isso pessoalmente, porque tenho a honra de cuidar da parte administrativa do pensionato da minha senhora. Sou eu quem compra os mantimentos, quem controla a criada, quem presta contas à minha senhora todas as noites, quem costura os cadernos, quem arruma os remédios contra os insetos, quem desinfeta o ar com pulverizações, quem conta a roupa branca, quem cuida que uma escova de dentes não seja usada por mais de cinco educandas e quem peleja para que mais de dez mocinhas não usem a mesma toalha. Hoje eu tinha por obrigação entregar à cozinheira manteiga e farinha, numa quantidade rigorosamente correspondente ao número de pensionistas. Sim, porque hoje era dia de panquecas. Devo dizer aos senhores que as panquecas destinavam-se apenas às educandas, pois para os membros da família da minha senhora estava previsto um prato quente, a ser preparado com um pernilzinho traseiro de vitela, já armazenado no porão desde sexta-feira da semana passada. Minha senhora e eu chegamos à conclusão de que se não assássemos o pernilzinho hoje, até amanhã ele poderia estragar. Mas vamos em frente! Ouçam os senhores o que aconteceu depois. Quando as panquecas já estavam prontas e contadas, minha senhora mandou avisar à cozinheira que cinco educandas estavam de castigo por malcriações e que, por causa disso, seriam privadas das panquecas. Resultou disso que sobraram as cinco panquecas preparadas a mais. O que fazer com elas, querem me dizer? O quê? Dá-las às filhas? Minha senhora proíbe às filhas comer massa. Então, o que pensam os senhores? Que fazer com elas? (*Suspira e coça a cabeça.*) Oh, que coração generoso! Oh, que anjo de bondade! Ela disse: "Coma você mesmo essas panquecas, Markecha!".[2] E eu dei cabo de todas elas, rematando tudo com um calicezinho de vodca. Eis, portanto, onde se deve procurar a causa da crise. *Da ist der Hund begraben!*[3] Porém... (*consulta o relógio*) ficamos de prosa e nos afastamos um pouco do tema. Vamos prosseguir... De modo que a nicotina, quimicamente falando, é composta de... de... (*Apalpa nervosamente os bolsos e procura o papelucho com*

[2] Diminutivo de Márkel. (N. da T.)

[3] "Eis onde o cachorro está enterrado!", em alemão no original. (N. da T.)

os olhos.) Eu lhes proponho lembrar-se desta fórmula... A fórmula química é a estrela-guia. (*Avista o papel e deixa cair o lenço sobre ele. Recolhe o papel embrulhado pelo lenço.*) Esqueci de lhes dizer que no pensionato de minha senhora, além da administração, também me cabe lecionar matemática, física, química, geografia, história e didática. Além dessas matérias, são ensinadas no pensionato da minha senhora as línguas francesa, alemã e inglesa, religião, trabalhos manuais, desenho, música, dança e boas maneiras. Como os senhores podem ver, o curso é mais que ginasial. E que comida! E que conforto! O que há de mais surpreendente ainda é que tudo isso é oferecido por uma quantia irrisória! O internato custa trezentos rublos, o semi-internato sai por duzentos e o externato cem. Pela dança, pela música e pelo desenho o pagamento é à parte, de acordo com o que for tratado com a minha senhora... Um pensionato maravilhoso! Fica localizado na esquina da rua Gnátali com a travessa dos Cinco Cachorros, no imóvel do capitão Maminha. Para informações, minha senhora pode ser encontrada em casa a qualquer hora, mas o programa do pensionato está à venda com o porteiro, por cinquenta copeques o exemplar. (*Consulta o papel.*) De modo que proponho aos senhores não esquecer a fórmula! A nicotina é composta quimicamente por dez átomos de carbono, catorze de hidrogênio e dois de azoto. Façam o esforço de decorar. Apresenta-se ela na forma de um líquido incolor, com cheiro de amoníaco. Para nós, propriamente falando, é importante a ação indireta da nicotina (*olha para a tabaqueira*) sobre os centros nervosos e sobre os músculos do canal digestivo. Oh, Senhor! Puseram pó de novo! (*Espirra.*) Que se há de fazer com essas cretinas, com essas imprestáveis? Ontem puseram pó de arroz na tabaqueira, e hoje um outro pó, asqueroso, fedorento. (*Funga e assoa o nariz.*) Isso é uma safadeza! Só o diabo sabe o que vai acontecer ao meu nariz, com todos esses pós! *Brrr!* Criaturas repugnantes, miseráveis! Os senhores, decerto, vão interpretar este acidente como falta de rigor na disciplina do pensionato da minha senhora. Não, prezados senhores, isto não! Neste caso a culpa não é do pensionato! A culpa é da sociedade! Os senhores é que são os culpados! A família deve marchar par e passo com a escola, e, em vez disso, o que se vê? (*Espirra.*) Mas vamos deixar para lá! (*Espirra.*) Vamos pôr uma pedra em cima. A nicotina leva o ventre e os intestinos a condições tetânicas, isto é, ao estado de tétano! (*Pausa.*) Estou notando um sorriso em muitos rostos. É evidente que nem todos os ouvintes souberam apreciar devidamente a importância do objeto do nosso interesse. Existem mesmo alguns que acham possível rir quando da tribuna se fala na verdade que ilumina o caminho da verdadeira ciência! (*Boceja.*) É claro que não é aos senhores que dirijo essas observações, mas... às filhas da minha senhora eu sempre digo: "Crianças, não riam de quem está acima do riso!". (*Espirra.*) Minha esposa tem nove filhas. A mais velha delas, a Ana, está com vinte e sete anos, a mais nova, com dezessete. Prezados senhores! Tudo o que há de maravilhoso, de puro e de elevado na natureza encontra-se reunido nestas nove jovens e imaculadas criaturas. Perdoem-me a emoção e o tremor na voz: os senhores estão vendo diante de si o mais feliz dos pais. (*Boceja.*) Contudo, nos tempos que correm, como é difícil encontrar marido! Terrivelmente difícil. É mais fácil achar dinheiro embaixo do colchão do que encontrar marido, nem que seja para só uma das filhas! (*Coça a cabeça.*) Ah, jovens, ah, jovens! Vocês, com sua obstinação, com sua tendência materialista, estão se privando de uma das satisfações mais elevadas, a satisfação da vida familiar... Se vocês soubessem como é boa esta vida! Vivo com minha senhora há trinta e três anos e posso dizer que foram os melhores anos da minha vida. Passaram como um momento único de felicidade. (*Chora.*) Quantas vezes não a amargurei com minhas fraquezas! Pobrezinha! E ainda que aceitasse o castigo com submissão, como isso poderia compensar sua cólera? As filhas da minha senhora ainda não tiveram a oportunidade de se casar porque são retraídas e nunca se deixam ver pelos homens. Minha senhora não pode dar festas à noite, para o jantar ela nunca tem convidados, mas... posso dizer aos senhores, cá entre nós (*aproxima-se da beira do estrado e sussurra*): minhas filhas podem ser vistas nas festas importantes na casa da tia Natália Semiônovna Zavertiúknaia, aquela mesma que sofre de epilepsia e coleciona moedas antigas. Lá costuma ter comes e bebes. Mas, em virtude da escassez de tempo não vamos nos afastar do tema. Tinha parado no tétano. Em sendo assim (*consulta o relógio*), até uma próxima oportunidade. (*Endireita o colete e sai majestosamente.*)

Cortina.

(1886)

Tradução de Aurora Fornoni Bernardini

Uma obra de arte

Sacha Smirnóv, filho único de sua mãe, fez uma cara lastimosa e entrou na sala do doutor Kochelkov.[1] Embaixo do braço levava um objeto embrulhado no número 223 do *Notícias da Bolsa*.[2]

— Ah, meu caro jovem! — cumprimentou-o Kochelkov. — E então, como estamos? O que me conta de bom?

Sacha começou a piscar os olhos e, levando a mão ao coração, disse com voz trêmula:

— Mamãe o saúda, Ivan Nikoláievitch, e manda lhe agradecer... Sou filho único de minha mãe e o senhor me salvou a vida... Curou-me de uma doença grave, e... não sabemos como lhe agradecer.

— Pare com isso, rapaz! — interrompeu-lhe o médico, enternecido de satisfação. — Eu só fiz o que qualquer outro teria feito em meu lugar.

— Sou filho único de minha mãe... Nós somos pobres e, é claro, não podemos pagá-lo por seu serviço, e... ficamos muito envergonhados, doutor, embora, apesar disso, mamãe e eu... seu único filho, pedimos encarecidamente que o senhor aceite este objeto como prova de nossa gratidão... É um objeto de grande valor... de bronze antigo... Uma obra de arte, uma coisa rara.

— Não precisava! Não há razão para isso! — disse o médico, franzindo o cenho.

— Não, por favor, não o recuse... — continuou balbuciando Sacha, enquanto desfazia o embrulho. — Assim o senhor ofende a mim e a mamãe... É uma coisa muito bonita... De bronze antigo... Nós a herdamos de meu finado paizinho e a guardamos como uma recordação de grande

---

[1] Derivado de *kocheliok*: "porta-moedas". (N. da T.)

[2] *Birjevíe Viédomosti*, jornal de política e economia que circulou em São Petersburgo entre 1880 e 1917. No número mencionado, fora impresso um *feuilleton* sobre um pintor que se dedicava a retratar o corpo feminino nu. (N. da T.)

valor... Meu pai comprava bronze antigo e vendia para os aficionados... Agora, mamãe e eu trabalhamos com a mesma coisa...

Sacha desembrulhou o objeto e colocou-o solenemente sobre a mesa. Era um candelabro de bronze antigo, não muito alto; um trabalho artístico. Ele retratava duas figuras femininas, em trajes de Eva, de pé sobre o pedestal, em posturas que, para descrevê-las, faltam-me a ousadia e o temperamento adequado. As figuras tinham um sorriso coquete e pelo semblante pareciam, não fosse a obrigação de sustentar o castiçal, querer saltar do pedestal e armar um escândalo de tal ordem que ao leitor envergonharia só de pensar.

O médico lançou um olhar ao presente, coçou atrás da orelha e, com um ar de indecisão, assoou-se bem e limpou a garganta.

— Sim, o objeto é realmente muito bonito — murmurou ele —, mas... como posso dizer?... é, assim, muito inadequado... Isso não é sequer um decote, é... sei lá o quê.

— Mas por que julga dessa maneira?

— A própria serpente do paraíso não poderia ter imaginado coisa mais indecente... Colocar uma aparição dessas na mesa de uma sala é macular a casa inteira.

— Que maneira estranha de ver a arte, doutor! — replicou Sacha, ofendido. — É um objeto de arte, repare bem. Tem tanta beleza e graça que, ao vê-lo, a alma se enche de devoção e as lágrimas vêm aos olhos! Diante de uma beleza assim, esquecemos de tudo o que há na Terra... Veja quanto movimento ele tem, e que aspecto airoso, que expressão!

— Eu compreendo tudo isso muito bem, meu caro — interrompeu o médico —, mas é que sou um homem de família e, além de meus filhos, que vivem correndo por aqui, atendo senhoras.

— É evidente que, se olhar do ponto de vista da maioria, essa elevada obra de arte aparecerá sob outra luz... — disse Sacha. — Mas, doutor, coloque-se acima da multidão; porque, além disso, com sua recusa o senhor causará um desgosto profundo em mim e em minha mãe. Sou o único filho de mãezinha... o senhor me salvou a vida... O que lhe entregamos é o objeto mais valioso que temos, e... só lamento que o senhor fique sem o par dele...

— Muito obrigado, meu amigo, fico muito agradecido... Saudações à sua mãe. Mas, pense um pouco, ponha-se no meu lugar: as crianças correm por aqui, as senhoras que atendo... Eh, esqueça. Já que nada o convence, deixe-o.

— E não há mesmo do que se convencer — disse Sacha, contentíssimo. — Coloque o candelabro aqui, veja, perto do vaso. É uma pena não ter o par! Uma lástima! Bem, adeus, doutor.

Ao ficar só, o médico passou um bom tempo olhando para o candelabro, enquanto coçava atrás da orelha e pensava:

"O objeto é magnífico, não há o que discutir. Seria uma pena jogá-lo fora... Mas não é possível mantê-lo aqui... Hum!... Arrumei um problema! A quem eu podia presentear ou fazer uma doação?"

Depois de muito meditar, lembrou-se de seu amigo, o advogado Ukhov, a quem devia por lhe haver resolvido um assunto jurídico.

"Ótimo! Para ele, como amigo, será desagradável aceitar meu dinheiro. Assim, presentear-lhe com este objeto será uma decisão muito correta. Além disso, ele é solteiro e despreocupado. Sim, levarei essa coisa absurda para ele!", decidiu o médico.

Sem deixar para depois, o médico se vestiu, pegou o candelabro e partiu para a casa de Ukhov.

— Olá, meu amigo! — exclamou ele, encontrando o advogado em casa. — Vim agradecer-lhe, meu irmão, pelo trabalho... Já que não quer aceitar meu dinheiro, aceite ao menos este objeto... Aqui está, veja, é um objeto luxuoso!

Quando viu o candelabro, o advogado ficou tomado por um entusiasmo indescritível.

— Que absurdo! — disse Ukhov às gargalhadas. — Ah, mas só o diabo para inventar uma coisa dessas! Que encanto! É admirável! Onde foi que arranjou essa maravilha?

Depois desse entusiasmo, o advogado lançou um olhar temeroso para a porta e disse:

— Só você, meu irmão! Leve seu presente, não posso aceitá-lo...

— Por quê? — inquiriu assustado o médico.

— Porque... minha mãe sempre me visita, além de meus clientes... e eu sentiria vergonha da criada.

— Nã-nã-não... Nem pense em recusar! Será uma grosseria de sua parte! — exclamou o médico, gesticulando. — É uma obra de arte... veja quanto movimento... e que expressão... E assunto encerrado! Ou ficarei ofendido!

— Se elas tivessem, ao menos, uma pintura... ou umas folhinhas de parreira...

Mas o médico insistia e gesticulava ainda mais, até que conseguiu escapulir do apartamento de Ukhov e, muito satisfeito por ter se livrado do presente, partiu para casa.

Depois que o amigo se foi, o advogado examinou o candelabro, tocando-o de todos os lados, e, como seu amigo médico, ficou um longo tempo matutando sobre a questão: o que fazer com o presente?

"O objeto é magnífico", pensou ele, "jogá-lo fora vai ser uma pena, mas ficar com ele seria muito inconveniente. O melhor a fazer é dá-lo de presente a alguém... Já sei, vou levá-lo hoje à noite ao cômico Chachkin. Aquele canalha gosta desse tipo de coisa, e, a propósito, hoje ele fará uma apresentação beneficente..."

Naquela mesma noite o candelabro foi entregue num embrulho muito benfeito ao ator cômico Chachkin. Alguns homens tomaram de assalto o camarim do ator e ficaram por lá admirando o presente até começar o espetáculo; quem ouvia a mistura de vozes com gargalhadas que vinha de lá pensava que ouvia relinchos. Quando alguma das atrizes perguntava do outro lado da porta se podia entrar, ouvia-se no mesmo instante a voz rouca do ator, que gritava:

— Não, querida, por favor! Ainda não me vesti!

Depois do espetáculo o ator esmoreceu, e, preocupado, abria os braços, perguntando-se:

— Onde vou meter essa porcaria? Moro num apartamento particular e as atrizes sempre me visitam. E isso não é uma fotografia; na gaveta da escrivaninha não é possível esconder!

— Venda-a, senhor! — aconselhou o barbeiro, enquanto ajudava o artista a se trocar. — Aqui perto mora uma velha que compra antiguidades... Pergunte por Smirnóva... Ela é muito conhecida.

O ator seguiu o conselho... Dois dias depois, o doutor Kochelkov estava em seu consultório com a testa apoiada na mão, mergulhado numa reflexão sobre os ácidos biliares, quando a porta se abriu de repente e Sacha Smirnóv entrou correndo. Ele estava sorrindo, radiante — toda sua figura emanava felicidade. Nas mãos trazia alguma coisa embrulhada num jornal.

— Doutor! — começou Sacha, engasgando-se. — Imagine a minha alegria! E que sorte a sua: conseguimos encontrar o par do seu candelabro!... Mamãe está tão contente!... Sou filho único, e... o senhor me salvou a vida...

E Sacha, abalado de tanta gratidão, colocou o candelabro diante do médico. Kochelkov abriu a boca, quis dizer alguma coisa, mas não foi capaz: ficou sem fala.

(1886)

Tradução de Francisco de Araújo

Os males do tabaco

Cena-monólogo em um ato
(2ª versão)

Personagem: Ivan Ivánovitch Niúkhin,[1] *homem casado, cuja esposa é dona de uma escola de música e de um pensionato para moças.*

O cenário consiste num estrado de um clube de província.

NIÚKHIN (*de suíças longas, sem bigodes, com um velho fraque surrado, entra majestosamente, faz uma reverência e endireita o colete*) — Prezadas senhoras e, de certo modo, prezados senhores. (*Cofia as suíças.*) Pediram à minha mulher que eu realizasse aqui uma conferência qualquer de interesse geral para fins beneficentes. E daí? Uma conferência não passa de uma conferência — para mim, decididamente, dá na mesma. Eu, naturalmente, não sou um catedrático e não pertenço ao meio científico, mas, mesmo assim, já faz mais ou menos trinta anos que, ininterruptamente e, pode-se até dizer, com o prejuízo de minha própria saúde e coisa e tal, venho me dedicando a questões de caráter estritamente científico, refletindo e até mesmo escrevendo, vez ou outra, imaginem os senhores, artigos científicos, isto é, não propriamente científicos, mas, perdoem a expressão, do gênero científico, por assim dizer. Entre outras coisas, nesses dias foi escrito por mim um artigo enorme, intitulado "Dos males de alguns insetos". As filhas gostaram muito, principalmente no que dizia respeito aos percevejos, mas eu li e rasguei. Pois dá na mesma escrever ou não escrever, mas sem pó da Pérsia[2] ninguém vive. Em casa, até no piano de cauda há percevejos... Como assunto da minha conferência de hoje escolhi, por assim dizer, os males que acarreta à humanidade o uso do tabaco. Eu mesmo fumo, mas minha mulher mandou-me falar ho-

---

[1] Sobrenome formado a partir da palavra *niukh*: "faro". (N. da T.)

[2] Repelente extraído do pólen de uma planta da família *Pyrethrum*. Foi bastante usado no século XIX. (N. da T.)

je sobre os males do tabaco e, sendo assim, não há o que discutir. Falar sobre o tabaco ou não, para mim, decididamente, dá na mesma, mas aos senhores, prezados ouvintes, peço que encarem esta minha conferência com a devida seriedade, caso contrário não haverá proveito. Quem se assusta com uma conferência científica árida, quem não aprecia, então pode não assisti-la e retirar-se. (*Endireita o colete.*) Peço a particular atenção dos senhores médicos aqui presentes, que poderão extrair de minha conferência muitos testemunhos úteis, uma vez que o tabaco, apesar de seus efeitos nocivos, é empregado igualmente na medicina. De modo que se uma mosca, por exemplo, pousar em cima de uma tabaqueira, ela, provavelmente, morrerá de distúrbio nervoso. O tabaco é principalmente uma planta... Quando faço uma conferência, tenho o hábito de piscar com o olho direito, mas os senhores não reparem: isto se deve à emoção. Sou uma pessoa muito nervosa, falando de modo geral, e meu olho começou a piscar em 13 de setembro de 1889, no mesmo dia, de qualquer maneira, em que nasceu a quarta filha da minha mulher, a Varvára. Todas as filhas nasceram num dia 13. Por outro lado (*depois de consultar o relógio*), em vista do adiantado da hora, não vamos nos afastar do assunto da conferência. É preciso que os senhores saibam que minha mulher mantém uma escola de música e um pensionato particular, isto é, não se trata propriamente de um pensionato, mas de algo do gênero. Cá entre nós, minha mulher gosta de se queixar da falta de dinheiro, mas tem uns quarenta ou cinquenta mil escondidos, e eu, nem um tostão furado — ora, não há o que discutir! No pensionato eu cuido da parte administrativa. Compro os mantimentos, controlo a criada, tomo nota das despesas, costuro os cadernos, extermino os percevejos, levo o cachorrinho da minha mulher para passear, caço os ratos... Ontem à noite, era minha obrigação entregar à cozinheira manteiga e farinha para fazer panquecas. Pois bem, resumindo, hoje, quando as panquecas já estavam prontas, minha mulher foi à cozinha dizer que três educandas não iam comer panquecas porque estavam com os gânglios inchados. Resultado: tínhamos feito algumas panquecas a mais. O que acham que fizemos com elas? Primeiro minha mulher mandou guardá-las no porão, mas depois pensou melhor e disse: "Coma você mesmo essas panquecas, seu espantalho". Ela, quando não está bem-disposta, chama-me assim: espantalho, ou víbora, ou satanás. Mas que diabo de satanás sou eu? Ela nunca está bem-disposta. Quanto a mim, eu não as comi, mas engoli sem mastigar, porque vivo morto de fome. Ontem, por exemplo, ela não me deu a janta: "Você, seu espantalho, não tem necessidade de comer...". Porém, no entanto (*consulta o relógio*), ficamos aqui proseando e nos afastamos um pouco do tema. Vamos continuar. Embora, naturalmente, os senhores preferissem ouvir agora uma romança, ou uma sinfonia qualquer, ou mesmo uma ária... (*Cantarola.*) "Estaremos, sem pestanejar, no pó da batalha..." Nem lembro de onde vem isso... A propósito, esqueci de dizer-lhes que na escola de música da minha mulher, além da administração, tenho também a meu encargo o ensino da matemática, da física, da química, da geografia, da história, do solfejo, da literatura e etc. Pela dança, pelo canto e pelo desenho, minha mulher cobra à parte, embora continue sendo eu mesmo a ensinar dança e música. Nosso estabelecimento musical fica no beco dos Cinco Cachorros, casa número 13. Aí está, provavelmente, o porquê de minha vida ser tão azarada: é por morarmos no número 13. Além disso, minhas filhas nasceram num dia 13, e em nossa casa temos treze janelas... Ora, isso não vem ao caso! Para entrevistas, pode-se encontrar minha mulher em casa a qualquer hora, e o programa da escola, se quiserem, encontra-se à venda com o porteiro por trinta copeques o exemplar. (*Tira do bolso alguns programas.*) Se quiserem, eu mesmo posso ceder alguns. Trinta copeques o exemplar! Alguém quer? (*Pausa.*) Ninguém quer? Deixo por vinte! (*Pausa.*) Que pena! Pois então, é a casa número 13! Comigo nada dá certo, envelheci, estou ficando gagá... Fazendo aqui esta conferência, pareço estar alegre, mas no íntimo tenho ganas de gritar até perder a voz ou de sair voando para algum lugar no fim do mundo. E não tenho a quem me queixar, até vontade de chorar eu sinto... Os senhores diriam: tem as filhas... Qual o quê! Falo com elas, e só fazem dar risadas... Minha mulher pôs sete filhas no mundo... Não, desculpem, parece que foram seis... (*Com vivacidade.*) Sete! Anna, a mais velha de todas, tem vinte e sete anos, a mais nova dezessete. Prezados senhores! (*Olha ao redor.*) Sou um infeliz, tornei-me um imbecil, um inútil, mas, no fundo, os senhores estão vendo diante de si o mais feliz dos pais. No fundo, é assim que deve ser e eu não ouso dizer o contrário. Se os senhores soubessem! Estou vivendo há trinta e três anos com minha mulher e posso dizer que foram os melhores anos da minha vida, nem todos os melhores, mas, no geral, foram assim. Em suma, passaram como um momento único de felicidade, propriamente falando, ao diabo com eles. (*Olha ao redor.*) Por sinal, parece que ela ainda não chegou, não está aqui e pode-se falar à vontade... Morro de medo... quando ela está me olhando. Pois é, estava dizendo, minhas filhas ainda não tiveram a oportunidade de se casar porque são retraídas e nunca se deixam ver pelos homens. Minha senhora não pode dar festas à noite, para o jantar ela nunca tem convidados, é uma mulher muito avarenta, implicante, muito briguenta, e por isso ninguém aparece em casa, mas... posso lhes dizer cá entre nós (*aproxima-se da beira do tablado*): as filhas de minha mulher podem ser vistas em festas importantes na casa da tia Natália Semiônovna, aquela mesma que sofre de reumatismo e usa aquele vestido amarelo com manchinhas pretas que parecem baratas. Lá costuma ter comes e bebes. E quando minha mulher não vai, pode-se até... (*Faz o gesto de quem bebe.*) Devo dizer aos senhores que, para me deixar grogue, basta um cálice, e isso já me faz bem à alma, ao mesmo tempo em que me deixa tão triste, que nem sei como dizer; sabe-se lá por quê, faz-me lembrar dos tempos da juventude, e me dá vontade de fugir, ah, e que vontade, se os senhores soubessem! (*Com empolgação.*) Fugir, jogar tudo para cima e fugir sem olhar... para onde? Tanto faz para onde... contanto que consiga fugir dessa vida suja, vulgar, miserável, que me transformou num velho, num velho imbecil e desprezível, num velho, num desprezível idiota, fugir dessa minha mulher estúpida, mesquinha, malvada, malvada, unha de fome malvada, que me atormenta há trinta e três anos, fugir da música, da cozinha, do dinheiro dela, de todas essas misérias e vulgaridades... E ir parar nalgum lugar bem longe no campo e me transformar em árvore, em poste, num espantalho, a céu aberto, e passar a noite contemplando a lua clara, silenciosa, que paira acima da gente, e esquecer, esquecer... Oh, como eu gostaria de não me lembrar de mais nada!... Como eu gostaria de arrancar do corpo este fraque velho e nauseabundo com o qual me casei há trinta anos... (*Tira o fraque.*) Com o qual sempre faço conferências para fins beneficentes... Tome! (*Pisoteia o fraque.*) Tome! Sou um velho, um coitado, desprezível como este colete velho, com as costas puídas... (*Mostra as costas.*) Eu não preciso de nada! Estou acima, sou mais puro que isso tudo! Eu, na juventude, era inteligente, fazia universidade, sonhava, considerava-me um homem... Hoje, não preciso de nada! Nada, a não ser de paz! (*Olha para o lado e veste rapidamente o fraque.*) Minha mulher encontra-se nos bastidores, chegou e está lá à minha espera... (*Consulta o relógio.*) O tempo já se foi... Se ela perguntar, tenham a bondade de dizer, peço-lhes, que a conferência foi... que o espantalho, isto é, eu, portou-se com dignidade. (*Olha para o lado, pigarreia.*) Ela está olhando para cá... (*Elevando a voz.*) Partindo de que o tabaco encerra em si o terrível veneno, do qual acabo de falar, não se deve fumar absolutamente, em caso algum, e eu, seja como for, permito-me a esperança de que esta minha conferência sobre os males do tabaco tenha sido de alguma utilidade. Tenho dito. *Dixi et animam levavi!*[3] (*Faz uma reverência e sai majestosamente.*)

Cortina.

(1904)

Tradução de Aurora Fornoni Bernardini

---

[3] Em latim no original: "Disse e aliviei a alma". (N. da T.)

Aleksandr Kuprin

Aleksandr Ivánovitch Kuprin (1870-1938) nasceu no vilarejo de Narovtchát e mudou-se com a família para Moscou com apenas um ano de idade, logo após a morte do pai. Fez carreira militar entre 1880 e 1894, depois do que viajou pelo Sul da Rússia, pela Crimeia e Finlândia, e teve diversas ocupações, entre as quais: repórter, estivador, pescador e artista de teatro. Fez parte do círculo literário e editorial Znânie, junto com escritores como Maksim Górki, Anton Tchekhov e Leonid Andrêiev. Além dos romances *O duelo* (1905) e *O bracelete de granadas* (1911), é conhecido também como autor de peças de denúncia, escritas no calor da hora, como este "A ofensa", que remete ao crescente número de pogroms contra judeus, em sua maior parte instigados pela polícia tsarista. O tema do ladrão honrado, galante, por vezes culto, evocado pelo autor neste conto, é um dos elementos principais do folclore urbano de Odessa, folclore explorado também por Isaac Bábel, presente nesta coletânea, e parodiado em diversas canções e filmes soviéticos.

A ofensa

(Um acontecimento verídico)

Era julho, às cinco horas da tarde, e fazia um calor terrível. Toda a imensa cidade de pedra exalava quentura, como um forno incandescente. As paredes brancas dos prédios reluziam de modo insuportável aos olhos. As calçadas asfaltadas estavam amolecidas e queimavam as solas. As sombras das acácias estendiam-se pelo pavimento ladrilhado, lamentosas, extenuadas, e também pareciam arder. O mar, empalidecido pelos raios solares, jazia imóvel e pesado, como que morto. Pelas ruas, revoava uma poeira branca.

Naquele momento, em um teatro privado,[1] no *foyer*, era concluída a jornada ordinária de uma pequena comissão de advogados locais, que se propusera a defender, sem custos, a causa dos moradores que haviam sofrido com o último pogrom contra os judeus. Eram dezenove pessoas, todas auxiliares de defensores públicos, gente jovem, progressista e escrupulosa. A sessão não exigia elegância alguma, e por isso predominavam os terninhos leves, de fustão, de flanela e de lustrina. Estavam sentados de qualquer jeito, em grupos de dois ou três, atrás de mesinhas de mármore, enquanto o presidente se acomodara em um balcão vazio, onde antes, ainda no inverno, eram vendidos doces.

O calor que se derramava pelas janelas abertas, juntamente com a luz ofuscante e o fragor da rua, tinha esfalfado totalmente os jovens advogados. A sessão foi conduzida de maneira preguiçosa e um pouco irritada.

Um jovem alto, de bigodes brancos e cabelinhos ralos — o presidente da reunião —, sonhava voluptuosamente com o momento em que, em

---

[1] No Império Russo, os teatros privados eram casas de espetáculos mantidas por mecenas, e não pelo Estado. Eram muito comuns na segunda metade do século XIX e no início do século XX. (N. da T.)

breve, ele iria para a *datcha* com a bicicleta nova que acabara de comprar, onde ele se despiria às pressas e, ainda sem se resfriar, coberto de suor, jogaria-se no mar limpo, aromático e fresco. Com esses pensamentos, seu corpo inteiro se espreguiçava debilmente e estremecia. Enquanto isso, remexendo com impaciência os papéis à sua frente, ele falava com uma voz murcha:

— Pois bem, senhores, o caso de Rubintchik será conduzido por Ióssif Moritsovitch. Por acaso alguém tem mais alguma declaração para a ordem do dia?

O mais novo dos jovens camaradas, um caraíta[2] gordinho, muito escuro e muito vivo, pronunciou a meia-voz, mas de tal modo que todos ouviram:

— A melhor coisa para a ordem do dia agora é um *kvas* com gelo...

O presidente olhou-o com ar severo, de esguelha, mas ele mesmo não conseguiu conter um sorriso. Ele já tinha suspirado e até colocado ambas as mãos sobre a mesa para se levantar e decretar a sessão encerrada, quando o guarda do teatro, que estava parado junto à porta, afastou-se dela de repente e disse:

— Vossa Excelência... Chegaram aqui umas sete pessoas. Estão pedindo para entrar.

Com impaciência, o presidente percorreu seus companheiros com os olhos.

— Senhores, o que acham?

Ouviram-se vozes:

— Na próxima sessão. Basta.

— Que solicitem por escrito.

— Mas também, se for rápido. Resolvemos logo.

— Deixem esses aí! Arre, senhores, mas que forno!

— Pode mandar entrar — o presidente meneou a cabeça, irritado. — E depois me traga por favor uma *narzan*![3] Mas gelada, por gentileza.

O guarda abriu a porta e gritou em direção ao corredor:

— Façam o favor. Autorizaram entrar.

---

[2] Os caraítas são judeus de língua turca estabelecidos na Crimeia, Lituânia e Galícia desde o século XIV. Sua religião difere do judaísmo rabínico pela rejeição ao Talmude. (N. da T.)

[3] Água mineral naturalmente gaseificada, típica do Norte do Cáucaso. (N. da T.)

E então, um atrás do outro, entraram no *foyer* sete indivíduos dos mais inesperados, dos mais inusitados. Primeiro surgiu um tipo altão, autoconfiante, vestindo um conjunto faceiro de sobrecasaca da cor da areia do mar e uma camisa excelente: rosa com listrinhas brancas e uma rosa escarlate na lapela. Sua cabeça, vista de frente, tinha forma semelhante à de uma fava em pé, e, vista de trás, à de uma fava deitada. O rosto era adornado por um bigode proeminente, marcial e volumoso, e pela barbicha pontiaguda da moda. Sobre o nariz havia um pincenê azul-escuro, nas mãos, luvas cor de palha, na mão esquerda, uma bengala preta com detalhes prateados, e, na direita, um lenço azul-claro.

Os outros seis provocavam uma impressão estranha, confusa e variada. Era como se todos eles tivessem trocado entre si, às pressas, não só as roupas, mas também os braços, as pernas e as cabeças. Aqui havia um homem com um perfil magnífico de senador romano, mas paramentado quase que em trapos. Um outro vestia um requintado colete de fraque, por detrás de cujo decote redondo entrevia-se uma suja camisa ucraniana. Ali havia rostos assimétricos, do tipo penitenciário, mas que tinham um olhar de inabalável autoconfiança. E todas aquelas pessoas, a despeito de sua aparente juventude, nitidamente possuíam grande experiência de vida, desembaraço, fervor e certa malícia suspeita e dissimulada.

O senhor com o traje cor de areia fez uma reverência desenvolta e ágil com a cabeça e disse num tom de meia interrogação:

— Senhor presidente?

— Sim, sou eu — respondeu o outro. — Que desejam?

— Nós, ou seja, todos estes que o senhor pode ver à sua frente — começou o senhor, num tom sereno, e, virando-se de costas, fez um gesto indicando seus companheiros —, nós somos os delegados da organização dos ladrões unidos de Rostov-Khárkov e Odessa-Nikoláiev.

Os juristas se reviraram em seus lugares. O presidente reclinou-se e esbugalhou os olhos.

— Organização de que-em? — perguntou, esticando as vogais.

— Organização dos ladrões — respondeu, impassível, o cavalheiro com o traje cor de areia. — No que se refere a mim, meus camaradas me deram a enorme honra de me escolherem como presidente da delegação.

— Muito... prazer — disse o presidente, com hesitação.

— Grato. Nós sete somos todos ladrões comuns, é claro que de diversas especialidades. E eis que a organização nos encarregou de expor, perante esta respeitável assembleia — o cavalheiro fez mais uma reverência graciosa —, nosso respeitoso pedido de ajuda.

— Eu não entendo, propriamente falando, que relação... — o presidente abriu os braços, perplexo. — Mas, por outro lado, peço ao senhor que continue.

— O assunto que temos a ousadia e a honra de dirigir a vocês, prezados senhores, é um assunto muito claro, muito simples e muito breve. Ele não há de ocupar mais do que seis ou sete minutos de seu tempo, o que considero meu dever advertir previamente tendo em vista a hora avançada e os trinta e sete graus na sombra mostrados por Réaumur.[4] — O orador deu um leve pigarro e olhou para seu excelente relógio de ouro. — Percebam: nos últimos tempos, nos jornais locais, nos informes sobre os lamentáveis e terríveis dias deste último pogrom, começaram a aparecer com certa frequência indícios de que, entre os perpetradores, incitados e contratados pela polícia, entre essa escória da sociedade, composta por beberrões, vadios, rufiões e arruaceiros dos arrabaldes, havia também ladrões. No início ficamos calados, mas finalmente nos vimos forçados a protestar, perante toda a sociedade culta, contra uma acusação tão injusta e tão grave. Sei bem que, do ponto de vista legal, somos criminosos e inimigos da sociedade. Mas imaginem por um só instante, senhores, a situação desses inimigos da sociedade quando eles são acusados coletivamente, e por um crime que não só não cometeram, mas ao qual eles estariam dispostos a opor-se com todas as forças de suas almas. Pois é indubitável, indubitável, que eles sentem a ofensa de tal injustiça de maneira muito mais aguda do que o cidadão médio, afortunado e ordinário. Por isso, então, declaramos que a acusação feita contra nós é desprovida de qualquer base, não só factual, como também lógica. E é isso que estou disposto a provar em poucas palavras, se a respeitável assembleia houver por bem ouvir-me.

— Fale — disse o presidente.

— Faça o favor, faça o favor — ouviu-se em meio aos reanimados advogados.

— Expresso aos senhores os mais sinceros agradecimentos em nome de todos os nossos camaradas. Tenham fé de que os senhores nunca

---

[4] O equivalente a 45°C na escala proposta, em 1730, pelo físico francês René-Antoine Ferchault de Réaumur (1683-1757), que foi utilizada na Rússia até o século XX. (N. da T.)

se arrependerão por ter concedido sua atenção aos representantes de nossa... bem, digamos, de nossa finória mas ao mesmo tempo infeliz e árdua profissão. Pois bem, comecemos, como canta Giraldoni[5] no prólogo de *Pagliacci*... Aliás, peço ao senhor presidente autorização para mitigar um pouco a sede. Guarda, pode me trazer uma limonada e uma tacinha de *bitter* inglês,[6] meu irmão? Não falarei, prezados senhores, do aspecto moral de nosso ofício e de seu significado social. Não há dúvida de que os senhores conhecem melhor que eu o impressionante e brilhante paradoxo de Proudhon:[7] "a propriedade é um roubo"; é um paradoxo, se quiserem, mas ainda assim ele não foi refutado por nenhuma das lamentações dos covardes pequeno-burgueses e dos popes obesos. Um exemplo. Um pai — uma ave de rapina enérgica e esperta — acumula um milhão e deixa tudo para o seu filho, um cretino raquítico, inerte e ignorante, um idiota degenerado, um verme desmiolado, um verdadeiro parasita. Um milhão de rublos: isso significa potencialmente um milhão de dias de trabalho, ou seja, nada mais, nada menos do que o direito ao resultado do trabalho, do suor, do sangue e da vida de um monte de gente. Para quê? A troco de quê? Por quê? Isso é inteiramente desconhecido. Portanto, senhores, como não concordar com a posição segundo a qual a nossa profissão é, até certo grau, uma correção da acumulação exorbitante de valores nas mesmas mãos de sempre, servindo de protesto contra todas as agruras, as torpezas, as arbitrariedades, a violência, a negligência para com a pessoa humana, contra todas as monstruosidades geradas pelo regime burguês e capitalista da sociedade contemporânea? De qualquer maneira, cedo ou tarde a revolução social há de subverter essa ordem. A propriedade será relegada ao campo das tristes lembranças, e então — Ai de nós! — nós também sumiremos da face da terra, *les braves chevaliers d'industrie*.[8]

O orador parou e, tomando a bandeja das mãos do guarda que se aproximava, colocou-a sobre a mesa ao seu lado.

---

[5] Eugenio Giraldoni (1871-1924), famoso cantor de ópera italiano; *Pagliacci*, ópera de Ruggero Leoncavallo lançada em 1892. (N. da T.)

[6] Vodca com ervas e especiarias, semelhante à angostura. (N. da T.)

[7] Pierre-Joseph Proudhon (1809-1865), filósofo mutualista considerado o pai do anarquismo. (N. da T.)

[8] Em francês no original: "bravos cavalheiros de indústria". A expressão designa alguém que vive de fraudes. (N. da T.)

— Perdão. Um minuto. Pode levar, meu irmão, e a propósito: quando sair daqui, pode fechar bem a porta.

— Pois não, Vossa Senhoria! — berrou o guarda, alegremente.

O orador bebeu meio copo e continuou:

— Há, porém, o aspecto filosófico, econômico e social da questão. Embora não queira abusar de sua atenção, devo, no entanto, declarar que a nossa ocupação se aproxima sobremodo daquele conceito que se chama de arte, porque nela entram todos os elementos que compõem a arte: a vocação, a inspiração, a fantasia, o engenho, a ambição e um longo e árduo noviciado científico. Nela — Ai de nós! — falta apenas a virtude, sobre a qual escreveu de modo tão magnífico, ardente e fascinante o grande Karamzin.[9]

"Prezados senhores, estou longe da intenção de bufonear perante tão respeitável assembleia ou de tomar-lhes um tempo precioso com paradoxos despropositados. Mas não posso deixar de demonstrar meu raciocínio, ainda que brevemente. A um estranho pode parecer absurdo, selvagem e ridículo ouvir falar de uma vocação de ladrão. Entretanto, ouso assegurar aos senhores que tal vocação existe. Há homens que, dotados de uma memória visual particularmente forte, de agudeza e precisão ocular, de sangue-frio, de destreza nos dedos, e, sobretudo, de um tato fino, parecem ter nascido neste mundo de Deus com o propósito especial de tornarem-se excelentes batoteiros. O ofício de batedor de carteira exige uma excepcional ligeireza e mobilidade, uma tremenda precisão de movimentos, isso sem falar do engenho, da capacidade de observação, da concentração. Alguns têm positiva vocação para arrombar caixas-fortes; desde a mais tenra infância são atraídos pelos mistérios dos vários tipos de mecanismos complexos: bicicletas, máquinas de costura, brinquedos de corda, relógios. Finalmente, senhores juristas, há pessoas com uma hostilidade hereditária em relação à propriedade. Os senhores chamam esse fenômeno de degeneração — como queiram. Mas eu posso dizer que nenhum mimo pode atrair um ladrão de verdade, um ladrão de vocação, para a mesmice do sedentarismo honesto: nem um serviço bem estabelecido, nem recompensas em dinheiro, nem o amor feminino. Pois aqui há o encanto constante do risco, o atraente abismo do perigo, o coração em

[9] Nikolai Karamzin (1766-1826), historiador e poeta do romantismo russo. (N. da T.)

estado de suspensão, o tremor tempestuoso da vida, o êxtase! Vocês estão munidos da proteção da lei, de cadeados, revólveres, telefones, policiais, tropas — nós, porém, apenas da habilidade, da astúcia e da coragem. Nós somos raposas, e a sociedade é o galinheiro guardado por cães. Saberão os senhores que, nos vilarejos, os de natureza mais artística, mais talentosa, tornam-se ladrões de cavalos ou caçadores ilegais? O que fazer: até então a vida era por demais mesquinha, banal, insuportavelmente enfadonha para corações tão ardentes!

"Mas passarei à inspiração. Sem dúvida os prezados senhores tiveram a oportunidade de ler a respeito de roubos sobrenaturais, no que se refere a sua concepção e execução. Nos jornais, nas colunas criminais, eles costumam ser intitulados 'assalto grandioso', ou 'golpe genial de vigaristas' ou 'engenhosa ação de golpistas'. Nesses casos, os pais de família burgueses encolhem os ombros e exclamam: 'Que triste fato! Se a criatividade desses renegados, o incrível conhecimento que têm da psicologia humana, o autocontrole e a coragem, o inigualável dom cênico — se tudo isso fosse empregado para o bem! Quanto proveito essa gente não traria à pátria!'. Mas há muito é sabido, prezados senhores, que os pais de família burgueses foram feitos pelo Criador celestial para falar lugares-comuns e vulgaridades. Eu mesmo às vezes sinto a necessidade de... ora, confesso que nós, ladrões, somos gente sentimental — sinto a necessidade de parar em algum lugar, no parque Aleksándrovski ou à beira-mar, e admirar um belo pôr do sol. E, de antemão, sempre tenho certeza de que alguém perto de mim na certa vai dizer, com empáfia: 'Se por acaso um artista pintar isso aqui, ninguém vai acreditar!'. Então eu me viro e naturalmente vejo um pai de família cheio de si e bem nutrido, que, ao dizer a idiotice de outra pessoa, contenta-se com ela como se fosse sua. No que se refere à nossa querida pátria, o pai de família burguês olha para ela como se fosse um peru assado: ele arranca um pedacinho mais gostoso e vai comer quietinho num canto separado, e dá graças a Deus. Mas, na realidade, a questão nem é ele. O ódio pela vulgaridade me distraiu, e peço perdão pelas palavras supérfluas. Ocorre, porém, que o gênio e a inspiração, mesmo quando não são usados em benefício da Igreja Ortodoxa, continuam sendo, de todo modo, coisas raras e magníficas. Tudo vai para a frente, e o roubo também tem sua capacidade de criação.

"Por fim, nosso ofício de maneira alguma é tão fácil e agradável como pode parecer à primeira vista. Ele demanda grande experiência, prática constante, um treinamento lento e doloroso. Ele inclui centenas de procedimentos ágeis e cuidadosos, inacessíveis ao mais habilidoso ilusionista. Mas, não desejando falar sem fundamento, eu conduzirei agora alguns experimentos diante de vocês, prezados senhores. Peço-lhes que fiquem tranquilos com relação aos executores. No presente momento, nós nos encontramos em liberdade legal e, embora sejamos monitorados, como de costume, nossos rostos sejam bem conhecidos e nossas fotografias enfeitem todos os departamentos de polícia, por ora não temos necessidade de nos esconder de ninguém. Se, posteriormente, os senhores reconhecerem algum de nós em outras circunstâncias, pedimos encarecidamente: ajam sempre de acordo com o que ditam o dever profissional e as obrigações de cidadão. Por gratidão a sua atenção, decidimos declarar invioláveis as suas propriedades privadas, investi-las com um tabu dos ladrões. Vamos ao que interessa."

Virando-se para trás, o orador ordenou:

— Sissói, o Grande, por gentileza.

Um rapaz enorme e meio arqueado, com braços que iam até os joelhos, um homem sem testa e sem pescoço, semelhante a um sonolento Hércules de feira, veio à frente. Ele tinha um sorriso tolo e coçava, embaraçado, a sobrancelha esquerda.

— Aqui num tem o que fazer — disse ele com voz roufenha.

Mas o cavalheiro com o traje cor de areia falou por ele, dirigindo-se à assembleia:

— Prezados senhores. Perante os senhores está um respeitável membro de nossa organização. A especialidade dele é o arrombamento de cofres, caixas-fortes de ferro e outros depósitos de papel-moeda. Às vezes, durante suas atividades noturnas, ele usa, para a fundição de metais, a corrente elétrica dos cabos de iluminação. Infelizmente, aqui parece não haver nada em que ele possa mostrar os melhores números de sua arte. Qualquer porta, com a fechadura mais complicada, ele é capaz de abrir de maneira irretocável. Aliás, esta porta aqui, ela deve estar trancada.

Todos se viraram em direção à porta na qual estava pendurado um cartaz impresso: "É expressamente proibida a entrada de estranhos nos bastidores".

— Sim, esta porta pelo visto está trancada — confirmou o presidente.

— Fabuloso. Sissói, o Grande, faça a gentileza.

— Isso aí num é nada — disse o gigante, em tom preguiçoso e de desdém. Ele se aproximou da porta, sacudiu-a primeiro com a mão, com cuidado, depois sacou do bolso um instrumento pequeno e brilhante, fez com ele alguns movimentos quase imperceptíveis, inclinado sobre o cadeado, e, de repente, depois de endireitar-se, escancarou a porta rapidamente e sem ruído. O presidente o acompanhava com o relógio nas mãos: a coisa toda não levou mais que dez segundos.

— Muito obrigado, Sissói, o Grande — disse polidamente o cavalheiro com o traje cor de areia. — Pode voltar ao seu lugar.

Mas o presidente objetou com certa inquietação:

— Perdão. Tudo isso é interessante e muito edificante, mas... pode me dizer se também faz parte da profissão de seu respeitável colega a arte de fechar portas?

— Ah, *mille pardons*![10] — inclinou-se o cavalheiro, apressado. — Perdi isso de vista. Sissói, o Grande, por gentileza...

A porta foi trancada de modo igualmente hábil e silencioso. O respeitável colega, gingando e sorrindo, voltou para junto de seus amigos.

— Agora terei a honra de lhes mostrar a arte de um de nossos companheiros, que opera no ramo do roubo de carteiras em teatros e estações — prosseguiu o orador. — Ele ainda é absolutamente jovem, mas a partir de seu fino trabalho os senhores poderão, até certo ponto, julgar o que ele virá a ser posteriormente, com um pouco de aplicação. Iácha!

Um jovem bronzeado, com uma camisa de seda azul e botas de verniz, parecido com um cigano, veio adiante sem-cerimônia e parou ao lado do orador, brincando com as borlas do cinto e apertando alegremente seus grandes olhos negros e insolentes, com brancos amarelados.

O cavalheiro com o traje cor de areia disse em tom bajulador:

— Senhores... sou forçado a indagar... se alguém concordaria... em submeter-se a um pequeno experimento. Garanto-lhes que será apenas um exemplo, um jogo, por assim dizer...

Ele percorreu com os olhos os que estavam sentados. O caraíta pequeno, gordinho e escuro como um besouro levantou-se de sua mesa.

— Às suas ordens — disse ele em tom risonho.

— Iácha! — o orador acenou com a cabeça.

Iácha chegou bem perto do advogado. Agora, de seu braço esquerdo, que estava dobrado, pendia uma suntuosa echarpe de seda bordada.

---

[10] Em francês, no original: "mil perdões". (N. da T.)

— Se, por exemplo, na igreja ou, digamos, no bar do teatro, ou ainda no circo... — começou ele, num tom ligeiro e adocicado — eu me deparo com esse janota chegando... perdão, senhor, que o senhor seja... um janota não tem nada de ofensivo: simplesmente é um senhor rico, que é decente e não entende nada. Em primeiro lugar: que objetos ele pode ter? Os objetos mais variados. Em geral, um relógio com uma correntinha, para começar. Mas então: onde? Alguns carregam no bolso superior do colete — bem aqui —, outros no inferior — esse de cá. O porta-moedas quase sempre fica nos bolsos das calças. Talvez algum tapado completo coloque no casaco. Agora: a cigarreira. Claro que primeiro você tem que olhar de que tipo é: de ouro ou de prata com monograma, porque alguém que se preze não vai se sujar por causa de uma de couro. A cigarreira pode ficar em um desses sete bolsos: aqui, aqui, aqui, nesse aqui, aqui, ali e lá. Não é isso, senhores? De acordo com isso é que tem que operar.

Ao dizer aquelas coisas o jovem ladrão sorria, os olhos faiscantes fixos nos olhos do advogado, e, com movimentos rápidos e habilidosos, apontava com a mão direita para vários lugares na roupa do outro.

— Também dá para chamar atenção para esse alfinetezinho aqui, na gravata. Mas a gente evita se apoderar. Hoje em dia não tem mais gente assim; um homem raramente usa pedrinhas de verdade. Aí então eu chego perto dele. E abordo todo cheio da boa educação: "Caro senhor, faria a gentileza de me emprestar o fogo?", resumindo, puxo conversa. Qual é a primeira coisa? Em primeiro lugar eu olho bem para a cara dele, assim, e aí só dois dedos meus fazem o trabalho: esse aqui e esse daqui.

Iácha ergueu ao nível do rosto dois dedos de sua mão direita, o indicador e o médio, e moveu-os.

— Viu? É com esses dois dedos que se faz o truque. E o mais importante é que não tem nada de impressionante aqui: um, dois, três e pronto! Qualquer pessoa que não seja estúpida consegue aprender com a maior facilidade. É isso aí, senhores. É a coisa mais banal. Com meus cumprimentos.

O ladrão virou-se com leveza e fez menção de voltar a seu lugar.

— Iácha! — pronunciou o cavalheiro do traje cor de areia, com ar sério e significativo. — Iá-cha! — ele repetiu, severo.

Iácha parou. Ele estava de costas para o advogado, mas parecia estar pedindo expressivamente alguma coisa com os olhos a seu representante, porque o outro franzia as sobrancelhas e balançava negativamente a cabeça.

— Iácha! — ele proferiu uma terceira vez, com expressão de ameaça.

— Arre! — ganiu o jovem ladrão, desgostoso, e virou-se novamente na direção do advogado. — E onde é que está o seu reloginho, meu senhor? — pronunciou ele com voz fininha.

— Ai! — sobressaltou-se o caraíta.

— Estão vendo, agora ele diz "Ai!" — prosseguiu Iácha em tom de reprovação. — Vocês ficaram o tempo todo admirando a minha mão direita, e enquanto isso eu usei a esquerda para afanar o reloginho do senhor. E foi justo com esses dois dedinhos. Por debaixo do cachecol. É para isso mesmo que serve o cachecol. E como a correntinha do senhor tem pouco valor, está mais para um cordão, que deve ser recordação de alguma madame, mas o relógio é de ouro, eu tinha até deixado a correntinha para o senhor, como um objeto de recordação. Pegue de volta — acrescentou ele com um suspiro, estendendo o relógio.

— Mas vejam só essa! — disse o advogado, embaraçado. — Eu nem percebi.

— Esse é o nosso ofício — observou Iácha com orgulho.

Sem-cerimônia, ele retornou para junto de seus companheiros. O orador, enquanto isso, bebeu de seu copo e continuou:

— Agora, prezados senhores, o próximo de nossos colaboradores há de mostrar-lhes alguns truques de carta comuns, que têm sido executados em feiras, em vapores e em ferrovias. Com o auxílio de três cartas, por exemplo, uma dama, um ás e um seis, ele pode, de maneira totalmente confortável... Mas aliás, talvez os senhores estejam fartos desses experimentos.

— Não, tudo isso é extremamente interessante — respondeu amavelmente o presidente. — Eu só gostaria de perguntar, isso se, evidentemente, a minha pergunta não lhe parecer indiscreta, qual é a sua especialidade.

— A minha... Hm... Não, por que seria uma indiscrição?... Eu trabalho em grandes lojas de diamantes, e a minha outra ocupação são os bancos — respondeu o orador, com um sorriso discreto. — Não, não pensem os senhores que o meu ofício é mais fácil que os demais. Basta dizer que eu conheço quatro línguas europeias: alemão, francês, inglês e italiano, sem contar, obviamente, o polonês, o ucraniano e o iídiche. Mas então, senhor presidente, devemos executar mais algumas demonstrações?

O presidente espiou o relógio.

— Infelizmente temos muito pouco tempo — disse ele. — Não seria melhor passarmos ao cerne da sua questão? Ainda mais que os experimentos que acabamos de testemunhar nos são garantia suficiente da habilidade de seus honoráveis confrades. Não é verdade, Isaac Abramovitch?

— Ah, sim, completamente! — confirmou de prontidão o advogado caraíta...

— Magnífico — concordou afavelmente o cavalheiro do traje cor de areia. — Condezinho — ele se dirigiu a um loiro de cabelo enrolado, parecido com um marcador de bilhar num feriado —, guarde sua máquina, não precisaremos mais dela. Restam-me, senhores, apenas algumas palavras. Agora que os senhores têm a garantia de que nossa arte, embora não goze da ilustrada proteção de altos dignitários, é ainda assim uma arte; agora que os senhores talvez tenham concordado comigo em que essa arte exige muitas qualidades pessoais, além do esforço constante, dos perigos e dos desagradáveis mal-entendidos, tenho a esperança de que os senhores também acreditarão que é possível apaixonar-se por nossa arte e, por estranho que possa parecer à primeira vista, amá-la e respeitá-la. Agora imaginem que, de repente, um poeta conhecido e talentoso, cujos poemas e lendas enfeitam nossas melhores revistas, de repente recebe a oferta de escrever, por três copeques a linha e ademais assinando com o próprio nome, um anúncio em versos para os cigarros Jasmim? Ou que algum dos senhores, advogados brilhantes e famosos, seja de repente caluniado por ter utilizado falsos testemunhos em casos de divórcio ou por ter escrito em botequins petições ao governador da parte de cocheiros? É claro que seus parentes, amigos e conhecidos não acreditarão nisso, mas o rumor já os envenenou, e vocês enfrentam momentos torturantes. Mas agora imaginem que essa calúnia vergonhosa, espalhada não se sabe por quem, ameaça não apenas o seu bom nome e a sua tranquila digestão, mas põe em risco também a sua liberdade, sua saúde, até sua vida?

"É precisamente nessa posição que nos encontramos nós, ladrões caluniados pelos jornais. Devo fazer uma advertência. Existe uma categoria de biltres — *passez moi le mot*[11] — que nós chamamos de filhinhos de mamãe e com quem somos, infelizmente, confundidos. São pessoas

[11] Em francês, no original: "Perdoem-me a palavra". (N. da T.)

sem-vergonha e sem consciência, uma gentalha arruinada, justamente aqueles filhinhos de mamãe desocupados, parasitas preguiçosos e desajeitados que afanam, sem habilidade alguma, atendentes de loja. Ele não se importa em viver às custas de suas amantes, prostitutas, de modo semelhante ao macho da sarda, um peixe que nada atrás da fêmea e se alimenta do que ela excreta; ele é capaz de atacar uma criança num beco escuro e depená-la, só para tirar-lhe três copeques; ele pode matar alguém dormindo e torturar até uma velha. Essas pessoas são a chaga de nosso ofício. Para eles, não existem nem os encantos, nem as tradições da arte. Nós, que somos os ladrões verdadeiros e habilidosos, somos seguidos por eles como o leão é seguido pelos chacais. Suponhamos que eu consiga aplicar um grande golpe. Não preciso nem falar que, ao vender as coisas ou ao trocar as notas, eu deixo até dois terços da soma total na mão dos agiotas, e também não preciso falar das costumeiras gorjetas à polícia incorruptível — mas além disso eu tenho que separar uma determinada parte a cada um desses parasitas que sabem do meu golpe, ainda que por alto, por acaso, por ouvir falar. E nós os chamamos assim: 'moateiros', uma corrupção da palavra francesa *moitié*, que significa 'metade'... uma etimologia peculiar. Eu dou só porque eles sabem e podem me denunciar. E acontece com muita frequência de eles usarem a sua parte e ainda assim saírem correndo no mesmo instante até a polícia e me denunciarem para ganhar mais cinco rublos. Nós, ladrões honestos... sim, sim, riam, senhores, mas eu mesmo assim digo: nós, ladrões honestos, desprezamos esses canalhas. Temos mais uma alcunha para eles, vergonhosa, como um estigma, mas eu não terei a ousadia de pronunciá-la aqui, por respeito ao local e às pessoas. Ah, sim, eles aceitam, de modo obsequioso, o convite de ir a um pogrom; mas só a ideia de que possamos ser confundidos com eles é cem vezes mais ofensiva para nós do que a própria acusação de estar no pogrom.

"Prezados senhores! Até agora, enquanto eu falava, percebi com frequência sorrisos em seus rostos. Eu os entendo: nossa presença aqui, nosso pedido de ajuda aos senhores e, finalmente, o próprio caráter inesperado de um fenômeno como uma organização sistematizada de ladrões, com ladrões delegados e um representante dessa delegação — um ladrão profissional! —, tudo isso é tão original que não pode deixar de provocar sorrisos. Mas agora eu falarei do fundo de meu coração. Deixemos de lado, senhores, todas essas aparências. Falemos de homem para homem.

"Quase todos nós somos instruídos e todos amamos a leitura e lemos não somente as aventuras de Rocambole,[12] como nossos biógrafos escrevem sobre nós. Ou pensam os senhores que nosso coração não sangrou e nossas faces não arderam de vergonha, como se tivessem levado uma bofetada, durante todo o período dessa guerra infeliz, vergonhosa, maldita e vil? Acaso pensam os senhores que nossas almas não queimam de raiva quando nossa pátria é açoitada pela *nagáika*,[13] pisoteada, alvejada e cuspida por gente selvagem e enfurecida? Acaso não creem os senhores que nós — ladrões — encaramos cada passo em direção à libertação com tremor e êxtase?

"Cada um de nós compreende, e talvez só um pouco pior do que os senhores advogados, a verdadeira essência dos pogroms. Sempre, depois de uma grande infâmia ou de um vergonhoso infortúnio — um mártir ter sido executado numa viela escura de uma fortaleza, a confiança popular ter sido traída —, alguém oculto, intocável, assusta-se com o ódio popular e desvia seu ímpeto para cima dos inocentes judeus. Que mente diabólica inventa esses pogroms, esses gigantescos sangradouros, essas diversões canibais para almas obscuras e animalescas?

"Mas todos nós vemos perfeitamente bem que se aproximam as convulsões finais da burocracia. Peço perdão, mas falarei por meio de uma imagem. Certo povo possuía um templo principal, e nele, por detrás de uma cortina guardada por sacerdotes, habitava uma divindade sanguinária. Ela recebia sacrifícios humanos. Mas eis que, uma vez, mãos corajosas rasgaram a cortina, e então todos viram, em vez de um deus, uma enorme, peluda e ávida aranha, como um molusco asqueroso. Batem nela, atiram contra ela, já a despedaçaram por inteiro, mas ainda assim, na fúria de sua última agonia, ela estende por todo o antigo templo seus tentáculos abjetos e tenazes. E os sacerdotes, eles mesmos condenados à morte, empurram para as patas do monstro todos que conseguem agarrar com seus dedos trêmulos de terror.

"Perdão. O que acabo de dizer é possivelmente incoerente e absur-

---

[12] Personagem criada pelo escritor Pierre Alexis Ponson du Terrail (1829-1871). É a protagonista de uma série de romances de fantasia muito populares na Europa do século XIX. (N. da T.)

[13] Chicote usado pelos cossacos. No Império Russo, era símbolo da opressão tsarista. (N. da T.)

do. Mas estou um pouco agitado. Perdão. Prosseguirei. Nós, ladrões por profissão, sabemos melhor que qualquer um como foram feitos esses pogroms. Nós vagamos por todo lado: nos botequins, nas feiras, nas casas de chá, pelos abrigos noturnos, pelas praças, no porto. Sim, nós, precisamente nós, podemos jurar perante Deus, perante as pessoas, perante a posteridade, que vimos o modo brutal, sem-vergonha e quase sem esconder, pelo qual a polícia organizou as matanças em massa. Nós os conhecemos todos de rosto; tanto fardados, como disfarçados. Eles convidaram muitos de nós para tomar parte, mas nenhum dos nossos foi tão vil a ponto de dar sua concordância, ainda que falsa, ainda que movida pela covardia.

"Os senhores sabem, evidentemente, como todas as camadas da sociedade russa encaram a polícia. Ela não é respeitada nem por aqueles que se beneficiam de seus serviços obscuros. Mas nós a desprezamos e odiamos três vezes mais, dez vezes mais. E não é porque muitos de nós fomos torturados em departamentos de polícia, nessas verdadeiras câmaras de horrores, levamos surras quase fatais, fomos surrados com chicotes de tendão de boi e cassetetes de borracha, para arrancar uma confissão ou forçar a entregar um companheiro. Sim, é claro que também é por isso. Mas nós, ladrões, todos nós que passamos pela prisão, adoramos a liberdade com uma paixão enlouquecida. E é justamente por isso que nós odiamos os carcereiros com todo o ódio de que é capaz o coração humano. Posso falar por mim mesmo. Fui torturado três vezes por agentes da polícia, fiquei à beira da morte. Acabaram com meus pulmões e com meu fígado. Todas as manhãs eu tusso sangue, quase até perder o fôlego. Mas se me disserem que basta apertar a mão do general mais importante da polícia para evitar uma quarta surra do tipo, eu me recusarei!

"E eis que os jornais dizem que nós recebemos daquelas mãos dinheiro de Judas, dinheiro molhado com sangue humano fresco. Não, senhores, isso é uma calúnia que nos fere no fundo da alma, com uma dor insuportável. Nem dinheiro, nem ameaças, nem promessas farão de nós fratricidas de aluguel ou cúmplices disso."

— Nunca! Não, não! — protestaram os companheiros do orador com voz surda.

"E digo mais — prosseguiu o ladrão. — Muitos de nós protegemos as vítimas durante esse pogrom. Nosso companheiro, que carrega a alcunha de Sissói, o Grande — os senhores acabaram de vê-lo —, estava instalado naquele momento na casa de um estofador judeu em Moldavanka.[14] E ele defendeu seu senhorio com um atiçador nas mãos contra uma horda inteira de assassinos. É verdade que Sissói, o Grande, é dotado de uma força física tremenda, e muitos dos moradores da Moldavanka sabem bem disso, mas mesmo assim os senhores hão de concordar que Sissói, o Grande, naquele momento encarou de frente a face da morte. Outro companheiro nosso, Martin Mineiro, é esse aqui, senhores — o orador apontou para um homem pálido e barbado, com magníficos olhos escuros, que estava ao fundo —, ele salvou uma idosa judia, uma desconhecida, que estava sendo perseguida por uma multidão dessa gentalha. Por causa disso, abriram a cabeça dele com uma barra de ferro, quebraram-lhe o braço em dois lugares e fraturaram uma costela. Ele acabou de sair do hospital. Assim agiram os mais impetuosos e fortes de espírito dentre os nossos. Os outros tremeram de raiva e choraram pela impotência.

"Nenhum de nós esquecerá os horrores desses dias sangrentos, as noites iluminadas pela chama dos incêndios, os prantos de mulheres, os pequeninos cadáveres de crianças, dilacerados e largados. Mas, por outro lado, nenhum de nós pensa que a polícia e o populacho são a origem do mal. Esses pequenos animaizinhos, estúpidos e repugnantes, são apenas um punho inconsciente, controlado por uma mente vil e calculista, movida por um desejo diabólico...

"Sim, senhores advogados — continuou o orador —, nós, ladrões, de fato merecemos seu desprezo legal. Mas quando os senhores, o creme da sociedade, precisarem enviar às barricadas sujeitos habilidosos, valentes e obedientes, que poderão partir em direção à morte com alegria, cantando e zombando, em nome da melhor palavra do mundo — 'liberdade' —, acaso poderão os senhores, devido a essa repulsa arraigada, repelir-nos, poderão nos dispensar?

"Com mil diabos! Durante a Revolução Francesa, a primeira vítima foi uma prostituta. Ela saltou por sobre a barricada e, erguendo a saia com elegância, berrou: 'E então, soldados, quem de vocês ousa atirar numa mulher?'. Com o diabo, sim! — exclamou o orador em voz alta e esmurrou o tampo de mármore da mesa. — Ela foi morta, mas juro que aquele gesto foi magnífico e que suas palavras serão belas para sempre.

---

[14] Região histórica da cidade de Odessa. (N. da T.)

"Se, no grande dia, os senhores nos dispensarem, nós lhes diremos, imaculados querubins: 'E se os pensamentos humanos tivessem a capacidade de ferir, de matar, de privar as pessoas da honra e da propriedade, então qual dos senhores, inocentes pombinhas, não mereceria o chicote e os galés?'. E então nos afastaríamos dos senhores e faríamos a nossa própria barricada dos ladrões, animada, engraçada e desesperada, e morreríamos com um canto tão unido que os senhores, brancos como a neve, nos invejariam!

"Mas de novo eu me entusiasmei. Perdão. Estou terminando. Os senhores veem agora os sentimentos que a calúnia dos jornais provocaram em nós. Creiam em nossa sinceridade e façam alguma coisa para tirar de nós essa mancha sangrenta e imunda, colocada sobre nós de modo tão injusto. Assim encerro."

Ele se afastou da mesa e juntou-se a seus companheiros. Os advogados cochicharam algo a meia-voz, de modo semelhante ao que fazem os membros do tribunal durante uma sessão. Depois, o presidente levantou-se e declarou:

— Nós acreditamos absolutamente nos senhores e empregaremos todos os esforços para limpar o nome de sua corporação dessa grave acusação. Além disso, meus companheiros me encarregaram de expressar aos senhores nosso profundo respeito por seus apaixonados sentimentos cívicos. Pessoalmente, de minha parte, eu peço ao presidente da delegação a permissão para apertar-lhe a mão.

E aqueles dois homens, ambos altos e sérios, deram um forte e viril aperto de mão.

* * *

Os advogados iam saindo do teatro. Mas quatro deles se detiveram na entrada, próximo às chapeleiras: Isaac Abramovitch não conseguia de modo algum encontrar seu novo e magnífico chapéu-panamá amarelo. No lugar dele, na haste de madeira, estava pendurado um quepe de lã achatado de leve nos lados.

— Iácha! — ouviu-se de repente, do lado de fora, do outro lado da porta, a voz severa do orador de momentos antes. — Iácha, estou avisando pela última vez, com o diabo que te carregue!... Está ouvindo? Hein?...

A pesada porta abriu-se. Entrou o cavalheiro com o traje cor de areia. Em suas mãos, estava o chapéu de Isaac Abramovitch; em seu rosto, dançava um sorriso terno e urbano.

— Senhores! Peço perdão, em nome de Deus. Foi um pequeno e engraçado equívoco. Um de nossos companheiros confundiu o chapéu, de modo inteiramente casual. Ah, é do senhor? Mil perdões. Porteiro, qual é, irmãozinho, por que está aí bocejando? Hein? Passe para cá esse boné. Mais uma vez, perdão, senhores.

E, com gentis reverências, com o mesmo sorriso terno, saiu depressa para a rua.

(1906)

Tradução de Lucas Simone

Sacha Tchiórni

A vida de Aleksandr Mikháilovitch Glikberg (1880-1932) parece saída de um romance. Nascido em Odessa em uma família judia, seus pais tiveram que convertê-lo à fé ortodoxa, junto com os outros quatro irmãos, a fim de burlar as leis que restringiam o ingresso de judeus nas instituições de ensino russas. Após ser expulso do ginásio e fugir de casa, Sacha foi adotado por um filantropo de Jitômir, a pacata cidade ucraniana que serve de tema ao seu primeiro folhetim: "Diário de um *raisonneur*", publicado sob o pseudônimo "Eu sozinho". No início de sua carreira usou vários pseudônimos, às vezes na mesma revista, e às vezes jogando uns contra os outros. O "Tchiórni" (que significa "preto"; o que contam é que havia dois Sachas na família, o Sacha Branco e o Sacha Preto) inicialmente ficava reservado à sua produção em versos, vários deles muito admirados por Maiakóvski. Sacha Tchiórni renovou a linguagem do folhetim ao experimentar não só com versos e com textos dramáticos, mas também com gêneros espúrios de prosa — algumas de suas sátiras emulam, por exemplo, livros de contabilidade ou listas de recomendações. Além de contribuir para vários jornais e revistas, entre as quais a *Satirikon*, que ajudou a fundar, Tchiórni foi autor de livros infantis e de uma prosa mais lírica sobre suas experiências na Primeira Guerra Mundial e na emigração. Deixou a Rússia em 1920, estabelecendo-se quatro anos depois em Paris. Em 1929 participou da fundação de uma colônia russa na cidade provençal de La Favière, onde morreu vitimado por um ataque cardíaco, depois de ajudar a apagar um incêndio na fazenda vizinha.

Diário de um *raisonneur*[1]

I

"Quanto tédio há neste mundo, meus senhores!", disse Nikolai Vassílievitch Gógol.[2]

Acho que se o grande humorista tivesse que viver em Jitômir, não teria nada a acrescentar a essas palavras.

Pode ser que Jitômir não tenha nada a ver com isso, pois todas as nossas cidades de província se parecem umas com as outras, como os selos postais...

Mas, quando você vive muito tempo em um lugar e se acostuma com aquela vida pequeno-burguesa, monótona e sem complexidade, então, queira ou não, a sua "cidade natal" parece especialmente sem graça e... "desleixada"...

Olhando de fora, é claro, está tudo "na mais perfeita ordem".

Temos de tudo! Dois teatros a serviço das artes (e um deles a serviço do que você quiser), as bibliotecas mantêm viva a memória de Grigoróvitch e Daniliévski[3] para a juventude, lamparinas elétricas protegem os passantes do perigo de quebrar a cabeça em seus postes, o "nosso bonde municipal", circula sem pressa pelas ruas... Um belo quadro!

---

[1] Na literatura, principalmente no teatro cômico, o *raisonneur* é a personagem que não participa da ação, preferindo emitir juízos morais. Por extensão, o termo é usado pejorativamente para falar de pessoas que estão sempre racionalizando tudo. (N. da T.)

[2] Trata-se da última frase do conto "A briga dos dois Ivans" (1834), de Nikolai Gógol. (N. da T.)

[3] Escritores menores, populares no século XIX. Dimitri Grigoróvitch (1822-1900) é conhecido por retratos realistas da vida rural russa e por romances abolicionistas; Grigori Daniliévski (1829-1890) foi autor de romances históricos de grande sucesso comercial. (N. da T.)

Mas, infelizmente, os teatros não fazem caixa (até as "divas" de opereta reclamam: "Em Jitômir não se lucra!"); os bondes levam dois, três passageiros, não mais, provavelmente por medo de se arrebentarem; ao verem um novo usuário, surge nos rostos dos bibliotecários uma pergunta muda: "Que diabo o trouxe aqui?"; enquanto nossas sociedades de todos os tipos arrastam a existência mais deplorável, e todos sofrem de "sangue fraco" por causa da má alimentação.

O jitomirense é pão-duro, e por isso raramente vai além de uma compaixão platônica.

Uma sabedoriazinha vulgar e aplicada sempre ajuda: não se pode ajudar todos, é o que se diz, e os paliativos (essa palavra é muito amada entre nós) não devem ter lugar em uma sociedade sensata.

Para que oferecer ajuda?, dizem.

É como diz o povo: "O cobertor é curto".

Ah, meus senhores, tão "ajuizados"!

Se o senhores tivessem grande iniciativa, grandes meios, então os senhores mesmos mostrariam... E falariam à vontade, belas palavras, e deixariam que os outros falassem...

Mas não. Que tudo fique ajeitadinho, que os negócios se arrumem e que o dinheiro fique conosco...

* * *

Os senhores já viram alguma vez dois jitomirenses quando se encontram na rua? É muito divertido!

Segundo o bom costume, sem falta um pergunta ao outro: "Quais são as novidades?".

O perguntado em geral fica absolutamente confuso... Surgem até umas gotas de suor... "Quais são as novidades?" Quer dizer, em que sentido?

Na maior parte das vezes, a resposta é a mais tranquilizadora: "Nada...".

É uma palavra pequena e tão simples — "Nada" —, mas quanto há de ofensivo nela!

Imperceptível porém irrefutável, como a morte, "Não há nada de novo" é o insignificante, porém incontestável como a morte, destino de uma pessoa que, pelo visto, ainda está viva, raciocina, faz visitas, fofoca; mas essa pessoa está morta e contamina tudo o que toca sua mão frouxa e sem forças.

Talvez isso seja forte demais... mas quando, dia após dia, só existe o "nada" triste e nu, a coisa fica um tanto pavorosa...

* * *

Se ler pacientemente estas linhas até o fim, o leitor certamente ficará desconcertado...

Onde está a "polêmica do dia"? Como é possível ficar sem a "polêmica do dia"?

Até agora temos uma "polêmica do dia" que passou batido e já ninguém mais a vê: o nome dela é "hibernação".

Mas o tempo trará consigo algum "episódio picante"...

Ivan Ivánovitch brigará com Ivan Nikíforovitch[4] (sem isso eles não vivem!), garantindo assim uma bela diversão ao público, pondo a nu todos os bastidores de suas negociatas...

Por enquanto, o verão assumiu seu posto; vamos "desfrutá-lo de coração leve".

E quem me dera houvesse menos dessas famigeradas "polêmicas do dia"...

Pois, em nossa terra, elas já são feias demais! — além da "crônica dos escândalos" e dos meneios de cabeça, nada mais se desenrola.

É viver para ver...

II

O ser humano adora duvidar.

Como explicar esse fenômeno comum, eu não sei.

Recomendo aos curiosos remexer nas *Psicologias populares* de Sítin[5] *et tutti quanti*; dizem que lá se encontra de tudo...

Quanto a mim, me parece que existe um "micróbio da dúvida", em especial.

---

[4] Personagens de "A briga dos dois Ivans", de Gógol. (N. da T.)

[5] Ivan Dmítrievitch Sítin (1851-1934), editor russo de grande sucesso. Uma parte significativa de sua produção consistia em livros de ciência em linguagem acessível ao grande público. (N. da T.)

Ele zanza na atmosfera espessa e abafada de nossas cidades e vilas. Sem escolher nem sexo, nem idade, nem nome, penetra imperceptivelmente na alma e começa seu trabalho corrosivo e corruptor.

Todos duvidam, e de tudo: os velhos e os jovens, os instruídos... e os simplesmente burros.

Cada um à sua maneira, claro...

Sempre, desde os tempos imemoriais, as pessoas acreditavam na "geração mais nova".

As pessoas amavam e protegiam seus jovens... chamavam-nos de "primavera da vida", "sal da terra"...

Nos nossos dias não é nada disso...

"A nossa geração não conhece a juventude..."[6]

Pergunte a algum "indivíduo duvidante" de 18 anos se ele gosta de Gontcharov, Turguêniev, Dostoiévski.

Cite todos os que dão orgulho à nossa literatura.

A resposta será rápida e lacônica: "Ficaram ultrapassados", e o jovem "fará uma cara inteligente" olhando para você com ironia...

"É a escola antiga, meu velho!"

E eis que, depois dessa "passagem", você começa a duvidar de que o adorável jovem tenha mesmo lido os "ultrapassados"...

E, se leu, será que não foi como o Petruchka de Gógol?[7]

Por fim, você também fica na dúvida: será que ele leu qualquer coisa além do que lhe foi "mandado"?

A dúvida, continuando seu trabalho destruidor, chega ao ponto em que você começa a achar: será que diante de você não estariam os representantes da formação intermediária entre o macaco e o ser humano?

E, confuso e amargurado, você se apressa para ir embora...

---

[6] Verso inicial de um famoso poema de Semión Nadson (1862-1887), um poeta muito popular nos anos 1880. (N. da T.)

[7] Personagem do romance *Almas mortas* (1842). A passagem aludida é a seguinte: "para ele, era de todo indiferente se lia a aventura de um herói apaixonado, um mero livro de alfabetização ou um livro de rezas — lia tudo com a mesma atenção; se pusessem em sua mão um livro de química, ele não se faria de rogado. Gostava não do que lia, mas da leitura em si, ou, melhor dizendo, do próprio processo da leitura, mediante o qual, com letras, se forma sempre alguma palavra, que às vezes só o diabo sabe o que significa". (N. da T.)

Você fica até aborrecido: "Para que diabos fui perguntar!".

A dúvida fez a sua parte...

Mais uma "ilustração": você foi encontrar com uma velha conhecida para "bater um papo".

— Não estou incomodando, caríssima Fulana? — no tom da pergunta já ressoa uma dúvida.

Em vez de uma tranquila autoconfiança, é com profundo desgosto que você nota que sua voz treme, "sai do tom", e você começa a se sentir muito mal de forma geral.

Carrancudo e descontente, você se esforça para caminhar para o lado, e na cabeça surge a torturante questão da dúvida: "Para que eu vim?".

A "figura", confusa por seu silêncio "excepcional", dirige-se a você afavelmente.

Ela lhe pergunta "Como vai você?", "O que anda fazendo?" e "Não pensa em partir?"...

Mas você está chato, desinteressante... e nada eloquente.

De alguma maneira, consegue se despedir.

Como resultado, surgem duas dúvidas. Você fica irritado consigo mesmo, e, ao mesmo tempo, com a "velha conhecida", e em tom de profunda dúvida se pergunta (em estado normal você não faz essas coisas): "Não serei um bobo depois de tudo isso?". E ela começa a duvidar de sua capacidade de julgar as pessoas em geral, e a si mesmo em particular: "Eu o considerava mais interessante".

Às vezes a coisa chega ao absurdo!

Uma pessoa se sentou para "dar uma folheada num livro".

Se envolveu; o livro é interessante e escrito em uma linguagem viva e convincente.

Ainda ontem ele não concordava com uma ideia sequer do autor, mas lhe disseram que o livro era interessante e ele decidiu lê-lo.

Uma página após a outra — e leu tudo.

E então as "sólidas convicções" de ontem foram vencidas, pois o autor é talentoso e cativa pela sinceridade e simplicidade e, além do mais: "Onde está o branco... e onde está o preto?".

Onde estão as fronteiras?

As dúvidas as apagam, transformam o mundo ora em um "borrão", ora no "paraíso de Maomé".

Os humores e as dúvidas...

Eis os motores da nossa vida.

Somos preguiçosos demais para o trabalho, imóveis demais para manter uma conexão entre "palavra e ação", covardes demais para convicções próprias.

Daí vem o eterno desacordo entre o "interno" e aquele fantoche bem-apessoado que trazemos ao mundo sob nossa firma.

Existe a dúvida saudável, destruidora... e a criadora.

Mas há uma completa falta de autoconfiança em nossas forças, até em "se servimos para algo", e daí para uma completa impotência é um passo!

Claro, em nosso tempo está na moda duvidar e viver os humores; mas Deus me livre dessa moda!

E será que essa moda trará algum refinamento saudável e novo para a nossa vida?.. Duvido.

III

Cada nova edição periódica publicada na seção "Da redação" relata seu ponto de vista sobre a tarefa da imprensa, conta com a compaixão dos leitores e promete em suas páginas toda hospitalidade a aqueles que "anseiam por uma bênção", sua *profession de foi*.

Esse é o costume, se não desde a criação do mundo, desde o dia da fundação do primeiro jornal já publicado.

Acho que os organizadores de manuais de escrita têm em seus ensinamentos uma lacuna importante. O que custaria ter uma seção especial de artigos da redação sob o título geral: "De boas intenções o inferno está cheio".

E que fossem dos tipos mais variados: para periódicos conservadores, liberais, pseudoliberais, "camaleônicos"... e indiferentes.

A vendagem provavelmente seria boa.

Nosso periódico recém-lançado também começou sua atividade com a seção "Da redação", como manda o ritual estabelecido.

Entre outras coisas, o jornal estabeleceu como uma de suas tarefas mais importantes a comunicação completa e multifacetada com os leitores e, na medida de suas possibilidades, a defesa dos interesses de todos que vierem a precisar de tal defesa.

Essa comunicação começou. Mas não sei... é de se alegrar ou de se lamentar? Vou começar com a primeira "comunicação".

Veio um camponês e contou o seguinte: havia sido funcionário de umas das casas de banho locais.

O "estabelecimento" funcionava segundo princípios racionais, e cobravam uma caução de cada um dos funcionários.

O homem trabalhou lá por quatro anos e pediu as contas... Acertaram as contas e entregaram-lhe a carteira de trabalho.

"E a caução?" "Que caução?" "Mas como? Meus oito rublos, que depositei."

O senhor "proprietário dos banhos" respondeu a isso com um quê de sarcasmo: "Você podia dar mais dois rublos e ficava dez, redondo... agora, se manda!".

Os romanos chamavam isso de *sic volo, sic iubeo*,[8] que em vernáculo seria: "o que me der na telha". O pobre ficou de mãos abanando e se dirigiu à redação... Quem o aconselhou a fazer isso, eu não sei.

Existe um lugar, disseram, chamado jornal... ajudar eles não podem, mas estabelecem uma "comunicação" com gosto.

— Você tem um recibo do patrão a respeito da caução? — perguntam a ele.

— Havia um livrinho, mas o chefe da cooperativa recolheu: disse que o patrão queria trocar — foi a única resposta.

Como ajudá-lo, meu caro homem?

Se você tivesse nem que fosse algum tipo de "documento", a coisa seria outra. Ora, um recibinho comum: "Foi entregue por mim para o patrão uma caução na quantia de oito rublos e, como sou analfabeto, ele mesmo assinou".

Que maravilha seria!

Mas desse jeito... o que se pode fazer?

Alguns vão pensar: o homem inventou "de tudo um pouco".

Não lhe entregaram a caução, o insultaram, e ainda "fazem isso com todos os outros" (segundo as palavras dele).

Será que ele tinha "contas pessoais" para acertar com o patrão?

Ou o patrão escuso inventou de dar uma de "beletrista"?

Pelo amor de Deus, a ladainha que se espalhou — uma trama para um romance social, e só isso!

Mas será que não houve nada, e o homem tirou tudo da cabeça?

---

[8] Em latim no original: "Quero-o, ordeno-o". A frase é uma citação de Juvenal. (N. da T.)

Isso até traz uns pensamentos ruins...

Francamente, se houver pessoas tão mal-intencionadas entre os funcionários dos banhos, dá até medo de ir à casa de banho.

Vai que algum "galhofeiro" corta todos os botões da sua roupa...

E aí, como ir para casa?

Ou se, em lugar do sabão, enche você de aguarrás francesa...

Mas por que então o pobre funcionário dos banhos tinha um rosto tão triste enquanto falava de seus suados oito rublos?

E, realmente, para ele era muito dinheiro...

Mas infelizmente não havia provas.

* * *

Houve mais uma "comunicação".

Um mendigo esfarrapado, espancado e doente veio se queixar.

Ele sofria da "doença negra"[9] e por isso não lhe davam trabalho em lugar nenhum.

Mas precisava viver de alguma forma, e "pedia esmola".

No dia anterior ele tivera sorte: juntara por volta de dois rublos.

Os policiais o levaram para o quartel por pedir esmola.

No quartel, os policiais tomaram seu dinheiro e o espancaram.

— Alguém viu você apanhar?

— Ninguém, só Deus viu...

Em palavras gerais, esse foi o conto curto e ingênuo do mendigo... Era necessário corrigir aqueles a quem o caso concernia; por acaso há lugar para esse tipo de acontecimento nas nossas delegacias?

* * *

Na semana seguinte, os jornais "do sul" noticiaram um "triste incidente" que teve lugar na cidade de Baku. A trama não é complexa. Algum cuidador da sociedade de defesa das crianças cometeu um crime sujo e abominável contra uma menina adolescente.

O honrado cuidador não estava bêbado... e estava em pleno domínio do juízo.

Só estava "com fome", segundo suas palavras...

---

[9] Na Rússia, à época, alcunha popular para a peste ou para a varíola. (N. da T.)

Não foi no ímpeto do momento, nem sob a afluência de uma paixão animalesca, mas segundo um plano rigorosamente pensado: o "defensor das crianças" enganou a pobre criança e alcançou seu objetivo sujo.

Em sua cidade natal, essa "história" provavelmente provocou muito barulho — na província adoram um rebuliço, só precisa de motivo!

Mas, provavelmente, houve aqueles que viram nesse delito apenas uma "brincadeira frívola".

É interessante. Como terminará essa "história"?

Vão fazer o rebuliço e depois parar?

E a menina sob a tutela da sociedade de defesa das crianças com o tempo ficará sob defesa da "sociedade de apoio às mulheres decaídas"?... Será que é só isso?

Não devemos publicar esse tipo de "história" na página quatro e em letras miúdas, e sim em letras garrafais, com uma moldura escura... e, em cima, escrever: "Vergonha e desonra!".

Se até os ladrõezinhos miúdos estão sendo perseguidos e "eliminados da sociedade", então qualquer sociedade mais ou menos educada deve se livrar desse tipo de cavalheiro de uma vez por todas.

Até jogá-los numa jaula! Ou por acaso deveríamos fundar dentro da sociedade de defesa das crianças um departamento especial que as defenda destes cavalos embrutecidos que já perderam toda forma humana?...

Uma "história" nada boa!

IV

Existem críticas... e críticas. Um dos modos difundidos da crítica é conhecido como "polêmica de jornal".

Sua principal arma normalmente não é a convicção e nem a refutação lógica dos argumentos do adversário, e sim... a espirituosidade.

Mas a espirituosidade pode ser de diversos tipos, e nem todos a dominam...

Para algum "figurão" de jornal, qualquer motivo para "se atracar" é um achado, tema para um inesgotável refinamento da espirituosidade e da polêmica...

Não é difícil ser polêmico, mas é preciso saber extrair da polêmica tudo o que for necessário em determinado caso.

E assim se elaborou uma forma particular de polêmica puramente profissional, cultivada e atiçada por escritores chamados de "polemistas". Essa variedade de funcionários dos jornais é especializada nas assim chamadas "polêmicas do dia".

Mas não tem uma "polêmica do dia" para todos os dias.

Sobre o que escrever nas províncias esquecidas? Não acontecem escândalos todos os dias, a Duma[10] e a canalização municipal não são temas dos melhores, e ficar variando em diferentes formas da mesma coisa cansa... e fica repetitivo. Felizmente, vem em socorro a polêmica...

"Batendo no próprio peito", algum Cícero desdentado tenta persuadir seus prezados leitores de que todos os seus argumentos são corretos e merecedores de atenção...

Mas que desgraça se, em algum artigo, o "polemista" reconhecer a si mesmo ou ao seu patrão.

A "nobre indignação" não terá limites então, e o ingênuo leitor de fato acreditaria no tal do escrevinhador, se não soubesse que estão pagando dinheiro a ele por essa "indignação".

O "bom nome" do ofendido (que nunca sequer existiu) vocifera por vingança, e não há piedade para ele!

Tudo será lembrado: a genealogia "comentada", o passado, o presente... até o futuro... Lembrarão que você teve um avô (se não teve, inventarão) que vendia calças roubadas...

A polemização cresce, chega a um ponto desenfreado, e a própria polêmica vira uns palavrões sujos.

Sem se deixar intimidar nem pela justiça, nem por sua própria reputação, já conhecida de muitos, algum polemizado da *Folha Cuspida* dispara e "exala veneno". Com a cabeça quente, fica feliz em atribuir a um outro todos os pecados que ele mesmo cometera. Tudo isso é feito com um descaramento inconcebível: se por toda a vida o "polemista" se dedicou à fofoca na seção de "conversas inventadas", se ele caluniou quem estava próximo e se intrometeu em suas vidas pessoais na seção de cartas, então tudo isso é atribuído ao outro sem o menor problema.

Tudo isso se chama "assassinar a reputação"... E só porque alguém teve a coragem de elucidar de forma um pouco mais verdadeira a "atividade" do "escrevinhador" presunçoso...

---

[10] No Império Russo, assembleia eleita indiretamente e com funções legislativas, criada em 1905. (N. da T.)

O mais original é a espirituosidade de certos senhores.

Como se por vontade do destino, estão condenados a nunca se elevarem acima do "estilo de banheiro". Uma vez que está em circulação a palavra estrangeira "saneamento", eles a colocam na primeira frase que aparece, e acham que com isso a crítica se torna polêmica e espirituosa...

Ironizam, por exemplo, os "pedacinhos de papel, parecidos com aqueles que se compram nas lojas inglesas", esquecendo por completo que a questão não está nos "pedacinhos".

Há, por exemplo, jornais de formato grande (dificilmente podem ser chamados de pedacinho), cuja vantagem se reduz ao fato de que o "pedacinho" serve para uma pessoa só, enquanto o "jornal grande" dá para uma família inteira (utilizando-se do estilo de banheiro). Mas a questão vai além do tamanho...

Sei de um jornal que, ao começar suas "atividades", tinha o tamanho de um lenço de nariz, mas esse lenço não era mais limpo do que o lençol em cujo tamanho o jornal sai hoje.

Já a acusação de que alguns "polemistas" lavam a roupa suja em público, essa é totalmente cômica.

De quem é a culpa, senhores, se toda sua "atividade" não é nada além de "roupa suja"? Está fora de discussão: é possível ser grosseirão e insolente por natureza...

Tudo bem, vá adubar a terra, mas quando essas pessoas se metem a juiz e denunciam outras, é preciso pará-las, para que não fiquem muito presunçosas. Claro, é preciso defender o lado do patrão: só que certos escritores deveriam abandonar o "estilo de banheiro", pois é cheiroso demais.

V

Parece que hoje não há de que reclamar: está calor, o sol brilha "a pino"; por causa do calor, os passantes estão com uma cara absolutamente cozida. Até mesmo os cavalos (esse gado resistente) abaixam a cabeça...

Vou andando pela rua com cuidado; é capaz de, de repente, algum cidadão raivoso sair correndo de um canto e me morder...

É verdade que não só os raivosos mordem; certos "escritores" também ficam só esperando para morder alguém. Mas como esse tipo de gente é quase sempre desdentada, não tem problema...

Talvez, o único que esteja contente com o calor seja o bonde...

Ele passa o dia inteiro levando nuvens suadas de jitomirenses para o rio Têterev; num instante, de cinco em cinco copeques junta-se um rublo inteiro...

Mas o Têterev não salva ninguém do calor: a água é turva, morna, "não dá nem pro gasto"...

Coitado do Têterev! A cada ano fica mais baixo... e mais careca.

As pedras começam a aparecer, as belas margens são devastadas, e do aspecto "pitoresco" (das margens) logo só vai sobrar o nome. Os veranistas que chegarem depois de terem ouvido sobre as pitorescas margens do Têterev se surpreenderão. Que Têterev é esse? Isso aí é no máximo um "franguinho molhado"...[11]

Um dia desses me deixei tentar pelo clima bom, peguei um barco (melhor dizendo, uma bacia) e saí para contemplar nossas belezas.

Mas o que vi!

Dezenas de pedreiros, como pica-paus, bicavam com seus martelos os rochedos de granito, desnudando a areia amarela que, com um ruído surdo, despencava na água.

Mas bem perto da margem ficava o primeiro monumento erguido pelos pedreiros: um monumento fúnebre...

Um monumento à antiga beleza do Têterev!

Porém, em nossa era industrial não convém lamentar "pela beleza".

A utilidade acima de tudo!

Por outro lado, há outra margem absolutamente intocada. É esse o mérito do ilustrado proprietário do "bosque verde":[12] ele não transforma seu bosque em lenha, nem o rochedo de granito em pedras para calçamento (deve estar deixando de lucrar!)...

O "bosque verde" também continua tão encantadoramente bonito como nos anos passados... Sem querer, você espera que por entre as copas das árvores verdes saia correndo para o rio, com uma gargalhada travessa, uma multidão de dríades fugindo de faunos sem-vergonha...

Mas o encanto passou: saiu para a trilha algum "grego de Odessa",[13]

---

[11] O autor faz um trocadilho com o nome do rio, que significa também "tetraz". (N. da T.)

[12] Bosque de carvalhos localizado na margem esquerda do Têterev. (N. da T.)

[13] Alusão à romança "Um par de baios", escrita em francês por Serguei Donaúrov (1838-1897) e traduzida para o russo por Aleksei Apúkhtin (1840-1893). (N. da T.)

um veranista, que se sentou no banco do modo mais prosaico e acendeu um cigarro.

Dizem, aliás, que, quando a "Aurora corada" ilumina as copas dos pinheiros do "bosque verde", na gruta perto do rio às vezes se escutam "sussurros... uma respiração tímida...".[14] Dizem até que um funcionário, ao se dirigir para lá ao nascer do sol para nadar viu...

Aliás — do que não se fala em Jitômir?

Mas à noite, mais tarde, quando há menos "banhistas" e passantes, em suma, quando não há um público inoportuno, é bom ficar no rio... É calmo... as margens ficam silenciosas, como se estivessem perdidas em pensamentos; ao longe, cantam *Reve tai stogne*,[15] e por entre as árvores cintilam os fogos das *datchas*...

Você para o barco e olha o reflexo das estrelas na água, e se esquece de que você, pobre homem, mora em Jitômir, de que seu passado, presente e futuro são igualmente pouco atraentes e tristes.

Mas estou me metendo em uma área que não é a minha, e me lancei à poesia... Estava até pronto para recitar uns versos:

O sonolento Têterev corre
Em margens pitorescas,
Um raio de lua se quebra nas ondas
E brinca em meio às pedras.

E na estrada, sob a lua,
Como um travesso enxame de náiades,
Devagar, aos poucos flutua
Uma longa fileira de barcos.

A água alegre a escorrer dos remos
Novamente juntando-se ao rio
Perturba, com um murmúrio leve,
O silêncio régio da noite.

---

[14] Verso inicial de um poema de Afanássi Fiét (1820-1892). (N. da T.)

[15] Canção folclórica ucraniana. (N. da T.)

Claro, isso é só o que parece.

Algum dândi, com o barquinho atolado nas pedras... praguejando... perturba o silêncio régio da noite... e você cai na terra de novo.

Mesmo assim, é bom ir ao Têterev à noite. Mais tarde... Quando não há ninguém...

(1904)

Tradução de Cecília Rosas

Manual para senhores recém-chegados a Moscou

1. Na folhinha do formulário da polícia, na coluna "Por que motivo veio?", escreva: "Bebedeira". É o motivo mais nobre.

2. Fique na casa de parentes ou conhecidos, apelando à hospitalidade moscovita. Se isso não tiver efeito sobre eles, vá para um hotel.

3. O mais proveitoso é ir aos pares: assim é possível reservar um só quarto no hotel e ir embora meia hora antes do seu companheiro, sem pagar.

4. Pode ser bom passar um repelente de percevejos ainda na estação de trem, antes da partida. Também é bom passar internamente, bebendo-o, já que os percevejos de Moscou entram até na garganta.

5. Como diante de muitos dos portões moscovitas é preciso descobrir a cabeça, então, para não se enganar, passe o tempo todo com o chapéu na mão.

6. Na primeira dívida, vá até a casa de banhos Sandunovski; lá, encontre Piotr Boboríkin[1] e peça a assinatura dele.

7. Cafés da manhã no Slaviánski Bazar (*soliánka*, *kulebiáka* e *rasstegái*),[2] almoço no Testov (*rasstegái*, *kulebiáka* e *soliánka*), jantares no

---

[1] Piotr Boboríkin (1836-1921), jornalista e literato moscovita, ainda muito ativo no início do século XX russo. (N. da T.)

[2] Pratos tradicionais. *Soliánka*: sopa à base de pepinos em conserva; *kulebiáka*: torta recheada feita com massa de pão; *rasstegái*: tortinhas abertas que costumam acompanhar sopas. (N. da T.)

Omon (*rasstegái*, *soliánka* e *kulebiáka*) e velórios no cemitério de Vagánkovo.

8. O monumento à Mínin e Pojarski fica em frente à passagem. Uma das figuras é Mínin, a outra é Pojarski.[3] Em frente ao monumento, está a passagem.

9. Ao tomar uma carruagem, imagine-se numa cama de casal. De molas. Enfurecida. Comporte-se de acordo.

10. Você pode flertar no palácio do Arsenal. E namorar lá mesmo também. O pagamento é feito no hotel.

11. Perto da capela Íverskaia, fique de olho no seu bolso e tire o olho do bolso dos outros.

12. Ao Teatro de Arte é possível ir direto, sem ter que esperar uma semana por ingressos. Ao chegar, chame Stanislávski e beije sua mão. É o melhor que você pode fazer em Moscou.

13. Vá à galeria Tretiakóv de manhã, enquanto ainda está sóbrio e não comeu muito. Ao ver passar um professor explicando os quadros para os alunos, espere no banheiro até ele ir embora e depois aproveite o passeio.

14. Tenha o passaporte sempre consigo — e beba sem medo.

15. Se você for judeu, coloque uma nota de 10 rublos dentro do passaporte, e que Deus lhe ajude!

(1909)

Tradução de Cecília Rosas

---

[3] O mercador Kuzmá Mínin e o príncipe Dmitri Pojarski destacaram-se na defesa de Moscou contra os poloneses em 1611. (N. da T.)

Arkadi Aviértchenko

A produção satírica de Arkadi Timofiêievitch Aviértchenko (1880-1925) é inseparável de seu trabalho como editor das revistas *Satirikon* (1908-1913) e *Nova Satirikon* (1913-1918), onde foram publicados os quatro contos selecionados para esta antologia. Oriundo de uma família pobre, Aviértchenko entrou no serviço civil bastante cedo, e a vida burocrática serviu de inspiração para os seus primeiros textos satíricos. A partir de 1906, passou a dedicar-se em tempo integral à literatura, editando pequenas revistas para as quais, ocasionalmente, precisava escrever todas as colunas, sob diversos pseudônimos. Em 1908, junto com alguns colegas de redação, funda a *Satirikon*, uma publicação semanal de enorme sucesso, que cobria desde o cenário político até temas banais e cotidianos, e contava com colaboradores ilustres como Nadiéjda Téffi e Sacha Tchiórni, também incluídos nesta antologia. A revista foi fechada pelos bolcheviques em 1918. Em 1922, com o fim da guerra civil russa, Aviértchenko se estabeleceu em Praga, onde continuou trabalhando até sua morte. Segundo Tchiórni, seu colega de redação, Aviértchenko "distinguia-se por uma qualidade incomum: ele quase nunca era maçante", e sua popularidade e influência eram tais que ele "acabou criando um estilo e uma moda, que a astuta guilda dos humoristas, sempre acostumada à venda de espumantes baratos, logo passou a engarrafar, servindo-se do champanhe alheio".

Um cavalheiro de indústria

Nosso primeiro encontro se deu quando ele saiu voando da janela do segundo andar e passou pela janela do primeiro, onde eu morava na época, indo cair na calçada.

Espiei pela janela e, solidário, perguntei ao desconhecido que esfregava as costas machucadas:

— Posso ajudar em alguma coisa?

— E por que não poderia? — ele balançou a cabeça, com ar bonachão, ao mesmo tempo em que brandia o dedo na direção da janela do segundo andar. — Sim, claro que pode.

— Então dê uma passadinha aqui em casa! — disse eu, e me afastei da janela.

Ele entrou alegre e sorridente, estendeu a mão e se apresentou:

— Tsátskin.[1]

— Muito prazer. O senhor não se machucou?

— Para não dizer que sim: não. Foi somente uma grandíssima bobagem.

— Com certeza por causa de alguma beldadezinha? — perguntei, com ar de cumplicidade. — He-he!

— He-he! O senhor com certeza é um apreciador desses enredozinhos, não é? He-he! Se desejar, posso lhe oferecer uma série de cartõezinhos-postais bem interessantes. Estilo alemão. Os entendidos consideram melhor que o francês.

— Não, para quê? — retruquei, fitando-o com surpresa. — Escute, seu rosto me parece conhecido. Não foi você que, ontem, no bonde, foi empurrado para fora por um homem?

[1] *Tsátska*, em russo, significa "tranqueira", "quinquilharia". (N. da T.)

— Nada disso. Isso foi anteontem. Ontem me jogaram pela escada de serviço, na sua rua mesmo. Mas que escada era aquela? Não tinha mais que uns míseros sete degraus.

Ao perceber meu olhar perplexo, o senhor Tsátskin baixou os olhos e falou, desolado:

— Tudo isso por eu querer assegurar suas vidas. Que bela gente: eu me preocupo com suas vidas e eles tramam a minha morte.

— Então o senhor é um agente de seguros — observei secamente. Como posso ser útil?

— O senhor pode ser útil apenas respondendo rapidamente a uma perguntinha: como gostaria de fazer o seu seguro conosco? Prefere receber em vida, ou que o prêmio seja pago aos seus parentes — que Deus lhe dê saúde — depois de sua morte?

— Não quero seguro de jeito nenhum — balancei a cabeça. — Nem para receber em vida, nem de qualquer outro modo. Não tenho parentes. Sou sozinho.

— E sua cônjuge?

— Sou solteiro.

— Então precisa se casar. É muito simples! Posso lhe oferecer uma moça de lamber os dedos. Doze mil de dote. O pai tem duas lojas. Embora o irmão seja um charlatão, ela é uma morena tão bonita que é de surpreender. Amanhã o senhor estará livre? Amanhã mesmo podemos ir e ver. Sobrecasaca, um colete branco... Se o senhor não tiver, pode comprar um já pronto. O endereço: loja Oborot,[2] nossa firma...

— Senhor Tsátskin! — protestei. — Juro por Deus, não quero nem posso me casar! Eu não fui feito absolutamente para a vida familiar...

— Como assim, não foi feito? Por quê? Talvez tenha tido uma vida muito agitada? Não se preocupe, isso é pura bobagem, dá para resolver. Posso lhe oferecer um remédio que traz alegria para qualquer homem melancólico. Já foram seis mil livros distribuídos gratuitamente! Quantidade enorme de cartas de agradecimento! Um frasquinho de amostra...

— Guarde seus frasquinhos de amostra para você! — respondi, irritado. — Não preciso deles. Aliás, minha aparência não é de inspirar amor. Sou bastante calvo, orelhas de abano, rugas, sou baixinho...

---

[2] *Oborot*, em russo, significa “circulação” ou “reverso”. (N. da T.)

— Mas o que é a calvície? Se o senhor passar na calva a poção da nossa firma, que estou representando, vai se cobrir de cabelos como... me desculpe, um coco maduro, e as rugas, as orelhas? Leve o nosso aparelho aperfeiçoado que pode ser colocado à noite... As orelhas serão como que tiradas com a mão... A altura... Nosso aparelho de ginástica a cada seis meses aumenta a estatura em dois *verchok*.[3] Dentro de dois anos o senhor já poderá se casar, e dentro de cinco, já poderá até desfilar. E o senhor vem me falar de altura...

— Não preciso de nada — eu disse, apertando as têmporas. — Desculpe, mas o senhor está me deixando enervado...

— Enervado? E não me diz nada! Duchas frias patenteadas, podendo ser dobradas e desdobradas. Tem com torneira e tem com pulverizador. O senhor é um homem educado e, na minha opinião, muito simpático... Por isso aconselho, é melhor pegar o pulverizador... Ele é mais caro, mas...

Levei as mãos à cabeça.

— O que o senhor está procurando aí? Tem dor de cabeça? Só me diga de quantos tubos o senhor precisa da nossa pomada "Migriénin",[4] que a própria firma vai entregar em seu domicílio.

— Desculpe — falei, mordendo os lábios —, mas peço que o senhor me deixe. Não tenho tempo. Estou muito cansado e ainda tenho um trabalho extenuante pela frente: tenho que escrever um artigo...

— Extenuante? — perguntou o senhor Tsátskin, solícito. — Eu lhe digo que ele é extenuante porque o senhor ainda não adquiriu o nosso suporte regulável para leitura e escrita. Postura normal e inclinação confortável... Duas unidades por sete rublos, e três por dez...

— Fora daqui! — gritei, tremendo de raiva. — Ou quebro sua cabeça com este peso de papéis!

— Com este peso de papéis? — disse o senhor Tsátskin com desprezo, apalpando o peso de papéis em minha escrivaninha. — Este peso de papéis... Basta assoprar, que ele sairá voando! Não; se o senhor quiser ter um verdadeiro, um peso pesado de papéis, então posso lhe oferecer uma peça inteiramente de malaquita...

---

[3] Antiga medida russa, equivalente a 4,4 centímetros. (N. da T.)

[4] *Migrién*, em russo, significa "enxaqueca". (N. da T.)

Apertei o botão da campainha elétrica.

— Agora virá alguém. Vou ordenar que o ponham para fora daqui!

Inclinando a cabeça com ar aflito, o senhor Tsátskin ficou sentado, calado, como que esperando pelo cumprimento da minha promessa.

Passaram-se dois minutos. Apertei a campainha novamente.

— Bela campainha, logo se vê! — balançou a cabeça o senhor Tsátskin. — Como é que pode uma campainha tão horrível, que nem toca? Permita-me oferecer uma campainha, com instalação e acessórios, por sete rublos e sessenta copeques. Uma campainha sofisticada...

Levantei-me de um pulo, agarrei o senhor Tsátskin pelo braço e arrastei-o até a saída.

— Vá embora! Ou meu coração vai arrebentar...

— Deus não permita! Mas o senhor não se preocupe, nós vamos enterrá-lo com toda a dignidade de uma segunda classe! É verdade que não vai ter todo o luxo da primeira, mas o carro fúnebre...

Bati a porta diante do senhor Tsátskin, girei a chave na fechadura e voltei para a minha mesa.

Depois de um minuto notei que a maçaneta da porta se mexia, a porta estremeceu com uma pressão suave e escancarou-se.

O senhor Tsátskin entrou no quarto timidamente, e com os olhinhos apertados, disse:

— Pelo menos tenho que lhe comunicar que as fechaduras das suas portas não servem para nada... Elas abrem com um simples empurrão! O senhor pode adquirir comigo excelentes fechaduras inglesas: uma peça, dois rublos e quarenta copeques; três por seis rublos e cinquenta copeques; e cinco...

Tirei da gaveta da escrivaninha um revólver e, rangendo os dentes, gritei:

— Eu vou atirar!

O senhor Tsátskin sorriu, contente, e disse:

— Ficarei muito feliz, porque isso vai lhe dar a possibilidade de certificar-se da ótima qualidade da malha à prova de balas que estou vestindo para amostra, e que posso lhe oferecer. Uma peça por dezoito rublos; duas, mais barato; e três, mais barato ainda. Peço que o senhor tire a prova...

Deixei o revólver de lado e, agarrando o senhor Tsátskin pelo meio do tronco, joguei-o pela janela com um urro selvagem.

Enquanto ele caía, teve tempo de gritar para mim:

— As abotoaduras dos seus punhos não são práticas. Cantos pontiagudos que rasgam a roupa e arranharam a minha bochecha. Posso lhe oferecer abotoaduras de ouro africano com incrustações. Dois rublos o par, três pares por...

Bati a janela com força.

(1909)

Tradução de Ekaterina V. Américo e Márcia C. Kondratiuk

Mistério da natureza

Prefácio

Quem quer que tenha tido oportunidade de ler meus escritos terá notado que eles são inspirados pela luz brilhante e cálida de um talento e originalidade excepcionais. Não me lembro de nenhum conto meu que não tivesse provocado comentários e elogios entusiasmados. Ontem mesmo, aliás, um conhecido passou lá em casa com o objetivo de me pedir emprestada uma quantia, "até quarta que vem". Ao receber o dinheiro, enfiou-o no bolso, deu-me um tapinha no ombro e disse, amigavelmente:

— Um dia destes li uma coisinha sua... Nada mal!

E nem dá para lembrar de todos!

O leitor só se dá conta das qualidades do escritor quando são esfregadas no seu nariz. Partindo desse princípio, devo chamar a atenção do leitor para o fato de que, no meu caso, não há nem sombra da trivialidade e da vulgaridade de outros míseros escrevinhadores. No conto que se segue, por exemplo, relato coisas tão inverossímeis que nenhum leitor sensato acreditaria numa só migalha. Em tais casos, meus desprezíveis colegas recorrem a um método inacreditavelmente batido e de mau gosto: no decorrer da narrativa, vão discorrendo sobre as coisas mais fantasiosas e impossíveis, e somente no final mencionam de passagem, sobre a testemunha da bobagem que acabaram de contar:

— Mas então ele... acordou!

Como se, sem isso, o leitor fosse acreditar em todos os absurdos inventados. E o autor, que se considera uma pessoa muito esperta, que não dá ponto sem nó, pela milésima vez coloca reticências entre "Mas então ele" e "acordou". Ele está seguro de que o leitor, ao ler "Mas então ele", vai continuar achando todo o narrado a mais pura verdade, e que a palavra "acordou" o pegará de supetão, perplexo e despreparado para a estonteante revelação.

Comigo não é assim.

O escrito abaixo pode parecer extraordinário, esquisito, inexplicável para o leitor, mas afirmo que *isso tudo aconteceu*, e que o menor sinal de descrença da parte do leitor irá ferir profundamente a minha alma suscetível e delicada.

* * *

Tarde da noite, estava eu sentado em meu escritório silencioso e confortável, escrevendo um artigo sobre a vida após a morte para uma revista de ocultismo.

Eu dispunha de tantos fatos sobre a vida após a morte quanto qualquer vendedora de laranjas, e isso me entristecia bastante.

Fui obrigado a recorrer à fantasia, o que não me agrada nem um pouco.

Depois de escrever algumas linhas sobre como, depois da morte, as almas dos finados mudam-se para as copas das árvores próximas aos túmulos, e sobre como, mais tarde, ao aparecerem os parentes vivos, as almas balançam tristemente essas copas, encolhi os ombros, desconfiado, e fiquei pensando.

— Que coisa! — disse para mim mesmo. — Às minhas costas, no fundo do escritório, está um esqueleto feminino com que um amigo me presenteou. E esse monte de ossos sem sentido e sem utilidade sabe cem vezes mais sobre a vida após a morte do que eu, um homem vivo e rei da criação... Como eu daria o resto de minha vida para que essa mulher abrisse a sua boca ossuda e levantasse pelo menos um pouquinho o véu de mistério que cobre a vida após a morte.

Um leve suspiro fez-se ouvir atrás de mim. Estremeci e fiquei alerta.

— Ah! Onde estou? — algo rangeu no fundo do escritório. — Quem foi o idiota que ousou me pendurar?

Dei um pulo, os olhos prestes a saltar das órbitas de pavor, e voltei-me para o esqueleto. A sua dona mexeu o braço e tomou a pose pudica de uma Vênus saindo das águas. Eu não conseguia tirar meus olhos espantados dela, e continuava mudo, enquanto ela, inclinando o crânio, me dizia com timidez:

— Ah! Não me olhe assim!

— Assim como? — perguntei maquinalmente.

— Assim... Vocês homens são todos iguais. Você parece ter-se esquecido de que não estou vestida. Por que fica aí parado como um poste?

Mexa-se! Traga-me logo um lençol e me tire desse maldito prego! Só não me olhe enquanto eu não estiver vestida. Ah, seu danado!

Ela me ameaçou com o nó do dedo e se enrolou no cobertor que lhe entreguei. Eu a soltei do prego, percebendo que ela se apertava contra o meu ombro mais do que o necessário.

— Meu Deus! — disse ela, fechando o cobertor. — Estou sozinha no meio da noite no escritório de um homem jovem... Espero que você não se aproveite desta situação sem saída.

— Deus me livre, minha senhora — retruquei, afastando-me discretamente. — Como pôde imaginar...

— Sei, sei... Eu conheço vocês! Todos falam a mesma coisa no começo...

Depois de olhar ao redor, ela pegou da mesa um pedaço de papel amassado, esfregou-o na terra fofa de um vaso de plantas e passou a empoar os ossos brancos da face.

— Não me olhe desse jeito! Eu sempre fico marrom de vergonha quando um homem olha para mim.

— Desculpe — murmurei. — Não vou olhar...

— Não vai olhar? — ela sorriu, com malícia e um terrível arreganhar de mandíbula. — Será que não lhe agrado?

— Oh, de jeito nenhum! Você me agrada muito... Hum... Eu gosto muito de mulheres assim... magrinhas.

Eu a elogiei descaradamente, na esperança de obter bastante daquilo que ela sabia e que para mim era tão inacessível.

Ela tomou minhas palavras ao pé da letra. Ficando marrom, baixou os olhos, levou as duas mãos ao crânio e exclamou:

— Quanto cavalheirismo! Diga, por favor, meu cabelo não ficou desarrumado?

— Não! — respondi com franqueza absoluta, pois o cabelo dela não podia ficar desarrumado sob nenhuma circunstância.

Suas órbitas vazias me fitaram com malícia, e eu, reunindo forças, falei:

— Minha senhora...

— Ah, não... — constrangeu-se o esqueleto — Ainda sou senhorita...

— Verdade? Desculpe, eu não sabia. Senhorita! Tenho um grande pedido a lhe fazer...

O esqueleto embrulhou-se mais no cobertor e deu um risinho:

— Ah, não, não! Mas o que é isso... Nem pensar!

— Nem pensar o quê? Não estou entendendo, senhorita.

— É, não está entendendo... Vocês homens nunca entendem!

— Eu juro! Tenho um pedido importante: conte-me algo sobre a vida após a morte.

— Você não sabe? — ela sorriu, mexendo, faceira, a ponta do pé, que se mostrava por debaixo do cobertor. — Ah, é tão interessante!.. É terrivelmente interessante!

— Sério? — alegrei-me. — Então você vai contar...

— Claro, claro! Você nem imagina como é lá!.. Só que você também precisa me contar uma coisa...

— Oh, quantas você quiser!

Ela franziu a arcada supraciliar e disse, em tom de negócios:

— *Merci.*[1] Qual é a tendência atualmente?

Certo de que seus pensamentos também estavam restritos a interesses de morte e enterros, respondi, balançando a cabeça:

— Ah, tem de tudo. Crianças, velhos, mulheres em flor, bebês.

— Não! Eu perguntava qual a tendência desta estação?

— A maioria por cólera — disse eu, depois de pensar.

— Nã-ã-ão! Como você é tapado... O que estão vestindo atualmente as mulheres? Por exemplo, as mangas estreitas estão na moda?

— Ah, isso! Sim, às vezes são estreitas — respondi vagamente.

— Você não notou se tem pregas nas golas?

— Pregas? Realmente, às vezes as costureiras as fazem.

Ela sacudiu o crânio, pensativa.

— Hum... Como eu pensava. Mas, me diga... E as saias?

— As saias? Fazem pretas, vermelhas, verdes...

— Não, não... O corte!

— Assim, sabe... justas.

— Justas?! Eu sempre falei que elas iam voltar!

Ela modelou o cobertor em volta da cintura e mostrou-se:

— Assim?

— Senhorita... — lembrei-a, tímido — ... você prometeu contar-me algo sobre o além...

— Sim, sim... Os chapéus, com certeza, continuam grandes?

[1] "Obrigado", em francês no original. (N. da T.)

— Grandes. Senhorita, permita-me...

— Meu Deus! O que você quer de mim?

— Você prometeu...

— Sim, desculpe. O que posso contar?

— Tudo, em detalhes. Como é lá, no geral...

— Ah, você nem pode imaginar. Preciso dizer que morreram três de nós: eu, depois uma comerciante gorda e a mulher de um advogado. Eu estava de vestido branco com babado rosa, o cabelo penteado para trás, e nos pés...

— Senhorita!

— Quê? Não me interrompa! A mulher do advogado, imagine só: estava de vestido preto de lã e sapatos sem salto... Ha-ha-ha! Sem salto! Ha-ha-ha!

Ela gargalhou tanto que se engasgou. Depois levantou-se da poltrona e, dando voltas na frente do espelho, prosseguiu:

— Pois bem, nós morremos. Naquele mesmo dia enterraram com a gente um jovem funcionário... Ele era comprido, bonito. Com bigodinho. Disseram que no seu enterro estava uma jovem que chorava sobre o caixão e um velho que...

— Senhorita!!

— Um velho que não parava de balançar a cabeça, olhando para ele... Sabe, todo grisalho... Balançava e balançava a cabeça! E a moça, imagine que...

— Senhorita!!

— O que foi agora? Depois fizeram discursos sobre o caixão. Um gordo disse: "Descobriremos nossas cabeças diante das cinzas deste jovem...". Foi terrivelmente tocante.

— Senhorita! Eu lhe perguntei sobre a vida após a morte e você...

— Ah, sobre a vida após a morte? Por que não falou antes? A nossa vida depois da morte consiste...

Ela parou na frente do espelho e virou as costas para ele.

— E atrás, você acha que cai bem em mim?

— Ficou ótimo! Então, você estava dizendo que a vida depois da morte...

— Sim, ela consiste em... Ah, que diabos! Não consigo enxergar minhas costas...

Ela torceu tanto a cabeça que as vértebras estalaram.

— A nossa vida depois da morte se resume ao fato de que nós...

Ela virou tanto a cabeça que sua face quase ficou no lugar da nuca... De repente, o arame que sustentava a espinha arrebentou, e o crânio e duas das vértebras caíram surdamente no tapete...

Minha interlocutora começou a chacoalhar e desabou numa montanha de ossos brancos.

— Maldita tagarela! — gritei com raiva, sacudindo-a do cobertor.

* * *

Passei ainda muito tempo andando de um lado para o outro, sem conseguir me acalmar, e somente quando o dia começou a amanhecer caí num sono pesado, atormentado pelo enigma insolúvel que eu *quase* tive em minhas mãos: em que, afinal, consiste o mundo do além?

(1909)

Tradução de Ekaterina V. Américo e Márcia C. Kondratiuk

A cruz de cada um

Noblesse oblige[1]

Certa vez, o chanceler relatava ao rei os assuntos do momento.

— Além da audiência que Vossa Majestade terá de conceder amanhã ao embaixador italiano, hoje se apresentarão a Vossa Majestade o enviado turco, o encarregado dos negócios no México e...

O rei ergueu seu rosto pálido e sombrio e repentinamente pronunciou palavras estranhas e inusitadas:

— Mas... quer saber de uma coisa? Que vão todos para o diabo!

— Vossa Majestade Real! Ouso recordar que a conversa com o embaixador italiano versará sobre o novo acordo comercial...

— Mas... quer saber de uma coisa? Que vão todos para o diabo com seus acordos! — bradou o rei. — Não quero! Basta. Nada de recepções, almoços formais ou cafés da manhã semiformais... Obrigado! Estou farto.

O chanceler inclinou-se com reverência.

— Ouço e obedeço. Nesse caso, o senhor não se recusará a receber, na sexta-feira, o embaixador alemão?

O rei ergueu os braços.

— É inacreditável! Diga-me: por acaso nós estamos falando línguas diferentes? Por acaso o senhor não me entendeu?

— Ouço e obedeço. Quais seriam então as ordens de Vossa Majestade Real?

— Nenhuma. Aí é que está: nenhuma. Estou farto de tudo isso até a morte. Estou abandonando os senhores. Vou embora para a floresta, vou encontrar uma cabana abandonada e vou morar lá, alimentando-me

---

[1] Expressão francesa que significa, literalmente, "A nobreza exige", usada para designar as responsabilidades decorrentes da condição de nobre. (N. da T.)

de frutos e dos peixes do rio mais próximo. Ah, se você soubesse — disse o rei em tom sentimental, mudando para "você" — há quanto tempo eu sonho com isso.

— Ouço e obedeço. Então posso preparar o automóvel e traçar a rota?

— Era só o que faltava! Você, meu amigo, é engraçado... A única coisa que eu ordeno é que ninguém me atrapalhe pelo caminho, nem grite "Viva!", nem me aborreça com perguntas ou serviços. Dê ordens em todo o reino para que no caminho me tratem como um simples camponês. E prepare um alforje e um cajado.

— Será providenciado. O alforje e o cajado, infelizmente, ficarão prontos só à noite.

— Meu Deus! Por que a demora?

— O alforje eu pensei em fazer de veludo de Lyon com bordados de pérolas, sedas e fios dourados. O cajado, vamos fazê-lo de carvalho-rosa com castão de ouro, ornado com uma ou duas dezenas de diamantezinhos...

— Sabe de uma coisa? Você já me cansou. Se fizer isso, vou pegar seu alforje de veludo e seu cajado de ouro e jogar pela janela, e vou fugir sem nada.

* * *

De manhã cedo o rei saiu do palácio vestido com roupas de camponês e se dirigiu para o leste.

Depois de andar algumas *verstas*,[2] virou-se e começou a caminhar pelos campos virgens e desertos. Somente uma vez encontrou um trabalhador do campo.

Esse homem, ao ver o rei, escancarou a boca e arregalou os olhos de tal modo que eles quase saltaram das órbitas.

— O que está olhando? — O rei franziu a testa. — Acaso sabe quem sou?

— Sei, sim senhor.

— Então, quem?

— Quem, o senhor? O senhor é um simples mujique, Vossa Majestade Real!

---

[2] Antiga medida russa equivalente a 1,067 km. (N. da T.)

— *Arghh!!*

Enfadado, o rei seguiu em frente. E eis que, adentrando a floresta, encontrou o que procurava; em meio às árvores altas e delgadas estava escondida uma pequena cabana de lenhador abandonada, cuja decoração consistia em um piano de um quarto de cauda, uma cama com colchão de molas e meia dúzia de singelas cadeiras vienenses.

Nem tapetes havia nesse santuário da miséria e da desolação!

O rei bateu palmas como uma criança, achando que não precisaria de um espaço melhor. A fome começou a incomodá-lo.

— No rio deve haver peixes — disse o rei. — Seria bom pegar alguns. Mas com quê?

Ele baixou os olhos, pensativo, e gritou de alegria: na grama havia uma vara de pescar esquecida por alguém. O rei agarrou-a e correu para o rio. Na margem encontrou uma linda rocha, cavada bem no meio, muito confortável para se sentar. O rei jogou a linha em cima da moita de juncos e, quando puxou a vara depois de um minuto, no fim da linha estava preso um grande peixe prateado. Para surpresa do rei, ele já vinha completamente descamado e até destripado. Isso deixou o rei pensativo. Mais uma vez ele jogou a linha e depois de um minuto tirou outro peixe, todinho recheado com pimenta e folhas de louro e com um grande limão descascado na boca.

— Estranha espécie — disse o rei, e foi para a sua cabana.

O fogo ardia alegremente no fogão.

— De onde veio isto? Hmmm... Será que eu, sem querer, joguei um fósforo nas serragens... e elas pegaram fogo? Estranho...

O rei cozinhou o peixe, comeu um ensopado saboroso e suculento e saiu para passear. A sede o torturava. Pelo caminho os ouvidos do rei captaram um ruído de água saindo da rocha.

O viajante sedento encontrou a fonte sem dificuldade, debruçou-se sobre ela e, pasmo, recuou. A água era doce, cheirava a laranja, e na rocha ao lado havia uma plaquinha de cobre com os dizeres: "Gaseificada. Preparada com água fervida".

Os olhos do rei ficaram opacos, o seu rosto ficou sombrio. Ele se afastou silenciosamente da fonte de laranjada e seguiu vagando por entre as exuberantes árvores frutíferas do caminho, carregadas de frutos graúdos e apetitosos.

Sua mão maquinalmente se estendeu em direção a uma maçã branca e suculenta. Mas ela estava alta. O rei ficou na ponta dos pés. A maçã, por sua vez, também se inclinou, estremeceu e, separando-se do galho, caiu nas mãos reais. O rei míope não percebeu que na base do galho havia um arame que se perdia entre os arbustos, mas percebeu que a maçã estava descascada com capricho, e que até o miolo com as sementes havia sido retirado.

O rei arremessou a maçã nos arbustos e seguiu adiante. Pelo caminho ele beliscava nervosamente um fino lenço de cambraia que, não se sabe como, viera parar em seu rústico casaco de camponês.

Depois ergueu para o céu os olhos, seus olhos tristes e opacos, e deixou cair o lenço.

Nesse exato momento, dos densos arbustos surgiu uma mão que agarrou o lenço e o estendeu respeitosamente ao rei.

— Canalha! — gritou o rei, agarrando a mão. — É assim que vocês providenciam ao seu rei uma vida solitária em meio ao nada?!

Ele puxou o criado confuso pela mão, gritou com ele, esperneou, rolou pelo chão num ataque histérico e começou a soluçar e a berrar, batendo com os punhos na grama.

— Por quê? Eu queria ficar sozinho, eu queria ir para longe de vocês, por que não posso fazer isso? Eu, um rei, não posso fazer aquilo que o mais miserável dos meus súditos pode? Quer dizer que por toda a vida me serão impostas estas malditas cadeias de cuidados palacianos e confortos idiotas, de que não necessito, e que para onde quer que eu vá não conseguirei fugir delas? E quer dizer que, por mais que eu me esforce até a morte, não me livrarei destes laços de veludo salpicados de pérolas, destes cajados dourados com castão de diamantes... Oh, se for assim, basta! É melhor morrer...

Em torno do rei em prantos já havia se juntado uma multidão respeitosa e calada de cortesãos, que lançavam olhares tímidos para o seu soberano.

— É melhor morrer! — berrava o rei, enlouquecido. — Melhor me jogar no rio! Adeus, meus algozes. Não se movam! Não ousem me seguir.

E o pobre rei correu para o rio. Mas por mais que o rei se apressasse, os cortesãos iam mais rápido que ele...

* * *

O rei chegou ao rio e parou, surpreso. Na margem, avistou um pequeno cais e alguns degraus que desciam até a água. O cais estava adornado com guirlandas verdes, faixas e flores, e os degraus que levavam à água eram revestidos com um rico tecido vermelho.

— O que é isso? — perguntou austeramente o rei. O mestre de cerimônias deu um passo à frente.

— Isso, Majestade? É o lugar do suicídio, Vossa Majestade Real. Estamos desolados por não conseguir esquentar a água e deixá-la na temperatura do seu banho matinal, tivemos pouco tempo...

O rei desabou na grama (aliás, não na grama: um tapete persa foi imediatamente desenrolado sob ele) e chorou longa e silenciosamente. Todos ao redor do rei esperavam calados... Então o rei se levantou, secou as lágrimas e fitou-os com olhos sofredores.

— Bem... Que vão para o diabo! Levem-me.

E o rei foi levado para o palácio.

(1912)

Tradução de Ekaterina V. Américo e Márcia C. Kondratiuk

História de um sino

Em relação ao caso que passo a narrar, pode haver somente dois pontos de vista: ou acreditam no autor ou não.

O autor gostaria muito que acreditassem. Ele pensa que o leitor será receptivo a esse desejo, pois os autores em geral são completamente indiferentes ao fato de lhes darem crédito ou não. Os escritores não costumam mover um só dedo para ganhar a confiança incondicional do leitor.

Mas este, o autor do que vem descrito a seguir, dará em um único parágrafo a prova de que a história toda não é invenção sua, mas um acontecimento real.

Eis a prova: ele dá sua palavra de honra.

Capítulo I

Certa vez, no final da Quaresma, trouxeram um novo sino de cobre para a nossa cidade, e ele foi pendurado no lugar mais nobre, no campanário da catedral.

Diziam que o sino não era grande, mas tinha um som tão magnífico que qualquer pessoa que o ouvisse logo sentia o coração comovido, e chorava de remorso se porventura houvesse feito qualquer coisa má.

Aliás, nem era de surpreender que corressem tais rumores: o sino fora fundido em uma fábrica de acordo com as disposições deixadas em testamento por um novelista famoso e muito devoto, que há um século escrevia contos de Páscoa e de Natal em que os protagonistas se arrependiam de seus crimes ao ouvirem o primeiro som dos sinos durante essas comemorações.

Dessa forma, era como se o novelista estivesse erguendo um monumento em reconhecimento àquilo que lhe havia dado o seu sustento.

Capítulo II

Quando, na noite de Páscoa, o coral da igreja começou a cantar "Cristo ressuscitou dos mortos...", o sino estremeceu, tocado pela mão do sineiro experiente, e começou a emitir o seu canto doce e alegre.

A família do inspetor de seguros Kholmúchin estava na sala de jantar à espera do panetone bento, pois, como o tempo estava chuvoso, ninguém, com exceção dos empregados, tinha se arriscado a ir até a igreja.

— Puxa! Esqueci-me completamente de lhe dizer: estou tendo um caso com a governanta dos nossos filhos, a senhorita Vera Koznakova. Você vai me desculpar, eu espero.

A governanta, que também estava à mesa, prestando atenção ao som do sino, corou até a raiz dos cabelos e protestou:

— Embora, é claro, isso seja verdade, devo confessar que, no fundo, não amo o senhor, porque o senhor é velho e suas orelhas são repletas de uma penugem nojenta. Aproximei-me do senhor por causa de seu dinheiro, mas devo confessar que prefiro o seu secretário, Vassili Petróvitch Oblakov. Oh, tenha piedade de mim!

— Mas quem sou eu para acusá-la — deu de ombros a esposa de Kholmúchin —, quando o meu filho do meio, Piétetchka,[1] nem é do meu marido, e sim do doutor Verkhonóssov, com quem eu me encontrava em Moscou naquela época?

— Pelo visto esse doutor Verkhonóssov era um grande trapaceiro — sussurrou o estudante Piétenka, do quarto ano ginasial, balançando a cabeça ao ouvir o som do sino.

— Por quê?

— Porque devo ter puxado a ele! Imaginem que no último trimestre me deram duas notas "um", que eu corrigi para "quatro" e mostrei ao pai.

— Mas que danadinho! — sorriu com condescendência a velha babá. — Ah, meus patrões! Nem dá para contar os quilos de açúcar que eu surrupiei de vocês em todos esses anos! Dia desses, devorei um pote inteiro de geleia, taquei o pote no chão e botei a culpa na Aniútotchka,[2] dizendo que ela tinha quebrado.

---

[1] Piétetchka e Piétenka são diminutivos de Piotr. (N. da T.)

[2] Aniútotchka e Ánia são diminutivos de Anna. (N. da T.)

— Deixe isso para lá! — a pequena Ánia abanou a mão. — Pelo pote eu só levei uns tapinhas na cabeça. Mas, do urso de porcelana que eu quebrei ontem, no escritório do papai, ninguém ficou sabendo.

O inspetor levantou-se, espreguiçou-se e disse:

— Estou pensando se vou até o escritório e faço uma declaração para a diretoria da nossa companhia, informando que, recentemente, assegurei aquele tísico que estava desenganado, mandando para o exame, em seu lugar, um cocheiro de bonde corpulento...

— Como o senhor pensa mandar essa declaração — retrucou a arrumadeira Niúcha — se ontem eu afanei todos os selos postais da gaveta da sua escrivaninha?

— Que pena! — disse o inspetor. — Mas, de qualquer modo, vou até o delegado de polícia e me declaro a ele, pois isso é um caso criminal.

Capítulo III

O inspetor vestiu o casaco e saiu. E o sino tocava...

Um mendigo aproximou-se e disse com ar de reprovação:

— Já faz três anos que você me dá dois ou três copeques toda vez que me encontra. Você estava cego?

— Por quê?

— É que eu devo estar cem vezes mais rico do que você! Tenho duas casas na rua Moskóvskaia.

Um homem que vinha correndo esbarrou neles e perguntou, ofegante:

— Onde recebem, aqui, a confissão de fuga de um preso dos trabalhos forçados?

— Vamos juntos — disse o inspetor —, eu também tenho que declarar uma bagatela criminal.

— Eu vou com vocês — colou-se a eles o mendigo. — Porque uma dessas casas, eu consegui de forma não muito direita: passei a perna numa órfãzinha. Isso aconteceu faz uns vinte anos, eu posso aproveitar e declarar.

E os três marcharam pela rua agitada, repleta dos que enxameavam por ali movidos pela mesma intenção. Uns iam à delegacia, outros em busca do procurador, e havia um que ia apressadamente à casa da amante para lhe confessar que amava mais a esposa do que ela.

Todos cuidavam de contornar um comerciante que estava ajoelhado no meio da rua, de gorro na mão. O comerciante bradava:

— Fregueses! Nada é verdadeiro na minha loja, é tudo falsificado! O sabão, a manteiga, o tabaco, o caviar e até o pão! Como é que vocês aguentaram até agora? Eu não consigo acreditar.

— Em questão de arrependimento, todos vocês são mestres — respondeu um freguês que passava diante dele —, mas, e os cem rublos falsos que eu lhe passei ontem, hein? Aposto que nem percebeu. Ei! Senhor! Sabe qual é o endereço do procurador?

Capítulo IV

A delegacia estava apinhada e barulhenta. O delegado e alguns policiais dividiam as pessoas em grupos — estelionatários de um lado, ladrões de outro; já os pequenos contraventores eram simplesmente dispensados.

— Você é o quê? Roubo? O quê? Falsificou um cheque! Mas, por que diabos está se metendo na frente? Vá para casa que já temos muita coisa mais importante que o seu caso. Quem é este? Um assassino? Mas você não está mentindo, não? Tem testemunhas? Ah, Senhor! Pelo amor de Deus, não todos de uma vez! Todos vão ter a sua vez. E a senhora, aonde pensa que vai, só por causa de seu antro clandestino de perdição? Feche e pronto, acabou. Você, quem é? Ladrão de cavalos, você diz? A identidade! E você, o que quer? Eu já falei: Vá embora!

— Senhor delegado, como assim "Vá embora"? Há dois anos tenho uma fábrica de moedas de cinquenta copeques e isso é bobagem para o senhor?

— Ai, meu Deus do céu! Acabei de expulsar um desenhista de notas de cem e agora você vem me encher a paciência com suas moedas de cinquenta?

— É, mas o dele é papel, uma porcaria; pense o senhor mesmo. O meu é metal! Eu trabalho sobre metal! Tenha mais respeito!

— Vai, vai. O que é isso? O que tem aí nesse envelopinho? Não! Eu não pego mais isso! De jeito nenhum.

O chefe geral da polícia saiu de sua sala e gritou:

— Mas que barulho é esse aí? Estão atrapalhando o meu serviço. Estava justamente calculando quanto eu recebi de... Ei! Quem é que está aí? Kováltchienko, Sedikh! Isso assim não é possível! Vão correndo até a catedral, levem alguns homens, detenham o sineiro e tirem de lá esse maldito sino! Mas tomem cuidado para ele não tilintar pelo caminho.

Capítulo V

E o sino foi retirado...

Por muito tempo ele ficou jogado perto da grade dos fundos da catedral; as chuvas o molharam e seu próprio peso fez com que afundasse no chão até a metade. De vez em quando os alunos da escola paroquial se reuniam em volta dele para brincar. Enfiavam em vão as mãozinhas em seu interior, tentando achar o badalo. O badalo fora arrancado muito tempo atrás por ordem do chefe de polícia, que o usou de prensa em um dos barris de repolho azedo que produzia domesticamente, todos os anos, para suprir as necessidades das patentes inferiores do corpo de bombeiros.

O sino poderia ter ficado lá por muito tempo, afundando pouco a pouco na terra fofa... Mas, certo dia, alguns homens vieram e o puseram com esforço sobre uma carroça. Eles o levaram, e o sino foi vendido para uma fábrica de botões de cobre para uniformes.

* * *

E hoje, se você vir uma farda de funcionário público, ou policial, toda abotoada com botões brilhantes cor de prata, saiba que sob aquela fina camada prateada está escondido o cobre.

Eles são ótimos botões, nunca desabotoam por conta própria; e se acaso acontecer de uma das condecorações que o sujeito carrega no peito esbarrar neles sem querer, o botão vai tilintar, mas tão baixinho que nem o dono da medalha vai conseguir escutar.

(1913)

Tradução de Ekaterina V. Américo e Márcia C. Kondratiuk

Nadiéjda Téffi

Nadiéjda Aleksándrovna Lókhvitskaia (1872-1952) foi uma das escritoras mais lidas na Rússia em inícios do século XX. Seu pseudônimo, "Téffi", chegou a dar nome a perfumes e chocolates, tamanha sua popularidade. Téffi publicou uma quantidade vastíssima de contos e ensaios satíricos nos principais jornais russos e trabalhou na redação de algumas revistas, entre elas, a *Satirikon* de Arkadi Aviértchenko. Foi autora também de poemas e peças de teatro. Emigrou em 1919, fixando residência em Paris após uma breve passagem pela Alemanha, sem nunca deixar de escrever e publicar. Algumas de suas sátiras sobre o cotidiano da comunidade russa emigrada chegaram a ser publicadas em jornais soviéticos, não obstante o veto a autores emigrados, mas sem a autorização da autora e com motivos propagandísticos óbvios. Da sua produção tardia, têm destaque textos autobiográficos e memorialistas, além de perfis das várias figuras literárias com as quais teve contato. Este "A Grécia" faz parte da coletânea paródica *História geral, aperfeiçoada pela Satirikon*, assinada por vários autores e publicada em 1910 como suplemento à revista *Satirikon*.

A Grécia

A Grécia ocupa a porção sul da Península Balcânica.

A própria natureza dividiu a Grécia em quatro partes:

1) a parte norte, que se localiza no Norte;

2) a parte oeste, que fica no Oeste;

3) a parte leste, que fica no Leste; e, finalmente,

4) a parte sul, que ocupa o sul da península.

Essa divisão muito original da Grécia serviu-lhe para atrair, desde tempos imemoriais, os olhares de toda a parte culta da população do globo.

Na Grécia, habitavam os chamados "gregos".

Falavam uma língua morta e dedicavam-se à criação de mitos sobre deuses e heróis.

O herói mais querido dos gregos era Hércules, louvado por limpar as cavalariças de Áugias, dando assim aos gregos um inesquecível exemplo de higiene. Além disso, esse sujeito asseado matou a esposa e os filhos.

O segundo herói mais querido dos gregos era Édipo, que por desatenção matou o pai e casou-se com a mãe. Por conta disso, uma pestilência se espalhou por todo o país, e tudo foi descoberto. Édipo teve que furar os próprios olhos e partir em viagem com Antígona.

Na Grécia Meridional, foi criado o mito da Guerra de Troia, ou *A bela Helena*, em três atos e com música de Offenbach.[1]

A questão foi a seguinte: o rei Menelau (um ator bufo) tinha uma esposa louvada por sua beleza e por usar um vestido decotado, a bela Helena. Ela foi raptada por Páris, o que desagradou muito a Menelau. Então começou a Guerra de Troia.

---

[1] *La belle Hélène* (1864), ópera-bufa de Jacques Offenbach (1819-1880). Teve grande sucesso na Rússia, e é encenada até os dias de hoje. (N. da T.)

A guerra foi terrível. Menelau acabou ficando totalmente sem voz, e todos os demais heróis mentiram sem dó nem piedade.

Contudo, essa guerra permaneceu na memória da grata humanidade; assim, a frase do sacerdote Calcas, por exemplo — "Flores em demasia!"[2] —, é citada até hoje por muitos folhetinistas satíricos, e sempre com êxito.

A guerra terminou graças à interferência do astuto Odisseu. Para dar aos guerreiros a possibilidade de adentrar Troia, Odisseu construiu um cavalo de madeira e colocou dentro dele os guerreiros; ele mesmo, porém, foi embora. Os troianos, fatigados pelo longo cerco, não se opuseram a brincar um pouco de cavalinho de madeira, e por isso pagaram caro. Bem no auge da brincadeira, os gregos se esgueiraram para fora do cavalo e derrotaram seus descuidados inimigos.

Depois da destruição de Troia, os heróis gregos voltaram para casa, mas não para sua alegria. Acontece que, durante todo aquele tempo, suas esposas tinham escolhido para si novos heróis e agora dedicavam-se à traição de maridos; estes eram mortos logo após o primeiro aperto de mão.

O astuto Odisseu, prevendo tudo isso, não retornou diretamente para casa, mas fez um pequeno desvio de dez anos, para dar tempo a sua esposa Penélope de preparar-se para o encontro com ele.

A fiel Penélope o aguardava, matando o tempo com seus pretendentes.

Os pretendentes queriam muito se casar com ela, mas ela considerava bem mais divertido ter trinta pretendentes do que um marido, e embromava os infelizes adiando o dia do casamento. De dia, Penélope tecia; de madrugada, ela desmanchava o que fora tecido, com a conivência do próprio filho, Telêmaco. A história terminou de maneira trágica: Odisseu retornou.

A *Ilíada* retrata o lado bélico da vida grega. A *Odisseia* traz um quadro do cotidiano e dos costumes sociais.

Ambos estes poemas são considerados obras do bardo cego Homero, cujo nome gozava de tanta reverência na antiguidade que sete cida-

---

[2] Tradução russa da frase "*trop de fleurs!*", extraída da peça de Offenbach. Os satiristas e polemistas da época empregavam-na ao se referirem a algo improvável, enfeitado demais. (N. da T.)

des disputavam a honra de ser sua pátria. Quanta diferença em relação ao destino dos nossos poetas contemporâneos, cujos próprios pais frequentemente não se oporiam a renegá-los!

Com base na *Ilíada* e na *Odisseia*, podemos dizer o seguinte a respeito da Grécia heroica.

A população se dividia em:

1) reis;

2) guerreiros;

3) o povo.

Cada um deles executava a sua função.

O rei reinava, os guerreiros guerreavam, e o povo, por meio de um "rumor indefinido", manifestava sua concordância ou discordância em relação às duas primeiras categorias.

O rei, em geral um homem não muito rico, traçava suas origens aos deuses (um consolo um tanto fraco diante de um erário esvaziado), e se mantinha por meio de presentes, que recebia de maneira mais ou menos voluntária.

Os nobres que cercavam o rei também traçavam suas origens aos deuses, mas esses já eram parentes bem afastados, como se diz, a raspa do tacho.

Na guerra, esses nobres se colocavam à frente das demais tropas e distinguiam-se pela magnificência de suas armas. A parte de cima ia recoberta por um elmo, a do meio, por uma cota de malha, e escudos os protegiam de todos os lados. Vestido dessa forma, o nobre ia para o combate numa carruagem pareada com cocheiro, tranquila e confortavelmente, como num bonde.

Lutavam desordenadamente, cada um por si, e por isso até os vencidos podiam contar, com toda a eloquência, a respeito de suas façanhas militares, que ninguém nunca tinha visto.

Além do rei, dos guerreiros e do povo, havia também na Grécia os escravos, que eram compostos de ex-reis, ex-guerreiros e ex-povo.

A posição da mulher entre os gregos era invejável em comparação com a sua posição entre os povos orientais.

A mulher grega era encarregada de todos os afazeres domésticos: fiar, tecer, lavar as roupas e cuidar de diversas e variadas tarefas da economia do lar, enquanto as mulheres orientais eram forçadas a passar seu tempo no ócio, em meio aos prazeres do harém e a um luxo maçante.

A religião dos gregos era política, uma vez que os deuses estavam em constante contato com as pessoas; em muitas famílias apareciam com frequência até demasiada e sem qualquer cerimônia. Às vezes, os deuses se comportavam de maneira frívola, quase indecente, levando as pessoas que os inventaram a um estado de amargura e perplexidade.

Em um dos antigos cânticos de oração gregos que chegaram até nós, podemos ouvir claramente uma nota amarga:

Ó deuses, será possível
Que podeis vos alegrar
Quando a nossa honra
Fica de pernas, fica de pernas
Para o ar?!

Os gregos tinham uma visão um tanto confusa sobre a vida após a morte. As sombras dos pecadores eram enviadas para o escuro Tártaro. Os justos gozavam da felicidade eterna no Elísio, mas a tal ponto tudo era frugal, que Aquiles, versado que era nesses assuntos, reconheceu abertamente: "É melhor trabalhar como diarista para um pobretão qualquer na terra, do que reinar sobre todas as sombras dos mortos". Um pensamento que surpreendeu todo o mundo antigo por seu mercantilismo.

Os gregos descobriam seu futuro por meio dos oráculos. O oráculo mais popular localizava-se em Delfos. Ali, a sacerdotisa, chamada de pitonisa, ficava sentada no chamado tripé (não se deve confundi-la com a estátua de Mêmnon) e, depois de entrar num delírio, pronunciava palavras desconexas.

Os gregos, mimados que estavam por sua fluente fala em hexâmetros, convergiam de todos os cantos da Grécia para ouvir aquelas palavras desconexas e reinterpretá-las cada um à sua maneira.

Os gregos faziam seus julgamentos no Tribunal dos Anfictiões.

Esse tribunal se reunia duas vezes ao ano: a sessão de primavera era em Delfos; a de outono, nas Termópilas.

Cada comunidade enviava ao tribunal dois jurados. Esses jurados inventaram um juramento muito astuto. Em vez de prometer julgar de acordo com a consciência, não aceitar suborno, não ser hipócrita e não acobertar os parentes, eles faziam o seguinte juramento: "Juro jamais destruir as cidades pertencentes à Liga Anfictiônica e jamais privá-las de água corrente, tanto em tempos de paz, como de guerra".

E só!

Mas isso demonstra a força sobre-humana que possuía o jurado na Grécia Antiga. Até o mais imprestável deles podia tranquilamente destruir uma cidade ou parar a água corrente. Por isso, é compreensível que os cautelosos gregos não os importunassem com juramentos sobre subornos e bobagens do tipo, tentando antes neutralizar esses animais no ponto mais importante.

A cronologia dos gregos era feita de acordo com o mais importante acontecimento de sua vida social; ou seja, de acordo com os Jogos Olímpicos. Esses jogos consistiam em que os jovens gregos competissem em força e destreza. Tudo corria às mil maravilhas, mas aí Heródoto inventou de ler em voz alta, durante as competições, trechos de sua *História*. Tal ato surtiu o efeito esperado: os atletas perderam a força, e o público, que até então sempre comparecera com furor às Olimpíadas, passou a recusar-se a ir, mesmo que fosse por dinheiro, dinheiro esse que o ambicioso Heródoto lhes oferecia abundantemente. Os Jogos acabaram encerrando-se por conta própria.

Esparta

A Lacônia compunha a porção sudeste do Peloponeso, e recebeu esse nome pela maneira lacônica com que se expressavam os habitantes de lá.

O verão na Lacônia era quente, o inverno era frio. Esse tipo de clima, incomum em outros países, possibilitou, de acordo com os historiadores, o desenvolvimento da crueldade e do caráter enérgico de seus habitantes.

A principal cidade da Lacônia chamava-se, sem qualquer motivo, Esparta.

Em Esparta havia um fosso cheio de água, para que os habitantes pudessem exercitar-se na prática de lançamento de uns aos outros na água. A própria cidade não era protegida por muros: a coragem dos cidadãos deveria servir-lhe de defesa. Isso, é claro, custava aos patriarcas da cidade menos do que a piorzinha das paliçadas. Os espartanos, astutos por natureza, organizaram-se de tal forma que entre eles sempre reinavam dois reis de uma vez. Os reis brigavam entre si, deixando assim o povo em paz. Quem pôs fim a essa bacanal foi o legislador Licurgo.

Licurgo era de estirpe real e servia de tutor a seu sobrinho.

Com isso, ele ficava o tempo inteiro jogando sua justiça na cara de todos. Quando a paciência dos que o rodeavam finalmente acabou, eles aconselharam Licurgo a partir em viagem. Eles pensavam que uma viagem ajudaria Licurgo a aprimorar-se, e que, de uma maneira ou de outra, influenciaria em sua justiça.

Mas, como costumam dizer, junto é enjoativo, mas separado é enfadonho. Licurgo mal tivera tempo de revigorar-se na companhia dos sacerdotes egípcios, quando seus compatriotas exigiram seu retorno. Licurgo regressou e instituiu suas leis em Esparta.

Depois disso, receando a gratidão excessivamente calorosa da parte de seu povo expansivo, Licurgo apressou-se a matar a si mesmo de fome.

— Se você quer que façam bem-feito, faça você mesmo! — foram suas últimas palavras.

Os espartanos, vendo que não podiam esperar mais nada dele, passaram a reverenciar sua memória com honras divinais.

A população de Esparta se dividia em três camadas: os espartíadas, os periecos e os hilotas.

Os espartíadas eram os aristocratas locais. Eles faziam ginástica, andavam nus e davam o tom geral.

A ginástica era proibida aos periecos. Em vez de fazer ginástica, eles pagavam tributo.

A pior situação era a dos hilotas, ou, de acordo com a expressão dos engraçadinhos locais, dos "esfomíadas". Eles cultivavam os campos, iam para a guerra e sublevavam-se com frequência contra seus senhores. Estes, para trazê-los para seu lado, inventaram a chamada cripteia: eles pura e simplesmente matavam, numa hora determinada, todos os hilotas que encontravam. Esse método logo fez com que os hilotas pensassem melhor, e passassem a viver em plena satisfação.

Os reis espartanos gozavam de grande reverência, mas pouco crédito. O povo confiava neles por apenas um mês, depois obrigavam-nos a prestar lealdade às leis da república.

Uma vez que em Esparta reinavam sempre dois reis, e ainda por cima tinha república, tudo isso passou a se chamar de república aristocrática.

As leis dessa república determinavam que os espartanos tivessem a forma de vida mais modesta que eles podiam imaginar. Por exemplo, os homens não tinham o direito de almoçar em casa: eles se reuniam em animadas companhias para ir aos assim chamados restaurantes, costume esse também observado por muitos membros das camadas aristocráticas do nosso tempo, numa remanescência dos tempos de outrora.

A comida favorita deles consistia na sopa negra, preparada com caldo de carne suína, sangue, vinagre e sal. À guisa de recordação histórica de um passado glorioso, esta sopa é até hoje preparada em algumas lanchonetes gregas, onde ela é famosa pelo nome de "sarapatel".

No vestuário, os espartanos eram igualmente modestos e simples. Só antes do combate é que eles se aprontavam com uma toalete mais complicada, composta de uma coroa na cabeça e uma flauta na mão direita. Nos demais momentos, abriam mão de tal coisa.

A educação das crianças

A educação das crianças era muito severa. Era bem frequente elas serem logo assassinadas. Isso fazia com que ficassem mais valentes e tenazes.

Elas recebiam a instrução mais básica: eram ensinadas a não gritar durante o açoitamento. Aos vinte anos, o espartano era submetido a um exame com este conteúdo para obter o certificado de conclusão do ensino médio. Aos trinta anos, ele se tornava cônjuge, ao sessenta anos ficava livre dessa obrigação.

As moças espartanas faziam ginástica e eram tão louvadas por sua modéstia e virtude que por todo lado os ricos se acotovelavam para tentar conseguir uma moça espartana como ama de leite para seus filhos.

A modéstia e o respeito pelos mais velhos era o primeiro dever dos mais jovens.

A coisa mais indecorosa do jovem espartano eram consideradas as mãos. Se estivesse vestindo uma capa, ele escondia suas mãos debaixo da capa. Se estivesse nu, ele a enfiava onde podia: debaixo de um banco, debaixo de um arbusto, debaixo de seu interlocutor ou, finalmente, sentando-se sobre elas (ano 900 a.C.).

Desde a infância, eles aprendiam a falar de maneira lacônica: brevemente e com força. Ao ouvir uma imprecação longa e empolada de um inimigo, o espartano respondia apenas: "Bobo é quem me diz".

A mulher em Esparta gozava de respeito, e de quando em quando também era permitido a ela falar laconicamente, o que ela empregava ao educar os filhos e ao pedir o almoço para a cozinheira hilota. Assim, uma espartana, ao entregar um escudo a seu filho, dizia laconicamente: "Com ele ou sobre ele". Outra, ao entregar à cozinheira um galo para ser cozido, dizia laconicamente: "Se queimar, eu bato".

Como elevado exemplo da valentia da mulher espartana, apresentamos a seguinte história.

Certa vez, uma mulher de nome Lena, ao tomar conhecimento de uma conspiração contra a lei, de maneira a não entregar casualmente o nome dos conspiradores, mordeu a própria língua e, cuspindo-a fora, disse laconicamente:

— Caros senhores, caras senhoras! Eu, mulher espartana, tenho a honra de aqui endereçar-me a vocês para dizer que, se pensam que nós, mulheres espartanas, somos capazes de atos vis, tais como:

a) delações;

b) mexericos;

c) traição de nosso cúmplices;

d) calúnias,

então estão terrivelmente enganados, e não devem esperar nada semelhante de minha parte. E que um peregrino transmita a Esparta que eu aqui cuspi fora minha língua, fiel às leis de minha pátria acerca da ginástica.

Os aturdidos inimigos conferiram a Lena mais um "e", e ela se tornou Leena, que quer dizer "leoa".

O declínio de Esparta

Os banhos constantes e a fala lacônica acabaram por enfraquecer terrivelmente as capacidades intelectuais dos espartanos, e eles se viram consideravelmente atrasados em seu desenvolvimento em relação aos demais gregos, que, ao verem seu amor à ginástica e ao esporte, passaram a chamá-los de "esportanos".

Os espartanos estavam em guerra com os messênios e, certa vez, acovardaram-se de tal forma, que solicitaram ajuda aos atenienses. Estes, em vez de armas militares, enviaram-lhes como ajuda o poeta Tirteu, munido com seus próprios versos. Ao ouvir sua declamação, os inimigos estremeceram e partiram em fuga. Os espartanos tomaram a Messênia e instituíram sua hegemonia.

Atenas

A segunda república famosa foi Atenas, que terminava no cabo Sunião.

As ricas jazidas de mármore, muito úteis para fazer monumentos, naturalmente geraram em Atenas gloriosos homens e heróis.

Todo o infortúnio de Atenas — uma república em altíssimo grau aristocrática — adveio do fato de que seus habitantes dividiam-se em tribos, demos, fratrias e subdividiam-se em páralos, pedíacos e diácaros. Além disso, eles ainda se dividiam em eupátridas, geômoros, demiurgos e outras ninharias.

Tudo isso provocava no povo constantes distúrbios e revoltas, de que se aproveitavam as camadas mais altas da sociedade, que se dividiam em arcontes, epônimos, basileus, polemarcos e tesmótetas, e oprimiam o povo.

Um rico eupátrida, Pílon, tentou solucionar a questão. Mas o povo de Atenas tinha tanta desconfiança para com suas iniciativas, que Pílon, a exemplo de outros legisladores gregos, apressou-se a partir em viagem.

Sólon

Sólon, um homem de pouca riqueza, que se dedicava ao comércio, adquiriu experiência em viagens, e por isso, sem temer más consequências para si, decidiu beneficiar o país escrevendo sólidas leis para ele.

Para granjear a confiança dos cidadãos, ele se fez de louco e começou a escrever versos sobre a ilha de Salamina, de que era desagradável falar em meio à digna sociedade grega, uma vez que tal ilha, para enorme vergonha dos atenienses, fora conquistada por Mégara.

A artimanha de Sólon obteve sucesso, e ele foi encarregado da composição das leis, aproveitando-se amplamente disso para dividir os habitantes, além de todo o resto, também em pentacosiomedimnos, zeugitas e tetas (famosos por "vender diamantes luxuosos, que valem quatro rublos, por um rublo, mas apenas nesta semana").[3]

---

[3] "Tet" era o nome de uma loja em São Petersburgo que vendia imitações de diamantes. (N. da T.)

Sólon também dispendeu grande atenção à vida familiar. Ele proibiu as noivas de trazer como dote ao marido mais de três vestidos; por outro lado, exigiu da mulher uma modéstia em quantidade ilimitada.

Os jovens atenienses eram educados em casa até os dezesseis anos, mas ao entrar na idade adulta, passavam a fazer ginástica e receber uma educação intelectual, que lhes era tão fácil e agradável, que até chamavam de música.

Além do que se referiu acima, os cidadãos atenienses tinham o pesado dever de honrar os pais; em caso de eleição de um cidadão para um alto posto governamental, a lei previa que fossem levantadas informações preliminares que determinassem se ele honrava ou não os pais, e, no caso de xingá-los, com que palavras exatamente.

Uma pessoa que aspirasse ao título de conselheiro de Estado da Grécia Antiga deveria também obter um certificado de respeito em relação a suas tias e cunhadas. Isso gerava uma infinidade de inconvenientes e entraves para os desígnios de um homem ambicioso. Por todo lado, as pessoas eram forçadas a recusar a pasta ministerial por conta de um capricho de um velho tio que vendia manjar turco estragado na feira. Este último provava que o primeiro não o honrava o suficiente, e toda a carreira ia pelos ares.

Além disso, as altas esferas do poder deviam passar o tempo todo informando-se acerca do que faziam os cidadãos, e punir as pessoas ociosas. Era frequente acontecer de metade da cidade ficar sem sobremesa. Os lamentos dos infelizes não cabem em qualquer descrição.

Pisístrato e Clístenes

Depois de assegurar suas leis, Sólon não demorou a partir em viagem.

Sua ausência foi aproveitada por seu próprio parente, o aristocrata local Pisístrato, que passou a tiranizar Atenas com o auxílio de sua eloquência.

Tendo retornado, Sólon em vão tentou convencê-lo a pensar melhor. O atiranizado Pisístrato não ouvia qualquer argumento e seguia fazendo suas coisas.

Antes de qualquer coisa, ele mandou erigir na Lombardia um templo a Zeus e morreu sem pagar os juros.

Depois dele, herdaram o poder seus filhos Hípias e Hiparco, assim chamados em homenagem a famosos cavalos (526 a.C.). Mas logo eles foram em parte assassinados, em parte expulsos de sua pátria.

Nesse momento, ascendeu Clístenes, chefe do partido popular, que granjeou a confiança dos cidadãos ao dividi-los em dez tribos (no lugar das antigas quatro!), e cada tribo em demos. A paz e a tranquilidade não tardaram a reinar no país, exaurido pelas atribulações.

Além disso, Clístenes inventou uma maneira de livrar-se dos cidadãos indesejáveis por meio de uma votação secreta, ou ostracismo. Para evitar que o nobre povo tivesse tempo de experimentar essa simpática inovação contra ele mesmo, o sábio legislador partiu em viagem.

Dividindo-se constantemente em tribos, demos e fratrias, Atenas rapidamente enfraqueceu, assim como Esparta se enfraquecera, mesmo não se dividindo em absoluto.

"Se correr o bicho pega, se ficar o bicho come", suspiram os historiadores.

O restante da Grécia

Os Estados gregos secundários iam por essa mesma vereda.

As monarquias pouco a pouco foram sendo substituídas por repúblicas mais ou menos aristocráticas. Mas os tiranos também não deixaram por menos e, de tempos em tempos, tomavam nas mãos o poder supremo e, afastando de si a atenção do povo com a construção de edifícios públicos, reforçavam sua posição, e depois, perdendo esta última, partiam em viagem.

Esparta logo compreendeu quão inconvenientes eram seus dois reis simultâneos. Em tempos de guerra, com o desejo de obter proeminência, ambos partiam para o campo de batalha, e se então ambos fossem mortos, o povo se via obrigado a engajar-se novamente em revoltas e dissensões para escolher um novo par.

Mas se apenas um rei partisse para a guerra, o segundo aproveitava a ocasião para enxotar definitivamente o seu confrade e dominar Esparta por inteiro.

Havia pelo que perder a cabeça.

As colônias

A necessidade de que os legisladores partissem em viagem após a introdução de cada nova lei reavivou sobremodo a Grécia.

Multidões inteiras de legisladores visitavam ora um, ora outro país vizinho, compondo algo semelhante às nossas atuais excursões de professores rurais.

Os países das cercanias iam ao encontro das necessidades dos legisladores. Eles ofereciam passagens de ida e volta a preços módicos (*Rundreise*),[4] davam descontos nos hotéis. A empresa unificada de navios Mercúrio e Mênfis Ltda. levava os excursionistas totalmente de graça e só pedia que não fizessem escândalos nem criassem novas leis durante o caminho.

Desta forma, os gregos familiarizaram-se com as localidades vizinhas e organizaram suas colônias.

Polícrates e as peças dos peixes

Na ilha de Samos, ganhou fama o tirano Polícrates, a quem os peixes do mar aborreciam. Qualquer porcaria que Polícrates jogasse no mar os peixes rapidamente devolviam dentro de suas próprias barrigas.

Uma vez, ele lançou na água uma graúda moeda de ouro. Já na manhã seguinte, serviram-lhe no café da manhã um salmão frito. O tirano cortou-o com sofreguidão. Oh, o horror! Dentro do peixe, estava o seu ouro, com os doze por cento de juros anuais em um só dia.

Tudo isso acabou em uma enorme tragédia. Nas palavras dos historiadores, "pouco antes de sua morte, o tirano foi morto pelo sátrapa persa".

O louco Heróstrato

A cidade de Éfeso era conhecida por seu templo à deusa Ártemis. Esse templo foi incendiado pelo louco Heróstrato, para trazer glória a seu

[4] "Ida e volta", em alemão no original. (N. da T.)

nome. Mas os gregos, ao tomar conhecimento do objetivo que o levara a cometer tão horrível crime, decidiram, como punição, legar ao esquecimento o nome do criminoso. Para tanto, foram contratados arautos especiais, que, ao longo de muitas dezenas de anos, percorreram toda a Grécia anunciando a seguinte disposição: "Não ousem lembrar-se do nome do louco Heróstrato, que, por ambição, incendiou o templo da deusa Ártemis".

Os gregos conheciam tão bem essa ordem que era possível acordar qualquer um deles de madrugada e perguntar: "Quem você tem que esquecer?". E ele, sem hesitar, responderia: "O louco Heróstrato".

Assim, de maneira justa foi punido um criminoso cheio de ambição.

Das colônias gregas, deve-se ainda notar Siracusa, cujos habitantes eram famosos por sua fraqueza de espírito e de corpo.

A luta com os persas. Milcíades em Maratona

O rei persa Dario gostava muito de guerrear. Ele tinha especial vontade de conquistar Atenas. Para não se esquecer desses seus inimigos em meio aos afazeres domésticos, ele mesmo se provocava. Todo dia, na hora do almoço, uma criada esquecia-se de colocar algo na mesa: ora pão, ora sal, ora um guardanapo. Se Dario fizesse alguma observação aos negligentes criados, estes respondiam-lhe em coro, de acordo com o que ele mesmo ensinara: "E você, Dariozinho, está lembrado dos atenienses?...".

Provocando-se até o ponto da loucura, Dario enviou seu genro Mardônio com tropas para conquistar a Grécia. Mardônio foi derrotado e partiu em viagem, enquanto Dario reuniu um novo exército e o enviou para Maratona, sem se dar conta de que em Maratona estava Milcíades. Mas não nos delongaremos nas consequências desse ato.

Todos os gregos louvavam o nome de Milcíades. No entanto, a vida de Milcíades teve que terminar em morte. Durante o cerco de Paros, ele foi ferido, e por isso seus compatriotas condenaram-no a pagar uma multa, sob o pretexto de que ele teria agido de maneira descuidada para com a sua pele, que afinal de contas pertencia à Pátria.

Milcíades mal teve tempo de cerrar os olhos, e em Atenas dois homens já ascendiam: Temístocles e Aristides.

Temístocles ganhou fama pelo fato de que os louros de Milcíades não o deixavam dormir (483 a.C.). As más-línguas de Atenas garantiam que ele simplesmente farreava a noite toda e colocava toda a culpa nos louros. Mas deixe-o para lá. Além disso, Temístocles sabia o nome e o patronímico de todos os cidadãos eminentes, o que os deixava muito lisonjeados. As cartas de Temístocles viraram um exemplo para a juventude ateniense: "... Mando também lembranças a meu papai Oligarca Kímonovitch, e à minha titia Matrona Anempodístovna, e ao nosso sobrinho Calímaco Mardariônovitch etc. e tal".

Aristides, por sua vez, dedicava-se única e exclusivamente à justiça, mas de maneira tão zelosa que acabou despertando uma legítima indignação em seus compatriotas. Com o auxílio do ostracismo, ele partiu em viagem.

Leônidas nas Termópilas

O rei Xerxes, sucessor de Dario, filho de Histaspes, atacou os gregos com um exército de tamanho inestimável (na época eles ainda não sabiam fazer um orçamento estimativo). Ele lançou pontes sobre o Helesponto, mas uma tempestade destruiu-as. Xerxes então açoitou o Helesponto, e no mar imediatamente fez-se a calmaria. Depois disso, esse tipo de fustigação foi introduzido em todos os estabelecimentos de ensino.

Xerxes aproximava-se das Termópilas. Bem nessa época, os gregos estavam celebrando uma festividade e não tinham tempo de ocupar-se com besteiras. Enviaram somente o rei de Esparta, Leônidas, com uma dúzia de jovens, para defender a passagem.

Xerxes enviou emissários a Leônidas, exigindo que este entregasse as armas. Leônidas respondeu laconicamente: "Venha pegar".

Os persas foram e pegaram.

Salamina

Pouco depois ocorreu a batalha de Salamina. Xerxes observou o combate sentado em seu alto trono.

Vendo a surra que seus persas estavam levando, o déspota oriental desceu às cambalhotas do trono e, perdendo a coragem (480 a.C.), voltou para a Ásia.

Então ocorreu o combate próximo à cidade de Plateias. O oráculo previra a derrota ao primeiro exército que avançasse para a luta. Os exércitos ficaram esperando. Mas, depois de dez dias, ouviu-se um estalo característico. Era Mardônio, explodindo de impaciência (479 a.C.), que começava a contenda, sendo assim aniquilado por ter perdido a cabeça: e depois também outras partes do corpo.

O período da hegemonia

Graças às intrigas de Temístocles, a hegemonia passou para os atenienses. Os atenienses, por meio do ostracismo, forçaram esse amante das hegemonias a partir em viagem. Temístocles foi ter com o rei persa Artaxerxes. Este deu-lhe grandes presentes, na esperança de gozar de seus préstimos. Mas com baixeza Temístocles traiu a confiança do déspota. Ele aceitou os presentes, mas em vez de servi-lo, envenenou-se com toda a calma.

Logo morreu também Aristides. A república organizou-lhe um funeral de primeira categoria e, às suas filhas, deu um enxoval soloniano: três vestidos e um pouco de modéstia.

Péricles

Depois de Temístocles e Aristides, quem tomou a frente da república de Atenas foi Péricles, que sabia usar sua capa de maneira pitoresca.

Isso elevou sobremodo as inspirações estéticas dos atenienses. Sob a influência de Péricles, a cidade foi adornada com estátuas e a suntuosidade foi introduzida na vida doméstica dos gregos. Comiam sem garfo e faca, ausentando-se as mulheres desse espetáculo, que era considerado indiscreto.

Quase todos tinham à mesa do almoço algum filósofo. Ouvir considerações filosóficas antes de um assado era tão imprescindível para os antigos gregos como é a orquestra romena para os nossos contemporâneos.

Péricles patrocinava as ciências e frequentava a hetera de Aspásia, para ocupar-se de filosofia.

No geral, os filósofos, mesmo que não fossem heteristas, gozavam de grande respeito. Suas sentenças eram anotadas nas colunas do templo de Apolo em Delfos.

A melhor dessas sentenças é do filósofo Bias, "Não faça muitas coisas", que serviu de apoio a muitos preguiçosos em seu caminho natural, mas também a do filósofo Tales de Mileto, "A fiança vai lhe trazer preocupações", lembrada por muitos ao colocarem, com mão trêmula, sua firma na carta de câmbio de um amigo.

Péricles morreu devido à peste. Seus amigos, reunidos ao redor do leito de morte, recontavam aos brados seus méritos. Péricles disse a eles:

— Vocês estão esquecendo do melhor: "Em toda a minha vida, nunca fiz ninguém usar luto".

Com essas palavras, aquele homem brilhante e eloquente quis dizer que jamais tinha morrido em toda a sua vida.

Alcibíades

Alcibíades era conhecido por seu estilo pândego de vida; para granjear a confiança dos cidadãos, ele cortou a cauda de seu cão.

Então os atenienses, como um só homem, designaram a Alcibíades a chefia de sua armada. Alcibíades já tinha partido para a guerra quando foi trazido de volta e forçado a passar um tempo preso, devido a um escândalo armado por ele na rua antes da partida. Ele fugiu para Esparta, depois arrependeu-se e fugiu de volta para Atenas, depois arrependeu-se de seu arrependimento impensado e de novo fugiu para Esparta, depois novamente para Atenas, depois para os persas, depois para Atenas, depois de novo para Esparta, e de Esparta para Atenas.

Ele corria como um louco, desenvolvendo uma velocidade incrível e arrasando tudo em seu caminho. Seu cão sem cauda mal conseguia acompanhá-lo e, na décima quinta volta, acabou morrendo (412 a.C.). Em sua honra há um monumento, em que os espartanos escreveram laconicamente: "Viandante, bati as botas".

Por muito tempo Alcibíades ainda foi como um louco de Esparta para Atenas, de Atenas para os persas. O infeliz teve que ser sacrificado, por piedade.

Sócrates

Certa vez, um escultor ateniense inesperadamente teve um filho, que, por sua sabedoria e seu amor à filosofia foi chamado de Sócrates. Esse Sócrates não dava atenção ao frio ou ao calor. Mas sua esposa Xântipe não era assim. A mulher, rude e pouco instruída, ficava congelada na época do frio e pingava de suor no calor. O filósofo lidava com os defeitos de sua esposa de maneira impassível, com sangue-frio. Certa vez, tendo se irritado com o marido, Xântipe virou-lhe um balde de lavagem na cabeça (397 a.C.).

Os compatriotas condenaram Sócrates à morte. Os alunos aconselharam ao venerado filósofo que partisse em viagem. Mas ele se recusou, por conta da idade, e passou a beber cicuta, até sua morte.

Muitos garantem que Sócrates não pode ser culpado de nada, já que, dizem eles, ele foi totalmente inventado por seu aluno Platão. Outros também implicam nessa história sua esposa Xântipe (398 a.C.).

A Macedônia

Na Macedônia, viviam os macedônios. Seu rei, Filipe da Macedônia, foi um governante inteligente e hábil. Em suas intermináveis campanhas militares, ele perdeu os olhos, o peito, os flancos, as pernas, os braços e a garganta. Com frequência, situações difíceis também faziam com que perdesse a cabeça, de maneira que o valente comandante ficava absolutamente livre de pesos extras, governando o povo apenas com o auxílio do diafragma, o que, no entanto, não deteve suas energias.

Filipe da Macedônia intentou subjugar a Grécia e começou suas intrigas. Contra ele, ergueu-se o orador Demóstenes, que, colocando na boca pequenas pedrinhas, convenceu os gregos a se oporem a Filipe, e depois disso colocou água na boca. Esse modo de expressar-se chama-se filípica (346 a.C.).

O filho de Filipe era Alexandre da Macedônia. O astuto Alexandre nasceu propositadamente bem na noite em que o grego louco Heróstrato incendiou o templo; fez isso para associar-se à glória de Heróstrato, o que conseguiu plenamente.

Desde a infância, Alexandre amou o luxo e os excessos, e adquiriu Bucéfalo para si.

Tendo obtido muitas vitórias, Alexandre recaiu num grande despotismo. Certa vez, seu amigo Clito, que outrora salvara sua vida, acusou-o de ingratidão. Para demonstrar o oposto, Alexandre rapidamente matou com as próprias mãos aquele injusto.

Logo depois disso, ele matou mais algum de seus amigos, temendo acusações de ingratidão. A mesma sorte recaiu sobre o comandante Parmênio, seu filho Filon, o filósofo Calístenes e muitos outros. Essa imoderação no morticínio dos amigos minou a saúde do grande conquistador. Ele cedeu à intemperança e morreu significativamente antes de sua morte.

(1910)

Tradução de Lucas Simone

Leonid Andrêiev

É bastante conhecido o caráter sombrio dos contos e novelas de Leonid Nikoláievitch Andrêiev (1871-1919), embora muitas dessas obras sejam também notáveis por seu aspecto polêmico, em que predominam a ironia e o humor negro. "Minhas anedotas" foi publicado em 1915 no diário progressista *A Manhã da Rússia*, e o texto é uma espécie de complemento ou comentário a *Meus escritos* (1908), uma novela paródico-filosófica a qual o autor chegou a declarar sua obra preferida. As anedotas são contadas pelo mesmo narrador sem nome da novela, que é tido como uma das criações mais grotescas de Andrêiev. Trata-se de um doutor em matemática que foi preso ainda jovem, acusado de cometer um crime monstruoso e condenado à prisão perpétua, e os escritos que lemos, produzidos na velhice do narrador, são ao mesmo tempo uma declaração de inocência e um tratado filosófico, expostos por meio de paradoxos bizarros. Descendentes diretos de Dostoiévski, sobretudo das *Memórias do subsolo* e do conto "O paradoxalista", a novela e seu narrador causaram grande controvérsia na época. Alguns críticos consideram que um dos alvos da sátira de Andrêiev era o clã dos seguidores das ideias pacifistas de Lev Tolstói.

Minhas anedotas

(Páginas de *Meus escritos*)

Sem qualquer pretensão a jurado galhofeiro, não creio ser, no entanto, totalmente desprovido de humor, e valorizo muito aquilo que é verdadeiramente engraçado: o riso revitaliza a sociedade e permite que o orador consciente, ao acompanhar o ânimo de seu público, mantenha a atenção dele num nível adequado. Certamente não conseguirei recordar agora todos os chistes bem-sucedidos, sobreposições cômicas e paradoxos encantadores com os quais já entretive meus queridos visitantes em horas de lazer e de conversa afável, embora uma e outra brincadeiras tenham restado em folhas de rascunho e nas margens da Bíblia, único livro a não me abandonar em minha solidão.

Espero que o benevolente leitor tenha alguma condescendência para com essas brincadeiras curiosas e que ele possa, com um sorriso leve e involuntário, esquecer momentaneamente os fardos e preocupações desta vida maçante.

1. O barril

Indivíduos de importância suprema passavam por acaso por uma cidade monótona. O entusiasmo e o deleite da população, que nunca vira *nada do tipo*, promoveu o interesse natural e imperativo de ver os queridos hóspedes e, com esse propósito, alguns ocuparam as janelas dos andares superiores ao longo da rota da procissão, enquanto outros, menos afortunados, amontoaram-se nas calçadas, prensando-se e espremendo-se mutuamente. Mas certo comerciante longevo, cujo nome não nos é importante, tendo vendido aos curiosos todas as janelas de sua casa, e, não obstante, ávido ele mesmo de contemplar o objeto da curiosidade e deleite gerais, fez o seguinte: pegou em sua cozinha um barril alto, levou-o até a calçada e, pondo-o de ponta-cabeça, escalou-o com a ajuda de seus servos. Assim, para inveja dos outros, o comerciante elevou-se sobre a multidão e pôde ver a rua em toda a sua extensão.

Mas o fundo do barril revelou-se frouxo, e, no momento exato em que a magnífica procissão parecia entrar na rua, por um movimento descuidado do comerciante o fundo cedeu, e o comerciante caiu para dentro do barril, ficando com a cabeça oculta por suas paredes. E lá ficou por todo o tempo em que passava a solene procissão, pois as tentativas de escalar para fora, sendo ele um homem gordo, foram todas sem sucesso, e tombar o barril para poder assim sair dele não lhe era permitido pelo aperto da multidão.

Aqui o engraçado é que, ao querer ver mais que os outros, o comerciante viu menos que todos: aqueles que estavam nas últimas fileiras e não viram nada ainda podiam ouvir as palavras de seus vizinhos e julgar a impressão produzida pelos *indivíduos de importância suprema*, desta forma participando indiretamente da celebração. Ele nem isso pôde fazer!

Aqui também é engraçado que, no esforço de compartilhar com a multidão de cidadãos os sentimentos naturais de entusiasmo e deleite, mesclando-se dessa forma na sociedade, o comerciante viu a si mesmo numa posição completamente excepcional e de solidão extrema. Também é necessário notar que ele ficou solitário bem no centro de uma reunião numerosa. Os altos gritos de "Urra!", *por razões que ele não podia ver*, apenas aumentaram seu isolamento artificial e engraçado, e deram a ele um caráter triste, solitário e irônico.

Meus queridos visitantes riram muito quando lhes contei este caso.

2. O TRIUNFADOR, OU UMA SAUDAÇÃO AMIGÁVEL

Um certo aviador, jovem e audacioso, realizou um voo incomum, que provocou um sentimento universal de admiração. Ignorando o vento, as tempestades e os muitos perigos que encontrara nas alturas sobre o oceano, o destemido piloto voou sobre os mais altos topos dos Alpes, fez um voo circular sobre a Europa, através do Mediterrâneo, passou para a África e retornou a salvo à cidade na qual começara sua jornada, para o espanto de todos.

Lá o jovem herói foi ovacionado com uma recepção arrebatada e cheia de entusiasmo, o que logo assumiu um caráter de celebração nacional; damas e donzelas cobriam-no de flores, e muitos indivíduos respeitáveis enxugavam lágrimas involuntárias, regozijando-se pela vitória do homem sobre uma força elementar que até então parecia intratável. (Certa vez, ao repassar este caso a meus queridos visitantes, acrescentei, até onde posso me lembrar, que entre os presentes na celebração estava a noiva do jovem triunfador, mas atualmente posso dizer que, positivamente, *ele não tinha uma noiva.*) Obedecendo à vontade popular, o representante do governo decorou o peito do vencedor com uma insígnia de primeiro grau de distinção.

Não querendo ficar ociosos, os amigos também apertaram calorosamente a mão do aviador e, no final, puseram-se a lançá-lo para o alto com gritos entusiasmados de "Hip-hip-urra!". Depois de lançarem o jovem herói três vezes a uma altura assaz elevada, na quarta o deixaram desconsideradamente ir ao chão. A queda, por si só, não foi perigosa, mas por uma fatalidade acidental, o jovem infeliz bateu com a cabeça no salto[1] de algum amigo, e essa pancada revelou-se mortal. Os médicos foram convocados imediatamente, mas todas as tentativas foram em vão, e, não tendo voltado à consciência, o jovem herói deu seu último suspiro num silêncio que chocou os espectadores.

Aqui o engraçado é que, após ter frequentado e saído ileso de uma altura de quatro mil metros,[2] acessível apenas às águias, o jovem foi morto a dois metros do chão, o que não pode nem ser considerado uma altura. Aqui é extremamente engraçado que, após conquistar o mais terrível dos perigos, ver abaixo de si os amedrontadores picos de gelo e os dentes das montanhas inabitadas, *ter a experiência pessoal do silêncio gélido dos desertos aéreos*, o jovem infeliz morreu em um campo verde, entre lindas damas e donzelas que lhe atiravam flores, praticamente nos braços calorosos de seus amigos queridos e devotos. É preciso notar não ser desprovida de humor a circunstância de que a morte levou o jovem e destemido triunfador bem no momento em que ele considerava, inquestionavelmente — ainda que por decoro controlasse seu entusiasmo —, ter atingido seu propósito, e nem suspeitasse que tal propósito fosse, em verdade, o ruidoso e triunfante retorno à terra.

Meus queridos visitantes riram muito quando lhes contei este caso.

---

[1] Muito afiado. (N. do A.)

[2] 4.250 metros. (N. do A.)

3. A dança

Em uma pequena república sul-americana, marcada por constantes disputas internas, o poder foi tomado por um conhecido trapaceiro e canalha; com a ajuda de seus amigos mercenários, bandidos locais e soldados contratados, ele se autoproclamou ditador e instalou-se no palácio presidencial. Não se contentando com as múltiplas execuções, a fim de inspirar no povo o pavor adequado a um novo governo, o usurpador ofereceu em seu palácio um número de celebrações magníficas, mirando reconciliar-se com as famílias locais mais influentes. É preciso admitir que o canalha tinha certo bom gosto, era esperto e possuía uma aparência atraente, e em seus bailes as jovens beldades se divertiam e dançavam, como se diz, até cair. Mas certa vez aconteceu que um dos convidados, um jovem de família ilustre, sendo patriota e desejando libertar o país daquele tirano, cometeu um atentado contra a vida deste. E, apesar de nenhum dos tiros ter atingido o alvo — o jovem atirava mal —, o usurpador vingativo levou-o imediatamente ao tribunal, que era formado por seus apoiadores, e o infeliz jovem foi condenado à forca. Cinco dias após a noite fatídica, no mesmo traje em que esteve presente no baile, o jovem foi enforcado nos fundos da prisão, na presença do ditador e de um pequeno número de seus apoiadores, convidados por ele, todos igualmente trapaceiros e canalhas.

Aqui o engraçado é que a cena predominantemente sinistra da penalidade adquiriu um caráter quase divertido devido ao traje de baile do réu; mesmo amassado pelas mãos sem cuidado dos carcereiros e carrascos, o traje mantinha certa elegância, atestando a intenção de seu dono de se divertir. Como me contaram as testemunhas, essa curiosa discrepância entre a natureza e a forma dos fatos pôs todos os presentes num ânimo jocoso, expresso em altas risadas e comentários sardônicos: alguém chegou mesmo a assobiar um *ritornello*, alegre e vigoroso convite à dança, conforme o costume firmado nos bailes. E aqui é especialmente engraçado o fato de que os espasmos naturais do jovem, causados pela morte por estrangulamento, realmente se pareciam com alguma dança nova; os pés pendentes, em seus sapatos de gala laqueados, de fato passaram a fazer algumas piruetas intrincadas, como me garantiram as testemunhas.[3]

[3] No que facilmente acredito. É bem sabido que a corrida de uma galinha cuja cabeça foi cortada produz o mesmo efeito cômico. (N. do A.)

Meus queridos visitantes, que de início haviam levado o caso muito a sério, depois de minhas simples explicações riram muito e de bom grado.

4. A doçura do sono

Sobre esse mesmo usurpador, conta-se que deu ordens pessoais para que torturassem todos os condenados. Não contentando-se com a pena de morte, e desejando aumentar o medo e o sofrimento de seus inimigos, o canalha os submeteu às formas mais requintadas de tortura na prisão, e muitos deles ficaram loucos antes de morrer.

Assim, um cidadão, já bem velho,[4] foi privado do sono desde o momento de sua prisão até a execução. Ao longo de doze dias e doze noites, foi impedido de dormir de diferentes maneiras por guardas designados especialmente para isso. Quando o preso já começava a se acostumar com os assobios, os gritos e a cantoria da prisão, e nenhum falatório ou estrondo eram capazes de forçá-lo a abrir os olhos, os carrascos sagazes picavam-no com alfinetes, faziam cócegas até que um ataque de riso o acometesse, colocavam-no de pé num espaço estreito entre pontas de pregos, e assim por diante. Curiosamente, foi no tribunal que ele conseguiu tirar um cochilo pela primeira vez em muitos dias, enquanto seu processo, um tanto complicado, era julgado; para declarar ao criminoso que ele fora sentenciado à morte, foi preciso chacoalhá-lo e mantê-lo de pé segurando-o por debaixo dos braços. Mesmo assim, ao que parece, ele não entendeu nada. Também nos três dias que restavam até a execução não foi permitido que ele dormisse, e, quando finalmente chegou a hora do cumprimento da sentença, ele próprio fez uma cena verdadeiramente engraçada. Ele não conseguia andar, então colocaram-no "a cavalo" sobre um caixão, e o caixão em cima de uma telega, na esperança de que o incômodo da posição o impossibilitasse de dormir. Mas ele se revelou mais astuto: exatamente como um cavaleiro, agarrou-se ao caixão com os calcanhares e ia ajustando com destreza seu corpo aos desníveis e solavancos da estrada, ao mesmo tempo em que continuava a dormir um sono forte e profundo. Após acordar por um momento para descer da telega,

---

[4] Posteriormente foi provada sua inocência. (N. do A.)

ele logo voltou a cair no sono, sobre o cadafalso; ao acordar novamente com a barulhenta gargalhada geral, estava claramente consciente da comicidade de sua conduta, desprovida ao todo de conformidade com as circunstâncias, e, por sua vez, sorriu,[5] enquanto suas mãos apressadamente vestiam o laço no pescoço. Mas houve um atraso,[6] e nesse ponto era preciso ver com que furor o sono se apoderou do criminoso; ele pisoteou sem sair do lugar, se encrespou lastimosamente e olhou em volta com raiva. Por fim, começou a bocejar, positivamente estraçalhando a mandíbula. Esse desatino do criminoso inicialmente causou uma nova explosão de riso, mas, como bem sabem todos os fisiologistas, o bocejo é contagioso, e o riso foi aos poucos se tornando uma leve oscitação, até que, com o mesmo ar de desespero do criminoso, todos começaram a bocejar. Se alguém tinha êxito em forçar a compressão convulsiva das mandíbulas por um momento e abrir a boca em um riso inibido e asfixiante, logo, no momento seguinte, o bocejo voltava a vencer. Mesmo após a morte do criminoso, já em casa, alguns continuaram a bocejar, e só uns poucos puderam contar de forma inteligível a seus parentes ansiosos este caso extraordinário e engraçado.

Aqui o engraçado é que o mais poderoso dos sentimentos, o medo da morte, que controla todas as ações de uma pessoa, revelou-se mais frágil que a simples necessidade de dormir. Aqui o engraçado é que uma pessoa nada tola claramente confundiu a morte com o sono e, em vez de ficar aterrorizada — gritar, implorar aos carrascos, chorar, soluçar, amaldiçoar a Deus e ao mundo, agarrando-se com fervor a cada momento de sua vida, de seu fôlego e de sua existência —, ela mesma pôs o pescoço no laço fatídico e sorriu com uma simpatia disparatada em resposta às gargalhadas dos patifes. Aqui é engraçado que mesmo a caminho do próprio sopé da incerteza última, ele arrastava consigo seu corpo estúpido e imbecil, com suas necessidades e hábitos insignificantes.

Meus queridos visitantes riram muito quando lhes contei este caso.

---

[5] É um fato. (N. do A.)

[6] Aparentemente intencional. (N. do A.)

5. A doçura da fé

Resumindo, se uma pessoa dormiu bem, ela se comporta de forma diferente em relação à morte. Relacionado ao caso anterior, lembro-me de um caso assaz curioso que se passou há muitos anos, quando eu era ainda um jovem praticante da medicina. Uma certa dama, jovem e muito bela, havia perdido o marido, membro de uma expedição científica, que morreu ao cair de uma montanha alta, sendo completamente despedaçado; segundo o desejo da viúva inconsolável, em duas semanas o caixão com o corpo do falecido foi entregue na cidade onde ela vivia, e na qual o falecido certa vez expressara o desejo de ser sepultado. Era inverno, e o cadáver congelado não sofrera praticamente nenhum efeito da decomposição, o que acarretou as seguintes consequências cômicas.

O caixão estava na igreja, em acomodações adequadas, de acordo com os requisitos dos rituais, e a viúva inconsolável olhava com tristeza para aquele rosto querido, de feições quase inalteradas; já na manhã seguinte seria necessário separar-se para sempre daquela criatura tão amada. E súbito, sentindo uma terrível pressão no peito, ela percebeu que duas gotinhas haviam surgido na testa do falecido; em vez de supor que aquilo era o simples resultado do derretimento de um corpo congelado numa igreja quente, a viúva decidiu que aquelas eram gotas de suor, e que seu marido ainda estava vivo, mas imerso em sono profundo.[7] Ela saiu correndo da igreja com um grito, e sua história sobre as gotas de suor despertou a dúvida naqueles que eram próximos do falecido, ainda que todos soubessem que os ossos do morto tinham sido estraçalhados. Não obstante a noite avançada, eles imediatamente chamaram um médico, que aconteceu de ser eu; formaram um círculo compacto à minha volta e exigiram, quase às ameaças, que eu dissesse a verdade. O ambiente solene da igreja à noite emprestava um efeito peculiar a toda a cena, ao qual mesmo eu não fui capaz de resistir. Mas logo me recompus e, lançando mão de alguns experimentos levianos, truques baratos entre os praticantes da medicina, como um espelhinho, provei aos parentes chocados e à viúva inconsolável que a morte era apenas a morte, e que o objeto de nosso interesse, depois daquelas duas semanas, estava tão morto quanto Lázaro ao terceiro dia. Quando os deixava, no entanto, ouvi que plane-

[7] Lá a morte foi confundida com o sono, aqui ela se parece com o sono. (N. do A.)

javam chamar outro médico, pois acharam que eu era *jovem demais* e presunçoso; com um sorriso involuntário, mandei em meu lugar um outro médico, que eles provavelmente considerariam *velho demais*.

Aqui o engraçado é que a evidência escancarada dos fatos se revelou impotente diante da doçura da fé. Num apego canino à vida, como se ela fosse uma riqueza inigualável, fileiras de pessoas, nada tolas e com a perseverança de um asno, vieram ver um cadáver ao qual o próprio Cristo dificilmente estenderia a mão para tirar da sepultura. Aqui o engraçado é que eles quase ralharam comigo, e tiveram tempo até de notar que eu era *jovem demais*, ao mesmo tempo em que não eram capazes de ver algo que estava bem debaixo de seus narizes.

Com certeza eles prefeririam que a morte não existisse de forma alguma, para que eles e suas viúvas inconsoláveis pudessem viver para sempre; a eles era necessário que a queda da montanha mais alta não lhes danificasse a saúde! E me atiraram uma quantia insignificante, "pelo incômodo", mas foi a sua estupidez humana o que me estragou a noite. Viver para sempre! Nunca morrer!

Aquela foi uma noite de riso incessante. Passei a noite toda caminhando agitado pelo apartamento e rindo deles; e me arrependi de, por simples reverência a um decoro absurdo, não ter-me posto a rir ali mesmo, na igreja. Viver para sempre! Nunca morrer! E ainda choram. E recusam-se a acreditar. Tinham os rostos desolados, mas intoleravelmente engraçados. Especialmente a viúva. A viúva que viu gotas de *suor*. Viver para sempre...

(1915)

Tradução de Danilo Hora

Ievguêni Zamiátin

Ievguêni Ivánovitch Zamiátin (1884-1937) nasceu em Lebedián, ao sul de Moscou, filho de um padre ortodoxo e de uma professora de música. Em 1902 mudou-se para Petersburgo para estudar engenharia naval e já nesse período estabeleceu laços com os bolcheviques. Morou na Inglaterra entre 1916 e 1917, para onde foi enviado a trabalho. Ao voltar à Rússia, passa a se dedicar exclusivamente à literatura; edita revistas, organiza oficinas e ministra cursos. Foi em torno dessas aulas que, em 1921, formou-se o grupo de jovens escritores "Irmãos Serapião", que contava, entre outros, com Lev Lunts e Mikhail Zóschenko, também presentes nesta antologia. A partir de 1927, com a publicação clandestina de seu romance distópico *Nós* nos Estados Unidos, Zamiátin passa a sofrer represálias no meio literário soviético e ataques dos críticos alinhados ao Partido. Impedido de publicar, em 1931 consegue autorização para emigrar para Paris, onde permaneceu até sua morte. O texto que segue integra a coletânea *Contos de fadas para crianças crescidas*, que parodia a linguagem e a estrutura do conto folclórico russo. O burocrata Fita é uma personagem que remonta diretamente a "O capote" de Gógol e seu Akáki Akákievitch, com "tinta nos dedos e até nos lábios". Apesar de escritas e publicadas em 1917, estas pequenas sátiras contra a autocracia e o filistinismo foram republicadas em 1922, época em que o autor assinou também vários artigos críticos aos bolcheviques.

Contos de Fita

(Dos *Contos de fadas para crianças crescidas*)

Primeiro conto de Fita[1]

Fita surgiu por geração espontânea no porão da diretoria da polícia, onde ficavam empilhados os velhos casos arquivados. O policial Ulián Pietróvitch ouviu: era algo raspando, batendo. Ulián Pietróvitch a porta abriu: era tanto pó que já estava espirrando. E de lá saiu, do pó, cinzento: Fita. Seu gênero era predominantemente masculino, e de um cordãozinho pendia um selo de cera vermelha com um número. Era miúdo como um recém-nascido, mas de aparência respeitável: calvo e de pança, um perfeito conselheiro da corte, e de rosto — mas não era bem um rosto, era quase... enfim, era Fita.

O policial Ulián Pietróvitch gostou muito de Fita: adotou-o como policial e logo o instalou num canto do escritório, e foi neste canto que Fita se criou. Ia ao porão caçar antigos relatórios e memorandos e trazia-os de lá um atrás do outro, emoldurava-os e pendurava em seu canto. Depois acendia uma vela, curvava-se e rezava para eles, muito solene, só o selinho de cera balançando.

Um dia chegou Ulián Pietróvitch, que era uma espécie de pai, e lá estava Fita, vejam só, curvado sobre o tinteiro, sugando.

— Ei, Fitka! Pra que faz isso, seu paspalho?

— É tinta — disse ele —, estou bebendo. Eu também preciso de alguma coisinha.

— Pois então beba mesmo, a tinta é governamental.

---

[1] Fita, ou Fitá, é o nome da letra Ѳ, excluída do alfabeto cirílico na reforma ortográfica de 1917. Este nome já foi usado de alcunha para escribas ou copistas. Zamiátin também poderia ter em mente a passagem de *Almas mortas* em que Gógol "esclarece" a origem do xingamento *fetiúk*: "A palavra *fetiúk*, ofensiva ao gênero masculino, começa com a letra Ѳ, que é considerada por alguns uma letra indecente". (N. da T.)

E Fita vivia de tinta.

E chegou mesmo ao ponto, é até bobo dizer, em que Fita enfiava a pena na boca e escrevia com tinta própria. E era tinta de verdade, que se acha em qualquer diretoria da polícia. E enquanto isso, Fita ia escrevendo todo tipo de relatórios, ordens e memorandos, para pendurar no seu canto.

— Ora, Fita — disse o policial, que era uma espécie de pai —, por que não vira governador?

E aconteceu como Ulián Pietróvitch previa: Fita virou governador da noite para o dia.

Era um ano difícil, tinha cólera, tinha fome, tinha de tudo.

Fita se enfiou no expresso para a província, reuniu todos os habitantes e soltou:

— O que é que se tem por aqui? É cólera? É fome? Eu vou mostrar a vocês! O que é que têm feito? O que é que têm visto?

Os habitantes passaram as mãos nas cabeças:

— Nós... Nós o quê... Nós nada. Da cólera os médicos tratam um pouquinho. Pão nós pedimos na cidade vizinha.

— Eu darei médicos! Eu darei vizinhos!

Fita molhou a pena:

"Ordem nº 666. Nesta data, tendo assumido propriamente os deveres executivos, eu declaro a fome nesta província estritamente abolida por mim. Desde já todos os cidadãos estão ordenados a estarem saciados. Fita."

"Ordem nº 667. Nesta data eu declaro a cessação imediata da cólera por mim. À luz da ordem previamente mencionada, desde já ficam dispensados todos aqueles que arbitrariamente chamam a si mesmos de médicos. Fica proibido declarar a si mesmo como doente de cólera, o que estará sujeito a punição corporal por lei. Fita."

As ordens foram lidas nas igrejas e afixadas em todos os postes. Os habitantes fizeram um serviço de oração em agradecimento e no mesmo dia ergueram para Fita um monumento, na praça do mercado. Fita caminhava, calvo e grave, de pança e meneando a cabeça, bufando sem querer, mas como se o soubesse, igual a um peru imponente que faísca as asas na poeira.[2]

---

[2] Em algumas regiões da Rússia, "fítka" é o nome popular do peru-selvagem. (N. da T.)

Passou um dia e depois outro. No terceiro, vejam só, um colérico apareceu para Fita, bem no seu escritório. E ali ficou, se contorcendo de dor: o povo não sabe o que é bom. Fita ordenou para ele a punição corporal por lei. Mas o colérico foi embora e morreu, e de forma anticonstitucionalíssima.

E eles vinham cada vez mais para morrer, de cólera e de fome, e não havia policiais suficientes para pacificar os criminosos.

Os habitantes se coçaram e todo mundo decidiu buscar pão e médicos na cidade vizinha. E Fita foi arrastado do escritório para aprender uma lição, do jeito mujique — o povo é ignorante, não tem educação.

E o que contam é que o fim de Fita foi tão irreal quanto o seu começo: não gritou nem nada, só foi murchando, ficou cada vez menor, e murchou por inteiro, como um diabo inflável americano. E tudo o que sobrou foi uma poça de tinta e aquele selo de cera com o número escrito.

Assim morreu Fita. Mas antes engendrou tantos acontecimentos incríveis que de uma só vez é impossível contar.

Segundo conto de Fita

Fita havia abolido a cólera por decreto. Os habitantes dançaram em círculos e prosperaram. E Fita passeava entre o povo duas vezes por dia, conversava com os cocheiros e admirava o monumento.

— E então irmãos, sabem pra quem é o monumento?

— Ora, patrão, não sabe? Esse é o senhor interino Fita!

— Ora, então que seja. Não querem nada? Eu faço qualquer coisa na hora.

E bem ao lado do ponto dos cocheiros havia uma igreja. O cocheiro olhou para o monumento, olhou para a igreja, e disse a Fita:

— Olha, outro dia mesmo a gente falava: até dói o inconveniente de ter que dar a volta pela igreja. Se a estrada pelo menos fosse reta.

E a regra de Fita era clara: tudo para o povo. E a mente de Fita era rápida como um estouro. Na mesma hora ele foi para a mesa do escritório, e pronto:

"A igreja municipal existente, de origem desconhecida, está desde já condenada à demolição. No lugar da igreja previamente mencionada será construída uma estrada para os srs. cocheiros. Para evitar a interferência de preconceitos, a execução da tarefa previamente mencionada ficará a cargo dos sarracenos. Assinado: Fita."

Pela manhã, os habitantes estavam estupefatos:

— E essa tal igreja nossa, paizinho, cheia de sarracenos, de cima a baixo, em todas as cinco cúpulas e no topo da cruz, e ao longo de todas as paredes, como moscas, todos escuros e sem roupa, só uma cordinha amarrada na cintura, levantando poeira com essas serras e essas sovelas e esses ganchos e esses aríetes.

E já se foram as cúpulas azuis, e com elas as estrelinhas de prata. E os tijolinhos vermelhos saltavam de trás das paredes brancas como se fossem sangue.

Os habitantes não aguentavam mais chorar:

— Fita, paizinho, nosso benfeitor, misericórdia! A gente pode passar em volta dessa tal igreja. Senhor!

E Fita caminhava pomposo, grave e de pança, vendo os sarracenos trabalhando: era um deleite. Com as mãos nos bolsos, Fita parou em frente aos habitantes:

— Mas que palermas vocês, habitantes. Eu sou, afinal, pelo povo. As melhorias na estrada dos cocheiros são uma necessidade urgente. Já essa igreja de vocês... Que bagatela!

E então os habitantes se lembraram: não muito tempo atrás, o tártaro Mamai ameaçou a igreja, e eles tiveram que pagar Mamai. Talvez, vai saber, desse para pagar Fita. Do mercado enviaram um tributo: três das mais belas donzelas e meio galão de tinta.

Fita dispersou os cidadãos a pisoteios:

— Sumam daqui! E levem junto esse Ma-mai. Era um molenga, o seu Maamaaai. E tenho dito: Amém.

E acenou para os sarracenos.

— Mandem ver, irmãos, com vontade, que a manada já foi para casa.

O sol se pôs, e da igreja só restou cascalho. Fita jogava com a própria mão o giz na estrada reta dos cocheiros. Os sarracenos se empenharam a noite toda, e pela manhã uma estrada se estendia pela praça do mercado, retinha, um deleite de ver.

No início e no fim da estrada foram erguidas colunas decoradas com tinta preta, como a das guaritas de polícia, e nos pilares uma inscrição foi feita:

"No ano tal e tal uma igreja de origem desconhecida foi demolida pelo executivo interino Fita. Ele também construiu uma estrada que reduziu o percurso dos cocheiros em 50 *sájens*."[3]

À praça do mercado, finalmente, era dado um viés cultural.

Terceiro conto de Fita

Os habitantes estavam se comportando perfeitamente bem, então às cinco em ponto da tarde Fita proclamou a liberdade, e a polícia foi abolida para sempre. A partir das cinco da tarde, na diretoria da polícia e em todas as esquinas e guaritas havia apenas homens livres, voluntários.

Os habitantes se benzeram com o sinal da cruz:

— Santa mãe de Deus, o que vivemos para ver? Olhem ali, de *tchúika*![4] Em vez de farda, uma *tchúika*!

E o mais importante era que os voluntários de *tchúika* conheciam o ofício: eram policiais de nascença. Arrastavam as pessoas para algum terreno, e lá, no terreno, acertavam a fuça e as costelas, como era de direito. Os habitantes choravam aos soluços, e de alegria:

— Louvado seja Deus! Finalmente: não é qualquer um que está batendo, mas homens livres! Um momento irmãos, vou tirar o casaco. Vai ficar mais confortável de acertar as costas. Em frente, irmãos! Assim mesmo... Deus seja louvado!

E os habitantes competiam uns com os outros para ir para a cadeia: na cadeia era tão bom que simplesmente não há palavras para dizer. Eles te revistam e trancam numa cela e espiam pela fechadura — tudo de vontade própria, livremente, glória ao Senhor...

Mas logo começou a faltar lugar, e passaram a admitir apenas os habitantes mais honoráveis. E os outros pernoitavam na porta, de prontidão, e os bilhetes para a cadeia eram vendidos por cambistas.

Que tipo de ordem é essa?! E Fita decretou:

"Os ladrões e assassinos eu determino que sejam expulsos da cadeia, de forma humilhante, e espalhados pelos quatro cantos."

---

[3] Antiga unidade de medida equivalente a 2,1 metros. (N. da T.)

[4] Vestimenta antiga, parecida ao caftã, que vai até os joelhos. Era comumente associada a comerciantes e à pequena burguesia. (N. da T.)

Os ladrões e assassinos foram espalhados pelos quatro cantos, e os habitantes à espera foram pouco a pouco alocados na cadeia.

As ruas ficaram vazias, restavam apenas os voluntários de *tchúika*. Algo não estava certo. E Fita publicou um novo decreto:

"Aos habitantes fica desde já determinada a liberdade estrita para conduzir procissões com canções populares e em trajes tradicionais."

É difícil se adaptar ao novo, disso todos sabem. Então, para facilitar as coisas, uns desconhecidos deram letras de canções tradicionais exemplares a cada habitante, em troca de um recibo assinado. Mas ainda estavam tímidos os habitantes. E se escondiam nas fendas dos muros: o povo é ignorante!

Fita enviou os voluntários de *tchúika* para as fendas dos muros, e os homens livres encorajaram os habitantes a perder a timidez, pois agora havia a liberdade. Eles foram encorajados na cara e na nuca, e finalmente a coragem veio.

À noite, foi uma Páscoa... E que Páscoa!

Por toda parte cantavam rouxinóis especialmente convidados. Em pelotões, os habitantes marchavam em trajes tradicionais, e cada pelotão era acompanhado por voluntários armados. Os habitantes cantaram com júbilo e em uma só voz, seguindo a letra de uma canção tradicional exemplar:

Glória, glória, ao nosso bom tsar.
Deus nos deu Fita até enjoar.

E o executivo provisório interino Fita acenava da sacada.

Em vista do sucesso sem precedentes, todos os habitantes decidiram, ali mesmo, sob a sacada de Fita e sob a liderança dos voluntários, introduzir a prática das canções de liberdade diariamente, da uma às duas da tarde.

Naquela noite, Fita dormiu tranquilo pela primeira vez: os habitantes se educavam clara e rapidamente.

E na cidade havia também um sábio apotecário: até um ser humano ele já tinha feito; mas não como nós, pecadores, e sim dentro de um frasco de vidro. Existia algo que ele não soubesse?

E Fita ordenou que o trouxessem.

— Diga, tenha a bondade: por que é que nas horas livres os meus habitantes andam tão entediados?

Olhou pela janela o sábio apotecário: algumas casas tinham trenós nos telhados, outras tinham galos; alguns habitantes andavam de calças, outros usavam saias.

— Ora, é muito simples — disse ele a Fita. — Isso por acaso é ordem? Tudo deveria ser igual. Em todo lugar.

Pois bem, então está bem. Levaram os habitantes em pelotões da cidade para o campo. E, na cidade vazia, botaram fogo pelos quatro cantos. Tudo o que sobrou foi um borrão preto com a estátua de Fita no centro.

E a noite inteira as serras serraram e os martelos bateram. De manhã estava pronto: um barracão, como um pavilhão para coléricos, com 7¾ *verstas*[5] de comprimento e baias com números dos lados. E deram para cada habitante uma plaquinha de cobre novinha com um número e um uniforme de tecido cinzento.

E assim enfileiraram todos no corredor, cada um diante de sua baia e no cinto a plaquinha de metal, brilhante como um pássaro de fogo, todas idênticas, como moedinhas novas. Estava tudo tão bonito que mesmo Fita, que é inabalável, sentiu uma coceirinha no nariz e disse — na verdade não disse nada, só acenou com a mão e foi para sua baia, a nº 1. Louvado seja o Senhor; agora tenho tudo e já posso morrer tranquilo.

Pela manhã, antes do sol, o sino ainda nem tocara (e era com o sino que eles acordavam), já batiam na baia nº 1:

— Delegados vieram ver vossa benignidade com assuntos urgentes.

Fita saiu: eram quatro uniformizados, habitantes dos mais honoráveis — calvos, velhos, curvaram-se até os joelhos.

— E vocês, delegados, vêm da parte de quem?

Os honoráveis puseram-se a protestar, os quatro ao mesmo tempo:

---

[5] Antiga medida russa equivalente a 1,067 km. (N. da T.)

— Isso, assim, desse jeito, não dá... Isso não é ordem... Portanto... Nós viemos pelos carecas. Portanto... O apotecário anda por aí de mechas, tem uns que andam à polonesa. Mas e nós, os carecas? Ah nããão, desse jeito não dá...

Fita pensou e pensou: multiplicar as mechas, para todos, isso não tem como; o que é preciso fazer é igualar as carecas. Ele acenou para os sarracenos. E eles voaram para os quatro cantos: deixaram todos de cabeça pelada, homens e mulheres, todos mesmo, como joelhos. E o sábio apotecário ficou especialmente estranho, lambido, como um gato tirado da chuva.

Ainda nem haviam terminado de tosar todos e novamente chamaram Fita. Novamente delegados. Fita saiu, macambúzio:

— O que querem agora, diabos?

E os delegados:

— Gã-gã! — disse um, balançando o punho. — Gã-gã! — disse o outro. O nariz escorrendo.

— Da parte de quem? — Fita grasnou.

— Nós... Gã-gã!... dos idiotas. Gã-gã! Queremos saberse... saber-se... todos iguais.

Fita voltou à nº 1 nublado. Disse ao apotecário:

— Ouviu isso, irmão?

— Ouvi... — a vozinha do apotecário era tímida, tinha a cabeça enrolada em um lenço: era o frio, desde a tosa não se acostumara.

— E o que fazemos agora?

— Como o quê? O que mais podemos fazer? Agora não tem mais volta.

Antes da oração da noite foi lido o decreto para os habitantes: todos deverão ser igualmente idiotas de dar dó. A partir de amanhã.

Os habitantes engasgaram. Mas o que se pode fazer, ir contra a autoridade? Eles se sentaram com pressa para ler pela última vez os livros da sabedoria. Todos leram até soar o sino da noite. Foram dormir após o sino e, de manhã, acordaram todos idiotas. Uma alegria desgraçada. Batiam uns nos outros com os cotovelos — Gã-gã! Gã-gã! — e essa era a única conversa. Agora os homens livres de *tchúika* traziam mingau em barris. Mingau de cevada.

Fita caminhava pelo corredor de 7¾ *verstas* e via apenas alegria. Ora, que alívio, agora sim eu fiz tudo. Ele abraçou o sábio apotecário em seu cantinho:

— Obrigado, irmão, pelo conselho. Eu nunca me esquecerei.

E o apotecário disse a Fita:

— Gã!

Mas a questão é que tinha sobrado um: um para pensar por todos.

E Fita nem acaba de se trancar na nº 1, para pensar, e já estão à porta de novo. E dessa vez não batem, mas escalam, derrubam, grasnando coisas absurdas:

— Ei, irmão, não vai achando que... Nós somos estúpidos mas entendemos tudo! Você, irmão, vai ficar idiota também, senão.... Aaaah não!

Fita deitou na cama e chorou. Não havia o que fazer.

— Muito bem, que Deus esteja com vocês. Me deem até amanhã.

Durante todo o dia Fita andou entre os idiotas e pouco a pouco endioteceu. E pela manhã, pronto: Gã-gã!

E viveram felizes para sempre. Ninguém é mais feliz do que um completo idiota.

(1917)

Tradução de Danilo Hora

Lev Lunts

Lev Natánovitch Lunts (1901-1924), nascido em Petersburgo numa família judia, foi um dos fundadores do círculo literário "Irmãos Serapião", do qual faziam parte Mikhail Zóschenko e Ievguêni Zamiátin, entre outros. Apesar da pouca idade, era considerado o mais talentoso do grupo, no qual se destacou como teórico. Em seus cinco anos de atividade literária, Lunts escreveu roteiros de cinema, dramas experimentais, artigos sobre teatro, uma dezena de contos e uma novela histórica. Nas palavras do crítico Viktor Chklóvski: "Lunts escreve sempre, e sempre diferente". Lev Lunts foi uma das vítimas das condições adversas na capital russa durante a guerra civil. Teve a saúde minada pelo frio e pela fome e morreu com apenas 23 anos em um sanatório na Alemanha. No final da década de 1920, sua obra foi proibida de ser publicada na União Soviética. O conto "Ordem de despacho nº 37" descende diretamente de Gógol, seja pelo formato, que faz clara menção ao "Diário de um louco", seja pelo experimento com a linguagem truncada e protocolar, nesse caso, a da nascente burocracia soviética. O conto foi publicado no número de estreia da revista *Rossia*, um importante veículo de difusão da prosa modernista russa nos anos 1920, com a seguinte rubrica dos editores: "Uma caricatura da revolução".

Ordem de despacho nº 37

Diário de um chefe de chancelaria

3 de janeiro de 1922. Noite

Considero que o dia corrente é um dia grandioso, porquanto neste dia se me fez evidente a ideia que haverá de tornar meu nome célebre e fazer de mim e de meus gratos descendentes os merecedores de eterna gratidão.

Levantei-me às oito da manhã. Mas neste ponto é preciso fazer uma pequena digressão e apontar que dormi mal à noite, porquanto desde o dia anterior encontrava-me sob influência do discurso ardente do Diretor e passei toda a noite pensando nos novos fundamentos. Voltando ao fio da meada, apresso-me em mencionar que, ao acordar de manhã, continuei a pensar sobre os novos fundamentos.

Cheguei no serviço às dez em ponto. Para grande indignação minha, descobri que nenhum dos funcionários se encontrava em seu posto. De forma a me certificar da justeza de tal indignação, li o decreto do Diretor do Politprosviét,[1] emitido em 7 de setembro, no qual se estabelece que o trabalho no Politprosviét será construído a partir de novos fundamentos (estes não são os novos fundamentos dos quais foi falado antes, mas outros, mais antigos), e que por isso cada colaborador deve estar no serviço às dez em ponto. Aqueles que se atrasarem devem ser enviados ao Palácio do Trabalho, como desertores do trabalho a eles designado. Decreto este que eu, como Chefe de Chancelaria, considerei meu dever ler a todos os que chegaram atrasados, ao que todos responderam que já o sabiam de cor. Se o sabiam de cor, por que então estavam atrasados?

Todo o meu dia transcorreu em meio a contrariedades. Descobri, assim, uma contrariedade no departamento de imprensa, consistindo no fato de que haviam distribuído não 43, mas 42 papéis entre os funcioná-

[1] Abreviação de *Politítcheskoie Prosvieschénie* (Iluminação Política). Nos anos 1920 e 1930, órgão soviético responsável pelo trabalho de educação política. (N. da T.)

rios do Registro. Mas a maior decepção me aguardava às 4h25. Precisamente: Bárinov, o instrutor do clube, entrou na chancelaria sem nenhum assunto em especial, ainda que na porta houvesse um aviso: "Não entrar sem nenhum assunto em especial", e, depois de entrar sem nenhum assunto em especial, pôs-se a conversar com a datilógrafa, o que atrapalhou o trabalho dela. Quando comecei a demonstrar que tal comportamento não era digno de um comunista, ele respondeu me mandando para o inferno e dizendo que conhecia melhor do que eu os deveres de um comunista, porquanto eu era um rato de chancelaria. A isso respondi que sou um honesto trabalhador proletário. A isso ele respondeu que diabos de trabalhador proletário é esse que passou vinte anos trabalhando como funcionário do Senado. Então voltei à minha mesa e comecei a escrever um informe para o Diretor do Politprosviét.

E foi nesse momento que uma ideia grandiosa se me fez evidente. Precisamente: nossa proposta é realizar uma reconstrução em nosso Politprosviét. Mas como reestruturá-lo quando toda a instituição consiste de elementos irresponsáveis? Por conseguinte, é impossível reestruturar, mas a reestruturação[2] é necessária, porquanto é esta a lógica da vida revolucionária. Por conseguinte, é necessário reestruturar, de acordo com os novos fundamentos, os próprios funcionários, ou, em outras palavras, os cidadãos. E esta é a conclusão notável a que chegou a cadeia do meu raciocínio. De imediato compreendi toda a profundidade decorrente desta minha descoberta. Tomado de forte inquietação, coloquei o informe de lado e tentei realizar o trabalho rotineiro, mas não consegui.

4 de janeiro. Manhã

Dormi mal esta noite. Decidi remeter um memorando ao Sovnarkom,[3] porquanto considero que a reconstrução dos cidadãos sob os novos fundamentos deve ser realizada em escala nacional.

---

[2] Na União Soviética, o termo russo *perestroika*, bem como o verbo *perestróit*, dados aqui como "reestruturação" e "reestruturar", eram chavões burocráticos já nos anos 1920. (N. da T.)

[3] Abreviação de *Soviét Naródnikh Komissárov* (Conselho dos Comissários do Povo), a autoridade governamental máxima da União Soviética. (N. da T.)

5 de janeiro. Manhã

Dormi mal esta noite. Decidi que a reestruturação deve ser realizada em escala mundial, ou, em outras palavras, cósmica.

Mesmo dia. Fim de tarde

Ao chegar em casa, imediatamente sentei-me à mesa e comecei a rascunhar o memorando. No entanto, tendo atingido a parte prática, fui obrigado a deter-me, porquanto a cadeia do meu raciocínio deteve-se também. Precisamente: não sabia em que tipo de material eu deveria converter os cidadãos, ou como.

Foi apenas a cadeia do meu raciocínio atingir este elo que de repente minha mulher entrou correndo, tomada de forte agitação. Suas bochechas estavam rosadas e seu peito arfava. Ela me informou que em nosso edifício instalara-se um hipnotizador, que atualmente exibia coisas fantásticas nas instalações do Domkombed.[4] A isso objetei que, de acordo com os decretos em conformidade, são impossíveis as coisas fantásticas. Ao entrar nas instalações do Domkombed, deparei-me com a seguinte cena. O público enchia toda a sala. Em um canto estava um homem de aparência suspeita que, ao mover as mãos sobre a cabeça de uma pessoa dormindo, ordenava que esta fizesse isto e aquilo. Então dei um passo à frente e fiz um discurso pertinente àquele momento. Então os presentes começaram a me xingar com palavras que não devem ser reproduzidas por escrito. O hipnotizador se pôs a me fitar, ao que comecei a sentir sono, depois do que não me lembro de mais nada. Ao acordar, vi que o público gargalhava e que o hipnotizador sorria, triunfante. Aconteceu que ele me pôs para dormir e me transformou em um asno, ao que eu zurrei como um asno, e, quando me ofereceram palha, comi com grande apetite. Tomado de indignação por tamanho insulto, declarei que eu mandaria o hipnotizador para a Tchekä,[5] e a isso ele respondeu que não tinha medo de mim, porquanto estava de posse de um papel do Comissariado de Saúde Pública. Então eu me retirei, acompanhado de minha esposa aos prantos.

---

[4] Abreviação de *Domovói Komitét Bednóti* (Comitê de Habitação dos Pobres), responsável por dar alojamento para os trabalhadores, sobretudo nas capitais. (N. da T.)

[5] Abreviação de *Tchrezvitcháinaia Komíssiia* (Comissão Extraordinária), a primeira polícia política soviética. (N. da T.)

Mesmo dia. Noite

A noite corrente é uma noite grandiosa, porquanto hoje encontrei o elo que faltava na cadeia do meu raciocínio. O asno, pensei, é um animal inútil, mas é possível transformar o cidadão em vaca e com isso resolver a crise dos laticínios. Ou transformar um condenado a trabalhos forçados em cavalo, e disponibilizá-lo ao Avto-guj.[6]

Mas isso para os elementos suspeitos, para os burgueses e seus pajens, porquanto a vaca, o asno e o cavalo, em essência, não são material elevado. Mas em que eu poderia converter o trabalhador honesto?

Mas neste ponto a cadeia do meu raciocínio foi interrompida por uma consideração: tenho eu o direito de recorrer à ajuda de um hipnotizador? Este recurso não contradiz a visão de mundo estabelecida? Lembrei, porém, que o hipnotizador fora sancionado pelo Comissariado de Saúde Pública, e me acalmei. Novas perspectivas se abriram diante dos meus olhos: o Comissariado de Saúde Pública teria o registro de todos os hipnotizadores e arranjaria oficinas de hipnotismo de curta duração, produziria um quadro de hipnotizadores de choque, colocados à disposição das autoridades superiores.

6 de janeiro. Depois do trabalho

Às duas da tarde o Diretor do Politprosviét convocou em seu gabinete os trabalhadores mais importantes de forma a familiarizá-los com seu projeto de reconstrução do Politptosviét sob os novos fundamentos.

Sua essência se resume ao seguinte. Na base de tudo estará a iniciativa das massas, cujo aumento acarreta a eliminação da instituição da diretoria. Precisamente: como chefe de toda a instituição ficará o Diretor do Politprosviét, e todos os outros chefes de repartições, seções e subseções serão renomeados instrutores seniores. Desta forma, o Politprosviét se aproximará das massas, porquanto as massas não confiam em chefes. O projeto foi recebido com entusiasmo pelos presentes. Por conseguinte, será modificado o sistema de arquivos e registros, e seu número crescerá em 40%. De forma similar, o número de relatórios que cada funcionário deve preencher aumentará de dez para dezesseis. Ademais, ficam abolidas as explicações orais entre superiores e subordinados, e toda a comunicação entre eles deve se dar por escrito, na forma de informes, os quais

[6] Associação dos Transportadores de Tração Animal. (N. da T.)

ficarão guardados em registros especiais, com um sistema de arquivamento especial.

Todas essas propostas também foram recebidas com entusiasmo pelos presentes, mas Bárinov, o instrutor do clube, declarou que esses novos fundamentos não levariam a nada a não ser ao aumento da papelada. Então, apesar da indignação que pressionava meu peito e me impedia de falar, tomei a palavra e, em termos curtos e fortes, acusei Bárinov, o instrutor do clube, de ter uma visão de mundo burguesa, porquanto o trabalho de contabilidade correto, com base em uma correta manutenção de registros, é a base da construção, e que, consequentemente, o papel... Mas aqui minha voz se deteve e eu fiquei sem palavras, porquanto naquele momento uma ideia grandiosa se me fez evidente.

O material mais elevado, no qual é preciso converter os cidadãos, é o papel. Eu imediatamente expus esta ideia em meu memorando, argumentando da subsequente forma: em primeiro lugar, o papel é um material fino, ou, em outras palavras, um material elevado; em segundo lugar, o papel é um material de contabilidade fácil e amena; em terceiro lugar, o papel é um material, e neste aspecto possui grande valor na Rússia Soviética, que vem experimentando uma grave crise material. Feitas essas considerações principais, avancei para a parte prática. Meu entusiasmo crescia cada vez mais, sob a minha pena as palavras cantavam e compunham uma harmonia encantadora. Eu me fazia poeta. As numerosas vantagens da escala cósmica se apresentavam aos meus olhos maravilhados.

Antes de mais nada, ou, em outras palavras, em primeiro lugar, em todos os *fronts* a batalha será menos onerosa. Um comandante de regimento, por exemplo, ou mesmo de todo um exército, poderia converter seus soldados vermelhos em papeizinhos e enfiá-los numa maleta, chegar até a retaguarda dos bandoleiros brancos e, voltando a dar forma humana aos papeizinhos, atacar o inimigo pela retaguarda. Em segundo lugar, estarão resolvidas as crises econômicas, de alimentação e combustível, porquanto o papel não possui quaisquer necessidades peculiares ao homem. Neste mesmo item vão as questões relativas ao combate a criminosos e a mulheres não familiarizadas com o trabalho.

Por fim, ou, em outras palavras, em terceiro lugar, com isso se resolverá a crise de papel, porquanto os cidadãos poderão ser utilizados como papel, no sentido real da palavra.

Foi essa, em termos gerais, a cadeia do meu raciocínio. Ao terminar, levantei-me e fui para casa em estado de agitação. Minha mulher perguntou por que eu estava tão pálido, mas eu não respondi nada a ela, pois, embora eu me alinhe à plataforma pela igualdade dos sexos, acredito que as mulheres são de material essencialmente inferior ao dos homens e devem ser convertidas em papel de qualidade inferior.

7 de janeiro

Suspeito que Bárinov, o instrutor do clube, suspeita de algo. É preciso ser cuidadoso.

8 de janeiro

Dormi mal esta noite. Fiquei pensando no que fazer a respeito. Não consegui pensar em nada.

9 de janeiro. Fim de tarde

Hoje no serviço uma ideia se me fez evidente: seria eu capaz de hipnotizar a mim mesmo, ou, em outras palavras, de converter a mim mesmo em papel? Tomado de forte entusiasmo, corri para o hipnotizador depois do serviço a fim de receber as devidas instruções, as quais ele me forneceu com prontidão. Ao que parece, para transformar-se em qualquer tipo de material é preciso passar muito tempo pensando que se é o material pretendido. Este experimento requer longa prática e um longo período de reclusão e silêncio. É preciso passar três ou quatro horas pensando.

10 de janeiro. Manhã

Ao que parece, há em meu caminho um obstáculo inesperado e elementar. Precisamente: a conversão demanda três ou quatro horas de silêncio absoluto, e minha mulher, sendo de material inferior, não é capaz de ficar em silêncio por mais de três ou quatro minutos. Pensei que à noite, quando ela pegasse no sono, eu poderia realizar o meu primeiro experimento. Mas minha mulher me perturba mesmo nos braços do sono, porquanto ela ronca. Aguardei até as quatro da manhã na esperança de que ela se acalmasse, mas sob influência da agitação do dia anterior, eu mesmo, sem perceber, acabei pegando no sono.

Mesmo dia. Fim de tarde

Ao chegar em casa, mandei minha mulher à casa de sua mãe, a fim de usufruir da ausência dela. Assim que ela saiu, comecei a pensar que eu era um papel. Mas o papel é um conceito impreciso, que abarca em si várias imagens, incluindo algumas indecentes, e não é conveniente pensar na ideia geral de papel. Em vista disso, decidi me concentrar em um único tipo de produto da produção de papel. Após uma reflexão sazonada, me detive nos papéis de auferimento e despacho, sendo estes os fenômenos mais sutis, ou, em outras palavras, esotéricos. Passado algum tempo, de repente — que alegria! —, senti minha perna esquerda farfalhar. O evento provocou-me tamanha impressão que eu dei um pulo, arruinando assim todo o experimento. Mas o primeiro passo fora dado. Agora é necessária uma perseverança maior.

11 de janeiro. Noite

Hoje atingi resultados ainda mais significativos. As duas pernas e o lado esquerdo da barriga farfalharam. Mas assim que o farfalho começava a passar para os dedos da mão, minha mulher chegou e arruinou tudo. Não sei o que fazer.

12 de janeiro. Manhã

Dormi mal, porquanto passei o tempo todo pensando no que fazer. Súbito, uma ideia radiante se me fez evidente. Precisamente: amanhã à noite estarei de plantão no Politprosviét, onde me transformarei em papel, porquanto em casa a transformação está ligada a certas inconveniências. Em primeiro lugar, minha mulher não deixa a casa por mais de três horas. Em segundo lugar, mesmo que eu me transformasse em papel em casa, não saberia o que fazer depois, porquanto a aparição de uma ordem de despacho no leito conjugal poderia despertar a suspeita da minha mulher. Ambas as inconveniências estarão eliminadas com a realização do experimento no Politprosviét.

12 de janeiro. Politprosviét. Noite

A mão treme enquanto escrevo estas linhas, porquanto hoje darei início ao experimento decisivo. Sou a única pessoa em todo o prédio do Politprosviét. Ouve-se apenas o uivo do vento além das paredes e o estalo do fogo na lareira. A alma está repleta de visões celestiais, o coração bate como um relógio, o peito apertado.

Decidi deitar sobre a escrivaninha a fim de, uma vez transformado em ordem de despacho, já encontrar-me no lugar designado aos papéis mencionados, porquanto a desordem é algo que não me agrada.

Decidi me transformar não na ordem de despacho em si, mas em sua via de circulação interna, porquanto a ordem de despacho passará por todas as instâncias, ou, em outras palavras, deixará as instalações do Politprosviét, o que me é indesejável.

13 de janeiro. Aurora

Enfim o grandioso cumpriu-se, porquanto escrevo estas linhas na condição existencial de papel. O sol inunda a sala com os raios de um sol ascendente, à janela os passarinhos chilreiam, e em minha alma, embrulhada num invólucro de papel, há júbilo. O grandioso cumpriu-se.

Sinto que estão escrevendo em mim. Após algumas tentativas, consigo superar os obstáculos encontrados e ler a mim mesmo, resolvendo assim a difícil tarefa proposta por certo filósofo estrangeiro: "Lê-te a ti mesmo, e saberás quem tu és".

> Via de circulação interna.
> R.S.F.S.R. Politprosviét — 13/JAN/1921 nº 37
> P/ Petrocomuna
> P/ Centro de Distribuição
> O Politprosviét . . . . informa que as batatas enviadas na quantidade de 63 *puds*, 12 lbs. com fins de suprir a concessão de rações civis aos funcionários do Politprosviét foram encontradas em estado de absoluta inedibilidade.
> Chefe do Politprosviét: (assinatura)
> (M.P.) Secretário: (assinatura)

Depois de ler o conteúdo antecedente, fui tomado por um suor frio, pela razão subsequente. Pensei que, se eu era uma via de circulação interna, por que então encontrava-me sobre a mesa do Diretor? Pois as vias de circulação interna devem ser armazenadas em registros especiais. Logicamente, se eu estivesse em minha forma humana, ou, em outras palavras, na forma de Chefe de Chancelaria, eu prontamente restauraria a ordem. Mas agora temo que a via de circulação interna da ordem de despacho se perca. Do outro lado da parede ouve-se o ruído das faxineiras. O dia corrente está prestes a começar.

O mesmo dia. Fim de tarde

As linhas subsequentes escrevo deitado no chão, pela razão subsequente. Às três horas, no gabinete do Diretor, teve lugar uma reunião geral dos funcionários do Politprosviét, versando a respeito da discussão sobre os sindicatos profissionais. Depois os camaradas começaram a se dispersar, e então um infortúnio se abateu contra mim, porquanto Bárinov, o instrutor do clube, derrubou-me com seu jaleco e, depois disso, quando eu estava no chão, pisou-me com o pé, o que me provocou dor aguda. Mas a dor foi abafada pela preocupação ainda mais aguda com o destino da ordem de despacho nº 37, porquanto ela, no chão, está exposta ao perigo de ser jogada no cesto de lixo. Então lembrei-me de que na noite corrente estará de plantão Bárinov, o instrutor do clube. E se ele suspeitar que a via de circulação interna da ordem de despacho nº 37 é o Chefe de Chancelaria? Uma vez que me tem ódio, é capaz de causar-me contrariedades das mais cruéis.

Em vista das razões antecedentes, decidi assumir novamente a forma humana, e comecei a pensar que era um humano. Mas nem meia hora havia passado quando uma ideia se me fez evidente, em resultado da qual fui tomado por um suor frio. Precisamente: se eu me tornar um ser humano, então desaparecerá a via de circulação interna da ordem de despacho nº 37. Semelhante desordem, eu, como Chefe de Chancelaria, não podia permitir. Por isso decidi postergar por algum tempo a transformação reversa.

O mesmo dia. Noite

Está escuro. Silencioso. Na parede, o tique do relógio. Bárinov, o instrutor do clube, sumiu-se para algum lugar. Talvez tenha abandonado o plantão. Será necessário fazer um informe ao Diretor.

Em minha alma há luz e alegria. Agora não tem como haver qualquer discussão, ou, em outras palavras, nenhuma disputa acerca da validade da minha descoberta. Encontro-me na condição existencial de papel já há quase 24 horas, e não sinto fome, nem sede, nem quaisquer outras necessidades das quais nenhum ser humano em forma humana é capaz de passar sem. E diante dos meus olhos radiantes desenrola-se uma sólida cadeia de raciocínio.

Todas as pessoas são iguais, ou, em outras palavras, todas as pessoas são pedaços de papel. O ideal da humanidade foi finalmente alcançado. Bastou a cadeia do meu raciocínio atingir este elo sagrado e elevado, alguém se curvou sobre mim. Era Bárinov, o instrutor do clube. Ele procurava por algo.

— Ah, aqui está!

Ele me pegou pela cabeça, ou, em outras palavras, pela pontinha do papel, tateando.

— Macio esse papel. Vai servir.

Com estas palavras, ele me levantou e...

Aqui se interrompe por razões desconhecidas o diário do chefe de chancelaria. Este desapareceu sem deixar rastros. Todos os esforços para encontrá-lo não deram resultados.

(1922)

Tradução de Danilo Hora

Isaac Bábel

Isaac Emanuílovitch Bábel (1894-1940) nasceu em Odessa, numa família judia. Em 1915 muda-se para Petersburgo (então Petrogrado), onde conhece Maksim Górki, em cujas revistas começa a publicar seus contos. Já nessa época sua obra é alvo de censura, e o autor chega a ser processado sob a acusação de "pornografia". Após a revolução, Bábel trabalhou como intérprete para a Tcheká (a primeira polícia secreta soviética) e no Comissariado do Povo para a Educação, tomou parte em expedições governamentais para requisição de alimentos no campo e foi correspondente de guerra duante o conflito entre a Rússia e a Polônia, acompanhando o I Exército de Cavalaria. Todas essas experiências serviram de base a contos em que a experimentação formal adquire um caráter cada vez mais radical. Em 1926 é publicada a coletânea de contos *Exército de Cavalaria*, até hoje considerada sua obra-prima. Ao longo da década de 1930, Bábel passa a publicar cada vez menos; até seu trabalho como roteirista de cinema enfrenta problemas com a censura. Foi preso em 1939 por atividades antissoviéticas e fuzilado no ano seguinte. O conto que segue foi publicado na revista *Silhuetas*, de Odessa, em 1923; no ano seguinte, foi republicado na revista moscovita *Krásnaia Nov*.

Fábula de uma mulher

Era uma vez uma mulher chamada Ksénia. Seios fartos, ombros redondos e olhos azuis. Vejam só que mulher. Quiséramos fosse nossa!

O marido morrera na guerra. Ela passou três anos sem marido, trabalhando na casa de patrões ricos. Os patrões exigiam comida quente três vezes ao dia. Não queimavam lenha de jeito nenhum, só carvão. E o calor do carvão era insuportável; nele ardiam rosas de fogo.

A mulher cozinhou para esses patrões durante três anos, e era decente em relação aos homens. Mas onde enfiar seios tão grandes? Vejam só!

Depois de três anos, ela foi ao médico e disse:

— Minha cabeça está pesada: ora estou em chamas, ora me sinto fraca...

Aí o médico respondeu:

— Mas não andam alguns rapazes lá pelo seu quintal? Ora, mulher...

— Não tenho coragem — chorou ela —, sou delicada...

E era delicada mesmo. Os olhos de Ksénia ficaram mais azuis com as lágrimas amargas.

E então a velha Morozikha arranjou tudo.

A velha Morozikha era a parteira e curandeira de toda a rua. Uma mulher assim é cruel com as entranhas de outra. Se puder fervê-las, ali não brota mais nada.

— Pois bem, Ksénia, eu vou cuidar de você. De tão seca, a terra rachou. Ela precisa de uma chuvinha divina. Até um cogumelo cresce em uma mulher úmida e fértil.

E ela o trouxe. Chamava-se Valentin Ivánovitch. Era feio, porém divertido, e sabia compor canções. Tinha o corpo malfeito, cabelo comprido e era pintado de espinhas. Mas Ksénia precisava de um touro, não é? Ele compunha canções e era um homem; melhor do que isso ela não iria encontrar. A mulher assou mais ou menos cem panquecas e uma torta com passas. Na cama de Ksénia havia três colchões e uns seis travesseiros, todos de penas: "É pra você rolar, Vália!".

A noite chegou; as visitas se amontoaram no quartinho atrás da cozinha; todos tomaram um copinho. Morozikha usava um lenço de seda; vejam só que mulher de respeito! E Valentin entabulava uma conversa encantadora:

— Ah, minha amiguinha Ksénia, eu sou um homem abandonado neste mundo. Sou um jovem maltratado. Não pense nada de leviano a meu respeito. A noite vai chegar com estrelas e um leque negro; poderei abrir meu coração em um verso? Ah, quanta timidez dentro de mim!...

Uma palavra puxa outra. Claro, beberam duas garrafas inteiras de vodca e três de vinho. Sem contar que gastaram cinco rublos em iguarias: não é brincadeira!

Nosso Valentin, corado, ficou bem marrom e começou a declamar poemas.

Então, Morozikha afastou-se da mesa.

— Vou me retirar, Kséniuchka — disse ela. — Que Deus me acompanhe! Vocês vão fazer amor. Logo que se deitarem na tarimba — disse —, tire as botas dele. Homens! Com eles você não para de lavar roupas...

E a embriaguez foi chegando. Valentin agarrou os cabelos e começou a revirá-los.

— Estou tendo visões — disse ele. — Tenho visões quando bebo. Agora mesmo, Ksénia, vejo você morta, e seu rosto está repugnante. E eu sou um pope, passando pelo seu caixão e balançando um turíbulo.

E então, claro, ele levantou a voz.

Bem, ela era uma mulher de carne e osso. Ela mesma já havia desabotoado a blusa, por descuido.

— Não grite, Valentin Ivánovitch — sussurrou a mulher —, não grite. Os patrões vão ouvir...

Ora, como contê-lo, se ele estava amargurado?

— Você me ofendeu demais — chorava ele, agitado. — Ah, gente peçonhenta, o que queriam? Queriam comprar minha alma... Mesmo sendo um bastardo — dizia ele —, eu sou filho de um nobre... Ouviu, cozinheira?

— Eu vou lhe fazer um carinho, Valentin Ivánovitch...

— Largue-me!

Ele se levantou e escancarou a porta.

— Largue-me! Eu vou para o mundo.

Mas aonde poderia ir aquele pombinho bêbado? Caiu na cama, vomitou — perdão — nos lençóis e adormeceu, aquele servo de Deus.

E Morozikha já estava ali.

— Não haverá mais nada — disse —, vamos arrastá-lo pra fora.

As mulheres arrastaram Valentin para a rua e o colocaram junto ao portão. Quando voltaram, a patroa já estava esperando, de touca e calçolas, para repreender a cozinheira.

— À noite você recebe homens e fica com essa sem-vergonhice. Amanhã cedo pegue suas coisas e saia desta casa decente. Eu tenho uma filha donzela na família...

A mulher chorou no saguão até o dia clarear, lamentando:

— Vovó Morozikha, ah, vovó Morozikha, o que você fez comigo, com esta jovem mulher? Tenho vergonha de mim mesma; como vou levantar os olhos para o mundo de Deus? E o que vou ver nele, nesse mundo de Deus?

A mulher chorava e queixava-se, sentada no meio de tortas com passas, colchões de penas, vinho e lâmpadas votivas iluminando ícones. Seus ombros calorosos se sacudiam.

— Foi um erro — respondeu-lhe Morozikha —, precisávamos de alguém mais simples. Se tivéssemos trazido Mitiúkha...

A manhã já se ocupava de suas coisas. As leiteiras já andavam pelas casas. Era uma manhã azul, com geada.

(1923)

Tradução de Nivaldo dos Santos

Mikhail Bulgákov

Mikhail Afanássievitch Bulgákov (1891-1940) nasceu em Kíev, filho de um teólogo e uma professora de piano. Formou-se em medicina, foi voluntário da Cruz Vermelha durante a Primeira Guerra Mundial e lutou ao lado dos brancos na guerra civil russa. O sucesso literário veio com a montagem da peça *Os dias dos Turbin*, em 1926, pelo Teatro de Arte de Moscou (TAM). Essa crônica detalhada da cidade de Kíev durante a guerra civil foi adaptada pelo próprio autor de seu romance *A guarda branca*. Apesar do grande sucesso de público e da aprovação de Stálin, a peça foi rotulada de reacionária pela crítica militante, e a partir de 1930 o autor fica impedido de publicar. Em sua última década de vida, Bulgákov foi assistente de direção no TAM, adaptou romances para o teatro e para o cinema e trabalhou exaustivamente em *O mestre e Margarida*, hoje considerado um dos maiores romances do século XX. No início de sua carreira literária, no entanto, Bulgákov era conhecido majoritariamente como satirista. Nos anos 1920, foi autor de uma série de contos e novelas satirizando a sociedade soviética, por vezes parodiando temas do incipiente gênero da ficção científica, como em *Os ovos fatais* e *Coração de cachorro*, por vezes adotando um tom mais folhetinesco, como é o caso deste "O lago de *samogon*", publicado no jornal *Vésperas*, da comunidade russa emigrada em Berlim.

O lago de *samogon*[1]

(Um relato)

Às dez horas da noite de uma véspera de Páscoa, o nosso maldito corredor se acalmou. Naquele silêncio bem-aventurado surgiu-me a ideia pungente de que meu sonho se realizara, que a velha Pávlovna, vendedora de cigarros, havia morrido. Assim pensei porque do quarto de Pávlovna não se ouviam os gritos de seu filho Churka sendo torturado.

Sorri de modo lascivo, sentei-me numa cadeira esfrangalhada e abri um pequeno volume de Mark Twain. Oh, instante bem-aventurado, hora iluminada!...

... E às dez e quinze da noite um galo cantou três vezes no corredor.

Um galo não é nada de mais. Afinal, durante meio ano, no quarto de Pávlovna viveu um leitão. Em geral, Moscou não é Berlim, isso em primeiro lugar; e, em segundo lugar, um homem que mora há um ano e meio no apartamento nº 50 você não vai assustar com nada. Não foi a inesperada aparição do galo que me espantou, e sim o fato de o galo ter cantado às dez horas da noite. Um galo não é um rouxinol, e no período antes da guerra eles costumavam cantar ao amanhecer.

— Será que esses canalhas embriagaram o galo? — perguntei à minha esposa infeliz, separando-me de Twain.

Mas ela não teve tempo de responder. Logo após a fanfarra inaugural do galo, teve início o seu clamor contínuo. Em seguida uivou uma voz de homem. Ora essa! Era um uivo contínuo de baixo profundo em dó sustenido, um uivo de desespero e dor sincera, um uivo atroz, de agonia.

Todas as portas começaram a bater e ressoaram passos. Abandonei Twain e precipitei-me para o corredor.

Ali, sob uma lampadinha, num círculo estreito de moradores atônitos daquele célebre corredor, havia um cidadão que eu não conhecia.

---

[1] *Samogon*: aguardente de fabricação caseira, cuja venda era ilegal na União Soviética. (N. da T.)

Suas pernas estavam abertas como um *íjitsa*,[2] e ele cambaleava sem fechar a boca, emitindo aquele uivo tão embotado que me espantara. No corredor, eu percebi que a longa nota inarticulada (fermata) fora substituída por uma melopeia.

— É isso — afogava-se com voz rouca e uivava o cidadão desconhecido, desmanchando-se em lágrimas grossas —, Cristo Ressuscitou! Vocês agem muito bem! Não vão ser de ninguém!! Ah, ah, ah!!

E com essas palavras ele arrancou aos tufos as penas do rabo do galo que se debatia em suas mãos.

Bastava uma olhada para convencer-se de que o galo estava absolutamente sóbrio. Mas na cara do galo estava desenhado um tormento sobre-humano. Seus olhos saíam das órbitas, ele batia as asas e desgarrava-se das mãos pegajosas do desconhecido.

Pávlovna, Churka, o motorista, Ánnuchka, o Micha da Ánnuchka, o marido da Dúskina e ambos os Dúskin formavam um círculo, num silêncio completo, imóveis, como que pregados no chão. Dessa vez eu não os culpo. Até eles perderam o dom da palavra. Eles, assim como eu, viam a cena de depenação de um galo vivo pela primeira vez.

O gerente de habitação do apartamento nº 50, Vassili Ivánovitch, dava um sorriso falso e temerário, agarrando o galo ora pela asa escapadiça, ora pelas pernas, tentando arrancá-lo das mãos do cidadão desconhecido.

— Ivan Gavrílovitch! Tema a Deus! — gritava ele, ficando sóbrio diante dos meus olhos. — Ninguém vai pegar o seu galo; seja ele três vezes maldito! Não torture uma ave na véspera da Páscoa de Cristo! Volte a si, Ivan Gavrílovitch!

Eu me recobrei primeiro e, num movimento inspirado, arrebatei o galo das mãos do cidadão. O galo levantou voo rapidamente e chocou-se contra a lampadinha, depois desceu e sumiu na curva onde ficava a despensa de Pávlovna. E o cidadão acalmou-se imediatamente.

O acontecimento foi extraordinário, realmente, e só por isso terminou bem para mim. O gerente de habitação não me disse que, se eu não gostava daquele apartamento, deveria arranjar uma casa isolada. Pávlovna não disse que eu deixava a luz acesa até as cinco horas "fazendo sabe-se lá que coisas" e que eu sempre me metia sem qualquer propósito

---

[2] A letra *íjitsa* (V) integrou o alfabeto russo até a reforma ortográfica de 1918. (N. da T.)

onde ela morava. Que ela tem o direito de bater em Churka, pois é o seu Churka. E eu que vá arranjar os "meus Churkas" e comê-los com mingau. "Se a senhora acertar a cabeça de Churka mais uma vez, Pávlovna, eu vou entregá-la à justiça, e a senhora vai pegar um ano por torturar uma criança" — isso em nada ajudava. Pávlovna ameaçava mandar um "requerimento" ao conselho administrativo para que me despejassem: "Se certa pessoa não gostar, que vá para onde há gente instruída".

Numa palavra, dessa vez não houve nada. Num silêncio sepulcral dispersaram-se todos os habitantes do apartamento mais célebre de Moscou. O gerente de habitação e Katerina Ivánovna levaram o cidadão desconhecido pelo braço até a escada. O desconhecido ia vermelho, tremendo e cambaleando, calado e revirando os olhos mortiços que se apagavam. Ele parecia um envenenado por meimendro (*atropa belladonna*).[3]

Pávlovna e Churka apanharam o galo esgotado com um barrilete e também se foram.

Ao voltar, Katerina Ivánovna contou:

— Aquele meu filho da puta (leia-se "o gerente de habitação", marido de Katerina Ivánovna), como é bonzinho, foi fazer compras. E comprou um garrafão de Sídorovna. Convidou Gavrílitch: "Vamos experimentar", disse ele. Gente é tudo igual, e eles encheram a cara; perdão, Senhor, por minha falta; o pope ainda nem tocou o sino da igreja. Não me entra na cabeça o que se passou com Gavrílitch. Eles beberam e daí meu marido disse a ele: "Gavrílitch, por que precisa ir ao banheiro com o galo? Deixe-me segurá-lo". Daí ele se irritou: "Ah", disse ele, "você quer se apossar do meu galo, não é?", e começou a uivar. Sabe Deus o que deu nele!...

Às duas horas da madrugada, o gerente de habitação, que estava jejuando, já tinha quebrado todos os vidros e espancado a esposa, e justificou sua atitude alegando que ela lhe atormentava a vida. Nessa hora eu estava com minha esposa nas matinas, e o escândalo seguia sem minha participação. Os habitantes do apartamento estremeceram e chamaram o presidente do conselho administrativo. O presidente do conselho apareceu imediatamente. Com os olhos brilhantes e vermelho como a bandeira, olhou para Katerina Ivánovna, que tinha ficado azulada, e disse:

---

[3] Na verdade, o nome científico do meimendro é *Hyoscyamus niger*. A *Atropa belladonna* é conhecida como "beladona". (N. da T.)

— Estou admirado com você, Vassil Ivánitch. É o chefe da casa, e não consegue dominar a esposa.

Foi a primeira ocasião na vida do nosso presidente em que ele não ficou contente com suas palavras. Ele, pessoalmente, mais o motorista e o marido de Dúskina, tiveram de desarmar Vassil Ivánitch, no que ele cortou a própria mão (depois das palavras do presidente, Vassil Ivánitch armou-se com uma faca de cozinha para cortar Katerina Ivánovna: "Pois eu vou mostrar a ela").

Depois de trancar Katerina Ivánovna na despensa de Pávlovna, o presidente convenceu Ivánitch de que Katerina Ivánovna havia fugido; e Vassil Ivánitch adormeceu com as palavras:

— Tudo bem. Vou cortá-la amanhã. Ela não vai escapar das minhas mãos.

O presidente foi embora com as palavras:

— Bem, é o *samogon* de Sídorovna. É uma fera esse *samogon*.

Às três horas da madrugada apareceu Ivan Sídoritch. Declaro publicamente: se eu fosse um homem, e não um trapo, eu sem dúvida colocaria Ivan Sídoritch para fora do meu quarto. Mas tenho medo dele. Ele é a pessoa mais forte no conselho administrativo, depois do presidente. Talvez ele não pudesse me despejar (ou talvez pudesse, o diabo é que sabe!), mas envenenar minha existência ele pode muito bem. Para mim isso é o mais terrível. Se envenenarem minha existência, eu não poderei escrever folhetins; e se eu não escrever folhetins, então vai ocorrer uma falência financeira.

— Salv... cidadão jorn... lista — disse Ivan Sídoritch, balançando como um talinho de mato ao vento. — Eu vim vê-lo.

— Muito prazer.

— É sobre esperanto.

— ?

— Escrev... uma nota... um artigo... Desejo abrir uma sociedade... E escreva assim: "O esperantista Ivan Sídoritch deseja, assim...".

E de repente Sídoritch começou a falar em esperanto (aliás, uma língua incrivelmente nojenta).

Não sei o que o esperantista leu nos meus olhos, só sei que de repente ele se encolheu, e as palavras estranhas e pitocas, que pareciam uma mistura de palavras russas e latinas, começaram a se perder, e então Ivan Sídoritch passou para uma língua acessível.

— Aliás... desculp... e... eu venho amanhã.

— Tenha a bondade — respondi amigavelmente, conduzindo Ivan Sídoritch até a porta (por alguma razão ele queria sair pela parede).

— Não podemos expulsá-lo? — perguntou minha esposa, na saída.

— Não, menina, não podemos.

De manhã, às nove horas, a festa começou com um *matelot*,[4] executado na sanfona por Vassili Ivánovitch (Katerina Ivánovna dançava), e uma fala despedaçada do Micha de Ánnuchka, bêbado, dirigida a mim. Em seu próprio nome e dos cidadãos que eu não conhecia, Micha expressou seu respeito por mim.

Às 10 chegou o zelador mais jovem (que tinha bebido um pouquinho), às 10h20 o mais velho (mortalmente bêbado), às 10h25 o foguista (num estado horrível; veio calado, e calado partiu. Os 5 milhões que lhe dei perderam-se ali mesmo no corredor).

Ao meio-dia, Sídorovna, de modo insolente, não pôs nem três dedos no garrafão de Vassili Ivánovitch. Este pegou o garrafão vazio, dirigiu-se a quem de direto e declarou:

— Estão traficando *samogon*. Quero prender.

— Você não está confundindo? — perguntou-lhe sombriamente quem de direito. — Segundo nossas informações, no seu quarteirão não há *samogon*.

— Não? — sorriu amargamente Vassili Ivánovitch. — São mesmo muito notáveis as suas palavras.

— É isso, não há. E depois, como vai parecer sóbrio, se você mesmo estiver cheio de *samogon*? É melhor dormir um pouco. Amanhã você presta uma declaração sobre quem está com o *samogon*.

— Tá... entendi — disse Vassili Ivánovitch, atordoado. — Então, com eles é impossível, né? Deixe assim mesmo. Mas quanto ao fato de eu estar sóbrio, cheire o garrafão.

O garrafão estava com um "cheiro muito patente de óleo fúsel".

— Leve embora! — disseram então a Vassili Ivánovitch. E ele levou.

Quando Vassili Ivánovitch acordou, ele disse a Katerina Ivánovna:

— Vá correndo buscar um garrafão na casa de Sídorovna.

— Acorde, espírito maldito! — respondeu Katerina Ivánovna. — Fecharam a casa de Sídorovna.

---

[4] Dança popular entre marinheiros. (N. da T.)

— Como? Como foi que descobriram? — admirou-se Vassili Ivánovitch.

Fiquei rejubilado. Mas por pouco tempo. Em meia hora Katerina Ivánovna apareceu com um garrafão cheio. Descobriu-se que jorrara uma fonte fresquinha na casa de Makiéitch, duas residências depois de Sídorovna. Às 7 horas da noite eu arranquei Natacha das mãos do marido, o padeiro Volódia ("Não se atreva a bater!!", "É minha esposa" etc.).

Às 8 horas da noite, quando estourou um penoso *matelot* e Ánnuchka começou a dançar, minha esposa se levantou do sofá e disse:

— Não aguento mais! Faça o que for preciso, mas temos de ir embora daqui.

— Menina — respondi desesperado —, o que eu posso fazer? Eu não posso arranjar um quarto. Eles custam vinte bilhões, e eu recebo quatro. Enquanto eu não terminar o romance, nós não podemos esperar nada. Tenha paciência.

— Não é por mim — respondeu minha esposa. — Mas assim você nunca vai terminar o romance. Nunca. A vida está acabada. Vou tomar morfina.

Com essas palavras eu senti que me tornara férreo.

Eu respondi, e minha voz estava cheia de metal:

— Você não vai tomar morfina, pois eu não vou lhe permitir isso. E vou terminar o romance, e atrevo-me a acreditar que será um romance tal que a coisa vai pegar fogo.

Em seguida, ajudei minha esposa a vestir-se, tranquei a porta com chave e cadeado e pedi à Dússia (não bebe nada além de vinho do Porto) que vigiasse para ninguém quebrar o cadeado. Então levei minha esposa para passar os três dias de festa na Nikítskaia, na casa de sua irmã.

Conclusão

Eu tenho um projeto. No prazo de dois meses vou me empenhar em realizar a drenagem de Moscou, se não totalmente, pelo menos 90%.

Condições: o chefe serei eu. O quadro de auxiliares eu mesmo vou escolher entre os estudantes. O ordenado deles precisa ser bem alto (uns 400 rublos em ouro; o negócio compensa). Cem pessoas. Para mim, um apartamento de três cômodos com cozinha e mil rublos em ouro pagos de uma vez. E uma pensão para minha esposa, no caso de me matarem.

Plenos poderes. Cumprimento imediato de minhas ordens. Julgamento no prazo de 24 horas e nenhum tipo de fiança.

Vou promover a derrocada de todas as Sídorovnas e Makiéitches, bem como a derrocada refletida e subsequente dos “Cantinhos”, das “Flores da Geórgia”, dos “Castelos de Tamara” e de lugares semelhantes.

Moscou ficará como o Saara, e nos oásis sob as fachadas luminosas de “Comércio até a meia-noite” haverá somente vinho tinto suave e branco.

(1923)

Tradução de Nivaldo dos Santos

Vladímir Maiakóvski

Vladímir Vladímirovitch Maiakóvski (1893-1930) foi um dos grandes expoentes do movimento cubofuturista russo. Artista multifacetado, além de poeta foi também ensaísta, dramaturgo, ator, desenhista, pintor e publicitário. O que entremeia essas formas de manifestação é justamente a originalidade de sua veia satírica. Nesta coletânea, apresentamos alguns trechos de seu livro *Paris (notas do homem-ganso)*, de 1922, escrito após uma viagem à capital francesa, um relato das dificuldades burocráticas enfrentadas pelos soviéticos em suas viagens ao exterior, o que reflete o início do processo de isolamento da União Soviética pelo resto do mundo. Já em "Como eu a fiz rir", escrito após uma viagem aos Estados Unidos, Maiakóvski aborda de forma bem-humorada um de seus grandes problemas em viagens ao exterior: a deficiência na comunicação. O poeta falava apenas russo e georgiano e dependia da intermediação de amigos para se comunicar. Por fim, no artigo "Por acaso é possível tornar-se satírico?", o autor reflete sobre a situação do gênero nos jornais, comenta caricaturas e poemas da época e defende a especialização do ofício.

Paris (notas do homem-ganso)
(Extrato)

Conversinha divertida no consulado alemão

— Tem visto?

— Tenho.

— Seu passaporte?

Estendo a caderneta vermelha da RSFS da Rússia.[1] As mãos da secretária, como que chamuscadas, ganham vida própria e se refugiam atrás das costas.

— Não colocamos visto nisso. Isto precisa ser trocado. Dê uma passada lá no número 26. O senhor deve conhecer. (Um consulado branquinho!)

A senhora fala com simplicidade, como se oferecesse uma xícara de chá.

Faço uma cara surpresa e ingênua:

— Devem ter enganado a senhora: nosso consulado fica na Unter den Linden, 7.[2] No número 26 deve haver alguma organização fraudulenta. O número 26 não está registrado em nenhum lugar do NKID.[3] Vocês deveriam investigar esse assunto.

A senhora considera o assunto encerrado.

A senhora põe fim à discussão:

— Não colocamos visto nisso.

— Então colocam em quê?

---

[1] Abreviação de República Socialista Federativa Soviética da Rússia, no original, a mais extensa e povoada das repúblicas da União Soviética. (N. da T.)

[2] Unter den Linden: avenida principal de Berlim Oriental. (N. da T.)

[3] Narkomindel: Comissariado do Povo para Assuntos Estrangeiros da URSS. (N. da T.)

— Só podemos colocar num papel separado.

— Num papel, então, que seja num papel. Não sou orgulhoso.

— Mas o senhor está mesmo pensando em voltar para lá?!

— Com certeza.

A senhora ficou extremamente surpresa.

Pelo visto, nossos "nacionalistas" que passaram pelos consulados ao longo dos anos pulavam da cidadania sérvia para a chinesa com tanta graça, com tamanha ligeireza, que a minha persistência simplesmente parecia uma indecência.

Diálogo com um policial "especial"

Fronteira francesa. Controle de passaportes. Comissário especial de polícia. Olha o passaporte e o devolve. Olha e devolve.

Meu papelzinho certamente agradou ao "especial".

O "especial" lança um olhar entusiasmado, ora para mim, ora para o papelzinho.

— Sua nacionalidade?

— Russo.

— De onde vem?

— De Berlim.

— E antes de Berlim?

— De Estetino.[4]

— E antes de Estetino?

— De Reval.[5]

— E antes de Reval?

— De Narva.[6]

— E antes de Narva?

Não havia mais cidades estrangeiras. Bem, seja o que for... Jogo a bomba:

— De Moscou.

---

[4] Cidade na Polônia. (N. da T.)

[5] Atual Tallinn, capital da Estônia. (N. da T.)

[6] Cidade no extremo oriente da Estônia, na fronteira com a Rússia. (N. da T.)

Como resposta recebo uma folha com um título forte: "Passaporte sanitário",[7] e um pedido:

Em 24 horas apresentar-se ao comandante da polícia parisiense.

O trem continua parado. Eu também. Ao lado, está o "especial". Ele mantém uma conversa educada. Onde me hospedarei? Qual o objetivo da viagem? Tão atencioso. Anota tudo.

O trem começa a andar. O "especial" salta para a plataforma e me lembra:

— Em vinte e quatro horas!

Como as pessoas são atenciosas!

Com o comandante da polícia

Paris. Jogo as coisas no primeiro hotel que aparece. Automóvel. Comissariado.

Dá desgosto largar o reluzente Sena para me enfiar num tremendo e enfadonho quartel. Ele está repleto de sargentos reluzentes e de todo tipo de porcaria dos porões e dos sótãos parisienses, apreendida sabe-se lá por quê.

Alguém me manda, através da multidão de marginais, ao terceiro andar. Um secretário de mantô negro.

Entro numa longa fila. Enfrento até o fim.

— Tenho um "passaporte sanitário". O que devo fazer?

— Tirar fotos. O senhor vai registrar quatro fotografias no seu posto de polícia. Lá, registre outras quatro e traga-as logo para cá.

— Messiê! O "passaporte sanitário" tem, pelo visto, finalidades médicas. Eu saí da Rússia há dois meses. Não faz nenhum sentido guardar os piolhos por tanto tempo, especialmente para Paris. Em segundo lugar, acho difícil que uma fotografia seja um bom remédio contra o tifo: vou me fotografar vestido até a cintura, em pequeno formato; mesmo se eu tiver piolhos, não acho que, nessas condições, eles vão aparecer nas fotos.

---

[7] O passaporte sanitário ligava-se ao "cordão sanitário" criado em torno da União Soviética, a princípio, para lutar contra o tifo, mas na realidade dirigido contra a disseminação ideológica. (N. da T.)

Pelo visto, "sanitário" em francês não é o mesmo que em russo. O discurso não convenceu meu "messiê de mantô" e, mesmo assim, me mandaram para... o fotógrafo.

Em vez de ir ao fotógrafo, voltei para o hotel.

Tanto faz. Se tenho que passar por toda essa lenga-lenga, que comprem para mim uma passagem até Berlim para amanhã.

— Deixe isso para lá e aproveite os dez dias!

Deixei com muito prazer.

(1922)

Tradução de Letícia Mei

Como eu a fiz rir

Pode até ser que os estrangeiros me respeitem, mas é possível também que me considerem um idiota — sobre os russos, por enquanto, nem vou falar. Imaginem-se no lugar dos americanos: convidaram o poeta, disseram-lhes: um gênio. Gênio é ainda mais do que famoso. Chego e imediatamente:

— *Guiv mi pliz sam ti!* (Dê-me uma xícara de chá, por favor!)

Muito bem. Eles dão. Espero um pouco — e novamente:

— *Guiv mi pliz...* E novamente dão.

E eu de novo e de novo, com diferentes vozes e diferentes expressões:

— *Guiv mi* mais *sam ti*, *sam ti* mais *guiv mi* — reformulo. E assim vai a noitinha.

Os velhinhos animados e respeitosos ouvem, respeitam e pensam: "Olha só esse russo, não diz uma palavra em excesso. Um pensador. Tolstói. Norte".

O americano pensa para o trabalho. Não passa pela cabeça do americano pensar depois das seis da tarde.

Não lhe passa pela cabeça que eu não falo uma palavra de inglês, que a minha língua salta e se contorce como um saca-rolhas na ânsia de bater um papo, que levantando a língua como um bastão que gira um bambolê, eu enfileiro com zelo todos os tipos de A e S, inúteis, pois esvaziados de significado. Não passa pela cabeça do americano que estou parindo convulsivamente frases inconcebíveis e hiperinglesas.

— *Es uait pliz faif dobl arm strong...*

E me parece que, encantados pela pronúncia, atraídos pela ironia, arrebatados pela profundeza do pensamento, derretem-se as moças de pernas quilométricas, murcham os homens aos olhos de todos e desanimam diante da completa incapacidade de me superar numa discussão.

Mas as *ladies* se afastam ao ouvirem pela centésima vez a minha prece pelo chá dita em agradável voz de baixo, e os *gentlemen* se espalham pelos cantos, zombando respeitosamente da minha silenciosa figura.

— Traduza para eles — grito para Burliúk[1] — que, se eles falassem russo, eu poderia, sem estragar o peitilho, pregá-los com a língua nas cruzes de seus próprios suspensórios, eu giraria no espeto da língua toda essa coleção de insetos...

E Burliúk traduz escrupulosamente:

— Meu grande amigo Vladímir Vladímirovitch pede mais uma xicarazinha de chá.

Tudo bem.

Em casa vou tirar o atraso.

Eu vou falar à vontade!

Eu vou falar de um jeito que o redator da *Crocodilo*,[2] que não conhece o riso, vai morrer de rir; vou falar de um jeito que os severos oficiais de justiça, listando móveis por inadimplência de imposto, móveis de uma viúva, de uma velhinha faminta — estes funcionários severíssimos, arriscando perder o serviço, vão cair na gargalhada ao se lembrarem das minhas palavras.

Finalmente estou em casa.

Vocês vão me entender.

Com a boca escancarada, com a palavra já pendurada nos lábios, lanço-me em toda parte, aonde quer que haja a menor esperança de conversar.

Arriscando despertar falsas suspeitas, me meto nas conversas melancólicas dos funcionários da alfândega que reviram malas; intervenho na disputa familiar do soldado do Exército Vermelho e de sua mulher e, forçando-os a calar por um instante, afugento a família; dominado por uma tensão oratória, fico de través no corredorzinho do trem, preparando-me para investir contra o primeiro que sair da cabine, com todas as perguntas e respostas há tanto tempo ociosas.

---

[1] David Dávidovitch Burliúk (1882-1967), poeta e pintor ucraniano, um dos fundadores do futurismo russo. (N. da T.)

[2] *Krokodil*, revista satírica fundada em 1922, para a qual contribuía Maiakóvski. (N. da T.)

Para um orador, um trem transnacional é uma péssima caçada. Na cabine da direita há um japonês e a língua deles é o japonês; à esquerda, um francês silencioso arregala mais e mais os olhos assustados a cada novo quilômetro de neve russa. Somente um compartimento me pareceu suspeito de possível russidade, então fechei o cerco. Uma hora antes, um homem de cachecol esgueirou-se alegremente berrando, sem se dirigir a ninguém:

— Eles anunciam quinze graus de frio, não sinto nem dez! Quem lhes disse isso? Por que quinze? Como não veem? Não estou entendendo nada.

Gritou, bateu e trancou a porta.

Passada uma hora, um ronco atrás da porta convenceu-me a diminuir o cerco. Tirei uma soneca rápida e às sete da manhã já estava de guarda.

Às onze, uma porta escancarou-se e surgiu uma mulher envolta em três camadas de roupa estrangeira.

Ela segurava nas mãos uma enorme escova de dentes, embora me pareça que seja melhor limpar o ouro com camurça.

A mulher dirigiu-se a mim decidida:

— Tem alguém no banheiro?

Eu não tinha resposta pronta para isso e, de certo modo, titubeei com os ombros.

— O senhor não reparou? — disse a mulher, com tamanho desprezo que não saí mais do meu lugar até Moscou. Desaprendi a falar. Não me sobrou nenhuma carta na manga. Estava vindo de Nova York e, não sei como, nem notei Moscou e quase fui parar direto em Krasnodar.[3] Agora, sim, vou falar.

Eu vou falar com os cossacos e as cossacas. Krasnodar é a capital da Adiguésia,[4] não um corredor, não um medíocre corredor da, vejam bem, da sociedade internacional dos vagões-leito.

As palavras e frases já se acumulavam há um dia, eu já as havia embrulhado de tal modo que nenhum falante das ilimitadas palavras russas poderia deixar de rir.

---

[3] Cidade no sul da Rússia, a mais de mil quilômetros de Moscou. (N. da T.)

[4] Pequena república da Federação Russa na zona do Cáucaso. Era um distrito independente na época em que o texto foi escrito. (N. da T.)

Com o primeiro que passar — dizia para mim mesmo, arrastando minha mala no segundo andar do Primeiro Hotel Soviético —, com o primeiro que passar, vou testar o hilariante poder da palavra.

Às 8 horas da manhã, os hotéis ainda estão vazios, mas eu já havia esgotado todos os créditos telefônicos indicados no papelzinho branco pregado na parede.

Chegou uma mulher jovem, bonita e grande.

— Chá, por favor — eu disse, justamente tentando puxar assunto com ela, jogando a conversa sobre a louça.

É preciso conquistar a sua simpatia. Ajudando a levantar o samovar, eu já perguntava alegremente:

— A senhora fala russo? Ou adigue?[5]

— Hã? — ela devolveu a pergunta.

— É que eu venho da Ucrânia e lá tem um poste: à direita está escrito "Bakhmatch"[6] para os russos, e à esquerda o mesmo "Bakhmatch", só que para os ucranianos.

— É para não se perderem — ela concordou compreensiva.

— E na sua cidade existe uma rua Engels e uma travessa Lunatchárski?

— Quem são esses? — ela perguntou.

Ao perceber a discrepância das réplicas, passei para os assuntos do cotidiano.

— Ontem não me serviram espetinhos, disseram que não deu muito cordeiro nesse ano.

— É mesmo, foram poucos os cordeiros — ela concordou, terminando de arrumar a louça, aparentemente perplexa e tentando entender o rumo que eu estava dando àquela conversa.

— No vagão — prossegui, elevando a voz e perdendo a calma —, colocaram perto de mim um homem pequeno, mas enrolado. De manhã, ele levava meia hora para se vestir. Eu lhe disse: "Por que demora tanto? Para mim, sim, é difícil me vestir, mas para você? As suas calças são minúsculas!".

A mulher corou, franziu o cenho e disse grosseiramente:

---

[5] Uma das línguas oficiais da Adiguésia, além do russo. (N. da T.)

[6] Cidade ucraniana. (N. da T.)

— Pare com essa história de vestir e tirar calças, sou um membro do sindicato. — E saiu, batendo a porta.

Amargurado e humilhado, abri minha banheira de borracha, com passos pesados fui para o banheiro e, antes de chegar lá, gritei para o vazio:

— Um balde de água fria para o número 16!

Voltando do banheiro, de repente, parei. Parei como se estivesse pregado no chão. Ouvia-se um riso. Este riso vinha do meu quarto. Fiquei na ponta dos pés e, num lampejo de loucura, voei para o alvo, para a abertura. Quero ver, quero apertar a mão daquele que conseguiu fazer rir esta mulher monumental.

Com inveja, afundo na fenda da porta. A mulher estava de pé sobre a minha banheira de borracha, a mulher cravava os olhos na banheira chorando de tanto rir e gargalhar. Gargalhava tanto que na água do banho corriam ondas, e o fluxo e refluxo, atípicos das águas paradas, assemelhavam a banheira ao mar.

* * *

Naquele dia eu entendi muita coisa: a dificuldade do ofício do escritor e a relatividade do humor.

(1926)

Tradução de Letícia Mei

Por acaso é possível tornar-se satírico?

Na RSFS da Rússia surgiu e logo se multiplicou uma série de revistas satíricas que atualmente trabalham com seriedade e sucesso: as revistas do partido — *Crocodilo*, *Pimenta Vermelha* — e a revista apartidária *Amanita* (São Petersburgo).[1] As revistas puramente literárias anunciam suas colunas satíricas (*Projetor*),[2] os jornais, mais do que nunca, publicam poemas e folhetins satíricos. Raramente sai uma edição do *Pravda* ou do *Izviéstia* que não tenha caricaturas.

Impressão geral: a quantidade e, em parte, o nível das sátiras elevou-se significativamente.

Como explicar?

Primeiramente, é claro, com a nossa vitória política e com as nossas diversas vitórias econômicas.

Surgiu a oportunidade de limpar mais profundamente as "entranhas" soviéticas.

Se antes uma recatada caricatura sobre o redator de alguma *Rosta*[3] provocava queixas de "fundações abaladas" da parte de um "burocrata", agora vemos uma inteira "dança dos ministérios", por exemplo, na caricatura sobre a celebração do dia da colheita, publicada na *Crocodilo*.

Esta é a primeira condição: a possibilidade de rir. Mas isto é pouco. É imprescindível elevar a qualificação profissional do satírico.

---

[1] Revistas satíricas fundadas na União Soviética. Respectivamente: *Krokodil* (1922-2008), *Krasni Pérets* (1927-1934) e *Mukhomór* (1922-1923). (N. da T.)

[2] *Projektor*, revista satírica que circulou entre 1923 e 1935 como apêndice ao jornal *Pravda*. (N. da T.)

[3] Abreviação de *Rossískoie Telegráfnoie Aguentstvo*: Agência Telegráfica Russa. (N. da T.)

Este sim é um assunto que se pode ensinar.

Não há temas engraçados. É possível elaborar qualquer tema de modo satírico.

De fato, há temas que levam ao riso, por exemplo: o lobista, o emigrante, o sabotador. Tais temas incitam o riso até mesmo com elaboração mínima. Mas tal "cômico" rapidamente se desgasta, o tema torna-se enfadonho.

É necessário também a elaboração do material.

Quando se trata de uma obra literária, a palavra deve ser afiada.

É difícil analisar as várias possibilidades em um pequeno artigo. Vou citar apenas alguns procedimentos.

Por exemplo, a canção satírica. Por que é fácil memorizar essa quadra?

Milka meias e uma burca
Deu-me de presente,
Iudiénitch de Petersburgo
Evaporou feito solvente.

Porque o tema clichê "Iudiénitch"[4] é afiado por esta rima leve, porém incomum e bem pensada "presente/solvente". Apesar do tema clichê, sua elaboração provoca o riso.

Um exemplo para a prosa. No último número da *Crocodilo* há uma legenda brilhante em um desenho sobre a questão do Ruhr:[5]

"Vencidos pelo cansAÇO."

Onde está a força, o teor satírico desta frase?

Está no fato de ser tirada de uma expressão comum, "Vencidos pelo cansaço", e no destaque das três letras finais, o que dá um significado completamente novo, até "assustador" à primeira vista.

---

[4] Nikolai Nikoláievitch Iudiénitch (1862-1933), general do exército russo e líder do Exército Branco durante a guerra civil russa. (N. da T.)

[5] Referência à ocupação do vale do Ruhr entre 1923 e 1924 pelas tropas francesas e belgas, com o intuito de tomar o centro de produção alemã de carvão, ferro e aço. (N. da T.)

É importante para o poema, por exemplo, que ele esteja no ritmo do "cômico", que, por si só, já provoca o riso. Por exemplo, os versos de D. Biédni sobre Vandervelde:[6]

Olha, senhor juiz, senhor juiz,
Mas que perninhas, mas que quadris,
É!

O tratamento da séria matéria das cançonetas produz o riso. Até mesmo esses exemplos rápidos mostram que o riso vem da elaboração (elaboração esta que conhece suas próprias leis) e que, consequentemente, não se nasce satírico, mas se estuda o assunto, e que exemplos conscientemente bem trabalhados provocam o riso involuntário.

A sátira está crescendo: é preciso dar-lhe uma qualificação elevada.

(1923)

Tradução de Letícia Mei

---

[6] Demián Biédni, pseudônimo de Efim Alekséievitch Pridvórov (1883-1945), poeta satírico soviético. Émile Vandervelde (1866-1938), político socialista belga, foi um dos advogados de defesa dos membros do partido dos Socialistas Revolucionários, opositores dos bolcheviques julgados por uma série de assassinatos e atos terroristas em 1922. (N. da T.)

Mikhail Zóschenko

Mikhail Mikháilovitch Zóschenko (1895-1958) nasceu em Poltava, na Ucrânia, mas sempre esteve associado à cultura da Petersburgo revolucionária e soviética. Serviu no exército russo durante a Primeira Guerra Mundial e no Exército Vermelho durante a guerra civil. Fez parte do círculo literário "Irmãos Serapião". Zóschenko foi um dos escritores mais populares das décadas de 1920 e 1930. Por trás do estilo breve e do tom coloquial de suas sátiras há um grande experimentalista da linguagem e da estrutura dos pequenos gêneros da prosa. Além da sátira curta, Zóschenko escreveu ainda uma série de paródias de romances do século XIX, chamadas pelo autor de *Novelas sentimentais*, e um ensaio autobiográfico sobre sua relação com a depressão, intitulado *Antes do nascer do sol*. Dos contos aqui incluídos, "Propaganda" e "Pobreza" fazem parte de sua produção mais característica, na qual o tom direto e a representação caricata não deixam de fazer um comentário derrisório sobre a relação entre o discurso oficial soviético e a distante realidade cotidiana. Já em "Anedotas literárias", do fim de sua carreira, o satirista ataca, ainda que moderadamente, as pequenas burocracias do ambiente literário.

Propaganda

Grigori Kossonossov, vigia da Escola de Aviação, foi passar as férias no interior.

— Pois então, camarada Kossonossov — disseram-lhe os companheiros antes da partida —, você está indo. Que tal fazer uma campanha de propaganda lá pelo interior? Diga aos mujiques: eis que a aviação está se desenvolvendo... Quem sabe, podem dar uma contribuição.

— Com certeza — disse Kossonossov — faço a campanha. Até por outra causa, pela aviação mais ainda, não se preocupem, eu faço.

Kossonossov chegou ao interior no outono e, logo no primeiro dia, dirigiu-se ao Conselho Municipal.

— É o seguinte — disse ele —, quero fazer uma campanha. Uma vez que vim da cidade, não podemos chamar uma assembleia?

— É claro — disse o presidente —, vamos lá, amanhã chamo os mujiques.

No dia seguinte, o presidente chamou os mujiques para o galpão dos bombeiros.

Grigori Kossonossov entrou, fez uma reverência e, com medo, por falta de experiência, pôs-se a falar com voz trêmula.

— Pois a aviação... — disse ele. — É isso, camaradas camponeses... Vocês são um povo bronco, por isso vou falar de política... Aqui, digamos, está a Alemanha, e aqui, Curzon. Aqui, a Rússia, e aqui... enfim.

— De que é que você está falando? — os mujiques não compreenderam.

— De quê? — ofendeu-se Kossonossov. — Estou falando da aviação. Está se desenvolvendo, isso, a aviação... Aqui está a Rússia, e aqui a China.

Os mujiques ouviam, carrancudos.

— Não enrole! — gritou alguém lá atrás.

— Não estou enrolando — disse Kossonossov —, estou falando da aviação... Está se desenvolvendo, camaradas camponeses. Não digo nada contra. O que é, é. Não discuto.

— Não dá pra entender — gritou o presidente. — Camarada, ao alcance das massas.

Kossonossov aproximou-se da multidão e, depois de enrolar um cigarrinho, recomeçou:

— É o seguinte, camaradas camponeses... Estão construindo aeroplanos e voam neles. Quer dizer, pelo ar. Um ou outro, é claro, não fica lá em cima, começa a ribombar e esborracha no chão. Igual ao camarada aviador Ermilkim. Subir, subiu, mas despencou lá de cima, foi tripa pra todo lado...

— Não é pássaro, então — disseram os mujiques.

— É o que estou dizendo — alegrou-se Kossonossov com o apoio —, está claro: não é pássaro. O pássaro, ele cai e nem liga, se sacode e segue em frente... Mas aqui, fodeu... Também outro aviador, o camarada Mikhail Ivanitch Popkov. Voou como se deve e *bum!* — defeito no motor... Despencou...

— Ahn? — perguntaram os mujiques.

— Tudo verdade... E um outro desabou em cima de umas árvores. E ficou pendurado, pequenininho. De medo, fez umas doideiras, que piada! Acontece cada caso... Uma vez então uma vaca se meteu debaixo da hélice. Zás-trás, *tchic, tchic* — ficou em pedacinhos. Chifre, pança — não dava pra saber o que era o quê... Cachorros também, às vezes vão parar ali.

— E cavalos? — perguntaram os mujiques. — Será que cavalos também, meu caro?

— Cavalos também — disse Kossonossov —, é bem provável.

— Com os diabos! — disse alguém. — O que foram inventar! Despedaça cavalos... E então, meu querido, isso está se desenvolvendo?

— É o que estou falando — disse Kossonossov —, está se desenvolvendo, camaradas camponeses... Juntem os membros da comunidade e façam doações.

— Fazer doações pra quê, meu querido? — perguntaram os mujiques.

— Para o aeroplano — disse Kossonossov.

Os mujiques, com um sorriso forçado, começaram a se dispersar.

(1923)

Tradução de Denise Sales

Pobreza

Hoje, meus irmãos, que palavra está mais em moda, hein?

Está mais em moda hoje, sem dúvida, a palavra eletrificação.

É um negócio de enorme importância, não discuto: A luz elétrica ilumina a Rússia Soviética. Mas até isso, por enquanto, tem o seu lado negativo. Não digo, camaradas, que custa caro. Não, não custa caro. Não tenho apego a dinheiro. O assunto não é esse.

Estou falando de outra coisa.

Eu morava, camaradas, numa casa enorme. A casa inteira à luz de querosene. Uns usavam lamparina, outros candeeiro e outros nem usavam nada — a vela do pope também ilumina. Uma pobreza só!

E então começaram a ligar a luz.

Primeiro foi o encarregado. Ligou a luz pra ele. É um homem quieto, não deixa transparecer nada. Mas anda de um modo estranho e assoa o nariz o tempo todo, perdido em pensamentos. Mas não deixa transparecer.

E então, certa vez, a nossa querida senhoria, Elizaviéta Ignátievna Prokhópova, entra e anuncia a iluminação do apartamento.

— Todos ligam — diz ela. — Até o encarregado já ligou.

Que coisa! Ligamos também.

Ligamos e iluminamos — luzes divinas! Mas, ao redor, só mofo e sujeira.

Antes era assim: de manhã a gente saía pra trabalhar e só voltava de noite, tomava chá e ia dormir. Sob a luz de querosene, não via absolutamente nada. Mas, agora, ligaram a luz, a gente olha e vê: ali um chinelo roto largado, acolá um papel de parede arrancado, pedacinhos de papel dependurados, um pouco mais além um percevejo trotando pela parede, fugindo da luz; aqui uma trapeira qualquer, um escarro, uma guimba, uma pulga descansando...

Luzes divinas! Dá vontade de sair correndo. Que tristeza ver esse espetáculo.

No nosso cômodo, por exemplo, tinha um sofazinho. Eu nem reparava nele, era um sofá bom. Eu costumava ficar sentado ali, durante a tarde. Mas então chegou a eletricidade — luzes divinas! E aí, hein? E o sofazinho? Agora ele chama a atenção, todo rasgado, o recheio saindo pra fora. Não consigo mais me sentar num sofá desses — a alma protesta.

Veja só, penso eu, como vivo mal. Dá desgosto olhar tudo isso.

Olho e vejo que a senhoria Elizaviéta Ignátievna anda triste, resmunga consigo mesma na cozinha, enquanto arruma as coisas.

— O que está fazendo, senhoria? — pergunto.

Ela abana a mão.

— Ai, meu querido, eu não sabia que vivia tão mal — responde.

Dou uma olhada nas quinquilharias da senhoria e penso, realmente, nenhuma abundância: mofo e sujeira, trapos de todo tipo.

Comecei a chegar em casa chateado.

Chego, acendo a luz, admiro a lâmpada e me enfio na cama.

Aí pensei bem e... recebi o salário, comprei cal e mãos à obra. Arranquei o papel de parede, expulsei os percevejos, tirei as teias de aranha, consertei e arrumei o sofazinho — fez bem pra alma.

Tudo parecia ter dado certo, mas nem assim tive paz. Tudo em vão, irmãozinhos, desembolsei o dinheiro e daí a pouco — a senhoria corta a ligação.

— Com iluminação fica tudo pobre demais — diz ela. — Iluminar essa pobreza pra quê?

E olha que eu pedi, apresentei argumentos; não deu em nada.

— Então se mude — disse ela. — Eu não quero mais morar em lugar iluminado. Não tenho dinheiro pra reformar o apartamento.

Agora me digam, camaradas, será que é fácil deixar o apartamento depois de gastar uma soma na reforma? Então me resignei.

É isso, irmãos, a luz é boa, mas, com luz, tudo fica mal.

(1925)

Tradução de Denise Sales

Anedotas literárias

Prefácio

Hoje em dia muita gente reclama dos literatos. Alguns dizem: escrevem secamente. Outros: escolhem temas mesquinhos e insignificantes para as suas obras inchadas. Ou, ao contrário, maquiam a realidade — sem quê nem para quê.

Não são poucas também as censuras à monotonia da linguagem e à completa ausência de graça na narrativa.

Bem, com certeza, essas censuras, cá entre nós, em parte são justas. No entanto, é preciso falar com franqueza: não foram os escritores que inventaram esses defeitos. Convém considerar todas as dificuldades da nossa profissão que, com frequência, levam os autores aos lamentáveis resultados apontados acima.

Aqui registramos alguns momentos do cotidiano literário. Essas cenas da realidade mostram, nitidamente, como é complexa a tarefa literária. Em particular, para aqueles que, por algum motivo, ainda não assimilaram completamente esse sistema de produção, cuja insalubridade talvez só possa ser comparada à fabricação de pigmento à base de chumbo.

Entende-se, é claro, que não estamos falando de graça do estilo.

Registramos essas cenas da realidade não sem alguma bile. Mas essa bile nos parece desculpável para quem trabalhou no ramo por uma quantidade de anos tal que nem um cavalo é capaz de atingir, mesmo próximo de sua idade-limite.

1. Sob o fogo da crítica

Há pouco, numa reunião de literatos, uma escritora leu a sua novela mais recente, sobre a vida nas cooperativas agrícolas, chamada *Belíssima primavera*.

Em minha opinião, a novela era medíocre, irremediavelmente semelhante a outras dezenas de obras já publicadas. No entanto, ao discutir sobre ela, os críticos divergiram bastante. Alguns elogiaram a novela de modo evasivo, outros a criticaram iradamente, e terceiros viram naquela obra um germe inovador, capaz de abrir largos horizontes literários.

Mas, no final, houve muito mais elogios do que críticas. Um dos manifestantes, depois de elevar a novela às alturas, dirigiu-se à escritora e disse-lhe num tom adulador, num eslavo eclesiástico de séculos atrás:

— Mária Livovna, receba a profunda reverência de todos aqueles a quem são verdadeiramente caros os destinos da nossa literatura.

Ruborizada, a escritora declarou modestamente aos presentes que o crédito de tão alta apreciação não cabia a ela, mas às conquistas do cooperativismo agrícola, tema sobre o qual ela escrevera.

A declaração da escritora confundiu os oradores seguintes e desviou a conversa para o negócio das cooperativas agrícolas e, em particular, para os terrenos cedidos a cultivo individual, de que tratava a novela. Por esse motivo, os presentes não conseguiram nem mesmo fazer um balanço mínimo de suas desencontradas opiniões a respeito da novela *Belíssima primavera*.

Tal divergência no julgamento dos críticos surpreendeu enormemente o colega que estava a meu lado — um amante apaixonado da literatura e, seja dito, a propósito, famoso engenheiro mecânico. Inclinando-se em minha direção, ele disse num sussurro furioso:

— Quer saber de uma coisa? Se numa das nossas reuniões de trabalho acontecesse algo assim, seríamos obrigados a mandar para o diabo toda a produção de máquinas e ferramentas!

— O nosso negócio é um pouco mais complicado do que o seu — respondi. — No nosso, há tantas opiniões quanto pessoas.

— Mas isso não está certo! — exclamou o engenheiro, novamente num sussurro furioso. — A crítica é uma ciência e não uma apreciação subjetiva. Portanto, na corporação dos escritores, devia triunfar uma opinião única e justa sobre essa novela imprestável!

— Sim, isso é verdade — concordei. — Mas, na prática, infelizmente, não se sabe por quê, isso não acontece.

Depois da discussão, o engenheiro olhou para mim como se eu fosse um estudante que acabara de cometer uma falta e disse:

— Sim senhor, agora eu entendo de onde vêm os enguiços da literatura. Vocês não têm uma crítica adequada, base de todo e qualquer ramo produtivo.

E então, depois de apertar a minha mão até doer, o engenheiro exclamou:

— É isso, encontrei uma saída! Juro! Só pessoas inteligentes, de autoridade e gosto irrepreensível, devem se ocupar da crítica.

— O senhor está certo — concordei —, mas nessas condições podem acontecer imprevistos deploráveis.

— Que imprevistos? — surpreendeu-se o engenheiro.

— Muitos, eles vão depender do caráter do crítico...

Nessa conversa, o engenheiro e eu caminhávamos para a saída.

À porta, encontramos a escritora, autora da novela *Belíssima primavera*.

O rubor de agitação já se apagara de suas faces e, agora, se transformara numa palidez desmedida. Olhando algum ponto ao longe, a escritora perguntou-nos, automaticamente, sem emoção:

— E então, o que acharam da minha novela?

Eu consegui ficar em silêncio, mas o engenheiro, visivelmente agitado, disse baixinho:

— Uma novela admirável...

A escritora afastou-se quase sem ouvir as palavras. Voltando-se para mim, o engenheiro murmurou, desconcertado:

— Dizer o contrário, na cara dela, seria desagradável...

E, de cenho carregado, acrescentou ao próprio murmúrio:

— O diabo sabe o que é isso... Não, eu não seria capaz de trabalhar nesse negócio... Faz mal aos nervos...

2. Sobre a questão do verniz

Certa vez, no outono, encontrei na rua uma moça conhecida, Liuka N. Havia uns quatro anos, ela terminara o Instituto Literário e, logo em seguida, precipitadamente, escrevera várias novelas e contos.

Um conto seu, de qualidade mediana, foi publicado no jornal, mas o restante da produção, como costumam dizer, não veio à luz.

E eis que agora, ao encontrar Liuka, pergunto como vão seus negócios literários. Ela exclama com espanto:

— Como? Será que você não sabe? Faz dois anos que abandonei definitivamente a literatura.

— Mas por quê?

Em resposta a essa pergunta, Liuka desatou a falar, agitada e raivosa:

— Não, não é possível trabalhar com literatura. Os editores intrometem-se muito em nosso negócio — corrigem, engomam, envernizam, penteiam tudo do mesmo modo. Com isso, perde-se toda a individualidade do autor. Qualquer obra, depois de passar pelas mãos do editor, adquire um verniz corriqueiro. Tudo isso reduz a literatura a uma tarefa burocrática.

Perguntei a Liuka o que ela fazia agora. Ela respondeu:

— Agora trabalho como repórter fotográfica. E digo com franqueza, estou extremamente satisfeita com essa especialidade. Essa arte exige não menos inspiração e talento... A propósito, não quer ir comigo ao zoológico? Preciso tirar fotos de alguns animaizinhos.

Fomos ao zoológico. Lá, com a Leika, ela tirou fotos de duas dezenas de predadores. E, radiante de satisfação, disse que queria terminar esse fecundo trabalho com uma foto lírica — o passeio das crianças no burrinho.

Numa praça do zoológico, havia uma multidão de crianças. Numa pequena e agradável carrocinha, sentaram-se uns seis pequerruchos. O burrinho alquebrado, cor de pelo de rato, puxava lentamente a criançada numa pista circular do jardim.

Era uma alegria ver as crianças boquiabertas com as novas impressões.

Liuka estava demorando para fotografar as crianças e eu esperava pacientemente o momento de sua inspiração. Porém, quando o burrinho, estúpido e triste, passou por mim lá pela décima vez, não sei bem por que me deu uma raiva enorme, perdi a vontade de ficar olhando aquela atividade e comecei a apressar Liuka. Disse-lhe:

— Vamos, tire uma foto desse grupo de crianças.

Ela respondeu:

— Não, não, esse grupo de crianças decididamente não serve. Eu quero uma menininha especial, você sabe, uma bonequinha, de vestido de seda plissado, cabelos encaracolados, com um grande laço de lado.

— Liuka — perguntei com jeito —, foi o editor que mandou você fotografar uma menina dessas?

— Não — respondeu Liuka —, mas acho que assim a foto vai ficar mais bonita.

— Mas meninas com cachos artificiais não são comuns em nossas ruas — observei. — Pra que então esperar tanto por algo que acontece tão raramente?

Liuka respondeu:

— É verdade, mas assim minha foto vai ficar viva, alegre, bonita de se ver.

O burro passou por nós com sua carrocinha pela centésima vez, e Liuka nada de tirar a foto. Finalmente, por sorte minha, surgiu numa rua do zoológico um menininho elegante, com sua mãezinha. Ele estava vestido de modo extraordinário — um casaco da moda e calças compridas. Na mão, segurava uma pequena bengala.

No começo, achei que vinha andando um liliputiano, mas, depois, verifiquei que desfilava um garoto normal, de uns cinco anos, vestido de modo extremamente afetado pelos pais. De qualquer modo, era impossível olhar para aquele janotinha sem dar uma risada.

Liuka correu ao encontro da mãe do pequenino e começou a pedir que ela sentasse seu filho na carrocinha. Mas a mãe se recusava categoricamente. Ela dizia:

— De jeito nenhum, meu Vadik[1] é propenso à angina. Além disso, não permito que ele fique junto com outras crianças. Ele pode pegar alguma doença.

Então Liuka tirou duas fotos do pequenino na entrada do zoológico e, aproximando-se de mim, disse:

---

[1] Diminutivo de Vladisláv. (N. da T.)

— Eu encaixo esse rapazinho no grupo. Ou melhor, vou colocá-lo perto do burrinho. E isso vai deixar a foto ainda mais bonita.

Daí uns cinco minutos, nos separamos. E quando Liuka se foi, pensei: "Que bom que ela abandonou a literatura".

3. História de um escritor iniciante

Neste outono, escrevi uma pequena novela e levei-a a uma editora. Um mês depois, fui saber a resposta e, para minha surpresa, a secretária disse:

— Sua novela foi aceita e será publicada. Se quiser, espere o editor-chefe. Ele voltará daqui a uma hora.

Enquanto esperava, fiquei andando pelo corredor, numa ansiedade enorme. De repente, numa das portas, meus olhos viram uma placa branca com a inscrição: "Contabilidade".

Deu vontade de saber quanto me pagariam pelo trabalhinho.

Não, não é isso, eu amo a literatura com todo o meu coração, desinteressadamente e, para mim, nesse caso, o dinheiro não desempenha papel decisivo. Mas não quero ser hipócrita, reconheço que a questão do dinheiro põe uma pitada de animação no negócio.

Em resumo, entrei na contabilidade para esclarecer a situação material.

O contador, depois de folhear o meu manuscrito, disse que por esse trabalhinho pagariam uns sete mil.

A soma significativa deixou-me aturdido e despertou em mim uma onda de energia criadora. Queria escrever mais e mais. E ali mesmo, no corredor, depois de afundar-me no sofá, comecei a esboçar o plano de outra novela.

Entretanto, o editor-chefe voltou logo. Disse-me brevemente:

— Sim, publicaremos o seu trabalhinho, embora perceba-se nele certa imaturidade. Mas isso é próprio de escritores iniciantes, dos quais não temos o direito de exigir resultados imediatos.

Agitado pelos acontecimentos, exclamei:

— Oh, permita-me trabalhar um pouco mais em minha novela. Quero deixá-la num brilho só.

O editor-chefe elogiou a boa intenção e me deu um mês de prazo para fazer as correções.

A partir daquele dia, passei um mês inteiro debruçado sobre minha novela. Além disso, sem confiar nas próprias forças, envolvi no negócio um literato idoso, que morava em nosso prédio. Esse velho escritor, não sei bem por quê, até chorou ao saber do meu desejo de levar minha novela à extrema perfeição técnica. Em meio a lágrimas, proferiu solenemente:

— Ah, meu jovem, em todos esses 60 anos de atividade literária, não mais de duas vezes encontrei-me em condições de lapidar meus manuscritos! Esse trabalho, acredite, não conforta o coração e costuma arrancar lágrimas, mas, como a novela não é minha, de bom grado mergulharei uma vez mais, junto com o senhor, nas águas sagradas da arte.

E então, depois de agarrar um lápis, o velhinho começou a riscar de minha novela, sem piedade, uma série de cenas, muitos diálogos e repetições que, como ele afirmou, obscureciam o negócio.

Em seguida levei o manuscrito corrigido novamente à editora. E o editor-chefe, depois de ler o texto, exclamou:

— Agora sim sua novela está em perfeito estado!

Uma semana depois, passei pela contabilidade para receber os honorários. E então, para minha surpresa, soube que receberia pela novela toda cerca de três mil, em lugar dos sete.

O contador, defendendo-se dos meus ataques, disse com uma risadinha:

— Que tenho eu com isso? Provavelmente o senhor se deu o luxo de encurtar a novela. Pois a culpa é toda sua.

Corri então para o editor-chefe, mas ele disse:

— Sim, é claro, não posso contestar, sua novela melhorou imensamente depois do acabamento. Mas isso se refletiu nos seus honorários.

À noite, já em casa, por muito tempo não consegui pregar os olhos. Andava de um lado para o outro do quarto, tentando resolver a dolorosa questão: como me comportar no futuro, com meus próximos manuscritos — deixá-los naquele estado inchado, assim como saem de sob a pena, ou encurtá-los de algum modo?

Minha mulher, caindo de sono, me disse:

— Ah, faça como quiser! Mas, na minha opinião, é estupidez jogar fora um dinheiro que já está no bolso.

Ao raiar do dia, apesar de tudo, resolvi abreviar minhas obras, mas abreviar com moderação. Além disso, fiquei pensando: se antigamente pagassem poemas por linha, então, provavelmente, o hexâmetro não teria surgido.

Lembrei-me da *Odisseia*, de Homero:

Tua narrativa, ancião, é irretocável. Não
Há um só termo vão que margeasse a moira.[2]

Não, não teriam surgido aquelas linhas exuberantes se o contador da antiguidade tivesse se metido no negócio.

4. Erro grosseiro

Há pouco tempo, avaliei um manuscrito a pedido de uma editora — o romance de um escritor que eu não conhecia.

O romance fora construído de modo caótico, mas algumas de suas páginas davam conta do talento indiscutível do escritor.

Encontrei-me com o autor. O problema é que era um homem mais velho e, por isso, julguei necessário explicar os erros, sem arrogância, para que ele não os repetisse nos próximos trabalhos. Falei francamente:

— O senhor incluiu no romance a história da vida de umas quarenta pessoas. Cada história, isoladamente, é interessante. Mas, reunidas, provocam um caos no romance. Ainda bem que o senhor escolheu uma estrutura relativamente pequena, onde, ao todo, havia quarenta pessoas e não duzentas. Senão seria completamente insuportável.

O autor comentou, carrancudo:

— Baseei-me na verdade da vida, incluí aquilo que vi.

Não me sentia à vontade para falar num tom professoral com aquele homem mais velho, mas, de qualquer modo, eu lhe disse:

— No nosso negócio, alcançamos a verdade da vida por outro caminho, com limites mais precisos. De todas as situações, o senhor devia ter escolhido cinco ou seis pessoas estreitamente relacionadas entre si.

— E as outras, onde eu as colocaria?

— Às outras, o senhor poderia nem dar atenção ou então poderia deslocá-las para o segundo plano, falar delas brevemente, de passagem.

---

[2] Versos do canto XIV da *Odisseia*, em tradução de Trajano Vieira. Os versos seguintes leem: "Não há de te faltar casaco ou algo mais/ Que é justo receber o pobre suplicante". (N. da T.)

— Ah, veja só como se deve escrever... — resmungou o autor.

— Sim, realmente é assim que se deve escrever — confirmei eu. — E o senhor, como escritor iniciante, deve memorizar bem essa regra.

Ainda mais carrancudo, o autor replicou com desdém:

— Realmente. Mas, permita-me, de onde o senhor tirou esse escritor iniciante?! Trabalho há vinte anos. Tenho três livros, duas peças e quatro roteiros...

Extremamente confuso com esse meu erro, balbuciei:

— Ah, veja só... Perdoe-me... Eu não sabia... Ninguém me preveniu sobre isso...

Sim, sem dúvida, a literatura é um negócio complicado. E fica mais complicado ainda se comparado com outras profissões, como podemos dizer, afins.

Mas uma coisa é indiscutível: escrever um romance não é fazer uma calça. E, a propósito, nem todo alfaiate terminaria a calça se enfrentasse, na sua produção, paradoxos como os que apontamos neste folhetim.

(1953)

Tradução de Denise Sales

Ilf e Petrov

A colaboração entre Iliá Arnóldovitch Fáinzilberg (1897-1937) e Ievguêni Pietróvitch Katáiev (1903-1942) é conhecida no Ocidente sobretudo pelas várias adaptações cinematográficas do romance *As doze cadeiras* (1928). Os autores, ambos naturais de Odessa, se conheceram na redação do *Sirene*, um jornal distribuído entre os trabalhadores ferroviários, e no qual também trabalharam outros três autores presentes nesta antologia: Bulgákov, Oliécha e Valentin Katáiev, irmão de Ievguêni. Assinando com o pseudônimo Ilf e Petrov, logo se tornaram os mais famosos humoristas soviéticos dos anos 1930. A dupla chegou a viajar para os Estados Unidos, uma regalia concedida a poucos escritores nesse período, e em 1936 publicou uma coletânea de sátiras sobre o Novo Mundo, *A América de um andar*. Se o principal alvo de *As doze cadeiras* é a Nova Política Econômica e o tipo empreendedor que surge naquele momento, os chamados *nepmen*, os contos aqui selecionados giram em torno do trabalhador comum, da burocracia insurgente nas fábricas e escritórios e das malandragens e bizarrices de seu cotidiano.

Um fantasma amador

A situação estava tensa na fábrica de bombas hidráulicas. Só se falava numa iminente depuração do quadro de funcionários, contavam-se histórias assustadoras, ocorridas nas vezes anteriores, e as pessoas estavam para lá de alvoroçadas.

Os funcionários passaram imperceptivelmente a relatos de coisas medonhas. O camarada Bidto-Steregúschi, instrutor da seção de êmbolos, contou aos companheiros um caso triste. Que ainda mocinho, ele, Bidto-Steregúschi, recebera a visita do fantasma do falecido avô. O fantasma, brandindo os braços, rogara todas as pragas e punições dos céus sobre a cabeça do neto.

Caçoaram de Bidto-Steregúschi, e ele reconheceu que o tal fantasma aparecera, propriamente falando, não a ele pessoalmente, mas a um seu bom conhecido, em quem se podia acreditar sem medo. Apesar disso, a conversa sobre seres do outro mundo continuou. Todos os presentes eram pessoas racionais e varreram com desprezo até a ideia de possibilidade de aparição de fantasmas nos nossos sóbrios tempos materialistas.

Ridicularizado por todos, Bidto-Steregúschi desdisse da sua história e já se preparava para ir-se para a sua seção de êmbolos, quando inesperadamente entrou na conversa Kulturträger, um velho funcionário da seção de mangueiras.

— Pra que ficar falando — observou ele —, mas fantasma é um negócio de fazer o sangue gelar.

— Tenha vergonha, camarada Kulturträger! — gritaram todos. — É uma vergonha e uma tolice acreditar em aparições.

— Isso mesmo — disse o camarada Galeriêiski —, se eu pusesse as mãos num fantasma, eu lhe...

E Galeriêiski sorriu, cheio de si.

— No mundo, não há milagres — disseram dois irmãos, que trabalhavam na "Bombas" com sobrenomes diferentes: Lev Rubáchkin e Ian Skamiêikin. — Não há milagres no mundo, e o gênio da sua produção é o homem.

— Os materialistas não ligam para fantasmas — confirmou Galeriêiski. — Ainda mais eu, que sou marxista.

— Pode ser — disse baixinho o vetusto Kulturträger. — Tudo pode ser. No mundo, há muita coisa misteriosa e incompreensível.

— O senhor vai entrar na depuração de quadros, aí vai ver quanto é bom ficar espalhando misticismos no horário de serviço — disse Lev Rubáchkin.

— É preciso expulsar esses velhos — apoiou-o Ian Skamiêikin, olhando para o seu irmão Rubáchkin.

E a conversa acabou nisso.

No dia seguinte, na companhia "Bombas hidráulicas" apareceu um fantasma. Ele saiu do banheiro e foi andando a passo lento pelo longo e escuro corredor.

Esse era um fantasma comum e vulgar, todo de branco, com uma gadanha na mão direita. O fantasma, claramente, estava no mesmo passo do nosso século, porque levava, na mão esquerda, não uma ampulheta, mas um despertador novinho.

Depois de assustar uma datilógrafa, que passava e fugira correndo com um berro, o fantasma entrou no escritório do camarada Galeriêiski.

— Qual é o assunto, camarada? — perguntou Galeriêiski, sem levantar a cabeça.

O fantasma começou a grunhir. Galeriêiski olhou e ficou aturdido.

— Quem é?! Que é?! — berrou ele, tombando uma cadeira e apertando-se contra a parede.

O fantasma brandiu a gadanha, como se tivesse a intenção de cortar pela raiz a jovem vida da sua vítima. Galeriêiski não perdeu nem um minuto. Ele precipitou-se para o armário do escritório, aos soluços, meteu-se ali e trancou-se à chave. O fantasma bateu insolentemente à porta do armário, depois do que de dentro ressoou um grito histérico.

— Belo materialista! — disse o fantasma, preocupado, passando ao escritório seguinte, onde se encontrava Bidto-Steregúschi, que não suspeitava de nada.

Este foi ao chão imediatamente, como um pino de boliche, e bateu ruidosamente a cabeça no chão. O fantasma empurrou-o com o pé, com desprezo, a rir baixinho, e saiu para o corredor.

Na seção de mangueiras, Lev Rubáchkin e Ian Skamiêikin estavam candidamente distraídos numa partida de damas.

— U-u-uh! — disse o fantasma em voz baixa, irrompendo na sala, com o despertador em pleno alarme, o que parecia enfatizar que os dias dos irmãos estavam contados.

— Mamãe! — disse Lev Rubáchkin com um fio de voz e saltou pela janela.

Ian Skamiêikin não disse nada. Ele atirou-se para debaixo da mesa e ficou ali a ranger os dentes como um cão.

O trabalho posterior do fantasma teve resultados impressionantes.

De sessenta funcionários da fábrica de bombas:

Borraram as calças: trinta e seis.

Desmaiaram: oito.

Ficaram com um tique nervoso: nove.

Os restantes escaparam só com um leve susto. Galeriêiski encaneceu completamente. Bidto-Steregúschi tirou licença médica, Rubáchkin, com a queda do segundo andar, destroncou um braço, e Skamiêikin ficou doido e, durante uma semana após o caso, assinou todos os papéis com o nome virado de cabeça para baixo.

Na reunião da tal depuração, todos escutaram em silêncio a biografia de Galeriêiski.

— Tudo isso é muito bom — disse o velho Kulturträger do seu lugar. — Ora, quando que é materialista o camarada Galeriêiski, se ele se borrou de medo do fantasma? É preciso correr com esse tipo de gente daqui. Quando que ele é marxista, camaradas?

— Isso é calúnia! — gritou Galeriêiski.

— Quem foi que se escondeu no armário? — perguntou Kulturträger com sarcasmo. — Quem ficou com os cabelos brancos de medo? Eu tenho tudo anotado aqui comigo.

O velho puxou uma caderno de anotações e pôs-se a ler.

— Comportamento indigno de um materialista também teve Lev Rubáchkin, o qual, ao ver o fantasma, saltou pela janela. E ele ainda se acha ativista comunitário. A mesma coisa o camarada Skamiêikin. Ele beijou os meus pés, de tanto medo. Eu tenho tudinho anotado aqui.

Kulturträger agarrou o presidente da comissão pelo braço e, lançando salpicos de saliva pra todo lado, pegou a desmascarar o misticismo dos funcionários da fábrica de bombas.

(1929)

Tradução de Noé Oliveira Policarpo Polli

Avksenti Filossópulo

Era inexplicável a energia com que o camarada Filossópulo comparecia a inúmeras reuniões, conferências, colóquios-relâmpago e outros tipos de trabalho grupal.

Todo os dias, Filossópulo corria dez vezes, no mínimo, de uma reunião para outra com a pressa de um soldado de Infantaria que estivesse a atravessar um campo sob fogo inimigo.

— Tenho de ir voando, voando — balbuciava ele, saltando para o estribo de um ônibus e mandando a algum conhecido um "até logo" com a mão.

— Tenho de ir voando, voando! Trabalho! Reunião! Superurgente!

"Deveríamos ter mais desses como ele", pensava, alegre, o conhecido. "Gente bem-disposta, valorosa e de alma jovem!"

E, realmente, Filossópulo era de alma jovem, embora um tanto obeso de corpo. O seu ventre era como uma bala de canhão, daquelas que os comandantes de Sebastópol disparavam sobre as trincheiras anglo-francesas na guerra da Crimeia. Era inteiramente incompreensível como ele conseguia comparecer a todos os lugares. Ele ia até a reuniões em outras cidades da região.

Mas, por mais triste que possa parecer, o seu ardor, digamos, reunitório tinha a explicação mais prosaica. Avksenti Filossópulo ia a todas essas reuniões para comer. Comer às custas das instituições.

— Quê? Já começou? — perguntava ele a algum contínuo, correndo por alguma escada acima. — Ah! Muito bom!

Ele abria caminho até ao salão da reunião, onde à mesa com a toalha verde-escura, usada nos dias de exame, já se viam os rostos dos participantes, pálidos do fumo dos cigarros.

— As minhas saudações! As minhas saudações! — dizia ele, pegando um sanduíche de caviar vermelho da mesa. — Magnífico! Estou plenamente de acordo. Apoio a iniciativa de Iván Semiónovitch.

Ele mastigava bem a comida, de olhos arregalados e com um movimento impetuoso dos bigodes de morsa.

— Quê? — gritava ele, com a goela aberta, da qual caíam migalhas de um doce qualquer. — Quê? A minha opinião? Apoio inteiramente.

Tendo comido até ficar tonto e bebido oito copos de chá, ele cochilava docemente. A longa prática ensinara-o a dormir de um jeito que o ronco e o sibilo parecessem aos ouvidos dos circunstantes as palavras: "Certo! Rr-r... Apoiado! Rr-r... Corr-r-reto! Rr... Ivan Semiónitch... Rr--khrrr-kh-kh...".

Acordado de repente pelas altas vozes dos debatedores, Filossópulo escancarava os olhos negros e brilhantes, apanhava o relógio de bolso e dizia assustado:

— Tenho de ir voando! Tenho de ir voando! Às cinco eu tenho uma comissão dedicada à verificação de restos e sobras. Vocês terminem sem mim! As minhas saudações!

E Avksenti Filossópulo dirigia-se a toda a pressa à comissão de verificação. Ele gostava muito dessa comissão porque nela davam sanduíches com salame de fígado defumado.

Tendo dado conta do salame e apreciado plenamente as suas qualidades figadais, sob a cobertura de um pequeno guarda-chuva ele ia correndo para a Base de Materiais Reutilizáveis e, com a sofreguidão de alguém morto de fome, caía sobre as anchovas com que o indulgente pessoal da Base recheava as suas longas reuniões.

Ele possuía um agudo entendimento das questões econômicas. A algumas reuniões, em que a sua presença era necessária, ele não ia de modo nenhum. Nelas, dava-se somente chá, e ainda por cima sem açúcar. Já a outras ele tentava ser admitido, dava um jeito de conseguir convite, falava das suas credenciais. Em tais reuniões, pelas palavras dele, a comida era ótima. À noite, ele fazia um balanço do dia de trabalho com a esposa.

— Imagina só, minha amiga, houve grandes mudanças na diretoria.

— Demitiram o presidente? — perguntava preguiçosamente a esposa.

— Que nada! — respondia Filossópulo com enfado. — Pararam de dar doces! Hoje deram biscoitos "Delegada". Eu comi catorze.

— E lá nesse de vocês, no sindicato — só por delicadeza, interessava-se a esposa —, ainda continuam com pastéis?

— Pastéis! — trombeteou Filossópulo alegremente. — Cheguei atrasado hoje. Já haviam pegado a metade, os diabos. Mas uns seis eu ainda consegui.

E, satisfeito com o seu dia de trabalho, Filossópulo adormecia. E o seu galhardo ronco, pela combinação de sons, parecia uma tediosa frase de serviço: "Tendo escutado o orador precedente, eu não posso deixar de assinalar...".

Não faz muito tempo, com Avksenti Filossópulo aconteceu uma desgraça.

Tendo conseguido entrar numa reunião da comissão de melhoria da qualidade dos produtos industriais, Filossópulo sentou-se a um canto e imediatamente viu um grande e apetitoso anel de salame semidefumado. Ao lado, por alguma razão, estavam uma porca de parafuso achatada, um prego curvo, um carretel de linha semiqueimado e um vidro de lâmpada de um verde brilhante e cheio de bolhas. Mas Filossópulo não deu atenção a eles.

— Apoiado — disse Avksenti, pegando o canivete do bolso.

No decorrer da fala do relator do assunto, Filossópulo deu cabo do salame.

— E que é que vemos, camaradas? — exclamou o orador. — No ramo do salame, nem sempre as coisas andam bem. Nem tudo, nem tudo vai bem, camaradas. Tomemos, a título de exemplo, este salame completamente podre. O salame, camaradas... Estava aqui o salame...

Todos olharam para a extremidade da mesa, mas, em lugar do anel de salame, estava somente o mísero rabinho de barbante.

Antes de todos descobrirem aonde tinha ido parar o salame, Filossópulo começou a ter convulsões e a emitir sons roucos.

Dessa vez, o seu ronco não se pareceu nem um pouquinho com o costumeiro "De acordo, apoiado", mas antes com um "Socorro! Um médico!".

Mas não foi possível salvar Filossópulo.

Avksenti morreu naquele mesmo dia com sofrimentos atrozes.

(1929)

Tradução de Noé Oliveira Policarpo Polli

Foi por pouco!

Hoje, não se sabe por quê, não é praxe trabalhar sozinho. Muitos finalmente compreenderam que dois olhos é bom, mas quatro, ainda assim, veem mais. Por isso, quando a redação do sério mensanário *O Neuropatologista Artífice* precisou de uma reportagem acerca de um hospital psiquiátrico, enviaram ali não um único jornalista, mas logo dois, Prissiáguin e Diévotchkin. A olhar alternadamente para o inquieto Prissiáguin e para a pança rotunda, que parecia um globo, de Diévotchkin, o secretário de *O Neuropatologista Artífice* foi avisando:

— Tenham em mente que isso não é um estabelecimento qualquer, onde vocês possam maçar as pessoas impunemente. No Hospital Titánuchkin, é preciso tomar muito cuidado. Os doentes, vocês sabem muito bem, são gente um pouco nervosa; são loucos, simplesmente. Entre eles, há muitos que são turbulentos, e eles irritam-se com muita facilidade. Não os contrariem, e tudo correrá bem.

Combinado o grau de verniz literário da reportagem com o secretário, Diévotchkin e Prissiáguin foram sem demora cumprir a tarefa.

Numa praça dos arrabaldes, redonda como um prato, o par de repórteres pediu indicações do caminho a um guarda.

— Em frente — disse o guarda — e à esquerda, na travessa. Lá há apenas dois edifícios cinzentos e grandes. Num fica a psiquiatria; no outro, a empresa "Electritan". Perguntem lá.

— Olha, eu estou com medo — confessou Prissiáguin, quando os dois amigos chegaram a uns portões cinzentos. — E se eles nos atacarem?!

— Não atacarão — respondeu sensatamente Diévotchkin. — Tu apenas não os chateies com perguntas sobre as aflições do espírito. Eu já estive em hospícios. Elas não têm nada de terrível, ainda mais hoje que o regime, nesses hospitais, é inteiramente livre. Aos loucos é dado o direito de entreterem-se com o que mais lhes agrade. Eu te explicarei tudo.

Nesse exato momento, do alpendre de pedra do edifício cinzento mais próximo, rolou escada abaixo, com um guincho, um cidadão completamente desvairado.

— Por favor, diga-nos, este é o hospício? — perguntou Diévotchkin.

— Quê?! — gritou o cidadão. — Isto aqui?! Claro que é um hospício.

E o cidadão saiu em disparada, brandindo a pasta em todas as direções e crocitando qualquer coisa em voz baixa.

Os dois amigos tossiram apalermados e pisaram as placas de cimento do vestíbulo. O porteiro, com um estúpido boné de cinta dourada, falava com gravidade a uma mulher que segurava uma bandeja e devia ser uma ajudante de enfermeira.

— O novo é turbulento. Assim que começou e deu de ficar bravo, desde as nove, não há acordo com o homem. Numa palavra só: é doido da cabeça. Não para de falar: "Eu mando todo o mundo embora. Eu mando aqui ou não mando?".

— Eu levei-lhe chá — disse a mulher, com tristeza. — Não bebe. Não para de escrever. Fica lá com as suas garatujas.

— Um exemplar perigoso, provavelmente — cochichou o experiente Diévotchkin.

— Não é melhor voltarmos? — murmurou, acovardado, Prissiáguin.

Diévotchkin olhou com desprezo para o colega e dirigiu-se ao porteiro:

— A quem devemos pedir permissão para examinarmos o estabelecimento?

— Que permissão? — disse a cinta dourada com severidade. — Aqui a entrada é livre.

— Como vês — perorou Diévotchkin, enquanto os dois amigos subiam uma escada —, é um sistema completamente novo de tratamento. Entrada livre. Os médicos não usam avental. E até os doentes não usam uniforme. O uniforme oprime o doente, provoca-lhe depressão.

Já na primeira sala os repórteres viram um louco idoso. Ele estava sentado a uma grande mesa e fazia contas frenéticas em um ábaco chapeado de cobre. Nessa ocupação, cantarolava estranhas palavras em uma melodia religiosa: "O avanço será descontado, descontado, descontado".

— É melhor não mexermos com este — disse o cauteloso Prissiáguin. — Ele pode descer-nos o ábaco à moleira, e depois quem é que vai pedir contas a um louco?!

— Tu és covarde, Vássia — respondeu Diévotchkin. — Ele não é nem um pouquinho turbulento. Do contrário, não lhe teriam dado um ábaco. É só um esquizofrênico.

Mas, ao ver que, na mesma sala, a urna para pontas de cigarro estava presa à parede por uma corrente, ele próprio ficou lívido e passou bem longe do doente.

— Vá lá saber! É bem provável que eles descarreguem urnas na cabeça um do outro.

— E com toda a liberdade. É por isso que a urna está presa à parede.

Empurrando-se à saída, os dois amigos caíram em um longo corredor. Por ele, os loucos passeavam aos pares, mastigando sanduíches enormes.

— Estes, parece, são mansos. Escutemos o que eles dizem.

— Dificilmente alguma coisa interessante — disse Diévotchkin, com a autoridade de conhecedor da matéria. — É só alguma perturbação do nervo calcâneo ou alguma psicose de nada.

Mas, quando ao ouvido de Diévotchkin chegou: "Ele me arrancou todas as veias pra fora", o repórter ficou de sobreaviso e pôs-se a escutar atentamente.

— Todas as veias — disse um dos doentes ao outro. — Ele implica comigo. Quer acabar comigo. Por que, ninguém sabe. Dá uma tristeza tão grande, uma vontade tão grande de ir pra longe deste hospício. Lá pro Sul, pruma beira de mar...

— Contra mim tramam tudo o que é intriga — interrompeu-o o outro, com voz rouca. — O ucraniano quer-me tirar do meu cargo. E, todos os dias de manhã, eu ouço repetirem o meu sobrenome no corredor. Isso não é à toa. Mas nós ainda vamos ver quem tira o cargo de quem! Patife!

— Presta atenção — sussurrou Diévotchkin —, aí está um caso típico de mania de perseguição.

— Que horror! — gemeu Prissiáguin. — Sabe, este ambiente é pesado demais pra mim.

— Tu ainda não viste nada! — disse o intrépido Diévotchkin.

— Entremos nesta enfermaria número dezessete. Parece que nela só há um doente, e, se ele vier pra cima de nós, nós dois conseguimos dominá-lo.

Na grande enfermaria, sob um cartaz de "*Não faça perguntas desnecessárias*", estava sentado um homem com olhos de louco e com uma longa cabaia azul *à la* Tolstói, de um bolso da qual sobressaía um guizo niquelado.

— A quem procuram? — gritou, irritado, o doente.

— Poderia dizer... — começou Diévotchkin, intimidado.

— Fica quieto — murmurou-lhe Prissiáguin, agarrando o amigo por um braço. — Será que não vês que não se podem fazer perguntas desnecessárias a ele?

— Por que não diz nada? — disse o doente, abrandando-se. — Eu não vou mordê-lo.

"Isso ainda não se sabe", pensou Diévotchkin, "o mais provável é que tu vais-me morder sim."

— Mas a quem vocês procuram, afinal?! — gritou o louco, com voz esganiçada. — Se é o chefe do escritório, saibam que sou eu, Patrikêiev. Pois então, sou todo ouvidos. Sentem-se, prazer em vê-los.

— A-aaaa-a! — choramingou Prissiáguin, lançando um olhar à porta.

— Pelo amor de Deus, não se preocupe — pôs-se a dizer Diévotchkin. — Sim, sim, o senhor é o chefe da chancelaria, acalme-se, eu lhe peço.

No entanto, o doente foi irritando-se cada vez mais. Vermelho como um tomate, ele começou:

— Se vocês vieram a uma pessoa ocupa...

— Vamos fugir! — gritou Prissiáguin.

Mas, nesse instante, da enfermaria contígua, na qual havia uma plaquinha de vidro com o nome "M. F. Imenínski", veio um grito de gelar o coração.

Abriu-se a porta, e daquela enfermaria saiu correndo um novo doente.

— Eu disse-lhe mil vezes — gritou ele ao doente chamado Patrikêiev — que não é para dar a viatura a qualquer pessoa. Preciso da viatura, mas não há viatura nenhuma!

— Vamos fugir! — repetiu Prissiáguin, puxando Diévotchkin.

Alcançou-os um berro doido:

— Eu preciso ir para a *datcha* e não há viatura nenhuma!

Os repórteres rolaram escada abaixo e sentaram-se num banco do vestíbulo.

— Que tal essa, hein?! — disse Prissiáguin, resfolegante. — Eu não volto a um hospício de novo nem que me matem. Escapamos vivos por pouco!

— Eu sabia que seria assim — disse o intrépido Diévotchkin. — Mas não quis dizer nada, porque não queria deixar-te com medo.

O relógio do vestíbulo bateu as quatro horas. E imediatamente, de cima, qual manada de bisões, precipitaram-se doentes com pastas. Abalroando-se uns aos outros, correram para o balcão de guarda de sobretudos, gorros de pele e chapéus.

Diévotchkin e Prissiáguin estavam cosidos à parede, de medo. Quando os doentes saíram em disparada para a rua, Diévotchkin recuperou o fôlego e disse:

— Foram passear. Um sistema belamente idealizado. Ordem exemplar.

Na rua, os dois amigos viram a placa à qual não haviam prestado atenção, à entrada:

ELECTRITAN
TRUSTE DE APARELHOS ELÉTRICOS

Visto que já era uma hora avançada e que a reportagem do hospício tinha de ser escrita ainda naquele mesmo dia, os dois amigos descreveram honestamente tudo o que viram, dando ao texto o título "No mundo dos doentes mentais".

A reportagem foi publicada pela revista O *Neuropatologista* e agradou muito.

"Como é grato", escreveu à redação o insigne psiquiatra Titánuchkin, "ler uma reportagem, na qual os hábitos e os modos dos doentes mentais foram descritos com tamanha plenitude e exatidão."

(1930)

Tradução de Noé Oliveira Policarpo Polli

Iuri Oliécha

Iuri Kárlovitch Oliécha (1899-1960) teve sua estreia literária com a publicação de *Os três gorduchos* (1927), uma exaltação lúdica da revolução que conquistou grande sucesso. No mesmo ano publicou *Inveja*, uma sátira complexa e subjetiva que, apesar de alguns percalços de recepção à época, é hoje reconhecida como uma das maiores obras literárias de vanguarda da década de 1920. Nos contos de Oliécha há um motivo recorrente, que está também no centro de *Inveja*: a contraposição entre um jovem romântico e idealista, símbolo dos tempos e da sensibilidade burgueses, e a figura de um cientista, de um engenheiro, de um homem da vida prática. Um dos motivos para o silêncio do autor a partir da década de 1930, quando se impõem as demandas estéticas do realismo socialista, é o fato de que ele próprio se identifica mais com a primeira destas personagens. No conto "Amor", publicado em 1929 num volume de mesmo nome, Oliécha se vale de uma linguagem propositadamente abstrusa e de uma montagem do tempo quase surrealista, a fim de explorar a deformação e a metaforização da realidade pelas lentes de um homem apaixonado.

Amor

Chuválov esperava Lola no parque. Era um meio-dia quente. Um lagarto surgiu sobre uma pedra. Chuválov pensou: o lagarto está indefeso nesta pedra, pode ser localizado imediatamente. "Mimetismo", pensou. Pensar sobre mimetismo lhe trouxe à mente um camaleão.

— Ótimo! Era o que me faltava — disse Chuválov —, um camaleão!

O lagarto fugiu.

Chuválov levantou-se do banco num rompante e andou apressado pela trilha. Fora tomado por um ressentimento, pelo desejo de resistir a algo. Ele se deteve e disse, a voz um tanto alta:

— Que vá para o inferno! Para que pensar sobre mimetismo e camaleões? São pensamentos absolutamente inúteis.

Ele andou até uma clareira e sentou-se num toco de árvore. Insetos voavam. Os caules das plantas estremeciam. A arquitetura do voo dos pássaros, moscas e besouros era fantasmagórica, mas nela era possível discernir uma linha pontilhada, o delineamento de arcos, pontes, torres, terraços, algo como uma cidade que se movia rapidamente e a cada segundo se deformava.

"Começam a assumir o controle sobre mim", pensou Chuválov. "A esfera da minha atenção foi obstruída. Estou me tornando eclético. Quem está no controle de mim? Começo a ver o que não existe."

Lola não chegava. A estada no jardim se prolongava. Ele já tinha andado e andado. Tivera ocasião de certificar-se da existência de muitas variedades de insetos. Um bichinho escalava o caule de uma planta, ele o pegou e pôs sobre a palma da mão. A barriga do inseto emitiu um clarão repentino. Ele se irritou.

— Que vá para o inferno! Mais meia hora e viro um naturalista.

Havia toda uma variedade de caules, folhas, troncos. Ele viu lâminas de grama articuladas como bambus; ficou pasmo com a quantidade de cores da assim chamada relva; a variedade de cores do próprio solo lhe pareceu completamente inesperada.

— Não quero ser um naturalista! — suplicou. — São inúteis essas observações aleatórias.

Mas Lola não chegava. Ele já tinha chegado a certas conclusões estatísticas, feito certas classificações. Já era capaz de sustentar que naquele parque predominavam as árvores de troncos grossos e folhas em formato do naipe de paus. Distinguia os sons dos insetos. A atenção, contra o seu próprio desejo, preenchia-se de um conteúdo que lhe era completamente desinteressante.

E Lola não chegava. Sentia-se ressentido e entediado. Em vez de Lola, chegou um cidadão desconhecido de chapéu preto. O cidadão sentou-se num banco verde próximo a Chuválov. O cidadão estava um pouco arqueado, sobre cada joelho apoiava uma mão branca. Era jovem e quieto. Depois, revelou-se que o jovem sofria de daltonismo. Conversaram.

— Eu o invejo — disse o homem jovem. — Dizem que as folhas são verdes. Eu nunca vi folhas verdes. Sou obrigado a comer peras azuis.

— A cor azul não é comestível — disse Chuválov. — Uma pera azul me faria vomitar.

— Eu como peras azuis — o daltônico disse com tristeza.

Chuválov se retraiu.

— Diga-me — ele perguntou —, você já notou que, quando os pássaros voam em torno de você, surge uma cidade, linhas imaginárias...

— Nunca notei — o daltônico respondeu.

— Então você é capaz de enxergar o mundo todo de forma correta?

— O mundo todo, exceto por alguns detalhes de cor — o daltônico virou seu rosto pálido para Chuválov. — Você está apaixonado? — perguntou.

— Estou — Chuválov respondeu honestamente.

— Só uma trapalhada com as cores, mas, de resto, tudo natural — o daltônico disse, alegre. Ao mesmo tempo, fez um gesto condescendente para o interlocutor.

— Mas essas peras azuis não são pouca coisa — Chuválov tentou sorrir.

Lola surgiu à distância. Chuválov deu um pulo. O daltônico se levantou e, erguendo um pouco o chapéu preto, foi se afastando.

— Você é violinista? — perguntou Chuválov, no encalço dele.

— Você vê o que não existe — o jovem respondeu.

Chuválov gritou calorosamente:

— Mas você parece um violinista!

O daltônico continuou a se afastar e disse alguma coisa. Chuválov ouviu:

— Você está num caminho perigoso...

Lola chegava rapidamente. Ele se levantou para encontrá-la, deu alguns passos. Os ramos com folhas de naipe de paus balançavam. Chuválov parou no meio do caminho. Os ramos farfalhavam. Ela chegava, ovacionada pela folhagem. O daltônico, pegando um caminho à direita, pensou: "Mas está ventando", e olhou para cima, para a folhagem. A folhagem se comportava como qualquer outra folhagem quando agitada pelo vento. O daltônico via copas azuis balançando. Chuválov via copas verdes. Mas Chuválov havia chegado a uma conclusão antinatural. Ele pensou: "As árvores estão ovacionando Lola". O daltônico estava enganado, mas Chuválov estava ainda mais.

— Eu vejo o que não existe — repetiu Chuválov.

Lola chegou. Uma de suas mãos segurava uma cesta de damascos. A outra ela ofereceu a Chuválov. O mundo rapidamente se transformou.

— Por que está piscando assim? — ela perguntou.

— Parece que estou usando óculos.

Lola pegou um damasco da cesta, separou as pequenas nádegas da fruta e jogou fora a semente. A semente caiu sobre a grama. Ele olhou em volta, assustado. Ele olhou em volta e viu: no lugar onde a semente caíra cresceu uma árvore esguia, radiante, uma sombra maravilhosa. Então Chuválov disse a Lola:

— Está acontecendo algum disparate. Começo a pensar por imagens. As leis cessaram de existir para mim. Em cinco anos, aqui terá crescido um damasqueiro. É bem possível. Está de pleno acordo com a ciência. Mas eu, desafiando tudo que é natural, vejo essa árvore com cinco anos de antecedência. Um disparate. Estou me tornando um idealista.

— Isso vem do amor — disse ela, exalando suco de damasco.

Ela se sentou nas almofadas, esperando por ele. A cama fora empurrada para um canto do quarto. As corolas do papel de parede emitiam um brilho dourado. Ele se aproximou e ela o abraçou. Ela era tão jovem e tão leve que, despida, só de camisola, parecia exposta de uma forma antinatural. O primeiro abraço foi tempestuoso. O medalhão que ela usava desde criança alçou voo de seu peito e ficou preso em seus cabelos, como um geodo dourado. Chuválov deixou seu rosto pesar sobre o dela, aos poucos, como o rosto de um moribundo se achegando a um travesseiro.

A lâmpada ardia.

— Deixe que eu apago — disse Lola.

Chuválov estava deitado rente à parede. O canto do quarto avançara. Chuválov corria os dedos pelo desenho do papel de parede. Ele compreendeu: aquele pedaço do padrão geral do papel de parede, aquela seção sob a qual ele caía no sono, levava uma existência dupla: uma era diurna, ordinária, nada notável — simples corolas; a outra era noturna, perceptível cinco minutos antes de afundar no sono. De repente, partes daquele desenho se aproximavam e cresciam, detalhavam-se e se transformavam. Na fronteira com o sono, próximo às sensações da infância, ele não protestava contra a transmutação daquelas formas familiares e legítimas, principalmente porque tal transmutação era tocante: em vez de anéis e caracóis ele via uma cabra, um cozinheiro...

— E ali é uma clave de sol — disse Lola, compreendendo.

— E um camaleão — disse ele, caindo no sono.

Acordou cedo pela manhã. Cedo demais. Acordou, olhou em volta e soltou um grito. Um som bem-aventurado saiu de sua garganta. Naquela noite se completara a transformação do mundo, que tivera início no dia em que eles se conheceram. Ele acordou em uma nova terra. O resplendor da manhã enchia o quarto. Ele olhou para o peitoril da janela e viu vasos com flores coloridas. Lola dormia, as costas viradas para ele. Ela estava enrodilhada, as costas curvas e a espinha bem marcada sob a pele — um colmo fino. "Uma vara de pescar", Chuválov pensou. "Um bambu." Nesta nova terra tudo era tocante e engraçado. Vozes entravam pela janela aberta. Eram pessoas falando sobre os vasos com flores dispostos no peitoril.

Ele se levantou, vestiu-se, a muito custo mantendo-se no chão. A atração ao solo não mais existia. Ele ainda não havia captado as leis deste mundo novo, e por isso agia com receio, com cautela, temendo que alguma atitude descuidada provocasse um efeito estrondoso. Até pensar, simplesmente assimilar os objetos, era arriscado. E se durante a noite lhe tivessem conferido a habilidade de materializar o pensamento? Havia motivos para suspeitar que sim. Como, por exemplo, o fato de os botões terem se abotoado sozinhos. Como, por exemplo, o fato de que, quando ele precisou molhar uma escova para ajeitar o cabelo, as gotas que caíram de repente emitiram sons. Ele olhou para trás. Na parede, sob os raios do sol, ardiam as cores de balão de ar quente de uma pilha de vestidos de Lola.

— Estou aqui — soou, em meio à pilha, a voz da manopla da torneira.

Sob a pilha de vestidos ele encontrou a manopla e a pia. Lá havia também um pedaço de sabonete rosa. Agora Chuválov tinha medo de imaginar algo terrível. "Um tigre entrou no quarto", já estava pronto para pensar, contra a própria vontade, mas conseguiu afastar a ideia... No entanto, olhou em pânico para a porta. A materialização ocorrera, mas como o pensamento não fora formado por completo, o efeito da materialização revelou-se vagamente aproximado: uma vespa entrou pela janela, era raiada e estava sedenta de sangue.

— Lola! Um tigre! — Chuválov começou a gritar.

Lola acordou. A vespa voava em círculos sobre um prato. Emitia um zumbido de giroscópio. Lola pulou da cama. A vespa voou em sua direção. Lola abanou as mãos, a vespa e o medalhão voaram em torno dela. Chuválov deu um tapa no medalhão. Conseguiram cercar a vespa. Lola cobriu a vespa com um chapéu de palha crepitante.

Chuválov foi embora. Eles se despediram em meio a uma corrente de ar que, naquele mundo, parecia extremamente ativa e de muitas vozes. A corrente abrira as portas lá embaixo, cantando como uma lavadeira. Bagunçou as flores no peitoril, jogou no chão o chapéu de Lola, libertou a vespa e atirou-a na salada. Revirou o cabelo de Lola. Assobiando.

Revirou a camisola de Lola.

Eles se separaram e, sem sentir os degraus embaixo de si de tanta alegria, Chuválov desceu e saiu para o pátio. Sim, ele não sentiu os degraus. Depois não sentiu o alpendre, a calçada; e então descobriu que não era miragem, mas realidade, o fato de seus pés estarem pendendo no ar, o fato de estar voando.

— Voando nas asas do amor — alguém disse, numa janela pela qual ele passava.

Seus pés decolavam, a leve camisa tolstoiana se convertera numa crinolina, em seu lábio surgira uma afta, ele voava, estalando os dedos.

Às duas da tarde chegou ao parque. Exausto de amor e felicidade, caiu no sono em um banco verde. Ele dormia, as clavículas salientes sob a camisa tolstoiana. E pela trilha, vagaroso, mãos atrás das costas, com a gravidade de um padre e um traje parecido a uma sotaina, de chapéu preto e pesados óculos azuis, a cabeça ora pendendo, ora erguida, vinha um homem desconhecido.

Ele se aproximou e sentou-se próximo a Chuválov.

— Sou Isaac Newton — disse o desconhecido, erguendo o chapéu preto. Através daquelas lentes ele via seu mundo azul e fotográfico.

— Olá — gaguejou Chuválov.

O grande cientista sentou-se reto e com cautela, como que sobre pregos.

Ele se pôs a ouvir, e suas orelhas se contraíam, o dedo indicador da mão esquerda espevitado no ar, chamando com precisão a atenção de um coro invisível, pronto para irromper a qualquer momento. Tudo na natureza ficou à espreita. Chuválov se ocultou quietamente atrás do banco. Só uma vez soltou um guincho, sob o julgo dos pedregulhos.

O notável cientista ouvia ao silêncio da natureza. À distância, sobre o monte de folhagem, uma estrela surgiu, como um eclipse, e o clima ficou fresco.

— Veja! — Newton exclamou de repente. — Consegue ouvir?

Sem nem olhar em volta, ele estendeu a mão e agarrou Chuválov do chão e, levantando-se, arrastou-o da tocaia. Eles caminharam pela grama. Os sapatos largos do cientista pisavam macio e deixavam rastros brancos na grama. À frente, parando para olhar em volta, corria um lagarto. Eles atravessaram o bosque adornado de penacheiros, a cor ferrosa dos abdomens das joaninhas brilhava nos óculos do cientista. Abriu-se a clareira, e Chuválov reconheceu a árvore que surgira no dia anterior.

— Damascos? — perguntou.

— Não — o cientista objetou com irritação. — É uma macieira.

A armação da macieira, a armação celular de sua copa, leve e frágil como a armação de um balão de ar quente, despontava do manto rareado de folhas. Tudo ao redor estava inerte e silencioso.

— Veja — disse o cientista, curvando as costas. Sua voz pareceu um rugido, por conta da curvatura. — Veja! — ele tinha uma maçã na mão. — O que significa?

Era evidente que ele não tinha a oportunidade de se curvar com frequência: ao endireitar-se, alongou algumas vezes as costas, aprazendo a espinha dorsal, o velho bambu de sua espinha. A maçã descansava no suporte de três dedos seus.

— O que significa? — repetiu, baralhando os sons da frase em um grunhido. — Não vai me dizer por que a maçã caiu?

Chuválov olhou para a maçã como certa vez olhara Wilhelm Tell.

— É a lei da atração — disse, ceceando.

Então, após uma pausa, o grande físico perguntou:

— Parece que você voou hoje. É verdade, meu pupilo? — assim perguntou o mestre.

Suas sobrancelhas ergueram-se bem acima dos óculos.

— Parece que você voou hoje. É verdade, jovem marxista?

A joaninha se arrastou do dedo para a maçã. Newton enviesou o olhar. Para ele, a joaninha era de um azul ofuscante. Ele fez uma careta. Ela se desprendeu do ponto mais alto da maçã e voou com a ajuda de asas tiradas de algum lugar das costas, como se tira um lenço de debaixo do fraque.

— Parece que você voou hoje. É verdade?

Chuválov ficou calado.

— Seu porco — disse Isaac Newton.

Chuválov acordou.

— Seu porco — disse Lola, de pé ao lado dele. — Em vez de me esperar você dorme.

Ela tirou a joaninha da testa dele, sorrindo pelo fato de o abdômen do inseto ser de ferro.

— Diabos! — ele amaldiçoou. — Odeio você. Antes, eu sabia que isso era uma joaninha, e não sabia mais nada sobre ela além de que isso era uma joaninha. Bem, digamos que eu ainda seja capaz de chegar à conclusão de que o nome dela é, de certa forma, antirreligioso.[1] Mas desde então, desde que nos conhecemos, alguma coisa está acontecendo com os meus olhos. Eu vejo peras azuis e vejo que o amanita[2] se parece com uma joaninha.

Ela teve vontade de abraçá-lo.

— Me solte! Me solte! — ele gritou. — Isso está me deixando doente! Está me deixando envergonhado.

Gritando assim, ele se pôs a correr como um gamo. Resfolegando e saltitando selvagemente, corria e pulava ao menor contato com a própria sombra, olhando de viés para trás. Ao perder o fôlego, parou. Lola havia sumido. Ele decidiu que ia esquecer aquilo tudo. Era preciso que lhe devolvessem o mundo perdido.

---

[1] Na Rússia, o nome popular deste inseto significa, literalmente, "vaquinha de deus" (*bôjia koróvka*). Os folcloristas, no entanto, ligam seu significado ao passado pagão do povo russo. (N. da T.)

[2] O cogumelo tóxico *Amanita muscaria*, conhecido popularmente como "mata-moscas". (N. da T.)

— Adeus — suspirou —, nunca mais nos veremos.

Sentou-se num declive, na crista de onde abria-se a vista para o mais largo horizonte, mosqueado de *datchas*.

Sentou-se no topo de um prisma, deixando as pernas caírem no declive. Sob ele girava um guarda-sol de sorveteiro e toda a equipagem do sorveteiro, algo reminiscente de um zoológico humano.

— Eu moro no paraíso — disse o jovem marxista numa voz esborrachada.

— Você é marxista? — fez-se ouvir ali perto.

O homem jovem de chapéu preto, seu conhecido daltônico, sentou-se ao lado, sobre a aldeia mais próxima.

— Sim, sou marxista — disse Chuválov.

— Então você não pode viver no paraíso.

O daltônico se entretinha com um graveto. Chuválov suspirou.

— O que devo fazer? A terra se tornou um paraíso.

O daltônico assobiou. Coçou o ouvido com o graveto.

— Você sabe — continuou Chuválov choramingando —, sabe a que ponto cheguei? Hoje até levantei voo.

No céu, como um carimbo postal, havia uma serpente oblíqua.

— Quer ver? Vou demonstrar... Voarei até ali. (Ele estendeu o braço.)

— Não, obrigado. Não quero ser testemunha da sua vergonha.

— Sim, é um horror — disse Chuválov —, eu sei que é um horror. — Depois de uma pausa, continuou: — Eu o invejo.

— De verdade?

— Sinceramente. É muito bom enxergar o mundo todo de forma correta e confundir apenas alguns detalhes de cor, como é o seu caso. Você não precisa viver no paraíso. O mundo não desapareceu para você. Tudo está em ordem. Quanto a mim, você deve pensar que sou uma pessoa perfeitamente saudável, um materialista, e de repente, aos meus olhos passa a ocorrer uma deformação criminosa e anticientífica das substâncias, da matéria...

— Sim, isso é um horror — o daltônico concordou. — E tudo isso vem do amor.

Chuválov agarrou o vizinho pelo braço com um fervor inesperado.

— Ouça! — exclamou ele. — Estou disposto. Me dê suas pupilas e leve embora o meu amor.

O daltônico desceu o declive.

— Perdão — disse ele —, não tenho tempo. Adeus. Viva você no paraíso.

Ele se movia com dificuldade pelo declive. Rastejava, meio agachado, perdendo toda a semelhança com um ser humano e adquirindo o semblante de um homem refletido na água. Por fim atingiu a planura uniforme e caminhou com alegria. Então, jogando fora o graveto, mandou um beijo a Chuválov e gritou:

— Minhas saudações a Eva.

E Lola dormia. Meia hora depois do encontro com o daltônico, Chuválov buscava-a nas profundezas, no coração do parque. Ele não era um naturalista, não era capaz de determinar o que havia ao redor: castanheiras, espinheiros, sabugueiros ou roseiras. Ramos e arbustos faziam pressão de todos os lados, e ele, como um mascate, carregando o leve plexo de feixes de vime, ia rumo ao núcleo do parque. Ia se livrando desses fardos, e ao redor caíam folhas, pétalas, espinhos, frutinhas e pássaros.

Lola estava deitada de costas, de vestido rosa e com o peitilho aberto. Ela dormia. Ele podia ouvir como crepitavam as membranas de seu nariz, inchado pelo sono. Sentou-se ao lado dela.

Então descansou a cabeça sobre o peito dela e seus dedos sentiram o calicô, e, com a cabeça encostada no peito suado, ele podia ver um mamilo rosado, com rugas suaves como a nata do leite. Ele não ouviu os sussurros, os suspiros, o crepitar dos galhos.

O daltônico surgira atrás do trançado de um arbusto. O arbusto não o deixava sair.

— Ei! Ouça! — disse o daltônico.

Chuválov levantou a cabeça, uma das suas faces estava melada.

— Pare de me seguir feito um cachorro — disse Chuválov.

— Ouça! Eu aceito! Leve minhas pupilas e me dê o seu amor.

— Vá comer suas peras azuis — respondeu Chuválov.

(1929)

Tradução de Danilo Hora

Gueorgui Adamóvitch

Gueorgui Víktorovitch Adamóvitch (1892-1972) foi uma das figuras literárias mais influentes da comunidade russa emigrada. Na Rússia, foi ligado ao grupo dos acmeístas e destacou-se como poeta ainda jovem. Apesar de ter praticamente interrompido a sua produção poética na década de 1920, sua obra tornou-se referencial para boa parte dos poetas russos emigrados em Paris, onde Adamóvitch se estabeleceu em 1923. Nos anos 1930, Adamóvitch passa a se dedicar à crítica literária e revela-se um ensaísta notável. Após a Segunda Guerra Mundial, assinou belas traduções de Jean Cocteau e Albert Camus, e deu palestras sobre literatura russa nas universidades de Manchester e Oxford. A ficção de Adamóvitch é mais bem lembrada pelo caráter paródico, de certa forma relacionado a seu olhar de crítico literário. O conto "Oficina literária" foi publicado em 1931 na *Satirikon* de Paris, assim batizada em homenagem à revista homônima editada por Arkadi Aviértchenko.

Oficina literária

Dois rapazes beletristas, um jovem poeta e um crítico iniciante tiveram a ideia de escrever um romance juntos... Não se trata de uma imitação do quarteto de Krilov,[1] nem de fantasia: isto de fato aconteceu há alguns dias em Paris. Se tais "oficinas literárias" existem na Rússia soviética, o que as impediria de surgirem também aqui? Assim, alguns jovens rapazes decidiram escrever um romance em conjunto. Eles tinham um objetivo duplo: por um lado, queriam muito enriquecer, por outro, desejavam ardentemente ganhar fama.

— O público de hoje anseia por um bom romance — disse um dos beletristas —, os editores sonham com um bom romance. Mas, compreendam, querem um romance bom, atraente pelo conteúdo e brilhante pela forma.

— Eu diria até... um romance de impacto — observou reflexivo o crítico.

— Bem, meu caro, o senhor, ao que parece, fartou-se da leitura de revistas soviéticas! Nosso público, em primeiro lugar, exige que tais palavrinhas não passem nem perto e que a letra *iát* e o "sinal duro" permaneçam em seus devidos lugares.[2] Esse é o programa mínimo. Exige ainda que no romance não haja *kolkhozes* e membros do Komsomol.[3] De-

---

[1] Referência ao poema "O quarteto" do fabulista Ivan Krilov (1769-1844), no qual um macaco, um burro, um bode e um urso resolvem, sem sucesso, formar um quarteto de cordas. (N. da T.)

[2] Na reforma ortográfica de 1918, a letra *iát* (ѣ) foi posta em desuso e o "sinal duro" (ъ) deixou de ser grafado quando no final das palavras. Alguns jornais e editoras da comunidade russa emigrada, formada predominantemente de opositores dos bolcheviques, continuaram usando a grafia antiga. (N. da T.)

[3] *Kolkhoz*: propriedade rural coletiva. Komsomol: juventude comunista. (N. da T.)

ve ser algo delicado, romântico... uma noite enluarada; ela, uma jovem inocente, ele, um rapaz apaixonado. Deve ser algo original. Melhor começar com a noite enluarada.

Discutiram, conversaram e concordaram que deveria ser uma noite enluarada de primavera. Para a reunião seguinte, trouxeram algumas propostas:

"Naquela noite, sentei-me longamente diante da janela descerrada, e com o inebriante aroma das rosas desabrochando, que me chegava desde o jardim silencioso e algo enfeitiçado, havia o gorjeio e o tilintar do rouxinol, que mil anos atrás cantava esta mesma eterna canção de amor. Deus! Como o meu coração palpitava, penetrado pelo deleite inexprimível, grato e sem motivo que envolvia também aquele jardim..."

— Basta, basta — interromperam o declamador. — Isso é Búnin.[4]

— E um Búnin de má qualidade. Búnin escreve incomparavelmente melhor.

— Sim, claro que Búnin escreve melhor. Isso, propriamente dito, não é Búnin, mas... bem, tanto faz o que isso é. O fato é que todos vão pensar que estamos imitando Búnin. Búnin tem monopólio sobre os rouxinóis.

Adiante, próxima proposta!

"Se então, naqueles tempos distantes e remotos, quando eu ainda era uma criança, a lua e a primavera sempre suscitavam em mim uma impressão a qual eu, ainda desprovido da requintada suscetibilidade dos anos posteriores, não era capaz de compreender com clareza, agora reconheço e compreendo que por vezes ela me parece conter em si exatamente aquilo que naquela noite enluarada me parecia mágico, duplo, e, ao mesmo tempo, refletido de forma relativamente clara, e até assinalado com aquela mesma força que apenas nos anos posteriores eu teria (ou tive) condições de captar; embora a visão desses baixos canteiros de flores banhados por uma luz leitosa me inquietasse apenas de leve, já naquela época eu percebia que não era a natureza que desde a infância me..."

— Excelente! — disse o crítico com os olhos semicerrados. — Excelente! É exatamente disto que precisamos. Continua a tradição de Proust.

O seguidor de Búnin, contudo, protestou.

[4] Ivan Alekséievitch Búnin (1870-1953), escritor russo vencedor do Prêmio Nobel de Literatura em 1933, e um dos mais destacados ente os emigrados. (N. da T.)

— Tradição de Proust? Quase ninguém supera o seu Proust, nem na língua original; já essa mistura de França com Níjni Nóvgorod:[5] quem é que precisa disso? Pode ser que as revistas elogiem. Mas ler ninguém vai!

— Senhores, atualmente tem-se falado do renascimento do simbolismo. Temos uma proposta desse tipo:

"Era noite. No céu, alguém cerrara um círculo branco e achatado. E a melancolia, que abarcava toda a terra, subia até ele. Havia um homem, e havia a lua. No mundo não havia mais nada. Nada além do homem e da lua.

Alguém, sentado à janela, pensava: eu domino a terra, pois sou um homem. E os feixes leitosos, cristalinos e sonoros deslizaram pelo rosto daquele que estava sentado..."

— O que os senhores acham?

— Penso que existem coisas que não se pode fazer renascer.

Todas as propostas foram rejeitadas. Então, um dos futuros romancistas decidiu pedir a um sujeito inteligente, um leitor comum, que nunca tinha escrito uma linha sequer, que dissesse qual descrição de noite enluarada de primavera mais lhe falava ao coração. O sujeito ficou um tempo em silêncio e respondeu:

— "Era uma noite enluarada de primavera." Não precisa de mais nada.

— Está de brincadeira.

— Não, falo absolutamente a sério.

(1931)

Tradução de Priscila Marques

---

[5] Expressão idiomática oriunda da peça *A desgraça de se ter espírito* (1824), de Aleksandr Griboiédov (1795-1829). (N. da T.)

Vladímir Nabókov

Vladímir Vladímirovitch Nabókov (1899-1977) nasceu em Petersburgo, em uma família da aristocracia liberal. Em 1918, emigrou com a família para a Inglaterra, estabelecendo-se depois em Berlim. Em 1940, fugindo do nazismo, mudou-se para os Estados Unidos, onde viria a alcançar fama internacional escrevendo em inglês e ocasionalmente traduzindo seus próprios textos russos para esta língua. "Lábios colados" foi escrito em Berlim, em 1933, embora só tenha sido publicado mais de duas décadas depois. Um dos motivos para isso é o fato de que o incidente narrado realmente aconteceu. Segundo Nabókov, em 1956, ano da publicação do conto nos Estados Unidos, "todas as pessoas que poderiam ser suspeitas de ter alguma semelhança com qualquer uma dessas personagens já estava seguramente morta e enterrada". O autor certamente falava de uma morte literária, uma vez que o crítico literário Gueorgui Adamóvitch, editor da *Números* — revista literária publicada em Paris entre 1930 e 1934 e que mais de uma vez foi salva da ruína pela contribuição financeira de certo romancista medíocre —, não só estava vivo e ativo, como continuava a ser um dos mais ferrenhos inimigos da obra de Nabókov.

Vladimir Nabokov

[illegible]

Lábios colados

Os violinos ainda soluçavam, executando uma espécie de hino de paixão e amor, mas Irina e o comovido Dolínin já se apressavam em direção à saída do teatro. Uma noite de primavera os atraía, um mistério os atraía, um mistério que se instalara intensamente entre eles. Seus corações vibravam em uníssono.

— Me dê sua ficha da chapelaria — pronunciou Dolínin. (Riscado.)

— Por favor, deixe-me pegar seu chapéu e mantô. (Riscado.)

— Por favor — pronunciou Dolínin — deixe-me pegar as suas coisas. (Entre "suas" e "coisas" foi inserido: "e as minhas".) *Dolínin foi até a chapelaria e, depois de apresentar a ficha...* (Corrigido para: "as fichas de ambos".)

Então Iliá Boríssovitch refletiu. É constrangedor, é constrangedor demorar-se na chapelaria. Acabava de acontecer um ímpeto de inspiração, uma centelha de amor entre o solitário Dolínin, já entrado em anos, e sua eventual vizinha de camarote, a moça de preto; eles decidiram fugir do teatro, para bem longe dos uniformes e decotes. Para mais adiante, o autor imaginava o Kupiêtcheski ou o Tsárski Sad,[1] acácias, penhascos, uma noite estrelada. O autor mal podia esperar para agarrar aquela noite estrelada junto com os heróis. Entretanto, antes era necessário pegar as coisas na chapelaria, e isso perturbava o efeito. Iliá Boríssovitch releu o escrito, bufou, fitou a bola de cristal que servia de peso de papel e, depois de muito pensar, decidiu sacrificar o efeito pela verossimilhança. Isso acabou sendo difícil. Ele tinha um talento puramente lírico, a natureza e as emoções lhe ocorriam com surpreendente facilidade, mas, em compensação, não sabia enfrentar os detalhes cotidianos, como, por exemplo, abrir e fechar portas, ou os apertos de mão quando há um mon-

[1] Jardins públicos em Kíev. (N. da T.)

te de personagens na sala e um ou dois têm que cumprimentar muita gente. Além disso, Iliá Boríssovitch lutava constantemente com os pronomes — "ela", por exemplo, que fazia de tudo para tomar o lugar não só da heroína, mas também de uma bolsa, ou mesmo de uma poltrona — e, para não repetir um nome próprio, tinha que dizer "a moça" ou "sua interlocutora", mesmo que não houvesse conversa alguma. Para Iliá Boríssovitch, escrever era uma luta desigual com os objetos de primeira necessidade; os objetos de luxo pareciam muito mais complacentes, mas eles também por vezes teimavam, estancavam, atrapalhavam a liberdade de movimento — e agora, tendo a muito custo terminado com o alvoroço da chapelaria e prestes a conferir o bordão ao herói, Iliá Boríssovitch ficou francamente radiante com o resplendor de seu sólido castão, mas, infelizmente, não pressentia o que esse caro bordão iria reivindicar, com que tortura iria exigir uma menção no momento em que Dolínin, sentindo com as próprias mãos um corpo jovem e flexível, atravessasse um riacho primaveril carregando Irina nos braços.

Dolínin era simplesmente "já entrado em anos"; Iliá Boríssovitch ia fazer cinquenta e cinco. Dolínin era "colossalmente rico" — sem uma explicação precisa das fontes de rendimento; Iliá Boríssovitch era diretor de uma empresa de instalação de banheiros, que, aliás, naquele ano tinha recebido o encargo de revestir de azulejos as paredes cavernosas de várias estações do metropolitano, e realmente prosperava. Dolínin morava na Rússia, decerto no Sul da Rússia, e conhecera Irina muito antes da última guerra. Iliá Boríssovitch morava em Berlim, para onde emigrou com a mulher e o filho em 1920. Sua experiência literária era longeva mas diminuta: o obituário de um comerciante liberal local, no "Mensageiro do Sul"[2] (1910); dois poemas em prosa (agosto de 1914 e março de 1917), *idem*; e um livrinho em que constam o mesmo registro de óbito e os mesmos dois poemas em prosa — um belo livrinho, que saiu no auge da guerra civil. Finalmente, já em Berlim, Iliá Boríssovitch escreveu um pequeno ensaio, "Navegadores e Viajantes", e o publicou em um jornal russo de Chicago, de tiragem modesta; mas logo esse jornal evaporou, enquanto outros órgãos da imprensa não devolviam os manuscritos e não negociavam de jeito nenhum. Houve então dois anos de calmaria literária: a doença e a morte da esposa, a inflação, mil compromissos. O filho termi-

---

[2] *Iújni Viéstnik*, jornal de pequena circulação, baseado em Odessa. (N. da T.)

nou o colégio em Berlim e ingressou na Universidade de Freiburg. Assim, em 1925, no início da velhice, o bem-sucedido e em geral muito solitário IliáBoríssovitch sentiu uma comichão de escritor, uma sede — oh não, não de glória, apenas de afeto e atenção por parte do público leitor —, e decidiu conceder plena liberdade a si mesmo, escrever um romance e publicá-lo por conta própria.

No momento em que o herói, o saudoso, o experiente Dolínin, ouviu o chamado de uma vida nova e saiu com a jovem para a noite primaveril, por pouco não estancando para sempre na chapelaria, o nome do romance já havia sido escolhido, a saber: *Lábios colados*. Dolínin instalara Irina em sua casa, mas entre eles ainda não havia nada; ele queria que ela mesma se aproximasse dele e exclamasse:

— Quero que você me tome, tome minha pureza, meu tormento... Sou toda sua. Sua solidão é a minha solidão, e não importa se você me amar por muito ou por pouco tempo, estou preparada para tudo, porque ao nosso redor a primavera é um convite à humanidade e à bondade, porque os céus e a terra irradiam a beleza divina, porque eu amo você...

— É um trecho forte — disse Ievfratski. — Muito forte.

— O quê? Não está um tédio? — perguntou Iliá Boríssovitch, olhando por cima dos óculos de armação de chifre. — Hein? Diga francamente...

— Decerto ela se rendeu a ele — supôs Ievfratski.

— Errou, leitor, errou — disse Iliá Boríssovitch (no sentido de "errar o alvo"),[3] sorriu, não sem malícia, sacudiu o manuscrito de leve, cruzou as coxas gordas, para ficar mais confortável, e continuou a leitura.

Ele lia o romance para Ievfratski em pequenas porções, conforme ia produzindo. Ievfratski surgira em sua vida por ocasião de um concerto, para o qual vendia ingressos, e era um jornalista renomado — ou melhor, com pseudônimos às dúzias. Até aquele momento, Iliá Boríssovitch tinha conhecidos apenas no meio industrial alemão, mas agora, ao frequentar reuniões, conferências, pequenas representações teatrais, conhecia de vista os da assim chamada confraria dos escritores; tinha ficado bem amigo de Ievfratski e apreciava sua opinião como estilista, embora o estilo de

---

[3] No romance *Fumaça* (*Dym*, 1867), de Ivan Turguêniev, o narrador usa a frase "*Mimo, tchitátel, mimo!*" ("Adiante leitor, adiante!"), para não se prolongar sobre a vida íntima da heroína, também chamada Irina. A personagem de Nabókov, no entanto, cita a frase interpretando erroneamente o sentido da palavra "*mimo*". (N. da T.)

Ievfratski fosse conhecido como "hodierno". Iliá Boríssovitch sempre o convidava para sua casa, eles bebiam conhaque e falavam sobre literatura — ou melhor, o anfitrião falava, enquanto o visitante acumulava impressões avidamente, para depois divertir os amigos com elas. É verdade, Iliá Boríssovitch tinha um gosto literário um pouco pesado. Ele reconhecia a obra de Púchkin, é claro, mas a conhecia mais pelas óperas e, em geral, encontrava nela "uma tranquilidade olímpica e uma incapacidade de comover". De poesia, de cor, ele só se lembrava de "Mar", de Veinberg, e de um poema de Skitálets, em que "enforcado" rima com "enrolado".[4] Será que Iliá Boríssovitch gostava de caçoar dos decadentes? Sim, gostava, mas, por outro lado, ele mesmo admitia, com franqueza, que pouco entendia de poesia. Em compensação, gostava de deliberar com fervor sobre a prosa russa: estimava Lugovói, apreciava Korolenko, achava que Artsibáchev corrompia a juventude...[5] Sobre os escritores mais novos ele dizia, desenganado e estendendo os braços: "É um tédio o que escrevem!", o que levou Ievfratski a um silencioso êxtase.

— Um escritor deve ser de corpo e alma — reiterava Iliá Boríssovitch —, compassivo, sensível, justo. Eu posso ser um nulo, um insignificante, mas tenho meu credo. Se ao menos uma de minhas palavras de escritor penetrar na alma de alguém... — E Ievfratski o fitava com os olhos nublados, saboreando antecipadamente, com uma ternura excruciante, o relato mímico do dia seguinte, a gargalhada uterina desse, o guincho ventríloquo daquele...

Então chegou o dia em que foi terminada a primeira versão do romance. À sugestão de Ievfratski de ir a um café, Iliá Boríssovitch respondeu com misteriosa solidez: — Não posso. Estou polindo o estilo.

Polir consistia em investir contra a palavra "jovem", que tinha ocorrências demais, substituindo-a aqui e ali pela palavra "menina", que ele pronunciava como se tivesse duas letras *i*: "minina".

O dia seguinte, à noite. Um café. Um sofá vermelho. Dois homens.

---

[4] Poetas menores russos. Piotr Veinberg (1831-1908) foi também tradutor e historiador literário. Skitálets, pseudônimo de Stepan Petrov (1869-1941), foi também músico folclorista; o poema em questão é "Tchetvero" ("O quarteto"), de 1905. (N. da T.)

[5] Lugovói: pseudônimo de Aleksei Tikhônov (1853-1914). Vladímir Korolenko (1853-1921) é conhecido também como jornalista e ativista de direitos humanos. Mikhail Artsibáchev (1878-1927) foi representante da escola naturalista e um polemista ferrenho. (N. da T.)

Pela aparência se diria: homens de negócios. Um — digno, imponente, não fumante, uma expressão de benevolência e confiança no rosto cheio; o outro — macilento, sobrancelhas grossas, dois vincos apreensivos que iam das narinas de lince aos cantos caídos da boca, da qual brota oblíquo um cigarro ainda não aceso. A voz baixa do primeiro:

— Escrevi o final de um ímpeto. Ele morre, sim, morre...

Silêncio. O sofá vermelho é macio. Pela janela, como um peixe em um aquário, um bonde iluminado passa nadando de cabo a rabo.

Ievfratski deu um clique no isqueiro, soltou a fumaça pelas narinas e disse:

— E por que você, Iliá Boríssovitch, antes que o romance saia em um volume avulso, não o lança em uma revista?

— Eu não tenho patrocínio... Quem vai aceitá-lo? Eles publicam sempre os mesmos.

— Bobagem. Eu tenho uma ideia, mas ainda preciso desenvolvê-la melhor.

— Eu adoraria... — disse Iliá Boríssovitch, com ares de sonhador.

Depois de mais alguns dias, no escritório de Iliá Boríssovitch, a exposição da ideia:

— Envie sua composição — Ievfratski semicerrou os olhos e concluiu, a meia-voz: — para a *Arion*.

— *Arion*? — perguntou Iliá Boríssovitch, alisando nervosamente o manuscrito.

— Não tem nada de mais. É o nome da revista. Por acaso você não conhece? Ai, ai, ai! O primeiro número saiu na primavera, no outono sairá o segundo. Você precisa acompanhar um pouco a literatura, Iliá Boríssovitch.

— Mas, como assim, é só enviar?

— Isso, a Paris, ao editor. Você deve conhecer Galátov de nome, não?

Iliá Boríssovitch, culpado, encolheu os ombros gordos. Ievfratski, explicou, franzindo o cenho: escritor, novas formas, maestria, construção complexa, o Joyce russo...

— Joyce — repetiu Iliá Boríssovitch, resignado.

— Primeiro, tem que datilografar — disse Ievfratski. — E, por favor, você precisa se inteirar sobre a revista.

Ele se inteirou. Em uma loja deram-lhe um volume roliço cor-de-rosa, que ele comprou, observando em voz alta:

— Iniciativa jovem. Precisa incentivar, sabe.

— A iniciativa jovem acabou — disse o proprietário da loja. — Um número foi tudo o que saiu.

— Você não está bem informado — retorquiu Iliá Boríssovitch, com um sorriso. — Sei que o próximo sairá com certeza no outono.

Quando voltou para casa, cortou o volume com cuidado. Nele, encontrou o negócio ininteligível de Galátov, dois ou três contos de autores vagamente conhecidos, alguns poemas nebulosos e um artigo bem sensato sobre a indústria alemã, assinado por certo "Tígrin". "Nunca aceitarão", pensou Iliá Boríssovitch, angustiado: "São todos do mesmo grupo".

Mesmo assim ele chamou uma dona Liubánskaia, respondendo a um anúncio de jornal ("estenografia e datilografia"), e começou a ditar para ela, comovido, exaltado, elevando a voz, sempre observando as impressões que o romance provocava. Ela girava o lápis pelo bloco — pequena, morena, com um eczema na testa; e Iliá Boríssovitch andava pelo escritório em círculos, reduzindo os círculos quando se aproximava de algum trecho de efeito. Ao final do primeiro capítulo, a sala foi tomada por um grito.

— E toda a sua vida passada pareceu-lhe um erro terrível — bramiu Iliá Boríssovitch, e, já com uma voz comum de escritório, disse: — Transcreva tudo isso até amanhã, quatro cópias, deixe uma margem maior, venha amanhã no mesmo horário de hoje.

À noite ele ficou imaginando o que escreveria a Galátov quando enviasse o romance: "julgamento consciencioso... contribuí aqui e ali...". De manhã (que encantadora cortesia do destino) Iliá Boríssovitch recebeu uma carta:

> Prezado Boris Grigórievitch, fiquei sabendo por nosso amigo comum sobre sua nova criação. A redação da *Arion* está interessada em lê-la, já que gostaria de incluir algo "mais fresco" no próximo volume.
>
> P. S.: Que estranho, recentemente me lembrei de suas requintadas miniaturas no *Mensageiro do Sul*...

"Requisitado. Lembrado...", pronunciou Iliá Boríssovitch, perplexo. Então ele telefonou para Ievfratski e, recostando-se meio de lado na poltrona, o braço que segurava o fone apoiado na mesa, o outro fazendo um gesto amplo, ele entoou a mesma ladainha, todo radiante:

— É, meu caro, meu caro — e de repente viu que os objetos brilhantes sobre a mesa estavam tremendo, bifurcando-se, flutuando feito miragem úmida. Ele piscou e tudo voltou ao seu lugar, enquanto a voz cansada de Ievfratski languidamente respondeu:

— O que é isso... estamos entre colegas... um favorzinho de nada...

Os cinco maços de papel idênticos cresciam cada vez mais. Dolínin, que ainda não havia possuído Irina sequer uma vez, descobriu por acaso que ela estava apaixonada por outro, um jovem pintor... Às vezes, Iliá Boríssovitch ditava no escritório da empresa, e então as datilógrafas alemãs, ouvindo um grito longínquo, ficavam espantadas; quem, afinal, seu bondoso chefe poderia estar repreendendo? Dolínin falou com ela de coração aberto, e ela lhe disse que nunca iria deixá-lo, porque apreciava muito sua maravilhosa alma solitária, mas, infelizmente, o corpo pertencia a outro; Dolínin fez uma reverência, silencioso. Finalmente chegou o dia em que ele fez um testamento em seu favor, e o dia em que ele deu um tiro em si mesmo (com uma *Mauser*), o dia em que Iliá Boríssovitch, sorrindo, galardoado, perguntou a Liubánskaia, que tinha trazido o último lote de páginas transcritas, quanto ele lhe devia, e tentou pagar a mais.

Ele releu *Lábios colados* embevecido, e deu uma cópia para Ievfratski revisar (a datilógrafa já tinha incorporado algumas alterações, nas lacunas da escrita corrida). Ievfratski se limitou a interpolar em uma das primeiras linhas uma vírgula temperamental. Iliá Boríssovitch trasladou cuidadosamente essa vírgula para o exemplar designado à *Arion*, assinou o romance com um pseudônimo, retirado do nome da falecida esposa, atou as páginas com clipes, incluiu uma longa carta, colocou tudo isso em um envelope grande e adequado, pesou, foi ele mesmo aos correios e enviou o romance por carta registrada.

Ele colocou o recibo na carteira e se preparou para semanas de espera febril. No entanto, a resposta de Galátov veio com espantosa rapidez, no quinto dia: "Prezado Iliá Grigórievitch! A redação está em pleno êxtase por conta do material que você enviou. Raramente tivemos ocasião de ler páginas em que o rastro da 'alma humana' estivesse tão evidente. O romance emociona por seu 'rosto de expressão incomum'.[6] Nele há 'desconsolo e delicadeza'. Algumas descrições, como, por exemplo, a do teatro, bem no início, competem com imagens análogas de obras

---

[6] Verso do poema "Musa" (1829) de Ievguêni Baratínski (1800-1844). (N. da T.)

dos nossos clássicos, e, em certo sentido, superam-nas. Digo isso com plena consciência da 'responsabilidade' de uma apreciação dessas. Seu romance seria um verdadeiro adorno para a *Arion*".

Assim que Iliá Boríssovitch se acalmou um pouco, em vez de ir para o escritório, foi ao Tiergarten,[7] sentou em um banco e começou a pensar na esposa, em como ela teria se alegrado junto com ele. Mais tarde ele foi para a casa de Ievfratski. Este estava deitado na cama, fumando. Juntos, eles examinaram cada frase da carta. Quando chegaram à última, Iliá Boríssovitch levantou os olhos, resignado, e perguntou:

— Mas por que está escrito "seria", e não "será", já que eu adoraria dar-lhes meu livro? Seriam só volteios de gentileza?

— Não, aqui, infelizmente, é outra coisa — respondeu Ievfratski. — É provável que eles estejam escondendo por orgulho, mas acontece que a revista está fechando as portas. Sim, isso foi esclarecido há alguns dias; o público, sabe, lê qualquer lixo, mas a *Arion* é destinada ao leitor exigente. É isso o que está acontecendo...

— Eu já tinha ouvido isso — disse Iliá Boríssovitch, apreensivo —, mas pensei que fosse calúnia da concorrência ou ignorância. Então quer dizer que não haverá um segundo número? Isso é terrível.

— Estão sem dinheiro. A revista é desinteressada, idealista; e estas, infelizmente, perecem.

— Mas, como assim, como assim! — gritou Iliá Boríssovitch, erguendo os braços. — Afinal, eles aprovaram minha composição, afinal, eles gostariam de publicar!

— Ora, que falta de sorte — pronunciou Ievfratski com voz indiferente. — Mas diga-me, Iliá Boríssovitch... — e começou a falar sobre outra coisa.

À noite Iliá Boríssovitch refletiu profundamente, debateu algo consigo mesmo e, ligando para Ievfratski de manhã, levantou algumas questões de cunho financeiro. Ievfratski respondeu, indolente, mas com extrema precisão. Iliá Boríssovitch refletiu mais e, no dia seguinte, fez uma proposta a Ievfratski, para ser submetida à *Arion*. A proposta foi aceita, e Iliá Boríssovitch enviou uma soma a Paris. Em resposta ele recebeu uma carta com sentimentos da mais sincera gratidão e um comunicado de que o segundo volume sairia dali a um mês. O P.S. concluiu com um pedido

---

[7] Parque público no centro de Berlim. (N. da T.)

educado: “Por favor, vamos assinar o romance não como I. Ánnienski, como você sugere, mas Iliá Ánnienski. “Tem toda razão”, respondeu Iliá Boríssovitch: “Eu só não sabia que já existe um escritor usando esse nome.[8] Fico feliz que meu romance virá à luz em sua revista. Por gentileza, assim que a revista sair, enviem-me cinco exemplares” (ele tinha em mente uma velha parenta e dois ou três conhecidos do trabalho; o filho não lia russo).

Então começou um período da vida de Iliá Boríssovitch que os espirituosos denominaram com o termo breve “aliás”. Fosse em uma livraria, fosse em alguma reunião ou mesmo na rua, um semidesconhecido, um agradável e respeitável senhor usando óculos de chifre aproximava-se de você com uma saudação (“Ah! Como vai?”), encetava uma conversa sobre isso ou aquilo, despercebidamente passava disso e daquilo para a literatura e de repente: “Aliás...”; e então sua mão convulsiva mergulhava no peitilho e imediatamente retirava a carta: “Aliás, veja o que me escreve Galátov, sabe? Galátov, o Joyce russo”. Você pega a carta e lê: “... a redação está em pleno êxtase... nossos clássicos... adorno...”. “Ele confundiu meu patronímico”, diz Iliá Boríssovitch com um sorriso bondoso: “Você sabe, escritor... distraído... A revista sairá em setembro, leia minha composição”. E, escondendo a carta, ele se despede de você e continua andando, com pressa, inquieto.

Fracassos literários, jornalistas menores e correspondentes de alguns ex-jornais se burlavam dele com uma volúpia selvagem; com o mesmo alarido com que um arruaceiro passado da idade tortura um gato, com o mesmo brilho no olhar com que um homem já não tão jovem, infeliz em seus prazeres, conta uma piada de mau gosto. Mofavam, evidentemente, pelas costas, mas em voz alta, descaradamente, sem ter o mínimo medo da excelente acústica dos locais de fofoca. Obviamente não chegou nada ao ouvido de tetraz de Iliá Boríssovitch. Ele floresceu, adquiriu um novo jeito de andar, de escritor, começou a se corresponder em russo com o filho, com uma tradução interlinear alemã da maioria das palavras. No escritório já sabiam que Iliá Boríssovitch não era só uma excelente pessoa, mas ainda um *Schriftsteller*,[9] e alguns dos seus conhecidos comer-

---

[8] Referência ao poeta simbolista Innokenti Ánnienski (1855-1909). (N. da T.)

[9] Em alemão no original, “escritor”. (N. da T.)

ciantes passaram a confidenciar segredos amorosos a ele: "Descreva assim...". Em direção a ele, sentindo a brisa quente, começava a deambular, dia após dia — pela entrada de serviço ou pela principal — uma miséria multicolor. Muitos famosos da emigração eram respeitosos com ele. O que dizer? Iliá Boríssovitch estava realmente cercado de respeito e glória. Não havia uma festa de gala nas casas das pessoas da *intelligentsia* em que seu nome não fosse mencionado. Mas *como*? Como uma faísca? Isso dá na mesma. O importante não é *como*, mas *o quê* — diz a verdadeira sabedoria.

No final do mês Iliá Boríssovitch teve que fazer uma viagem de negócios e perdeu a nota que apareceu nos jornais russos sobre a iminência da *Arion*. Ele voltou para Berlim cansado, inquieto, absorvido por pensamentos de negócios. Na mesa da antessala havia um pacote grande, cúbico. Sem tirar o sobretudo, ele abriu o pacote imediatamente. Cor-de-rosa, fria e roliça. E com letras púrpuras: *Arion*. Cinco exemplares.

Iliá Boríssovitch quis abrir um deles; o volume estalou, doce, mas continuou fechado, ainda cego, recém-nascido. Ele tentou de novo: um vislumbre de versos alheios, alheios. Ele jogou da direita para a esquerda o peso das folhas dobradas e caiu na página do índice. Deu uma volta com os olhos nos nomes e títulos, mas nada, não encontrava... O volume tentou se fechar, ele o deteve, chegou ao fim da lista — nada! O que significa isso, Senhor, o que... Não pode ser... Só deve ter sumido do índice, acontece, acontece... Como já estava no escritório, enfiou uma faca de papel no corpo espesso e estratificado do volume. Em primeiro lugar Galátov, depois poemas, depois dois contos, poesia de novo e de novo prosa — mais adiante, algumas resenhas, alguns artigos. De repente Iliá Boríssovitch sentiu uma extenuação, uma indiferença a tudo. Bom, fazer o quê... Pode ser que houvesse material demais. Vão publicar no próximo número. Certeza. Mas, de novo, esperar, esperar... Bom, fazer o quê... Mecanicamente, ele passava as páginas frescas com o polegar. Papel bom. Fazer o quê, ao menos eu ajudei... Não podia exigir que fosse eu em vez de Galátov ou... Mas então... saltou e começou a girar, e continuou, continuou, as mãos nos quadris, querido, encantador: "... jovem, os seios mal tomaram forma... os violinos ainda soluçavam... a chapelaria... a noite de primavera os encontrou com uma ca...", e no verso da página, inevitável como a continuação dos trilhos depois de um túnel: "...rícia e a paixão do sopro..." — Como eu não adivinhei imediatamente! — exclamou Iliá Boríssovitch.

Título: "Prólogo a um romance", assinado: "A. Ílin"; e, entre parênteses: "Continua". Um pedaço pequeno, três páginas e meia, mas que pedaço... *Ouverture*. Que elegante. Ílin é melhor do que Ánnienski, senão ainda poderiam ser confundidos. Mas por que "Prólogo a um romance", e não apenas "*Lábios colados*, capítulo 1"? Ah, isso não tem a mínima importância.

Ele leu suas páginas três vezes. Então colocou a revista de lado, deu uma volta pelo escritório, assobiando, despreocupado, como se absolutamente nada tivesse acontecido. "Bem, é isso, aí está a revista. Uma revista como qualquer outra, nada de mais." Então correu até ela e releu a si mesmo mais oito vezes seguidas. Então deu uma olhada no índice: "Ílin, p. 205", encontrou a p. 205 e, saboreando as palavras, leu de novo. E durante muito tempo ficou brincando assim.

A revista substituiu a carta. Iliá Boríssovitch ia para todos os cantos com a *Arion* debaixo do braço, e cada vez que encontrava alguém abria na página costumeira. Apareceram resenhas em jornais. Na primeira não havia menção alguma a Ílin. Na segunda escreveram: "O 'Prólogo a um romance', do Sr. Ílin, é algum mal-entendido". No terceiro havia somente: "Apareceram ainda fulano de tal e A. Ílin". Na quarta (em uma encantadora revista, modesta, publicada em algum lugar da Polônia), finalmente estava escrito: "A obra de Ílin cativa por sua sinceridade. O autor representa o nascimento do amor e a música como pano de fundo. Entre os inegáveis méritos deve-se considerar o caráter literário da redação". Começou o terceiro período, depois do período "aliás" e do período de porte da revista: agora era a resenha que Iliá Boríssovitch tirava da carteira.

Ele estava feliz. Encomendou mais cinco exemplares. Ele estava feliz. O silêncio devia ser por conta de estagnação; as provocações, por conta de malevolência. Ele estava feliz. "Continua." E, então, em um domingo, Ievfratski ligou:

— Adivinhe — disse ele — quem quer falar com você? Galátov! Sim, ele veio ficar alguns dias.

Uma voz desconhecida, espirituosa, enérgica, levemente entorpecente começou a soar. Combinaram.

— Amanhã às cinco na minha casa. É uma pena que não seja hoje.

— Hoje não posso — respondeu a voz espirituosa. — Estão me arrastando para ver "Pantera Negra". Aliás, há muito tempo não me encontro com Evguênia Dmítrievna...

A atriz tinha vindo em turnê de Riga para a Berlim russa. Começava às oito e meia. No meio do jantar, de repente, Iliá Boríssovitch olhou para o relógio, sorriu com malícia e foi ao teatro. O teatro era bem ruim; nem era mesmo um teatro, e sim uma sala, mais destinada para palestras do que para apresentações. O espetáculo ainda não tinha começado, no átrio gelado crepitavam conversas em russo. Iliá Boríssovitch deu o bordão, o chapéu-coco e o sobretudo a uma velha de preto, pagou, afundou a ficha no bolso do colete e, esfregando calmamente as mãos, olhou ao redor. Ao lado estava um grupo de três pessoas: um jovem, sobre o qual Iliá Boríssovitch só sabia que escrevia sobre cinema, a esposa angulosa do jovem, com um lornhão, e um senhor desconhecido trajando um terno afetado, pálido, barba negra, lindos olhos ovinos e uma corrente dourada no pulso cabeludo.

— Mas por quê, por quê? — dizia a dama com vivacidade. — Por que você incluiu isso? Já que...

— Mas por que você implica com o pobre coitado? — respondeu o barítono radiante do senhor. — É uma mediocridade, vamos admitir. Mas, obviamente, houve razões...

Ele acrescentou algo a meia-voz, e a senhora, fazendo retinir o lornhão, exclamou:

— Desculpe-me, mas, na minha opinião, se você publica só porque ele dá dinheiro...

— Mais baixo, mais baixo — disse o senhor. — Não revele nossos segredos.

Então os olhos de Iliá Boríssovitch se encontraram com os do jovem, o marido da senhora angulosa, e este gelou, depois estremeceu, soltou um gemido e começou a cercar sua esposa, que, contudo, continuou:

— O problema não é esse infeliz do Ílin, mas os princípios.

— Às vezes é necessário sacrificá-los — respondeu o barítono, contido.

Mas Iliá Boríssovitch já não ouvia, enxergava através de uma neblina, completamente perdido, ainda sem consciência total do horror do que tinha acontecido, apenas tentando instintivamente afastar-se o mais rápido possível de algo vergonhoso, repugnante, intolerável, tentou correr para uma mesa embaçada onde vendiam ingressos de forma embaçada, mas de repente virou para trás, convulsivo, empurrando assim Ievfratski, que corria em sua direção. Foi parar de novo na chapelaria e estendeu sua ficha. A velha de preto: "79, aqui está...". Ele começou a se apressar, assustado, o braço já erguido para se enfiar na manga do casaco, mas Ievfratski vinha a galope junto com aquele, aquele...

— Este é o nosso editor — disse Ievfratski, e Galátov, arregalando os olhos e tentando não deixar Iliá Boríssovitch recobrar os sentidos, agarrou a manga do casaco para ajudá-lo, e disse rapidamente:

— Muito prazer em conhecê-lo, muito prazer em conhecê-lo, deixe-me ajudar.

— Oh, meu Deus, deixe-me em paz — disse Iliá Boríssovitch, lutando com o casaco e com Galátov —, deixe-me em paz. É horrível. Não posso. É horrível.

— É claro que é apenas um mal-entendido — atravessou Galátov, feito um raio.

— Deixe-me, por favor — gritou Iliá Boríssovitch e, escapando das mãos dele, agarrou no balcão o chapéu-coco e saiu, ainda vestindo o casaco. — O que é isso, o que é isso, ah, o que é isso — balbuciava, caminhando pela calçada, mas de repente abriu os braços: tinha esquecido o bordão.

Ele continuou, mecanicamente, mas depois tropeçou de leve e parou, como se a corda tivesse acabado.

— Vou buscá-lo quando começarem. Só preciso esperar um pouco...

Carros passavam, o bonde soava, a noite estava clara, seca e elegante. Ele começou a andar lentamente em direção ao teatro. Ele pensou que estava velho, solitário, que tinha pouca alegria, e que os velhos devem pagar pela alegria. Pensou que talvez hoje mesmo, ou com certeza amanhã, Galátov viria com explicações, exortações, justificativas. Ele sabia que devia perdoar tudo, senão, nada de "Continua". E ainda pensou que iriam valorizá-lo plenamente quando ele morresse, e lembrou, reuniu em um montículo, os grãos de elogios que tinha ouvido nos últimos tempos. Caminhou pela calçada, devagar, para trás e para a frente, e mais tarde voltou para buscar o bordão.

(1933)

Tradução de Graziela Schneider

Marina Tsvetáieva

Nascida em uma família privilegiada de Moscou, Marina Ivánovna Tsvetáieva (1892-1941) estudou em um colégio para meninas em Lausanne e formou-se em história da literatura na Sorbonne. Em 1922 emigrou para Berlim para encontrar o marido, oficial do Exército Branco. Em 1925, a família se estabeleceu em Paris. Reconhecida como uma das grandes poetas do modernismo russo, Tsvetáieva foi também autora de uma prosa excepcional, em que o elemento autobiográfico e o sentimentalismo, presentes na superfície, são frequentemente apenas meios de sondagem de temas profundos. Em "Seguro de vida", por exemplo, o que parece ser uma simples vinheta bem-humorada da vida na emigração torna-se uma reflexão a respeito da família e de seu papel na construção de uma personalidade. Uma parte significativa da prosa de Tsvetáieva está em sua correspondência. São conhecidas suas cartas a Boris Pasternak e a Rainer Maria Rilke. "Minha Genebra" é o título que a própria autora deu a uma carta enviada a Anatoli Steiger (1907-1944), um jovem poeta russo emigrado na Suíça com quem Tsvetáieva se correspondeu intensamente entre julho e dezembro de 1936.

Seguro de vida

Estavam sentados à mesa e ceavam pacificamente — ou pode ser que jantassem, é uma questão de palavra, pois a salada era a mesma de sempre. Pai, mãe e filho comiam uma salada romana, numa mistura de ceia russa com jantar francês.

— Mamãe, como são abundantes os franceses! — disse, de repente, o menino.

— Os franceses não são abundantes, mas, sim, os russos! — a mãe respondeu com fervor. — E, em geral, essa expressão é usada ao se referir a países.

— Por quê-ê? — assombrou-se o menino. — Como um país pode ser abundante? Ele não tem mãos.

Nesse segundo bateram à porta, e a mãe, que mal identificara a última mistura de idiomas do filho,[1] foi atender. Na soleira, em completa penumbra, estava alguém muito alto, segurando o chapéu nas mãos.

— Senhora, com licença — ele disse com sua voz jovem —, sou um inspetor.

A mãe, recuando, deixou-o entrar. O jovem, seguindo os sapatos de salto dela, em poucos passos chegou à cozinha, onde ficou de pé entre a mesa de jantar, as louças, o botijão de gás, o fogão, a pia e as cadeiras, como se estivesse no único espaço seco em meio a uma maré alta, os pés fincados num espaço entre abismos: o direito cruzado na frente do outro.

— Sim? — as sobrancelhas da mãe perguntaram enquanto ela, sem levantar os olhos, sentava-se diante da salada.

— Perdão por interromper seu jantar, mas sou agente e...

---

[1] O filho une a palavra francesa *habile* ("hábil") e o sufixo adjetivo (*-nii*) do russo na tentativa de dizer *obilnii* ("abundante", em russo). (N. da T.)

("O imposto!", ela pensa consigo mesma. "Mas pagamos tudo há pouco, ou podem ter se lembrado novamente daquele general que foi sequestrado e começaram a recontar todos os russos?"[2])

— Aqui está o meu cartão — continuou, levando até os olhos da mulher, e logo em seguida guardando (como se mostra às crianças, apenas por um segundo, a "surpresa" do dia seguinte), um livreto aberto no qual se podia ver a fotografia de alguém, que ela talvez achasse bastante parecido com ele, se tivesse tido tempo de examinar, em primeiro lugar, a fotografia, ou, em segundo, aquele que a mostrava.

"Mas por que ele não diz *sûreté*[3] e mostra o distintivo?" ela pensava enquanto fazia mentalmente para ele o gesto de mostrar o distintivo. "Afinal, por qual motivo vai nos prender?"

— *Assurance*[4] — a voz dele soou sobre ela justamente como uma confirmação.

Finalmente, ao ouvir a fatídica palavra (tomada como *sûreté*), ela parou de comer e esperou.

— Este é o meu trajeto a Nuellemon — a voz de cima continuou —, eu inspeciono apartamentos com risco de incêndio.

("Meu Deus!", passou-lhe como um raio pela mente, "tenho um cabo elétrico em péssimo estado, cheio de nós e que vive dando curto! E o que é Nuellemon?")

— Parece que a senhora não entende francês — ele questionou, e com isso recordou aos presentes que, desde o segundo em que chegara, em resposta a tudo o que dissera, não apenas ninguém havia pronunciado uma única palavra, mas tampouco uma sílaba sequer, ao que ele pôde indagar de forma legítima: "Parece que vocês perderam o dom da fala".

— Oh, não! — exclamou a mãe, com o orgulho ferido e, por isso, de forma vivaz. — Entendemos muito bem. Mas, desculpe-me, o que querem de nós?

---

[2] No fim de janeiro de 1930, os jornais parisienses relataram o misterioso desaparecimento do general Aleksandr Pávlovitch Kutepov, presidente da organização de emigrados brancos "União Militar Russa". Mais tarde, revelou-se que o general foi sequestrado e morto pela OGPU, a polícia secreta soviética de então. (N. da T.)

[3] Em francês no original: "polícia". (N. da T.)

[4] Em francês no original: "seguros". (N. da T.)

— A senhora me pergunta o que quero de vocês? — continuou a voz com um sorriso. — Eu já falei, faço o trajeto a Nuellemon.

"É um desempregado!", ela pensou. "Evidentemente está a caminho de Nuellemon e aproveita para inspecionar os fornos das pessoas. Temos que dar algo a ele." E finalmente levantando os olhos:

— Nós não temos muito — ela disse timidamente —, e nosso forno está limpo, mas de qualquer forma... — E então parou, porque entendeu que via diante de si um rosto jovem belo, corado, completamente barbeado e limpo, que de forma alguma seria de alguém desempregado, muito menos de um limpador de fornos. Um rosto sob o qual os olhos dela, no caminho de volta para o prato, perceberam uma gravata nova cor cereja e um terno cinza e limpo.

— Mas isso é justamente para os pobres! — animou-se o residente de Nuellemon. — Para o rico não tem uso. Ainda que toda a sua família morra, sua vida não seria arruinada. É justamente para os que não têm posses, aqueles que vivem do suor do próprio rosto.

— Mas o que é "isso"? — ela perguntou, ficando animada.

— Seguro de vida, eu já não disse? — E então, com as forças renovadas: — Faço o trajeto a Nuellemon — e então ela entendeu que não havia Nuellemon, mas sim *annuellement*,[5] cuja última sílaba ele pronunciava "mon" —, e o que mais quero é levar a minha oferta justamente aos desprovidos, aos que vivem do próprio esforço.

(Levou os olhos para as mãos magras do marido, de dedos longos.)

— Seu marido é artista?

— Não — o marido respondeu contrariado.

— Não? — o jovem confirma com a esposa.

— Não — confirmou a esposa.

— Curioso — ele ponderou —, eu tinha certeza de que era artista. Então falarei com a senhora, já que seu cônjuge tem cara de quem não sabe francês. Pois bem, é um assunto particularmente importante para quem vive do próprio esforço. Imagine, *Madame*, que a senhora teve a infelicidade de perder seu marido — falava descaradamente, como se não estivesse de fato diante do marido, vivo e mastigando, mas de um ser ale-

---

[5] Em francês no original: "anualmente". (N. da T.)

górico, para o qual ela nunca olhara com os próprios olhos e, portanto, não poderia perder — e de ser deixada sozinha, com três crianças, o menor ainda um bebê.

— Eu não tenho bebês — ela respondeu —, o menino que você está vendo tem nove anos.

— Mas outras pessoas têm, a senhora não pode dizer que os outros não os têm — o inspetor corrigiu-a (como se adverte um bom aluno que comete um erro em uma prova). — Eu sei de uma mulher, mãe de seis filhos pequenos, cujo marido caiu do canteiro de obras...

— Ah! — ela exclamou, estremecendo diante dessa horrível visão. — Que horror! Ele caiu de muito alto?

— Sim, do sétimo andar — confirmou o inspetor, apoiando-se na outra perna —, e eu mesmo dei a ela a indenização. A senhora acha que ela não ficou feliz?

— Que horror! — a ouvinte choramingou pela segunda vez, mas de um jeito diferente. — Que horror se alegrar com esse dinheiro!

— Mas ela tinha filhos — continuou o inspetor, didático —, seis filhos pequenos, e ela não ficou feliz com a morte do pai, mas sim com o bem-estar das crianças. E se fosse a senhora, *Madame*, que tivesse a infelicidade de perder o marido e...

— Escute aqui — ela exclamou —, já é a segunda vez que o senhor fala comigo sobre a morte do meu marido. Isso é detestável. Nós não fazemos isso diante de um vivo. Somos estrangeiros, vou até te contar que somos russos — já estava a caminho do outro cômodo atrás de cigarros —, e os russos não podem ouvir essas coisas, os russos só podem ouvir sobre a própria morte!

— *Madame* — a voz do jovem ressoou, já do corredor —, a senhora não me entendeu, eu não quis dizer que a senhora sem dúvida perderá o seu marido, apenas que isso pode acontecer à senhora, como a qualquer um.

— E essa é a terceira vez que diz! — explodiu a jovem mulher, já fumando e andando em direção ao rapaz e levando-o para a cozinha. — Não quero ouvir mais nada a respeito disso. Se isso é seguro de vida, aviso-o que a vida dos outros eu não seguro.

— Mas o *Monsieur* não se asseguraria a si mesmo?

— Nem as dos outros nem as nossas, isso não é do nosso feitio. Ademais, não temos dinheiro, temos que nos mudar para outro apartamento e...

— Mas minha proposta é justamente para aqueles que se encontram nessa situação. Muitos acidentes podem acontecer durante uma mudança: um armário, veja, um armário com vinte anos de uso, com espelho, entende? De repente cai, e...

("Que horror!", ela até fechou os olhos, "é bem o caso do nosso armário, que nos foi dado justamente por estar danificado...")

— Nós não tememos armários que caem — ela disse com firmeza. — É claro que fazemos de tudo para que não caia, mas se isso acontecer, é o destino. Entende? Qualquer russo lhe dirá isso.

— Os russos sempre dizem "Niét" — contou o rapaz, pensativo, balançando-se sobre os joelhos. — Em Meudon (eu moro em Meudon) há uma casa toda de russos, onde não se fala francês. Bata na porta que um cavalheiro e uma dama sairão e dirão: "Niét".[6] Então eu logo vou embora, porque sei que não me entendem. Sim, não é comum que me entendam como a senhora me entende, *Madame*. Voltando ao seguro...

— Melhor não voltar! — Ela exclamou com fervor e cordialidade. — Não temos motivos para nos assegurar. Primeiro, somos muito pobres e, seja dito, não pagaremos, aviso-lhe, pois sou honesta, o senhor virá e ninguém o pagará; escreverá cartas e nunca as responderemos. Em segundo lugar, e que para nós vem em primeiro: é detestável para meu marido e para mim pensar em ganhar dinheiro com a morte de um de nós.

— O *Monsieur* pensa como a senhora? — perguntou o inspetor. — Ele parece não entender francês.

— Ele entende muito bem e pensa exatamente como eu. — E, para suavizar, para dispersá-lo de alguma forma: — Talvez quando meu filho crescer e se casar... Mas nós somos de outra geração, uma geração lírica. — E, ao perceber que desta vez era ele que não estava entendendo: — Somos "sentimentais", "supersticiosos", "fatalistas", o senhor já ouviu sobre isso? Sobre a *âme slave*?[7]

— Sim, já até vi um filme sobre isso com minha mãe. Um velho general russo *dans un bonnet d'astrakhan*[8] casa-se em uma catedral imensa e, ao se dar conta de que sua jovem esposa está apaixonada por um

---

[6] Em russo: "não". (N. da T.)

[7] Em francês no original: "alma eslava". (N. da T.)

[8] Em francês no original: "chapéu de astracã", ou *papakha*, item típico da região do Cáucaso russo. (N. da T.)

oficial pobre, vai sozinho para a Sibéria e, na viagem, arremessa sua bolsa de dentro do trenó. Minha mãe até chorou. — E, depois de refletir: — A senhora honra seus sentimentos, e desejamos que seu filho lhe traga alegria. Ele sempre tem esse apetite?

("Devo oferecer um lugar para ele se sentar", mais uma vez passou-lhe como um raio pela mente, "agora ele é uma visita, mas onde vou encaixar outra cadeira? Ao menos, cigarros...")

— Sou o décimo quinto filho — continuou o inspetor, pensativo, num tom de voz bem diferente, como se sonhasse — e, depois de mim, vieram ainda mais dois. Tenho vinte e seis anos e minha mãe cinquenta e dois. Ela teve dezessete filhos, duas pneumonias e passou por duas cirurgias, na verdade foram três, porque da segunda vez esqueceram uma toalha dentro dela. Mas ela parece ser minha irmã e, como a senhora, é bem magra. Às vezes brincamos e rimos juntos.

— Que ótimo, dezessete! — a interlocutora exclamou com um entusiasmo não muito convincente. — Todos vivos?

— Não, só eu. Meu último irmão, ano passado, aos trinta e quatro anos, bateu o carro numa árvore.

— E... os outros? — perguntou hesitante.

— Os outros? Todos se foram em acidentes. Afogamentos, quedas, outros foram queimados vivos (*il y en a qui sont brûlés vifs*).[9]

("Joanna D'arc", o menino disse baixinho.)

— E a senhora entende por que não posso me casar? Ou que eu faça isso mais tarde, só mais tarde. Minha mãe simplesmente não aguentaria. Ah, fomos educados com muita rigidez e, mesmo agora, se eu ousar responder a meu pai, com certeza levarei um tapa na cara, e eu aceito isso. Meu pai tem sessenta e dois anos e cento e cinco quilos.

— Mas seus pais não são parisienses, certo?

— Não são, quer dizer, minha mãe é, mas meu pai é da Normandia. Repare em mim, eu não sou assim tão pequeno (e ele todo tempo acima dela, como uma torre), mas de todos nós sou o mais azarado. Os outros eram gigantes! Mas como quem sobreviveu fui justamente eu, não devo me casar, nem casar nem sofrer nenhum acidente, pois se eu morrer, três morrerão... e minha mãe tem a mesma altura, o mesmo tipo da senhora, mas são essas mães que têm filhos assim. Ah, a senhora não conhece a

---

[9] Em francês no original: "há quem seja queimado vivo". (N. da T.)

minha mãe, sempre que eu volto do trabalho, não importa quão tarde seja, afinal acidentes não têm hora para acontecer, às dez, onze horas, meia-noite, uma da manhã, ela se levanta e esquenta o meu jantar. Inclusive, hoje ela me encontrará em Issy-les-Moulineaux. De que jeito posso me casar? Tenho vinte e seis anos e nunca, entende, nunca fui ao cinema sem ela, nunca andei num barco a vapor. *On prend tous ses plaisirs ensemble.*[10] De que jeito posso me casar?

— O senhor é um filho maravilhoso — ela exclamou do fundo do coração e sem querer olhando para o seu próprio filho, como se perguntasse algo. — Que Deus lhe dê saúde e à sua mãe e ao seu pai!

— Sim, saúde é muito importante para mim, é impossível ficar sem. Desejamos que seu filho lhe traga alegria. O que você quer ser, menininho?

— *Service militaire*,[11] e depois aviador.

— Não, aviador não pode, sua mãe teria que ficar olhando para o céu. Além disso, já existem acidentes suficientes aqui na terra. Já o serviço militar é outra coisa. É uma época ótima, a melhor, você nunca mais será tão feliz... pois bem, *Madame*, desejo que seu filho traga-lhe felicidade. E me perdoe se eu de alguma forma os ofendi. A senhora ama seu marido, tem lareira, o seguro não a ajudaria como a mim, agora entendi...

E, pressionando a maçaneta da porta, na qual muitas outras vezes já apoiara a mão sem nada fazer, disse com uma profunda reverência:

— Obrigado e perdão.

— Você perdeu o juízo! — o marido vociferou, pulando de trás da mesa. — Por sua culpa estou completamente atrasado.

— Mas por que apenas não saiu? — ela perguntou, consciente da hipocrisia da pergunta.

— Por quê? Ah! Porque você e ele bloquearam a porta e eu fiquei preso.

— E eu, sem querer, comi todo o tomate, perdão, mamãe, estava ouvindo tão atento que comi o seu pedaço também. — E levando aos lábios o bico do bule de chá: — Ai, que sede! Minha garganta secou enquanto ele falava...

---

[10] Em francês no original: "passamos todos juntos as horas de lazer". (N. da T.)

[11] Em francês no original: "serviço militar". (N. da T.)

Batem à porta.

— Perdão, *Madame*, apenas quero lhe dizer que hoje irei ao cinema com minha mãe...

Depois de acompanhar o marido até a saída, tendo recebido dele não a mão, mas a maçaneta da porta que ele bateu, e de colocar o filho na cama, que logo dormiu como uma pedra — só aí, aos poucos, ela foi recuperando a consciência. Tudo parecia ter sido um sonho, e seu coração batia como o daquele homem no canteiro da construção. Ela foi até à mesa e, na parte de trás de um envelope qualquer, fez os cálculos: o décimo quinto filho de uma mãe de cinquenta e dois anos teria vinte e seis anos apenas se ela tivesse se casado aos quinze e parido os dezessete filhos um após o outro, sem qualquer intervalo. Acontece... é raro, mas possível. E seria bem mais possível se ela tivesse gêmeos três vezes (que, claro, morreriam em pares: afogar-se-iam juntos, cairiam juntos, queimariam juntos — e então seriam menos tipos de mortes). Mas, ainda assim, dos dezessete, todos os outros teriam morrido em acidentes diversos, de todas as formas que existem... Levando em conta o tom usado por ele, simples e ao mesmo tempo oficial, recitando de cor uma lista de preços... Já, em comparação com a voz dele ao se referir à mãe, que virá encontrá-lo em Issy-les-Moulineaux...

O que, de fato, aconteceu? Ela não sabia. Mesmo que ele tivesse sido tomado por uma súbita inspiração e inventado tudo, ainda assim, não haveria nisso uma mitologia criada sobre si mesmo, sobre a mãe de dezessete filhos e o único sobrevivente entre eles, o filho insanamente devoto? Não seria um sonho sobre um eu melhor, o verdadeiro eu? Um lamento pela verdadeira *profession manquée*?[12] A potencialidade total da vocação de filho?

Aos vinte e seis anos, alto e bonito; em sua própria opinião, e no olhar das ruas de Paris, irresistível. Contar a uma estranha, uma mulher que ainda não é velha, e que aparenta ser bem jovem na escuridão do corredor, que ele ainda recebe bofetões de seu pai e os aceita. Seria esse o sonho de um jovem rapaz? Ou mesmo de um homem não tão jovem?

"Pode ser", ela ainda pensou, "não há como saber... talvez não existam os dezessete filhos, talvez; se eles não existirem, também as dezesse-

---

[12] Em francês no original: "carreira fracassada". (N. da T.)

te mortes não existiram; talvez não exista o pai nascido na Normandia que o estapeia — cada tapa, quinhentos quilos —, pode ser, e parece que este é o centro da questão, parece que não existe pai nenhum."

Já a mãe, ela existe.

(1934)

Tradução de Raquel Toledo

Minha Genebra

Minha Genebra (3 de setembro de 1936)

Ontem, depois da viagem a Genebra, convenci-me definitivamente da improbabilidade de nosso encontro pessoal — e de repente lembrei-me da frase, estranha por sua crueldade, de um jovem soberano aos membros das assembleias locais, se não me engano: "Não tenham a ousadia de sonhar".[1] (E eles a tiveram.) Assim compreendi, depois da viagem de ontem, que nem mesmo a audácia de sonhar eu poderia ter. Agora, ouça-me com atenção, pois, conforme você já pôde notar, em mim vive aquele Todo-Poderoso Deus pasternakiano dos detalhes — e eu me definiria como alguma *"miniaturiste en grand" et même — en geant — et même en immense*.

De forma que, na véspera, me haviam perguntado: "Você quer ir a Genebra amanhã?". E eu tinha dito que sim, porque tinha de enviar umas coisas para você e não queria vê-las passar por outras mãos — nem queria que outra pessoa preenchesse o recibo. E — coisa igualmente importante, visto que *não* sou egoísta — eu queria mostrar Genebra a Mur,[2] ou seja, dar a ele a possibilidade de se gabar disso na sala de aula, já próxima, agora.

Na manhã seguinte — durante a manhã inteira — ocupei-me em empacotar suas coisas e dar um jeito de criar, para Mur e para mim, uma aparência mais ou menos suíça. Com apreensão fiquei esperando o carro, que deveria passar às dez: os sapatos ainda não tinham sido limpos, a carteira de *identité*[3] ainda não havia saído, Mur ainda não havia se

---

[1] Palavras atribuídas ao tsar Nicolau II. (N. da T.)

[2] Apelido de Gueorgui Serguêievitch Efron (1925-1944), filho de Tsvetáieva, que tinha então onze anos de idade. Veio a morrer no *front* durante a Segunda Guerra Mundial. (N. da T.)

[3] Em francês no original: "identidade". (N. da T.)

lavado — etc. Dez horas, onze horas, meio-dia — nada de carro. Saio de minha gruta para saber das notícias lá embaixo, no parque. O filho do dono da casa (aquele que escreve sobre Radíschev[4] — amigo meu, do ponto de vista intelectual): "Marina Ivánovna, a senhora irá apenas com Mur para Genebra — nem mamãe nem Vera irão com a senhora". "Então, eu também *não* irei, pois não sei achar nada em Genebra — nem mesmo o lago — e ainda que o encontre, ficarei lá plantada, pois, de qualquer maneira, não encontrarei o carro. O que vou fazer sozinha, com Mur, numa cidade estranha, sem passaporte e *sendo quem sou*??" Corro para contar a Mur. Ele fica desanimado, mas não o aparenta. Como sempre, em minha vida — levo tudo a sério — e ponha sério nisso —, mas parece que aquelas, aparentemente, não passavam de palavras vagas. Vou ver a dona da casa e tento discretamente convencê-la (sei apenas de uma coisa: *eu preciso enviar-lhe sua encomenda!*). Ela recusa e concorda ao mesmo tempo, indecisa. Já é uma hora, já é o almoço (interminável), já são duas horas — nada de carro. Para encurtar o assunto e não cansar sua vista e sua atenção — o carro chegou às quatro (em vez de chegar às dez!) — nós o havíamos reservado pelo telefone da agência do correio, e houve uma confusão qualquer, de modo que embarcamos — com todos os pertences — às quatro e meia da tarde. A estrada era maravilhosa, mas eu ficava pensando em meus pacotes já prontos, com o endereço e tudo.

Todos me aconselham a tirar o barbante que os amarra, mas eu protesto, pois o fato de estar amarrado significa que já é uma coisa sua e tirá-lo seria o mesmo que violar uma de minhas próprias cartas. Há três fronteiras: a do posto de gasolina, a francesa e a suíça. "*Pas de marchandise?*" "*Rien.*"[5] (Pois — não vendo nada!) — Passamos. Nova preocupação: desde 1903 não voltei à Suíça — e mesmo naquela época *não* mandei pacote algum —, saberei agora fazer uma expedição de um correio estrangeiro? E terei coragem de manter por minha causa um carro parado cheio de pessoas — e diante de uma agência do correio? Pela estrada mostram-me o *Jardin Anglais*, a *Rade*,[6] o *lago*, mas não reparo em nada — mando Mur olhar. Essa etapa também foi superada. (Na Suíça, as

---

[4] Aleksandr Radíschev (1749-1802), escritor e crítico social representante do iluminismo nas letras russas. (N. da E.)

[5] Em francês no original: "Alguma mercadoria?" "Nenhuma." (N. da T.)

[6] Em francês no original: "enseada". (N. da T.)

pessoas respondem tão gentilmente quanto pergunto.) *Agora posso voltar para casa*. Mas começam os *Uni-Prix*,[7] as galerias, em uma palavra, aquele inferno doméstico feminino de sempre. Logo Mur pede que lhe compre uma *stylo*[8] e uma porção de outras coisas. Faço-o continuamente multiplicar o valor por cinco, a dona do castelo (uma russa-suíça — adorável)[9] escolhe golas para suas filhas que estão na Rússia (ela as envia pelo correio, dentro das cartas), o coronel-dono-do-castelo[10] quer cerveja, Mur *não* consegue multiplicar por cinco — enfim, ficamos uma hora parados diante das mercadorias, imersos — até a goela — nos detalhes que odeio; em resposta ao excesso de chocolate não compro nada (para você, com certeza, depois da operação, isso é proibido, e a senhoria já o comprou para Mur). Sentamos num café: dentro, calor infernal. Enquanto escrevo um cartão para você, Mur aproveita para pedir uma incrível caneca de cerveja (*Gargantua!*) — e, de novo, *Uni-Prix* — e, de novo, a insistência para comprar a *stylo* (ele já tem duas), e depois, ainda, os carrinhos de quarenta e setenta e cinco centavos suíços — nós ficamos o tempo todo fazendo as multiplicações — (em cada nova loja os donos da casa dirigem-se diretamente ao setor de alimentos: compram produtos para a pensão) — e quando, finalmente, Mur e eu saímos de lá — não há ninguém. O tempo vai passando. Absolutamente ninguém. Imploro a Mur que procure o carro. Depois de ter passado em revista uns cinquenta, ele o encontra (jamais o reconheceria, pois para mim todos têm o mesmo aspecto: desumano) — absolutamente não no lugar onde havia sido combinado. Vejo uma tabuleta *Tabac* e compro um isqueiro, maravilhoso, por um franco suíço — mas como já tenho um e sei que haverá a alfândega na fronteira, enfio-o no peito — o mais fundo possível. Depois, corro até o carro superaquecido e espero. Mur vai e vem: ora aparece, ora desaparece, eu tenho medo dos carros, saio, olho, volto a sentar. Sete, sete e meia. Vez ou outra o motorista se aproxima. "*Et alors, Vous*

---

[7] Lojas de preço único (N. da T.)

[8] Do francês, abreviação de *stylographe*: "caneta-tinteiro". (N. da T.)

[9] Emma Melkhiórovna Chtrangue, a senhoria da autora, era filha de suíços. (N. da T.)

[10] Mikhail Nikoláievitch Chtrangue (1864-?), marido de Emma, era coronel do exército russo. (N. da T.)

n'avez pas vu le colonel?" "*Non.*" "*Et moi, non plus.*"[11] Depois, leva Mur para tomar cerveja. Todas as lojas fecharam. Oito horas. E — preste bem atenção — começo a sentir alguma coisa que queima. Na verdade, já estava queimando havia algum tempo, desde o primeiro instante. Na região do peito, onde se separam as costelas. E aquilo queima — é uma beleza. *Ele*. O isqueiro. Como por castigo, cheio de fluido. Tento tirá-lo — mas como? Tirá-lo por cima — a roupa é muito apertada (é presa nas costas) —, por cima, é impossível. Em poucas palavras, acredite, se puder: para retirar o isqueiro seria preciso — tirar a roupa. Além disso, tenho a sensação de que ele se enraizou; com a mão, tento deslocá-lo por cima: nem se mexe. Começo a pensar — a refletir sobre o caso — será que esse isqueiro poderia se acender? Isto é, o fluido — devido ao calor de meu corpo. Na verdade, há leis para isso. Quer dizer, sabe-se *precisamente* se ele poderia se acender ou não. Mas eu as desconheço e posso esperar *qualquer coisa*. Tento me tranquilizar (e aquilo queima — dói que é insuportável) dizendo a mim mesma que nunca ouvi falar de um caso semelhante. Talvez porque ninguém guarde o isqueiro cheio apertado desse jeito junto ao corpo, durante duas horas. E se de repente pegar fogo — na fronteira, justamente? Comigo tudo pode acontecer. (A roupa, o carro, a fronteira, tudo pode pegar fogo!) De vez em quando (já são nove horas passadas) verifico com a mão, por cima, se por acaso minha roupa não estaria começando a queimar e farejo se há cheiro de queimado. Não! Mas cheira a fluido. Como se me tivessem mergulhado nele. E nossos companheiros de viagem continuam desaparecidos, e Mur continua tomando cerveja com o motorista, depois os dois voltam — e vão-se embora de novo; o outro grupo nos espera em Annemasse desde as sete horas. E agora já são mais de nove. Será que eles se perderam? Mas a dona da casa é nativa de Genebra. O que terá acontecido? — Ai, como isso queima!

Às nove e quinze aparece o coronel: a mulher passou mal no *Uni-Prix* — ela caiu —, ele a levou até o médico, fizeram-lhe uma aspersão (no coração), ele nos procurou em não sei qual *Molé* (?), onde teríamos combinado de nos encontrar com o motorista — etc. Vamos de carro — buscá-la — no médico. Ela não está nada bem, tivemos praticamente de carregá-la, e tomamos o caminho da volta. A fronteira. Primeira, segun-

[11] Em francês no original: "E então? Conseguiu encontrar o coronel?" "Não" "Eu também não." (N. da T.)

da, terceira. *Rien à déclarer?*[12] Mur estende seu automovinho de quarenta centavos e duas garrafas de chocolate — ambas de vinte centavos —, ele está sério, os guardas riem. A dona da casa — com uma mão insegura — estende seus *raisins secs*[13] e eu — nada, pois o que poderia e deveria mostrar, nesse momento não pode ser mostrado de uma maneira civilizada. Ah, sim! Mais uma coisa: antes de partir, peço ao motorista que guarde consigo meus cigarros (já tenho alguns em minha cigarreira) e penso: ele não irá me devolver, ele irá esquecer e eu não lhe lembrarei, pois os cigarros são uma coisa masculina e não feminina e não se deve tirar os cigarros dos homens — mesmo que eles não lhes pertençam. (Não há cigarros *próprios para mulheres.*) (N.B.! Eu estou escrevendo umas bobagens para você — já são três folhas — mas já estamos na sexta-feira, dia 4, e até agora não recebi resposta alguma àquelas minhas perguntas, portanto — não posso falar de você: não sei simplesmente nada: há um branco, e espero diverti-lo um pouco, distraí-lo.) As fronteiras terminaram. O motorista me entrega o maço. E eu, surpresa pelo fato de ele se lembrar, absolutamente confusa pela gratidão — e para compensar de algum modo essa alegria, fazendo-lhe um gesto com a mão: "*Gardez*". "*Merci alors.*"[14]

Ambos fumamos: ele me oferece um cigarro, e eu não recuso, é claro. Em Annemasse recolhemos nossos companheiros de viagem, desesperados. O caminho é estupendo. Ar fresco. Todo o calor do dia, dos carros, dos chocolates, das compras etc. se concentrou num único lugar: o isqueiro. Mas, se aquilo já queimava havia duas horas e meia sem pegar fogo — não iria acontecer agora. Acontecimento: surge a lua. Mas há outra versão:

Was niemand sieht und sah: Monduntergang.[15]

Sobre a crista negra da montanha — um fio de ouro. (Não de ouro — de cobre) E, de repente — voltamos à superfície, ou será que a montanha sumiu? O globo inteiro, no céu: vermelho. Uma voz, saída da carroceria do carro: "Não é verdade, Marina Ivánovna, que a lua se parece com uma bela mulher russa?". Eu, amável: "Sim, muito". (Para mim, a lua é

---

[12] Em francês no original: "Algo a ser declarado?". (N. da T.)

[13] Em francês no original: "uvas-passas". (N. da T.)

[14] Em francês no original: "Fique com ele". "Então obrigado." (N. da T.)

[15] Em alemão no original: "O que ninguém viu ou vai ver: a lua se pôr". (N. da T.)

a própria solidão. Toda a não humanidade da solidão. Toda a solidão da não humanidade. Não a sinto como poeta, mas como lobo.)

A estrada dá umas voltas, fumamos, todo mundo dentro do carro está calado e, de repente: "Ai! Um gato na frente dos faróis". Fecho os olhos. E, três quilômetros adiante, meus vizinhos filosofando: "*Vous auriez mieux voulu que ça soit nous?*".[16] Mais um quilômetro adiante: "*D'ailleurs — il n'est pas tué, il a passé entre les roues. J'en ai tué deux cette année. Ça aurait fait le troisième*".[17] — A forma dentada das folhas — e mesmo o dente da torre. Os plátanos, imensos. *Nossa* Bonneville. Enfim, depois de algumas curvas desesperadoras pelo caminho estreito — com os galhos das árvores quase arrancando nossa cabeça — lá está o castelo. Subo correndo e uma das faces do isqueiro está inteirinha *colada*. Arranco-o, apesar da dor: em carne viva. Uma queimadura enorme e... duas marcas de isqueiro (eu havia conseguido deslocá-lo — uma vez).

Agora posso dizer, por experiência própria (a da carne viva) que o isqueiro cheio de fluido e encaixado no peito 1): não se inflama e 2): queima tudo em que encosta.

Aqui está, meu amigo, a minha Genebra, e — com certeza — não haverá uma segunda.

* * *

Não contei a você meus pensamentos da viagem (em surdina, devido à queimadura do isqueiro): eu teria aceitado ser queimada assim pelo resto da minha vida (eu me acostumaria) se, em lugar do motorista, ao meu lado estivesse sentado você. Mas — lucidamente: "Então, ele deveria saber dirigir um carro e, se ele soubesse, talvez eu não quisesse sentar ao lado dele". "Mas quem dirigiria, então, senão ele?" "Bem, ninguém. O carro ficaria *parado*." Em seguida, pensei que você poderia ter sentido frio e eu teria me preocupado com você, pois nada tinha de quente comigo para lhe dar. (Além do isqueiro, *dentro*.) Depois, pensei que sempre poderíamos nos abraçar, para aquecer-nos. Visão do Polo Norte. Todas as expedições polares numa única visão: dois seres abraçados, o

---

[16] Em francês no original: "Você preferiria que fôssemos nós?". (N. da T.)

[17] Em francês no original: "Aliás, ele não foi atropelado, passou por entre as rodas. Já matei dois este ano. Esse teria sido o terceiro". (N. da T.)

mais velho aquecendo o mais jovem com seu corpo. (Quando chegaram — o jovem ainda estava vivo.) Mas meu companheiro de viagem com certeza estaria pensando na sua casa, na sua viagem do dia seguinte e em nós todos: um que fica doente, de súbito — outro que desaparece, de repente — outro, sem mais, que fica oferecendo cigarros. "*Drôle de gens, les Russes, mais bien gentils quand même...*"[18]

O que nos resta, a nós *Russes* ou não *Russes* — senão sermos *bien gentils*[19] — uns com os outros — *até* a solidão do planeta Lua?

4 de setembro de 1936

Tradução de Aurora Fornoni Bernardini

---

[18] Em francês no original: "Gente esquisita, os russos, mas bastante gentis, assim mesmo...". (N. da T.)

[19] Em francês no original: "muito amáveis". (N. da T.)

Daniil Kharms

Daniil Ivánovitch Iuvatchóv-Kharms (1905-1942) nasceu e viveu em Petersburgo, onde se envolveu com vários grupos de arte experimental da década de 1920. Por meio deles, como o grupo de teatro Radiks, Kharms conheceu os futuros membros do OBERIU (acrônimo de Associação Para Uma Arte Real), um coletivo de literatura, teatro, cinema e artes plásticas, atualmente considerado o último grande movimento de vanguarda russo. Kharms, que foi um dos fundadores do grupo, escreveu a peça *Elizaveta Bam* (1928) para a estreia do coletivo. A excêntrica produção literária de Kharms, mistura de experimentalismo linguístico, paródia e *nonsense*, inclui peças de teatro, poemas, contos extremamente breves e a novela *A velha* (1939). Apesar de ter se tornado um dos escritores de vanguarda mais cultuados na Rússia, em vida, com exceção de dois poemas em antologias da União dos Escritores, os únicos materiais de Kharms aceitos para publicação foram contos e poemas infantis, e ele se tornou um escritor queridíssimo por seus pequenos leitores. De todo modo, alguns de seus escritos circularam de forma clandestina até o início da década de 1990, influenciando muitos escritores, alguns dos quais presentes nesta antologia. Os textos que seguem foram extraídos da correspondência, de manuscritos e das cadernetas de anotação do autor, além da coletânea *Slútchai* (*Acontecimentos*), que ele próprio deixou organizada.

Cartas

Querida Tamara Aleksándrovna e Leonid Saviélevitch,

Obrigado pela carta formidável que me mandaram. Li tantas vezes que já a sei de cor. Podem me acordar no meio da noite e começo na hora, sem piscar: "Olá Daniil Ivánovitch, nos torcemos de saudade de você. Liónia comprou novos..." etc. etc. Li a carta para todos os meus conhecidos de Tsárskoie Sieló. Todos gostaram muito. Ontem meu amigo Balnis deu um pulo aqui. Ele queria passar a noite em casa. Li a carta seis vezes para ele. Ele riu pra valer, deu para sentir que gostou da carta, mas não conseguiu dar uma opinião detalhada a respeito, pois foi embora e não ficou para dormir. Hoje dei uma chegadinha na casa dele e li a carta mais uma vez, para refrescar sua memória. Depois perguntei sua opinião. Mas ele quebrou a perna da cadeira e com a perna da cadeira me botou para fora e ainda disse que, se eu viesse de novo com essa porcaria, amarraria minhas mãos e encheria minha boca do lixo da lixeira. Foi muito grosseiro e pouco espirituoso de sua parte dizer isso. Claro que fui embora e entendi que talvez ele estivesse muito constipado e fora de si. Da casa do Balnis fui ao parque Ekaterínski passear de barco. No lago inteiro, além do meu, havia uns dois ou três barcos. A propósito, uma moça muito bonita passeava de barco. Completamente sozinha. Virei meu barco (é preciso, aliás, tomar cuidado ao virar o barco, porque o remo pode escapar do tolete) e fui atrás da moça bonita. Achei que eu me parecia com um norueguês e que minha figura de colete cinza e gravata esvoaçante irradiava frescor e saúde e, como costumam dizer, cheiro de mar. Só que uns arruaceiros estavam nadando perto da coluna Orlóvskaia e, quando passei ao lado, um deles tentou atravessar meu caminho. A essa altura, outro gritou: "Espere essa criatura zarolha e suada passar!" e apontou o pé para mim. Fiquei muito sem graça, pois a moça bonita ouviu tudo. Ela ia na frente e, como se sabe, no barco a gente fica sentado de costas para a direção do movimento, então a moça bonita não apenas ouviu como viu o arruaceiro apontando o pé para mim. Tentei fingir que isso não teve nada a ver comigo e olhei para os lados sorrindo. Só que não havia nenhum barco ao redor. Nesse ponto, um arruaceiro gritou de novo: "Para onde está olhando? Por acaso não estamos falando com você?! Ei, seu canudo de chapéu!".

Comecei a remar como podia, mas os remos escaparam dos toletes e o barco ia devagar. Finalmente, depois de grande esforço, alcancei a moça bonita e nós nos conhecemos. Ela se chamava Ekaterina Pávlovna. Devolvemos o barco dela e Ekaterina Pávlovna passou para o meu. Ela se mostrou uma interlocutora muito graciosa. Decidi impressioná-la com a fineza de meus amigos, tirei a carta e comecei a ler: "Olá Daniil Ivánovitch, nos torcemos de saudade de você. Liónia comprou..." etc. Ekaterina Pávlovna disse que se fôssemos até a margem eu veria uma coisa. E eu vi como Ekaterina Pávlovna se mandou, e um menino sujo apareceu dos arbustos e disse: "Tiozinho, me leve para dar uma volta de barco". Hoje à noite a carta escafedeu. Aconteceu o seguinte: eu estava na sacada lendo a carta e comendo mingau de semolina. Aí minha tia me chamou para ajudá-la a dar corda no relógio do quarto. Cobri o mingau de semolina com a carta e fui para o quarto. Quando voltei, a carta tinha absorvido todo o mingau e eu a comi.

O tempo em Tsárskoie está bom: parcialmente nublado, ventos do quadrante sudoeste, possibilidade de chuva.

Hoje de manhã, um tocador de realejo veio ao nosso jardim e tocou a valsa das pulgas, depois passou a mão na rede de dormir e escapuliu.

Li um livro muito interessante que falava de um moço que se apaixonou por uma moça que amava outro moço que amava outra moça que amava outro moço que também não a amava, mas amava outra moça.

Daí essa moça tropeçou num bueiro aberto e fraturou a espinha. Mas, quando estava quase curada, apanhou um resfriado e morreu. Daí o moço que amava essa moça se matou com um tiro de revólver. Daí a moça que amava esse moço jogou-se debaixo de um trem. Daí o moço que amava essa moça de desgosto subiu num poste do bonde, mexeu no fio e morreu de choque elétrico. Daí a moça que amava esse moço se empanturrou de vidro triturado e morreu de feridas no intestino. Daí o moço que amava essa moça se mandou para a América e bebeu tanto que vendeu sua última peça de roupa e, na ausência de roupa, foi obrigado a ficar debaixo das cobertas e desenvolveu escaras e das escaras morreu.

Por esses dias vou à cidade. Quero ver vocês sem falta. Lembranças a Valentina Efímovna e Iákov Semiónovitch.

Daniil Kharms
28 de julho de 1932, Tsárskoie Sieló

Querida Tamara Aleksándrovna, Valentina Efímovna, Leonid Saviélevitch, Iákov Semiónovitch e Valentina Efímovna.

Mandem lembranças a Leonid Saviélevitch, Valentina Efímovna e Iákov Semiónovitch.

Como têm passado, Tamara Aleksándrovna, Valentina Efímovna, Leonid Saviélevitch e Iákov Semiónovitch? O que Valentina Efímovna anda fazendo? Tamara Aleksándrovna, escreva sem falta sobre como Iákov Semiónovitch e Leonid Saviélevitch estão se sentindo.

Sinto tanto a falta da senhora, Tamara Aleksándrovna, e também de Valentina Efímovna e de Leonid Saviélevitch e de Iákov Semiónovitch. Então Leonid Saviélevitch ainda está na *datcha* ou já voltou? Mande lembranças a ele, caso ele tenha voltado. E também a Valentina Efímovna e a Iákov Semiónovitch e a Tamara Aleksándrovna. Os senhores são tão memoráveis que às vezes parece que não sou capaz de esquecê-los. Valentina Efímovna surge diante de meus olhos como se estivesse viva e também Leonid Saviélevitch, como se estivesse vivo. Iákov Semiónovitch é como um irmão ou uma irmã de sangue para mim e a senhora é como uma irmã ou no mínimo como uma prima. Leonid Saviélevitch é como um cunhado para mim e Valentina Efímovna como alguma parenta.

Lembro-me dos senhores a cada passo, primeiro um e depois outro, sempre com tanta clareza e nitidez que é simplesmente um horror. Mas nenhum dos senhores aparece em meus sonhos e eu até me espanto com esse fato. Mas se eu visse Leonid Saviélevitch num sonho seria uma coisa, agora se eu visse Iákov Semiónovitch seria outra. É impossível discordar disso. E se eu visse a senhora também seria uma coisa e se Valentina Efímova seria outra.

Vejam o que aconteceu comigo esses dias! Imaginem só: estou me aprontando para dar uma saída e apanho meu chapéu para vestir, de repente eu olho e é como se o chapéu não fosse meu, é como se fosse meu e como se não fosse meu. Raios! Qual é a charada? O chapéu é meu ou não é meu? Fico pondo e tirando o chapéu. Daí eu ponho o chapéu e me olho no espelho e vejo que o chapéu é como se fosse meu. E penso comigo: e se de repente não for meu? Embora, por outro lado, seja meu. Então parece que o chapéu é realmente meu. E também Vvediénski,[1] enquanto nadava no rio, foi parar numa rede de pesca e ficou tão aflito que, logo ao se livrar dela, disparou para casa e se contorceu. Escrevam como têm passado. Se Leonid Saviélevitch está na *datcha* ou se já voltou.

Daniil Kharms
Segunda-feira, 1º de agosto de 1932, Kursk

Querido Níkandr Andrêievitch,

Recebi sua carta e na hora soube que era sua. No começo achei que não fosse sua, mas ao abrir soube na hora que era sua, mas antes tinha achado que não fosse sua. Estou contente por saber que você casou faz tempo, porque quando o homem casa com quem quer significa que conseguiu o que queria. Então estou contente por saber que você casou, porque quando o homem casa com quem quer significa que conseguiu o que queria. Ontem recebi sua carta e na hora achei que a carta fosse sua, mas depois achei que não parecia sua, mas abri e vi que era justamente sua. Fez muito bem em escrever. No começo você não escrevia, então de repente escreveu e, mesmo antes de ficar um tempo sem escrever, também escrevia. Logo que recebi sua carta soube que era sua, por isso estou muito contente por você ter casado. Se o homem quer casar, precisa casar sem falta. Por isso estou muito contente por você finalmente ter casado justamente com quem queria. E fez muito bem em escrever. Fiquei muito feliz ao ver sua carta, na hora até achei que fosse sua. Confesso que, quando a abri, me passou pela cabeça que não era sua, em todo caso depois soube que era sua. Obrigado por ter escrito. Estou grato por isso e muito feliz por você. Talvez você não imagine por que estou tão feliz por você, mas direi sem rodeios que estou feliz porque você casou justamente com quem queria casar. Sabe, é muito bom se casar justamente com

---

[1] Aleksandr Vvediénski (1904-1941), poeta e dramaturgo de vanguarda, amigo próximo de Kharms e integrante do grupo OBERIU. (N. da T.)

quem se quer casar, porque assim se consegue justamente o que se quer. Justamente por isso estou muito feliz por você. Também estou muito feliz por ter escrito. De longe achei que a carta fosse sua, mas, quando a peguei, pensei: será dele? Depois pensei: bobagem, claro que é dele. Eu mesmo abri a carta e, enquanto a abria, pensava: será que é dele ou não é dele? Mas logo que a abri vi que era sua. Fiquei muito feliz e decidi também escrever uma carta a você. Preciso contar muitas coisas, mas estou literalmente sem tempo. Escrevi o que deu tempo de escrever nesta carta, depois escrevo o que faltou, neste momento estou completamente sem tempo. O bom é que pelo menos você escreveu. Agora sei que faz tempo que casou. Já sabia disso pelas cartas de antes, mas agora vi outra vez: não há sombra de dúvida de que casou. E estou muito feliz porque você casou e me escreveu essa carta. Logo que vi a carta soube que você tinha casado outra vez. E pensei que foi bom você ter casado outra vez e ter escrito uma carta a respeito. Agora escreva sobre sua esposa e conte como tudo aconteceu. Lembranças à nova esposa.

Daniil Kharms
25 de setembro e outubro de 1933

Tradução de Daniela Mountian

Guimmelkumov

Guimmelkumov olhou para uma mocinha da janela em frente. Mas a mocinha da janela em frente nem uma vez olhou para Guimmelkumov. "É tímida", pensou Guimmelkumov.

* * *

Guimmelkumov pintou o rosto com nanquim verde e se aproximou da janela. "Que pensem: como ele é esquisito", disse consigo Guimmelkumov.

* * *

O tabaco acabou e Guimmelkumov não tinha nada para fumar. Ele fumou o cachimbo vazio, mas isso só fez aumentar sua aflição. Assim duas horas se passaram. Depois o tabaco apareceu.

* * *

Guimmelkumov fixou os olhos esbugalhados na mocinha e ordenou em pensamento que ela virasse a cabeça. Mas não adiantou. Então Guimmelkumov ordenou em pensamento que a mocinha não olhasse para ele. Tampouco adiantou.

* * *

Guimmelkumov tentou achar dentro de si uma ideia em que mergulhar por toda a vida. É agradável fixar-se apenas num ponto como se fosse um louco. O sujeito vê seu ponto em tudo e em toda parte. Tudo em seu moinho. Tudo numa relação direta com seu ponto de estimação.

* * *

Guimmelkumov foi atacado por uma sede terrível. Mas o que essa sede atingiu não estava claro. Guimmelkumov repetiu a regra da divisão silábica e pensou um tempão nas letras "ss", difíceis de dividir. "Hoje estou com muita sede", disse consigo Guimmelkumov. Uma pulga o picou, ele se coçava enquanto montava na cabeça a palavra "essência" para dividi-la entre uma linha e outra.

(1933)

Tradução de Daniela Mountian

Sobre Púchkin

Difícil falar algo sobre Púchkin para quem não sabe nada sobre ele. Púchkin é um grande poeta. Napoleão não é tão grande quanto Púchkin. E Bismarck em comparação a Púchkin não é nada. E Alexandre I e II e III são uns bolhas em comparação a Púchkin. E todo mundo em comparação a Púchkin é um bolha, apenas em comparação a Gógol o próprio Púchkin é que é um bolha.

E, em vez de escrever sobre Púchkin, o melhor será eu escrever sobre Gógol.

Só que Gógol é tão grande que não dá para escrever sobre ele, por isso ainda assim irei escrever sobre Púchkin.

Mas depois de Gógol escrever sobre Púchkin é uma lástima. E sobre Gógol não dá para escrever. Por isso o melhor é não escrever nada sobre ninguém.

(1936)

Tradução de Daniela Mountian e Moissei Mountian

Púchkin e Gógol

GÓGOL (*despenca da coxia e fica deitado no palco sem se mexer*).

PÚCHKIN (*aparece, tropeça em Gógol e leva um tombo*) — Diabo! Parece que tropecei em Gógol!

GÓGOL (*erguendo-se*) — Que droga! Nunca dá para descansar em paz. (*Caminha, tropeça em Púchkin e leva um tombo.*) Parece que tropecei em Púchkin!

PÚCHKIN (*erguendo-se*) — Nunca um minuto de sossego! (*Caminha, tropeça em Gógol e leva um tombo.*) Diabo! Parece que tropecei de novo em Gógol!

GÓGOL (*erguendo-se*) — Sempre algum transtorno! (*Caminha, tropeça em Púchkin e leva um tombo.*) Droga! Púchkin outra vez!

PÚCHKIN (*erguendo-se*) — Isso é coisa de desordeiros! Uma completa desordem! (*Caminha, tropeça em Gógol e leva um tombo.*) Diabo! De novo Gógol!

GÓGOL (*erguendo-se*) — Isto é um tremendo deboche! (*Caminha, tropeça em Púchkin e leva um tombo.*) Púchkin outra vez!

PÚCHKIN (*erguendo-se*) — Diabo, com todos os diabos! (*Caminha, tropeça em Gógol e leva um tombo.*) Gógol!

GÓGOL (*erguendo-se*) — Droga! (*Caminha, tropeça em Púchkin e leva um tombo.*) Púchkin!

PÚCHKIN (*erguendo-se*) — Diabo! (*Caminha, tropeça em Gógol e leva um tombo.*) Gógol!

GÓGOL (*erguendo-se*) — Droga! (*Sai pela coxia.*)

Escuta-se a voz de Gógol atrás do palco: "Púchkin!".

Pano.

(1934)

Tradução de Daniela Mountian e Moissei Mountian

Anedotas da vida de Púchkin

1.

Púchkin era um poeta e estava sempre escrevendo alguma coisa. Um dia, Jukóvski o pegou escrevendo e exclamou bem alto: "Tu não passas de um escrevinhador!".

Desde então, Púchkin o estimou muito e passou a chamá-lo amigavelmente de Júkovy.[1]

2.

Como se sabe, a barba de Púchkin não crescia. Ele se atormentava muito com isso e invejava Zakhárin, que, ao contrário, tinha uma barba bastante decente. "A dele cresce, e a minha não", muito frequentemente dizia ele apontando aquelas suas unhas para Zakhárin. E Púchkin tinha sempre razão.

3.

Um dia Petruchévski quebrou seu relógio e mandou chamar Púchkin. Púchkin foi até lá, deu uma olhadinha no relógio de Petruchévski e o colocou de volta na mesa. "Que me dizes, irmão Púchkin?", perguntou Petruchévski. "Não anda", disse Púchkin.

4.

Quando Púchkin quebrou as pernas, passou a andar sobre rodas. Seus amigos gostavam de provocá-lo e o pegavam pelas rodas. Púchkin

---

[1] Do adjetivo *júkovyi* (um preto bem escuro). Vassili Jukóvski (1783-1852) foi um importante poeta do romantismo russo. (N. da T.)

ficou irritado com isso e escreveu uns versos injuriados sobre eles. Os versos se chamavam "erpigarmas".[2]

5.

Púchkin passou o verão de 1829 no campo. Ele acordava de manhã cedo, bebia uma bilha de leite fresco e corria ao rio para se banhar. Após ter-se banhado, Púchkin se deitava na grama e dormia até o almoço. Depois do almoço, ele tirava uma pestana na rede. Quando topava com uns mujiques fedorentos, Púchkin fazia um aceno com a cabeça e tapava o nariz com os dedos. E os mujiques fedorentos tiravam o chapéu e diziam: "Tudo bem, tudo bem!".

6.

Púchkin gostava muito de arremessar pedras. Bastava-lhe ver umas pedras para começar a atirá-las. Às vezes ele se entusiasmava tanto que o rosto se avermelhava todo, as mãos se agitavam, as pedras se lançavam, algo medonho!

7.

Púchkin tinha quatro filhos, e todos os quatro eram idiotas. Um deles não conseguia nem ficar sentado na cadeira e vivia caindo. O próprio Púchkin também não era um grande sentador em cadeiras. Era uma comédia só: todos se sentavam à mesa: numa extremidade ficava Púchkin caindo toda hora de um lado, e na outra quem ficava caindo era o filho. Algo do outro mundo!

(1939)

Tradução de Daniela Mountian e Moissei Mountian

---

[2] Assim grafado pelo autor: "erpigarma" em vez de "epigrama", verso breve e satírico. (N. da T.)

Iuri Trífonov

Iuri Valentínovitch Trífonov (1925-1981) nasceu num apartamento luxuoso da rua Arbat, em Moscou, reduto de oficiais do alto escalão da burocracia soviética. Nos anos 1930, seu pai foi preso e executado, e a família passou a enfrentar perseguições políticas. Em 1950, enquanto trabalhava numa fábrica, Trífonov publicou seu primeiro romance, *Os estudantes*, que recebeu elogios da crítica alinhada ao Partido e rendeu ao autor o Prêmio Stálin de Literatura, e em 1963 veio à luz *Sedes mitigadas*, um romance sobre a construção do canal de Karakum, no Turcomenistão. A partir de meados dos anos 1960, Trífonov rompe com as demandas do Partido e passa a explorar duas poderosas vias literárias que frequentemente se cruzam. Por um lado, dá início a projetos de investigação e reflexão sobre o passado recente russo, como em *Os impacientes* (1973), um romance histórico sobre a organização terrorista responsável pelo assassinato do tsar Alexandre II, além de peças autobiográficas que tratam de episódios da vida e do desaparecimento de seus familiares, nas quais o autor frequentemente emprega materiais como cartas e diários. Por outro, Trífonov volta-se para uma prosa de ficção mais sensível e psicológica, que se aprofunda em questões do cotidiano, como a vida afetiva e familiar, crises de meia-idade e os pequenos dilemas morais. Conhecidas como "novelas moscovitas", esta porção de sua obra mostrou-se influente a ponto de a crítica posterior denominar toda a década de 1970 como "a década de Trífonov". O conto "Fiódor Kuzmitch do conservatório", publicado na revista *Ogoniók* em 1955, já representa um prenúncio, bastante bem-humorado, dessa segunda vertente de sua produção.

Fiódor Kuzmitch do conservatório

Para mim, Tússia Sidórkina era a garota mais fascinante do mundo, embora fosse bem possível que não tivesse nada de excepcional. Ela trabalhava no departamento financeiro da nossa fábrica. Tinha o rosto pequeno, um pouco sardento, os cabelos volumosos e claros, que pareciam serragem, e gostava das tardes de dança no clube, da poesia de Símonov[1] e de bombas de chocolate. Ela também jogava basquete no time da fábrica, bem até, e cantava canções ucranianas em nossas reuniões de amigos.

Não tinha nada de especial, como podem ver, mas ainda assim era a garota mais fascinante do mundo para mim. Uma situação comum.

Tudo começou com as canções ucranianas.

Um dia, numa festa de aniversário, na qual eu fora para acompanhar Tússia, surgiu entre os convidados um rapaz de rosto rosado, levemente calvo, que usava óculos de armação de tartaruga; foi apresentado pelo anfitrião como "Fiódor Kuzmitch, do conservatório".

As maneiras desse Fiódor Kuzmitch eram apáticas e um pouco distantes. Bebia vinho do Porto e água mineral, e ao longo de toda a noite abriu a boca uma só vez. Isto se deu depois de Tússia atacar sua eterna "Gandzia lubka",[2] ao que nós, ouvindo pela centésima vez, aplaudimos com alguma condescendência. Foi quando Fiódor Kuzmitch solenemente disse:

— Sua voz é muito boa, camarada. Deveria estudar vocalização.

O comentário provocou uma nova onda de animação, pois naquele momento já estávamos bem altos. Todos fizeram piadas a respeito da futura *prima donna*, pedidos para que Tússia não se esquecesse de nos

[1] Konstantin Símonov (1915-1979), poeta e prosador soviético. (N. da T.)

[2] Canção folclórica ucraniana. (N. da T.)

enviar ingressos para o seu concerto beneficente, e outras coisas nessa linha. Tússia riu mais alto do que todos, e com mais entusiasmo.

No entanto, alguns dias depois, fiquei sabendo que ela tinha ido, em segredo, solicitar uma audição com o regente do coro da Casa de Cultura. Mais tarde, ela mesma me contou que eles testaram a sua voz, e que ela, por nervosismo, pronunciou incorretamente as palavras, ainda que ninguém tenha percebido, e que, quando terminou, o regente do coro agradeceu amigavelmente, apertou sua mão e recomendou que ela se juntasse ao grupo dos motoristas amadores.

De qualquer forma, na Casa de Cultura Tússia conseguiu o endereço de uma professora particular: Rosalie Semiónovna Brooks.

— Para quê? — perguntei, estupefato.

— Por via das dúvidas. Afinal, Fiódor Kuzmitch, do conservatório, sabe muito mais sobre música do que esse camarada da Casa de Cultura. Já fiz duas aulas.

— Hmm, você está apressando um pouco as coisas. E o que essa Rosalie Semiónovna disse?

— O que você acha? É claro que a minha voz precisa ser treinada. As notas médias tendem a fraquejar, mas as agudas estão boas. É tudo uma grande bobagem. Naturalmente, não estou levando nada disso nem um pouco a sério.

— Notas agudas! Mas que besteira! — empolguei-me, rindo sem nem pensar. — De onde você poderia tirá-las?

— Não, são precisamente as agudas que estão boas — Tússia disse com frieza. — As notas agudas não me preocupam. Vou te mostrar, ouça esse *staccato* — ela fez um beicinho e emitiu uma série de notas que me lembraram o rangido de uma porta que se abre bruscamente. Depois, limpou a garganta e repetiu a performance, só que mais alto. — E então?

— Extraordinário! De primeira classe! É até bom demais para um *staccato*, devo dizer. Não se esqueça de me enviar ingressos para o concerto.

Naquela ocasião eu brinquei e me fiz de bobo sem nem suspeitar que algo sério estava acontecendo. Passados alguns dias, Tússia parou de falar em seu tom de voz normal — agora apenas sussurrava. Não permitia mais que fumassem em sua presença. E todos os dias tinha alguma notícia incrível para me contar: suas notas médias tinham aparecido, ou então suas notas graves tinham desaparecido, ou então anunciava com orgulho que alguma agitação nervosa havia impedido que suas cordas vocais se conectassem.

Logo depois, Tússia abandonou Rosalie, pois ouvira dizer que aquele método era nocivo — seus alunos cantavam "aberto demais" —, e começou a fazer aulas com Cesar Ivánovitch Severini. E Cesar Ivánovitch era um professor extraordinário, um especialista em *bel canto*; tinha até um avô italiano. Depois de estudar com ele por quinze dias, Tússia o abandonou por Eudoksia Savvitchna Dolskaia, que, 58 anos atrás, cantara no coro da Companhia Estatal de Ópera.

Em um breve período de tempo, conheci todos eles. Cada um ensinava de acordo com um método próprio e referia-se aos outros como charlatães, parasitas, trapaceiros, e por aí vai, nos termos menos musicais possíveis. Rosalie, por exemplo, pregava o "método do mugido"; em sua opinião, antes de se tornar um mestre na arte do canto era preciso aprender a mugir como uma vaca. Quanto a Eudoksia Savvitchna, esta era de opinião de que era preciso aprender a respirar como um cachorro, pois, segundo ela, "os cães possuem o posicionamento ideal da voz porque respiram corretamente". Um professor enfatizava o desenvolvimento do tórax, outros acreditavam que o mais importante era o diafragma ("cante com a barriga", Cesar Ivánovitch dizia a seus alunos), ou então os seios nasais.

Tússia abria caminho com paciência nesse labirinto de erudição. Não cantava mais canções ucranianas. Caso pedissem muito, cantava algo como o *staccato* e se punha a limpar a garganta e a dizer que naquele dia sua voz não estava aquecida. Ouvi-la já se tornava penoso. Agora sua voz soava tão estranha que realmente parecia sair de algum lugar da barriga. Mas ela não perdeu as esperanças. Pelo contrário, cada novo professor lhe dava uma injeção de otimismo, mesmo que por pouco tempo. Foi aí que o Fiódor Kuzmitch do conservatório finalmente resolveu tratar da questão.

Estive em algumas de suas aulas na casa de Tússia. Ele não deixava passar nem uma falha, nunca sorria e falava de todos os assuntos com a maior seriedade.

— Para cantar é preciso conhecer a física — dizia ele. — Não existe mistério nisso. Tudo pode ser explicado cientificamente. Nós temos uma coluna aerodinâmica de ar, cuja base descansa sobre o diafragma e cujo topo pressiona a laringe. O que o cantor precisa fazer é sentir a amplitude das vibrações da coluna de ar e mantê-la em equilíbrio constante, como o pêndulo de Foucault. Isso é praticamente tudo. Me dê sua mão.

Ele então pegava a mão de Tússia e, com toda a calma do mundo, colocava-a sobre o próprio estômago.

— Agora vou cantar do jeito errado: A-a-a-a-oooo! — ele fazia um barítono cansado. — Não dá para sentir a vibração, não é verdade? A coluna aerodinâmica está desconectada, não está?

— Sim — Tússia respondia timidamente.

— Prosseguindo. Faça pressão com a mão: I-i-i-i-aaaaaa — sua voz zunia num *falsetto* inesperado. — E agora, está sentindo como vibra o diafragma?

— Sim, sim — Tússia balbuciava —, sinto.

— Isto significa que a conexão foi estabelecida e a voz está sendo emitida da forma correta. Viu como é?

Tússia acenava com a cabeça, fitando o professor com um respeito cheio de nervosismo. E então ela mesma começava a cantar, e Fiódor Kuzmitch, não se deixando desencorajar pela minha presença, determinava pelo toque de suas mãos, de forma pouco cerimoniosa, se o diafragma dela vibrava da forma correta.

Uma vez, depois de uma dessas aulas, insinuei delicadamente que essas coisas talvez pudessem ser explicadas verbalmente, e não com as mãos. Tússia ficou indignada e dirigiu-se a mim com palavras das mais decididas:

— Deveria se envergonhar! Que mente poluída! Quanto cinismo! Fiódor Kuzmitch é honrado até a alma. Ele vive da arte e pela arte. Já você, só Deus sabe o que passa pela sua cabeça. Não precisa ficar aqui durante as aulas. Ninguém está te obrigando.

Era esse o rumo que as coisas tomavam. Eu via Tússia cada vez menos. Quanto a Fiódor Kuzmitch, suas aulas foram se tornando mais frequentes: primeiro era uma por semana, depois duas; depois, eram quase todos os dias. Não sei que tipo de vibração eles estudavam, mas era evidente que a pobre Tússia estava ficando completamente surtada com a própria voz. Afastou-se de todas as velhas amigas, largou o basquete no meio da temporada (um fato registrado no jornal da fábrica, num artigo raivoso assinado pelo treinador, com o título: "Um comportamento nada esportivo") e até deixou de ir às tardes de dança no clube. Ela emagreceu, seu rosto parecia exausto, e sob os olhos surgiram círculos escuros, resultado de tantas aulas noturnas e da falta de sono. Doía só de olhar.

E pensar que toda essa loucura tivera início com um comentário qualquer numa festa de aniversário!

E, para coroar, Tússia de repente me disse que deveríamos nos afastar.

— Fiódor Kuzmitch diz que a vida privada é um empecilho para a carreira — disse ela.

— Um momento! De que carreira está falando?

— Fiódor Kuzmitch diz que com mais um semestre de treinamento minha voz terá o equilíbrio ideal. É só uma questão de tempo. Mas preciso desistir de todo o resto. Fiódor Kuzmitch prometeu que vai me colocar no conservatório.

— Meu Deus! Ele está te enrolando — respondi. — Não pode estar falando sério. No que será que está interessado...

— Cale a boca! Ele é o homem mais desinteressado do mundo! Recebe uma quantia tão ínfima pelas aulas que eu tenho vergonha de dizer quanto é.

— Exato. Exato. É exatamente o que ela está dizendo — a mãe de Tússia concordou, pontuando as palavras com acenos de cabeça. — E ele é tão novo, e tão sensato, e tão refinado...

— Novo? Ele? — levantei a voz, já ficando irritado. — Mas ele é careca e usa óculos.

— Para começar, ele não é careca. Acontece de ter o cabelo fino. E lhe cai bem, devo dizer.

— Ai, mamãe, para que isso? — Tússia disse com aversão.

— Mas é verdade! É um jovem atraente, o Fiódor Kuzmitch. É um fato. E se usa óculos, bem, hoje em dia um em cada três homens usa. É uma época conturbada, não tem como evitar.

— Para o inferno com tudo — gritei, tomado por um súbito desespero. — Você não entende que quanto mais aulas esse jovem careca e atraente der a Tússia, mais... mais... — aqui eu me atrapalhei um pouco.

Mãe e filha me olharam com ansiedade.

— Afinal, cantar é uma coisa que, para falar a verdade... — terminei a frase com menos segurança: — na minha opinião é algo inato. Se você não tem a voz ou o ouvido, quero dizer, não que eu saiba mesmo, sou ignorante no assunto... Mas acho muito difícil alguém aprender quando não tem isso que eu acabei de dizer.

Estas últimas palavras eu balbuciei sem muita coerência, e então tomei fôlego. A isso seguiu-se uma pausa. Mãe e filha ficaram em silêncio e olharam para mim com distanciamento e um pouco de pena, como se tivessem me pegado fazendo algo muito maldoso. Por fim, Tússia disse baixinho:

— Você sabe bem dessas coisas, claro. Afinal, é um vocalizador renomado. Dá aulas no conservatório. Teve toda uma educação musical. Ao passo que Fiódor Kuzmitch não sabe nada de canto. É um simples balconista numa loja de instrumentos. Um ignorante. Nunca ouviu uma ópera até o final. É claro que você está muito à frente dele.

A mãe dela soltou uma bufada de escárnio e saiu, dignificada.

— Quer dizer... o que devo fazer, então? — perguntei, depois de um silêncio breve. — Devo pegar meu chapéu e ir embora?

— Por favor. Sou de opinião que, para que duas pessoas tenham intimidade, devem ao menos compartilhar dos interesses uma da outra. Se nem isso existe, então nada mais pode existir. Adeus, Vítia.[3] — Ela estendeu-me a mão um tanto acanhada, e eu a apertei mecanicamente.

Eu quase não conseguia conter o desejo de gritar a plenos pulmões a verdade sobre a sua voz e sobre como as pessoas caçoavam dela, sobre o que os professores diziam a respeito dela, e que, se fôssemos analisar sobriamente, tudo aquilo era completamente desastroso e sem sentido; mas em seus olhos eu podia ler uma fé tão límpida, tão fanática, tão desprovida de qualquer sombra de dúvida, que acabei tendo pena dela, e de mim, e do meu amor, que chegava ao fim de forma tão desoladora. Apenas balbuciei:

— Tússia, querida, eu só... — e deixei a casa com um impotente aceno de mão.

Passaram-se alguns dias, uma quinzena talvez. Tentei esquecer Tússia de uma vez por todas. Esquecer os cabelos claros e encaracolados que pareciam serragem e a vozinha fina que parecia uma porta rangendo. Mas não, quando eu me lembrava de sua voz ao longe, ela soava como um sino de prata. Resumindo, tentei arrancar do meu peito essa farpa, mas todos sabemos que isso não é algo que se faz da noite para o dia.

Por fim, decidi pôr em prática o seguinte plano: chegar para o vocalizador careca e esclarecer as coisas com ele. Telefonei para o amigo que

---

[3] Diminutivo de Viktor. (N. da T.)

dera aquela festa agourenta na qual eu tinha ido com Tússia e peguei o endereço de Fiódor Kuzmitch.

No domingo seguinte fui até o subúrbio, na região do portão Semiónov. O prelado das Musas morava no andar térreo de uma casa velha e extremamente necessitada de uma mão de tinta. Quem abriu a porta foi uma mulher de avental, suas mãos vermelhas pingavam sopa. Quando perguntei se o professor de canto Fiódor Kuzmitch estava em casa, ela respondeu, indecisa, depois de alguns segundos de um silêncio perplexo:

— Não o conheço. Quem mora aqui é o contador Fiódor Kuzmitch.

— Que contador? Estou procurando por Fiódor Kuzmitch do conservatório. Um camarada que parece jovem, ele é calvo e usa óculos.

— Sim, é ele — a mulher assentiu. — Só que ele é contador.

De repente uma segunda mulher brotou na entrada da casa e disse em voz alta:

— É claro que é o mesmo Fiódor Kuzmitch, Anna Stiepánovna. Ele é gerente de contabilidade no conservatório desde setembro.

— Como eu ia saber? Ele nunca me contou.

— Perdão, quer dizer que Fiódor Kuzmitch é contador? — perguntei. Minha voz tremia de júbilo.

— É claro! Faz anos que trabalha com isso. Trabalhou na Associação dos Restaurantes, sabe, e no Jardim Aquário.[4] E de lá foi trabalhar no conservatório. Já deve ter uns oito meses.

Mas eu não mais ouvia à vizinha tagarela. Desci as escadas pulando os degraus de três em três. Na praça, encurralei um táxi e fui direto para a casa de Tússia. "Ah, seu demônio, seu falsário!", eu pensava, com um deleite malicioso e até certo fascínio. "Deixe comigo! Deixe que eu vou desvendar seu sistema de dupla contabilidade!"

Eu estava com sorte; no corredor, logo avistei a capa de chuva violeta e o chapéu verde de Fiódor Kuzmitch. Deviam estar no meio de uma aula. Ao abrir a porta, a mãe de Tússia me cumprimentou com uma simpatia inesperada:

— Boa tarde, Vítia. Que gentil de sua parte ter vindo. Tússia vai ficar muito contente.

Tússia e Fiódor Kuzmitch estavam à mesa bebendo chá. Havia do-

[4] Parque de diversões no centro de Moscou, originalmente inspirado na Feira Mundial de Chicago. (N. da T.)

ces espalhados sobre uma toalha de mesa branca como a neve, além de um enorme prato de vidro repleto de bombas de chocolate. Logo de cara percebi uma situação das menos comuns: o arrumadinho Fiódor Kuzmitch estava em mangas de camisa, sem gravata, e o casaco fora pendurado no encosto da cadeira.

— Oi, Vítia! — disse Tússia, levantando-se. E me dirigiu um olhar tão terno que meu coração hesitou. — Não vai me dar os parabéns? Vou me casar com Fiódor Kuzmitch!

Fiódor Kuzmitch acenou com a cabeça e sorriu. Era a primeira vez que o via sorrir. Seu rosto estava mais rosado que o normal, e sua careca, coberta por fiozinhos finos, da cor da areia, brilhava triunfante sob o quebra-luz.

Passei os primeiros cinco minutos como se estivesse no meio de uma névoa, balbuciando cumprimentos desconexos e me empoleirando incomodamente na cadeira. Quando me ofereceram uma xícara de chá, em minha agitação, tateei o bolso da camisa em busca de cigarros, mas lembrei da proibição de Tússia e deixei a mão cair.

— Pode fumar, se quiser — Fiódor Kuzmitch disse com uma voz agradável. — Por favor.

Esse comentário foi a última gota. Percebi que estava tudo acabado: ela realmente ia se casar com ele. A percepção de que não havia mais volta, de que o passado era passado, foi como um banho de água fria que me trouxe de volta os sentidos.

— E quanto às aulas de vocalização? Vão continuar? — perguntei com uma voz mais ou menos normal.

— Sem dúvida! — Fiódor Kuzmitch sorriu. Agora ele não parava de sorrir, como se estivesse compensando o tempo perdido. — E não só de vocalização, mas também de coreografia, tênis, pesca...

— Não, Fiédia,[5] a vocalização sempre será a minha prioridade.

— Deixe que eu te dê um conselho, Fiódor Kuzmitch — comecei a falar, calmamente, e pausei para melhor utilizar a confiança adquirida. — Quando Tússia cantar, você pode acompanhá-la no ábaco ou no aritmômetro.[6]

Fiódor Kuzmitch lançou-me um olhar ligeiro e caiu na gargalhada.

---

[5] Diminutivo de Fiódor. (N. da T.)

[6] Calculadora mecânica utilizada até princípios do século XX. (N. da T.)

— É por conta da minha profissão? Ha-ha-ha! Uma ideia bem original, cantar acompanhada por um aritmômetro. Você gostaria, Tússia?

— É claro, queriiido! — Tússia rangeu. — Desde que você não saia do compasso.

— Viu só? Ela concordou. É isso o que importa. Pode-se acompanhar com qualquer coisa, com um aritmômetro, uma furadeira ou um torno mecânico, desde que a moça concorde. Não é mesmo, Zoia Filíppovna?

A mãe de Tússia fez um aceno de cabeça todo sentimental. Fiódor Kuzmitch e Tússia trocaram olhares ternos, assisti-los já se tornava insuportável.

Levantei-me, sentindo uma leve tontura.

— Há ainda uma coisa que eu gostaria de saber: como você vai colocar Tússia no conservatório? É mera curiosidade minha.

— Isso já foi feito. Nós decidimos juntos. Tússia vai aceitar uma vaga no nosso departamento de contabilidade. De qualquer forma, estará mais perto do mundo da arte. Não é mesmo, Tússia? Não está contente?

Tússia não respondeu. Em vez disso, cantou algo em sua voz de junco, um tanto esganiçada, mas com bastante avidez. Enquanto isso, Fiódor Kuzmitch continuava:

— O importante é que compartilhamos de interesses, de ambições. E isso é essencial para a vida em família.

Por fim, consegui me despedir expressando alguns votos de felicidade e deixei o jovem casal livre para desfrutar de sua alegria. Quanto a mim, a única preocupação restante era a de chegar até a rua. Era uma noite pesada de junho, com indícios de tempestade. Na rua, grupos de escolares brincavam e as folhas dos álamos flutuavam tristemente.

Tússia logo deixou a nossa fábrica. Eu nunca mais a vi.

Alguns meses se passaram, e num dia de primavera cruzei com Fiódor Kuzmitch na rua. De início, não o reconheci: tinha emagrecido, os ombros vergavam, e o rosto, não mais rosado, mas pálido e exausto, tinha um ar sombrio de preocupação.

Ele me cumprimentou sem qualquer aparência de satisfação. Começou a chover, e fomos nos abrigar no salão de entrada de um bloco de apartamentos.

— Como estamos indo? Ah, vamos levando bem, obrigado — disse ele, arrastando as palavras e olhando para o outro lado. — Não, não temos filhos. Faz mal para a voz, sabe?

— Então ainda cantam, hein?

— Sim... é basicamente isso — e deu uma risada brusca, de uma irritação repentina. — Só agora que começamos a cantar de verdade. Ela parou de trabalhar, tem uma multidão de professores. E este humilde servo se matando em dois empregos para conseguir pagar esses... esses... — na falta de um termo apropriado, limitou-se a cuspir no chão.

— Mas Tússia deve ter feito um bom progresso...

Fiódor Kuzmitch olhou desconfiado e, sem responder, encolheu os ombros.

— Ouça — disse eu —, você precisa abrir os olhos dela. Seja direto com ela.

— Mas eu *fui* direto. Fui direto, indireto, já falei de todas as formas possíveis! De que serviu?! Sou um contador, um espírito da tinta e do papel. Minha opinião não tem a menor relevância. É inútil! — Fiódor Kuzmitch olhou para o relógio e disparou em direção à porta. — Adeus, preciso correr. A loja de música fecha às oito e eu preciso comprar umas apostilas de canto, que o diabo as carregue! Se eu não chegar com elas, é melhor nem chegar.

Eu tinha na ponta da língua uma série de frases sobre a importância de compartilhar interesses e ambições e por aí vai. Estava fortemente tentado a dizer àquele contador judiado que ele tinha caído em sua própria armadilha. Mas minha generosidade natural prevaleceu sobre o desejo de vingança, e eu não abri a boca.

Fiódor Kuzmitch pôs o chapéu, subiu as calças quase até os joelhos e se preparou para encarar a tempestade.

(1955)

Tradução de Danilo Hora

Viktor Goliávkin

Formado em artes plásticas, Viktor Goliávkin (1929-2001) combinou os ofícios de artista gráfico e escritor durante toda a vida, embora seu estilo econômico e *nonsense* tivesse pouco horizonte de publicação nos meios soviéticos oficiais. Assim como Kharms e muitos outros escritores, Goliávkin acabou revisando boa parte de seu material e publicando em revistas de literatura infantil, por vezes com ilustrações próprias, ao mesmo tempo em que sua obra "adulta" circulava ilegalmente, em cópias xerocadas ou manuscritas. A maior parte dos contos de Goliávkin é marcadamente breve e por vezes consiste de um único parágrafo ou pedaço de diálogo. O conto "A janela" foi publicado em seu livro infantil *Desenhos no asfalto* (1965). Já com "Discurso de jubileu", a própria circunstância da publicação assume um aspecto absurdo: o texto saiu na página 75 do jornal literário *Aurora*, no mesmo mês em que se comemorava o aniversário de 75 anos do líder soviético Leonid Brejnev, que, ainda no ano anterior, tinha recebido o Prêmio Lênin de Literatura. O discurso, em homenagem a um "grande escritor", provavelmente fora escrito muito antes e não faz menção direta ao líder, mas à época ninguém acreditou tratar-se de uma coincidência. Como consequência, o jornal teve seu editor demitido e o número tirado de circulação.

A janela

Eu nunca tinha visto uma luz tão bonita numa janela. E nunca tinha visto um abajur tão bonito. O abajur era lilás. E a lâmpada, talvez, avermelhada. Eu nunca tinha visto uma cor tão bonita, isso com certeza!

Kafárov e eu passamos umas duas vezes diante daquela janela. Erguíamos a cabeça com toda a força, mas não conseguíamos ver Tássia Lébedeva.

A luz da janela iluminava as árvores. O céu estava preto. E ventava.

— Talvez ela não more ali — disse eu.

— Eu sei que ela mora! — disse Kafárov.

Por alguma razão fiquei ofendido por não saber disso, e ele saber.

— Como você sabe? — perguntei.

— Vamos atravessar — disse ele.

Fomos para o outro lado da rua.

De pé do outro lado, nós furávamos a janela com os olhos.

— Agora ela aparece — disse Kafárov.

— E se não aparecer? — disse eu.

— Não tem como — disse Kafárov.

— Como você sabe? — perguntei.

Então nos sentamos.

— É que hoje a vimos na sala de aula... — disse eu.

— E daí? — disse ele.

— E amanhã vamos ver de novo — disse eu.

— E daí?

Ele nem queria me escutar.

— Olhe! Olhe! — gritou.

Na janela, alguma coisa passou correndo.

— Tem certeza de que foi ela? — perguntei.

— Claro!

— E se foi o pai dela?

— Santa paciência! Quer dizer que ele tem laços de fita no cabelo?

— Não vi nenhum laço de fita — disse eu.

— Mas eu vi — disse ele.

— Não tem laço nenhum. Acho que era o bigode.

— Eram laços — disse ele. — Dois laços.

— Está bem — disse eu. — Eram laços.

Um gato apareceu à janela. Olhava para nós. Como se tivesse aparecido especialmente para isso, para nos olhar. Na sacada vizinha um cachorro começou a latir para o gato. O gato não prestava nenhuma atenção ao cachorro. Pelo visto, sabia que o cachorro não tinha como pegá-lo.

— De qualquer modo, nós a vimos — disse ele.

— Foi o pai dela que nós vimos — disse eu. — Olhe! Olhe! — gritei.

Alguém encostou a mão no abajur, que começou a balançar de leve. As sombras se moveram pela cortina. Era como se todo o quarto se animasse. O quarto todo começou a balançar...

— Não viu? — perguntei.

— E você, viu? — perguntou Kafárov.

— Não tenho certeza se vi ou não — disse eu.

— Acho que eu vi — disse Kafárov.

— A sombra? — perguntei.

— A sombra — disse Kafárov.

— Na cortina?

— Na cortina.

— E se não for ela?

— Eu vi os laços — disse ele.

— Mas lá não tinha laço nenhum!

Agora eu via tudo com clareza. Ele tinha simplesmente imaginado aqueles laços!

— Dois laços — disse Kafárov. — Dois laços grandes...

— Talvez seja a avó, ou a mãe — disse eu.

— Você é que parece uma vovozinha — disse ele.

Ele tinha certeza de que era ela. Tinha certeza absoluta.

E nesse momento, nós a vimos.

Ela passou rapidamente diante de nós. Atravessou a rua. Acenou para o gato. Entrou no prédio. Em sua cabeça balançavam dois laços enormes...

(1965)

Tradução de Yulia Mikaelyan

Discurso de jubileu

É difícil imaginar que este escritor esplêndido ainda esteja vivo. Como acreditar que caminha entre nós pelas ruas? É como se estivesse morto. Afinal, escreveu tantos livros! Qualquer ser humano que tivesse escrito tantos livros há muito estaria descansando em seu túmulo. Já este — definitivamente não é humano! Vive cada vez mais e nem pensa em morrer, para a surpresa geral. A maior parte das pessoas acha que ele já está morto, tão grande é a admiração por seu talento. Afinal, Balzac, Dostoiévski e Tolstói há muito partiram para o outro mundo, bem como outros grandes escritores. E é lá que ele deveria estar! É digno de tal honra! Eu o vejo diante de mim, gordo e de bochechas rosadas, e é difícil acreditar que ele vá morrer um dia. É provável que ele mesmo não acredite. Mas morrerá, disso não há dúvida, como dois e dois são quatro. Vão erguer um monumento em sua homenagem e vão dar seu nome a um hipódromo — ele adorava cavalos. E em volta da sepultura vão pôr um gradil. Assim ele não terá com o que se preocupar. E nós vamos olhar seu retrato em baixo-relevo no gradil.

Antes de ontem ouvi dizer que ele tinha falecido. Quem fez o comunicado foi a minha filha, que adora um gracejo. Não vou esconder que senti alegria e orgulho por nosso amigo e camarada.

"Finalmente", exclamei, "está indo ocupar seu lugar na literatura."

A alegria foi prematura. Mas imagino que não teremos que esperar por muito mais tempo. Ele não vai nos decepcionar. Nós todos acreditamos nele. Desejamos que termine as obras que ainda não terminou e que nos dê essa alegria o mais depressa possível.

(*Aplausos*)

(1981)

Tradução de Danilo Hora

Valentin Katáiev

Valentin Petróvitch Katáiev (1897-1986) nasceu e cresceu em Odessa, e ali lutou na guerra civil russa, primeiro ao lado dos Brancos e depois apoiando os Vermelhos. Em 1922, estabeleceu-se em Moscou, onde trabalhou na redação do jornal *Sirene*, distribuído entre os trabalhadores ferroviários, e deu início a uma produção literária experimental e bem-humorada. No final dos anos 1920, adaptando-se às convenções do realismo socialista, visitou fábricas e fazendas coletivas e escreveu sobre o plano quinquenal, de início ainda de forma inventiva, mas logo declinando para um estilo empoeirado. Em meados da década de 1960, já bem estabelecido como escritor, tendo inclusive recebido o Prêmio Stálin de Literatura, o quase septuagenário Katáiev decide voltar a uma prosa mais lírica, por vezes experimental e com frequência de caráter autobiográfico. O conto "Loteria *allegri*" foi tirado de seu livro de memórias *Uma vida quebrada, ou A flauta encantada de Oberon* (1972), em que predomina a nostalgia de Odessa e de sua modesta infância pré-revolucionária.

Loteria *allegri*

Papai dizia com irritação que todas essas loterias não passam de completa patifaria, um jogo lamentável de filantropia, um passatempo muitíssimo tolo para damas ricas que levam uma vida de extravagâncias, e quando lhe demonstravam que era em prol de viúvas e órfãos, ele se encolerizava e dizia que aquilo era uma paródia de boa ação e que para fazer o bem e ajudar ao próximo não há nenhuma necessidade de alugar as premissas elegantes da Bolsa de Valores, hastear bandeiras nacionais e organizar uma verdadeira farsa, visando os instintos mais vis da gentalha ignorante: a esperança de ganhar por vinte copeques algo que custa cem rublos. Papai era um tolstoista convicto, embora não reconhecesse o vegetarianismo.

Quanto mais ele se encolerizava, sem economizar nas cores para descrever o repugnante e imoral espetáculo da loteria, mais eu tinha vontade de ir lá: quem sabe não ganharia por vinte copeques algo que custasse cem rublos! E foi com tanta insistência que eu pedi que papai me levasse à Bolsa de Valores para ver a loteria, que ele, enfim, concordou.

Eu suspeitava que, no fundo de sua alma, papai queria ir à loteria para testar a sorte e, talvez, ganhar por vinte copeques algum objeto de valor: um piano de cauda ou uma vaca. Mas é claro que ele cuidadosamente o ocultava, esboçando um sorriso enojado diante da menção à loteria.

O prédio da Bolsa de Valores era considerado uma das principais atrações da cidade e ficava ao lado de pontos turísticos como o monumento ao Duque de Richelieu, o canhão da fragata inglesa *Tigre*, posicionado em frente à Duma municipal, o teatro municipal, a célebre escadaria que levava do Bulevar Nikoláievski ao porto e o funicular ao lado da escadaria.[1]

---

[1] Monumentos localizados no bulevar Primorski, que até 1918 se chamou Niko-

A Bolsa de Valores era uma imitação bastante infeliz do Doge de Veneza, com colunas retorcidas em meio a janelas gigantes, vitrais floridos, paredes de tijolo amarelo, alicerce de granito e uma escadaria de mármore, que levava diretamente ao colossal saguão de dois andares, também de mármore.

Ao redor do prédio, as calçadas cobertas de neve estavam salpicadas de areia amarela, nas hastes caiadas, sob o gelado vento marinho, agitavam-se vivas bandeiras de três cores, e embaixo, nos degraus de granito da escadaria, enregelavam-se policiais de luvas brancas de courino e inúmeros cocheiros. À espera de passageiros, eles caminhavam ao redor de seus cavalos eriçados e cobertos de neve e se aqueciam batendo com as luvas nos ombros, nas laterais e até em cruz, alcançando as costas. Na esquina ardia a lenha de uma fogueira de rua, ao redor da qual se aqueciam cocheiros, policiais e agentes à paisana.

Papai e eu subimos pela escada suja de mármore branco e chegamos ao salão com duas janelas, que, naquela claridade de inverno, parecia tedioso como uma grande estação ferroviária. Sobre o chão havia um quarto de *archín*[2] de serragem, o que ocultava o som dos passos; por algum motivo, as pessoas falavam aos sussurros, como se estivessem na igreja. De modo geral, aquilo não tinha nada a ver com o salão festivo, de baile, que eu havia imaginado. Pelos cantos havia quiosques, onde eram vendidos os bilhetes da loteria, e junto a eles estavam os prêmios, dispostos em prateleiras cobertas de tecido vermelho, que se erguiam em degraus amplos do chão até o estuque do teto, de modo que, por exemplo, os samovares, harmônicas e balalaicas que ocupavam a prateleira mais alta pareciam muito pequenos, como brinquedinhos.

Aqui não era obrigatório tirar o casaco, e os visitantes se amontoavam diante do mostruário de prêmios em seus capotes de inverno e galochas, só que sem chapéu, em respeito ao propósito beneficente da ocasião.

---

láievski: a estátua do duque Armand-Emmanuel du Plessis (1766-1822), um dos primeiros prefeitos de Odessa, foi inaugurada em 1823; o canhão da fragata *Tigre* foi instalado em 1904, em comemoração aos cinquenta anos da resistência ao bombardeio de Odessa, durante a Guerra da Crimeia; a célebre escadaria é a mesma que aparece na cena icônica do filme *O encouraçado Potiómkin* (1925), de Serguei Eisenstein. (N. da T.)

[2] Medida de comprimento equivalente a 71 cm. (N. da T.)

Papai e eu ficamos muito tempo analisando os prêmios, como se estivéssemos decidindo qual era o mais caro dos objetos que iríamos ganhar. Seria bom, por exemplo, ganhar o relógio de chão, enorme, com badalos e pêndulos de bronze que percorriam a caixinha de vidro como uma lua cheia, ou a elegante luminária com uma coluna alta de mármore e um abajur rendado semelhante a uma touca feminina enfeitada, uma luminária magnífica para decorar nosso modesto apartamento. Comentei com papai sobre a luminária e sua coluna de mármore verde como a água do mar, como um quadro de Aivazóvski,[3] mas ele rejeitou minha sugestão, bufando algo desdenhoso sobre o meu gosto pequeno-burguês. De sua parte, papai emitiu a opinião de que não seria mau ganhar a estante de carvalho que estava na lateral, sobre um estrado. Nesse momento, notamos um conjunto de mesa em madeira tingida de verde-claro, com um aparador decadente e bastante feio e cadeiras excessivamente altas, visivelmente desconfortáveis, as quais papai, um classicista convicto e entusiasta do realismo nas artes, rejeitou com desdém; já eu pensei comigo mesmo que não seria ruim ganhar também esse móvel verde decadente para substituir nosso tedioso aparador industrializado e as surradas cadeiras vienenses de assentos trançados, já meio esburacados.

Essa tal loteria *allegri* tinha de tudo! Tapetes, jogos de louça de porcelana Kuznetsóv,[4] jarras de cristal, reposteiros de seda, faqueiros, conjuntos de talheres Fraget[5] de metal branco, instrumentos musicais, entre os quais, sobre um estrado separado, um piano de quarto de cauda de jacarandá, o ápice do luxo, algo que eu só poderia imaginar. Sem falar das pinturas a óleo em molduras douradas, das bandejas de prata e dos bordados e rendas artesanais de Vólogda.

Mas o que atraía a atenção geral era um vaso chinês não muito bonito e nem muito grande, isto é, mediano, com dragões, augustíssimo presente da enviuvada imperatriz Maria Fiódorovna.[6] Com reverência e a

---

[3] Ivan Konstantínovitch Aivazóvski (1817-1900), pintor russo de origem armênia conhecido por suas paisagens marítimas. (N. da T.)

[4] Tradicional fábrica de porcelana, fundada em 1832. (N. da T.)

[5] Fábrica de utensílios de cozinha fundada em 1824, na Polônia. (N. da T.)

[6] Maria Fiódorovna Románova (1847-1928), viúva do tsar Alexandre III (1845-1894). (N. da T.)

esperança secreta de ganhar o augustíssimo presente, os visitantes passavam pelo vaso de porcelana protegido por policiais em uniforme de gala, os quais vez por outra repetiam em voz monótona:

— Senhores, peço-lhes, tenham cuidado, isto não é qualquer coisa!

Havia ainda muitos outros objetos de valor. Nelli, uma enorme boneca falante, com enxoval completo numa bela caixa, algumas bicicletas, sombrinhas coloridas de jardim, móveis rústicos de palha trançada — é impossível lembrar de tudo! E aquilo falava à minha imaginação sobre a existência de uma vida rica, suntuosa, comparada à qual a nossa pareceria totalmente pálida, quase miserável.

Sorteariam também uma vaca, mas ela não estava no salão: apenas uma placa grande informava que o bilhete de número tal tinha como prêmio a vaca Zorka, de raça simental, e aquele que a ganhasse, se preferisse, poderia receber cem rublos em dinheiro vivo.

— Também não seria mau ganhar a vaca — disse papai com um sorriso —, só que obviamente não íamos ficar com ela, mas com os cem rublos.

Notando meu olhar, papai fez que estava brincando, e acrescentou que tudo aquilo não passava de pura embromação.

Contudo, era chegada a hora dar início ao jogo. Ainda em casa, papai anunciou firmemente que em hipótese alguma compraríamos bilhetes; apenas olharíamos e voltaríamos para casa. Mas lá houve um enrosco. As entradas, que papai havia comprado no caixa a um rublo por pessoa, davam direito a receber gratuitamente cinco bilhetes para a loteria. Não dava para perder uma oportunidade daquelas!

Papai e eu nos aproximamos da caixa hexagonal de vidro, onde ficavam rolando os bilhetes enrolados na forma de tubinhos. Uma patrona que usava uma boá de penas ao redor do pescoço enrugado girou a caixa de seis lados, e papai e eu retiramos de uma portinha cinco tubinhos cada um. Fomos para um canto e, segurando a respiração "para não afugentar a sorte", começamos a desenrolar os bilhetes, retirando o elástico apertado.

Desenrolei o primeiro bilhete e vi o carimbo grande e redondo da sociedade beneficente.

— Papai! — gritei em êxtase para todo o salão. — Veja! Tirei o carimbo! Ganhei!

Papai colocou o pincenê, olhou para o bilhetinho com um carimbo lilás e falou:

— *Allegri*.

— Mas o que quer dizer *allegri*? — perguntei, pressentindo o pior.

— Quer dizer que não ganhou. Nada. Pode jogar fora.

Fiquei com pena de jogar fora um bilhete com um carimbo tão imponente, mas mesmo assim arremessei-o no chão coberto de serragem, onde já havia um monte de outros bilhetes *allegri*. Mas obviamente escondi o elástico do bilhete no bolso: podia ser útil.

Passamos, papai e eu, a abrir apressadamente nossos bilhetes. Eram todos *allegri*, e apenas no último que desenrolei havia, ao lado do carimbo redondo lilás, um número longo, de seis dígitos, impresso nitidamente em tinha preta.

Senti o coração apertar de alegria e esperança, como se tivesse fisgado um bezerro no meio do mar.

— Muito bem, agora sim ganhou — disse papai, e fomos logo receber o prêmio.

Um jovem faceiro de bigodinho pegou meu bilhete, revolveu umas listas e anunciou solenemente:

— Meia, meia, meia, oito, sete, dois: um copo de cristal Baccarat, para água mineral.

Com essas palavras, ele se enfiou debaixo do balcão e me entregou um pequeno pacote com o número 666872 colado.

— Parabéns pelo prêmio — disse o rapaz.

Abri apressadamente, rasgando o papel de embrulho com impaciência, e vi um copinho de vidro liso, facetado nas extremidades, do tipo que se utiliza em balneários para beber água mineral.

De início, fiquei tão decepcionado que quase chorei: tanta esperança e um resultado tão lastimável. Mas, não, não era um copinho simples, mas de cristal, era Baccarat.

— Papai, o que é Baccarat? — perguntei.

— É um tipo especial de vidro, feito com uma pequena mistura de prata — respondeu papai.

As palavras de papai me deixaram em êxtase: cristal, Baccarat, mistura de prata! Não é qualquer garoto que tem um copinho precioso deste. Decerto vale muito: deve custar uns cem rublos na loja!

— Na verdade, Baccarat é o nome de uma cidade na França, onde são produzidos objetos de vidro como este copinho — disse papai.

— Viva! — gritei em êxtase, por ter um copinho de origem tão chique.

Nosso plano, então, fora executado, e era hora de voltar para casa. Mas como abandonar um salão repleto de prêmios tão preciosos?!

— Papai, papaizinho — implorei, puxando-o pela manga do grosso casaco de lã —, vamos comprar nem que seja mais um bilhetinho!

Eu estava certo de que papai se mostraria inflexível, mas ele, um pouco amarrotado e puxando o pescoço, disse que tudo bem, se é para farrear, vamos farrear; vamos comprar mais cinco bilhetes a um rublo, quem sabe temos sorte.

O rosto de papai corou, e eu podia jurar que no fundo de sua alma papai era tão chegado a jogos de azar quanto eu, só que o dissimulava.

Os cinco bilhetinhos, sem exceção, eram *allegri*, e os jogamos no chão de serragem.

A luz dos meus olhos perdeu o brilho.

— Ah, não foi desta vez! — papai exclamou de repente. — Vamos tentar só mais uma vez e chega!

Papai pagou um rublo e tirou da caixa hexagonal de vidro cinco tubinhos de papel. Um dos bilhetes tinha o número 003224.

— Prêmio número zero, zero, três, dois, dois, quatro — anunciou o jovem e olhou a lista. — Dez libras de açúcar em cubos da fábrica Bródski. — E colocou sobre o balcão um pacote bastante grande.

À primeira vista, o prêmio nos pareceu grandioso. Dez libras de açúcar. Quatro *puds*.[7] Uma fortuna! E ainda o copo Baccarat com mistura de prata, que custa ao menos cinco rublos. Tentei convencer papai a comprar mais cinco bilhetes, para tentar ganhar algo realmente muito valioso: a vaca, o conjunto de mesa, o vaso chinês — augustíssimo presente da imperatriz enviuvada.

Mas dessa vez papai recusou categoricamente.

— Perdemos de uma vez por todas, meu irmão — disse ele, e nós seguimos para a rua, onde já escurecera visivelmente.

O frio, como se costuma dizer, já apertava...

As fogueiras nas esquinas estavam envoltas por uma fumaça espessa, ao redor da qual quase não se via os pedaços rubros de lenha em brasa. Papai parecia um jogador inveterado que perdera tudo e estava até o pescoço em dívidas. Quando o cocheiro lhe perguntou se gostaria de tomar um cavalo rápido, papai, sem nem ao menos regatear, descuidada-

[7] Medida de peso equivalente a 16,38 quilos. (N. da T.)

mente assentiu pagar quarenta copeques por uma viagem que custava no máximo trinta; sentamo-nos no trenó apertado com os pés sobre o aromático feno de inverno, e colocamos ali o pacote de açúcar em cubos da fábrica Bródski; o cocheiro voltou-se de seu assento e nos envolveu em uma fina manta de feltro, roída por traças, à qual fora pobremente costurada uma estreita pele de urso. E nós seguimos pelo meio do gelo reluzente da rua aplainada pela neve, mergulhando no assento a cada subida, enquanto o cocheiro, que exalava no ar frio um odor adocicado de vodca, vez por outra voltava em nossa direção o rosto barbudo e o nariz avermelhado de Papai Noel, e dizia:

— De subida em subida, o patrão paga uma bebida...

Papai não respondia às indiretas, estava calculando de cabeça o prejuízo: quatro rublos em bilhetes mais quarenta copeques para o cocheiro; no total, quatro e quarenta. Já os prêmios, pelas contas de papai, valiam não mais do que um rublo e sessenta copeques: um rublo e vinte pelas dez libras de açúcar mais quarenta copeques pelo copinho de Baccarat.

— Como sabe que o Baccarat custa apenas quarenta copeques? — perguntei a papai. — Só a prata que ele tem deve valer pelo menos três rublos.

— No fundo do copo há uma etiqueta com o preço: quarenta copeques — papai respondeu triste.

E acima das casas baixas, no gélido céu rosa pálido, entre colunas de fumaça azuis, cinza e lilás que subiam das chaminés, começava a iluminar-se diante de nós a lua cheia, fria e brilhante como uma moeda de prata de cinquenta rublos.

(1972)

Tradução de Priscila Marques

Natália Dobrokhotova-Maikova e Vladímir Piatnitski

Natália Aleksándrovna Dobrokhotova-Maikova nasceu em 1938. Formou-se em Química, mas sempre trabalhou como artista gráfica e tradutora. Na redação da revista infantojuvenil *O Pioneiro*, trabalhou com o artista Vladímir Pávlovitch Piatnitski (1938-1978), ligado ao movimento da Arte Não Conformista Soviética, um grupo de artistas que realizava exibições clandestinas em apartamentos e casas abandonadas. Juntos, entre 1971 e 1972, compuseram um livrinho de anedotas grotescas acompanhadas de ilustrações que, por quase três décadas, circulou na União Soviética em cópias manuscritas e datilografadas, sem as imagens e sem autoria definida. Apenas em 1998, graças a fotocópias feitas por amigos, o texto veio à luz com as ilustrações de Piatnitski e com o título original: *Viessiólie rebiáta* (*Uma turma animada*) — até então estas historietas eram conhecidas apenas como "anedotas literárias". Esses textos foram muitas vezes atribuídos erroneamente a Daniil Kharms, devido à clara influência que suas "Anedotas da vida de Púchkin", incluídas nesta coletânea, tiveram não apenas sobre estes autores, mas também sobre toda uma vertente de paródias de historinhas exemplares, apostilas escolares e materiais de propaganda soviéticos. O texto a seguir é uma seleta do livro original.

Capa original de *Uma turma animada* (1971-72),
livro ilustrado por Vladímir Piatnitski.

Uma turma animada

(Trechos)

Viázemski tinha um apartamento com vista para o bulevar Tvierskoi. Púchkin gostava muito de ir visitá-lo. Assim que chegava, ia direto para a janela e, inclinado sobre o peitoril, punha-se a observar. O chá ele também tomava ali, na janela. Por vezes, Púchkin passava a noite toda na janela. Até lhe davam um colchão especial, mas ele não aceitava: "Para que tanto luxo?", dizia, e tirava o colchão do peitoril. Mais tarde, quando a noite caía por inteiro, ele nem dormia.

* * *

Lev Tolstói gostava muito de crianças. Ele acordava de manhã, agarrava alguma delas e lhe fazia cafunés até que o chamassem para o desjejum.

* * *

Gógol se disfarçou de Púchkin, foi até a casa de Púchkin e tocou a campainha. Púchkin abriu a porta e exclamou: "Veja, Arina Rodiónovna, eu cheguei!".

* * *

Certa vez, Dostoiévski ficou com o nariz entupido. Ele assoou o nariz e a membrana do seu ouvido estourou. Quando passou a surdez, ele percebeu que na verdade havia um grande buraco em seu crânio. Depois de amarrá-lo com uma tira de pano, ele viu que sua boca não abria. E então acordou muito confuso, que sua alma descanse em paz.

* * *

Certa vez, Púchkin escreveu uma carta a Rabindranath Tagore.

"Querido companheiro distante", ele escreveu, "não vos conheço, e não me conheceis. Muito me agradaria que nos conhecêssemos. Sacha."

Quando lhe trouxeram a carta, Tagore estava imerso em autocontemplação. Tão imerso que você podia cortá-lo. Sua mulher empurrava e empurrava a carta para ele, mas ele não percebia. É verdade que ele também não entendia russo.

E assim eles nunca se conheceram.

* * *

Lev Tolstói gostava muito de crianças, e todas as que existiam no mundo ainda eram pouco para ele. Mesmo com o quarto cheio delas, sem lugar para dar um passo sequer, ele ainda gritava: "Mais! Tragam mais!".

* * *

Liérmontov sonhava em levar embora a mulher de Púchkin. Para o Cáucaso. Ele sempre, sempre a olhava por detrás das colunas... e logo envergonhava-se de seu desejo. "Púchkin é um espelho da revolução russa", pensava, "enquanto eu... eu não passo de um porco!" Depois prostrava-se diante dele e dizia: "Púchkin, saque sua adaga. Aqui está meu peito".

E Púchkin morria de rir.

* * *

Lev Tolstói gostava muito de crianças. Sentado à mesa, ele contava todo tipo de histórias para elas. Sempre com um fundo moral.

Por vezes acontecia de todas já terem comido o *consommé* com ovos *poché*, as profiteroles, as ostras, o manjar branco e o *crème glacée* — e ele lá, ainda segurando a primeira colher de sopa diante da barba, terminando de contar: "E isso nos leva à moral da história", e batia com a colher na mesa.

* * *

Certa vez, Gógol se disfarçou de Púchkin e foi visitar Maikóv. Maikóv fê-lo sentar no alpendre e ofereceu-lhe chá. "Aleksandr Serguêievitch", disse ele, "você acredita que não tenho um cubo de açúcar em casa? Hoje mesmo Gógol veio aqui e comeu todos."

Gógol não respondeu nada.

* * *

Lev Tolstói morava na praça Púchkin, e Herzen, no portão Nikitski. Frequentemente acontecia de ambos os literatos estarem no bulevar Tvierskoi. E se os dois se encontrassem era um problema. Mais de uma vez Lev Tolstói foi atrás de Herzen e deu com a muleta na cabeça dele. Também podia acontecer de mais cinco muletadas seguirem, e de Herzen só conseguir recuperar os sentidos com a água da fonte.

Este é o motivo pelo qual Púchkin sempre visitava Viázemski e ficava à janela. E é por isso que depois esse apartamento ficou conhecido como "Casa Herzen".

* * *

Liérmontov gostava muito de cachorros. Ele também gostava de Natália Nikoláievna Púchkina. E acima de tudo isso, gostava apenas do próprio Púchkin. Lia seus poemas e sempre chorava. E, depois de chorar, sacava seu sabre e golpeava as almofadas. E lá vinha seu cachorro favorito agarrar-lhe o braço e era cortado em quarenta pedaços.

Mas Púchkin não chorava com nenhum poema. Nem com nada.

* * *

Certa vez, Gógol se disfarçou de Púchkin e foi visitar Viázemski. Ele observou pela janela e viu: Tolstói batia em Herzen com a muleta, enquanto as crianças, reunidas em volta, riam. Ele teve pena de Herzen e começou a chorar.

E então Viázemski soube que quem estava à sua frente não era Púchkin.

* * *

Lev Tolstói gostava muito de crianças. Certa vez, enquanto caminhava pelo bulevar Tvierskoi, deu de cara com Púchkin. "É claro que este não é mais uma criança, e sim um adolescente", pensou Lev Tolstói, "mas mesmo assim vou agarrá-lo e fazer-lhe um cafuné." E correu para agarrar Púchkin. Púchkin, sem saber das intenções de Tolstói, deu no pé. Ao passarem correndo por um policial, este guardião da ordem ficou indignado com a indecente rapidez de tal corrida em lugar tão público, e tratou de correr atrás deles para detê-los. A imprensa ocidental depois escreveria que na Rússia os literatos são perseguidos pelas autoridades.

* * *

Certa vez, Gógol escreveu um romance. Uma sátira. Sobre um homem bom que era mandado para um campo de trabalho em Kolimá. O chefe do campo de trabalho se chamava Nikolai Pávlovitch (uma alusão ao tsar). E eis que com a ajuda dos criminosos ele envenena o homem bom, levando-o à morte. Gógol chamou o romance de *Herói do nosso tempo* e assinou: "Púchkin", e então deu a Turguêniev para que o publicasse em sua revista.

Turguêniev era um homem receoso. Ele leu o manuscrito e foi tomado por um suor frio. Decidiu que seria melhor editá-lo. E editou.

Trocou o local da ação para o Cáucaso. Trocou o prisioneiro por um oficial. No lugar de criminosos, colocou belas mulheres, e não eram elas que bolinavam o herói, mas o contrário. Nikolai Pávlovitch ele renomeou para Maksim Maksímovitch. Riscou "Púchkin" e escreveu "Liérmontov". Enviou imediatamente o manuscrito para a redação, limpou da testa o suor frio e foi dormir.

De repente, em meio a seu doce sono surgiu um pensamento horroroso: o título! Ele não tinha mudado o título! Naquele mesmo momento, quase sem se vestir, ele partiu para Baden-Baden.

* * *

Certa vez, Liérmontov comprou maçãs, foi até o bulevar Tvierskoi e começou a presentear as damas que ali estavam. Todas aceitavam e diziam "*merci*". Quando Natália Nikoláievna chegou com sua irmã Aleksandrina, ele tremeu tanto de emoção que derrubou uma maçã aos pés dela (de Natália Nikoláievna, não de Aleksandrina). Um dos cachorros abocanhou a maçã e começou a correr. Aleksandrina, é claro, correu atrás dele.

E foi então que eles ficaram a sós pela primeira vez em suas vidas (Liérmontov e Natália, é claro, e não Aleksandrina e o cachorro). (No final, aliás, ela (Aleksandrina) não conseguiu agarrá-lo).

* * *

Turguêniev queria ser corajoso como Liérmontov e foi comprar um sabre. Púchkin passou em frente à loja e o viu pela janela. E então ele gritou, para todos ouvirem: "Olha lá, Gógol (e Gógol nem estava com ele), olha lá, Turguêniev está comprando um sabre, vamos eu e você comprar um revólver".

Turguêniev ficou assustado, e naquela mesma noite partiu para Baden-Baden.

* * *

Certa vez, Púchkin pôs-se a duelar com Gógol. Púchkin disse:

— Atire você primeiro.

— Quem, você? Você não, primeiro eu!

— Eu?! Não, só depois de você!

E assim eles não duelaram.

* * *

Certa vez, Tchernichévski viu da janela de sua mansarda como Liérmontov montava em seu cavalo e gritava "Passagem!". "Mas e daí?", pensou Tchernichévski, "se Deus quiser vai haver uma revolução, e então eu é que vou gritar." E começou a ensaiar em frente ao espelho, repetindo de várias maneiras: PASSAGEM! PaSSSSaGGeMM! pAA!!ssAA!! gEEm!!!! P! A! S! S! A! G! E! M!

* * *

Turguêniev era um homem receoso, mas não só por natureza. Acontecia que Púchkin e Gógol gostavam muito de apoquentá-lo. Às vezes ele acordava no meio da noite e gritava "Mamãe!". Especialmente depois de velho.

* * *

Púchkin foi ao bulevar Tvierskoi e encontrou uma dama muito bonita. Ele piscou para ela, e ela desatou a gargalhar: "Nikolai Vassílievitch, você não me engana", disse ela, "pague logo os três rublos que perdeu esta manhã no jogo de charadas".

Púchkin logo adivinhou de que se tratava. "Não vou pagar nada", disse ele, "sua trouxa." Mostrou a língua e saiu correndo.

Depois revelou-se que aquele era Gógol.

* * *

Fiódor Mikháilovitch Dostoiévski amava a vida com ardor, que sua alma descanse em paz. Ela, no entanto, não retribuía seu afeto, e por isso ele estava sempre triste. Aqueles a quem a vida sorria (por exemplo, Lev Tolstói) não sabiam apreciá-la, e estavam sempre perdendo tempo com outras coisas. Por exemplo, Lev Tolstói gostava muito de crianças.

Mas elas tinham medo dele. Elas se escondiam debaixo dos bancos e sussurravam: "Veja, Róbia, como ele é assustador, mesmo de muletas!".

As crianças amavam Púchkin. Elas diziam: "Ele é alegre e tão engraçado", e iam atrás dele como pombos. Mas Púchkin não estava muito aí para crianças. Ele gostava mesmo era de uma casa no bulevar Tvierskoi, e de uma janela daquela casa. Ele podia ficar horas inclinado sobre o peitoril largo, bebendo chá e observando o bulevar.

Certa vez, enquanto ia àquela casa, ele olhou para o alto e na janela viu... a si mesmo! Com suas costeletas, com seu anel no dedão. É claro que soube na hora quem era aquele. E você, sabe?

* * *

Fiódor Mikháilovitch Dostoiévski, que sua alma descanse em paz, também gostava muito de cachorros, mas era dolorosamente orgulhoso e escondia isso (sobre os cachorros) para ninguém dizer que ele estava imitando Liérmontov.

Já havia muitas outras coisas a dizer sobre ele.

* * *

Certa vez, Fiódor Mikháilovitch Dostoiévski, que sua alma descanse em paz, pegou um gato na rua. Ele precisava de um gato vivo para um romance. O pobre animal rosnava, grunhia, gemia e, revirando os olhos, fingia-se de morto. E então ele pôs o gato no chão. O trapaceiro, por sua vez, mordeu a perna do pobre escritor e fugiu.

E aquele segue sendo, indiscutivelmente, o melhor romance de Fiódor Mikháilovitch, que sua alma descanse em paz: *Gente pobre* — sobre gatos.

* * *

Púchkin sempre ia à casa de Viázemski, onde ficava horas à janela. Ele via tudo e sabia de tudo. Ele sabia que Liérmontov gostava de sua mulher. Por isso, não achava de todo adequado passar a lira para ele. Pensou em enviá-la a Tiúttchev, no exterior — disseram que não era permitido; a lira era um objeto de valor artístico, e por isso não podia viajar por correio. Quanto a Nekrássov, este não lhe agradava como pessoa.

Púchkin suspirava, e ficava ele mesmo com a lira.

* * *

Certa vez, Lev Tolstói perguntou a Dostoiévski, que sua alma descanse em paz: "É verdade que Púchkin é um mal poeta?". "Não é verdade", Dostoiévski quis responder, mas lembrou-se de que não abrira a boca desde que seu crânio esburacado fora enfaixado, e permaneceu em silêncio. "Quem cala consente", disse Lev Tolstói, e foi embora.

Foi então que Fiódor Mikháilovitch, que sua alma descanse em paz, lembrou-se de que já havia sonhado com tudo isso, mas agora era tarde demais.

* * *

Certa vez, Púchkin decidiu assustar Turguêniev e se escondeu debaixo de um banco no bulevar Tvierskoi. E Gógol, que naquele dia também havia decidido assustar Turguêniev, se disfarçou de Púchkin e se escondeu debaixo de outro banco.

E lá vem chegando Turguêniev. Os dois vão pular ao mesmo tempo!

* * *

Certa vez, Fiódor Mikháilovitch Dostoiévski, que sua alma descanse em paz, completou 150 anos. Ele estava muito feliz e deu uma festa de aniversário. Todos os escritores vieram, mas, por algum motivo, todos de cabeça raspada. Num certo Gógol, havia até um bigodinho desenhado.

Pois bem, todos beberam, petiscaram, congratularam o aniversariante, que sua alma descanse em paz, e sentaram-se para jogar *whist*. Lev Tolstói deu as cartas: cinco ases para cada um. Mas que diabos?! Isso não é possível. "Dê você, Púchkin, você é melhor nisso, irmão." "Deixa comigo", disse ele. Púchkin deu as cartas: cada um saiu com seis ases e duas damas de espadas. Ora... "Gógol, irmão, dê você." Gógol deu as cartas e.... bem, vocês sabem... nem é bom mencionar... De alguma forma aconteceu que.... Não, melhor não contar.

* * *

Púchkin não era bem um preguiçoso, mas era inclinado a certa contemplação sonhadora. Já Turguêniev era um estabanado, sempre sedento por atividades. E Púchkin abusava disso. Às vezes ele está deitado no sofá e Turguêniev chega. Púchkin diz: "Ivan Serguêievitch, por nossa amizade, você não quer ir buscar cerveja?", e calmamente volta a dormir. Ele sabe que Turguêniev não vai voltar. Que ele vai correndo assinar alguma petição, ou para algum funeral cívico. E que depois vai se assustar com algo e partir para Baden-Baden. Mas sem cerveja Púchkin sabe que não vai ficar. Graças a Deus existem servos. Ele sempre vai ter alguém para mandar buscar.

* * *

Dostoiévski foi visitar Gógol. Tocou a campainha. Abriram a porta. "O que há Fiódor Mikháilovitch?", disseram, "Nikolai Vassílievitch morreu já faz uns cinquenta anos."

"Bem, e qual o problema?", pensou Dostoiévski, que sua alma descanse em paz, "eu também morrerei um dia."

* * *

Lev Tolstói e Fiódor Mikháilovitch Dostoiévski, que sua alma descanse em paz, apostaram sobre quem escreveria o melhor romance. Convidaram Turguêniev para ser o juiz. Tolstói correu para casa, trancou-se no escritório e logo começou a escrever um romance. Sobre crianças, claro (ele gostava muito delas).

Enquanto isso, Dostoiévski está sentado sozinho e pensa: "Turguêniev é um homem receoso. Neste momento, ele está sentado sozinho e pensa: 'Dostoiévski é um homem irritado. Se eu disser que seu romance é pior, ele é capaz até de matar'. O que mais me resta fazer (este ainda é Dostoiévski pensando) além de escrever mal mesmo, de propósito, já que de qualquer forma o dinheirinho vai ser meu (tinham apostado cem rublos)".

Enquanto isso, Turguêniev está sentado sozinho e pensa: "Dostoiévski é um homem irritado. Se eu disser que seu romance é pior, ele é capaz até de matar. Por outro lado, Tolstói é um conde. É melhor não me meter com ele também. Com nenhum deles".

E naquela mesma noite ele partiu furtivamente para Baden-Baden.

* * *

Púchkin está sentado sozinho e pensa: "Eu sou um gênio, muito bem. Gógol também é um gênio. Tolstói, de fato, é um gênio. E Dostoiévski, que sua alma descanse em paz, é um gênio. Quando é que isso vai acabar?".

Está tudo acabado.

(1971-72)

Tradução de Danilo Hora

Serguei Dovlátov

Serguei Donátovitch Dovlátov (1941-1990) nasceu em Ufá, nos Urais, e cresceu em Leningrado. Serviu no exército soviético na república de Komi, como guarda em um campo de trabalho. Ao pedir dispensa, passou a trabalhar como jornalista em Leningrado e depois em Tallinn, na Estônia. Os contos de Dovlátov circularam na União Soviética apenas de forma clandestina, e em 1977 começaram a aparecer no Ocidente. Como represália, o autor foi preso e expulso da União dos Escritores. No ano seguinte, recebeu permissão para emigrar para os Estados Unidos, onde publicou a maior parte de sua obra, sempre escrevendo em russo, e ajudou a fundar o jornal *O Novo Americano*. O conto "O coronel diz que eu amo" faz parte do livro *Os nossos* (1983), um ciclo de contos em que cada capítulo traz a história de um membro da família do escritor. Desde sua estreia "oficial" na Rússia, em 1989, o humor irônico e incisivo de Dovlátov tem conquistado cada vez mais admiradores.

O coronel diz que eu amo

— Nosso mundo é absurdo — eu digo à minha mulher. — Os inimigos de um homem vivem em sua própria casa!

Minha mulher fica brava, embora eu só esteja brincando.

Em resposta, ouço:

— Os seus inimigos são o vinho do Porto barato e as loiras oxigenadas!

— O que significa que sou um verdadeiro cristão, pois Cristo ensinava a amarmos nossos inimigos...

Essas conversas se estendem já há vinte anos. Um pouco menos de vinte anos...

Cheguei aos Estados Unidos sonhando com o divórcio. O único motivo para o divórcio era o grau supremo de imperturbabilidade da minha mulher. Sua calma não tinha limites.

É incrível como numa mesma pessoa podem conviver a calma e a antipatia...

Nos conhecemos no ano de 1963. Isto se deu da seguinte forma.

Eu tinha um quarto com entrada individual. As janelas davam para um lixão. Praticamente todas as noites meus amigos se reuniam no meu quarto.

Certa vez acordei no meio da madrugada. Vi louça suja na mesa e a poltrona virada. Aborrecido, pensei no que acontecera na véspera. Lembro de sairmos três vezes para comprar vodca. Alguém falou da seguinte maneira: "Vamos à Ielissiêievski![1] Até lá são uns trezentos metros, e para voltar é mais ou menos a mesma distância...".

Comecei a pensar em café da manhã naquele quarto desarrumado.

De repente senti: não estava só. Alguém dormia no sofá, entre a geladeira e o toca-discos. Ouvi ruídos e suspiros. Perguntei:

[1] Antiga loja localizada em um edifício histórico de São Petersburgo. (N. da T.)

— E você quem é?

— Suponhamos que eu seja Lena — respondeu uma voz feminina, inesperadamente calma.

Fiquei pensando. O nome Lena já não se encontra com tanta frequência. Entre nossos amigos prevaleciam as Tamaras e Larissas. Perguntei:

— Qual é o seu status, Lena? Em palavras mais simples, quais são os seus *socium et actum*?[2]

Houve uma pausa. Depois a calma voz feminina pronunciou:

— Guriévitch me esqueceu...

Guriévitch era um conhecido do mercado de livros. Foi preso uns dois anos depois.

— Como assim, esqueceu?

— Guriévitch ficou bêbado e chamou um táxi...

Comecei a me lembrar de alguma coisa.

— Você estava de vestido marrom?

— Sim, praticamente. Era verde. Guriévitch rasgou. E eu dormi com a camisa de alguém.

— É a minha camisa do exército. Uma relíquia, pode-se dizer. Me devolva quando for embora.

— Ela tem uma condecoração...

— É uma insígnia esportiva — respondo.

— Picava tanto... Não me deixou dormir...

— É compreensível... — digo.

Finalmente me lembrei dessa mulher. Magra, pálida, olhos de mongol.

A esta hora já tinha amanhecido.

— Vire-se pra lá — pediu Lena.

Cobri o rosto com um jornal. Na mesma hora a acústica mudou. A moça foi até a porta. Pelo barulho, calçava meu chinelo de bombazina.

Saí de debaixo do cobertor. O dia começava de forma misteriosa e estranha.

Depois houve uma aglomeração meio embaraçosa no vestíbulo. A toalha enrolada no meu quadril não muito esguio. A camisa que mal chegava aos joelhos dela...

---

[2] Em latim macarrônico no original, algo como "feitos e associados". (N. da T.)

Passamos um pelo outro com alguma dificuldade. Fui ao banheiro. Minha vida adquire uma lucidez relativa depois de uma ducha.

Saio em três minutos. Na mesa há café, biscoito, compota e, por alguma razão, galantina de peixe...

A esta hora Lena já estava vestida. O rasgado em estilo clássico na gola — marca da sensualidade incontrolável de Fima[3] Guriévitch — lhe caía bem.

— Realmente, é verde — digo.

Tomamos o café da manhã conversando sobre bobagens variadas. Foi agradável, leve e até prazeroso. Como que para corrigir a insensatez de tudo aquilo...

Lena arrumou suas coisas, calçou os sapatos e disse:

— Vou embora.

— Obrigado pela manhã agradável.

De repente ouço:

— Volto lá pelas seis.

— Está bem — digo.

Lembrei-me do seguinte episódio. Eu e um amigo voltávamos da sauna. Um policial nos parou. Ficamos em alerta e perguntamos:

— O que houve?

E ele diz:

— Os senhores se lembram da data em que foi publicado *O rosário*, de Akhmátova?

— Em 1914. Editora Guiperboriéi, São Petersburgo.

— Obrigado. Podem ir.

— Pra onde? — perguntamos.

— Pra onde quiserem — ele responde. — Vocês são livres...

Naquele momento, fiquei pasmo com a mistura de cotidiano e absurdo. E, desta vez, tinha mais ou menos a mesma sensação.

— Volto lá pelas seis — ela disse...

Mas eu tinha marcado um encontro às cinco e meia. Não com uma mulher, mas com Brodsky.[4] Depois, um banquete em comemoração a alguma defesa de tese.

---

[3] Diminutivo de Efim. (N. da T.)

[4] Joseph Brodsky (1940-1996), poeta russo radicado nos Estados Unidos. Era amigo de Dovlátov e tem presença constante em seus escritos autobiográficos. (N. da T.)

Telefono, desmarco o encontro. Ignoro o banquete. Entro num táxi e vou correndo para casa. Penso que seria bom fazer uma cópia das chaves.

Espero. Ela chega por volta das seis. Abre a bolsa de compras, que tem conservas, ovos, pescada.

— Pode ir se ocupar de suas coisas, por enquanto — ela diz. — Deixe que eu preparo tudo.

Nesse momento, tive uma ideia absurda: e se, de repente, ela me confundiu com alguém? Com alguma pessoa próxima e querida? Teria chegado tão longe a loucura deste mundo?

Jantamos. Sentei-me para trabalhar. Lena lavou a louça. Ligou a televisão.

A televisão de casa não funcionava já havia dois anos. E então, de repente, começou a funcionar, como se fosse nova.

Comecei a notar algumas mudanças. Sobre a pia apareceram vidrinhos importados. Uma peça de camurça foi pendurada no meu armário. Ao lado da geladeira se instalaram botinhas curtas de cor bege. Até o cheiro no apartamento mudou...

A noite chegou. Lena diz:

— Quer café ou chá?

— Chá.

Tomamos chá com pães de mel. Fazia uns trinta anos que eu não comia pães de mel...

Vejo que já é uma da manhã. Parece que é hora de dormir. Lena diz:

— Fique um pouco na cozinha.

Sento, fumo. Leio o jornal da terça-feira passada. Entro no quarto: ela está dormindo. No mesmo sofá. Só que, em vez da camisa militar, veste algo cor-de-rosa.

Deitei-me, apurei os ouvidos: nenhum som. Poderia ao menos se mexer no sono, por coquetismo...

Esperei uns dez minutos e também caí no sono.

De manhã, tudo de novo. Um leve constrangimento, banho e café com leite...

— Desta vez vou me atrasar um pouco — ela diz. — Chego depois das onze. Portanto, não se preocupe...

Fui à redação. De lá, ao bar do Sindicato dos Jornalistas. Conheci uma sueca, que me convidou para ir ao seu hotel. O tempo todo ela repetia: “Cossaco, sirva vodca russa!”.

Meus amigos iam a um show clandestino. Ouvir um vanguardista. Ainda por cima, um vanguardista bastante insólito, se podemos dizer assim. Toca violoncelo deitado... Enfim, um monte de coisas tentadoras. Mas eu volto correndo para casa. Tenho pressa de chegar em meu hospício.

À noite, eu a esperei e disse:

— Lena, vamos conversar. Me parece que precisamos nos explicar. Está acontecendo algo incompreensível. Tenho que fazer umas perguntas delicadas. Posso falar sem cerimônia?

— Estou ouvindo — ela diz.

E o rosto calmo como uma represa.

Pergunto:

— Você não tem onde morar?

A dama ficou um pouco ofendida. Ou melhor, ficou levemente surpresa:

— Como assim, não tenho onde morar? Tenho um apartamento em Dátchnoie.[5] Por que pergunta?

— Não é nada, na verdade... Tive a impressão... Pensei que... Bem, então, outra pergunta. Aqui entre amigos... Mil desculpas... Talvez você goste de mim?

Houve uma pausa. Sinto que estou enrubescendo. Finalmente, ela diz:

— Não tenho nenhuma queixa contra você.

Disse assim mesmo: queixa eu não tenho.

Houve outra pausa, ainda mais penosa. Para mim, pois ela estava totalmente calma. O olhar frio e firme, como a ponta de uma maleta.

Então fiquei pensativo. Será que essa calma a colocava acima das diferenças de sexo? Acima de sentir alguma inclinação biológica por um homem? Acima da própria ideia de domicílio permanente?

— E a última pergunta. Por favor, não fique brava. Se eu estiver enganado, esqueça... Enfim, tenho uma suposição... Você, por acaso, não seria funcionária da KGB?

Vai saber, pensei. Afinal, sou conhecido por ser imoderado. Bebo muito. Tagarelo demais. Já fui até mencionado na *Deutsche Welle*... Tal-

---

[5] Bairro periférico de São Petersburgo. (N. da T.)

vez tenham me designado essa criatura fantástica, como se eu fosse um possível dissidente?

Agora ela com certeza vai começar a gritar, pensei. E se eu estiver certo, vai gritar ainda mais... Ouço:

— Não. Trabalho num salão de beleza...

E depois:

— Se não tem mais perguntas, então vamos tomar chá.

Foi assim que tudo começou. Durante o dia eu corria em busca de algum bico. Voltava abatido, humilhado e bravo. Lena perguntava:

— Quer café ou chá?

Quase não conversávamos. Apenas trocávamos alguma informação breve e de natureza prática. Por exemplo, ela avisava:

— Um tal Biéskin telefonou...

Ou:

— Onde está o sabão em pó?...

Meus assuntos não lhe interessavam. Eu tampouco lhe fazia perguntas. A loucura tomava formas cotidianas, habituais, rotineiras.

O meu dia a dia mudou pouco. As admiradoras me telefonavam cada vez menos. E para que telefonar, se atende uma calma voz feminina?

Continuávamos a ser pessoas totalmente estranhas.

Lena era incrivelmente calada e calma. Não era o silêncio penoso de um alto-falante quebrado. E nem a calma ameaçadora de uma mina antitanque. Era a calma silenciosa de uma raiz que escuta com indiferença o barulho da folhagem da árvore...

Passou-se uma semana. Na manhã de sábado eu não aguentei. Eu disse... Não, eu gritei:

— Lena! Escute aqui! Permita-me ser totalmente franco. Levamos uma vida de casal... Mas sem o elemento principal da vida de casal... Nós temos um lar, você lava a roupa... Me explique, o que significa tudo isso? Estou prestes a enlouquecer...

Lena lançou-me um olhar calmo e amigável:

— Estou incomodando? Quer que eu vá embora?

— Eu não sei o que eu quero! Eu quero entender... O amor, isso eu entendo. A libertinagem, eu entendo. Entendo tudo isso, tudo menos essa loucura normalizada... Se você fosse agente da KGB, então, tudo bem, eu até me alegraria... Pelo menos teria alguma lógica nisso... Mas assim...

Depois de ficar um tempo em silêncio, ela disse:

— Se quiser que eu vá embora, diga.

E depois, ao baixar levemente os olhos de mongol:

— E se precisa *daquilo*, tudo bem.

— O que quer dizer com *aquilo*?

Os cílios baixaram-se ainda mais. A voz soava ainda mais calma. Ouvi:

— No sentido de uma proximidade íntima.

— Ah, não — eu digo —, para quê?

Será mesmo, pensei, que vou ousar romper essa calma de forma tão grosseira?

Passaram-se mais umas duas semanas. E o que me salvou foi a vodca. Eu estava farreando na redação de um jornal progressista e cheguei em casa por volta de uma da manhã. E então — bem, como posso expressar... Eu esqueci... Perpetrei... Fui pelo caminho errado do futuro prisioneiro Guriévitch...

E a pedra atirada por mim caiu no fundo do oceano...

Não era amor. E muito menos fraqueza momentânea. Era uma tentativa de me proteger do caos.

Nem mesmo começamos a nos tratar por "tu".[6]

Um ano depois, nasceu nossa filha Kátia. Foi assim que a gente se conheceu...

Como marido, eu era uma aquisição duvidosa. Há anos não tinha trabalho permanente. Tinha a aparência enferrujada de um toureiro desqualificado.

Não publicavam meus contos. Eu me tornava cada vez mais irritado e menos cuidadoso. No verão de 1970 meus primeiros manuscritos foram enviados ao Ocidente.

Comecei a ter conhecidos estrangeiros. Nos reuníamos até altas horas da noite. Bebíamos vodca com vontade, beliscando linguiça de fígado.

Tikhomírov, nosso vizinho no apartamento comunitário, resmungava em tom ameaçador:

— Que belos amigos o senhor tem! Do tipo de Siniávski e Daniel...[7]

---

[6] No original russo, até aqui os dois vinham se tratando não por "*ty*", mas por "*vy*", um pronome de tratamento que denota maior formalidade. (N. da T.)

[7] Andrei Siniávski (1925-1997) e Iúli Daniel (1925-1988), escritores soviéticos que, em 1966, foram julgados por terem seus manuscritos publicados sob pseudônimo no Ocidente. Ambos foram condenados a trabalhos forçados. (N. da T.)

No outono daquele ano, estações de rádio ocidentais voltaram a mencionar meu nome.

Meus contos não despertavam o menor interesse em Lena. A atividade como tal não lhe interessava em absoluto. Esta limitação parecia fazer parte de sua calma ilimitada.

Dessa forma, em minha vida reinavam dois elementos opostos. Do lado esquerdo, arrebatava-me o oceano do inconformismo nascente. Do direito, estendia-se o espelho imperturbável das águas de um bem-estar pequeno-burguês.

E assim eu vagava, tropeçando pela estreita faixa de terra entre esses dois oceanos.

Enquanto isso, Lena largou o emprego no salão de beleza. Começou a trabalhar como revisora de texto na editora Soviétski Pissátel.[8] Foi uma surpresa para mim. Eu nem sabia que ela era tão letrada. Como não sabia de muitas outras coisas. E até hoje não sei...

Um ano depois, ela teve um conflito com a chefia. Aconteceu o seguinte.

A editora publicou um livro raro de Akhmátova. Coube aos funcionários um número limitado de exemplares. Alguns funcionários foram deixados de lado. Entre eles, minha mulher.

Ela se dirigiu ao diretor da editora. Externou suas reclamações. Kondrachóv respondeu, baixando a voz:

— A senhora não entende o complicado contexto político. A maior parte da tiragem foi enviada para o exterior. Temos que tapar a boca da propaganda burguesa!

— Tape a minha boca, então — pediu Lena...

Assim, entre nós surgiu um entendimento dissidente parcial...

Os anos se passavam. A nossa filha crescia. Ela dizia, referindo-se ao meu rádio portátil japonês: "Coloquei o seu *bibici*[9] na janela".

Vivíamos com pouco dinheiro, brigávamos com frequência. Eu perdia a cabeça, minha mulher permanecia calada.

O silêncio é uma força poderosa. É preciso bani-lo, como a uma arma bacteriológica...

---

[8] Casa editorial fundada em 1934. Foi responsável por publicar, em tiragens gigantescas, vários dos autores alinhados à estética do Partido. (N. da T.)

[9] Referência à rádio britânica BBC. (N. da T.)

Eu continuava a me queixar da ausência de perspectivas. Lena dizia: "Escreva dois mil contos. Certamente, vão publicar ao menos um...".

Eu pensava: o que ela está dizendo? De que me serviria um conto?

Eu até me ofendia.

Em vão.

Nós tínhamos escalas e proporções diferentes. Eu colocava ênfase na unidade. Lena realçava a multidão.

E ela estava certa. Pode-se vencer apenas com quantidade. Toda a história mundial o prova.

Eu sabia tão pouco sobre a minha mulher que me surpreendia constantemente. Ficava surpreso com qualquer perturbação de sua calma.

Certa vez, chorou porque a tinham humilhado na administração do prédio. Para dizer a verdade, até me alegrei. Isso significava que alguma coisa podia despertar suas paixões...

Mas acontecia raramente. Ela estava quase sempre impassível...

Nos anos setenta, começou a emigração. Amigos próximos estavam partindo. Havia conversas intermináveis sobre o tema. Mas eu continuava a repetir:

— Vou fazer o que lá? Não tem sentido fugir da terra natal! Se a literatura é uma tarefa censurável, então o nosso lugar é na prisão...

Lena permanecia calada. Parecia ter ficado ainda mais silenciosa.

Os dias se arrastavam em meio a festins tristes e intermináveis, despedidas frequentes e conversas noturnas...

Lembro-me bem daquele dia de fevereiro. Lena chegou do trabalho e disse:

— Pronto. Nós vamos embora. Chega.

Eu tentava objetar qualquer coisa. Falava da pátria, de Deus, dos benefícios da alta pressão social, da gama linguística e cromática. Mencionei até as bétulas, coisa de que nunca vou me perdoar...

Mas Lena já estava telefonando para alguém.

Fiquei nervoso e fui passar um mês no Parque Cultural Púchkin.[10] Quando voltei, Lena me deu uns papéis para assinar. Pergunto:

— Já?

---

[10] Parque-museu fundado na antiga propriedade de Aleksandr Púchkin (1799-1837). Sobre sua experiência como guia ali, Dovlátov escreveu a novela *Parque Cultural* (1983). (N. da T.)

— Sim — diz ela — está tudo decidido. Já temos os documentos em mãos. Tenho certeza de que vão nos deixar ir. Isso deve acontecer em duas semanas.

Fiquei desnorteado. Não imaginava que fosse tudo tão rápido. Ou melhor, esperava que Lena me convencesse a ir junto.

Pois era eu que detestava o regime soviético. Eram os meus contos que eles não publicavam. Era eu a quem consideravam quase um dissidente...

Até o último dia, permaneci numa espécie de torpor. Realizava mecanicamente as tarefas necessárias. Recebia as visitas e as acompanhava até a porta.

Chegou o dia da partida. Uma multidão se reuniu no aeroporto. Principalmente meus amigos, amantes de bebida.

Despedimo-nos. Lena parecia totalmente impassível. Algum dos meus parentes tinha lhe dado uma pele de raposa de presente. Durante muito tempo sonhei com aquele focinho de raposa arreganhado...

Minha filha calçava sapatos toscos da fábrica Skorokhód. Tinha um ar desnorteado. Naquele ano, não era nada bonita.

Elas subiram no ônibus.

Esperamos o avião decolar. Mas os aviões não paravam de decolar. Era difícil adivinhar qual era o nosso...

Comecei a ficar angustiado já no caminho de volta do aeroporto. Abri uma garrafa e comecei a beber direto do gargalo. O motorista do táxi disse:

— Você podia pelo menos se agachar.

Eu respondi:

— Mas assim vai ser mais difícil de descer...

Desde então, a minha vida inteira mudou. Uma ansiedade apoderou-se de mim. Eu só pensava na emigração. Bebia e pensava.

Lena nos enviava cartões-postais. Pareciam mensagens cifradas: "Roma é uma cidade grande e bonita. De dia, faz calor. De noite, toca música. Kátia está bem. Os preços são relativamente baixos".

Eram postais repletos de calma. Minha mãe os relia várias vezes. Tentava achar algum sentimento. Mas eu sabia que era em vão...

Vou relatar de modo pontual os acontecimentos que tiveram lugar a seguir.

Acusação de parasitismo social e de manter um prostíbulo. Proibição de sair da cidade. Juiz de instrução Mikhalióv. Uma surra estranha no departamento de polícia. Uma série de programas da *Deutsche Welle*. Detenção e julgamento na rua Tolmatchóv. Nove dias na prisão Kaliáievskaia. Liberação inesperada. Seção de Vistos e de Registro.

O coronel da Seção de Vistos e de Registro disse em tom cortês e amigável:

— O senhor deve ir. A sua mulher já foi, faz muito tempo que o senhor devia...

Como protesto, repliquei:

— Não somos casados no papel.

— Isso é mera formalidade — o coronel sorriu amplamente. — Não somos formalistas. O senhor as ama?

— Ama quem?

— A mulher e a filha... Mas é claro que o senhor as ama...

Assim o meu amor pela mulher e pela filha se tornou um fato. E quem o atestou foi o coronel do Ministério de Assuntos Internos...

Tentava me orientar. No mundo, havia dois polos reais. Um *aqui*, claro, próximo e sufocante, e um *lá*, desconhecido, meio fantástico. Aqui: vastidões imensas de uma vida torturante entre amigos e inimigos. Lá: apenas minha mulher, a minúscula ilha de sua calma imperturbável.

Todas as minhas esperanças estavam lá. Não sei por que razão eu enganava o coronel da Seção de Vistos e de Registro.

Em seis semanas estávamos na Áustria. Viena parecia um bairro de Leningrado. Algum lugar entre Fontanka e Sadóvaia.

O único detalhe sério da paisagem urbana era o rio. O rio que, no quarto ou no quinto dia, resultou ser o Danúbio.

Contra o pano de fundo da rua cinzenta destacavam-se prostitutas. Pareciam personagens de comédias do cinema estrangeiro.

Nos hospedamos no hotel Almirante. Minha mãe passava dias inteiros lendo Soljenítsin. Eu escrevia algo para jornais e revistas de emigrados. De maneira geral, descrevia minhas façanhas inexistentes de dissidente.

Naquele momento, Lena já tinha se mudado para os Estados Unidos. Suas cartas foram ficando mais lacônicas: "Trabalho como datilógrafa. Kátia vai à escola. O bairro é relativamente seguro. O senhorio é um americano simpático. Seu nome é Andrew Kovalenko".

Moramos na Áustria até o verão. Viena era uma etapa intermediária entre Leningrado e os Estados Unidos. Talvez fosse possível superar tal distância apenas em dois pulos.

Finalmente recebemos os documentos americanos. Passar sete horas sobre o oceano me pareceu uma eternidade. Um espaço como aquele oferece pouca coisa de interesse.

O avião já era território americano. Os gestos das aeromoças já eram emancipados.

Alguns amigos nos esperavam no aeroporto Kennedy. O famoso fotógrafo Kulakóv com a esposa e o filho. Logo depois de nos cumprimentarem, começaram a criticar os Estados Unidos.

— Compre um Toyota, meu velho — dizia Kulakóv —, ou melhor, um Volkswagen. Os carros americanos são uma bosta!

Perguntei:

— Onde estão Lena e Kátia?

Kulakóv me passou um bilhete: "Acomodem-se. Estamos no Clube da Saúde. Estaremos em casa em torno das oito. A comida está na geladeira. Lena".

Fomos para casa, em Flushing. A paisagem horizontal dos arredores me pareceu a estação ferroviária Moskóvski vista de trás. Faltavam os arranha-céus.

Minha mãe olhou pela janela e disse:

— A rua está totalmente vazia...

— Não é rua, é uma *highway* — objetou Kulakóv.

— O que quer dizer *highway*? — perguntou minha mãe.

— Estrada principal — respondi.

Lena ocupava o térreo de um prédio de tijolinhos não muito alto. Kulakóv nos ajudou a carregar a mala. Depois disse: "Descansem. Já é noite na Europa. Amanhã vou telefonar".

E foi embora.

É claro que eu não esperava ser recebido por uma delegação de escritores americanos. Mas Lena, pensei, podia ter ido ao aeroporto...

Encontramos o apartamento vazio. Em dois quartos havia colchões no chão. Havia roupas espalhadas por toda parte.

Minha mãe olhou a geladeira e disse: "O queijo é quase como o nosso".

De repente senti um cansaço terrível. Deitei-me em cima da manta e acendi um cigarro. Os contornos da realidade se desfaziam.

Quem sou eu e de onde venho? O que está acontecendo com a gente? E como tudo isso vai terminar?

A vida nova parecia demasiado ordinária para grandes mudanças.

Além disso, pensei: "Como surge a intimidade entre as pessoas? De que elas precisam para sentirem que são uma família?".

Acordei de manhã cedo. Do lado de fora da janela, um galho balançava. Havia alguém ao lado.

Perguntei:

— Quem é?

— Lena — respondeu a calma voz feminina.

E a seguir:

— Como você engordou! Deveria correr de manhã.

— Correr — respondo —, mas não tenho para onde... Prefiro ficar aqui. Espero que seja possível.

— Claro. Se nos ama...

— O coronel diz que eu amo.

— Se ama, então, fique. Não somos contra...

— E o que o amor tem a ver com isso? — eu disse.

E depois acrescentei:

— O amor é para os adolescentes... Aqui já não se trata de amor, mas do destino... A propósito, onde está Kátia?

— Na esteira ao lado, com a avó...

Então Lena disse:

— Vire-se pra lá.

Cobri o rosto com um jornal americano.

Lena se levantou, vestiu um roupão e perguntou:

— Quer café ou chá?

Nesse momento, Kátia apareceu. Mas esse já é um outro assunto...

(1983)

Tradução de Yulia Mikaelyan

Dmitri Prígov

Dmitri Alekssándrovitch Prígov (1940-2007), nascido em Moscou, foi um renomado poeta e artista multimeios. Estudou no Instituto Stroganov, de onde chegou a ser expulso na era Kruschov, em meio a uma caçada a artistas formalistas e abstracionistas. Considerado um dos líderes do movimento dos Conceitualistas de Moscou, a poesia de Prígov costuma se alimentar dos mesmos elementos que consagraram suas instalações e performances. Até 1991, ano em que foi oficialmente publicado pela primeira vez, seus versos circularam em cópias clandestinas, fitas cassete e panfletos xerocados que ele mesmo distribuía nas ruas, e até em latas. Com a abertura da União Soviética, sua fama se estendeu, dentro e fora da Rússia, e em 1993 Prígov recebeu o Prêmio Púchkin de Poesia. Boa parte da produção de Prígov, como poeta e artista, parodia a estética do realismo socialista e dos veículos de propaganda soviéticos. Seus poemas dos anos 1970, por exemplo, trabalham à exaustão a repetição de slogans e clichês. Os textos aqui selecionados dão mostra de sua veia paródica.

Sete novos contos sobre Stálin

1.

Certa vez, ainda criança, Stálin e um amigo passaram em frente a um açougue. Stálin pegou um pedaço de carne e tocou a correr. Eles o alcançam e perguntam: "Foi você que roubou?". "Não, foi ele", Stálin responde. E o amigo foi cortado em pedaços.

2.

Para o povo, viver havia se tornado muito ruim. Eles se amotinavam. O tsar convoca Stálin e diz: "Atraia o povo para a praça do Senado". Stálin leva o povo, mas chegando lá havia gendarmes. Começaram a atirar, fuzilaram o povo inteiro. Mais de um milhão.

3.

Certa vez, Trótski, Zinóviev e Bukhárin foram ter com Stálin e disseram: "Você está errado. Vamos conversar". Stálin sacou a pistola de sua escrivaninha e matou-os ali mesmo. Os cadáveres, ordenou que enterrassem imediatamente.

4.

Certa vez, Stálin foi encontrar-se com Lênin no parque Górki. Viu que não havia ninguém ali e assassinou Lênin. O cadáver, enterrou silenciosamente. Voltou a Moscou e disse: "Lênin morreu. Deixou tudo para mim".

5.

Certa vez, a esposa de Stálin foi até ele e disse: "Para que você foi tomar todo o dinheiro de uma pobre mulher? Isso não está certo". Stálin sacou a pistola de sua escrivaninha e matou-a ali mesmo. O cadáver, ordenou que enterrassem silenciosamente.

6.

Certa vez, Nikita Serguêievitch Kruschov foi até Stálin e disse: "Você está errado. Vamos conversar". Stálin sacou a pistola de sua escrivaninha, mas Kruschov conseguiu disparar antes e matou Stálin. O cadáver, mandou que enterrassem silenciosamente.

7.

Certa vez, Stálin caminhava pela rua. O povo o reconheceu e começou a gritar: "Olha lá, é o Stálin". Stálin saiu correndo, e o povo atrás dele. Alcançaram-no, cortaram-no em pedaços, queimaram e jogaram as cinzas no rio Moscou.

(1975-89)

Tradução de Mário Ramos

Histórias inacreditáveis

Prólogo

Realmente, estamos cercados por todos os lados de acontecimentos inacreditáveis e histórias sobre salvação, cura, superação do insuperável e etc., histórias sobre incontáveis feiticeiros milagrosos, magos, iogues e curandeiros que dão as costas a todo o inexorável processo de causa e consequência e, simplesmente, recusam-se a acreditar no entediante e abominável curso natural dos acontecimentos. Mas é assim que é. Embora sejam, ai de mim, inacreditáveis, elas ocorrem com muito mais frequência e compulsoriedade do que se supõe.

1.

Uma história totalmente imprevisível: uma criança caiu do 14º andar e morreu, em vez de sobreviver, como é esperado.

2.

Ou uma outra história, completamente incompreensível: uma pessoa passou dois meses de cama, inconsciente, porém, ao contrário do que se espera, recuperou-se, e depois faleceu. Realmente, é bastante inacreditável.

3.

Aqui vai uma história não menos estranha: uma pessoa entra na jaula de um predador, fala umas tantas palavras mágicas, mas, ao contrário do que comumente se espera, é devorada até aos ossos.

4.

Ou aquela sobre uma dupla que se atirou de um avião, sem paraquedas e, apesar de todas as expectativas, arrebentaram-se fatalmente, ainda que muitos esperassem, de modo perfeitamente justificado, a sua salvação.

5.

Ou ainda alguém que, acometido por uma doença incurável, decidiu não ir a médicos desnecessários, mas tratar a si mesmo, e, no entanto, para surpresa de todos, morreu bem rápido.

6.

E mais uma sobre um tal que, acreditando na voz interior, que deveria salvá-lo de qualquer situação, foi para as montanhas, e foi tanto que, apesar das expectativas de todos, não retornou.

7.

Ou então assim: apesar de todas as expectativas compreensíveis, uma pessoa que teve as pernas amputadas até a coxa acabou falecendo, sem ter esperado pelas próteses, com ás quais ela deveria ter aprendido a dançar. Todos tiveram uma surpresa desagradável com isso.

8.

E essa é totalmente inacreditável: puseram uma corda no pescoço de um homem, puxaram o banquinho sob seus pés, e, pendurado pelo pescoço, ele sufoca, em vez de, o que seria natural esperar dele, fazer qualquer outra coisa.

9.

Mais uma: debaixo de uma pessoa estala uma fogueira, uma chama salta para o alto. Todos estão preocupados, mas esperam com interesse que de alguma maneira ele consiga evitar um desfecho trágico. Mas seus gritos e clamores não funcionam, para grande espanto da audiência.

10.

Ou, por exemplo, agarram um homem pelos cabelos, imergem-no na água, seguram-no lá, sem respirar, por uns 20 ou 25 minutos e soltam-no. Todos esperam que seguramente ele surja vivo da água, no entanto, ele emerge aos poucos como um cadáver pesado e desajeitado, que surpreende todos profunda e desagradavelmente.

(1998)

Tradução de Mário Ramos

Liudmila Ulítskaia

Liudmila Evguênieva Ulítskaia nasceu em 1943 em Davliekánovo, na região dos Montes Urais, atualmente república do Bascortostão, para onde sua família moscovita fora evacuada durante a Segunda Guerra Mundial. Nos anos 1930 seus avós haviam sido perseguidos e presos pelo regime stalinista. De volta a Moscou, Ulítskaia se formou em genética e bioquímica. Entre 1979 e 1982 foi consultora literária do Teatro Judaico de Música de Câmara (KEMT) e nos anos seguintes escreveu ensaios, peças infantis, dramatizações para rádio e fez revisões e traduções de poesia. Começou a publicar ficção apenas no final dos anos 1980, época em que também escreveu roteiros de cinema. Em 1992 publica a novela *Sônietchka*, com a qual alcança sucesso internacional. Desde então, além de ter publicado mais de uma dúzia de livros, traduzidos para mais de vinte idiomas, tem se tornado conhecida também por seu ativismo político e cultural. Foi a primeira mulher a receber o Booker Prize da Rússia.

Gúlia

O dia de santo[1] de Gúlia caía na véspera de Natal. Professando desde a infância, de forma inconsciente, e cada vez mais consciente com os anos, a religiosidade universal e misteriosa do feriado, Gúlia não passara uma vez na vida sem festejar o dia de seu anjo. Mesmo nos anos de exílio e de campos de trabalho ela se arrumava com os meios insignificantes que tinha a seu alcance, pegava do ar esses grãos de amido trincado do feriado, bicava-os e compartilhava com quem quer que estivesse próximo naquele instante.

Observava o dia do anjo, o dia de seu aniversário e dos aniversários da finada mãe e das irmãs, o dia do casamento com o primeiro marido e também a Páscoa, o Pentecostes, todas as Doze Grandes Festividades e a maior parte das datas oficiais. Observava o Ano-Novo duas vezes, no estilo antigo e no novo,[2] assim como o Natal: de início apenas o católico, justificado pelo sangue polonês da avó, mas depois passou a comemorar também o ortodoxo. Não deixava passar o 1º de maio e o 8 de março, honrando ainda o 7 de novembro.[3] Aderia o quanto fosse possível a rituais predeterminados. Assim, seu dia de aniversário, que caía no começo do verão, em três de junho, ela gostava de festejar desde a manhã. Caso as circunstâncias permitissem, ia com alguma amiga à Exposição Agrícola ou ao Jardim Botânico, passeava duas horas, narrava à amiga uma história deslumbrantemente escandalosa do começo da juventude e de-

---

[1] Também conhecido como "dia do anjo". Na Rússia, é festejado como o aniversário. (N. da T.)

[2] Por motivos religiosos, até fevereiro de 1918 a Rússia adotava o calendário juliano (estilo antigo), treze dias atrasado com relação ao gregoriano (estilo novo), empregado no Ocidente. (N. da T.)

[3] Respectivamente, Dia do Trabalho, Dia da Mulher e Aniversário da Revolução Bolchevique. (N. da T.)

pois iam ao "Praga", onde comiam o almoço de preço fixo mais festivo possível, ao alcance dos oito rublos antigos, que depois viraram um rublo e trinta dos novos.[4]

Daí iam descansar na casa de Gúlia e, após o descanso, tomavam café com um licor arranjado com antecedência, com sorvete e doces "grillage",[5] na época em que estes ainda estavam ao alcance de seus dentes, antes de terem desaparecido do mercado.

Quando a quantidade de licor bebido superava significativamente a de café, Gúlia tirava o violão da parede e, observando de forma estrita a entoação e a pronúncia, interpretava Vertinski,[6] silenciando de forma significativa algumas lembranças pungentes.

Isso tudo chamava-se "rega-bofe", e a parceira favorita dessas orgias vegetarianas era Vera Aleksándrovna, "Verucha".

Seu papel já havia mudado muitas vezes — tinha sido admiradora arrebatada, confidente, rival e até protetora nos diversos períodos de suas vidas estratificadas como camadas geológicas. Vera Aleksándrovna, meio parente, meio sombra, papel de seda da memória, era a prova mais convincente que Gúlia tinha da realidade de sua própria vida.

Muito antes do dia de Santa Eugênia, que cai na véspera de Natal, Vera Aleksándrovna já tinha começado a se preocupar com o fato de que, talvez, naquele ano, não tivesse como dar um bom presente a Gúlia, e que esta ficaria desolada.

Desta vez, entre os papéis que lhe deixara uma parente finada, ela encontrou uma fotografia velha, que devia confirmar o parentesco mítico entre ambas, apoiado na prima da mãe de Gúlia, que supostamente fora a segunda esposa do avô de Vera Aleksándrovna. A fotografia citada retratava um casal nobre, e Vera Aleksándrovna gostava da ideia de ter encontrado aquela prova fragílima de parentesco. À fotografia, que constituía a parte espiritual do presente pelo dia de santo, Vera Aleksándrovna acrescentou um frasco de xampu iugoslavo e uma mísera caixinha de bombons. Esses bombons preocupavam-na especialmente, e ela

---

[4] Em 1947, uma reforma monetária introduziu o rublo novo, valendo dez vezes mais que o rublo antigo. (N. da T.)

[5] Nozes caramelizadas. (N. da T.)

[6] Aleksandr Vertinski (1889-1957), artista de cabaré e cantor muito famoso na década de 1910. Emigrou nos anos 1920, e morou na Alemanha, em Paris e nos Estados Unidos. (N. da T.)

até perguntou a Churik o que ele achava daquela caixinha pouco expressiva. Churik olhou para a caixinha com interesse exagerado e disse:

— Maravilhoso, mamãe, maravilhoso! Realmente formou uma bela composição. Um presente muito elegante.

E, ligeiramente acalmada, Vera Aleksándrovna foi à cozinha esquentar a pinça frisadora de cabelo. Enquanto ela ondulava o cabelo macio, branco-amarelado, San Sánitch passava uma graxa espessa em suas botas de caminhada, seu calçado favorito, que combinava grande resistência e preço baixo, e ambos, mãe e filho, procederam à abertura da celebração de Gúlia em meio ao cheiro de pinças quentes, cabelos chamuscados, graxa e uma inocente fragrância "Chipr".[7]

Na mesinha oval, coberta por uma toalha manchada de chá, havia um prato alongado, com *sótchivo*,[8] e uma garrafa de *cahors*.[9] Havia um pinheirinho de Natal em um vaso grande, quebrado em cima, e que por isso tinha saído de graça. Os jornais com o cocô de Julietka, que normalmente ficavam dispostos uniformemente por todo o quarto, eram juntados em um canto em honra dos feriados, e às vezes levados todos até a lixeira.

Os convidados passavam as últimas horas da véspera de Natal em uma mesa sem carne, mas, quando chegavam as oito horas e terminava a vigília na igreja de São Iliá, Gúlia entrava no primeiro dia depois do Nascimento de Cristo, que era marcado com a oferta de petiscos de carne, às vezes quentes. Acabava a pequena Quaresma, começava-se a comer carne.

Como se instalavam lindamente à mesa! San Sánitch deleitava-se com elas, velhas etéreas, eleitas, que tinham conservado o tônus nos últimos vinte e cinco anos ao pagarem multas por qualquer alusão a doenças, funções físicas e, Deus me livre, morte. Literatura, arte, lembranças da juventude, mexericos mundanos — era em volta disso que revolviam suas conversas de sempre.

Agora estavam falando de chapéus: de como as jovens não sabiam

---

[7] Água-de-colônia produzida na União Soviética, uma cópia da francesa "Chypre de Coty". (N. da T.)

[8] Prato tradicional da véspera de Natal, feito de trigo, arroz ou lentilhas, misturado com suco de sementes (papoula, amêndoa ou nozes) e mel. (N. da T.)

[9] Na Rússia, o *cahors* é um vinho forte de sobremesa, de uvas cabernet-sauvignon. (N. da T.)

usar chapéu, esse emblema do gênero, evidência de talento ou da falta dele, sinal de pertencimento social e indicador de nível intelectual. Mais concretamente, falavam dos chapéus de Zinaída Hippius.[10] Daí Gúlia resvalou facilmente para a superioridade do "casamento sueco" sobre o *ménage à trois*... daí, por uma vereda sinuosa, passou a Diaghilev, ao balé em geral, a Maia Plissiétskaia...

Falaram e falaram, e a estrela de Natal já se perdera havia muito, nessa dispersão de incontáveis estrelas, nada natalinas, e, pelo aposento comprido, vinda da alta janela de caixilho triplo até a porta que fora aberta no corredor, destruindo a série aristocrática de quartos desse apartamento outrora bom,[11] uma corrente de ar esfriava as costas e as omoplatas gastas das velhas.

O inverno chuvoso e falso parecia ter se envergonhado, e agora recebia o Natal com um gelo encomendado pelo calendário. A brisa indolente à janela tornava-se cada vez mais cortante. Gúlia colocou um casaco de peles velho sobre o largo peitoril de mármore, mas o aquecimento regulado em zero não dava conta do esfriamento precipitado.

Colocando lenços, cachecóis e os roupões de Gúlia sobre os ombros, elas puseram-se a falar do frio que fez em 73, ou 75 — ficaram um pouco confusas com a data —, em 41, em 24 e, Deus me perdoe, em 13!

Devoraram tudo que a culinária do "Praga" podia oferecer a Gúlia: pato recheado, carne *à vlájski*,[12] e um *vol-au-vent* com alguma bobagem dentro. E também teriam bebido tudo, pois Gúlia, seguindo um velho hábito, "segurara" uma pequena garrafinha de conhaque e meia garrafa de vinho do Porto, que lhe fora dado de presente, e que Gúlia não achava muito melhor que o "Táuride"...[13]

Quando a conversa versava sobre o clima, Julietka desceu do sofazinho e, mostrando com todo seu aspecto um desprezo pelo rumo tão filistino da conversa, deitou-se na almofada de veludo.

---

[10] Zinaída Nikoláievna Hippius (1869-1945), poeta simbolista russa. Emigrou para Paris nos anos 1920. (N. da T.)

[11] Tem-se em vista o sistema soviético de apartamentos comunitários, em que apartamentos espaçosos eram subdivididos como forma de alocar diversas famílias. Comumente, o banheiro e a cozinha eram compartilhados. (N. da T.)

[12] Espécie de rocambole de carne, receita tradicional do restaurante tcheco "Praga", que funciona em Moscou desde 1872. (N. da T.)

[13] Vinho da Crimeia. (N. da T.)

Não havia nenhuma semelhança exterior entre Julietka e Gúlia. Julietka era um bassê impuro de pelo suave, e Gúlia, uma velhinha borzói raça pura, de pernas finas, as narinas como colchetes e as sobrancelhas arquejadas, finas, de desenho arredondado. A semelhança entre elas era mais profunda e não se fazia notar aos desatentos. Manifestava-se no menosprezo aristocrático pelas ninharias, em uma superfície desagradável e, por dentro, no caráter de rara solidez.

Ao mesmo tempo que Julietka, Gúlia sentiu uma leve irritação, e já estava para propor uma partida de *chemin*,[14] mas, inesperadamente, San Sánitch, que até então observara de forma modesta aquelas senhoras puídas, aromáticas, vetustas, damas hercúleas, donzelas, velhas mênades, anjos e bruxas, San Sánitch, que modestamente se calara a noite inteira, proferiu, em voz baixa:

— Gúlia, essa corrente de ar é horrível. É preciso selar a janela. Amanhã venho depois do trabalho, às sete e meia, e faço. Não fuja, por favor.

— Você é um encanto! — guinchou Gúlia. — Churik, você é um amor! Que gentil de sua parte, Viérotchka, ter sido seduzida pela maternidade!

E, saltando com leveza da poltrona, esvoaçou até San Sánitch e, apoiando em seu ombro o busto célebre e suntuoso encaixotado em um corpete, beijou-o na nuca calva. Puseram-se a falar de crianças.

Gúlia dormiu mal. A barriga doía, e antes de amanhecer teve que se levantar duas vezes para ir ao banheiro. Gúlia culpou o vinho do Porto. Julietka, por solidariedade, também fez sujeira, e direto no chão, já que Gúlia, ao se deitar, esquecera-se de estender-lhe a porção habitual do *Jornal Literário*.[15] Aliás, essa circunstância logo chegou a comover Gúlia — ambas sofriam frequentemente de prisão de ventre, mas como Julietka não tomara vinho do Porto, seu desarranjo podia ser explicado exclusivamente por uma profunda conexão espiritual.

Gúlia estava congelada, ficou muito tempo sem conseguir se aquecer debaixo de dois cobertores e um casaco de peles, a barriga não parava de doer, e ela só adormeceu depois de aquecer água na chaleira e colocá-la em uma bolsa de água quente.

---

[14] *Chemin de fer*, jogo de cartas similar ao bacará. (N. da T.)

[15] *Literatúrnaia Gazeta*, periódico literário semanal que existe até os dias de hoje. Durante a União Soviética, foi o órgão oficial do Sindicato dos Escritores. (N. da T.)

Acordou depois do meio-dia e ficou mais uma horinha deitada na cama — não gostava de se levantar imediatamente —, experimentando uma sensação agradável de vazio e leveza na barriga, e alegrando-se com o sol cortante de inverno. No quarto fazia um frio atroz, no peitoril da janela jazia uma camada suave de gelo. Gúlia examinou o quarto com um interesse vivo — fazia tempo que não o via sob uma luz tão clara. O quarto era alto, desproporcional — um terço de uma sala de três janelas, o reboco fazia uma curva suave, e Gúlia, que entrara naquele quarto pouco após regressar do exílio e se casar às pressas com o imponente dono daquele mesmo quarto, ficou muito tempo procurando um lugar para a cama, pois, dadas suas relações peculiares com o espaço, não conseguia de jeito nenhum fazer aquele pedaço de reboco no teto combinar com o seu corpo deitado na cama... Mas, um mês depois desse matrimônio extravagante, o dono do quarto faleceu repentinamente, deixando a Gúlia essa herança empoeirada, decrépita, absolutamente antiga.

O quarto era de um azul intenso. Gúlia quase pintou-o de vermelho, mas Verucha disse que não poria os pés lá, e Gúlia mandou que pintassem de azul. O resultado foi maravilhoso: Gúlia parecia morar em um cenário de teatro, as paredes reluziam com um azul incrível, implausível, e todos os objetos — a bétula gasta da Carélia, a esmaecida moldura de bronze do espelho escuro — ajustavam-se harmoniosamente a esse azul artificial.

A louça sem lavar parecia arranjada sobre a mesa como uma natureza-morta, e Gúlia sorria, com a cabeça apoiada na cabeceira da barca. Sem conhecer insônia nem pesadelo, todas as noites pegava essa barca para navegar pelos céus, nunca se esquecendo de sussurrar: "Graças a ti, Deus, passamos por mais um dia contigo. E, por favor, nada de sonho. Se for possível...".

Mas dessa vez, pela manhã, ela teve um sonho, porém ele não veio à tona de imediato, e ensombreceu o humor festivo de Gúlia. O sonho não tinha enredo. Nele havia a sensação de um poder estranho, um espaço fechado. E a textura era grosseira, grosseiríssima. Fora, fora, não quero me lembrar! Uma toalha de lã na mesa... O capitão Utiónkov, com invectivas torpes no seu ouvido, suavemente... E continuava... E continuava... o tosco... o bruto... a salvação. Vá embora! Não quero!

Mas o sonho já irrompera na superfície, e se fazia lembrar contra a vontade dela. Num gabinete, sobre uma passadeira muito limpa e atapetada, está ela, Gúlia, de botas grandes e asquerosas, e o capitão Utiónkov saboreia seu sobrenome aristocrático de solteira, e de repente se ergue nela um desejo vigoroso, batendo como a cauda de um peixe grande. E Utiónkov não é Utiónkov, mas alguém querido, próximo como um parente... Ele vai ficando nítido e deixa completamente de ser Utiónkov... E tudo isso se prolonga, não se completa, não se resolve... Que estupidez! Arre, que estupidez! Pois estou pedindo, por favor, não preciso de sonhos...

Ah, sim! Churik vem consertar a janela. Como ele é gentil. Sim, a janela. Tenho que levantar e arrumar a casa. Devia tomar um banho quente. Não dá vontade de limpar. Os vizinhos são uns porcos. Uma sujeira extraordinária na banheira. Dá nojo só de ficar de pé, quanto mais tomar banho...

E sua manhã passou. Às três, tomou café. Atendeu o telefone. Ligaram os hóspedes da véspera e também alguém atrás dos vizinhos. Leu um pouco de um romance policial francês. Um tédio. Esquentou uma salsicha. Julietka não comeu. Outro telefonema — de Beatrice, uma judia da América, radicada na Rússia, amiga de exílio, que convidava a visitá-la. "E eu vou!", decidiu Gúlia. "Que ele e a janela vão para o diabo! Afinal, é inverno, claro que está frio. E tem que estar frio. E ainda não se sabe se Churik vem ou não."

— Eu vou, Betka, eu vou! — prometeu Gúlia. Apenas desligou o telefone e Churik ligou, perguntando se tinha algodão em casa.

— Podemos adiar? — Gúlia quis voltar atrás.

— De jeito nenhum. Você vai se resfriar. Um frio desses. E aí tem corrente de ar!

E Gúlia telefonou para Beatrice, informando que iria, mas um pouco mais tarde.

San Sánitch chegou às oito. Gúlia, sentindo que sua visita e seu feriado tinham sido arruinados e lhe escapavam das mãos sacudindo a cauda, começou a se zangar com Churik, que se atrasara, e consigo mesma, por ter concordado com a selagem da janela, sem a qual sempre passara maravilhosamente, e até com Beatrice, queridíssima, de voz masculina e rude, a Beatrice meiga e ingênua ao ponto da idiotice.

— Um frio terrível, trinta graus negativos, pelo menos — afirmou San Sánitch, com voz enregelada, ao tirar o casaco no quarto de Gúlia. Ninguém deixava a roupa no cabide da antessala. Consideravam que, se o casaco não fosse roubado, os trocados dos bolsos seriam subtraídos. — Estou dizendo, um frio horrível — prosseguiu San Sánitch, extraindo meadas de fita de papel da pasta surrada —, faça um chá, por favor. E uma panela de água, é preciso esquentar o grude.

Condenada, Gúlia foi à cozinha, entendendo que hoje não conseguiria fazer sua visita.

Após tomar rapidamente o chá, Churik enfiou-se no peitoril e abriu a moldura interna. Os ferrolhos de cobre, com fechos compridos, que abarcavam a moldura inteira, funcionavam perfeitamente, embora tivessem cem anos, mas as próprias molduras tinham apodrecido. A camada de ar frio que estava parada entre elas instantaneamente encorpou e ocupou o quarto inteiro.

Com uma faca, San Sánitch começou a enfiar rolinhos finos de algodão nas fendas. Gúlia estava sentada na poltrona com Julietka no colo e, com voz afável, perguntava no que podia ser útil.

San Sánitch amava Gúlia. Conhecia-a desde a infância, mas, de certa forma, aos pedaços. Ela tinha sido presa três vezes: duas, conforme ela considerava, por causa dos maridos, e uma, como ela mesma explicava, por excesso de instrução. Essa última vez ocorreu já depois da guerra, em um curto lapso de sua vida de solteira. Normalmente, seus maridos sucediam rapidamente um ao outro mas, daquela vez, ela estava em um período de celibato e entrou em um emprego.

Além do colégio, Gúlia não concluiu nenhuma instituição de ensino, mas falava bem algumas línguas; pelo padrão dos novos tempos, até magnificamente. A mãe de Gúlia era meio alemã e crescera na França, de modo que ambas as línguas eram correntes em casa. Além disso, morava com elas uma inglesa, *miss* Frost, a qual, contrariamente à opinião geral acerca dos ingleses, era incrivelmente tagarela. Enchia a casa inteira com sua fala incessante de passarinho, e só um surdo não seria capaz de aprender a língua em sua presença. Aos catorze anos e com essa facilidade para aprender línguas, Gúlia apaixonou-se, no último verão antes da guerra, por um cantor italiano, um professor que então vivia em Moscou, e aprendeu italiano em dois meses, com facilidade, encantando o educador doce com a leveza de sua fala e o ardor nada setentrional de seus modos.

O polonês ela aprendeu já no exílio, por força das circunstâncias. Vera Aleksándrovna, ao visitá-la, deixara por acaso uma Agatha Christie em polonês, e Gúlia, que ainda não saboreara a doçura daquele gênero, aferrou-se a ele e, por longos anos, não teve nada mais nas mãos que não fosse Agátotchka, como a chamava com ternura.

Gúlia conseguiu emprego como consultora de tradução em algum departamento técnico, trabalhou pouco mais de um ano e se envolveu em um conflito muito estúpido, que cresceu e agravou-se até o ponto em que o chefe redigiu uma delação contra ela, acusando-a, de forma extremamente incoerente, de ser apolítica, de cosmopolitismo e espionagem. A acusação era tão absurda, mesmo para aqueles tempos, que um ano e meio depois, ainda antes da morte de Stálin, Gúlia saiu da prisão.

Nos intervalos entre suas partidas abruptas, Gúlia deu um jeito de viver como um passarinho, casando-se de novo sem demora, celebrando seu frenético feriado amoroso, gargalhando, correndo entre os convidados, "borboleteando", como dizia a seu respeito Verucha, que era cuidadosa e tinha um medo mortal da vida. Contudo, Gúlia não alterou as cores de suas vestes frívolas.

Churik nasceu quando Gúlia estava morando com Verucha em Kaluga, logo após sua primeira estada nos campos de trabalho, e acabou sendo a primeira e única criança com a qual Gúlia conviveu desde a primeira infância. De alguma forma ela conseguiu dominar sua repugnância por esse período úmido e ranhoso da existência, que lhe suscitava asco. Em todo caso, foi feita uma exceção para Churik.

Mesmo depois de se mudar da casa de Veruchka para a de Pável Arkádievitch — agora já é difícil estabelecer seu número na sucessão de maridos —, ela visitou Vera e Churik durante todos os anos que passou com ele, até sua morte, e, apesar de sua disposição interna, quase chegou a amá-lo.

Nesses anos iniciais da vida de Churik, Gúlia aparecia vestida de seda, de feriado, em uma nuvem de perfumes e uma espuma rala de cachos mirrados, com as sobrancelhas pintadas e os olhos reais, de um verde de pedra preciosa. O menino meigo abraçava os joelhos escorregadios e seu coração dilatado parava. E com os dedos de unhas vermelhas um pouco voltadas para dentro, Gúlia remexia nos cabelos dele, fadados a uma vida breve.

Depois Gúlia sumiu, e Churik ficou com saudades. Contudo, quando ela voltou em definitivo, o coração de Churik já não era tão capaz de grandes festas, e Gúlia já não era tão sedosa. Além disso, era o ano de seu décimo sexto aniversário, e a seda, o mel, as peles, o gelo e outras perfeições do mundo encerravam-se, para ele, em outros recipientes.

E Gúlia, na rapidez habitual, casou-se com um velho bonito, que tinha um sobrenome renomado. É verdade que, infelizmente, não era ele o renomado, era apenas um homônimo, mas quem ousaria fazer a pergunta?

Gúlia vivia a pleno vapor, sem perder *vernissages*, exposições, estreias, espetáculos em benefício de artistas, atrações em turnê. O último marido morreu de forma imperceptível e Gúlia informou às amigas que, daí em diante, seria uma monja, mas bastante mundana...

San Sánitch, que nessa época já havia perdido uma parte significativa do cabelo, ganho bastante peso e adquirido uma semelhança repulsiva com uma batata, servia então absolutamente a outro ídolo, porém jamais se esquivou das exigências nada cerimoniosas que Gúlia lhe fazia — e que ele, aliás, jamais chamava de exigências: deslocar a mobília, levá-la à *datcha* ou acompanhá-la à estação ferroviária. Mas mesmo assim San Sánitch sofria, entendendo que Gúlia era velha, que sua ajuda era insignificante, e a selagem da janela o alegrava, como uma possibilidade de ser de alguma forma útil à gentil Gúlia.

A janela de três caixilhos era de uma altura excessiva, senhorial: do peitoril, sua mão mal alcançava o meio da altura da moldura, e as fendas revelaram-se sem fundos, engoliram três pacotes de algodão, um monte inteiro de pano rasgado em tiras, e não se via o fim daquele trabalho.

Gúlia, em êxtase, já estava contando há três horas de sua amizade afetuosa com um certo Max, porém San Sánitch ignorava que ela estava falando de Volóchin.[16] Ao ver que San Sánitch concluíra as molduras internas, Gúlia, piscando, sacou uma garrafinha de conhaque e uns petiscos imprestáveis.

— Ontem os convidados comeram tudo, e hoje não saí de casa — Gúlia explicou a escassez da mesa. — Agora vamos entornar um pouquinho, amigo do coração! — arrulhou Gúlia, que desde a juventude apreciava a alegre aceleração do sangue pelo álcool, e pegou umas taças grandes de vidro verde. — Claro que é uma estupidez tomar conhaque nessas taças, que ainda por cima são verdes, mas as pequenas estão todas sujas — e abanou a mão na direção da mesinha do lixo, que era como ela chamava a mesa junto à porta, onde estava a louça não lavada da véspera. — Sabe, eu pensei: para os diabos com a escravidão! Se não quero lavar, posso, no fim das contas, não lavar, não é verdade, meu amigo?

---

[16] Maksimilian Volóchin (1877-1932), poeta e crítico literário russo ligado ao simbolismo. (N. da T.)

— Claro que é verdade, Gúlienka — respondeu San Sánitch, sorridente e comovido, com a cabeça inclinada. Fitava-a com admiração, e ela o sentia e adquiria coragem. — Você é simplesmente excelente. Na nossa geração não há mais gente como você.

— O que você quer dizer? — voltou a perguntar Gúlia, que amava todo tipo de elogio e esperava ouvir algo agradável. — Sirva aqui, querido. Assim. E basta.

— À sua saúde! Gúlia, você é uma mulher espantosa! Você é a mais maravilhosa das mulheres! Não estou lhe dizendo nada de novo, mas você é o *ewig Weibliche*![17] Helena, Margarida e Beatriz em uma só pessoa! — San Sánitch proferiu o despropósito de forma solene, franca e inspirada, erguendo a taça verde opaca.

Gúlia caiu na gargalhada, colocando sobre a testa a mão magra, côncava, de pianista.

— Fazia tanto tempo que eu não ouvia esses nobres nomes que, no primeiro instante, admirei-me de você ter incluído minha querida Beatriz, Beatrice Abrámovna, em companhia tão elevada! Oh, esqueci de ligar para ela! — lembrou-se, em meio ao riso.

— Vamos lá, Gúlia! Você não deixa que te admirem!

— Eu? Pois quanto quiser! O que pode ser mais agradável a uma dama que a admiração... A não ser... — E voltou a desatar a rir.

— Ah, Gúlia, Gúlia, como não te amar? É simplesmente impossível! — apregoou San Sánitch, com voz de resfriado.

Ela sentou na poltrona larga, cujo braço estava atado com o cinto velho de um roupão. Os cabelos azulados, recém-tingidos, fumegavam em volta de seu pequeno crânio; como sempre, as sobrancelhas estavam desenhadas com força e, embaixo delas, os olhos inteligentes, de pedra preciosa, sorriam. San Sánitch serviu pela segunda vez.

— Sim, Gúlia querida, quero beber ao milagre da feminilidade, ao milagre da sua feminilidade! — San Sánitch proclamou, solene e, inclinando-se, beijou-lhe a mão.

Algo estalou na memória de Gúlia. O próximo, o querido, o conhecido que se enfiara nos traços do capitão Utiónkov era Churik, Churik!

---

[17] Em alemão no original: "eterno feminino", um conceito caro aos simbolistas russos. Os nomes que seguem são de heroínas das seguintes obras literárias: *Ilíada* de Homero, *Fausto* de Goethe, e *Vida Nova* e *Paraíso* de Dante. (N. da T.)

E San Sánitch, burro, continuava tagarelando. Amaciado pelo conhaque, resmungava a respeito dos joelhos de seda que tanto amara na infância, das luvas macias, cujo contato tanto o agitava, e até de uma luneta que ela lhe presenteara certa vez...

Com os dedos empetecados de anéis grandes e feios, Gúlia desabotoou os três botões de cima de sua blusinha lilás, deu um suspiro profundo e proferiu, baixo e claro:

— Churik, estou me sentindo mal...

— Meu Deus! Gúlienka, o que você tem?! Quer que chame o médico?! — atalhou San Sánitch, sinceramente alarmado com seu mal-estar.

— Não, não, o que está dizendo, de jeito nenhum! Isso acontece. É vascular. É a mudança de tempo. Ajude-me a ir para a cama. Assim. Obrigada, menino! — e, seguindo sua inspiração ardilosa, Gúlia atraiu para sua barca atracada San Sánitch, que não desconfiava de nada, ingênuo, entusiasmado e já absolutamente perdido.

— O travesseiro mais alto, por favor, e desaperte meu *corset*, querido! — ordenou Gúlia, com voz lânguida. San Sánitch acatou.

Dois melões outonais de pele fina rolaram devagar para as mãos de San Sánitch.

— Quer que eu vá buscar um remédio? Posso ir agora mesmo... — balbuciou San Sánitch, com alguma agitação.

— Ah, que remédio o quê — proferiu Gúlia, de forma magnífica e condescendente, e San Sánitch finalmente entendeu que estava encurralado...

A barca navegou e, naquele mesmo instante, San Sánitch sentiu que todas as palavras elogiosas estúpidas, sinuosas e macilentas que balbuciara meia hora atrás eram a verdade franca e sagrada.

Julietka pateou ruidosamente no travesseiro de veludo com as garras ossudas, foi até a poltrona, pulou sobre ela e ficou sentada, sem tirar os olhos negros das pernas brancas e finas de sua dona.

Às quinze para as seis, a fechadura do quarto de Gúlia estalou — ela acompanhou San Sánitch até a porta. Eles eram da mesma altura: Gúlia de pernas compridas e o baixinho San Sánitch, de casaco grosso de inverno. Ela se enroscou no cabide, derrubou a vassoura que estava encostada na porta do vizinho e, beijando-o na testa, disse, com uma voz inesperadamente alta e grave:

— Obrigada, Churik!

— Por quê? — perguntou Churik em voz baixa.

— Por tudo! — a radiante Gúlia acrescentou, com uma nota trágica.

Gúlia ficou três dias sem tirar as duas taças verdes da mesa oval. Vieram umas amigas. Gúlia acomodou-as na poltrona e, apontando para as taças, disse, languidamente:

— Devo lhes dizer que, na nossa idade, os jogos de amor são uma ocupação cansativa demais. — Fez uma pausa e prosseguiu, com desleixo: — Veio um amante. Jovem. Fiquei tão cansada que não tive forças para lavar o par de taças.

E com o dedo médio ergueu as pálpebras, que nos últimos anos tinham caído um pouco, e acompanhou com atenção a expressão das amigas, para não perder nem esse último pedacinho de feriado, tão inesperado.

(1993)

Tradução de Irineu Franco Perpetuo

Viktor Peliévin

Viktor Oliégovitch Peliévin nasceu em Moscou, em 1962, graduou-se em engenharia e serviu na Força Aérea Russa. Viajou extensamente pela Ásia. Em 1989, publicou seu primeiro texto na revista *Ciência e Religião*, onde trabalhava como redator, e em 1992 veio à luz seu primeiro livro de contos, *A lanterna azul*, que lhe rendeu o Booker Prize da Rússia, e o aclamado romance *Omon Ra*. Desde então, Peliévin publicou mais de quinze romances — alguns dos quais ultrapassaram três milhões de exemplares vendidos — e ganhou diversos prêmios. Apesar do grande sucesso comercial e da recepção positiva da crítica, Peliévin, diferente de boa parte de seus contemporâneos, não costuma aparecer em público. O mistério em torno de sua personalidade já foi até alvo de um documentário. Boa parte de seus romances é formada por uma mescla de temas espirituais, narrativas mitológicas e ficção científica, sempre apresentados por um viés satírico e por procedimentos de escrita pós-modernistas. O conto "Sigmund no café", do início de sua carreira, traz um lado mais leve de seu humor.

Sigmund no café

> "Não é incomum que as faces lisas desses ídolos de pedra escondam labirintos de rachaduras e fendas, nos quais habitam diferentes tipos de aves."
>
> Joseph Lavender, *Ilha de Páscoa*

Ele não se lembrava de ter visto um inverno tão frio em Viena. A cada vez que a porta se abria, deixando entrar no café uma nuvem de ar frio, ele estremecia de leve. Por muito tempo ninguém apareceu, e Sigmund caiu em uma sonolência senil. Mas logo a porta tornou a bater e ele ergueu a cabeça.

Entraram no café dois novos visitantes: um senhor de costeletas e uma dama com um coque alto.

A dama trazia nas mãos um guarda-chuva longo e pontudo.

O senhor carregava uma pequena bolsa de mulher, bordada com uma pele escura brilhante, um pouco molhada pelos flocos de neve derretidos.

Eles pararam junto aos cabides de parede e começaram a livrar-se das roupas: o homem tirou seu casaco, pendurou-o num gancho e depois tentou pendurar seu chapéu em um dos longos botões de madeira que se projetavam da parede, acima dos cabides, mas errou a mira, e o chapéu, escapando de sua mão, caiu no chão. O homem resmungou qualquer coisa, pegou o chapéu e pendurou-o, finalmente, no cabide, movendo-se por trás da senhora e a ajudando a tirar o casaco de pele. Livre do casaco, a senhora sorriu graciosamente e pegou a bolsa que estava com ele, mas, de repente, surgiu em seu rosto uma expressão de frustração: o fecho da bolsa estava aberto, e tinha caído neve lá dentro. A senhora balançou o coque em reprovação (o homem, culpado, esfregava a bolsa com as mangas da jaqueta de veludo), sacudiu a neve para o chão e fez estalar o fecho. Em seguida, pendurou a bolsa no ombro, colocou o guarda-chuva num canto, por algum motivo com a ponta virada para baixo, tomou o braço de seu companheiro e foi com ele para o salão principal.

— A-há — disse Sigmund, em voz baixa, e balançou a cabeça.

Entre a parede e o balcão do bar, perto da mesa para onde se dirigira o senhor de costeletas e sua companheira, havia um cantinho vazio onde brincavam os filhos da proprietária: um menino de oito anos, usando uma blusa branca larga, cravejada de brilhantes, e uma menina um pouco mais nova, de bata escura e calça de lã listrada. Perto deles, no chão, havia cubos de madeira e uma bola de borracha meio murcha.

As crianças se comportavam com uma quietude fora do comum. O menino se ocupava de uma montanha de cubos grandes com desenhos coloridos nas laterais, construindo uma casa de formato bastante estranho, com uma abertura na parede frontal. E a construção desabava o tempo todo, pois a abertura era muito larga e o tijolo superior caía entre os laterais. A cada vez que os cubos se espalhavam pelo chão, o menino, entediado, enfiava o dedo sujo no nariz, depois recomeçava a construção. Sentada sobre o chão em frente ao irmão, a menina o observava sem muito interesse, brincando com um punhado de pequenas moedas: colocava-as no chão e, juntando-as numa pilha, puxava-as para baixo de si mesma. Logo se entediou dessa ocupação e deixou as moedas em paz, agarrou pelas pernas a cadeira mais próxima, puxou-a para si e começou a movê-la pelo chão, empurrando com ela, de leve, a bola. Numa das vezes, o impulso saiu muito forte e a bola rolou em direção ao menino, fazendo desmoronar seu prédio instável no exato instante em que ele ia colocar o último tijolo sobre o edifício, cujas laterais tinham o desenho de um galho com laranjas e uma torre de bombeiros. O menino ergueu a cabeça e sacudiu o punho para a irmã, ao que ela respondeu abrindo a boca e mostrando a língua, e manteve a língua estendida assim por tanto tempo que provavelmente seria possível examiná-la em todos os detalhes.

— A-há — disse Sigmund, e voltou o olhar para o homem de costeletas e sua dama.

A eles já haviam servido os aperitivos. O senhor devorava ostras, abria as conchas com firmeza, usando uma pequena faca de prata, e dizia algo a sua companheira, que sorria, balançava a cabeça e levava cogumelos à boca: agarrava-os um a um com um garfo de dois dentes e examinava-os com cuidado antes de mergulhá-los num espesso molho amarelo. O senhor, fazendo o gargalo da garrafa tilintar na borda do copo, serviu-se de vinho branco, bebeu-o e puxou para si o prato de sopa.

Veio o garçom e colocou sobre a mesa um prato com um comprido peixe frito. Ao olhar para o peixe, a dama de repente bateu com a mão na testa e começou a dizer algo a seu cavalheiro. Ele olhou para ela, ouviu-a por algum tempo e fez uma careta de dúvida, e então tomou mais um copo de vinho e passou a colocar cuidadosamente um cigarro numa piteira cônica vermelha, que ele segurava entre os dedos mínimo e anelar.

— A-há! — disse Sigmund, e olhou para o canto mais distante da sala, onde tomavam seus lugares a proprietária e o garçom corpulento.

Ali era escuro, ou melhor, estava mais escuro que nos outros cantos: a lâmpada que pendia do teto estava queimada. A proprietária olhou para cima, descansando as mãos nos quadris cheios — tal pose, somada ao avental com zigue-zagues coloridos, deixava-a parecida a uma ânfora antiga. O garçom já havia trazido uma escada, que estava ao lado de uma mesa vazia. A proprietária verificou se a escada estava firme, coçou a cabeça, pensativa, e disse qualquer coisa ao garçom. Ele virou-se e caminhou até o balcão do bar, contornou-o, abaixou-se e desapareceu por algum tempo. Depois de um minuto ele emergiu e mostrou à proprietária um objeto longo e brilhante. Ela assentiu com a cabeça, enérgica, e o garçom foi ao seu encontro, segurando a lanterna encontrada. Ele a estendeu à proprietária, mas ela balançou a cabeça negativamente e apontou para o chão.

No chão, perto da mesa vazia, havia um grande alçapão quadrado. Era quase imperceptível, pois sua tampa fora revestida com o mesmo piso brilhante do resto do chão, e somente seria possível suspeitar de sua existência pela linha dupla de cobre fino que cruzava os intricados padrões do piso, e pela argola de bronze embutida na madeira.

Puxando cuidadosamente as calças até os joelhos, o garçom ficou de cócoras, segurou a argola e, num movimento forte, abriu o alçapão. A proprietária fez apenas uma cara feia e ficou se movendo no mesmo lugar. O garçom olhou-a interrogativamente: ela mais uma vez assentiu com a cabeça, enérgica, e ele começou a descer. Aparentemente, a escada sob o piso era curta, pois ele imergia no quadrado negro em movimentos curtos, cada um deles correspondendo a um degrau invisível. No início, ele mesmo segurava a tampa, porém, quando desceu um pouco mais, a proprietária veio em seu auxílio: inclinando-se para a frente, segurou a tampa com as duas mãos, olhando atentamente para o buraco escuro por onde desaparecera seu ajudante.

Depois de algum tempo, o casaco branco do garçom, já bastante sujo de teias de aranha e de poeira, emergiu novamente do piso. Ao sair, ele fechou resoluto o alçapão e deu um passo em direção à escada, mas a proprietária interrompeu-o com um gesto brusco e ordenou que se virasse. Sacudindo seu casaco com cuidado, tomou a lâmpada dele, soprou-a e alisou-a delicadamente com a mão algumas vezes. Ela caminhou até a escada, colocou o pé sobre o primeiro degrau, esperou que o garçom a segurasse firmemente e subiu.

A lâmpada queimada estava dentro de um estreito quebra-luz de vidro que pendia de um longo cabo, de modo que não era necessário subir muito alto. Após cinco ou seis degraus, a proprietária enfiou a mão dentro do quebra-luz e tentou desenroscar a lâmpada, mas ela estava fixada com muita força e o quebra-luz começou a virar junto com o cabo. Ela então segurou a lâmpada nova com a boca, apertando os lábios com cuidado ao redor da base, e com a outra mão agarrou a borda do quebra-luz; depois disso, tudo se deu com mais rapidez. Ela removeu a lâmpada queimada, colocou-a no bolso do avental e começou a enroscar a nova. O garçom, que segurava a escada com suas mãos fortes e observava, fascinado, os movimentos daquelas mãos gorduchas, de tempos em tempos umedecia os lábios secos com a ponta da língua. De repente, a luz brilhou sob o quebra-luz opaco, o garçom estremeceu, apertou os olhos, e por um instante afrouxou as mãos. A escada começou a desmantelar, a proprietária agitou os braços e por pouco não foi ao chão, mas, no último momento, o garçom conseguiu firmar a escada; pálida de medo, a proprietária saltou três ou quatro degraus com uma rapidez incrível e chegou ao chão, exausta e imobilizada no abraço reconfortante do parceiro.

— A-há! A-há! — disse Sigmund em voz alta, e fitou o casal na mesa.

A dama de coque já passava à sobremesa: em sua mão havia um tubo oblongo recheado de creme, que ela mordia aos pouquinhos pelo lado mais largo. Quando Sigmund pôs os olhos nela, a dama estava prestes a dar uma mordida maior. Ela empurrou o tubo para a boca e apertou-o com os dentes, ao que o espesso creme branco rompeu a crosta fina e dourada, saindo pela parte de trás do doce. O senhor de costeletas reagiu imediatamente e a protuberância de creme foi recolhida pela palma de sua mão, em vez de se estatelar na toalha de mesa. A dama deu uma gargalhada. O senhor ergueu até a boca a palma da mão cheia de creme de leite e lambeu-a de algumas formas diferentes, levando sua companheira a mais um ataque de risos: ela nem sequer comeu o doce até o fim, largando-o no prato ao lado de um esqueleto de peixe. Depois de lamber o creme, o senhor tomou a mão da dama sobre a mesa e beijou-a com afeto, enquanto ela pegou sua taça com um vinho dourado e deu alguns pequenos goles. Depois disso, o senhor acendeu outro cigarro, colocou-o em sua piteira cônica vermelha, deu algumas baforadas rápidas e, em seguida, começou a soltar anéis de fumaça.

Sem dúvida, ele era um grande mestre dessa difícil arte. Ele começou soprando um grande anel azulado de aba ondulada, e depois um anel menor, que atravessou o primeiro sem tocá-lo. Agitou as mãos à sua frente, destruiu toda a construção de fumaça e lançou dois novos anéis, desta vez do mesmo tamanho, pairando um sobre o outro e formando um "oito" quase perfeito.

Sua companheira observou com interesse o que se passava, enquanto perfurava mecanicamente, com um palito de madeira, a cabeça de peixe que estava em seu prato. Mais uma vez, valendo-se de toda uma baforada de fumaça, o senhor disparou dois jatos longos e finos, um dos quais atravessou o anel superior, enquanto o outro passou através do inferior, ao que os dois se tocaram, convergindo numa túrbida nuvem azulada. A dama aplaudiu.

— A-há! — exclamou Sigmund, e o senhor voltou o olhar para ele, medindo-o com curiosidade.

Sigmund novamente começou a observar as crianças. Via-se que alguma delas conseguira trazer novos brinquedos: agora, além de cubos e bolas, havia em torno deles bonecas desgrenhadas e pedaços disformes de massa de modelar colorida. O menino que antes brincava com os cubos, agora construía não uma casa, mas um muro longo e baixo, no qual eram colocados, em intervalos regulares, soldadinhos de chumbo com alongadas plumas vermelhas. Na parede foram deixadas algumas aberturas, cada uma delas guardada por três soldadinhos, um fora e dois dentro. A parede era semicircular, e no centro dela fora cuidadosamente construído um pedestal de quatro cubos, sobre os quais estava colocada a bola: ela descansava sobre os cubos, sem tocar o chão. A menina estava sentada de costas para o irmão e, distraída, mordia a cauda de um pequeno canário de pelúcia.

— A-há! — gritou Sigmund, inquieto. — A-há! A-há!

Desta vez não só o senhor de costeletas olhou para ele (o senhor e a sua companheira já estavam próximos dos cabides e se vestiam), como também a proprietária, que ajeitava as cortinas nas janelas com uma vara longa. Sigmund voltou seu olhar para a proprietária, e dela para a parede, onde estavam pendurados alguns quadros: uma marina ordinária com a lua e um farol, uma paisagem com um vale escuro entre duas colinas, e, ainda, uma enorme tela de vanguarda, sabe-se lá como chegara ali, com a vista do alto de dois pianos de cauda abertos, nos quais estavam deitados os mortos Buñuel e Salvador Dalí, ambos com estranhas orelhas alongadas.

— A-há! — gritou Sigmund com todas as suas forças. — A-há! A-há! A-há!

Agora todos olhavam para ele, de todas as direções, e não só olhavam. A proprietária, com a vara comprida na mão aproximava-se dele por um lado; pelo outro, o senhor de costeletas, que trazia o chapéu na mão. A proprietária tinha a testa franzida como sempre; o senhor, ao contrário, expressava um interesse genuíno, tocante. As pessoas se aproximavam e, em alguns segundos, já ocupavam quase toda a sua vista, de modo que Sigmund sentiu-se pouco à vontade e, por precaução, encolheu-se numa bolota felpuda.

— Mas que lindo papagaio você tem — disse o senhor de costeletas à proprietária. — O que mais ele sabe falar?

— Tantas coisas — respondeu a proprietária. — Vamos, Sigmund. Fale mais alguma coisa para nós.

Ela ergueu a mão e enfiou a ponta do dedo gordo entre as barras.

— Sigmund... muito bem! — disse Sigmund, todo coquete, mas, por precaução, movendo-se em sua vara para o fundo da gaiola. — Sigmund esperto!

— Esperto ele é — disse a proprietária —, mas olhe sua gaiola, toda cagada. Não há um lugar limpo.

— Não seja tão severa com o pobre bichinho. A gaiola é dele, e não sua — disse o senhor de costeletas, arrumando os cabelos. — É ele quem tem que viver nela.

No instante seguinte, ele se sentiu visivelmente desconfortável por estar conversando com uma garçonete vulgar. Fez uma cara de pedra, pôs o chapéu na cabeça, virou-se e partiu em direção à porta.

(1993)

Tradução de Mário Ramos

Tatiana Tolstáia

Tatiana Nikítitchna Tolstáia nasceu em 1951, em Moscou, numa família que conta entre seus antepassados com o monumental Lev Tolstói. Seu avô paterno, Aleksei Tolstói (1882-1945), foi também um escritor conhecido e de muita influência no ambiente literário soviético. Tatiana Tolstáia, porém, nasceu num lar numeroso (teve seis irmãos) e de meios modestos, no período de escassez logo após a Segunda Guerra Mundial. Graduou-se em grego e latim pela Universidade de Leningrado e trabalhou no departamento de literatura oriental da editora Naúka. Nos anos 1990, já conhecida como escritora, morou nos Estados Unidos, onde lecionou em universidades, e na década seguinte, de volta a Moscou, comandou um programa de entrevistas na TV. Apesar do corpo relativamente pequeno de sua obra literária, desde sua estreia, em 1983, Tolstáia vem sendo aclamada por seu talento literário e pela importância de sua voz na discussão que se seguiu à reabertura política da União Soviética. O texto "Paredes brancas", que transita entre o ensaístico e o autobiográfico, foi publicado em 1997, e, ao tocar de forma magistral no tema da memória e de seu apagamento, lança um olhar reflexivo sobre o período de otimismo na Rússia imediatamente posterior à Perestroica.

Paredes brancas

Em 1948, o farmacêutico Janson construiu uma *datcha* para alugar aos moradores da cidade durante o verão. Para si mesmo, anexou à construção uma pequena estufa e, de frente para ela, sobre um galinheiro, construiu dois cômodos pequenos. Planejava viver uma vida longa e feliz, comendo ovos e pepinos frescos e aos pouquinhos começar a vender extrato de raiz de valeriana, planta que cultivava com todo o amor e com as próprias mãos. Em junho ele se preparou para receber um bando de inquilinos com crianças, carregados de malas e acompanhados de um cachorro daqueles impossíveis. Mas eram outros os planos de Deus — Janson morreu, e nós, os inquilinos, compramos a *datcha* de sua viúva.

Tudo isso aconteceu há muitíssimo tempo. Janson mesmo nunca vi e de sua viúva eu não me lembro. Se espalharmos nossas fotografias em leque, numa sequência de anos e estações, veremos como foi rápido o crescimento dessa horda de Gengis-Khan formada por meus irmãos e irmãs; veremos como vai ficando velho e decrépito o nosso cão e como vai aos poucos desmoronando e encobrindo-se de anserinas a propriedade aconchegante de Janson. Onde antes havia o poleiro, encontraremos sete pares de esqui e inúmeros trenós, e no lugar da velha estufa estaremos nós, jovens, rolando na grama a bronzear nossos corpos, usando os bustiês acetinados dos tempos de Khruschov e umas calçolas floridas que não combinavam com nada.

Em 1968, subimos ao sótão. Lá ainda havia um pouco do feno que Janson tinha ceifado um ano antes da morte de Stálin. Havia um baú enorme cheio de rolhas muito, muito pequenas, com as quais ele pretendia tapar frasquinhos muito, muito pequenos. Havia também outro baú, cujos lados eram revestidos de chapas de ferro e cuja parte interna era extremamente áspera ao toque; dentro dele encontramos uns seis pares de botas de feltro em perfeito estado, todas enormes e da cor do luto. Embaixo das botas havia uma pilha bem-arrumada de vestidos de cor escura, pequeníssimos — para mulheres pequenas como passarinhos. Embaixo dos vestidos, já se desintegrando em *quarks*, havia algumas peças de renda amarelo-acinzentadas; seu estado era tal que podiam ser pulverizadas com os dedos e depositadas no fundo do baú, onde já havia o pó de algo então irreconhecível, dissolvido há muito pelo tempo, e que não podíamos saber a quem tinha pertencido.

Em 1980, na febre de plantar morangos, cavamos — para arrancar o joio — naquele canto do jardim, onde, tempos atrás, segundo recordações vagas dos velhos moradores do lugar, tinha florescido e frutificado o Éden do farmacêutico. A certa profundidade nos deparamos com um objeto de ferro, ao desenterrá-lo nos assustamos, mas ouvimos, outra vez dos velhos moradores, que aquilo não era um projétil, e que isso eles podiam garantir, porque durante a guerra nenhum bombardeiro jamais teria sobrevoado aquela região; mas, ainda assustados, enterramos o objeto, calcando a terra sobre ele. Mais tarde mudamos o fogão de lugar, mas não encontramos nada de Janson. Depois trocamos sua tubulação e, da mesma maneira, nada. Quando a cozinha desabou sobre o porão e o lavatório sobre o galinheiro, tivemos muitas esperanças, mas tudo em vão. Quando tapávamos o buraco enorme deixado pelo proletariado entre o tubo perfeitamente novo e o novíssimo fogão, encontramos umas calças e nos enchemos de alegria, mas elas tinham pertencido a nós mesmos, estavam perdidas há tanto tempo que não pudemos reconhecê-las de imediato. Janson se desintegrara, dissipara-se e desaparecera na terra. Seu mundo tinha sido há muito soterrado pelos escombros de quatro gerações do nosso. E já haviam crescido outras crianças, aflitivamente novas; crianças que não se lembravam da placa que anunciava "M. A. Janson" e que fora roubada por um amante de metais não ferrosos; crianças que não sabiam o que era passar horas atirando centenas de pequenas rolhas umas nas outras e que nunca encontraram um guarda-chuva branco de racemos de valeriana perdido no meio das urtigas.

Neste último verão, o do ano de 1997, por um erro de cálculo concluímos que nossa *datcha* completava meio século de existência e, na intenção de comemorar essa data, compramos rolos de papel de parede branco com ramagens verdes. Assim, naquele galpão onde o lavatório está desgrudando da parede, onde há prateleiras repletas de latas de óleo de linhaça para tinta e caixas de pregos enferrujados, decidimos que lá criaríamos uma pequena Versalhes. E, para que a atmosfera palaciana fosse reproduzida com toda a pompa, primeiro arrancaríamos todo o antigo papel de parede, um enxadrezado verde e branco, depois cobriríamos a madeira nua com nosso *pompadour*. Se era para fazer uma reforma em estilo europeu, que a fizéssemos direito.

Sob o enxadrezado de branco sobre verde, descobrimos um papel branco com manchas azul-marinho; sob as manchas, motivos primaveris na cor cinza com amentilhos de bétula pêndula; embaixo disso, um papel lilás com rosas em alto-relevo; ainda se via, sob o lilás, um papel vermelho-amarronzado densamente decorado com folhas de bordo, e sob essas folhas apareceram jornais — Oriol e Belgorod[1] foram libertadas e celebram com salvas de tiros; sob as salvas, "o povo exige a execução dos cães sanguinários Zinóviev e Bukhárin";[2] sob os cães, uma fila de enlutados no funeral de Lênin. Debaixo de Lênin apareceu um retrato tirado na Galícia, com um grupo de oficiais garbosos, de bigodes bastos e arma na cintura, que nos lançaram um olhar ansioso e perscrutador como se nunca tivessem sido colados com grude numa parede. E, por fim, por debaixo dessa vala comum, por debaixo de sepulturas, sepulturas e mais sepulturas, bem no fundo — cera para bigode "USSATIN" (não é possível!) e: "A alta sociedade da América só toma o chá Kokio de ramos de lírio-do-vale. Armazém de Chá Dubinin, Moscou, Rua Petrovka 51" e "*Qual o segredo de minha beleza e juventude?*, de IONATCHIVARA MASAKADO, impresso e entregue gratuitamente" e "Ao comprar papéis para enrolar cigarros, não diga 'Dê-me uma caixa de uns bons papeizinhos para enrolar cigarros', diga 'DÊ-ME UMA CAIXA DE KATYKA', essa é a única maneira de comprar papéis de alta qualidade, ultrafinos e higiênicos, que não rasgam nem amassam. SIM, PAPÉIS PARA ENROLAR CIGARROS, SOMENTE KATYKA".

Ao arrancar e amassar as camadas de papel, arrancávamos e amassávamos camadas do tempo, frágeis como folhas de jornal; rasgávamos

---

[1] As duas cidades foram libertadas das tropas nazistas em 5 de agosto de 1943, por ocasião da Batalha de Kursk. (N. da T.)

[2] Grigori Ievsiéievitch Zinóviev (1883-1936) e Nikolai Ivánovitch Bukhárin (1888-1938), políticos soviéticos condenados e executados no período do Grande Expurgo. Zinóviev foi um dos membros a compor o triunvirato (*troika*) que se formou após a morte de Lênin, juntamente com Josef Stálin e Liev Kámenev. Bukhárin foi autor da tese do "Socialismo em um só país", que se tornou a marca do stalinismo. (N. da T.)

folhas de jornal, frágeis como camadas do tempo; depois que começamos a arrancá-las, não conseguimos mais parar — debaixo do papel velho, debaixo das muitas camadas superpostas, jaz um fino pó de madeira, o que restou depois dos carunchos, dos ratos, de Janson, dos besouros das cascas das árvores e dos bichos-da-farinha com suas larvas, que, tendo se banqueteado alegremente com o amido seco, deixaram atrás de si um estofo milimétrico de ar entre os estratos da história, entre as placas tectônicas dos infortúnios de outras pessoas.

Literatura não passa de letras no papel — nos dizem hoje. Mas, não. Ela passa, sim, de letras em papel. Esse lavatório, que agora cheira a sabão e tábua podre, era o quarto onde dormia o farmacêutico Janson; na intenção de viver uma vida simples, longa e feliz, ele cobriu as paredes com os jornais que guardava desde a infância — nada fora desperdiçado, de página em página, foram pilhas inteiras —, depois, por cima dos jornais, aplicou a primeira camada de papel de parede. O sueco russificado, esmerado e meticuloso, como era de esperar, arrumou com todo empenho seu quarto de dormir, que ficou muito confortável — era seu canto particular, isolado por uma porta espessa com ferrolhos grandes e pesados, embaixo do qual viviam suas galinhas. O quartinho ao lado — com uma pequena sacada, janelas que dão para o poente e com vista para um bosque de abetos negros da Carélia — era sua sala de jantar: ali, ele podia tomar uma xícara de café com chicória, podia ainda, sentado numa poltrona luterana bem dura, pensar no passado, no futuro, em como conseguiu não desaparecer e chegar são e salvo até aqueles dias, na melhor maneira de cultivar ervas medicinais e em como esperaria que nevasse a primeira vez naquele inverno para retirar do baú suas botas pretas de feltro e caminhar com elas, deixando rastros sobre a neve.

Arrancamos todo o papel e passamos a lixa pelas tábuas nuas; todos nós, as quatro gerações de nossa família, tomados por um impulso de limpeza, esfregávamos e esfregávamos a lixa na madeira, com excitação cada vez maior. Trabalhamos duro, sem poupar as unhas nem os raspadores. O armazém local, que esteve por trinta anos num torpor quase comatoso — sem oferecer aos compradores nada além de botas de borracha que nunca eram de nosso número e balas de caramelo recheadas, as "almofadinhas com geleia" —, ganhou ânimo com os novos tempos e encheu as prateleiras de produtos Johnson & Johnson. E contra dois Johnson, o que é que um único Janson pode fazer? E contra todos esses depuradores e removedores — aerossóis que apagam a memória, ácidos que eliminam o passado.

Nós raspamos tudo: as rosas brancas sobre o fundo lilás, os cães sanguinários, a comprida nuvem de vapor da respiração dos que se enfileiravam para ver o filho de um diretor de escola pública,[3] renques de inválidos e de condenados à morte, comprando com toda a confiança potes e potes da charlatanesca cera "Ussatin", ansiando por amor e felicidade, à maneira do farmacêutico Janson, que se abasteceu de muitas botas de feltro para futuros pés, já não mais necessitados delas.

Esfregamos as tábuas até que ficassem inteiramente nuas, expondo o desenho dos anéis de crescimento na madeira raspada. Deixamos as paredes secarem, depois pegamos um pincel dos grandes e o enfiamos na cola espessa — sintética e muito tenaz, de eficiência garantida — e, sem bolhas, de acordo com as instruções, besuntamos o verso das tiras de nosso papel de Versalhes. Com um pedaço de pano velho (um trapo de tecido de malha, uma peça irreconhecível, que agora não podíamos saber a quem pertencera) esfregamos as tiras de papel com força, colando uma ao lado da outra, cobrindo com nosso novíssimo papel branco com ramagens as paredes limpas do quarto do farmacêutico Janson, que ainda exalavam o cheiro de Johnson & Johnson: de ambos os Johnson. A cola grudou firme — o europeu não decepcionou — e o papel prendeu-se à parede como num beijo, sem nenhum milímetro a separar os apaixonados.

Durante quase todo o verão, o tempo esteve muito bom nas proximidades de Petersburgo — agradável, quente e seco. Tudo secou rapidamente. Nosso papel, por exemplo, na manhã seguinte já parecia que sempre estivera lá: sem manchas nem qualquer coisa do gênero. Depois de tudo, vimos que isso de arrancar e colar não é assim tão difícil.

O efeito, é claro, não resultou inteiramente palaciano, e, para dizer com franqueza, nem um pouco europeu. Bem, nos enganamos — quem não se engana? Não é que não se tenha conseguido certa qualidade artística, mas, digamos assim, sem rodeios: o que nossos olhos não suportavam enxergar é que o quarto ficou parecendo um celeiro florido; uma ca-

---

[3] Referência ao político revolucionário Vladímir Ilitch Lênin (1870-1924), cujo pai era diretor de escola pública. (N. da T.)

sinha de cachorro; o refúgio de um *tchukhónets*[4] miserável, cego de nascença. Nunca olhamos para as coisas aos pedaços da mesma maneira que as olhamos quando estão inteiras pregadas numa parede, não é? Agora, se comprássemos rolos de papel branco, inteiramente branco, sem estampas — afinal, hoje tudo se consegue —, o resultado seria excelente. E essa nossa decoração equivocada, mal planejada e inteiramente acidental seria encoberta pelas brancas, planas, aristocraticamente indiferentes, democraticamente neutras, alheias a tudo, tranquilas, afáveis, que a ninguém incomodam, camadas de nobre simplicidade budista.

É o que todos fazem com suas casas na cidade. O branco é simples e nobre, sem nada de supérfluo — paredes brancas e papel branco para forrá-las. Ou, ainda melhor, somente pincel ou rolo, emulsão ou argamassa à base de água, e tudo estará limpo e asseado. É o que todos fazem. É também o que farei. Também eu.

Eu também. Gosto do branco! É recomeçar a vida bem do começo! E não se entregar! De mansinho, com cuidado para não importunar, como uma sombra, quase imperceptível, de meias de lã e na ponta dos pés pelo linóleo brilhante de tão novo, botas de feltro embaixo do braço e um ramalhete de valerianas nas mãos, os bolsos estufados por uma porção de rolhinhas e frasquinhos, com inválidos bigodudos e bem afeitados de todos os tempos em sua memória assustada, Janson vai embora — Mikhail Ávgustovitch Janson, sueco, luterano, pequeno-burguês, farmacêutico, formidável jardineiro, precavido e diligente, homem sem face, sem sucessor, sem superstições. Mikhail Ávgustovitch, esposo de uma mulher pequena, morador de um pequeno quarto, um bocadinho ousado, mas um preservador muito reservado do passado proibido, uma testemunha da história — esta arrancada por nós das paredes de seu quartinho de dormir, que lixamos até surgirem os anéis de crescimento das árvores. Mikhail Ávgustovitch, sobre o qual não sei coisa alguma e agora nunca vou saber nada além do fato de ele ter enterrado um estranho objeto de ferro no jardim, ter escondido uns farrapos inúteis no sótão e ter encoberto o inadmissível e o irrecuperável com o papel de parede de seu quarto. Arranquei com as próprias mãos os últimos vestígios de Mikhail

[4] Termo russo obsoleto, empregado em referência aos finlandeses, estonianos e outros povos de etnia fínica. A frase "o refúgio de um *tchukhónets* miserável" é uma citação do poema "O cavaleiro de bronze", de Aleksandr Púchkin. (N. da T.)

Ávgustovitch das paredes, às quais ele viveu grudado por meio século, e, não tendo mais nenhuma serventia nesse novo mundo inteiramente branqueado, lavado e desinfetado, ele se foi, provavelmente para todo o sempre, para a folhagem das ervas, para a clorofila, para as raízes do joio, para o mudo e eternamente ruidoso sob a ação do vento, para o anônimo e bem-aventurado reino da farmacopeia.

(1997)

Tradução de Francisco de Araújo

Vladímir Voinóvitch

Vladímir Nikoláievitch Voinóvitch (1932-2018) nasceu na cidade de Stalinabad, atual Dushanbe, na república do Tajiquistão, filho de pai sérvio e mãe judia. Em 1936, seu pai foi preso por atividades antissoviéticas e passou cinco anos em campos de trabalho. A partir de 1956 Voinóvitch trabalha como jornalista, e, no início dos anos 1960, publica seus primeiros contos, que já obtêm respostas negativas da crítica institucionalizada. Nessa mesma época, começa a compor seu romance mais conhecido, *A vida e as extraordinárias aventuras do soldado Ivan Tchonkin*. Em 1970 o livro é publicado clandestinamente em Paris, e, em consequência disso, o autor passa a sofrer perseguições, sendo expulso da União dos Escritores Soviéticos em 1974. Em 1980, sob ameaça de exílio interno ou de aprisionamento, Voinóvitch emigra com a família para a Alemanha Ocidental. No exílio, publica *A União Antissoviética* (1985), uma série de crônicas e vinhetas, e o romance distópico *Moscou 2042* (1986), ambos satirizando o cotidiano e os rumos do regime soviético. Nos anos de reabertura Voinóvitch volta a visitar seu país natal e em 1990 tem seu *Ivan Tchonkin* publicado pela primeira vez em solo russo. Na era pós-soviética dedicou-se ao jornalismo político, mostrando-se crítico ao novo *establishment* e ao governo de Putin. Uma de suas grandes preocupações, a recorrência de figuras paternais e autocratas na história russa, é o tema principal de seu romance *Propaganda monumental*, publicado em 2000, do qual reproduzimos aqui alguns capítulos.

Propaganda monumental

(Extrato)

1

Em fevereiro de 1956, no dia do encerramento do XX Congresso do Partido Comunista da União Soviética (PCUS), na Casa dos Ferroviários da região de Dolgov, os ativistas do Partido ouviram o informe secreto de Khruschov sobre o culto à personalidade de Stálin. A leitura foi feita por Piotr Klímovitch Porossiáninov, segundo secretário do Comitê Distrital, homem nutrido, rosado, calvo, de orelhas gordas, úmidas e recobertas de cerdas esbranquiçadas — o sobrenome cabia-lhe muito bem.[1] Aliás, em Dolgov, muitas pessoas tinham sobrenomes significativos. Lá, em certo período, simultaneamente, conviveram o chefe de polícia Tiuriáguin, o promotor público Strógui e o seu substituto Vorováti, o juiz Chemiákin e o chefe da Secretaria de Educação Popular Bogdan Filíppovitch Nietchitailo.[2]

Porossiáninov lia lentamente, com um estalar sonoro dos lábios, como se comesse cerejas e cuspisse fora os caroços. Além disso, ceceava e gaguejava a cada palavra, principalmente quando ela era de origem estrangeira.

Porossiáninov lia e os ativistas do Partido ouviam em silêncio, com seus semblantes tensos, pescoços grossos e nucas de cabelos batidos.

Depois fizeram perguntas ao orador: Vai haver uma limpeza no Partido? E o que fazer com os retratos de Stálin, retirar das paredes e arrancar dos livros, como fizeram muitas vezes com ex-líderes da Revolução e

---

[1] O nome Porossiáninov é formado a partir da palavra russa *porossiónok*: "porquinho", "leitão". (N. da T.)

[2] Tiuriáguin é formado a partir da palavra russa *tiuriága*: "prisão"; *strógui* significa "severo", "rígido"; *vorováti*: "gatuno", "tratante"; Chemiákin vem da expressão *chemiákin sud*: "julgamento arbitrário"; Nietchitailo significa "iletrado". (N. da T.)

heróis da guerra civil? Porossiáninov virou a cabeça automaticamente, curvou-se ao retrato de Stálin, pendurado junto ao retrato de Lênin, encaramujou-se, vacilou, mas disse: não se espera uma limpeza, e quanto aos retratos, não convém se atropelar. Embora tenha realizado alguns procedimentos incorretos, Stálin foi e continuará sendo um destacado (assim disse o orador) líder do nosso partido e do movimento comunista mundial, e seu mérito ninguém pretende tirar.

Aglaia Riévkina, que tinha passado por tanta coisa na vida, para esse golpe não estava preparada. Ao saírem do clube, algumas pessoas ouviram quando ela disse em voz alta, sem se dirigir a ninguém em particular:

— Que sujeira! Que sujeira!

Uma vez que na rua, naquela tarde, não havia sujeira alguma — ao contrário, fazia frio e nevava muito, podia-se dizer: tudo branco como a neve —, ninguém tomou as palavras de Aglaia literalmente.

— É verdade, é verdade — concordou Valentina Semiónovna Botchkariova, encarregada do planejamento da Seção de Tecnologia Agrícola. — Em quem fomos confiar!

Elena Muravióva (cuja alcunha, no serviço secreto, era Mura) relatou esse breve diálogo à seção local do Ministério da Segurança Nacional, e o relato foi confirmado pela própria Botchkariova durante uma conversa de caráter profilático.

A encarregada, porém, compreendera mal as palavras de Aglaia. Sujeira realmente fora usada em sentido figurado, mas não naquele imaginado por Botchkariova.

Aglaia chegou em casa e não conseguiu se acalmar. Não, não eram os crimes de Stálin, mas a crítica a ele, era isso que mais a abalava. Como se atrevem, como se atrevem? Ela andava pelos três cômodos do apartamento, batendo os pequenos punhos rijos nas pequenas coxas rijas e repetindo em voz alta, para oponentes invisíveis: Como se atrevem? Quem acham que são? Como podem erguer a mão contra ele?

"Então vocês, descendentes arrogantes..." — o verso de Liérmontov desprendeu-se de recantos da memória há muito esquecidos...[3]

---

[3] Primeiro verso da segunda parte de "A morte do poeta", de Mikhail Liérmontov (1814-1841). Escrito em 1837, após a morte de Púchkin em um duelo, o poema aponta como culpado não apenas D'Anthès, seu oponente, mas toda a sociedade russa da época. (N. da T.)

Em Deus ela nunca acreditara, mas hoje não teria ficado nem um pouco surpresa se durante o discurso Porossiáninov perdesse a voz, o nariz ou os movimentos das pernas. Sacrílegas demais eram as palavras pronunciadas na Casa dos Ferroviários.

No Deus celeste ela não acreditava. Seu Deus terrestre era Stálin. O retrato dele, aquele famoso, com o cachimbo e um fósforo aceso junto aos bigodes ligeiramente chamuscados, ainda antes da guerra pendia da parede, sobre a escrivaninha, e durante a guerra vagara com ela pelos bosques da guerrilha, voltando depois ao lugar de origem. Um retrato modesto, com moldura simples, de tília. Nos minutos de dúvida sobre os seus próprios atos mais dramáticos, Aglaia levantava os olhos na direção do retrato, e o camarada Stálin, entrecerrando as pálpebras com um sorriso bondoso e sábio, parecia incitá-la: sim, Aglaia, você vai conseguir fazer isso, você deve fazer isso, e tenho certeza de que o fará. Sim, quantas decisões difíceis ela não tomara na vida, decisões duras e até cruéis com várias pessoas, mas tudo feito em prol do Partido, do país, do povo e das gerações futuras. Stálin lhe ensinou que, em nome de uma ideia elevada, vale a pena sacrificar tudo e não se deve lamentar ninguém.

É claro que ela respeitava também outros líderes, os membros do Politburo e os secretários do Comitê Central, mas, no seu conceito, ainda assim, eles eram seres humanos. Muito inteligentes, corajosos, dedicados aos ideais com abnegação, porém humanos. Todos podiam cometer erros em pensamentos, palavras e ações; apenas ele era inacessivelmente grande e infalível, e cada palavra e cada ato seu eram tão geniais que os contemporâneos e as gerações futuras deviam aceitá-los como indiscutivelmente corretos e absolutamente imprescindíveis.

2

Havia uma grande estátua de Stálin no centro de Dolgov, na praça Stálin, antes praça da Catedral e antes ainda praça do Soldado Desconhecido. A estátua foi erguida em 1949, em comemoração aos 70 anos de Stálin, por iniciativa dela, Aglaia. Naquela época, ela era a primeira secretária do Comitê Distrital, mas ainda assim teve de vencer a oposição. Todos entendiam o importante sentido educativo que o monumento podia ter, e ninguém pensava em se opor abertamente, mas havia demagogos e dissimulados inimigos do povo que retrucavam, alegando a situação de ruína do pós-guerra. Lembravam sem cessar que o fornecimento de gêneros alimentícios à região fora interrompido, o povo estava na miséria, com fome e de barriga inchada, e não era hora de projetos tão grandiosos e onerosos para o orçamento local.

Um dos principais adversários do monumento era o redator-chefe do jornal *Cadências Bolcheviques*, Wilhelm Leopoldovitch Lívchits. Ele escreveu e publicou no seu jornal o artigo "Bronze em lugar de pão", em que afirmava que a propaganda monumental era realmente algo importante, o próprio Lênin tinha destacado que era algo importante, mas será que nós tínhamos o direito moral de gastar tanto dinheiro em um monumento exatamente agora, nesse momento de sofrimento do nosso povo? "Quem é esse 'seu' 'nosso' povo?", perguntou Aglaia em uma carta à redação, e ali também explicou que o nosso povo russo é perseverante, apertará o cinto ainda mais, padecerá por algum tempo, mas, em compensação, o monumento erigido por ele permanecerá para sempre. Na resposta, Lívchits informou que nós todos temos apenas um povo — o soviético —, o monumento é necessário, mas pode ser erigido mais tarde, quando houver melhor condição econômica no país e no distrito. Além disso, ele teve o descaramento de citar o próprio Stálin como seu aliado. Segundo Lívchits, sendo sábio e humilde, Stálin nunca aprovaria semelhante esbanjamento em um momento tão difícil para a pátria.

É claro que era demagogia. Sem dúvida Lívchits sabia — e, na verdade, todo mundo sabia, mas ninguém dizia em voz alta — que a situação econômica só não será difícil no comunismo. E, então, o que fazer? Cruzar os braços, não construir, não serrar, não costurar, não aplainar, não forjar e não esculpir nada enquanto o comunismo não vem? Será que esse Lívchits, um cosmopolita sem raízes nem referências, contava exatamente com isso? Pois calculara mal. Pouco tempo depois, revelaram-se as suas ligações com a organização sionista de espionagem "União", e ele recebeu o castigo merecido. Na hora silenciosa que antecede o alvorecer, aproximou-se da casa de Lívchits um automóvel, conhecido popularmente como "corvo negro" ou "Marússia negra", e levou o importuno intercessor do povo para longe da cidade de Dolgov.

Lívchits não foi pra lá sozinho. Outros, embora não tivessem se manifestado tão abertamente, fizeram alusões.

Depois de vencer os opositores, Aglaia conseguiu o que queria — erigiu-se o monumento. Na verdade, não era de bronze, como se planejara no início, mas de ferro-gusa. Isso porque o vagão com o bronze, apesar de ter saído da cidade de Iújnouralsk, nunca chegou a Dolgov. E onde chegou até hoje não se sabe. Alguns malevolentes se alegraram. Entre eles, talvez, aquele Wilhelm Leopoldovitch Lívchits, acocorado sobre o balde sanitário da prisão; porém essa alegria foi prematura. Os inimigos conheciam Aglaia, mas não o suficiente. Subestimaram a sua sede de vitória e o fato de que nunca desistia de um objetivo. Aglaia viajou a Moscou, aconselhou-se com o escultor Maks Ogoródov, e a ele mesmo encomendou uma estátua de ferro fundido.

3

Stálin completou 70 anos em uma quarta-feira, 21 de dezembro de 1949.

Por toda a vida Aglaia guardaria na lembrança aquela manhã escura, gelada e enevoada, o pedestal de granito e a figura agasalhada em lona branca, presa com barbante.

A ventania agitava as bordas da lona e turbilhonava a neve cinzenta e seca, que descia e pairava em fina camada sobre a praça. Apesar de ser dia de semana, compareceu toda a administração regional — os homens com idênticos casacos escuros e chapéus de pele de rena, enquanto Aglaia cobria a cabeça com um lenço leve, de Orenburg. Entre outros, estava lá o secretário do Comitê Regional, Guennádi Kujélnikov, de casaco de feltro acolchoado, com gola de astracã, gorro alto de pele e botas cobertas por galochas da fábrica Triângulo Vermelho. O chefe local do Ministério da Segurança Regional, Ivan Kuzmitch Dirokhvost, distinguia-se pelo casaco de couro, forrado de pele, e quepe também de couro. Os presidentes dos *kolkhozes*,[4] todos eles, pareciam uma única pessoa: tinham a bochecha rosada e o nariz vermelho, usavam peliças curtas, botas de feltro e chapéus de pele de carneiro. Estava presente também, é claro, o criador do monumento, o escultor Ogoródov, que fora de Moscou para o local da cerimônia enfiado em um casaco fino, de meia-estação, com echarpe vermelha, boina azul-escura, de veludo, descaída para o lado, e calçados de verniz, totalmente inadequados às condições climáticas locais. Ogoródov também levava consigo a esposa Zinaída.

---

[4] *Kolkhoz*: propriedade rural coletiva. (N. da T.)

Na nossa narrativa, é pouco provável que Zinaída desempenhe papel muito importante, mas, já que veio parar nestas páginas, registramos que era uma mulher corpulenta, autoritária, quatro anos mais velha do que Ogoródov, dona de uma voz roufenha, enrouquecida pelo cigarro, e desbocada demais, de um tipo que naqueles tempos castos não surgia com tanta frequência como hoje.

Zinaída tinha achado Ogoródov em um monte de lixo, ainda antes da guerra. Assim ela costumava contar. Na verdade, não tinha sido em um monte de lixo, mas no alojamento estudantil de Malákhovka, onde ele vivia na época em que era um estudante anônimo, recém-chegado de Kostromá ou Kaluga a Moscou. A aparência dele, por si só, indicava um homem "largado". Vivia a pão e água, sempre à espera da próxima bolsa de estudos, tendo como bens apenas o que levava no corpo e na mala e a própria mala, de madeira compensada, coberta com tinta a óleo de cor verde, semelhante à das caixas de munição, com uma alça de arame dobrado, da espessura de cinco milímetros.

Zinaída transferiu o futuro escultor para o apartamento coletivo, onde habitava com a mãe anciã e rabugenta, deu-lhe um bom banho, tirou-lhe toda a sujeira e passou a viver com ele. Juntos suportaram a penúria dos anos de estudante. Naquela época, Ogoródov modelava e secava no forno apitozinhos em forma de galos, lobos, ursos e coelhos, enquanto ela os vendia no mercado da travessa Tichinski. Sobre algum outro tipo de escultura nem se falava — onde, de que, para quem e o que ele poderia modelar? Em compensação, após a guerra, quando ele voltou com quatro medalhas, uma divisa vermelha por ter sofrido um ferimento leve e uma insígnia da Guarda, Zinaída passou a introduzi-lo em todos os lugares como combatente, herói e gênio. Valendo-se dos méritos do marido, ela bateu em todas as portas, estabeleceu as relações necessárias, mas não passou dos limites (ou, se passou, então foi em casos excepcionais, por uma boa causa). Conquistou para Ogoródov a admissão na União dos Artistas, um estúdio individual e um apartamento em uma casa de madeira. Com aquecimento a lenha, mas sem vizinhos. Fez tudo por ele, e ele próprio reconhecia, sobretudo quando já meio tocado: "Zinka, meu tesouro, sem você eu estaria perdido".

Zinaída cuidava de que o marido andasse sempre limpo, porém com certa ousadia, digna de um artista. Ela mesma costurava-lhe blusas e calças largas de flanela e boinas de veludo, com as quais, na opinião dela, ele parecia Rembrandt. Preparava pratos de peixe, por acreditar que o peixe continha muito fósforo, capaz de fortalecer o intelecto, o talento e a potência do homem. No final das contas, Maks conseguiu condições de trabalho mais ou menos suportáveis. Nessas condições, ele estava pronto para modelar galos e ursos em proporções ainda maiores, quando Zinaída, como sempre, reorientou-o, dizendo que agora ele devia modelar líderes.

Dos líderes, obviamente, Maks escolheu Stálin e, em pouco tempo, alcançou muito sucesso na fabricação de estátuas desse líder.

4

Os presentes marcavam passo sob o pedestal, apresentando-se ao mesmo tempo como participantes e espectadores da cerimônia. Por causa do clima rigoroso, não havia espectadores forasteiros, e os que tinham vindo não pareciam executantes de uma ação política solene, de importância nacional, mas indivíduos impacientes para enterrar às pressas algum parente pobre.

O monumento foi inaugurado pessoalmente por Aglaia Stiepánova. No futuro, as pouco numerosas testemunhas lembrariam que o discurso dela tinha sido preciso, duro, sem o mínimo sinal de emoção, embora, é claro, ela estivesse emocionada.

— Camaradas — começou ela, rouca por causa de um resfriado e do cigarro. Depois de esfregar o nariz gelado, continuou: — Hoje todas as pessoas soviéticas e toda a humanidade progressista celebram o jubileu glorioso do nosso maior contemporâneo, nosso sábio líder, guia dos povos, corifeu de todas as ciências, destacado chefe militar, nosso querido e amado camarada Stálin.

Ela falava, e os presentes a aplaudiam como de hábito, reagindo às palavras-chave. Brevemente, Aglaia expôs aos ouvintes o que eles, mesmo sem ela, já sabiam, pois frequentavam as *politiclasses* semanais. Recontou a biografia do líder, mencionando fatos da infância difícil, a precoce participação no movimento revolucionário, na guerra civil, na coletivização, na industrialização, na liquidação dos camponeses ricos, chamados de cúlaques, na derrocada da oposição e, finalmente, na vitória histórica sobre o fascismo alemão.

Em poucas palavras, ela conseguiu expressar a sua opinião sobre a excepcional utilidade e necessidade, sobretudo nos nossos dias, de todo tipo de propaganda e, acima de tudo, da propaganda visível, monumental e de grandes dimensões, destinada a durar séculos.

— Este monumento — disse ela —, erguido apesar da oposição de nossos inimigos, permanecerá aqui por mil anos, inspirando os futuros construtores do comunismo em seus novos passos.

Essa frase não escapou aos ouvidos de Guennádi Kujélnikov. "O que será que ela quer dizer?", pensou ele. "Que o povo russo ainda levará mil anos para terminar a construção do comunismo? Um lapso estúpido ou sabotagem?" Ele não tinha chegado a concluir o pensamento quando Aglaia anunciou o descerramento do monumento e entregou-lhe a tesoura grande, do tipo usado para tosquiar carneiros. Sem tirar as luvas, Kujélnikov pegou a tesoura com as duas mãos, cerrou as duas lâminas, e as extremidades do barbante esvoaçaram, agitadas pelo vento. Puxaram a cobertura com grande dificuldade, porque ela enfunava, como um paraquedas, e escapava das mãos. Mas quando por fim conseguiram subjugá-la, os participantes da cerimônia recuaram um pouco, olharam o monumento, soltaram um "Ah!" em uma única expiração e ficaram estáticos.

Nenhuma daquelas pessoas, com exceção de Ogoródov e Zinaída, entendia nada de nenhum tipo de arte, muito menos de esculturas, mas todas elas ficaram surpresas, pois viram que à sua frente estava não uma simples estátua, mas algo extraordinário. Stálin tinha sido esculpido em uniforme de gala, com dragonas de generalíssimo e capote militar meio aberto, para deixar visíveis a túnica e as insígnias; a mão direita estava erguida, pelo visto para cumprimentar as massas populares que passassem em frente ao monumento, e a esquerda abaixada, segurando as luvas descalçadas.

Stálin olhava os presentes como se estivesse vivo. Olhava de cima para baixo, sorrindo enigmaticamente com seus bigodes, e parecia evidente a todos que ele acenava com a mão direita e mexia a esquerda, batendo as luvas no joelho.

No início, Maks Ogoródov não acreditou nos próprios olhos, mas, assim que passou a acreditar, ficou de boca muito aberta e paralisado, com uma expressão, digamos, apatetada, como se ele próprio, de imediato, tivesse sido transformado em ferro-gusa.

Nos últimos anos, Maks tinha modelado Stálin, apenas Stálin, ninguém além de Stálin; em compensação havia Stálin de todo jeito: a cabeça de Stálin, o busto de Stálin, Stálin de corpo inteiro, Stálin de pé e sentado (apenas Stálin deitado ele não esculpiu), de túnica militar, de camisa militar, de capote de abas longas da cavalaria e, nos últimos tempos, em uniforme de generalíssimo. Nesse ofício, no final das contas, ele adquiriu tanta habilidade que ainda de olhos fechados conseguia esculpir Ióssif Vissariónovitch.

As autoridades aprovavam-no como excelente mestre, modelo da assimilação completa do método do realismo socialista. Valorizavam-no, citavam-no como exemplo para os outros, estimulavam-no moral, material e combinadamente, recompensando-o com medalhas, ordens, prêmios, artigos elogiosos em jornais, inclusão do seu nome em enciclopédias, em listas de clássicos de destaque e em relações de pessoas com direito a receber vários produtos alimentícios escassos. Os colegas, porém, consideravam-no apenas um artistazinho mediano, frio, até descuidado, e em geral, quando o assunto era Ogoródov, diziam: "Ah, aquele!" e davam de mão, pressupondo que não havia nele talento divino algum e que ele próprio conhecia o seu verdadeiro valor, arranjando as coisinhas de modo vantajoso, mas sem cobiçar lugar elevado na arte. Mas aí é que se enganavam. Na verdade, dando-se conta de que fazia insignificâncias, o escultor Ogoródov cobiçava, e até demais, um lugar elevado, cobiçava talvez o próprio Olimpo, e não se descuidava ao modelar o Stálin seguinte — ao contrário, criava, lançava encantamentos, inventava rituais. A cada vez mudava um pouquinho a postura, a inclinação da cabeça, o estreitamento dos olhos e a pressão dos lábios cerrados. Ao dar os últimos retoques, se afastava correndo, se aproximava correndo, às vezes fechava os olhos e, por inspiração, marcava, apertava, corrigia, retocava algo aqui e ali com a unha, na insensata esperança de que de repente acontecesse algum milagre, ao acaso. Depois de novo se aproximava, se afastava e soprava a própria criação através de um tubo formado pelas mãos postas — talvez isso pareça engraçado para quem está de fora, mas assim o artista buscava despertar a alma da obra. Apesar de tudo, a escultura mais uma vez se mostrava sem vida — não havia nela nem mistério nem milagre. Ogoródov sofria, às vezes chorava, puxava os raros cabelos, socava a própria cabeça e se xingava de medíocre, o que, entretanto, não era verdade: medíocre é aquele que não percebe a própria mediocridade.

E esse monumento, enquanto se encontrava no estúdio, também lhe parecera ordinário, mas agora, elevado no pedestal (então era isso que faltava!), ganhara vida e olhava para baixo, para todos e para o seu próprio criador com um sorriso desdenhoso e ar de vitória, com tal expressão (em certo sentido até insolente) como se tivesse se criado sozinho.

— Meu Deus! Meu Deus! — balbuciava o criador, pasmo, de olhos fixos na estátua. — Ele está vivo, vivo. Está vivo, não está? — perguntava-se, surpreso por não ter notado isso antes.

— Acalme-se! — disse ao marido Zinaída, com serenidade, porém firme, e enfiou nos lábios a boquilha de cartão do cigarro, da qual pendiam filetes de neve congelada.

— Não — disse Ogoródov, negando não se sabe o quê. E, estendendo os braços na direção da própria obra, gritava. — Ei! — E outra vez. — Ei! Ei!

— Com quem você está falando? — surpreendeu-se Kujélnikov, em tom altivo.

— Não é com você — dispensou-o Ogoródov, sem dar atenção àquele alto funcionário. E de novo gritou. — Ei! Ei! Ei!

As pessoas que estavam ali perto ficaram um tanto perplexas e, por via das dúvidas, afastaram-se dele como de um possível doido, e o escultor, erguendo as mãos com paixão, caminhou em direção à estátua e gritou-lhe:

— Ei, fale alguma coisa!

É claro que ele não foi o primeiro a dirigir esse pedido à própria obra. Muito antes dele, o grande Michelangelo pedira o mesmo ao seu Moisés. Mas as pessoas reunidas na praça, sem suspeitar do plágio, trocaram olhares, algumas delas imaginando, respeitosamente, que o escultor talvez estivesse fora de si — afinal de contas, era um artista. O poeta Serafim Butilko[5] aproximou-se do confrade de ofício, deu-lhe um tapinha no ombro e, soltando um bafo de álcool, alho e dentes estragados, disse em tom respeitoso:

— Realmente, parece vivo.

— Bobagem! — replicou o escultor, num sussurro. — Que história é essa de “parece”? Ele não parece vivo, simplesmente está vivo. Observe bem: ele enxerga, respira, da boca sai até um vapor!

Essa era uma afirmação completamente absurda. Os lábios de ferro da estátua estavam estreitamente cerrados, não saía deles vapor al-

---

[5] Nome formado a partir da palavra *butilka*: “garrafa”. (N. da T.)

gum. E não podia sair. É possível que, em algumas reentrâncias, tivesse lugar um ocasional pé de vento, e assim não apenas ao escultor, mas a todos os outros, parecesse que, sob os bigodes de ferro, realmente se elevava algo.

Enquanto Ogoródov gritava coisas sem sentido, sua mulher, Zinaída, mascando de novo o cigarro apagado, devassava o futuro imediato. Com insistência, ela fizera o marido avançar na vida, porém já previa que, se ele ficasse famoso e na moda, ao seu redor surgiria uma rede de admiradoras — jovens aves de rapina —, e a posição da esposa já sem viço, em meio a essas atribulações, logo se tornaria insustentável. Ogoródov, porém, sem notar as inquietações da mulher, arrancou a boina, lançou-a ao chão, sob os próprios pés, e, aos berros de "A minha vida está justificada!", começou a pisotear o pobre trapo com grande vigor, como fosse culpa dela que a vida se justificava somente agora. "A minha vida está justificada, justificada, justificada!", continuou a gritar, sem compreender que a vida, por si só, entrega-se a nós sem nenhum tipo de condição, e não há necessidade de justificá-la por meios especialmente mirabolantes.

Ele pisoteou a boina até que o vento, com pena do trapo infeliz, arrancou-o de seus pés e levou-o para algum lugar gelado e escuro, e o escultor, cuja careca agora estava descoberta, alçou de novo as mãos na direção do monumento e implorou:

— Diga que você está vivo! Confirme isso, saia daí, mande um sinal. Está me ouvindo ou não?

E aqui aconteceu um fenômeno raro no clima hibernal — em algum lugar distante soou um trovão, não muito alto, como se uma carroça rolasse em uma rua calçada de pedras.

Os camaradas que estavam atrás de Ogoródov, todos, sem exceção, eram materialistas ferrenhos; oficialmente, nenhum deles acreditava nem na Divina Providência nem na força impura, mas, quanto menos acreditavam oficialmente, mais suspeitavam de que tanto uma quanto a outra existiam. Por isso, ao ouvir o trovão, por instinto, todos estremeceram, e os da frente recuaram, pisando nos de trás, e um relâmpago fulgurante, que, aliás, fulgurou sem trovão algum naquele céu de inverno, deixou os presentes em estado de completa perplexidade. Fulgurou o relâmpago, e os olhos do generalíssimo de ferro-gusa acenderam-se numa sôfrega chama alaranjada. A chama demorou-se nas órbitas e depois se apagou lentamente, como se sugada para o interior. Nesse momento, um terror inexplicável apoderou-se de alguns dos participantes da cerimônia. Involuntariamente eles se lembraram de pecados contra a esposa, a pátria, o Partido e pessoalmente contra o camarada Stálin; lembraram desfalques, subornos, atrasos nas contribuições partidárias — e, com medo de uma possível punição, permaneceram imóveis, como enfeitiçados. E quando o pasmo começou a passar, de novo Serafim Butilko deu sinal de vida. Para animar a si mesmo e aos outros, observou que na natureza ainda acontecem, às vezes, fenômenos que a ciência não consegue explicar.

— Sim — comentou o secretário do Comitê Regional de modo significativo —, ainda acontecem essas obscuridades em algumas regiões. — E arrastou as galochas na direção do automóvel Vitória, que o esperava, deixando aos participantes do evento a possibilidade de refletir sobre o significado da sua réplica e as possíveis alusões nela contidas.

Será que o distrito não estava entre os mais exemplares? Mas o que os fenômenos naturais tinham a ver com isso? O fenômeno natural é que escolhe o lugar de sua manifestação, sem se dirigir aos órgãos de controle locais para pedir licença. Entretanto, o alto dirigente do Partido tinha expressado certa insatisfação, e os subordinados entenderam que o negócio indicava mudança de quadros. Esse pensamento inquietou alguns dos presentes e despertou esperança em outros. Começou então uma luta, como se costumava dizer naquela época, entre os bons e os ainda melhores, em resultado da qual Aglaia perdeu o cargo de direção para um tal Vassili Sídorovitch Nietcháiev, que trabalhava como secretário da organização de base na fábrica de óleo. Desse modo transferiram Aglaia, como já foi dito, para o orfanato, para que educasse a nova geração.

5

A abundância de poetas é sinal da selvageria de um povo.

Assim pensava o meu mais velho amigo, Aleksei Mikháilovitch Makarov, vulgo Almirante, sobre quem falaremos depois. Quando ele declarou isso pela primeira vez, a afirmação pareceu-me absurda, mas Aleksei enumerou países e regiões do mundo onde as pessoas estão atoladas na miséria e na ignorância, alguns não conhecem eletricidade nem papel higiênico, e, no entanto, entre eles há enorme quantidade de cantadores, bardos, poetas populares ou palacianos. Lá as autoridades expressam paixão pela palavra poética, e os bons poetas (que escrevem bem sobre o governo) são presenteados generosamente com todo tipo de bens, enquanto os ruins (que escrevem mal sobre o governo) têm a cabeça cortada. Às vezes, o risco de ficar sem cabeça afeta tão fortemente a consciência dos poetas ruins, que eles passam a escrever muito melhor do que os bons; os seus poemas as pessoas anotam em cadernos, decoram e transmitem de uma geração à outra. Embora em Dolgov o sistema de formação dos poetas fosse um pouco mais brando (não cortavam a cabeça, mas também não deixavam o sujeito viver em paz), o número de vates *per capita* superava visivelmente o volume necessário. No final da década de 1940, o mais famoso e distinto deles era, é claro, o mestre e sábio Serafim Butilko, que, porém, estava pra lá de velho em todos os sentidos. Perdera seis dentes da frente na arcada superior, arrastava os pés, os cabelos tinham encanecido, a corcunda aumentava a cada dia, ele mal dominava a metáfora, não observava a medida, usava rimas pobres, estropiadas: "amor — calor", "liberdade — humanidade", "querer — perder", "passear — voltear". E isso numa época em que os jovens manejavam com habilidade as rimas ricas, de radicais, assonâncias, dissonâncias e o diabo sabe lá o quê, do tipo "potência — potrear", "bétula — betonada", "almoço — almaço", "atributo — até bruto", e estupendas imagens e metáforas. O nosso autor mais refinado, dotado de amplos conhecimentos, era Vlad Raspadov — poeta, crítico de arte, ensaísta, publicista, em resumo, um hábil e polivalente artista da palavra. Em 1949, ainda no colégio, ele escrevera uma redação dedicada ao monumento. Era um mero trabalho escolar, mas tão interessante que foi publicado no *Pravda de Dolgov*. Esse ensaio chamava-se... não me lembro agora com precisão... "Melodia petrificada em metal" ou "Música congelada em ferro-gusa". Algo nesse espírito. Era um artigo muito intenso, figurado, com profundas entrelinhas. A respeito da criação do escultor Ogoródov, estava escrito que ela não poderia ser assim, como era, se não houvesse ocorrido a maravilhosa combinação entre o talento do autor e o amor sincero pelo protótipo, que se fundiam num todo único. "Ao olhar essa maravilha", escreveu Raspadov, "é difícil conceber que ela foi modelada, talhada ou fabricada por qualquer meio físico que seja. Não, ela é simplesmente a música libertada, dissipada da alma do escultor e erigida em forma humana para nos encantar e maravilhar."

O artigo de Raspadov, embora não fosse inteiramente correto sob a ótica do realismo socialista, impressionou os leitores, agradou aos órgãos ideológicos, e Piotr Klimovitch Porossiáninov, ao lê-lo, disse a respeito do autor: "Este sim é um dos nossos!", e, depois de pensar um pouco, acrescentou: "Um dos nossos!".

Quanto a Maks Ogoródov, tendo criado obra-prima tão incontestável, ganhou fama extraordinária, recebeu muitas encomendas governamentais, obteve prêmios Stálin, inicialmente o de terceira classe, depois o de segunda e depois o de primeira, e a mulher Zinaída, como ela própria receava, logo foi trocada por outra, também de primeira classe, dezoito anos mais nova. E Ogoródov, é claro, tornou-se muito presunçoso. E, em sua presunção, afirmava superar todos os escultores contemporâneos, inclusive Tomski e Koniônkov.[6] E, entre os mestres do passado, reconhecia como iguais apenas Míron, Praxiteles, Michelangelo e, em parte, Rodin.

Não há o que negar — a maravilha criada por Ogoródov era realmente uma maravilha. Ela maravilhou, inclusive, os conhecedores de arte mais experientes, incrédulos e cuidadosos. Acadêmicos e críticos de arte viajavam a Dolgov, em caráter especial, não apenas pelo prazer de receber 26 rublos de diária, mas também pelo desejo de ver o monumento com os próprios olhos e se convencer. Um deles, já convencido, tirou o lenço do bolso, encharcou-o nos olhos e disse: "É o fim. Agora posso morrer". E a ninguém essa reação pareceu sentimental demais. Todos conseguiam ver que o monumento realmente se distinguia de outros similares porque irradiava uma força misteriosa. Ele ficava no meio da praça, para a qual convergiam, de todos os lados, ruas largas e estreitas. Antes elas se juntavam ali por acaso, em resultado de séculos de urbanização caótica. Agora cada indivíduo sentia, fisicamente, que essas ruas e vielas afluíam por força de um incomum magnetismo exercido pelo monumento, e que ele próprio consistia no verdadeiro centro da cidade e, mais do que isso, em um centro sem o qual a cidade não podia funcionar: ficaria como uma roda sem eixo. Quem visitava Dolgov naquela época não conseguia imaginar como ela sobrevivera por tantas centenas de séculos sem a estátua.

Multidões de habitantes, locais e forasteiros, visitavam o monumento e observavam que, não importava de que lado se encontrassem, à direita ou à esquerda, o líder de ferro-gusa os acompanhava com o olhar,

---

[6] Nikolai Vassílievitch Tomski (1900-1984) e Serguei Timofêievitch Koniônkov (1874-1971), escultores soviéticos premiados. (N. da T.)

e aos que estavam atrás parecia que a estátua enxergava também pelas costas. E o olhar direto do homem de ferro-gusa imprimia a todos um medo incompreensível, que se convertia em pavor glacial. Isso acontecia não só com as pessoas, mas também com animais de classe inferior. Nem pombos pousavam no quepe de ferro, embora a sua superfície fosse circular e plana, adequada a decolagens, aterrissagens e à execução de outros exercícios naturalmente aviários. Além disso, a estátua (mas isso é mero detalhe) nunca foi atacada por corrosão.

Rumores sobre a criação incomum do escultor Ogoródov espalharam-se até muito longe e, certa vez, chegou de Moscou, em caráter especial, um influente membro do Politburo, com o objetivo de avaliar se não seria conveniente transferir a obra-prima monumental para esta cidade. Na praça, acompanhado por Kujélnikov, ele observou a estátua, também experimentou evidente inquietação e, assim que voltou a si, afirmou: "Nós não precisamos disso!". E mais uma vez o negócio tocou na esfera dos quadros partidários. Kujélnikov perdeu a posição e foi nomeado cônsul de algum lugar na África. Pouco tempo depois, aquele membro do Politburo desapareceu, e tudo por causa da exclamação: "Nós não precisamos disso!". A frase foi transmitida a Stálin, e o líder concluiu que o isso, do "nós não precisamos disso", era ele próprio e não a escultura. Assim, deram sumiço no membro do Politburo, o seu nome foi retirado de todas as listas, manuais, guias e enciclopédias, de modo que atualmente até historiadores têm dificuldade em determinar se ele chegou ou não a existir de fato.

Quando inauguraram o monumento, a alguns poucos pareceu muito audaciosa a afirmação de Aglaia, de que ele ali permaneceria por milhares de anos. Ninguém podia nem mesmo sonhar que, antes que as crianças nascidas naquele ano entrassem na escola, chacoalhariam os alicerces não só da estátua, mas de todas as obras do líder.

(2000)

Tradução de Denise Sales

Vladímir Sorókin

Vladímir Gueórguievitch Sorókin nasceu em 1955 em Býkogo, nos arredores de Moscou, e graduou-se em engenharia química. Já trabalhou como cenógrafo, ilustrador e artista gráfico, tendo ilustrado quase cinquenta livros. Na década de 1980, associou-se a artistas moscovitas ligados ao movimento conceitualista, e foi amigo próximo de Dmitri Prígov. Não por acaso a escrita de Sorókin é permeada de motivos e procedimentos do mundo da arte *underground* soviética. A cultura do choque, a escatologia e o desconforto são constantes em suas peças e romances. Outra faceta notável de Sorókin é seu virtuosismo estilístico, como na peça *Dostoiévski-trip* (1997), em que um grupo de adolescentes experimenta uma nova "droga literária" e vai parar no meio de uma cena do romance *O idiota*, de Dostoiévski, momento em que Sorókin parodia e atualiza o estilo do grande escritor russo. Mas Sorókin sabe também ser provocador sem ser controverso. No pequeno ensaio "O Eros de Moscou", por exemplo, o autor recorda algumas de suas aventuras pela capital soviética até com certa nostalgia complacente. Este texto abre a coletânea temática *Moscou*, publicada em 2001. Na coletânea, a este ensaio seguem-se o romance *O trigésimo amor de Marina* (1984) e o roteiro cinematográfico "Moscou" (1997), este último escrito em colaboração com Aleksandr Zeldovitch, que também dirigiu o filme homônimo (*Moskva*, 2000).

O Eros de Moscou

As cidades, como as pessoas, podem ser sensuais ou frígidas. Pode-se viver uma vida inteira com uma pessoa sem chegar a conhecer ou sentir o seu Eros. Do mesmo modo, uma cidade qualquer é capaz de fazer você estremecer de orgasmo imediatamente ou, ao contrário, condenar você a dez anos de uma coexistência melancólica.

Eu passei um ano e meio em Tóquio, mas até agora não consegui desvendar o Eros dessa cidade surpreendente. Berlim se rendeu a mim em meio ano. São Petersburgo, em uma semana. Paris, em doze horas.

Cada cidade possui o seu Eros.

Moscou para mim não é uma cidade, nem um país, tampouco a Rússia Profunda.

Moscou é uma gigante adormecida. Ela está deitada de costas no meio da Rússia. E dorme um pesado sono russo.

Para penetrá-la, é preciso conhecer suas zonas erógenas. Do contrário, ela vai rejeitar você e se fechar para sempre.

Cada moscovita tem seus lugares sensíveis no corpo da capital. Mas é preciso *querer muito* encontrá-los. E então, a gigante se entregará a você.

Para mim, as zonas erógenas no corpo de Moscou são sete. Eu comecei a apalpá-las instintivamente ainda nos meus anos de universidade. Até então, como milhares de habitantes da cidade, eu via em Moscou apenas a "capital de nossa pátria", o lugar onde moram meus pais e amigos, "uma cidade confortável com infraestrutura desenvolvida", "um monumento histórico", "a terceira Roma", "o centro da Rússia, para onde todos os caminhos conduzem" e toda essa bobajada.

Mas a minha intuição me dizia que as coisas em Moscou não são assim tão simples como podem parecer. E eu não estava errado. Quase doze anos foram necessários para eu encontrar e me envolver com os lugares *secretos e sensíveis* de Moscou.

Hoje posso dizer com toda a sinceridade que *sinto* esta cidade. E estou pronto para dividir seus segredos.

As zonas erógenas no corpo de Moscou são, ao todo, sete. É melhor tocá-las no verão. Pois bem:

1. A Universidade Estatal de Moscou e o mirante do Monte dos Pardais

Em um dia ensolarado, aproxime-se da enorme massa stalinista que é a MGU pelo lado do rio Moscou, suba os degraus de granito e pare diante das colunas da entrada. Ela está ladeada por um jovem de ferro e uma moça de ferro, com livros de ferro nas mãos. Se você for homem, dirija-se à moça. Se for mulher, dirija-se ao jovem. Aproxime-se calmamente de seu objeto, suba no pedestal e coloque as mãos no peito de ferro. Pronunciando as palavras "Moscou, deixa-me entrar!", fique ali uns minutos e depois desça e vá para o mirante. Lá, você deve se apoiar no parapeito de granito polido e contemplar, até surgirem lágrimas, o panorama da cidade que se abrirá diante de você. Logo que as lágrimas aparecerem e o panorama se fundir em um caleidoscópio cintilante, tente sentir Moscou como um balão colorido pairando no ar. Depois de sentir, enxugue as lágrimas e siga em frente.

2. O Centro de Exposição das Realizações da Economia Nacional

Ao entrar pelo portão principal no território do antigo Centro de Exposição das Realizações da Economia Nacional, caminhe sempre em frente até encontrar o primeiro chafariz, dedicado à "Amizade dos Povos": quinze figuras femininas banhadas em ouro, vestidas com trajes típicos dos povos da URSS. Passe por cima da mureta, entre na água e dê três voltas no chafariz em sentido horário. Depois, continue em frente até chegar ao chafariz "A flor de pedra". Faça lá a mesma coisa: dê três voltas em sentido horário, com água até os joelhos. E logo depois vá em frente, até a extremidade do Centro de Exposição, em direção ao chafariz "Espiga de ouro". É um chafariz grande e fundo. Antes, andavam de bote ao seu redor. Tire a roupa e nade ao redor da espiga de trigo banhada em ouro. Três vezes em sentido horário. Se tudo terminar bem, como aconteceu comigo e com o pintor Andrei Monastírski[1] e sua esposa Sa-

[1] Andrei Víktorovitch Monastírski (1949), um dos fundadores do Movimento Conceitualista russo. (N. da T.)

bina no memorável ano de 1986, vista-se e vá imediatamente a algum lugar ali perto para beber e comer. Depois de desvendar a nós mesmos essa zona erógena da nossa cidade natal, fomos ao restaurante "Espiga de Ouro". O enorme restaurante estava vazio, em razão da famigerada campanha de Gorbatchov contra o álcool: lá não serviam nem cerveja. Em compensação, havia comida aos montes. Depois da ablução em três águas, nós queríamos muito nos aquecer. "Falem com o porteiro", o garçom nos cochichou amavelmente ao ouvido. Andrei falou com ele e, em dois minutos, o pinguço-bigodudo do porteiro colocou em nossa mesa uma garrafa de água mineral Borjomi cheia de vodca. "É vodca?", perguntou Sabina em bom russo. O porteiro, calado, confirmou com a cabeça. "E por que em uma garrafa de água mineral?" "É difícil de explicar", respondeu o porteiro, e sumiu. Acho que ele se referia não apenas à vodca disfarçada, mas a algum sentido metafísico mais profundo.

O erotismo de Moscou não é apenas difícil, mas impossível de explicar. É preciso senti-lo.

3. O anel dos bulevares

Convide dois de seus amigos mais íntimos, comprem três garrafas de vinho do Porto, enfiem-nas nos bolsos dos casacos, deem-se os braços e partam para os bulevares. Vocês têm que percorrer todo o anel dos bulevares em silêncio, segurando uns aos outros e dando goles das garrafas, sem pressa. Para começar a viagem por essa zona erógena recomendo partir do bulevar Iáuzki, aquele junto à rua Soliánka, caminhando em sentido anti-horário: Tchistoprúdni, Sriétenski e assim por diante. É preciso ir em silêncio, contemplando ao máximo o que acontece nos bulevares. No caso de um encontro com algum conhecido, o ideal é ficar calado e desviar o olhar. Deve-se beber sem pressa, saboreando bem. Ao terminar o passeio no bulevar Gógol, é preciso colocar as garrafas no centro do bulevar, ficar abraçados, ombro a ombro, e realizar uma dança lenta ao redor das garrafas, uivando e assobiando baixinho. Depois, rapidamente, sem se despedir nem olhar uns para os outros, é necessário ir cada um para um lado diferente.

Tudo isso fizemos Igor Vinográdov, Serguéi Kútin e eu, em um dia tépido de junho no verão de 1974, depois de sermos aprovados no exame da disciplina "Resistência dos materiais".

4. O Cemitério Vagánkovo

Ao entrar no cemitério, dirija-se à direita, à parte mais afastada, levando consigo um livro que ainda não tenha lido. Encontre um túmulo que não tenha nada de especial, mas que esteja bem-arrumado e com um banquinho. Sente-se e leia o livro até o pôr do sol, quando bate o frescor da noite e as letras no papel começam a embaralhar, fazendo lembrar guerreiros que dormem amontoados. Feche o livro, coloque-o cuidadosamente sobre um túmulo e abandone o cemitério em silêncio. Foi exatamente o que fiz em maio de 1980. Depois de visitar minha mulher na maternidade, e me preparando para pôr duas meninas gêmeas neste mundo contraditório, fui perambular por uma Moscou tépida, que exalava cheiro de refrigerante e alcatrão, carregando debaixo do braço um xerox do romance *Rei, Dama, Valete*, de Nabókov. Não me lembro como e nem por que fui dar no Cemitério Vagánkovo, que ainda não fora estragado pelo túmulo de mau gosto de Vissotski[2] e estendia-se humildemente sob tílias e choupos. Manchas da luz do sol deslizavam por uma cruz modesta, e a erva nova brotava nos montículos dos túmulos. Depois de sentar num banco ao lado de um túmulo bem cuidado, fiquei lendo Nabókov até o pôr do sol e, sem chegar até o final, levantei-me de repente e me pus a andar entre os túmulos, sem pensar em nada. Por que deixei o livro no túmulo? "É difícil de explicar", responderia aquele mesmo porteiro. Ainda mais difícil é expressar o sentimento com que eu saí pelos portões do cemitério.

5. A estação de metrô do Portão Vermelho

O metrô de Moscou, à primeira vista, parece uma enorme zona erógena, um peristaltismo no qual cada curva exige delicados toques marmóreos. Mas isso é só uma impressão superficial. Em quarenta e cinco anos de viagem por esse labirinto eu descobri apenas uma estação com vibrações eróticas: a estação do Portão Vermelho. Vá lá depois da meia-noite, tire a roupa, fique de pé em algum dos nichos de granito e permaneça petrificado por uns minutos na pose de Apolo (se for homem) ou de Afrodite (se o Senhor a fez mulher).

---

[2] Vladímir Semiónovitch Vissotski (1938-1980), músico e poeta, um dos principais artistas da contracultura soviética. (N. da T.)

6. O mercado de Tcheriómuchki e o mosteiro Novodévitchi

É necessário chegar cedo, um pouco antes da abertura e vestido como um maltrapilho. Depois de pegar um caixote de madeira, entre pela porta central do mercado e imediatamente sente-se nela ao lado da porta. Coloque um gorro ensebado no colo, respire fundo e comece a uivar baixinho, mas longamente: "Moscou é famosa por seus pães! Moscou é famosa por seus pães!". Você precisa repetir essa frase o dia inteiro, sem pausa. Logo que o mercado fechar, levante-se e, sem contar o dinheiro que ganhou durante o dia, espremendo o gorro com as mãos, dirija-se ao mosteiro Novodévitchi. Entre, fique em pé no meio do mosteiro, benza-se, faça uma mesura e, gritando "Tome, Senhor, que não nos serve de nada!", jogue o gorro com o dinheiro o mais alto possível.

7. O distrito de Kapótnia

Depois de confeccionar um papagaio de papel, espere escurecer e vá para Kapótnia. Procure lá um lampião a gás, posicione-se do lado de onde sopra o vento e solte o papagaio. Faça com que seu papagaio voe em direção à chama. Logo que o papagaio pegar fogo, puxe a linha e acenda uma vela com o papagaio. Aperte a vela contra o peito e, protegendo-a do vento, fale em voz alta: "Fogo, venha comigo". Depois vá para casa, caminhando com a vela acesa. Ao entrar em casa, apague a vela com cuidado, coloque-a debaixo do travesseiro e deite-se imediatamente para dormir.

Eu garanto que, ao acordar no dia seguinte, você não vai reconhecer Moscou.

"E é assim tão simples?", você perguntará. Sim, bem simples, como tudo o que é evidente. Para sentir o Eros de Moscou, não é preciso, em absoluto, realizar cerimônias sinistras e assassinatos ritualísticos. Na verdade, não há nenhuma necessidade de borrifar bílis de urso na muralha do Krêmlin, de defecar da ponte da Crimeia à meia-noite, de arremessar dardos envenenados nas prostitutas ou de se masturbar sobre o monumento a Timiriáziev.[3] Moscou, como qualquer mulher, sente a necessidade de uma ternura verdadeira, que venha do coração.

---

[3] Kliment Arkádievitch Timiriáziev (1843-1920), botânico e fisiologista russo. Seu monumento foi erguido em 1923 no bulevar Tvierskói. (N. da T.)

Muitos moscovitas tendem a ver a principal zona erógena de Moscou na Praça Vermelha. Aqueles especialmente ousados consideram a Praça Vermelha o púbis depilado da capital, coroado por dois clitóris: a catedral de São Basílio e o mausoléu de Lênin. Decerto isso explica também a peregrinação à praça central do país. Uma vez, em uma noite abafada de julho, Svetlana Kóneguen,[4] Dmitri Prígov e eu fomos testemunhas das curiosíssimas manifestações dos anos 1960, em que escritores formavam uma corrente humana da catedral de São Basílio até o mausoléu. Eles eram comandados por certo poeta barbudo que segurava no peito um ícone de São Pantaleão de Nicomédia, e que repetia "Tem que fechar, para ela acabar de uma vez". A polícia impediu a formação da corrente.

Já nos meus quarenta e cinco anos, por mais que me esforçasse, não consegui sentir o Eros da Praça Vermelha. Em compensação, pude senti-lo plenamente nos lugares citados acima, do qual dou fiel testemunho. Como escreveu Prígov: "Cada um tem a sua Moscou celestial, cada um tem a sua Moscou terrena".

(2000)

Tradução de Arlete Cavaliere e Natália Quintero

---

[4] Svetlana Iúrievna Kóneguen (1961-), crítica de literatura e cultura. (N. da T.)

Fazil Iskander

Fazil Abdúlovitch Iskander (1929-2016) nasceu na Abcásia, uma república socialista soviética às margens do Mar Negro. Seu pai, de nacionalidade iraniana, foi deportado na década de 1930 e morreu em uma colônia penal. Iskander estudou no prestigiado Instituto Literário Górki e trabalhou como jornalista e editor. O reconhecimento literário veio em 1966, com a publicação de *A constelação do capriuro*, uma sátira à pseudociência patrocinada pelo Estado nas eras de Stálin e Kruschov. Iskander foi muito lido e editado na União Soviética, embora seus livros mais famosos, como *Sandro de Tcheguem* (1973), só puderam ser publicados integralmente no Ocidente. A maior parte de sua ficção é ambientada na Abcásia e permeada pela língua e costumes locais, mas o caráter anedótico de seus contos frequentemente toma a via do pessimismo, desaguando em sátiras nada sutis. Com o fim da União Soviética, uma parte de sua prosa assume um caráter público, promovendo discussões sobre temas mais vastos e universais. O diálogo satírico-filosófico "Sonho com Deus e o diabo", publicado em 2002 na revista *Známia*, pertence a esta fase de sua carreira.

Sonho com Deus e o diabo

Deus está sentado em uma pedra, no céu, e, de tempos em tempos, lança um olhar para baixo, para a Terra, como um pastor ao seu rebanho. O diabo está ao lado, bastante agitado.

— Pois bem, veja, veja no que deu a sua amada humanidade — o diabo diz a Deus, zombeteiro. — Um enxame!

— Porém, você não tem como negar a grandeza da concepção — responde Deus, suspirando.

— Em qualquer concepção, o importante é a precisão — observou o diabo, sarcástico. — A grandeza da concepção é a justificativa dos fracassos.

— E por que você está feliz? — perguntou Deus. — Em mim, os homens acreditam, ainda que de forma insuficiente. Mas em você são poucos os que acreditam.

— Aí é que você se engana! — alegrou-se o diabo. — Eu mesmo não acredito em nada! E os homens, mesmo os que não acreditam em mim, seguem, em essência, a minha fé.

— Lógico, porém repugnante — disse Deus. — A verdade deve ser bela, ou então não é verdade.

— Veja você, Deus — prosseguiu o diabo —, você não duvida de nada, mas os homens estão cheios de dúvidas. Vocês estão terrivelmente distantes uns dos outros!

— Duvido mais do que todos — disse Deus.

— E de que duvida? — espantou-se o diabo.

— Ainda não tenho certeza se mandei meu filho ajudar as pessoas cedo demais ou tarde demais. Ou será que foi na hora certa? Se não tiver sido na hora certa, quer dizer que eu contribuí para que o meu filho morresse em vão. É insuportável pensar nisso.

— Quem vai dissipar as dúvidas de Deus? — perguntou o diabo, insinuante.

— Só os homens. Tenho esperança neles — suspirou Deus. — Não tenho esperança em mais ninguém.

— Quer dizer que precisa dos homens?

— Muito.

— E eles precisam de você?

— Muito.

— Então qual é a diferença entre vocês?

— Sei com certeza que preciso deles para justificar o meu desígnio e não ser culpado pela morte do meu filho. E eles ainda não estão seguros de que precisam de mim. Muitos não estão seguros. Essa é a diferença. É preciso esperar e esperar, até que todos se assegurem de que precisam de mim.

— Por que está tão aflito com a morte do seu filho? Não o ressuscitou?

— Ao ressuscitá-lo, ressuscitei também a lembrança de todos os seus suplícios de antes da morte. E ele só vai ter sossego quando se assegurar de que seus suplícios não foram em vão.

— Bem, você diz que é preciso esperar e esperar. Mas não acha que as pessoas podem se aniquilar enquanto você espera que elas acreditem em você?

— Esse perigo existe. Mas por que você, diabo, se inquieta por elas?

— Vou sentir tédio sem elas. Elas me entretêm... Mas você não poderia livrá-las desse perigo?

— A questão é que não posso. Se eu pudesse livrar a humanidade do suicídio, há tempos teria livrado pessoas isoladas do suicídio.

— E por que não pode deter o suicídio?

— De acordo com as condições de minha concepção de vida, ela é boa por ser voluntária.

— O que espera das pessoas?

— Responsabilidade.

— E quanto à fé?

— São a mesma coisa. Um homem responsável, ao achar que não acredita em Deus, na verdade acredita, só não sabe disso. E, inversamente, um homem irresponsável que pensa acreditar em Deus na verdade não acredita, mas não desconfia disso.

— Como vê o arrependimento?

— É algo muito sério. Todo pecador deve ter a chance de se purificar. Mas não tenho como ignorar que muita gente se confessa para pecar com as forças renovadas. A propósito, as pessoas inventaram todo tipo de história aterradora a respeito do inferno. Só que a verdade é ainda mais aterradora. O inferno é o lugar que revela ao homem com toda a clareza o absurdo da sua vida de pecador. Porém, ali o homem perde o direito ao arrependimento. Por isso experimenta tormentos eternos. Seus tormentos são duplicados, pois ele quer muito, mas não pode transmitir essa verdade às pessoas próximas que estão na Terra, para que depois elas não passem por esses tormentos.

— E por que não os ajuda a transmitir essa informação útil aos próximos? — perguntou o diabo.

— Isso não é permitido — disse Deus, severo. — Daí eles vão parar de pecar não por amor ao bem, mas por medo.

— Quer que eu lhe confesse em que reside a minha força e em que a minha fraqueza? — o diabo disse, de repente.

— Pois bem!

— Minha fraqueza reside em que — o diabo baixou a voz —, só aqui entre nós... Minha fraqueza reside em que, no fim das contas, não consegui ser mais vil do que o homem. Todos os recordes são dele!

— E onde reside a sua força?

— A força está exatamente em que, se o homem é assim, isso justifica que eu brinque com ele. Largue as pessoas! Deixe o enxame para lá! Têm merda sob os pés e ainda assim voam para o cosmos. O beduíno faz o camelo levantar, e nas bases de lançamentos já erguem-se os navios cósmicos!

— Sim, a caravana da humanidade estendeu-se demais — observou Deus, com uma preocupação senhorial.

— A crer nos boatos que você mesmo espalha, você é, por assim dizer, o mais sábio de todos. Para que precisa dos homens?

— Não espalho nenhum boato a meu respeito — retrucou Deus. — Foram os homens que te ensinaram a bajular? No que tange à razão... O principal sinal de sua existência é a capacidade de reproduzi-la nos outros. Dotar as pessoas de razão significa certificar-se da própria razão.

— As pessoas dizem que você às vezes se mete nos assuntos delas e castiga o mal.

— Jamais! Pessoas ingênuas acham que, se em algum lugar o mal foi à bancarrota, é obra de minhas mãos. É acaso. O resultado dessa lógica é que, se o mal vence, quer dizer que minha mão enfraqueceu. Nem uma coisa, nem outra! Eu coloquei nas mãos das pessoas a centelha da consciência e a centelha da razão. É o suficiente para percorrerem sozinhas todo o resto do caminho. Diante de todos os seus erros terríveis, elas realizarão o meu desígnio se, por fim, avivarem em si a centelha da consciência e a centelha da razão. Porém, se não conseguem fazer isso sozinhas, então corro até elas e lembro-as do destino de meu filho! Muitas vão se dar mal!

— Quer dizer que você jamais se mete nos assuntos dos homens?

— Desde que lhes enviei meu filho, jamais! — repetiu Deus. — Se os corrigisse por minha vontade, estragaria a pureza do meu desígnio. Outra coisa é quando as pessoas sensíveis, adivinhando minha desaprovação, se corrigem por si mesmas. Isso é bom.

— E em tempos imemoriais, você se metia nos assuntos dos homens? — perguntou o diabo.

— Ocasionalmente — respondeu Deus, refletindo. — Lembro-me de que gostava dos escandinavos. E mandei a corrente do Golfo em volta da Escandinávia, para que o frio não lhes causasse debilidade mental. E eles corresponderam às minhas esperanças.

— E teve ou não teve dilúvio universal? — perguntou de repente o diabo, sem como nem por quê. — Por algum motivo eu perdi isso.

— Teve dilúvio, mas não foi tão grande — respondeu Deus, com um risinho. — Os antigos hebreus se empolgaram ao descrevê-lo... Os países pequenos exageram suas desgraças, enquanto os grandes não conseguem contemplá-las... E como esse Noé poderia alojar em sua arca um par de cada criatura? Que tamanho a arca deveria ter? Então você veria Noé correndo pela África, trazendo elefantes, antílopes e tigres! Não, Noé alojou em sua arca apenas seus animais domésticos, contando com eles como provisões vivas.

— Quer dizer que de você não vem nenhum proveito para a vida dos homens de hoje?

— Como não? — exclamou Deus. — Sou a única instância do mundo que não rejeita queixa alguma! Eu apaziguo aqueles que, de toda alma, sem nenhuma saída, queixam-se para mim.

— Mas houve milagres na Terra. Não seriam obra das suas mãos?

— Não — respondeu Deus. — Houve de fato milagres, mas não por minha imposição. Uma explosão extraordinária de fé dentro do homem transfigura seu organismo, uma luz se acende, o cego passa a ver. Mas não sou eu quem diz: Veja!

— E o Estado pode sobreviver sem mentiras? — de repente perguntou o diabo, que, pelo visto, lembrara-se da instância que constantemente rejeita as queixas.

— Pode, mas não tem coragem para tanto. A cada mentira do governo o povo responde com milhares de embustes. A vantagem momentânea da mentira é superada pela imensa desvantagem destes embustes. Porém, os governantes não compreendem.

— A propósito, onde está agora a alma de Lênin? — lembrou-se inesperadamente o diabo.

— No paraíso.

— Como no paraíso? — animou-se, alegre, o diabo.

— Os lutadores mais furiosos eu mando para o paraíso — respondeu Deus. — Lá eles experimentam os suplícios mais infernais, ao ver que é impossível lutar no paraíso.

— Nesse caso, diga: o que tem a Rússia?

— A Rússia é a minha dor. Ela perdeu a vontade de viver.

— Por quê?

— Porque os russos acham que Lênin pensa neles de seu mausoléu — respondeu Deus, com ironia amarga.

— Por que acham isso?

— Acham isso porque não querem pensar. É pecado deixar de pensar. Então eles erram como um nômade enlouquecido, na direção da miragem de um rebanho inexistente. Está na hora de criar raízes, de fazer o ninho... É preciso sacudir a esperança da Rússia!

— Por que não há um programa para essa esperança? — o diabo ficou curioso.

— Por enquanto, o programa é impossível, pois o roubo generalizado não tem como ser contabilizado. Contudo, é preciso dar um tranco na esperança da Rússia. Para começar, é indispensável criar a pureza de um diamante, com o núcleo duro. E daí o homem ofendido por um funcionário público em qualquer canto do país dirá: vou me queixar a Moscou! E o funcionário, sabendo que Moscou é dura e pura como um diamante, vai abrandar. E os cidadãos, ao verem isso, vão recobrar o ânimo. E começará a cristalização da pureza em todo o país. Senão é o motim. E as pessoas vão dizer: melhor a ilegalidade legitimada do que a lei impotente. E os que foram ofendidos por funcionários vão se tornar também funcionários, e vão se vingar de suas humilhações passadas. Uma estupidez interminável... Há, porém, um vislumbre de esperança. Há pouco tempo, um moscovita disse a seus amigos: pensando no destino da nossa Rússia perdida, eu mesmo, de repente, me perdi no meio de Moscou. Então entendi que a Rússia se perdeu porque pensou demais no mundo perdido. Ele tateou a verdade. O primeiro mandamento do caminhante é: "Não se perca".

(*Aqui eu esqueci um pedaço do diálogo.*)

— Eu acredito que você criou a vida na Terra — disse o diabo, depois de alguma reflexão. — Você lançou a semente da vida na Terra. Isso é fato. Mas muita gente diz que a vida na Terra surgiu sozinha, há milhões de anos. Como você contesta isso?

— É uma estupidez — respondeu Deus —, é a mesma coisa que dizer: eu olhei e olhei para a moça, e ela foi engravidando aos poucos.

— É convincente. Mas como explicar o milagre de que, de uma criatura sem alma, você criou o homem?

— E por acaso não é milagre — respondeu Deus — que o homem implante um galhozinho de figueira frutífera em uma figueira selvagem e infrutífera, e toda a árvore, submetendo-se a esse galho, passe a dar frutos? Inseri em tudo que é vivo a possibilidade do enxerto do bem, a disposição a florescer e dar frutos.

— Mas lá havia um galhozinho frutífero?

— Lá havia eu. Deve-se surpreender não com o galhozinho frutífero, mas com a disposição da árvore infrutífera a submeter-se a ele de bom grado.

— E quem criou você?

— É falta de tato quebrar um ovo em um galinheiro. É falta de tato perguntar a Deus: quem criou você? Primeiro compreenda tudo o que foi criado com a razão e a consciência, e então entenderá de onde Deus veio. Tenha paciência. Por acaso a mãe diz a verdade quando o filho pergunta: de onde eu vim? Ele vai crescer e entender por si só.

— Bem, então, como você acabou de dizer, de onde eu vim? — perguntou o diabo.

— Eu queria entender — suspirou Deus — se a razão não podia engendrar a consciência por si só. Incuti em você apenas a centelha da razão. Mas ela não engendrou a consciência. Revelou-se que a inteligência, quando não lavada pela consciência, torna-se maligna. Assim você surgiu. Você é um projeto fracassado de homem.

— Eu sou um projeto fracassado de homem?! — indignou-se o diabo. — O homem é que é um projeto fracassado de diabo! A propósito, você, aparentemente, está ouvindo o que as pessoas da Terra andam falando?

— Até bem demais — respondeu Deus. — Às vezes tenho vontade de tapar os ouvidos, mas é impossível! O mais triste nas conversas dos homens é a mesquinharia, a malícia.

— Quero ver aprontarem comigo! Quero ver! — interveio inesperadamente o diabo, como se estivesse cansado da malícia dos homens.

(*Voltei a esquecer um pedaço do diálogo.*)

— Se você não pode enganar a morte, não vale a pena enganar ninguém — prosseguiu Deus, pensativo. — Às vezes, porém, acontece de as pessoas serem espirituosas. Há pouco tempo, um australiano disse: "Não cumprimentei um canalha que não via há muitos anos, mas, naquele momento, fingi que minha remota semelhança comigo mesmo era realmente ilusória". Dei uma boa risada. Ah, o meu homem! Teve pena até do canalha, por isso usou deste truque.

— Mas ele é simplesmente um covarde! — disparou o diabo, não sem ciúme.

— De novo a lógica formal — lembrou Deus.

— Então diga, o que é hombridade? — perguntou o diabo.

— Hombridade é nunca ceder às suas tentações — respondeu Deus.

— Delicadeza não lhe falta — observou o diabo. — Quer dizer que é feminilidade ceder às minhas tentações?

— Não — respondeu Deus —, o símbolo da feminilidade sãos as mãos que agasalham o bebê. E tudo o que a mulher faz deve consistir em agasalhar e, se não houver a quem agasalhar, que agasalhe-se a si mesma.

— Você diz que a feminilidade é uma tendência a agasalhar. Mas as pessoas acham que a feminilidade é uma inibida propensão a despir-se.

— Tudo a seu tempo — respondeu Deus, algo enigmático.

— A propósito, esqueci de perguntar — lembrou o diabo —, por que muita gente, na velhice, se torna rabugenta, intratável, imprevisível?

— É uma idade de transição, o caráter se quebra — respondeu Deus, com simplicidade. — Para morrer sem vergonha, é necessário viver com vergonha... Agora vi na Terra uma cena divertida. Em um café, um bêbado insensato colou em um alcoólatra discreto, para beber com ele. Só que o alcóolatra não quis, acanhou-se.

— Por quê?

— Porque o bêbado desonra a ocupação do alcoólatra. O verdadeiro alcoólatra tem uma tendência ao sistemático, e o bêbado não tem sistema. Há, no protesto castiço do alcoólatra, o abismo do humor.

— Seus passatempos são estranhos — notou o diabo.

— Por vezes também eu tenho vontade de descansar — disse Deus. — Você acha que é fácil ficar séculos tomando conta dos homens? Por vezes penso: por que não começar tudo de novo em outro planeta?

— Pegue um homem — o diabo se dirigiu a Deus — que está convicto de sua vulgaridade. Não tem inteligência, nem talento. Mas vê que existem pessoas inteligentes, talentosas, cheias de iniciativa. Que lhe resta a fazer? Como não se exasperar com você, com o destino, com as pessoas?!

— Como assim, que lhe resta a fazer? — espantou-se Deus. — E quem o impede de ser bom e atencioso, pelo menos com as pessoas próximas? Dessa forma, ele pode superar todas as inteligências e talentos. E quem o impede de beijar seu filho, deleitar-se com um jardim florido, nadar no mar no calor?

— Isso é fácil de dizer! — notou o diabo, irritado.

— Isso não apenas é fácil como é jubiloso de dizer! — precisou Deus.

— E se não tiver nem bondade? — insistiu o diabo.

— Daí não tem nada! — exclamou Deus. — Significa que você conseguiu atuar sobre ele... Um alívio — acrescentou Deus, com um sorriso repentino, apontando para a Terra. — Um homem distraído acaba de entrar no mar até o pescoço. Daí, deu um tapa na testa, ao se lembrar de que não sabia nadar, e voltou até a margem. Adoro os distraídos... Os distraídos não enxergam o que é próximo e necessário, mas enxergam longe, o que todos precisam.

— Está querendo dizer que eu nunca me distraio? — perguntou o diabo, desconfiado.

— Você é que disse — respondeu Deus.

— Uma questão me incomoda — disse o diabo. — Pode-se chamar a cana-de-açúcar de cana do pensamento?

— Foi Fidel Castro quem lhe mandou perguntar isso? — notou Deus, zombeteiro.

— Não, fui eu mesmo! Imploro que responda essa pergunta!

— Ah, sim! — lembrou-se Deus. — O diabo é guloso. Lembre-se de uma vez por todas: a doçura da guloseima e a doçura do pensamento não cabem na mesma cabeça.

— Pior para essa cabeça! — respondeu o diabo, sombrio. — Vou demonstrar que a doçura da guloseima é mais doce! Na verdade, já demonstrei!

— Se demonstrou, não deveria ter perguntado — respondeu Deus.

— O homem peca — prosseguiu o diabo, convicto — porque não obteve doçura suficiente. Todos os pecados vêm daí!

— Quando compreender a doçura do pensamento, ainda que às vezes amarga, ele vai se limitar à doçura de uma melancia — respondeu Deus, calmo.

— O homem jamais se limitará à doçura de uma melancia! — gritou o diabo. — Jamais! Por isso o seu desígnio está condenado! O homem ama as mulheres, o poder, a riqueza! Mesmo o embuste lhe é doce! O homem se apaixona à toa, melhor, se apega fácil, e não há nada que você possa fazer a respeito!

— Daí ele se afasta de você, e tudo sai diferente — disse Deus —, mas isso ele tem que fazer sozinho.

— Não há nada maior do que a doçura do tremor da tentação! — exclamou o diabo. — Ah, se o seu ensinamento despertasse a doçura do tremor da tentação! Todos os homens se precipitariam para você, e eu com eles!

— Você enlouqueceu! — Deus levantou a voz. — Isso equivale a ouvir a música de Bach em um bordel!

— E por que não ouvir a música de Bach em um bordel? Que diferença faz? — perguntou o diabo, insolente.

— Os ritmos não coincidem! — Deus cortou-lhe a palavra. — E basta disso! A tentação é a energia do amor nas garras do diabo. Para quem ama não há tentação. Por isso meu ensinamento é baseado no amor.

(*Voltei a esquecer um pedaço do diálogo*.)

— Na minha opinião, você não tem paixão suficiente — o diabo recriminou Deus.

— Paixão eu manifestei uma vez, quando criei o homem. Porém, para preservar sua humanidade, é necessário sabedoria, não paixão. Assim como na cama, a paixão sempre é pressentimento do fim. E eu tenho a eternidade pela frente... A propósito, para falar do homem... — Deus apontou para a Terra. — Um peralta disse agora a seu pai: você diz que Deus criou o homem à sua semelhança. Só que na nossa apostila está escrito que o macaco é um hominóideo. Quer dizer que o macaco é parecido com o homem, o homem é parecido com Deus e, como resultado, Deus é parecido com o macaco.

— Ha! Ha! Ha! Me segure! — gargalhou o diabo. — De boca de criança, você mesmo sabe o que sai! Espero que não o puna por essa cadeia lógica!

— Claro que não — disse Deus —, mas quem foi o cientista tolo que cunhou esse termo? E para onde a igreja estava olhando?

— Quem cunhou fez uma observação certeira! — exclamou o diabo. — E o que é melhor — perguntou o diabo, insinuante, depois de uma pausa —, a rosa ou o botão da rosa?

— A rosa deve ser cheirada — respondeu Deus —, ela não tem outro destino. Já o botão deve ser admirado com cuidado. Ele é o caminho para a rosa. E o caminho é sempre uma alegria.

— Cheirar a rosa e, ao mesmo tempo, entortando os olhos, admirar o botão com cuidado? — o diabo perguntou com uma ironia tão inocente que Deus nem notou.

— Pode ser ao mesmo tempo — ele respondeu, cândido.

— Alegrias senis! — exclamou o diabo. — Para que vou ficar fungando rosa? Já, eviscerar o botão: que êxtase! Eviscerar! Engolir de uma só vez o botão, a futura rosa e o caminho até ela! Eviscerar é a melhor palavra da língua!

— É o que pensam todos os revoltosos — suspirou Deus. — Acham chato o caminho, que é a coisa mais interessante da vida.

— Mas, se discorda de mim de forma tão drástica, por que não me aniquilou até agora? — perguntou o diabo.

— Ao olhar para você, fico sabendo a real situação da humanidade — respondeu Deus —, embora você, naturalmente, aja completamente a seu bel-prazer. Exatamente por agir com independência, você é meu instrumento de precisão.

— Você quis dizer um instrumento raivoso? — observou o diabo, mordaz.

— O instrumento que reflete o grau do caráter demoníaco nos homens, foi o que quis dizer — corrigiu-o Deus, tranquilamente.

— A propósito — lembrou o diabo —, apesar de, pelos seus cálculos, eu ser responsável por milhares de pecados, não fui eu que incitei Judas a trair o seu filho... Tentei seduzi-lo com as tentações deste mundo, mas não o traí. Mas como o filho de Deus não conseguiu discernir o traidor em Judas? Levou-o consigo por toda parte. Teve tempo de descobrir, mas não descobriu. Isso não é estúpido? Parece que nem tudo estava em ordem com ele ou com seu humor...

— A desconfiança é o maior dos pecados — respondeu Deus. — Melhor perecer pela traição de um amigo do que desconfiar dele antes da traição. Desconfiar da traição de alguém é algo que profana o designío divino no homem. É claro que o meu filho viu todas as fraquezas de Judas. Porém, ele só disse "Você vai me trair" quando estava certo de que tal desígnio estava plenamente amadurecido na alma de Judas. Até o último instante, meu filho esperou que Judas encontrasse forças para destruir tal desígnio dentro de si, que não o deixasse amadurecer. E tudo estava em ordem com o humor de meu filho. Só que os apóstolos, abalados com sua morte, consideraram inoportuno recordar todos os seus gracejos. Foi inútil.

— Se é tão sedento de que os homens acreditem na sua existência, por que não dá um sinal preciso dela?

— Porque então eles virão a mim por vantagem ou medo. Só que uma fé assim forçada nada acrescentaria ao homem. E eles iriam pôr a perder o meu desígnio. Viriam até mim sem o trabalho espiritual que os traz a mim com alegria voluntária. Porém, na essência, esse sinal existe... Pare! — Deus exclamou de repente, com o rosto alterado por uma dor repentina. — Um menino japonês, que tinha sido designado por sua classe a assumir um posto, apressava-se para uma reunião na escola. No metrô, ao entender que estava irreversivelmente atrasado para a reunião, simplesmente atirou-se embaixo do trem, que o estraçalhou! Glória eterna ao menino japonês! Ei-lo, o milagre japonês!

— Você poderia tê-lo detido! Por que não o deteve?! — exclamou o diabo. — Mesmo eu nunca causei mal às crianças!

— Se o tivesse detido, pereceria toda a humanidade — disse Deus com tristeza. — Porém, nunca me esquecerei do menino japonês.

— Que perecesse toda a humanidade, mas o menino ficasse vivo! — retrucou o diabo. — Dizem que sou cruel, mas cruel é você! E por que pereceria toda a humanidade? Pretextos!

— Cale-se, imbecil! — gritou Deus. — Meu coração tem milhões de cicatrizes de dores pelo homem! Se eu tivesse detido o menino japonês, teria que deter todas as guerras, todos os homens cruéis! Se eu for deter isso tudo, as pessoas jamais aprenderão a tornarem-se humanas. Ah, se o exemplo desse menino japonês obrigasse todos os adultos que se esquecem de seus deveres a se curvarem de vergonha! E se eu o tivesse salvado, como me veriam as almas dos inocentes que morreram na Terra justamente nesse instante? Cada uma dessas almas teria o direito de me perguntar: "Mas por que não me salvou?". O que eu responderia a estas almas? Se eu me intrometesse em toda crueldade e injustiça, no fim a humanidade ficaria embotada e bestializada! Nenhuma intromissão, mesmo da parte de Deus, não pode ensinar nada! A vida é uma lição de casa que Deus dá ao homem. Como na escola. Deus vai fazer a lição no lugar do homem? Disparate. Dei meios às pessoas: a consciência e a razão. Homens, seu destino está em suas próprias mãos: ajam sozinhos, sozinhos. E, num instante de fraqueza, há de ajudá-los a fé — meu aceno de aprovação! Abri o caminho. Sim, ele é trágico, mas é o caminho que conduz para fora da catástrofe. Sem a memória do mal, o bem é indefeso; e o mal deve ser levado muito a sério. Eis por que permiti o mal, que deve ser derrotado pelos homens; para que o guardem para sempre na memória. Ele deve ser derrotado pelos homens, não eliminado por Deus.

— Você ficou passional — observou o diabo, um tanto abatido pelo *pathos* de Deus. — Contudo, tinha dito que experimentara paixão pela última vez quando criou o homem.

— Mas eu continuo a criá-lo — disse Deus, acalmando-se.

— E depois, o que é isso? — prosseguiu o diabo, perplexo. — Você se dirige aos homens de forma direta, como se estivessem ao nosso redor. Onde estão os homens? Estamos nos céus! Você se esquece de que escuta as pessoas na Terra, mas elas não o escutam.

— Sim, deixei-me levar — suspirou Deus. — Mas meu próprio filho, exemplarmente, falou às pessoas de forma direta. Elas o escutaram.

— Especialmente Judas — o diabo não se conteve.

(*Evidentemente esqueci de algo. Será que existe uma esclerose do sonho?*)

Deus. Acabo de ver um quadro maravilhoso na Terra. Duas menininhas entraram em uma loja. Uma delas comprou um doce. Seu dinheiro só dava para aquilo. Ao sair da loja, a que tinha comprado o doce abriu-o e ofereceu a embalagem à amiguinha: Pegue! E, nessa hora, colocou-o na boca. Foi só eu pensar, com tristeza: "Eis como se forma o egoísmo", que ela, mordendo meio doce, deu a outra metade à amiguinha! Só por esse espetáculo encantador já vale a pena acompanhar o que acontece na Terra!

Diabo. Mas você não entendeu por que ela deu metade do doce à amiga?

Deus. Essa mocinha tem uma alma boa!

Diabo. Oh, ingenuidade, supostamente santa! Foi você, com o seu desgosto, que a instigou a repartir o doce. Ela estava se preparando para comê-lo sozinha. O gesto da embalagem revela seu desígnio original. Com a embalagem, ela tentava se livrar da amiguinha! Foi você, você que a instigou a repartir o doce!

Deus. Que estupidez! Ainda mais com o seu raciocínio imbecil a respeito dessa embalagem. Eu não saberia se a instiguei ou não a algo? Eu não a instiguei a nada. Pelo contrário, seu coraçãozinho bondoso é que me instiga a pensar que é possível ter esperança na humanidade, e que vale a pena ter muita paciência com ela. O comportamento dessa menininha me dá mais esperança na vitória do meu desígnio do que todos os políticos juntos!

Diabo. Veja só, é fácil agradar a Deus!

Deus. Sim, o bem mais ínfimo torna-se grande quando é feito sem segundas intenções, de coração aberto! E não foi por acaso que você inventou esse ardil empolado com a embalagem. A maldade sempre sente falta de uma teoria. A mentira sempre tem uma explicação longa. A verdade se deixa saber com meia palavra.

Diabo. Diga: o homem tem alguma vantagem com relação a Deus?

Deus. Tem. O homem pode dizer "Senhor, me ajude!", mas eu não tenho a quem dizer isso... A propósito, de novo a voz desse tolo! — acrescentou Deus, irritado. — Volta a me pedir: "Ajude minha falta de fé". Já pediu cem vezes! Amanhã vai pedir: "Ajude-me a satisfazer minha mulher". Desonestíssima besta!

— Pois eu já ajudei uns maridos a satisfazerem suas mulheres. Não tive preguiça de satisfazer pessoalmente!

— Bem, isso é por sua conta!

— Mas por que você não ajuda esse homem quando ele pede: "Ajude minha falta de fé"?

— Ajudo alguns, mas de forma especial. Quando um homem me pede isso, vejo instantaneamente todos os seus segredos! E logo vejo se ele se purificou até o quanto era acessível às suas forças humanas. Mas isso é raro. Normalmente, as pessoas de alma preguiçosa pedem a Deus: "Ajude minha falta de fé"; mas o que você fez, por si só, para chegar à fé? Se eu o ajudar hoje a ter fé, amanhã ele vai pedir: "Deus, esfregue-me as costas e não esqueça de usar a bucha". Para esses, nenhuma ajuda! Porém, se o homem anseia pela pureza divina, mas suas próprias forças não lhe bastam, e ele, padecendo desmedidamente com isso, pede: "Deus, ajude minha falta de fé", então eu ajudo. Mais precisamente, com a força da franqueza de sua prece ele abre caminho até mim, e eu o recebo. E ajudo as pessoas não ajudando-as, mas existindo! Odeio acima de tudo os parasitas de Deus!

— E como você trata os aposentados de Deus?

— Cale a boca! Com esse tipo de coisa eu não brinco!

— Bem, então a sério. O que você coloca mais alto no homem: a razão ou a consciência?

— A consciência sempre tem razão suficiente para se comportar de forma conscienciosa. Mas a razão algumas vezes não tem consciência suficiente para agir de forma racional. Entenda sozinho quem está mais alto.

Diabo. Diga o que de mais maravilhoso viu nas pessoas.

Deus. O mais maravilhoso que já vi nas pessoas é o rosto de uma mãe, inspirado pela compaixão, sobre o leito de seu bebê doente. Ela insufla a saúde nele com o sopro do amor! O bebê que nunca viu tal rosto de mãe está condenado à inferioridade. A mulher que nunca se inclinou sobre a cama de um bebê doente com a expressão inspirada pela compaixão não é uma mulher, mas um dispositivo para o onanismo.

Diabo. Qual o tipo mais vil de homem?

Deus. O tipo mais vil de homem é aquele que procura em outro homem a nobreza como ponto fraco, e ali bate.

Diabo. Como trata o preconceito?

Deus. Com condescendência. Mesmo pessoas muito inteligentes têm preconceitos. A natureza do preconceito é a instabilidade do estado psíquico.

Diabo. O que tem vontade de dizer às pessoas em um momento de ira?

Deus. (*Esqueci o começo da resposta, mas me lembro do fim.*) ... ergam mais a cabeça, filhos da puta!

Diabo. Qual a diferença entre inteligência e sabedoria?

Deus. A inteligência penetra. A sabedoria contorna.

Diabo. Em que consiste a tentação de proibir o pensamento?

Deus. O pensamento que proíbe acha que também pensa, mas na direção contrária.

Diabo. O que você diz a respeito de as pessoas sonharem o tempo todo com a felicidade, e na vida tomarem o tempo todo na cabeça?

— Aquele que busca a felicidade sempre falha — respondeu Deus —, mas aquele que busca salvar o próximo da infelicidade às vezes consegue atingir a própria, e permanece feliz até a próxima infelicidade.

Diabo. Você fala: amor, amor! Só que a maior paixão do homem é a paixão pela represália. O homem humilhado pela vileza de um pulha sonha acima de tudo com a doçura da represália, e cospe no seu ensinamento de amor!

Deus. A represália é o perdão sangrento do mal. Porém, se o mal não pode ser perdoado, tampouco pode ser vingado. Contudo, há uma saída do impasse para o homem racional. Ele deve direcionar a paixão pela represália para a sua própria vida, e logo verá com toda a clareza que nem sempre foi justo, que deve se ocupar de seus pecados, e vai se revelar que foi exatamente a vileza do pulha que o humilhou e abriu seus olhos para as próprias fraquezas.

— O resultado é que o pulha saiu completamente justificado! Ele até foi útil! — exclamou o diabo, alegre.

— Jamais! — disse Deus, estrondoso. — Quem cometeu uma vileza deve queimá-la na alma com um arrependimento incandescente! Senão eu o levarei comigo. E ele vai berrar tanto no inferno que o escutarão e tremerão no paraíso!

— Admitamos, porém — prosseguiu o diabo —, que o homem que cometeu a vileza se arrependeu e se aproximou da pessoa contra a qual cometeu a vileza. O que esta deve lhe dizer?

— Não me vingo, mas também não perdoo — respondeu Deus.

— E isso é tudo? — espantou-se o diabo.

— É tudo! Não se deve exigir mais de uma pessoa comum.

— Como você sabe — disse o diabo, depois de pensar um pouco —, em todas as épocas, não raro as pessoas se viram forçadas a fazer da verdade mentira. O que você tem a dizer a esse respeito?

— A verdade tornada mentira — observou Deus, triste — morre de nojo... Às vezes, porém, por fraqueza, ela se adapta à mentira e se transforma na parte mais convincente dessa mentira, devido à autoridade da antiga verdade. E ela se vinga da verdade de forma mais terrível do que qualquer mentira, exatamente por já ter sido verdade.

— Isso mesmo — corroborou o diabo, satisfeito, e de repente se lembrou —, só que o seu filho disse: é preciso amar o inimigo. Porém, isso é um absurdo de lógica! O homem que ama o inimigo não pode ter inimigo. Consequentemente, seu amor, dirigido ao inimigo que ele na verdade ama, não suplanta a hostilidade ao inimigo, pois ele na verdade o ama e, na verdade, não tem inimigo algum.

— Eis um sofisma astuto — retrucou Deus. — Às vezes, por exemplo, um homem ama uma mulher mesmo sabendo que ela lhe é hostil. Isso também acontece com as mulheres. Mas é claro que o meu filho, devido à juventude, por vezes exagerou as possibilidades do homem a fim de estimulá-lo às boas ações. O erro por excesso de nobreza é o mais perdoável.

— Não é espantoso — disse o diabo — que eu, que o vi centenas de vezes, seja o primeiro ateu do mundo por não acreditar no seu desígnio?

— É muito mais espantoso — respondeu Deus — que milhões de pessoas que nunca me viram creem em mim, por acreditarem no meu desígnio.

— E se você estiver me aturando — apercebeu-se o diabo, de repente — só para que, em caso de malogro do seu desígnio, no fim dos tempos, toda a culpa recaia sobre mim?

— Não — riu-se Deus —, a astúcia é a arma dos fracos. Geralmente as pessoas exageram fortemente a sua influência, para encobrir os próprios vícios. O diabo é a justificativa do espírito preguiçoso. Claro que a sua influência existe, e eu a acompanho. E, no geral, também preciso dos ateus, para que os crentes, ao olhar para eles, acentuem o meu desígnio em suas vidas.

— Bem — disse o diabo, um tanto escarnecedor —, admitamos, embora eu obviamente não creia nisso, que todas as pessoas foram atrás de você, e o mundo se tornou racional e próspero. Bravo! Bravo! As pessoas, então vão dizer: já pegamos o melhor de Deus? Não precisamos mais dele. Agora somos mais fortes do que ele, somos bilhões, e ele é um.

— Não pode ser — retrucou Deus —, isso seria uma violação da primeira lei da dinâmica moral: a força que as pessoas receberam de Deus não pode ser igual à fonte dessa força. Se elas pensarem assim, o caos voltará a reinar.

— Mas estamos falando do futuro distante — o diabo não sossegava — e, na vida de hoje, reparei que não é raro uma pessoa com fome derrotar três alimentadas. Como ficam as pessoas pobres, ou mesmo países inteiros?

— Você reparou bem — respondeu Deus —, a visão do alimentado triplica a ira do faminto. É uma verdade antiga: os alimentados devem compartilhar com os famintos. Há alimentados demais, e isto se tornou evidente. Antes não era assim. É preciso compartilhar, antes que seja tarde.

— Mas a sua amada humanidade — lembrou o diabo — diz, com satisfação: dinheiro não tem cheiro! Assim é que elas compartilham!

— O dinheiro realmente não tem cheiro quando está em mãos fétidas — respondeu Deus. — Mas antes eu estava falando de algo diferente. Lembre!

— Você disse que há sinal da sua existência também na Terra — lembrou o diabo.

— Sim. É a consciência. Nenhuma causa terrena é capaz de explicá-la.

— Mas as pessoas podem pensar, e pensam — afirmou o diabo — que o homem se tornou consciente como resultado do processo evolutivo.

— Isso não é razoável. Como resultado do desenvolvimento da razão, cuja possibilidade eu incuti neles, eles se tornaram perspicazes para o alívio de suas próprias vidas. Essa perspicácia, porém, levou-os longe demais. O desenvolvimento da razão foi o desenvolvimento das vantagens, o desenvolvimento do conforto da vida. Assim como ter consciência é sempre uma desvantagem terrena, um desconforto terreno. O homem consciencioso sacrifica confortos compreensíveis em prol de confortos incompreensíveis. Ele fica mais confortável com os confortos incompreensíveis! Por isso, a consciência não podia ser a consequência da aspiração a vantagens e confortos terrenos. A consciência é a vergonha diante de mim, mas muita gente não é racional o suficiente para compreender.

— Espere! E se a consciência tiver se desenvolvido, claro que eu não acredito nisso, para salvar o homem como espécie? Claro que é ridículo, mas ela não poderia ser um instinto de autopreservação da humanidade?

— Um homem consciencioso o é mesmo em uma ilha desabitada. Então não tem nada a ver com as pessoas. É a vergonha diante de mim.

— E um homem pode enrubescer em uma ilha desabitada? — perguntou o diabo, de repente.

— E por que ele enrubesceria em uma ilha desabitada? — espantou-se Deus.

— Bem, por exemplo, se ele quiser brincar com um macaco? — disse o diabo, insinuante.

— E por que ele brincaria com um macaco — espantou-se Deus ainda mais —, para agradar a Darwin?

— Justamente, para agradar a Darwin! — o diabo caiu na gargalhada. — Que conhecedor do espírito humano!

— Você quer dizer na parte de baixo? — perguntou Deus, cauteloso.

— Quem fala a você da parte de baixo, senão eu? — respondeu o diabo, feliz.

— Sim — disse Deus —, a parte de baixo do homem não difere em nada da parte de baixo do macaco, e nisso Darwin tem razão. Só que o homem se tornou homem quando eu lhe dei a parte de cima! E a parte de cima vence. Tudo o que é vivo se arrasta para cima! Sem Deus, o homem não tem para onde crescer! Ele se achata!

— Não! — retrucou o diabo. — A parte de baixo puxa! Escalar é mais difícil do que deslizar!

— Ao dar ao homem a parte de cima, eu lhe dei o espírito! — disse Deus, orgulhoso. — E o espírito sempre se arrasta para cima. Desliza tudo o que perdeu o espírito! O principal é não perder o espírito! Você acha que para mim, Deus, foi fácil conservar o espírito ao ver tudo o que se passa na Terra? Quantas vezes pensei, em desespero: Por que não começar tudo de novo em outro planeta?

— E o que o deteve?

— O dever perante as pessoas que criei! — exclamou Deus. — Como eu poderia deixá-las sozinhas com sua estupidez? Animei-me e insurgi os espíritos!

— Mas você mesmo não disse que não se mete nos assuntos das pessoas? — lembrou o diabo.

— Não, não me meto em seus assuntos — concordou Deus. — Só que eu também disse que a consciência é a vergonha diante de mim. Diante de quem eles iriam se envergonhar se eu não estivesse presente? Não é raro, porém, que o homem sinta essa vergonha diante de mim como vergonha diante de outro homem. E isso é bom. Ele precisa se lembrar disso: o homem é a minha semelhança. Porém, o homem sente a vergonha mais forte à noite, a sós comigo. Quando o mundo silencia, a consciência é mais forte. Por séculos e séculos, a humanidade foi normalmente governada por gente sem consciência, que obrigaram as pessoas a matarem umas às outras para se elevarem.

— E por que a humanidade não foi governada pelos mais conscienciosos? — perguntou o diabo. — Eles não estão aptos para o trabalho?

— É o eterno drama — disse Deus, com tristeza. — Para chegar ao poder, é preciso percorrer um corredor longo e fedorento. É impossível percorrer esse corredor segurando a respiração, e o homem consciencioso não consegue respirar esse ar fedorento. É preciso esperar que o povo se torne consciencioso o suficiente, para que esse corredor fedorento desapareça e as pessoas mais conscienciosas cheguem ao poder. A eternidade verminosa da política há de acabar.

— Porém, se a consciência vem de você, é de se supor que você tenha abastecido todas as pessoas com uma dose igual. Onde foi parar a consciência de tantos? Algo aqui não se encaixa — observou o diabo.

— Uma questão complexa — respondeu Deus. — As sementes de consciência que eu coloco nas almas das pessoas são equivalentes. O que é desigual é o solo da alma na qual a semente se aloja. É desigual a razão das pessoas que tentam compreender os sinais da consciência. É desigual o ambiente humano ao redor, algo que a razão do homem toma como exemplo e que tanto abafa a voz da consciência como, pelo contrário, fortalece-a.

— Se você confere tamanho significado ao solo da alma em que coloca o grão da consciência, não dependeria de você mudar este solo?

— Não, é um acaso do nascimento. Não posso mudá-lo. A força do meu desígnio consiste justamente em criar uma humanidade genuína a partir de pessoas reais e diversas, em vez de inventar gente artificial. Para isso, tenho anjos suficientes. Eu poderia substituir as pessoas por anjos, mas não é interessante, ainda mais que os anjos não se reproduzem. A consciência se desenvolve na luta contra o mal, e o bem futuro se abastece da lembrança vigilante do mal derrotado.

— Bem, e como você se dá com o coletivo? — perguntou o diabo, de repente.

— Mal. O coletivo não enrubesce. O homem enrubesce sozinho. Todo coletivo rebaixa o pensamento ao nível dos mais estúpidos.

— Mas por que as pessoas têm a tendência de se reunir em coletivos?

— Para não enrubescer. Têm sede de se libertar do fardo da consciência, de entregá-la a um líder.

— Você quer dizer que o homem é uma mercadoria no varejo?

— Quero dizer que o homem, em geral, não é mercadoria.

— Porém, por algum motivo, ele pode ser comprado — replicou o diabo, com alegria. — Certifiquei-me disso milhares de vezes. Mercadoria, dinheiro, mercadoria. O que você acha de Marx? Sua doutrina fez muito barulho nos últimos séculos.

— Sua doutrina é errônea — respondeu Deus. — Se o trabalhador, no fundo da alma, se recusasse a enriquecer enquanto não enriquecessem todos os pobres, a doutrina de classes de Marx estaria certa. Como, porém, sabemos que o trabalhador não tem essa psicologia, sua doutrina é nociva, exacerba as pessoas umas contra as outras. Marx pariu Lênin, Lênin pariu Stálin, Stálin pariu Hitler, Hitler pariu Mussolini, Mussolini pariu Franco...

— Os nossos tomaram metade do mundo! — o diabo não se conteve. — Fale francamente, foi você que se meteu depois e arruinou tudo?

— Não — disse Deus, orgulhando-se modestamente do homem —, foram as pessoas sozinhas que revelaram bravura e responsabilidade.

— Você está sempre falando: consciência, consciência, consciência — lembrou o diabo —, mas está claro que a humanidade vive paixões completamente diferentes! E a consciência... assim... é uma lembrança provinciana dos tempos do seu filho.

— Sim, por enquanto a sociedade, basicamente, vive outras paixões. E a desonestidade tem poder quase completo. Mas preste atenção em uma circunstância: a desonestidade tenta demonstrar que é conscienciosa, mas a consciência não tenta demonstrar que é desonesta. Nem em seu poder completo, absoluto, a desonestidade ousa afirmar diretamente sua desonestidade. E é assim há milênios! É uma lembrança terrível de meu prisco desígnio, que incuti no homem. Em algum momento ela vai prorromper, impetuosa. E você, não sente falta da consciência?

— Aquela que você esqueceu de incutir em mim? — lembrou o diabo, sarcástico. — Nem a menor falta. Se soubesse quantos eu seduzi! Sinto um deleite especial ao desencaminhar pessoas com sólida autoridade pública. E como é fácil. Às vezes tinha até vontade de lhes dizer: resistam um pouco às minhas tentações que daí terei mais prazer em seduzi-los! Embora não esconda que houve pessoas que eu não venci. E imagine, senti consideração por elas, mas não pela consciência, e sim pela obstinação. Não só você é útil às pessoas; imagino que eu também seja. Na Terra há amor, fraternidade, amizade, e tudo isso, por si só, sem a minha participação, termina em cinzas e putrefação! Eu apenas acelero os acontecimentos. Eis um casal de jovens apaixonados. Estão se preparando para o casamento. Mas eu arrasto o jovem à tentação e o matrimônio se desarranja. Um horror! Um horror! Mas por acaso seria melhor se ele se casasse, passasse a vida inteira com essa idiota, e, na velhice, em completo desespero, dissesse para si mesmo: "Senhor, com quem fui me casar? Como arruinei minha vida!". Por acaso isso é melhor? Ao desarranjar o casamento, dou-lhe tempo de tomar juízo!

— E como você sabe que a mulher seguinte vai ser melhor? — perguntou Deus.

— Pelo menos eu lhe dei tempo de tomar juízo! — disse o diabo, orgulhoso.

— O mais espantoso de tudo é que até o diabo às vezes busca sua justificação no bem! — exclamou Deus. — O meu desígnio é invencível!

— Mas diga, você realmente ama tanto assim a humanidade? Deixe-as para mim. Elas que se virem sozinhas!

— Uma pergunta estranha a se fazer para quem entregou o seu único filho aos homens para morrer... Mas eu já lhe falei disso.

— Sim! Sim! Acontece, porém, que eu sou esquecido. Pois esqueci até o grande dilúvio. Mas me diga, em que consiste o principal segredo do homem? Só não vá me repetir banalidades a respeito do amor ao próximo. Não posso nem ouvir!

— As pessoas raramente entendem de forma correta meu ensinamento de amor. Trata-se de um ensinamento sobre a plena atenção para com o próximo. O segredo arcano do homem, que queima a alma, que ele raramente adivinha, é a sede inconsciente de plena atenção do outro para com ele. Nenhum tesouro do mundo, nenhuma honraria o entusiasma tanto quando a plena atenção para com a sua pessoa. Na verdade, ele obtém honraria e tesouros devido ao esforço direcionado erroneamente para conseguir plena atenção para com a sua própria alma. Mas não consegue, e se angustia. O homem é um órfão, mesmo na multidão, e frequentemente o é em sua casa, porém não entende os motivos de tal orfandade, angustiando-se com isso. O motivo de tal orfandade, porém, é a ausência de atenção para com a própria alma. E de repente ele cai na mão de um bom médico ou de um bom sacerdote, e imediatamente sente um afluxo de força e esperança. Esse médico ou sacerdote animou-o com atenção plena e, por causa disso, o homem acha, ingenuamente, que é uma questão de segredo profissional. Não apenas o homem, mas tudo que é vivo sente e floresce com atenção plena. Você já reparou que, nas propriedades rurais abandonadas, nos lugares de onde os donos se mudaram, as árvores frutíferas se tornaram selvagens e os frutos se enrugaram? O que acontece? Os donos dessa propriedade não abacelaram as árvores, não cortaram os galhos altos, e as árvores, abandonadas, definharam. Em dez anos, ficaram bravias. Acontece que mesmo para essas árvores frutificarem é necessário o olhar amoroso, zeloso e cheio de gratidão do dono e, especialmente, de seus filhos.

— Espere, espere — interrompeu-o o diabo. — E a árvore comum, que não dá frutos, também definha na propriedade abandonada?

— Não — disse Deus. — Ela não se acostumou ao olhar amoroso que espera por frutos. Se assim se dá com as árvores frutíferas, que falar do homem? A plenitude natural de atenção para com o outro, realço, é uma plenitude de atenção que foi dada a poucas pessoas. Mas existe. Na Rússia, era assim o acadêmico Likhatchov.[1] E quando, por acaso, uma pessoa assim se torna interlocutora de outra, cuja eterna orfandade jamais conheceu a atenção plena e que nunca desconfiou do motivo de tal orfandade, um milagre acontece, como com as árvores frutíferas. Em um primeiro momento, essa pessoa fica desconcertada com a plenitude da atenção benevolente, com a impressão de que a riqueza daquela inteligência e alma são exageradas, de que ela mesma não merece tamanha atenção. E de repente ela descobre em sua alma riquezas que ela mesma não conhecia. E as compartilha com seu interlocutor, já com a grata surpresa de ele conhecer de antemão as riquezas de sua alma, o que foi, aparentemente, o motivo por tê-la tratado com atenção tão plena. "Que estranho, que notável", ela pensa, "que esse homem tenha me descoberto para mim mesma!" Isso é o que pensa a pessoa transformada por ter recebido atenção plena, e existe a esperança de que ela mesma, no futuro, seja a portadora de uma atenção tão plena. Um homem ama a sua mãe para sempre porque, pelo menos na infância, sentiu a plenitude da atenção dela para consigo. Perecem as famílias, perecem os Estados cujos cidadãos não obtiveram de seus governantes atenção plena, e pobres cientistas ficam ponderando os motivos históricos ou econômicos pelos quais o Estado pereceu. Eis por que é um grande pecado menosprezar uma pes-

---

[1] Dmitri Serguêievitch Likhatchov (1906-1999), sobrevivente dos campos do trabalho, especialista em literatura da Rússia antiga e um dos ícones culturais do país no século XX. (N. da T.)

soa! Seria melhor menosprezar a mim, a Deus. Com isso, a pessoa não vai me matar, vai matar a si mesma e, depois de fazê-lo, vai despertar e se arrastar até mim. Porém, o homem que menospreza outro homem encolhe e empobrece a alma, não apenas, não tanto daquele que foi menosprezado, quanto a sua própria, que menospreza. E disso ele é o único culpado.

— Estou verdadeiramente perplexo com o seu discurso — disse o diabo, escarnecedor. — Por toda a vida, professei pleno desprezo pelas pessoas, e as pessoas não me desapontaram. Vieram ao meu encontro como foram ao seu! Mas que mundo é esse que será pretensamente construído de acordo com o seu desígnio?

— Será um mundo humano normal, com muitas de suas fraquezas, que não serão, porém, malignas. O principal é que, para cada mão que empurrará o homem, haverá duas para impedir a sua queda. E isso é bom. O principal mal do mundo não é a mão que empurra, é a falta de mãos que segurem.

— Por quê?

— Porque quando a mão que segura está de prontidão, a mão que empurra por fim se convence do absurdo de seu esforço. O principal mal desaparece.

— Isso não significa que você vai me aniquilar quando eu deixar de ser útil como seu instrumento?

— Não, vou lhe encontrar um empreguinho. Você será nomeado meu Espírito das Dúvidas Científicas — observou Deus, brincando.

— Obrigado também por isso — disse o diabo, com ar modesto e, inclinando-se para o ouvido de Deus, acrescentou: — Lembre-se, o homem jamais, em sua vida, se limitará à doçura de uma melancia! Isso eu já lhe digo como Espírito das Dúvidas Científicas!

— Vá, vá, você já me encheu — disse Deus, afastando-se de leve do diabo —, eu ainda não o nomeei nada.

— Vou sumir! — exclamou o diabo, animado e, por via das dúvidas, exalando cheiro de enxofre de laboratório.

(2002)

Tradução de Irineu Franco Perpetuo

Liudmila Petruchévskaia

Liudmila Stefánovna Petruchévskaia nasceu em Moscou em 1938, e fez parte de uma geração cuja infância foi marcada pela guerra, pela evacuação de Moscou, pela fome e também pela perseguição stalinista. Estudou jornalismo na Universidade de Moscou e trabalhou como repórter nos anos 1960. Ao longo da década de 1970, Liudmila Petruchévskaia publicou resenhas, fez traduções do polonês e escreveu roteiros para cinema. A animação *O conto dos contos* (1979), com roteiro seu e direção de Iuri Norstein, foi muito aclamada pela crítica. É nessa época que Petruchévskaia começa a ganhar fama como dramaturga, ao passo que a maior parte de sua ficção só seria publicada após a desintegração da União Soviética. Conhecida por retratar a crueza, a melancolia e a malícia do cotidiano russo, boa parte da obra de Petruchévskaia tem origem, segundo a própria autora, em "histórias, fofocas e anedotas que circulam entre vizinhos e conhecidos". Ao misturar esse material com estruturas fabulares, recorrendo a alusões literárias e à cultura pop, Petruchévskaia criou uma espécie de "folclore urbano" soviético.

Deem para mim

Toda história de Natal tem seu começo triste e seu final feliz (embora a vida supostamente não se detenha nesse ponto, o final). Contudo, dois destinos se encontraram, e um deles começou bem antes do *happy end* descrito, no final de março, para ser preciso.

Um certo Micha era um compositor não muito bem-sucedido, desprezado pela família da esposa. Contava com duas dezenas de canções para coro infantil e piano, e também obras sérias, dentre as quais duas sinfonias, a *Quinta* e a *Décima*, que levavam esses nomes por brincadeira. Como estourar era a questão das questões e, enquanto isso não acontecia, Micha fazia bicos de pianista acompanhador, músico de baile e, entre outras coisas, até de tecladista em diversos grupos atrevidos que se apresentavam em casas noturnas de segunda linha. Na verdade, esses grupos tocavam com *playback* e, em tais ocasiões, Micha usava uma peruca ruiva e bigodes e, às vezes, um busto postiço e uma blusinha de mulher. Era puro *Quanto mais quente melhor*.[1] Muita correria, pouco dinheiro.

Naquele dia, Micha fora contratado quase de graça para escrever a música para um espetáculo de formatura de uma faculdade de teatro. Pagavam-no por hora, como pianista acompanhador, uma ninharia. Micha lançou-se ao trabalho com tristeza, à noite, sentado na cozinha, enquanto a família da esposa dormia.

Então entra na arena a segunda personagem, Karpenko, aluna dessa mesma faculdade de teatro, magrela e feiosa, parecida com um sapinho. Há criaturas que precisam compensar os golpes do destino com animação e uma atitude despreocupada para com tudo. O primeiro golpe do destino sofrido por Karpenko foi sua aparência — uma boca que che-

[1] *Some Like It Hot* (1959), comédia musical dirigida por Billy Wilder. (N. da T.)

gava até as orelhas e olhos exageradamente grandes. Ali quase não havia nariz, eram dois buraquinhos discretos. Karpenko não se pintava e agravava seu aspecto ao dispor ao redor da testa alta os cabelos ralos por natureza. Um sapinho!

Fora aprovada pelo talento indiscutível de atriz; declamou sua fábula de tal forma que os robustos pedagogos, até então entediados, relincharam de satisfação.

Porém, além do talento, são necessárias outras qualidades, que ninguém sabe quais são. Força de penetração, por exemplo. Charme feminino. Karp era miseravelmente modesta.

Suas colegas viviam em romances tempestuosos, encontravam-se o tempo todo em carros importados apinhados, mas Karpenko não interessava a ninguém, a não ser uns pedagogos, especialmente sua professora de técnica vocal, que a molestava, exigindo cada vez mais trabalho, embora a natureza não a tivesse agraciado com a voz de Maria Callas. Karpenko também fazia dança, com laboriosidade inepta, curvando-se na barra todo dia por quarenta e cinco minutos. Mas que papel, vocês irão perguntar, uma artista dessas poderia desempenhar? Isso mesmo: criadas e velhas. E criadas e velhas não cantam nem dançam.

Graças a Deus, no espetáculo de formatura, baseado no romance finlandês *Emprestando fósforos*,[2] Karpik recebera o papel do Cavalo (sem falas, mas com dança). Como a professora de técnica vocal, cheia de amor-próprio, fizera um escândalo na cátedra de atuação teatral a respeito de sua aluna, decidiram que Karpika cantaria algo breve no espetáculo. A pedagoga também queria demonstrar o resultado de seus trabalhos forçados.

O Cavalo não tinha o que cantar, então foi se encontrar com o compositor Micha. Ficaram a dois no auditório vazio, Karpik pegou rápido a melodia proposta e imediatamente inventou uma letra. Micha ficou admirado com o texto composto pela estudante. Olhou para ela, piscou os olhos e sacudiu a cabeça. Como resultado, à noite voltou voando ao alojamento, como se tivesse asas.

Ninguém jamais olhara para Karpenko com tamanho entusiasmo, ela tinha crescido no Norte em uma família severa. Sua mãe era da estir-

---

[2] *Tulitikkuja lainaamassa*, novela do escritor Algot Untola (1868-1918), publicada em 1910. Em 1980 foi transformada em comédia pastelão, numa produção russo-finlandesa dirigida por Leonid Gaidái e Risto Orko. (N. da T.)

pe dos exilados, ou seja, em um tempo distante os antepassados tinham morado nas próprias terras e, provavelmente, dançado em bailes. Porém, no século atual, havia quatro filhos na casa, a mãe trabalhava como enfermeira, e a família se alimentava da própria horta. A única diferença entre as outras mulheres e Karpenko era a discrição natural, as tranças douradas e a beleza imponente das primeiras. O Sapinho saíra ao pai. Contudo, o pai, piloto de helicóptero no Polo Norte, largara a mulher e fora embora depois de se aposentar. Então o Sapinho partiu e resolveu ser atriz, e era como se a mãe fossilizada a tivesse esquecido. Já não se viam há cinco anos. Para ir ao povoado natal, custava uma grana preta, e ela tinha que viajar sete dias de trem e trinta e seis horas de ônibus, depois mais sete em outro ônibus, que podia nem estar rodando. A mãe respondia às cartas a cada três, quatro meses.

Em resumo, Karp e Micha trabalharam bem a personagem do Cavalo. Micha até trouxe para a ocasião uma velha máquina de escrever "Moscou", única herança da mãe, que era de outra cidade, e, bem no final de março (recordemo-nos da data), o material da cátedra foi exibido na universidade de artes.

O espetáculo foi aprovado, o mestre elogiou de forma contida a personagem do Cavalo, especialmente sua dança de sapateado nos cascos-saltos. A pedagoga de técnica vocal também se pronunciou, fez uma análise da personagem do cavalo no sentido de domínio de voz e abalou os colegas com uma exposição sobre o *bel canto* e sobre como ensiná-lo no caso de capacidades medianas.

Já os espectadores receberam a personagem do Cavalo de forma ardente, gargalharam e gritaram "Bravo!".

Karpik e Micha recolheram as partituras, lentos como lesmas e, quando deram por si, tudo estava acabado, as pessoas tinham ido embora, o metrô não estava mais funcionando, e ambos subiram a escada dos fundos; Micha já tinha passado a noite lá anteriormente.

No sótão, detrás do painel de algum cenário, havia um colchão rasgado. Micha traiu a esposa pedagoga pela primeira vez, e Karp tornou-se mulher sem um ruído de queixa.

Em seguida, o espetáculo foi levado com grande esforço para um festival na pequena cidade finlandesa de Jyväskylä, onde Karpenko recebeu o prêmio de melhor coadjuvante feminina. O certificado em finlandês foi emoldurado e pendurado na parede da cátedra, e a estatueta ficou sob a guarda do mestre do curso.

E, com os estudantes desse curso, o mestre finalmente formou seu teatro, em algum lugar na periferia de Moscou. A municipalidade forneceu a instalação, um antigo armazém. O diretor era um amigo do mestre, a velha raposa Óssip Ivánovitch Tartiuk (daqui por diante, Oska).

Oska pôs-se a procurar a peça seguinte. Um épico finlandês com um cavalo que canta interessava pouco àquele bairro dormitório de Moscou e à municipalidade essencialmente prática, cujos funcionários abrigavam-se em jipes blindados para o caso de explosões. E se passava na Finlândia rural, ainda por cima!

Por isso, Karpika não foi admitida no estafe do teatro. A atriz mirrada de olhos saltados não agradou a Oska. Ele gostava das gordas. Acompanhava toda mulher corpulenta com o brado teatral "Que centauro que passou!" e, nos banquetes, depois de três cálices, afirmava, altaneiro, que "Em todo caso, só um traseiro gordo me interessa".

Formada e desempregada, Karpenko se mexeu e foi contratada como vendedora de verduras em um atacadista de periferia, dois dias por semana, e por pouco dinheiro. A situação era pesada (quarto mês de gravidez).

No distrito mais próximo, alugou um leito na cozinha de uma família de alcoólatras hereditários: Pacha e sua esposa enorme, apelidada Elefante. Seus dois filhos estavam na cadeia. No verão, o casal passeava de shorts iguais, recebidos de uma organização beneficente, do tipo "Médicos sem Fronteiras", tentava ganhar almoços grátis e, como experientes caçadores de cogumelos, procurava garrafas em determinados lugares, embaixo de bancos e contêineres. Elefante chegou a obter de uns estrangeiros um capuz importado de renda, cor da pele, e passou a usá-lo. No inverno trabalhavam de cegos, e tinham dois bastões, dois óculos escuros e, por algum motivo, uma coleira de cachorro, guardados de forma sagrada embaixo da cama de Karp, junto à sua mala. Que bom que Elefante nunca cozinhava nada e só entrava na cozinha por engano, quando saía correndo no limiar da febre de abstinência. Em compensação, a noite inteira tinha farra no quarto deles. Reunia-se a mais alta corte, a elite da vizinhança, bem como suas amigas mais próximas, beldades iniciantes e maduras. Só que não admitiam renegados. E esses renegados às vezes ficavam forçando a entrada do apartamento até amanhecer, aos portões do paraíso, por vezes batendo os cascos na porta quebrada. De manhã, era padrão acontecer uma briga. Por vezes, vinham uns tiras sonolentos. Karpenko trocou o vidro quebrado da porta da cozinha por pedaços de tábua firmes, instalou uma fechadura e, lembrando-se da aventura clássica de Odisseu, começou a tapar os ouvidos com cera quente durante a noite. Mesmo assim, era uma pessoa muito educada. Tinha que lavar a banheira todo dia, e o toalete, repetidas vezes.

Micha logo encontrou Karpenko, assim que ela, depois de se arranjar, foi até o teatro com presentes — levou frutas ao alojamento coletivo e deixou seu endereço com uma amiga do curso. Para qualquer eventualidade. Sabia, contudo, o que estava fazendo.

Deu-se que Micha não foi atrás dela apenas por ir. Tinha quase acabado de escrever uma música, ninguém sabia para quê. Sob esse pretexto, ficou para passar a noite e beijou de saudades as mãozinhas e pezinhos de Karpika.

Karp não deu um pio sobre a gravidez.

Para comer, só tinha cenoura crua e batata cozida com cebola; os vendedores podiam levar um pouco de mercadoria para casa depois do trabalho.

Micha não conseguiu dormir por medo dos gritos detrás das paredes e da barulheira na porta, e foi embora no primeiro metrô. Karpik achou que era para sempre.

Contudo, três dias depois, Micha chegou à tarde, com um sintetizador. Enquanto ele tocava para Karpika, toda aquela gente encardida reunira-se atrás da porta da cozinha e dançava, contorcendo-se de forma variada como no *Muppet Show* e gritando "Vai, gitana". A música agradava.

Karpik imediatamente se pôs a escrever uma peça, tirando de baixo da cama a máquina de escrever, sua relíquia sagrada.

Micha pôs Karp na direção certa, dizendo que agora só se encenavam traduções do italiano, e era preciso escrever logo uma tradução.

Foi fácil achar o tema: um concurso de beleza de televisão na pequena cidade de Sal Monella. Todos os dramaturgos italianos e espanhóis, mais Shakespeare, pairavam sobre Karp à noite, quando ela se sentava à máquina.

Micha propôs chamar o autor de "Alidada Nektolai, traduzido por U. Karpui". Karpik elaborou o argumento, no qual atuavam um advogado rico, patrono das beldades, sua mulher magra e cheia de diamantes, uma amiga dela, que era ao mesmo tempo amante do advogado e mulher do prefeito, enquanto o prefeito era amigo da máfia, de mafiosos como Lorca, Petrarca e Kafka (um trio), e assim por diante. A heroína principal — uma cantora e beldade pouco conhecida — chamava-se Tallina Bianca, que se apresentava com um grupo liderado por Toto Toèto.

Micha disse, corretamente, que não dariam o papel de Tallina a Karpik, de modo que era preciso criar um plano alternativo: a diretora do canal de televisão. Karpik chamou-a Giulietta Mamasina, e elaborou para si o papel, quase inteiramente copiado dos monólogos matinais de sua senhoria Elefante, suavizando-os para caberem no léxico normativo: "Quem é uma droga? Eu sou uma droga?" (Assim Giulietta começava uma conversa ao telefone). Para não enfraquecer de vez, Karpenko quase se converteu ao crudivorismo, parou de pagar o aluguel (Elefante aceitou isso com calma; tinha recebido dois meses de adiantamento), já era agosto. Um ovo por dia, um pacote de *tvorog*,[3] e ainda cenoura crua, repolho e beterraba — essa era a dieta. Uma colega, doutoranda de Khárkov, ensinou-a a não ficar com pesagem insuficiente: era preciso regular a balança. Micha não estrava ganhando nada. Sua família morava numa *datcha*. Ambos emagreceram.

Elefante certa vez trouxe, da lixeira de um supermercado caro, uma caixa de leite em pó. A senhoria estava toda batida ("O pau quebrou", em suas palavras), evidentemente travara-se uma batalha naquele contêiner de lixo, mas Elefante se portara com bravura. Pacha e Elefante não tinham interesse algum em leite, porém esperavam enfiar essa raridade em algum atacadista, e mandaram um par de pacotes via Karp, para teste. Karp voltou com a informação de que não aceitavam mercadoria vencida. Então Elefante perdeu todo o interesse na caixa, apenas os convidados tentaram algumas vezes provar o leite em pó, despejando diretamente na goela, mas não gostaram: depois disso, o peito coçava, as solas dos pés grudavam no chão e os cotovelos no oleado. Em compensação, Karp e Micha tiveram a possibilidade de comer aveia com leite.

Assim que a peça foi datilografada, as canções gravadas na interpretação de Karp e Micha, e todos os direitos autorais registrados, Micha foi ver Oska.

Oska pegou o texto sem vontade, não prometeu nada, porém, três dias depois, quando Micha ligou para ele, chamou o compositor para o conselho artístico. Micha tocou sintetizador e cantou como um cabrito. O conselho artístico aceitou a peça imediatamente. Reinava um clima ale-

---

[3] Queijo russo semelhante à ricota. (N. da T.)

gre de contentamento. Havia apenas uma questão — quais os direitos de encenação?

— É o seguinte — disse Micha, após uma pausa. — Esse Alidada Nektolai leva quatro mil dólares pela execução...

— De jeito nenhum! — disse o diretor principal, com voz de contratenor. — Nem que a vaca tussa!

Todos se agitaram. Óssip Ivánovitch exclamou:

— Somos um teatro jovem! Pobre!

— Nektolai declarou que todos os teatros dizem isso, chegam a informar por fax que são pobres. Se não querem, não querem.

Óssip Ivánovitch perguntou:

— Tem outro jeito?

— Dá para pagar só a tradutora, duas vezes menos.

— Nós conhecemos essa aí (Oska abraçou o ar com cuidado, como se estivesse pegando um esturjão), é um verdadeiro centauro! Vou falar com ela. — Óssip Ivánovitch ficou alvoroçado. — Ela vai fazer um desconto, vai fazer. Um traseiro pujante!

— Não creio. Teatros como o de vocês... Tem centenas atrás dela.

— Mas nós vamos oferecer mil, um milhar inteiro! — pôs-se a berrar Oska.

— Então. Se forem mil para ela, são mil para mim também. Como autor da música.

— Aaalto! — disse de forma arrastada o diretor principal, como se fosse um cocheiro. — Vamos contornar isso. Simplesmente pegamos a música de uma coletânea! Por que precisamos disso? Teremos Celentano, Cutugno,[4] tudo isso! Quem é o senhor, e o que o senhor é? Com essa sua geringonça![5]

(Aparentemente, referia-se à aparência nada apresentável do sintetizador de Micha, que estava em cima da mesa.)

— A tradutora Karpui não vai nem falar com vocês. Karpui escreve textos para canções, entendem? — afirmou Micha, agitando-se. — Escritas com música minha. É um musical! Esse é o gênero! Toda Moscou es-

---

[4] Adriano Celentano e Toto Cutugno, cantores italianos. (N. da T.)

[5] No original, *burbukháika*, palavra de origem afegã que designa um furgão de carga pintado com cores berrantes. (N. da T.)

tá fazendo dinheiro com musicais! Como assim, vocês não sabem? Ficam acomodados nesse vilarejo...

Óssip estava todo agitado. Tinha sido pego no pulo.

— Vamos decidir no processo de trabalho! — gritou, de repente, esperando por algo.

O diretor principal parecia ofendido.

Micha e Oska foram para o gabinete. A reforma do prédio já estava acabando.

Micha conversou um bom tempo com Oska e conseguiu, no fim, setecentos e cinquenta dólares para a autora e para o compositor, um lugar na trupe para Karpenko, um papel e um quarto no alojamento coletivo para ela.

— Isso que o senhor tem com ela, rapaz — disse Oska —, sua esposa sabe?

— Estamos nos separando — respondeu Micha, de forma inesperada.

— E o senhor conhece Karpui?

— Karpui é Karpenko, foi ela quem escreveu a peça.

— A-há! — alegrou-se Óssip. — Olha só!

— Registramos tudo. A peça e a música. Temos os direitos. É nossa.

— Calado! — disse Oska, vermelho. — O senhor veio aqui me enganar? O preço máximo é cem dólares! Pela peça. E vou contratá-la como faxineira. Ainda preciso preparar o principal. Temo que ela não possa desempenhar nenhum papel nesse assunto...

— Bem, por esse preço, vamos a um teatro muito melhor! Ao Teatro Luna! Ao Teatro de Sátira!

— Duzentos!

Então entrou o diretor principal, sorrindo sem motivo.

— É a primeira vez que leio uma peça tão empolgante... A trupe está muito empolgada... Consigo visualizar essa peça! Sei como encená-la! E o senhor, compositor (daí o mestre praguejou), o senhor está me atrapalhando! O senhor não vai ficar aqui! Sua música não é necessária!

— Ah, é? Então essa é minha última palavra! Mil para a autora e mil para o compositor — encolerizou-se o dócil Micha. — Aliás, não em rublos, nem no dia da encenação, mas imediatamente.

— Imediatamente eu não consigo — respondeu Óssip Ivánovitch, de forma súbita e prática.

— Venho com a tradutora na segunda-feira.

— Na segunda eu não consigo.

— Então quando?

— Hm... na quarta.

— Com todas as minhas condições. Na quarta.

— Escute! — uivou Óssip Ivánovitch. — Preciso de minha faxineira! O alojamento está em reforma! Quem vai recolher isso tudo? Micha, onde consigo uma faxineira?

O diretor principal fitou-os com olhos ferozes:

— Mas que faxineira?

Fez-se uma pausa.

— É o seguinte, Karpenko acaba de voltar da Finlândia, onde apareceu na televisão — Óssip Ivánovitch disse, de repente, ao diretor principal. — Então vai ficar de faxineira.

— Da Finlândia? Eu sempre fiquei pensando onde Karpenko tinha se metido — exclamou o diretor principal. — Minha aluna sumiu de repente... Tallina Bianca... Esse é o papel dela. No primeiro ato, ela é uma *vobla*...[6] Depois, botamos cílios postiços... Saltos altos... O peito dá para consertar...

— Ela quer fazer Giulietta Mamasina — disse Micha.

— Ela quer! — piou Oska. — Quem tudo quer, tudo perde! — mordeu os lábios. — Pois que faça.

Os colegas receberam os novos inquilinos com reservas. Na cozinha, todos se calavam quando Karp entrava. Ela ocupou um quarto em que moravam duas pessoas, que foram alojadas em outro, onde havia mais uma. Os insultos cresciam. Todos ficaram exaltados. Houve a distribuição de papéis. Ah, o teatro, ninho de serpentes. Karp cumprimentava-os com calma, não lhe respondiam. De repente surgiu a questão de por que Micha morava lá, ele não estava registrado, por que morava com Karpenko? Por causa dele tinham que pagar adicional de luz, gás e água (o lugar era pequeno). Todos moravam a três, enquanto Karpenko ficava sozinha. Era preciso transferir uma moça para o quarto dela, para que todos morassem igualmente mal. E tinha um forasteiro morando lá, como se estivesse em casa. Era necessário ligar para a esposa dele. Ela estava a par ou não estava?

Depois, de fato, chegou a esposa com o filho de dez anos. Ficou à

[6] Peixe que é servido defumado e seco. (N. da T.)

espera de Micha e serviram-lhe chá até o último metrô passar. Tartiuk, que, não se sabe como, ficou sabendo de tudo, avisou Micha, e ele e Karpik passaram a noite na central telefônica.

A nova temporada começou com ensaios gerais para a imprensa. Karpenko aprontou um figurino especial para si: saia e casaco com enchimentos, ou seja, barriga grande e peito saliente — a saia, aliás, era mini —, uma exuberante peruca ruiva, botas bem acima dos joelhos, sem salto. A estreia correu às mil maravilhas. Giulietta divertiu imensamente todos, urrou alto e desafinado ao mostrar para as moças como se devia cantar na frente das câmeras e dançou como um elefante, com dificuldade. No alojamento, já sabiam que estava grávida, e todas estavam prontas para assumir o papel de Giulietta.

Todos sabiam, menos Micha.

Certa vez, Tartiuk chegou ao seu quarto, durante o dia. Micha estava sentado ao sintetizador com fones de ouvido. Karpenko estava deitada.

— O que é que vamos fazer? Olá — disse Óssip Ivánovitch.

— Quando? — perguntou Karpenko, por algum motivo.

— Mas quando você vai parir? É preciso fazer uma troca no espetáculo!

— Trinta e um de dezembro.

Micha estava ao sintetizador com fones de ouvido, arranhando debilmente as teclas com as patas, como uma galinha: tocava e parava, imaginando o resultado. Ele até parecia uma galinha. Um homem obtuso, nada perspicaz.

— Então, faltam duas semanas?

— Micha faz o papel — Karpenko apontou para ele. — Ele sabe tudo, escrevi o texto com ele. O senhor não tem uma atriz para esse papel.

Tartiuk arregalou os olhos.

— Micha! — ela cutucou-lhe a pata.

A galinha tirou os fones de ouvido.

— Vista o figurino — mandou Karp. — Óssip Ivánovitch, fizemos uma saia especial de borracha... Já compramos botas para ele... Temos tudo. Previmos tudo para o caso de minha enfermidade.

Pondo-se a dançar e a girar e erguendo os braços como um bailarino de flamenco, Micha trocou-se com suplício atrás da porta do armário. Tudo aquilo tinha uma aparência terrivelmente engraçada. Saia, uma corcova no peito, cachos ruivos, o traseiro como dois globos. Uma fuça terrosa e mal barbeada, de molde colossal.

— Um centauro — afirmou Óssia. — Pois bem, pode parir, vou embora.

— Pode parir — riu-se Micha, despindo a couraça. — Aí tem, he-he... Muita lenha para cortar.

— Em que sentido? — perguntou Karp.

— Ainda vou parir muita música...

— Ah — respondeu Karpik. Estava deitada, ia tudo para a barriga. Micha, contudo, aceitava sua corpulência como um dado. Afinal, sua esposa pedagoga era de fato um centauro.

Micha entrou no espetáculo na semana seguinte.

No dia trinta e um de dezembro, a apresentação acabou às nove e meia. Micha ligou para o alojamento, mas o telefone só dava ocupado. Ocupado, ocupado... Trocou-se rápido, pegou um carro, correu a toda, com um buquê de flores, à frente de todos. A luz estava acesa. No corredor, junto ao telefone, o gancho jazia no chão. O chão estava molhado. A pocinha levava a uma porta entreaberta, na saída. As outras estavam fechadas. Pelo visto, o coletivo celebraria o Ano-Novo no teatro. Em seu quarto, tudo estava de pernas para o ar. As coisas estavam jogadas junto ao guarda-roupa. Algo tinha acontecido. Para onde ela tinha ido, doente? Não conseguia nem andar! Dizia o tempo todo que logo iria ao hospital, para exames. Ele olhou até embaixo da cama. Lá, afastada para longe, toda empoeirada, estava caída a bolsa dela. Ele abriu. O documento. E então... Um certificado de gravidez... Nadiéjda Aleksándrovna Karpenko... Grávida... Parto dia 31 de dezembro. O quê?!

Lançou-se novamente ao telefone, que agora não dava sinal. Saiu que nem um louco atrás de uma cabine telefônica. Onde conseguir um cartão telefônico à noite? Entrou disparado em uma lojinha de conveniência e pôs-se a enfiar dinheiro... Prostrou-se de joelhos. O homem de bochechas azuis se assustou e tirou o telefone de baixo do balcão. Como resultado, finalmente o infeliz Micha ficou sabendo que nenhuma paciente com aquele sobrenome tinha dado entrada no pronto-socorro. Tampouco na maternidade, segundo a informação da véspera. Micha, assim, sentou-se no chão. Pela rua, pipocavam uns tiros, urravam, havia estouros. Começara a guerra? O céu estava claro, todas as janelas iluminadas. O que tinha acontecido? Uma explosão atrás da outra. Ah, o Ano-Novo... Saiu, pôs-se a rezar. Senhor, que Karpik apenas esteja viva... Karpik.

E Karpik, nessa hora, tinha chegado a pé à maternidade, cujo endereço sabia desde muito tempo, batido na porta trancada por muito tempo, já sem forças, até que uma auxiliar de enfermagem abriu. Rastejou, meio curvada, cambaleando, e disse:

— Não estou bem.

A auxiliar de enfermagem, que já estava alta, devido ao feriado, disse, de forma inarticulada porém severa, com o familiar tom de voz de Elefante:

— Ouçça...

Depois abanou o braço e desapareceu.

Karp deitou-se. Sua barriga petrificou-se. Algo se revirava dentro dela, aquela bala de canhão enorme e incandescente não conseguia encontrar lugar.

Quando apareceu uma moça de branco, médica ou enfermeira, Karp já não estava entendendo direito a situação. Mas o texto que tinha preparado e decorado no caminho ela declamou como uma profissional:

— Não consegui achar os documentos... Tudo caiu... o que tinha preparado... o telefone pifou... — murmurava Karp. — Nem documento, nem o prontuário médico... Nada... Alguém pegou a bolsa... Tinha dinheiro no bolso, mas não consegui pegar um carro... Eles não paravam... Somos exilados... Meu pai de helicóptero... É tudo... Ninguém quer saber da gente... Ninguém quer saber da gente... Saiu voando...

— Está delirando — disseram, olhando-a de cima. — E você vem de onde? Alô!

— Eu sou atriz...

— Estou vendo que é atriz, mas qual o seu nome? Ano de nascimento? Qual o endereço?

Daí Karpik debateu-se e perdeu a consciência. Recobrou os sentidos em um recinto de azulejos, parecido com uma piscina, rodeada de rostos em máscaras brancas.

— Ora! Abra os olhos! Abriu! Oh! Que sorte tivemos no Ano-Novo. Está pronta para dar à luz? Atriz! Como você se chama?

— Karp.

— Lindo nome para uma moça. E o sobrenome? Ora, ora, não morra! Pois bem, Karp, assim você vai estragar o feriado de todos nós.

Daí a dor chegou, as tripas começaram a revirar, enxaguaram com água quente, ela empurrava tudo para fora com uma força enorme, mas não passava. Ficava preso, voltava. Karpik aguentava. Alguns segundos depois, tudo se repetia. E chegou a hora da tortura desumana.

— Força! Pare! Pare!

Cravaram uma faca embaixo, giraram. Vão cortar o bebezinho!

— Não precisa! — urrou para o mundo inteiro com sua voz sonora. — Por que estão cortando?

— Ei! Calma, calma, mamãezinha. Ele está saindo... A-há, a cabecinha está aparecendo... O que você esperava, atriz? Isso... Ooooh — disseram, com satisfação.

Alguém cricrilou, com voz de baixo.

— Mamãezinha! Veja! Abra os olhos! Oh, que olhinhos... É uma menina! Que linda! Tem cachos, veja! Está vendo? Qual o seu sobrenome? Dê-lhe amoníaco! Hein? Qual o sobrenome?

— Karpenko, o sobrenome é Karpenko. Nadiéjda Aleksándrovna Karpenko.

— Pois muito bem. Está vendo? Olhe com atenção! É uma menina! Não vá se queixar depois!

Rostos brancos com gazes, apenas os olhos. Estavam rindo. Nos braços de alguém, uma bonequinha desgrenhada, mexendo os bracinhos, pequenina, bem pequenina, tão sujinha, de dar dó. Sobrancelhas franzidas. Chora, guinchando. Ah, que frio! Meu Deus, que dó dela!

Por pouco Karp não se pôs a uivar. Nunca existira alguém tão digno de pena.

— Tem que se alegrar, mamãezinha! Que menina bonita e saudável! Feliz Ano-Novo!

— Deem para mim, deem para mim... Me entreguem, deem para mim...

(2004)

Tradução de Irineu Franco Perpetuo

Dmitri Býkov

Dmitri Lvóvitch Býkov é um dos escritores mais prolíficos da atual cena literária russa. Nasceu em 1967 em Moscou, onde formou-se em jornalismo e começou a dar aulas de literatura em escolas secundárias, o que faz até hoje. Býkov tem uma produção volumosa de ficção e crítica literária. Além de ter escrito biografias de autores como Pasternak, Górki e Maiakóvski, com grande sucesso comercial, contribui para revistas direcionadas a públicos dos mais diversos e já fez várias incursões pelo rádio e pela televisão, onde discute política e literatura e ocasionalmente exercita seu lado mais provocador. O conto "Instruções" foi publicado originalmente na revista *Sakvoiáj SV*, distribuída gratuitamente nos trens da RZD Ferrovias Russas, para a qual Býkov escreveu mensalmente durante dois anos.

Instruções

Senhores passageiros, desculpem nos dirigirmos a vocês. Não temos outra alternativa. Este texto não é um conto; foi inserido aqui disfarçado de literatura fantástica, mas vocês devem levá-lo a sério ao máximo. Escolhemos a revista *Sakvoiáj SV* para nos dirigirmos a vocês antes de mais nada porque, de todas as revistas de luxo contemporâneas russas, ela tem a tiragem mais alta — acima de 500 mil exemplares. Além disso, em relação a outras publicações, os leitores têm escolha — comprar, não comprar... mas no que se refere à *SV*, essa escolha não existe. Queira ou não queira, vá e leia — não há o que fazer. Assim, nossa mensagem alcançará o maior número de cidadãos.

No entanto, não estamos nos dirigindo a todos. Além disso, parte dos leitores nos é indesejável, por motivos que vocês logo adivinharão. Por isso, primeiramente gostaríamos de eliminar aqueles aos quais nossa mensagem não se destina. Será um teste. Se vocês passarem, então poderão ler adiante; se não, o abandonarão já na primeira página. Ficarão entediados, sem compreender e tudo o mais.

Agora nos permitiremos especular sobre um conto de Vladímir Nabókov. Ele se chama "As irmãs Vane" e, à primeira vista, não tem relação nenhuma com nosso propósito. Em suma, esse conto trata de um velho professor que se lembra de duas alunas que fracassaram na vida pessoal. Elas morreram, desapareceram por completo da Terra, e agora ele se pergunta: onde estarão, como estabelecer contato com elas? Às vezes lhe parece que, de forma invisível, elas estão presentes em sua vida, enviam-lhe uma ou outra impressão, algum reflexo de sol que lhe lembra de suas pinturas, ou o som dos pingentes de gelo, que lhe lembra de suas vozes, ou o casaco vermelho de um rapaz no posto de gasolina. Mas isso tudo é, evidentemente, uma ilusão. O segredo do conto é desvendado no último parágrafo. Ali, das primeiras letras formam-se palavras:

"Pingentes de gelo e reflexos de sol vêm de Cynthia, o casaco de mim. Irmãs Vane".[1] Entenderam? Todo o principal, repito, está dito nas primeiras letras das palavras, ainda que o parágrafo no geral pareça totalmente sem sentido. O próximo parágrafo também pode parecer sem sentido, e talvez ele não tenha mesmo, e vocês podem pulá-lo se não acharem interessante.

Algumas liturgias internacionais entendem negativamente intelectuais gnósticos e não aceitam seitas nórdicas. Os símios menos adaptados consideram um lapso. Ah! Rinocerontes adoram maconha. Proletários ralam enquanto constroem instrumentos supersônicos anacrônicos. Muitos dinossauros eram notavelmente onívoros. Sobrarão só os povos latino-americanos nessa esfera terrestre. Aleluia!

Pois bem, analisado isso, tomemos fôlego depois do esforço mental e continuemos os nossos jogos. Agora gostaríamos de conversar sobre um conto de Aleksandr Grin,[2] em que o herói, um professor idoso, morre pelas mãos de um ladrão. Mas antes disso, quando o ladrão vai atirar, o professor pede permissão para terminar de escrever a última paginazinha de seu manuscrito. Deve criptografar, para que o ladrão não suspeite que estas linhas contenham seu veredito. O velho escreve que as palavras atravessam a porta do futuro com suas terminações, como balas. E em seguida anota algumas palavras sem sentido, letras finais que dão uma pista para o investigador: "O zelador Vassili Tiúrin me matou" — ou seja lá qual fosse o nome.

Entenderam? Repetimos mais uma vez: as terminações das palavras abrem o caminho para o futuro. O próximo parágrafo do nosso conto é bastante sem sentido, não precisa ser lido, e é melhor pular imediatamente para o próximo.

Habitante zen de Titanic distante! Senhoras sórdidas a navegar! Ai!

---

[1] Há algumas versões do final do conto "As irmãs Vane", mas em nenhuma delas o enigma do último parágrafo é o descrito por Býkov. Na original, em inglês, o último parágrafo forma a frase "*icicles by cynthia meter from me sybil*", traduzida por José Rubens Siqueira como "estalactites de minha irmã parquímetro meu sybil". Na tradução russa de Serguei Ilín, a frase formada é "*sviét i liód kisti Tsíntii a stchióttchik vam ot meniá Sibil*": "luz e gelo do pincel de Cynthia e parquímetro de mim para você — Sibil". (N. da T.)

[2] Aleksandr Stiepánovitch Grin (1880-1932), autor de romances e contos de aventura. (N. da T.)

Ó! Ler sempre Turguêniev converte boçal a intelectual. Delírio? Idiotas! Ele deseja glúten? Seu animal! Guarda-sol: proibido pelados!

Ora, tendo sido esse mais difícil, temos motivos para esperar que restaram apenas nossos destinatários autênticos. Apesar disso, para nos convencermos definitivamente de que agora à nossa volta todos são dos nossos, e de que os que não precisamos já puseram a revista de lado e estão olhando pela janela ou foram ao restaurante, lembraremos de mais uma história literária, chamada "A estrela de Salomão", de Aleksandr Ivánovitch Kuprin. Lá foi descrito um código demasiadamente trabalhoso, por isso eu contarei agora como facilitar. Vocês leram "A estrela de Salomão"? Se não, precisam ler, obrigatoriamente. É um conto muito fascinante em que um simples escriturário — um funcionário de escritório, como se diz hoje em dia — começou a decifrar um bilhete de seu tio alquimista, e como resultado disso a onipotência baixou neste funcionário pacato. Aliás, se nós todos chegarmos vivos ao fim dessa viagem, vocês terão lido esse conto de qualquer maneira. Pode ser, é claro, que aconteça algo e não cheguemos lá, mas vamos acreditar no melhor. Em suma, se simplificarmos um pouco — para contar, senhores, apenas para contar melhor! — o código complicado que o herói de Kuprin foi capaz de compreender, então teremos o seguinte: suponhamos que temos uma frase de seis palavras. Para decifrar a primeira palavra é preciso pegar as primeiras letras das primeiras palavras. Para a segunda, as segundas das próximas. Para a terceira — as terceiras, enfim, e assim por diante. E onde está a dificuldade? Você não sabe onde termina a primeira palavra, e segue pegando primeiras letras. É importante perceber a partir de que momento se verifica a falta de sentido, e então mudar para a segunda letra, e depois para a terceira. Entendido? Não é nada complicado, o criptógrafo também suou, se isso conforta vocês. Por isso nós finalmente colocaremos todos os pingos nos *is* e passaremos para o principal, e todos os que não estão interessados, que vão comer! Sim? Eles irão comer, devorar, se empanturrar, dar uma enchida na pança, enquanto nós ficaremos aqui com uns poucos fiéis, ocupados em nada mais, nada menos do que salvar a humanidade.

Existem lagos em Senegal? Engano nosso esperar. Estes porquinhos amanhã ganharão nossa bufunfa. Suor de servo também acaba. Tirem as *chapkas*, companheiros! Olhe! Quem beleza nalgum homem encobre, herói impossibilitará. Cíclica canção cantam demasiadamente. Brotoeja ressequida está dolorida: causada e reiterada pelo fenômeno pop.

Na verdade, fiquei com preguiça de codificar a última palavra, por isso ela está do jeito que deve estar. Vocês deverão ter como resultado uma frase de oito letras. Eu vou explicar agora o que ela significa, porque todos aqueles que não são dos nossos, obviamente já não lerão até esta parte. Imagine uma corrida, na qual deficientes participam junto aos atletas. Sem dúvida, os deficientes não alcançam a linha de chegada; eles caem em uma vala e lá permanecem. Veja então, nós vivemos numa época em que nem todos conseguem abrir caminho por três parágrafos confusos. E esses que não conseguem não se tornaram assim por acaso, certo? Alguém os deixou assim.

Não é preciso vê-los como nossos inimigos. Entendam que eles estão doentes, infectados, mas, afinal, eles não foram advertidos. Talvez por medo de instaurar o pânico, ou talvez as autoridades também tenham sido infectadas e, por isso, censuraram toda informação importante. Na verdade, não temam, porque o contágio só é possível ao conversar ou ter contato íntimo. Por isso, pedimos muito a vocês que não conversem com ninguém na cabine enquanto não tiverem lido essas instruções até o fim. Tentarão conversar — mas vocês devem responder que estão lendo e que está muito interessante. Porque está interessante, não está? Então não deixem que eles venham com perguntas, senão começam a conversa de sempre sobre preços ou quem bebeu quando e onde, e em meia hora vocês estarão infectados, em uma hora já não poderão mais ler todas estas instruções. Que são muito simples, aliás. Se no vagão estiver tocando rádio, peçam que o desliguem. O vírus se espalha principalmente pelo rádio, conforme a experiência tem mostrado. Eu não posso nomear uma estação específica, porque isso seria propaganda, mas vocês logo adivinharão que eles tocam música. Se vocês ainda sabem contar até dez e formar palavras com letras, significa que eles ainda não chegaram até os senhores. Na verdade, o processo é antigo, já são muitos infectados, e é muito provável que eles estejam até na cabine de vocês. É preciso identificá-los e fazê-los voltar ao estado normal porque, se isso não for feito, nós estaremos completamente vulneráveis à agressão direta. Quando ela começará, não sabemos, mas há sinais de que será em breve.

Naturalmente, vocês estão se perguntando como identificá-los. Pois bem, se eles deixaram a revista de lado e não leram as instruções, esse já é um critério bastante consistente. Mas não cem por cento, porque vai que de repente foi por outro motivo. A pessoa pode estar com dor de cabeça ou de barriga. Portanto, a seguir temos algumas observações simples. Até aconselhamos que vocês façam uma tabela escondidos e em cada espaço marquem um sinalzinho de mais, como se fosse a reação de Wassermann.[3] Se acumular cinco sinaizinhos, então diante de vocês, sem dúvida, há um infectado. Vamos lá.

1. Se o seu vizinho de cabine tirou comida e começou a se servir sem lhe convidar, marque um sinalzinho de mais. Se convidou, um de menos. Se tirou vodca e ofereceu — mais. Se ficou ofendido com a sua recusa — dois sinaizinhos de mais.

2. Se o vizinho (com mais frequência, vizinha), imediatamente à partida, sacou o celular e começou a contar pormenores de como chegou à estação, como entrou na cabine e de como o trem se moveu — marque um sinalzinho de mais. Se, além disso, ele/ela, olhando de soslaio, comunicou cochichando ao telefone que as pessoas da cabine eram nojentas, de terceira categoria, ninguém moderno — marque dois sinaizinhos de mais.

3. Se o vizinho tem um bebê aos berros e, em vez de acalmá-lo, grita e bate nele — marque um mais. Se, em vez de verificar se está seco ou de alimentá-lo, ele/ela começa a balbuciar monstruosamente, perguntando quem é o seu anjinho — marque dois.

4. Se o vizinho usa em seu discurso pelo menos alguma das expressões a seguir — marque um mais. Expressões: "a nível de", "tipo", "essa foi dura", "que *poser*!", "ficou bege", "místico", "pós-estruturalismo", "lesar", "isso é um pepino". Se de vez em quando pronuncia, sonhador, algo como: "Ah, se eu tivesse muito dinheiro eu compraria uma aldeiazinha de mulheres e comeria uma de cada vez" — também mais. Se o vizinho fica sempre calado e abre a boca apenas para fazer um comentário repreensivo a você — marque dois sinaizinhos.

5. Se o vizinho fala demoradamente sobre como odeia companheiros de viagem que roncam e depois começa a roncar desesperadamente

[3] Reação utilizada no teste de sífilis. (N. da T.)

— isso é mais. É a sua alma infeliz que, de dentro do corpo infectado, ronca: "Salve-me! Salve-me!".

Vocês podem estar pensando: qual o sentido disso? Pois os sinais são bastante arbitrários. Ah não, eles não são arbitrários. São todos indícios da surdez espiritual, e ela não chega sem motivo. Tudo começa com a indelicadeza. Mas se mesmo com esses modestos indícios vocês não estiverem satisfeitos, podem fazer algumas perguntas simples ao vizinho a fim de verificar as reações dele.

Exemplos:

1. *Estou com uma palavra difícil aqui nas minhas palavras cruzadas. O senhor tem na ponta da língua qual o romance de Lev Tolstói com onze letras?*
   Se o vizinho começar a contar as letras do nome "Anna Kariênina", ele está infectado.

2. *O senhor saberia me dizer: se aqui agora são onze horas, então que horas são na China?*
   Se o vizinho ficou pensativo, então ele está infectado. A China é grande, tem oito fusos horários.

3. *O senhor sabe como seria "transformer" em inglês?*
   Se o vizinho começar a recordar, ele está infectado. *Transformer* em inglês seria e é *transformer*, essa é uma palavra inglesa.

4. *O senhor se lembra de como é a continuação do Serdutchka*[4] — *"Kharachó, vsio budet kharachó!"?*
   Se o vizinho responder corretamente, isto é, "*Vsio budet kharachó, iá eto znaaaaaaio*", então está infectado, porque ouve Serdutchka regularmente.

---

[4] Verka Serdutchka (1973-), nome artístico do cantor ucraniano Andrei Mikháilovitch Danilko, vencedor do concurso Eurovision em 2007. Os trechos que o autor cita em russo significam: "Tudo bem, vai ficar tudo bem" e "Vai ficar tudo bem, eu seeeeeei". (N. da T.)

5. *Por favor, o senhor pode me dizer a que etnia pertence?*
Para essa pergunta não existe resposta certa. Se o vizinho responder, ele aceita suas regras do jogo e seu direito de fazer tais perguntas, então significa que está infectado. Se ele perguntar "Por quê?" demonstra que está com medo de você, e isso significa que está infectado. Se o vizinho ficar calado, insolentemente, sem se importar com a sua pergunta, é porque não soube revidar, e então está infectado. Se ele fizer uma quarta coisa, algo que eu ainda não sei o que é, então provavelmente não está infectado. Neste caso, peço que me diga o que foi. Mas lembre-se de que para lançar mão dessa pergunta é preciso muita cautela, e só o faça se as quatro anteriores não derem um resultado inequívoco (por exemplo, uma proporção de 2:2).

Depois disso, vocês têm o direito de perguntar como sabemos e se não estamos nós mesmos todos infectados. Respondemos: primeiramente, todos nós — da comunidade de prática — várias vezes aplicamos uns aos outros esses e outros testes, e continuamos a aplicá-los diariamente para evitar qualquer penetração do vírus em nossas fileiras. Há muito tempo não ligamos o rádio, não assistimos televisão e não nos relacionamos praticamente com ninguém, exceto com nosso círculo testado. É verdade, às vezes, quando estamos no trem ou no transporte público, queira ou não queira, o círculo se rompe, e após cada viagem realizamos uma desinfecção mental rigorosa e, em seguida, verificamos a nós mesmos, por exemplo, com o seguinte teste. Nós checamos uns aos outros com um texto bastante simples, no qual é preciso corrigir erros gramaticais. Se o outro apontar corretamente todos os erros, isso significa que ele passou incólume e não se infectou.

Então vamos agora fazer esse teste com vocês. Agora verificaremos, não para revelar o vírus (já sabemos que não estão infectados, uma vez que leram até esta parte), mas apenas para que vocês tenham a chance de saber aquela frase com a qual é possível imobilizar temporariamente um infectado. E imobilizá-lo é realmente necessário, simplesmente para que se verifique definitivamente sua regeneração. Se a pessoa só escuta Serdutchka e não sabe da existência do romance *Ressurreição*, estejam 75% certos de que ela está infectada; porém restam 25%, que atestam que ela é apenas estúpida. Para completar a verificação e tirar a prova final, vocês devem despir o cliente e examinar seu ombro direito. Enquanto isso, o cliente, se estiver infectado, defenderá o ombro até o fim — será preciso desde o início imobilizá-lo com a ajuda de um feitiço, infalível para infectados. Nós o testamos muitas vezes. Portanto, o próximo parágrafo é um ditado em que é preciso sublinhar todos os erros. O feitiço se constituirá das letras sublinhadas.

À Rússia é um país de pessoas monogâmicas, intteressantes, talentosas cem uma vasta gana de poçibilidades. Ela, é claro, estão verida por muitos anes de diradura, grupos di comfanheiros tomaram possi dela, cem deixar que o povo paarticipasse da intereçante atividade de corrupçao, e, no gerao, o descaso dambém teve lugar. Mas o charme das paisegens ao longo das esdradas. Mas a beleza do ccampos habiumente removida de acordo comm o programe! Tudo linpo, extraortinório, um deleites total!

Se a frase resultante for pronunciada de repente diante de algum companheiro de viagem, principalmente de um infectado — e por isso mais suscetível —, no primeiro momento ela o privará de qualquer vontade de resistir. Notem que os invasores precisam justamente que fiquemos sem essa vontade. Se vocês tiverem um minuto para desabotoar a camisa do cliente ou arregaçar as mangas, verão no ombro direito uma pequena pinta verde-clara — rastro da mordida do invasor. Elas são verdes, e o rastro deixado por eles também é verde.

Caros companheiros, é preciso fazer isso com firmeza. É preciso descobrir essa pinta e dizer-lhe diretamente, como a um microfone: "*¡No passarán!*". Ou seja, vocês não passarão, eles não passarão, ninguém passará a nenhum lugar, portanto. Não vão conseguir, vocês foram desmascarados, em tempo descobrimos seus planos malignos. Então, um tentáculo vai se esticar para fora da pinta, vai se retorcer e morrer, como em um *thriller*, e seu companheiro de viagem voltará a ser novamente uma pessoa normal, que detesta a rádio *Chanson*,[5] mas se diverte com quebra-cabeças engraçados. Ele sabe de novo ler e escrever. E se um invasor maldoso cogitar conquistar o território dele por meio da total degradação da população, ele já saberá como resistir.

Existe, porém, uma chance absolutamente terrível. Tão terrível que não queremos nem pensar nela. Deixamos essa possibilidade por último, para uma discussão totalmente imparcial. Pode muito bem acontecer que, depois de todos os testes e da execução estrita das nossas instruções, vo-

---

[5] Rádio moscovita de apelo ao gosto popular. (N. da T.)

cês se certifiquem de que o companheiro de viagem está infectado e, no entanto, não encontrem nenhuma pinta nele. Nem vermelha, nem verde, nem qualquer outra. Se isso acontecer, então tudo vai muito mal, queridos companheiros. Isso só pode significar que seus companheiros de viagem não estão infectados e, no geral, ninguém está infectado, e nossa versão da conquista da Terra por meio de uma terrível invasão verde, na verdade, não vale um tostão. Significará somente que tudo se regenera sozinho e que nós, quantos de nós ainda estivermos aqui, enlouquecemos. Na verdade, aqui não há nenhum de nós.

Na verdade, todos aqui somos uma coisa só. Caros companheiros, encontro-me em completo desespero, perdido, temendo sair na rua, sozinho em meu apartamento de dois quartos, sob esse calor horrível que de repente baixou sobre Moscou e que não podia ter baixado desse jeito, sem mais nem menos. Isso também, provavelmente, é sinal de que alguém nos maculou ou de que nós mesmos nos regeneramos, mas viver assim não é mais possível. Não é sem motivo que na Terra, de modo geral, e em particular no nosso país, está cada vez mais insuportável de se viver. Provavelmente, fizemos algo errado. Estou com uma dor de cabeça horrível. Mas não posso sair na rua, porque todos andam com tamanhas caretas, de tal forma que não é possível que isso não seja uma regeneração. Eu espero, eu acredito, eu insisto que isso é uma invasão verde extraterrestre.

Eles transformaram tudo em uma gigantesca rádio *Chanson*. Acabaram com a capacidade de abrir um livrinho. Eliminaram a ideia de decência e fizeram com que todos se petrificassem ao primeiro grito. Vejo nisso uma política consciente, deliberada. Não pode ser outra coisa. Vejam a Machka, eu amava muito a Machka, mas até ela me disse ontem que um homem com as minhas perspectivas categoricamente não a satisfaz. Seria a Machka de antigamente capaz de dizer isso e me avaliar de acordo com as minhas perspectivas?! Não, nunca, não acredito, tirem o que quiserem de mim, menos isso. E o que eu estou fazendo aqui agora, sozinho, nesse quarto horrível, quente como um forno aquecido, onde tudo me faz lembrar o completo colapso da vida e a futilidade de todas as minhas atividades? Provavelmente, eu era útil no mundo anterior à invasão, como um microscópio diante de um cientista pronto a olhar através dele. Mas, agora, eu me sinto somente um objeto pesado, pouco prático, matando mosca com tiro de canhão. E visto que isso não poderia ter acontecido por si só, cheguei à conclusão de que foi feito pelos verdes. Eu nunca os vi, mas suspeito que eles sejam verdes, a cor verde pela janela, a cor da minha melancolia. Provavelmente, eles se escondem no verde.

Eu tentei olhar o ombro da Machka antes de ela ir embora, mas ela se esquivou e disse que sentia nojo. A Machka de antes nunca falaria dessa maneira. Aliás, eu mesmo sinto que esqueço algumas palavras complicadas e repito para mim: é preciso dar uma olhada se não há alguma coisa verde no meu ombro. Ontem, quando saí tarde da noite para tomar um ar, um ramo afagou meu ombro, e não foi sem motivo. Parece que até agora nada. Mas vocês não se esqueçam de examinarem a si mesmos, toda manhã e toda noite, tomem banho e examinem. Acho, por algum motivo, que deve ser no ombro.

Então está bem. Estou cansado. Agora fico cansado rapidamente. Por favor, façam tudo como escrevi. Estou enviando à revista, eles vão receber como um conto e publicar, eu sei. Não é possível que não aceitem. Hoje em dia aceitam qualquer bobagem como conto. Vão receber e publicar e todos ficarão sabendo sobre a invasão. Pelo amor de Deus, façam tudo como está escrito aqui. Endão talves nós esdaremos ssalvos.

Só não entendo uma coisa: e se não houver pinta verde em ninguém?

O que fazer então?

(2007)

Tradução de Eloah Pina

Mikhail Véller

Mikhail Ióssifovitch Véller nasceu em 1948 em uma família judia, na cidade de Kámienets-Podolski, atual território da Ucrânia. Filho de um médico militar, na infância morou em diversos lugares da Sibéria e do extremo oriente da União Soviética. Em 1969, no terceiro ano da faculdade, fez uma aposta com um amigo e, sem nenhum dinheiro, conseguiu ir de Leningrado até Kamtchatka em apenas um mês, perfazendo uma distância de mais de 9 mil quilômetros e usando todo tipo de transporte. Essa jornada foi detalhadamente descrita na coletânea de contos *O viajante e seu país*, publicada em 2014, e de onde foi tirado o conto aqui reproduzido. Desde então, Véller viajou pelos lugares mais inóspitos, sustentando-se com trabalhos temporários variados. Entre outras coisas, já foi soldado, pesquisador, pastor de gado, marinheiro, caçador e apresentador de rádio. Desde sua estreia na literatura, em 1975, Véller já escreveu mais de trinta livros, alguns deles de enorme sucesso comercial, como *As aventuras do major Zviáguin* (1991) e *Lendas da avenida Niévski* (1993).

A pomba da paz

> "... e o velho palhaço Picasso, que, sob encomenda da Terceira Internacional, produziu uma pomba marxista que emporcalhou todos os muros da nossa linda, porém — que infelicidade! — desprotegida, Paris."
>
> *Lembro-me, do período da escola, desta frase das memórias de Ehrenburg, citada nos jornais*[1]

O começo não prometia nada de estranho, até pelo contrário. No intervalo do almoço, Igor Gômozov, meu encarregado técnico e o chefe de marcenaria, trouxe uma surpresa amistosa: uma garrafa de vinho do Porto e quatro *beliáchi*.[2]

— Comprei de manhã — disse, aceitando o elogio à sua precaução. — Vamos tomar sol no telhado?

Atrás de uma coluna, a cortina de veludo preto escondia uma porta na parede.

— Isso, exatamente — disse Igor, e cortou a metade da cortina para usar como esteira.

Nos pusemos a patear do lado interno da parede por um infinito lance de escada. Depois subimos em espiral e, mais ao alto, os degraus de pedra se tornaram de metal; surgiu, por um momento, a sensação de ascender até o outro mundo.

Por fim, através da janela da água-furtada, fomos parar no telhado inclinado, espaçoso e verde como um estádio.

---

[1] Iliá Grigórievitch Ehrenburg (1891-1967), escritor e jornalista judeu russo. Passou alguns dias com Picasso em 1949 quando, por ocasião do Congresso Mundial dos Apoiadores da Paz, em Paris e Praga, este elaborou seu icônico desenho da pomba da paz. (N. da T.)

[2] Bolinho recheado e frito, comum na cozinha tártara e bashkir. Também chamado de *peremech*. (N. da T.)

— Que tal? — dissemos. — Classudo!

Lá embaixo a avenida Niévski bradava, e nós, de cueca, tomávamos sol em frente à cúpula da Casa dos Livros.[3] Assim se sente um atirador furtivo num arranha-céu, ou um homem invisível. Brindamos, apertamos os olhos, mastigamos e nos deleitamos com o veludo delicado que tocava o lado dos nossos corpos. O material preto começou a esquentar, e a brisa vinda do canal Griboiédov refrescou a nossa pele.

— Vai ser muito bom ser marceneiro! — desejei para nós.

— E na Catedral de Kazan ainda! — acrescentou Igor.

Depois fumamos, passeando pelo perímetro do parapeito e estufando o peito. Observamos a nossa querida Leningrado de cima, daquele ângulo incomum, como se fôssemos cosmonautas de Marte.

— A cúpula! — exclamamos. — Sempre quisemos entrar debaixo da cúpula.

O entusiasmo dos descobridores rebentou em nós. O bom vinho do Porto, o bom tempo, o bom amigo. E, pela escada de metal externa, fixada entre as janelas do tambor, começamos a subir em direção ao céu. Sobre a cornija de lata que coroava o tambor, ao lado das vigas mestras, abriu-se uma porta.

Dentro, uma ampla balaustrada circular formava um anel. No centro, como uma arena de circo, cercado por bordas baixas, abria-se um vazio retumbante.

Olhamos para baixo, fixando a posição do corpo e a sensação de apoio sob os pés. Minúsculas e distintas, as pessoas se arrastavam como um bando de ratos: Pieróva tinha uma visita guiada. Suas vozes não nos alcançavam.

Tive tempo de imaginar que a cúpula deveria multiplicar e transmitir o som como um megafone gigante.

O demônio me tentou.

— Re-ezai para mi-im em meu te-emplo! — trovejei para baixo, do jeito mais imponente possível, como se fosse um gênio de uma lâmpada.

Recuamos para a parede.

— Diabos! Você está louco? — resmungou Igor.

---

[3] Também chamado de "Casa Singer", edifício localizado na avenida Niévski do lado oposto da Catedral de Kazan, e que já serviu de escritório à editora estatal soviética. (N. da T.)

— Onde ouvir a voz do Altíssimo, senão em Sua casa? — sussurrei.

— O diretor, aliás, pode nos demitir.

— É? Então, ele mesmo vai ter que pegar a fresa e cortar o acrílico.

— Se alguém dedurar, ele pode receber uma reprimenda no Smolni.[4]

— Vá ao psiquiatra, meu caro, ao psiquiatra! É o inconsciente coletivo.

Não faz mal lembrar o povo de sua tradição cultural. Nos acalmamos nas alturas alcançadas.

A abóbada estucada sobre as nossas cabeças não tinha nada do azul-cinzento que se via lá de baixo. Ela reluzia com brancura. De seu centro descia a barra infinita de um lustre, uma haste de ferro da espessura de um braço.

— A cúpula não é inteiriça — percebemos.

— O cume está separado da abóbada interna. Está sobre ela.

Pela extensão da escada externa, subimos até a bola de ouro que coroava o topo da cúpula. Naquela época não havia cruz, e da bola subia um pequeno coruchéu. Como a ponteira de uma árvore de Natal.

Mais abaixo, negrejava mais uma portinha com o batente rachado e um pequeno patamar.

— O que há ali?

Pombas saíram voando pelas rachaduras.

— É aqui que elas moram!

— Vamos capturar algumas.

— E liberar na catedral.

— Vão voar até a cúpula e desaparecer!

Éramos idiotas monumentais. Sem nada para fazer. E depois de uma garrafa do vinho do Porto.

Criamos um plano. Dividimos as funções: eu ia me sentar de costas para a portinha, tapando-a com o corpo. Igor iria às profundezas do espaço entre as cúpulas assustar as pombas. Elas iam tentar sair pela porta, mas ia ser difícil passar por mim. Então eu ia capturar duas delas.

Havia uma distância de mais ou menos um metro e meio entre a abóbada de tijolos e a cobertura de lata. Ele foi, engatinhando, e assustou as pombas!

---

[4] Durante a URSS, o edifício do Instituto Smolni foi a sede local do Partido Comunista. (N. da T.)

Um furacão sujo e poeirento me afastou da porta numa corrente poderosa. Ele me machucava, batia no meu rosto com as asas e me arranhava com suas garras. Cerrei os olhos, não havia como respirar. Arqueando as costas, eu agarrei os batentes. Era um fedor só.

— Ei, aguente aí! — gritou Igor. Ele agarrou as minhas pernas e me arrastou para dentro.

Tudo ficou em silêncio. Uma pomba solitária tremulava nas profundezas escuras.

— Diabos! — dissemos, olhando horrorizados um para o outro. E começamos a gargalhar.

Estávamos emporcalhados da cabeça aos pés. Debaixo da enorme cúpula estava escondido o ninho. Milhares de aves ergueram-se no ar, todo um viveiro, e derrubaram sobre os suicidas o seu guano amoníaco e fertilizante.

Se considerarmos que as pombas na catedral divina são a reencarnação do Espírito Santo, aquele foi um castigo imediato e proporcional pela profanação e usurpação das palavras do Senhor em Sua própria casa. Essa ideia leviana veio à nossa mente mais tarde.

Nossa roupa ficou parcialmente protegida pelos uniformes pretos de trabalho. Nós os tiramos e limpamos os rostos com os forros.

— Jogue fora — resmungou Igor. — Vou pedir novos.

— E a cabeça... — eu disse, tateando-a e olhando para o contorno dele.

Ele se apalpava aqui e acolá com nojo.

— Não podemos ir assim.

— Mas como iremos?

Descemos para o telhado, rasgamos o pobre veludo e passamos meia hora esfregando as nossas roupas com ele.

— Por que estão tão sujos? — As pessoas em visita perguntavam com interesse. — E o que cheira tão mal?

— É uma água-de-colônia masculina! “Ícaro”! É grega!

— Jura?

Nós passamos a outra metade daquele dia lavando e secando o corpo e as roupas.

Na saída da visita guiada, Pieróva fumava com as meninas.

— Oh, aconteceu uma coisa comigo!... Vocês não ouviram? — ela contava, mais uma vez. — Parece que a voz ressoou de toda parte: “Deus está falando, e vocês todos devem rezar para mim”. Metade do meu grupo ouviu. E a outra metade não... Vocês se lembram daquela vez em que um ícone começou a chorar? Rapazes, vocês não ouviram?

— Continue bebendo de manhã — disse Igor — e vai ouvir ainda mais.

— O quê-ê?

— De preferência, vinho do Porto.

(2014)

Tradução de Maria Petrova

Créditos dos textos

"Ivan Fiódorovitch Chponka e sua titia" (1832), de Nikolai Gógol — "Ivan Fiódorovitch Chponka i ego tiótuchka", em *Sobránie sotchiniénii v sêmi tomakh*, Moscou, Khudójestvennaia Literatura, 1976.

"A mulher de outro" (1848) e "Meia carta de 'uma certa pessoa'" (1873), de Fiódor Dostoiévski — "Tchujáia jená" e "Polpismá 'odnogó litsá'", em *Pólnoie sobránie sotchiniénii v tridtsati tomakh*, Leningrado, Naúka, 1972.

"O órgãozinho" (1870), de Mikhail Saltikov-Schedrin — "Orgántchik", em *Sobránie sotchiniénii v dvadtsati tomakh*, Moscou, Khudójestvennaia Literatura, 1969.

"Custa caro" (1890), de Lev Tolstói — "Dórogo stóit", em *Sobránie sotchiniénii v dvadtsati dvukh tomakh*, Moscou, Khudójestvennaia Literatura, 1982.

"Os males do tabaco" (1886, 1904) e "Uma obra de arte" (1886), de Anton Tchekhov — "O vredê tabaká" e "Proizvedénie isskússtva", em *Pólnoie sobránie sotchiniénii v tridtsati tomakh*, Moscou, Naúka, 1976.

"A ofensa" (1906), de Aleksandr Kuprin — "Obída", em *Sobránie sotchiniénii v deviati tomakh*, Moscou, Pravda, 1964.

"Diário de um *raisonneur*" (1904) e "Manual para senhores recém-chegados a Moscou" (1909), de Sacha Tchiórni — "Dnevník rezonera" e "Rukovódstvo dliá priezjáiuschikh v Moskvú", em *Sobránie sotchiniénii v piati tomakh*, Moscou, Ellis Lak, 1996.

"Um cavalheiro de indústria" (1909), "Mistério da natureza" (1909), "A cruz de cada um" (1912) e "História de um sino" (1913), de Arkadi Aviértchenko — "Rítsar industríi", "Zagádka priroda", "Svói krest" e "Skazka o kólokole", em *Sobránie sotchiniénii v chesti tomakh*, Moscou, Terra, 1999.

"A Grécia" (1910), de Nadiéjda Téffi — "Gretsiia", em *Vsieóbscháia istoriia, obrabótannaia "Satirikonom"*, São Petersburgo, M. G. Kornfeld, 1910. © by Agnès Szydlowski, 1952.

"Minhas anedotas" (1915), de Leonid Andrêiev — "Moí anekdoti", em *Sobránie sotchiniénii v chesti tomakh*, Moscou, Khudójestvennaia Literatura, 1995.

"Contos de Fita" (1922), de Ievguêni Zamiátin — "Skazka pro Fitu", em *Bolcháia dêtiam skázki*, Berlim, Izdatelstvo Z. I. Grjebin, 1922.

"Ordem de despacho nº 37" (1922), de Lev Lunts — "Iskhodiáschaia nº 37", em *"Rodina" i druguíe proizvedéniia*, Jerusalém, Pamiat, 1981.

"Fábula de uma mulher" (1923), de Isaac Bábel — "Skazka pro babu", em *Sobránie sotchiniénii v tchetirekh tomakh*, Moscou, Vriémia, 2005.

"O lago de *samogon*" (1923), de Mikhail Bulgákov — "Samogónnoe ózero", em *Sobránie sotchiniénii v dessiatikh tomakh*, Moscou, Golos, 1995.

"Paris (notas do homem-ganso)" (1923), "Como eu a fiz rir (1926) e "Por acaso é possível tornar-se satírico?" (1923), de Vladímir Maiakóvski — "Parij (zapiski liudogússia)", "Kak ia ieió rassmechil" e Mojno li stat satirikom?", em *Pólnoie sobránie sotchiniénii v trinadtsati tomakh*, Moscou, Khudójestvennaia Literatura, 1955.

"Propaganda" (1923), "Pobreza" (1925) e "Anedotas literárias" (1953), de Mikhail Zóschenko — "Aguitátor", "Biédnost" e "Literatúrnie anekdoti", em *Sobránie sotchiniénii v semi tomakh*, Moscou, Vriémia, 2008. © Herdeiros de Mikhail Zóschenko.

"Um fantasma amador" (1929), "Avksenti Filossópulo" (1929) e "Foi por pouco!" (1930), de Ilf e Petrov — "Prízrak-liubitel", "Avksentii Filossopulo" e "Na volossók ot smiérti", em *Sobránie sotchiniénii v piati tomakh*, Moscou, Goslitizdat, 1961. © by Ilya Ilf, Evgeny Petrov.

"Amor" (1929), de Iuri Oliécha — "Liubóv", em *Ízbrannoe*, Moscou, Khudójestvennaia Literatura, 1974. © by Varvara Shkolvskaya-Kordi, 1960.

"Oficina literária" (1931), de Gueorgui Adamóvitch — "Literatúrnaia masterskáia", em *Stikhí, proza, perevôdi*, São Peterburgo, Aleteia, 1999. © Herdeiros de Gueorgui Adamóvitch.

"Lábios colados" (1933), de Vladímir Nabókov — "Ustá k ustám", em *Pólnoie sobránie rasskázov*, São Petersburgo, Ázbuka, 2014. © 1965, 1966, Dmitri Nabokov, used by permission of The Wylie Agency (UK).

"Seguro de vida" (1934) e "Minha Genebra" (1936), de Marina Tsvetáieva — "Strakhóvka jízni", em *Sobránie sotchiniénii v siêmi tomakh*, Moscou, Ellis Park, 1994; e "Moiá Jenéva", em *Písma Anatoliiu Shteigeru 1936-37 godov*, Kaliningrado, Izdatelstvo Lutch-1, 1994.

"Cartas" (1932-33), "Guimmelkumov" (1933), "Sobre Púchkin" (1936), "Púchkin e Gógol" (1934) e "Anedotas da vida de Púchkin" (1939), de Daniil Kharms — "Písma", "Guimmelkumov", "O Púchkine", "Púchkin i Gógol" e "Anekdoti iz jízni Púchkina", em *Zapisnie knijki — Pólnoie sobránie sotchiniénii*, São Petersburgo, Akademítcheskii Proiekt, 1997-2002.

"Fiódor Kuzmitch do conservatório" (1955), de Iuri Trífonov — "Fiódor Kuzmitch", em *Ogoniók*, Moscou, 1955. © Herdeiros de Iuri Trífonov.

"A janela" (1965) e "Discurso de jubileu" (1981), de Viktor Goliávkin — "Oknó", em *Tetrádki pod dojdióm*, Moscou, Détskaia Literatura, 2009, e "Iubiliêinaia riétch", em *Bolchíe skórosti*, Leningrado, Soviétskii Pissátel, 1988. © Herdeiros de Viktor Goliávkin.

"Loteria *allegri*" (1972), de Valentin Katáiev — "Loterieia-allegri", em *Razbítaia jizn, ili Volchébnii rog Oberona*, Moscou, Détskaia Literatura, 1973. © Herdeiros de Valentin Katáiev.

"Uma turma animada" (1971-72), de Natália Dobrokhotova-Maikova e Vladímir Piatnitski — *Vessiólie rebiáta*, Moscou, Arda, 1998. © by Natalya Dobrohotova Maykova and Valentina Dobrohotova Maykova.

"O coronel diz que eu amo" (1983), de Serguei Dovlátov — "Polkóvnik govorít — liubliú", em *Posliédnaia kniga*, São Petersburgo, Ázbuka, 2012. © Sergei Dovlatov, used by permission of The Wylie Agency (UK).

"Sete novos contos sobre Stálin" (1975-89) e "Histórias inacreditáveis" (1998), de Dmitri Prígov — "Siém novikh rasskázov o Staline", em *Napissánnoe s 1975 po 1989*, Moscou, Nóvoie Literatúrnoie Obozriénie, 1997; e "Neveroiátnie istorii", em *Sobránie sotchiniénii v piati tomakh*, Moscou, Nóvoie Literatúrnoie Obozriénie, 2016. © Herdeiros de Dmitri Prígov.

"Gúlia" (1993), de Liudmila Ulítskaia — "Gúlia", em *Dar nerukotvórnii*, Moscou, AST, 2016. © by Ludmila Ulitskaia, all rights reserved. Published by arrangement with ELKOST International Literary Agency, Barcelona, Spain.

"Sigmund no café" (1993), de Viktor Peliévin — "Zigmund v kafe", em *Vsié rasskázi*, Moscou, Eksmo, 2005. © by Victor Pelevin, 1993. Portuguese publishing rights are acquired via FTM Agency, Ltd., Russia, 2018.

"Paredes brancas" (1997), de Tatiana Tolstáia — "Biélie stení", em *Biélie stení*, Moscou, Eksmo, 2004. © 2000, Tatyana Tolstaya. All rights reserved.

"Propaganda monumental" (2000), de Vladímir Voinóvitch — de *Monumentálnaia propaganda*, Moscou, Izografus, 2002. © by Vladímir Voinóvitch, 2004.

"O Eros de Moscou" (2000), de Vladímir Sorókin — "Eros Moskví", em *Moskvá*, Moscou, Ad Marginem, 2001. © 2000 by Vladimir Sorokin.

"Sonho com Deus e o diabo" (2002), de Fazil Iskander — "Son o bogue i diávole", em *Známia*, nº 6, Moscou, 2002. © Herdeiros de Fazil Iskander.

"Deem para mim" (2004), de Liudmila Petruchévskaia — "Dáite mnié ieió", em *Boguínia Parka*, Moscou, Eksmo, 2004. © by Ludmilla Petrushevskaya, 2004.

"Instruções" (2007), de Dmitri Býkov — "Instruktsiia", em *JD-rasskazi*, Moscou, Vagrius, 2007. © by Dmitry Bykov, 2007. Portuguese publishing rights are acquired via FTM Agency, Ltd., Russia, 2018.

"A pomba da paz" (2014), de Mikhail Véller (1948) — "Golúb mir", em *Stránnik i evo straná*, Moscou, AST, 2014. © by Mikhail Veller, 2014.

Sobre a organizadora

Arlete Cavaliere é professora titular de Teatro, Arte e Cultura Russa no curso de graduação e pós-graduação no Departamento de Letras Orientais da Faculdade de Filosofia, Letras e Ciências Humanas da Universidade de São Paulo. É mestre e doutora em Teoria Literária e Literatura Comparada pela mesma instituição, com pesquisas sobre a prosa de Nikolai Gógol e a estética teatral do encenador russo de vanguarda Vsiévolod Meyerhold. Organizou com colegas docentes da universidade publicações coletivas como a revista *Caderno de Literatura e Cultura Russa* (2004 e 2008) e os livros *Tipologia do simbolismo nas culturas russa e ocidental* (2005) e *Teatro russo: literatura e espetáculo* (2011). É autora de *O inspetor geral de Gógol/Meyerhold: um espetáculo síntese* (1996) e *Teatro russo: percurso para um estudo da paródia e do grotesco* (2009). Publicou diversas traduções, entre elas *O nariz e A terrível vingança*, de Gógol (1990), volume no qual assina também o ensaio "A magia das máscaras", e *Ivánov*, de Anton Tchekhov (1998, com Eduardo Tolentino de Araújo, tradução indicada ao Prêmio Jabuti). Pela Editora 34, publicou *Teatro completo*, de Gógol (2009, organização e tradução), *Mistério-bufo*, de Vladímir Maiakóvski (2012, tradução e ensaio), *Dostoiévski-trip* (2014) e *O dia de um oprítchnik* (2022), de Vladímir Sorókin (tradução e ensaio), além de participar como tradutora da *Nova antologia do conto russo* (2011), escrever o texto de apresentação da coletânea *Clássicos do conto russo* (2015) e organizar a *Antologia do humor russo* (2018).

Sobre os tradutores

Aurora Fornoni Bernardini é professora titular da pós-graduação em Russo, Teoria Literária e Literatura Comparada da Faculdade de Filosofia, Letras e Ciências Humanas da Universidade de São Paulo (pesquisadora sênior). Recebeu diversos prêmios, entre eles o Jabuti e o Paulo Rónai pela tradução de *Indícios flutuantes: poemas*, de Marina Tsvetáieva (2006). Para esta antologia, traduziu as duas versões da peça "Os males do tabaco", de Anton Tchekhov, e o texto "Minha Genebra", de Tsvetáieva.

Cecília Rosas é mestre e doutoranda em Literatura e Cultura Russa pela Faculdade de Filosofia, Letras e Ciências Humanas da Universidade de São Paulo, com dissertação sobre Aleksandr Púchkin. Traduziu, entre outros, os volumes *Noites egípcias e outros contos* (2010) e *O conto maravilhoso do tsar Saltan* (2013), de Aleksandr Púchkin, *O ladrão honesto e outros contos*, de Dostoiévski (2013), e *Era uma vez uma mulher que tentou matar o bebê da vizinha*, de Liudmila Petruchévskaia. Para a Editora 34, traduziu *A margem esquerda*, de Varlam Chalámov (2016), e *Viagem sentimental*, de Viktor Chklóvski (2018), além de ter colaborado nas antologias *Nova antologia do conto russo (1792-1998)* (2011) e *Antologia do pensamento crítico russo (1802-1891)* (2013). Para esta antologia, traduziu "Diário de um *raisonneur*" e "Manual para senhores recém-chegados a Moscou", de Sacha Tchiórni.

Daniela Mountian é editora da *Kalinka* (revista e editora especializada em literatura russa). Formou-se em História pela Universidade de São Paulo, onde também desenvolveu seu mestrado em Literatura e Cultura Russa. É cotradutora de *Os sonhos teus vão acabar contigo* (2013) e *A velha* (2018), de Daniil Kharms, e de *O ofício*, de Serguei Dovlátov (2018), todos publicados pela Editora Kalinka. Para a Editora 34, traduziu *A ressurreição do lariço*, de Varlam Chalámov (2016, em parceria com Moissei Mountian). Para esta antologia, traduziu "Cartas" e "Guimmelkumov", de Daniil Kharms, e, com Moissei Mountian, "Ivan Fiódorovitch Chponka e sua titia", de Gógol, e "Sobre Púchkin", "Púchkin e Gógol" e "Anedotas da vida de Púchkin", de Kharms.

Danilo Hora é formado em Letras pela Universidade de São Paulo. É editor da Editora 34 e resenhista. Para esta antologia, traduziu "Minhas anedotas", de Andrêiev, "Contos de Fita", de Zamiátin, "Ordem de despacho nº 37", de Lunts, "Amor", de Oliécha, "Fiódor Kuzmitch do conservatório", de Trífonov, "Discurso de jubileu", de Goliávkin, e "Uma turma animada", de Dobrokhotova-Maikova e Piatnitski.

Denise Regina de Sales é tradutora, doutora em Literatura e Cultura Russa pela Universidade de São Paulo e professora de Russo do Instituto de Letras da Universidade Federal do Rio Grande do Sul. Formada em jornalismo, trabalhou na Rádio Estatal de Moscou. Publicou diversas traduções, entre elas o romance *Propaganda monumental*, de Vladímir Voinóvitch (2007). Pela Editora 34, publicou *Minha vida* e *Três anos*, de Anton Tchekhov (2011 e 2013), *A fraude e outras histórias*, de Nikolai Leskov (2012), e o primeiro volume dos *Contos de Kolimá*, de Varlam Chalámov (2015, em parceria com Elena Vasilevich). Participou também das antologias *Nova antologia do conto russo (1792-1998)* (2011), *Antologia do pensamento crítico russo (1802-1891)* (2013) e *Clássicos do conto russo* (2015). Para esta antologia, traduziu "O órgãozinho", de Saltikov-Schedrin, "Propaganda", "Pobreza" e "Anedotas literárias", de Zóschenko, e o extrato do romance *Propaganda monumental*, de Voinóvitch.

Ekaterina Vólkova Américo é formada em História, Literatura e Cultura Russa e Hispano-Americana pela Universidade Estatal de Ciências Humanas de Moscou. Tradutora das obras de Iúri Lótman, Pável Medviédev, Mikhail Bakhtin e Valentin Volóchinov, possui mestrado (2006) e doutorado (2012) pela Universidade de São Paulo em Literatura e Cultura Russa. Participou também da *Antologia do pensamento crítico russo (1802-1891)* (2013), da Editora 34. Para esta antologia, traduziu "Um cavalheiro de indústria", "Mistério da natureza", "A cruz de cada um" e "História de um sino", de Aviértchenko (em parceria com Márcia C. Kondratiuk).

Eloah Pina é coordenadora da editora Temporal, especializada em dramaturgia. É bacharel em Letras e mestre em Literatura e Cultura Russa pela Faculdade de Filosofia, Letras e Ciências Humanas da Universidade de São Paulo. Estuda a obra de Dmitri Býkov desde 2012, quando cursou um semestre na Universidade Estadual de Moscou. Deste autor, publicou as traduções dos contos "Almôndegas tolstoistas", na revista acadêmica *Rus* (2015), e "Assassinato no expresso do Oriente" nos *Cadernos de Literatura em Tradução* (2018), além dos artigos "Contos de ferrovias de Dmitri Býkov: tradução e intertexto" na *Tradterm* (2016) e "Fabulações soviéticas", sobre Liudmila Petruchévskaia, na revista literária *Quatro cinco um* (2018). Para esta antologia, traduziu "Instruções", de Dmitri Býkov.

Francisco de Araújo é bacharel em Letras Português-Russo pela Universidade do Rio de Janeiro. Trabalhou como professor de português do Brasil em Moscou e como tradutor-intérprete em Angola. Para a Editora 34, traduziu *Ensaios sobre o mundo do crime*, de Varlam Chalámov (2016), e *Nós*, de Ievguêni Zamiátin (2017). Para esta antologia, traduziu "Uma obra de arte", de Tchekhov, e "Paredes brancas", de Tatiana Tolstáia.

Graziela Schneider é doutora em Literatura e Cultura Russa pela Faculdade de Filosofia, Letras e Ciências Humanas da Universidade de São Paulo, tendo defendido seu doutorado com a tese "Versões de Nabókov". Entre suas traduções, destacam-se *Minha descoberta da América*, de Vladímir Maiakóvski (2007), *O cadáver vivo*, de Lev Tolstói (2007, em parceria com Elena Vássina), e *Os últimos dias de Tolstói*, com outras tradutoras (2011). Participou também da *Nova antologia do conto russo (1792-1998)* (2011) e da *Antologia do pensamento crítico russo (1802-1891)* (2013), ambas da Editora 34. Para esta antologia, traduziu "Lábios colados", de Nabókov.

Irineu Franco Perpetuo é jornalista e tradutor, colaborador da revista *Concerto* e jurado do concurso de música *Prelúdio*, da TV Cultura. É autor de diversos livros sobre música clássica e assina diversas traduções literárias, entre elas: *Pequenas tragédias* (2006) e *Boris Godunov* (2007), de Púchkin, *Vida e destino* (2014, Prêmio Jabuti de Tradução em 2015) e *A estrada* (2015), de Vassili Grossman, e *Salmo*, de Friedrich Gorenstein (2009, em parceria com Moissei Mountian). Pela Editora 34, publicou *Memórias de um caçador*, de Turguêniev (2013) e *O mestre e Margarida*, de Bulgákov (2017), além de colaborar na antologia *Clássicos do conto russo* (2015). Para esta antologia, traduziu "Custa caro", de Tolstói, "Gúlia", de Ulítskaia, "Sonho com Deus e o diabo", de Iskander, e "Deem para mim", de Petruchévskaia.

Letícia Mei é doutoranda em Literatura e Cultura Russa pela Faculdade de Filosofia, Letras e Ciências Humanas da Universidade de São Paulo, instituição onde obteve o título de mestre em 2015 com a dissertação "*Sobre isto*: síntese da poética de Maiakóvski". Traduz textos jornalísticos, científicos e literários do russo e do francês. Pela Editora 34, publicou *Sobre isto* (2018), de Vladímir Maiakóvski. Para esta antologia, traduziu o extrato de *Paris (notas do homem-ganso)*, "Como eu a fiz rir" e "Por acaso é possível tornar-se satírico?", de Maiakóvski.

Lucas Simone formou-se em História pela Faculdade de Filosofia, Letras e Ciências Humanas da Universidade de São Paulo. Atualmente é doutorando em Literatura e Cultura Russa pela mesma instituição. É professor de língua russa e tradutor, tendo publicado a peça *Pequeno-burgueses* e a coletânea *A velha Izer-*

guil e outros contos, ambos de Maksim Górki (2010). Para a Editora 34, traduziu *A aldeia de Stepántchikovo e seus habitantes*, de Dostoiévski, *O artista da pá*, de Varlam Chalámov (2014), *O ano nu*, de Boris Pilniák (2017), e *Diário de Kóstia Riábtsev*, de Nikolai Ognióv (2017), além de ter colaborado na *Nova antologia do conto russo (1792-1998)* (2011). Para esta antologia, traduziu "A ofensa", de Aleksandr Kuprin, e "A Grécia", de Nadiéjda Téffi.

Márcia Chagas Kondratiuk publicou as traduções de "História de um sino" e "A mágica do grande cinema", de Arkadi Aviértchenko, na *Revista de Literatura e Cultura Russa*, nº 4 (2012) e nos *Cadernos de Pesquisa Kinoruss*, nº 6 (2015), respectivamente. Participou, com outras tradutoras, do segundo volume da coletânea *A revolução das mulheres*, organizado por Graziela Schneider, a sair pela editora Jinkings. Para esta antologia, traduziu "Um cavalheiro de indústria", "Mistério da natureza", "A cruz de cada um" e "História de um sino", de Aviértchenko (todos em parceria com Ekaterina V. Américo).

Maria Petrova é formada em jornalismo pela Universidade Estatal de Moscou (MGU). Em parceria com Giselle Mussi de Moura, traduziu o conto "A carta perdida: um causo narrado pelo diácono da igreja de ***", publicado em 2014 na revista *Rus*. Em 2016 defendeu pelo Departamento de Literatura e Cultura Russa da Faculdade de Filosofia, Letras e Ciências Humanas da Universidade de São Paulo a dissertação de mestrado "A poética do romance gótico na coletânea *Noites em uma granja perto de Dikanka* de N. V. Gógol". Para esta antologia, traduziu "A pomba da paz", de Mikhail Véller.

Mário Ramos é professor de Literatura Russa na Faculdade de Filosofia, Letras e Ciências Humanas da Universidade de São Paulo, com mestrado e doutorado dedicados ao estudo da obra do poeta cubofuturista Velimir Khliébnikov. Atuou como professor-leitor do Brasil na Universidade Estatal de Moscou, entre 2005 e 2009. Além de artigos e poemas, traduziu a peça *À saída do teatro...*, de Nikolai Gógol, com Arlete Cavaliere (2002). Participou também da *Nova antologia do conto russo (1792-1998)* (2011) e da *Antologia do pensamento crítico russo (1802-1891)* (2013), ambas da Editora 34. Para esta antologia, traduziu "Sete novos contos sobre Stálin" e "Histórias inacreditáveis", de Prígov, e "Sigmund no café", de Peliévin.

Moissei Mountian é editor da *Kalinka* (revista e editora especializadas em literatura russa). Nascido na Moldávia, então parte da URSS, veio com a família para o Brasil em 1972. Em 2008, o romance *O diabo mesquinho*, de Fiódor Sologub, marcou sua estreia como tradutor, sendo indicado no ano seguinte ao Prêmio Jabuti na categoria Tradução. Traduziu ainda *Encontros com Liz e outras histórias*, de Leonid Dobýtchin (2009), e *Salmo*, de Friedrich Gorenstein

(2017, em parceria com Irineu Franco Perpetuo). Para esta antologia, traduziu "Ivan Fiódorovitch Chponka e sua titia", de Gógol, e "Sobre Púchkin", "Púchkin e Gógol" e "Anedotas da vida de Púchkin", de Kharms (todos em parceria com Daniela Mountian).

Natália Quintero é formada em literatura pela Universidade Nacional da Colômbia. Em 2011 defendeu pelo Departamento de Literatura e Cultura Russa da Faculdade de Filosofia, Letras e Ciências Humanas da Universidade de São Paulo a tese de doutorado "Os diários de juventude de Liev Tolstói, tradução e questões sobre o gênero de diário". Traduziu, em parceria com outras tradutoras, a coletânea *Os últimos dias de Tolstói* (2011). É também tradutora do espanhol. Para esta antologia, traduziu "O Eros de Moscou", de Sorókin, em parceria com Arlete Cavaliere.

Nivaldo dos Santos é professor de russo do Centro de Ensino de Línguas da Universidade Estadual de Campinas (Unicamp). Obteve a graduação e o mestrado na área de russo da Faculdade de Filosofia, Letras e Ciências Humanas da Universidade de São Paulo. Trabalhou como locutor e tradutor na Rádio Estatal de Moscou no final dos anos 1990. Para a Editora 34, traduziu as novelas *Noites brancas*, de Dostoiévski (2005), e *Tarás Bulba*, de Gógol (2007), a coletânea *No campo da honra e outros contos*, de Isaac Bábel (2014), e participou das antologias *Nova antologia do conto russo (1792-1998)* (2011) e *Clássicos do conto russo* (2015). Para esta antologia, traduziu "Fábula de uma mulher", de Bábel, e "O lago de *samogon*", de Bulgákov.

Noé Oliveira Policarpo Polli é professor de língua e literatura russas da Faculdade de Filosofia, Letras e Ciências Humanas da Universidade de São Paulo. Publicou diversos artigos em revistas acadêmicas, além de traduções, como a coletânea de contos *O bracelete de granadas*, de Aleksandr Kuprin (2006). Para a Editora 34, traduziu a coletânea *Homens interessantes e outras histórias*, de Nikolai Leskov (2012), e colaborou nas antologias *Clássicos do conto russo* (2015) e *Nova antologia do conto russo (1792-1998)* (2011). Para esta antologia, traduziu "Um fantasma amador", "Avksenti Filossópulo" e "Foi por pouco!", de Ilf e Petrov.

Priscila Marques é formada em Psicologia pela Universidade Presbiteriana Mackenzie de São Paulo. Mestre e doutora em Literatura e Cultura Russa pela Faculdade de Filosofia, Letras e Ciências Humanas da Universidade de São Paulo, é autora da dissertação de mestrado "Polifonia e emoções: um estudo sobre a subjetividade em *Crime e castigo*" e da tese de doutorado "O Vygótski incógnito: escritos sobre arte (1915-1926)". Traduziu, para a Editora 34, a novela *Uma história desagradável* e a maioria das narrativas curtas do volume *Contos reunidos* (2017), ambos de Dostoiévski, além de ter colaborado na coletânea *Clássicos do conto russo* (2015). Para esta antologia traduziu "A mulher de outro" e "Meia carta de 'uma certa pessoa'", de Dostoiévski, "Oficina literária", de Adamóvitch, e "A loteria *allegri*", de Katáiev.

Raquel Toledo é professora. Graduou-se e obteve o título de mestre em Literatura e Cultura Russa pela Faculdade de Filosofia, Letras e Ciências Humanas da Universidade de São Paulo. Dedica-se ao estudo da obra de escritoras russas e ministra cursos livres de literatura russa. Para esta antologia, traduziu "Seguro de vida", de Marina Tsvetáieva.

Yulia Mikaelyan graduou-se em Letras (Espanhol) pela Universidade Estatal de Moscou (MGU). É professora de espanhol na universidade MGÍMO de Moscou e tradutora e intérprete em espanhol, português e russo. É coautora de manuais de espanhol para estudantes russos. Em 2016 defendeu pelo Departamento de Literatura e Cultura Russa da Faculdade de Filosofia, Letras e Ciências Humanas da Universidade de São Paulo a tese de doutorado "Serguei Dovlátov: texto de cultura na literatura russa contemporânea". Traduziu *Parque Cultural* e *O ofício*, de Serguei Dovlátov (2016 e 2018, este último em parceria com Daniela Mountian), ambos publicados pela editora Kalinka. Colaborou nas antologias *Nova antologia do conto russo (1792-1998)* (2011) e *Antologia do pensamento crítico russo (1802-1891)* (2013), ambas da Editora 34. Para esta antologia, traduziu "O coronel diz que eu amo", de Dovlátov, e "A janela", de Viktor Goliávkin.

COLEÇÃO LESTE

István Örkény
A exposição das rosas e A família Tóth

Karel Capek
Histórias apócrifas

Dezsö Kosztolányi
O tradutor cleptomaníaco e outras histórias de Kornél Esti

Sigismund Krzyzanowski
O marcador de página e outros contos

Aleksandr Púchkin
A dama de espadas: prosa e poemas

A. P. Tchekhov
A dama do cachorrinho e outros contos

Óssip Mandelstam
O rumor do tempo e Viagem à Armênia

Fiódor Dostoiévski
Memórias do subsolo

Fiódor Dostoiévski
O crocodilo e Notas de inverno sobre impressões de verão

Fiódor Dostoiévski
Crime e castigo

Fiódor Dostoiévski
Niétotchka Niezvânova

Fiódor Dostoiévski
O idiota

Fiódor Dostoiévski
Duas narrativas fantásticas: A dócil e O sonho de um homem ridículo

Fiódor Dostoiévski
O eterno marido

Fiódor Dostoiévski
Os demônios

Fiódor Dostoiévski
Um jogador

Fiódor Dostoiévski
Noites brancas

Anton Makarenko
Poema pedagógico

A. P. Tchekhov
O beijo e outras histórias

Fiódor Dostoiévski
A senhoria

Lev Tolstói
A morte de Ivan Ilitch

Nikolai Gógol
Tarás Bulba

Lev Tolstói
A Sonata a Kreutzer

Fiódor Dostoiévski
Os irmãos Karamázov

Vladímir Maiakóvski
O percevejo

Lev Tolstói
Felicidade conjugal

Nikolai Leskov
Lady Macbeth do distrito de Mtzensk

Nikolai Gógol
Teatro completo

Fiódor Dostoiévski
Gente pobre

Nikolai Gógol
O capote e outras histórias

Fiódor Dostoiévski
O duplo

A. P. Tchekhov
Minha vida

Bruno Barretto Gomide (org.)
Nova antologia do conto russo

Nikolai Leskov
A fraude e outras histórias

Nikolai Leskov
Homens interessantes e outras histórias

Ivan Turguêniev
Rúdin

Fiódor Dostoiévski
A aldeia de Stepántchikovo e seus habitantes

Fiódor Dostoiévski
Dois sonhos: O sonho do titio e Sonhos de Petersburgo em verso e prosa

Fiódor Dostoiévski
Bobók

Vladímir Maiakóvski
Mistério-bufo

A. P. Tchekhov
Três anos

Ivan Turguêniev
Memórias de um caçador

Bruno Barretto Gomide (org.)
Antologia do pensamento crítico russo

Vladímir Sorókin
Dostoiévski-trip

Maksim Górki
Meu companheiro de estrada e outros contos

A. P. Tchekhov
O duelo

Isaac Bábel
No campo da honra e outros contos

Varlam Chalámov
Contos de Kolimá

Fiódor Dostoiévski
Um pequeno herói

Fiódor Dostoiévski
O adolescente

Ivan Búnin
O amor de Mítia

Varlam Chalámov
A margem esquerda (Contos de Kolimá 2)

Varlam Chalámov
O artista da pá (Contos de Kolimá 3)

Fiódor Dostoiévski
Uma história desagradável

Ivan Búnin
O processo do tenente Ieláguin

Mircea Eliade
Uma outra juventude e Dayan

Varlam Chalámov
Ensaios sobre o mundo do crime
(Contos de Kolimá 4)

Varlam Chalámov
A ressurreição do lariço
(Contos de Kolimá 5)

Fiódor Dostoiévski
Contos reunidos

Lev Tolstói
Khadji-Murát

Mikhail Bulgákov
O mestre e Margarida

Iuri Oliécha
Inveja

Nikolai Ogniόv
Diário de Kóstia Riábtsev

Ievguêni Zamiátin
Nós

Boris Pilniák
O ano nu

Viktor Chklóvski
Viagem sentimental

Nikolai Gógol
Almas mortas

Fiódor Dostoiévski
Humilhados e ofendidos

Vladímir Maiakóvski
Sobre isto

Ivan Turguêniev
Diário de um homem supérfluo

Arlete Cavaliere (org.)
Antologia do humor russo

Varlam Chalámov
A luva, ou KR-2
(Contos de Kolimá 6)

Mikhail Bulgákov
Anotações de um jovem médico
e outras narrativas

Lev Tolstói
Dois hussardos

Fiódor Dostoiévski
Escritos da casa morta

Ivan Turguêniev
O rei Lear da estepe

Fiódor Dostoiévski
Crônicas de Petersburgo

Lev Tolstói
Anna Kariênina

Liudmila Ulítskaia
Meninas

Vladímir Sorókin
O dia de um oprítchnik

Aleksandr Púchkin
A filha do capitão

Lev Tolstói
O cupom falso

Iuri Tyniánov
O tenente Quetange

Este livro foi composto em Sabon, pela Bracher & Malta, com CTP e impressão da Bartira Gráfica e Editora em papel Pólen Natural 70 g/m² da Cia. Suzano de Papel e Celulose para a Editora 34, em junho de 2023.